JOY FIELDING

Nur wenn du mich liebst

GOLDMANN
Lesen erleben

Buch

Sie sind voller Lebensfreude, und vor ihnen liegt eine Zukunft, in der alles möglich scheint: Chris, Vicky, Barbara und Susan sind Anfang dreißig und leben mit ihren Familien in einem Vorort von Cincinnati. Seit dem Tag, an dem sie sich begegnet sind, sind sie unzertrennliche Freundinnen. Gemeinsam schmieden sie Pläne, voller Vertrauen darauf, dass ihnen nichts passieren kann auf der Welt. Der Schock ist deshalb groß, als die jungen Frauen eines Tages erfahren, dass die Ehe von Chris einem Albtraum gleicht: Tony ist ein herrschsüchtiger Mann, und als er seinen Job verliert, macht er Chris das Leben endgültig zur Hölle. Auch in Barbaras Leben verändern sich die Dinge dramatisch: Ihr Mann Ron verliebt sich in eine jüngere Frau und verlässt Barbara, die daran fast zu zerbrechen droht. Doch dann geschieht etwas, das all diese Ereignisse in den Schatten stellt – eine Tragödie, welche die Freundinnen fassungslos zurücklässt: Eine von ihnen wird brutal ermordet. Vicky, die als Anwältin arbeitet, ist fest entschlossen, den Täter zu finden. Dabei stößt sie auf eine Spur, die selbst ihre schlimmsten Befürchtungen noch übertrifft …

Weitere Informationen zu Joy Fielding sowie zu lieferbaren Titeln der Autorin finden Sie am Ende des Buches.

Joy Fielding

Nur wenn du mich liebst

Roman

Deutsch von Kristian Lutze

GOLDMANN

Die Originalausgabe erschien 2001 unter dem Titel
»Grand Avenue« bei Pocket Books, New York.

Dieses Buch ist auch als E-Book erhältlich

MIX
Papier aus verantwortungsvollen Quellen
FSC® C014496
FSC
www.fsc.org

Verlagsgruppe Random House FSC® N001967
Das FSC®-zertifizierte Papier *München Super* für dieses Buch
liefert Arctic Paper Mochenwangen GmbH.

1. Auflage
Taschenbuchausgabe Juni 2014

Umschlaggestaltung: UNO Werbeagentur München
Umschlagmotiv: © FinePic®, München
AG · Herstellung: sc
Druck und Bindung: GGP Media GmbH, Pößneck
Printed in Germany
ISBN 978-3-442-48157-6
www.goldmann-verlag.de

Besuchen Sie den Goldmann Verlag im Netz

Für Beverly Slopen
Eine wahrhafte Grande Dame

Einführung

Wir nannten uns die *Grandes Dames*: Vier Frauen, die auf den ersten Blick und dem äußeren Anschein nach erschreckend wenig gemeinsam hatten. Wir wohnten nur in derselben, ruhigen, von Bäumen gesäumten Straße, waren mit ehrgeizigen und erfolgreichen Männern verheiratet und hatten eine ungefähr zwei Jahre alte Tochter.

Die Straße heißt Grand Avenue und ist trotz der Veränderungen, die Mariemont, eine gutbürgerliche Randgemeinde von Cincinnati, im Laufe der Jahre durchgemacht hat, erstaunlich gleich geblieben. Eine Reihe von adretten Holzhäusern liegt ein gutes Stück von der Straße zurück, die ihrerseits die geschäftige Hauptstraße kreuzt und sich dann träge zu einem kleinen Park an ihrem anderen Ende windet. In diesem Park – dem Grand Parkette, wie der Stadtrat das winzige dreieckige Stückchen Land genannt hatte, ohne sich der Ironie bewusst zu sein – haben wir uns vor fast einem Vierteljahrhundert, genauer gesagt vor dreiundzwanzig Jahren, zum ersten Mal getroffen, vier erwachsene Frauen, die schnurstracks zu den drei Kinderschaukeln strebten, weil sie wussten, dass der Verliererin nur die Sandkiste bleiben und das missfällige Schreien ihres frustrierten Töchterchens weithin zu hören sein würde. Sicherlich war sie nicht die erste Mutter, die die Erwartungen ihrer Tochter enttäuscht hat, und bestimmt nicht die letzte.

Ich weiß nicht mehr, wer das Rennen verloren hat, wer angefangen hat, mit wem zu reden, oder auch nur, worum es in diesem ersten Gespräch ging. Ich erinnere mich nur noch daran, wie unbeschwert wir plauderten, wie nahtlos wir von einem zum anderen Thema wechselten, die familiären Anekdoten und das wissende Lächeln der anderen, an die willkommene, wenn auch unerwartete Vertrautheit, umso willkommener, eben weil sie so unerwartet war.

Vor allem jedoch erinnere ich mich an das Lachen. Selbst heute, so viele Jahre und Tränen weiter – und trotz allem, was geschehen ist, trotz der unvorhersehbaren und manchmal grausamen Umwege, die unsere Leben genommen haben –, höre ich ihn noch, den undisziplinierten, aber eigenartig melodiösen Chor aus Kichern und Glucksen in unterschiedlicher Tonlage und Intensität, jedes Lachen eine Unterschrift, so verschieden wie wir selbst. Und doch verschmolzen diese verschiedenen Stimmen zu einer harmonischen Melodie. Jahrelang habe ich den Klang jenes frühen Lachens überall mit mir herumgetragen. Ich konnte ihn willentlich heraufbeschwören. Er hat mich gestützt und aufrecht gehalten. Vielleicht weil es später so wenig davon gab.

An jenem Tag blieben wir im Park, bis es anfing zu regnen, ein plötzlicher Sommerschauer, auf den niemand vorbereitet war, und eine von uns schlug eine spontane Party in einem unserer Häuser vor. Wahrscheinlich war ich es selber, denn wir landeten bei mir. Vielleicht lag es auch nur daran, dass unser Haus gleich am Park lag. Ich weiß es nicht mehr. Ich erinnere mich, dass wir vier es uns in dem holzgetäfelten Partykeller mit feuchten Haaren und ohne Schuhe bei frischem Kaffee fröhlich und noch immer lachend bequem gemacht und mit schlechtem Gewissen zugesehen haben, wie unsere Töchter jede für sich allein zu unseren Füßen spielten. Denn wir wussten, dass wir mehr Spaß hatten als sie, dass unsere Kinder viel lieber zu Hause wären, wo sie ihr Spielzeug nicht teilen und nicht mit Fremden um die Aufmerksamkeit ihrer Mütter konkurrieren mussten.

»Wir sollten einen Club gründen«, schlug eine der Frauen vor, »und uns regelmäßig treffen.«

»Super Idee«, stimmten wir anderen ihr sofort zu.

Um den Anlass festzuhalten, kramte ich die arg vernachlässigte

Super-8-Kamera meines Mannes hervor, deren Bedienung mich ebenso überforderte wie die ihrer modernen Entsprechungen, sodass das Ergebnis eine unbefriedigende Folge schneller und wackeliger Schwenks auf verschwommene Frauen mit oben angeschnittenen Köpfen ist. Vor ein paar Jahren habe ich den Film auf eine Videokassette überspielen lassen, und jetzt sieht er seltsamerweise viel besser aus. Vielleicht liegt es an der modernen Technik oder dem Breitwandbildschirm, der sich per Knopfdruck aus der Decke herabsenkt. Vielleicht ist mein Blick mittlerweile auch so unscharf, dass er mein technisches Versagen kompensiert, denn die Frauen erscheinen mir klar und deutlich.

Was mir besonders auffällt, wenn ich den Film heute ansehe, was mir, genau genommen, jedes Mal den Atem stocken lässt, egal, wie oft ich ihn betrachte, ist nicht nur, wie unbeschreiblich und unerträglich jung wir alle waren, sondern, wie alles, was wir waren – und alles, was wir werden sollten –, schon in jenen fabelhaft faltenlosen Gesichtern geschrieben stand. Doch wenn man mich auffordern würde, in diese scheinbar glücklichen Gesichter zu blicken und ihre Zukunft vorherzusagen, könnte ich es auch heute nicht, dreiundzwanzig Jahre später, da ich nur zu gut weiß, wie alles geendet hat. Selbst mit diesem Wissen ist es mir unmöglich, die Bilder dieser Frauen mit ihrem Schicksal in Einklang zu bringen. Kehre ich deshalb immer wieder zu dieser Kassette zurück? Suche ich Antworten? Vielleicht suche ich Gerechtigkeit. Vielleicht Frieden.

Oder eine Erklärung.

Vielleicht ist es so einfach – und so kompliziert.

Ich weiß nur, wenn ich diese vier jungen Frauen betrachte, mich selbst eingeschlossen, unsere Jugend eingefangen, *eingesperrt* auf einem Videoband, dann sehe ich vier Fremde. Keine von uns kommt mir besonders vertraut vor, ja, selbst ich bin mir so fremd, dass ich in meiner Erinnerung nur ein Vorname von vieren bin – und nicht »ich«.

Man sagt, die Augen seien der Spiegel der Seele. Kann irgendjemand, der in die Augen dieser vier Frauen blickt, wirklich behaupten, so tief zu sehen? Und diese süßen, unschuldigen Kleinkinder auf den Armen ihrer Mütter – gibt es überhaupt irgendwen, der hinter diese großen, sanften Augen blicken und darunter das Herz eines Ungeheuers schlagen hören kann? Ich glaube nicht.

Wir sehen, was wir sehen wollen.

Da sitzen wir also in einer Art losem Halbkreis, winken und lächeln nacheinander in die Kamera, vier betörend durchschnittliche Frauen, die der Zufall und ein Regenschauer an einem Sommertag zusammengeführt haben. Unsere Namen sind so gewöhnlich, wie wir es waren: Susan, Vicki, Barbara und Chris. Für Frauen unserer Generation vollkommen gebräuchliche Namen. Die Namen unserer Töchter stehen natürlich auf einem ganz anderen Blatt. Als Kinder der 70er, Früchte unserer privilegierten und phantasievollen Schöße, war unser Nachwuchs selbstverständlich alles andere als gewöhnlich, davon waren wir zumindest zutiefst überzeugt, und die Namen unserer Kinder spiegeln diese Überzeugung wider: Ariel, Kirsten, Tracey und Montana. Ja, Montana. Das ist sie, dort ganz rechts, das blonde, pausbackige Kind, das wütend gegen die Knöchel seiner Mutter tritt, während seine großen marineblauen Augen sich mit bitteren Tränen füllen, kurz bevor seine pummeligen kleinen Beinchen seinen steifen kleinen Körper aus dem Bild tragen. Niemand kann sich diesen plötzlichen Ausbruch erklären, am allerwenigsten ihre Mutter, Chris, die sich nach Kräften bemüht, das kleine Mädchen zu besänftigen und sie zurück in die Geborgenheit ihrer ausgestreckten Arme zu locken. Ohne Erfolg. Montana bleibt störrisch außerhalb des Bildes und lässt sich nicht überreden oder trösten. Chris verharrt eine Weile in der unbequemen Position auf der Stuhlkante, die dünnen Arme ausgestreckt und leer. Mit ihren schulterlangen, blonden, aus dem herzförmigen Gesicht gekämmten und zu einem hohen Pferdeschwanz gebundenen Haaren sieht sie aus wie ein properer Babysitter und nicht wie eine Frau Ende zwanzig. Ihr Gesichtsausdruck sagt, sie werde zur Not für immer darauf warten, dass ihre Tochter ihr die eingebildeten Verfehlungen verzeiht und dorthin zurückkehrt, wo sie hingehört.

Auch wenn ich weiß, dass es stimmt, scheint es mir heute unbegreiflich, dass sich keine von uns für hübsch hielt, von schön ganz zu schweigen. Selbst Barbara, eine ehemalige Miss Cincinnati und Finalistin für den Titel der Miss Ohio, die ihre Liebe zu wallendem Haar und Stilettoabsätzen nie abgelegt hatte, war von permanenten Selbstzweifeln geplagt. Sie sorgte sich ständig um ihr Gewicht und grämte sich über jedes Fältchen, das sich in die Haut um ihre großen braunen Augen und ihre vollen, beinahe obszön sinnlichen Lippen grub. Das ist sie dort neben Chris. Ihre hoch toupierte dunkle Lockenmähne ist vom Regen ein wenig platt gedrückt worden, und ihre eleganten Ferragamo-Pumps liegen verlassen vor der Haustür zwischen den Sandalen und den Turnschuhen der anderen Frauen, doch ihre Haltung ist immer noch schönheitswettbewerbperfekt. Barbara hat nie flache Schuhe getragen, nicht einmal im Park, und Jeans besaß sie erst gar nicht. Sie war immer absolut makellos gekleidet, und seit ihrem sechzehnten Lebensjahr hatte niemand, einschließlich ihres Ehemanns Ron, sie je ungeschminkt gesehen. Sie gestand uns, dass sie in den vier Jahren, die sie nun verheiratet war, jeden Morgen um sechs Uhr, eine halbe Stunde vor ihrem Mann, aufgestanden war, sich geduscht, geschminkt und frisiert hatte. Ron hatte sich in eine Miss Cincinnati verliebt, erklärte sie wie vor einem Kollegium aus Preisrichtern, und bloß weil sie jetzt eine Mrs. sei, gäbe ihr das nicht das Recht, sich gehen zu lassen. Selbst an Wochenenden war sie so früh auf den Beinen, dass sie auf jeden Fall hinreichend präsentabel war, bevor ihre Tochter Tracey aufwachte und gefüttert werden wollte.

Nicht, dass Tracey große Ansprüche gestellt hätte. Laut Barbara war ihre Tochter ein in jeder Hinsicht perfektes Kind. Die einzige Schwierigkeit, die sie je mit Tracey gehabt hatte, war in den Stunden vor ihrer Geburt aufgetreten, als das gut 4000

Gramm schwere Baby, das es in sicherer Steißlage nicht besonders eilig hatte, zur Welt zu kommen, sich geweigert hatte, mit einer Drehung in die Beckenlage zu rutschen. Also musste es mit einem Kaiserschnitt geholt werden, der eine Narbe von Barbaras Bauch bis zu ihrem Schambein hinterließ. Heutzutage entscheiden sich Ärzte in der Regel für den weniger entstellenden und kosmetisch behutsameren Unterbauchquerschnitt, der weniger Muskeln in Mitleidenschaft zieht und unterhalb der Bikinilinie verborgen bleibt. Barbaras Bikinizeiten waren jedenfalls vorbei, wie sie sich wehmütig eingestand. Ein weiterer Grund, sich zu grämen, noch etwas, was die vielen Mrs. von den Miss Cincinnatis dieser Welt trennte.

Wie majestätisch sie von ihrem Stuhl zu Boden gleitet, den Rock elegant zwischen die Knie klemmt, um ihrer achtzehn Monate alten Tochter, die sich vergeblich mit den Bauklötzen abmühte, zu zeigen, wie man einen Turm bauen kann. Wenn die Klötze auf den Boden purzeln, hebt sie sie jedes Mal geduldig auf und ermutigt Tracey, es noch einmal zu versuchen, bis sie sie schließlich selbst übereinander stapelt und immer wieder von vorn beginnt, wenn ihre Tochter den Turm versehentlich umstößt. Tracey wird jetzt jeden Moment in die schützenden Arme ihrer Mutter kriechen, die Augen schließen und einschlafen, ihr Porzellanpüppchengesicht von schwarzen Locken gerahmt, die sie von Barbara geerbt hat.

»Es war einmal ein Mädchen klein«, kann ich Barbara sagen hören, während sich ihre Lippen auf dem Bildschirm stumm bewegen, in jenem besänftigenden Singsang, mit dem sie immer mit ihrer Tochter sprach, »das hatte hübsche Locken fein, aus glänzend schwarzem Haar. Und war sie brav, war sie sehr, sehr brav. Doch wenn sie einmal böse war –«

»– dann war sie ganz gemein!«, quiekte Tracey fröhlich in ihrer Babysprache und riss ihre schokoladebraunen Augen auf. Und wir lachten alle.

Barbara lachte am lautesten, obwohl sie das Gesicht dabei kaum bewegte. In panischer Angst vor drohenden Falten und mit zweiunddreißig die Älteste der Anwesenden hatte sie es zu einer Kunst entwickelt zu lachen, ohne dabei zu lächeln. Sie öffnete den Mund und stieß raue, laute Töne aus, während ihre Lippen eigenartig starr blieben und sich weder kräuselten noch verzogen. Im deutlichen Kontrast dazu lachte Chris übers ganze Gesicht, den Mund in achtloser Selbstvergessenheit verzogen, obwohl das entstehende Geräusch zart, ja beinahe zögernd klang, als wüsste sie, dass Ausgelassenheit ihren Preis hatte.

Barbara und Chris hatten sich vor diesem Nachmittag erstaunlicherweise noch nie gesehen, obwohl wir alle seit mindestens einem Jahr in der Grand Avenue wohnten, doch sie wurden sofort beste Freundinnen, ein schlagender Beweis für das alte Sprichwort von den Gegensätzen, die sich anziehen. Neben den offenkundigen äußeren Unterschieden – blond gegenüber brünett, klein gegenüber groß, ein wie frisch gewaschen strahlendes Gesicht gegenüber künstlichem, kosmetischem Glanz – waren sie auch ihrem Wesen nach vollkommen verschieden. Doch sie ergänzten einander perfekt, Chris war weich, zurückhaltend, wo Barbara alles andere als schüchtern war. Sie wurden rasch unzertrennlich.

Das ist Vicki, die sich ins Bild drängt und ihre Präsenz spürbar macht, wie sie es in ihrem Leben praktisch überall getan hat. Mit achtundzwanzig war Vicki die jüngste und bestimmt die erfolgreichste der Frauen. Sie war Anwältin und damals die Einzige von uns, die außer Haus arbeitete, obwohl Susan an der Universität immatrikuliert war und einen Abschluss in englischer Literatur anstrebte. Vicki hatte kurzes rotbraunes Haar, das sie als einen asymmetrischen Bob trug, der die scharf geschnittenen Züge ihres langen, schmalen Gesichts betonte. Sie hatte kleine, haselnussbraune Augen und einen beinahe beunruhigend stechenden, um nicht zu sagen einschüchternden Blick, garantiert hilfreich für eine ehrgeizige Anwältin einer angesehenen Kanzlei in der Innenstadt. Vicki war kleiner als Barbara, größer als Chris und mit knapp achtundvierzig Kilo die Schlankste unserer Gruppe. Ihr feingliedriger Körper ließ sie sogar trügerisch zerbrechlich wirken, doch sie verfügte über versteckte Kraftreserven und schier grenzenlose Energie. Selbst wenn sie wie in dem Film still saß, sah es aus, als wäre sie immerzu in Bewegung, als würde ihr Körper wie eine Stimmgabel vibrieren.

Ihre Tochter Kirsten war im Alter von nur zweiundzwanzig Monaten schon ein Klon ihrer Mutter. Sie hatte die gleiche zarte Statur und die klaren haselnussbraunen Augen ihrer Mutter, konnte auf die gleiche Art an einem vorbeigucken, wenn man mit ihr sprach, als könnte hinter einem etwas Interessanteres, Faszinierenderes, *Wichtigeres* passieren, das sie auf gar keinen Fall verpassen durfte. Die Kleine war ständig auf den Beinen, tapste hierhin und dorthin und forderte laut krähend die Aufmerksamkeit und Anerkennung ihrer Mutter ein. Vicki tätschelte hin und wieder abwesend ihren Hinterkopf, ohne dass ihre Blicke sich wirklich trafen. Vielleicht war das Kind wie wir alle anfangs geblendet von dem riesigen Diamantring am Mittelfinger von Vickis linker Hand. Selbst auf dem Film scheint er für einen Moment alle anderen Bilder zu überstrahlen, sodass der Bildschirm gespenstisch weiß wird.

Vicki war mit einem gut fünfundzwanzig Jahre älteren Mann verheiratet, den sie seit ihrer Kindheit kannte. Sie war sogar mit seinem ältesten Sohn zur High-School gegangen, und zwischen den beiden hatte sich eine schüchterne Romanze entwickelt, die natürlich jäh endete, als Vicki beschlossen hatte, den Vater attraktiver zu finden. Der folgende Skandal hatte die Familie zerrissen. »Eine glückliche Ehe kann man nicht zerstören«, zitierte Vicki an jenem Nachmittag einen Satz aus Elizabeth Taylors Lebenslauf, und wir anderen Frauen nickten einmütig, obwohl wir unseren Schock nicht völlig verbergen konnten.

Vicki schockierte gern, wie die Frauen schnell merkten und heimlich genießen lernten. Denn bei all ihren Fehlern, und das waren nicht wenige, war Vicki in der Regel unbedingt unterhaltsam.

Sie war der Funken, der die Flamme entzündete, ihre Anwesenheit war das Zeichen, dass die Party offiziell beginnen konnte, sie brachte alles in Bewegung und zur Not auch durcheinander; sie war die Frau, über die jeder tratschte und gackerte. Und auch wenn sie den Ball nicht unbedingt ins Rollen brachte – das tat überraschenderweise häufig die unscheinbarere Susan –, war Vicki diejenige, die ihn am Laufen hielt und dafür sorgte, dass ihr Team gewann. Denn Vicki spielte immer, um zu gewinnen.

Neben Vicki mit ihrer angespannten Intensität wirkt Susan, die Hände entspannt im Schoß gefaltet, hellbraunes, kinnlanges Haar mit adretter Innenrolle, beinahe wie ein schüchternes Mädchen, wenn man von der Tatsache absieht, dass sie noch gut zehn der dreißig Pfund mit sich herumschleppte, die sie während ihrer Schwangerschaft mit Ariel zugelegt hatte. Das Übergewicht machte sie sichtlich verlegen und kamerascheu, wenngleich sie sich am Bühnenrand schon immer wohler gefühlt hatte als in der Mitte. Die anderen Frauen machten ihr Mut und berichteten von ihren Diäten und Fitnessbemühungen, und Susan hörte zu, nicht aus Höflichkeit, sondern weil sie schon immer lieber zugehört als geredet hatte, ihr Verstand war wie ein Schwamm, der jede Kleinigkeit aufsog. Später notierte sie die Vorschläge in dem Tagebuch, das sie seit Ariels Geburt führte. Auf Drängen der anderen gab sie zu, dass sie einmal davon geträumt hatte, Schriftstellerin zu werden, und Vicki meinte, sie solle mit ihrem Mann reden, der eine Reihe von Zeitschriften besaß und sein Imperium weiter ausbauen wolle.

Susan lächelte, während ihre Tochter fröhlich mit ihren nackten Zehen spielte und sie an den Füßen kitzelte, und wechselte das Thema, weil sie lieber über ihre Seminare an der Uni sprach. Die waren greifbarer als irgendwelche Träume, und Susan war ein durch und durch praktischer Mensch. Sie hatte ihr Studium nach der Heirat aufgegeben und ihren Mann bei seinem Medizinstudium unterstützt. Erst nachdem seine Praxis eingerichtet war und florierte, hatte sie beschlossen, an die Universität zurückzukehren, um ihr Studium abzuschließen. Ihr Mann hätte diese Entscheidung sehr unterstützt, erklärte sie den anderen Frauen, und ihre Mutter half, indem sie tagsüber auf Ariel aufpasste.

»Du hast Glück«, sagte Chris. »Meine Mutter lebt in Kalifornien.«

»Meine Mutter ist kurz nach Traceys Geburt gestorben«, sagte Barbara, und Tränen schossen ihr in die Augen.

»Ich habe meine Mutter nicht mehr gesehen, seit ich vier war«, verkündete Vicki. »Sie ist mit dem Geschäftspartner meines Vaters durchgebrannt. Seither habe ich nichts mehr von dem Miststück gehört.«

Und dann herrschte Schweigen wie so oft nach einer von Vickis kalkulierten Provokationen.

Susan blickte auf die Uhr, und die anderen folgten ihrem Beispiel. Eine von ihnen meinte, dass es spät geworden sei und man sich wohl besser auf den Heimweg machen solle. Wir beschlossen, den Nachmittag mit einer abschließenden Gruppenaufnahme festzuhalten, stellten die Kamera auf der anderen Seite des Raumes auf einen Stapel Bücher und arrangierten uns und unsere Töchter so, dass alle im Bild waren.

Und da sind wir, meine Damen und Herren.

Auf der einen Seite Susan in Jeans und einem schlabberigen, weiten Hemd, auf dem Schoß ihre Tochter Ariel, deren drahtiger Körper einen deutlichen Kontrast zu der gemütlichen Fülligkeit ihrer Mutter bildet.

Auf der anderen Seite Vicki in weißen Shorts und einem gepunkteten, rückenfreien Oberteil, die versucht, die Arme ihrer Tochter Kirsten von ihrem Hals zu lösen, während sie, eine stumme unanständige Bemerkung auf den Lippen, mit mutwillig blitzenden Augen direkt in die Linse der Kamera blickt.

Dazwischen Barbara und Chris; Chris, in einer weißen Hose und einem rotweiß gestreiften T-Shirt, die versucht, ihre Tochter davon abzuhalten, sie wieder zu verlassen, während Tracey brav auf dem berockten Schoß ihrer Mutter sitzt, die ihre kleine Hand hebt und senkt, sodass Mutter und Tochter wie eine Person wirken.

Die Grandes Dames.

Freundinnen fürs Leben.

Dabei sollte sich herausstellen, dass eine von uns gar keine Freundin war, aber das wussten wir damals noch nicht.

Genauso wenig wie eine von uns hätte vorhersagen können, dass zwei von uns dreiundzwanzig Jahre später tot sein würden, eine auf grausame Weise ermordet.

Damit bleibe nur noch ich.

Ich drücke auf einen anderen Knopf, höre, wie das Band zurückgespult wird, und rutsche erwartungsvoll auf meinem Stuhl hin und her, während ich darauf warte, dass der Film erneut startet. Vielleicht, denke ich, als die Frauen plötzlich wieder auf dem Bildschirm erscheinen, ihre Töchter auf dem Schoß, die Zukunft im Gesicht, wird diesmal alles einen Sinn ergeben, und ich werde die Gerechtigkeit finden, die ich suche, den Frieden, nach dem ich mich sehne, die Erklärung, die mir fehlt.

Ich höre das Lachen der Frauen, und die Geschichte beginnt.

ERSTER TEIL
1982–1985

Chris

1

Chris lag mit geschlossenen Augen in ihrem Messingbett, von den Zehen bis zum Kinn fest in das steife weiße Baumwolllaken gewickelt, die Arme wie gefesselt starr an ihren Körper gepresst. Sie stellte sich vor, sie wäre eine ägyptische Mumie, die einbalsamiert in einer antiken Pyramide lag, während Horden neugieriger Touristen in schmutzigen, ausgelatschten Sandalen über ihrem Kopf hin und her wanderten. Das würde zumindest meine Kopfschmerzen erklären, dachte sie und hätte beinahe gelacht, wenn da nicht das Pochen in ihren Schläfen gewesen wäre, das wie ein Echo ihres dumpfen Herzschlags klang. Wann hatte sie sich zum letzten Mal so ängstlich und verloren gefühlt?

Nein, Angst war ein zu starkes Wort, verbesserte sich Chris sofort, ihre Gedanken zensierend, noch bevor sie ganz ausformuliert waren. Es war keine Angst, die sie lähmte, sondern ein vages, beunruhigendes Unbehagen, das wie ein vergifteter Strom durch ihren Körper sickerte. Diese unbestimmte, vielleicht sogar undefinierbare Befindlichkeit war es, die sie die Augen fest geschlossen halten und die Arme starr an ihren Körper drücken ließ, als wäre sie im Schlaf gestorben.

Spürten Tote dieses eindringende, alles *durchdringende* Gefühl des Unbehagens, fragte sie sich, bevor sie ihrer morbiden Gedanken überdrüssig wurde und die Geräusche des Morgens in ihren Kopf sickern ließ: Unten im Flur sang ihre sechsjährige Tochter Montana, der dreijährige Wyatt spielte mit der Spielzeugeisenbahn, die er zu Weihnachten bekommen hatte; und direkt unter ihr in der Küche öffnete Tony Schranktüren und schlug sie klappernd wieder zu. Nach einigen Minuten war die lähmende Angst zu bloßem Unbehagen geschrumpft, das sich besser in den Griff bekommen und letztendlich leichter ganz abtun ließ. Noch ein paar Minuten, und Chris konnte sich vielleicht einreden, dass das, was vergangene Nacht geschehen war, in Wahrheit ein böser Traum gewesen war, Produkt ihrer überhitzten – *überreizten*, wie Tony vielleicht sagen würde – Phantasie.

»It's a heartache!«, schmetterte Montana in ihrem Zimmer am Ende des Flurs.

»Tsch-tsch-tsch-tsch, tsch-tsch-tsch-tsch«, zischte Wyatt, das Geräusch einer Eisenbahn imitierend, laut.

Irgendwo unter ihr ging eine weitere Schranktür auf und klappernd wieder zu. Geschirr klirrte.

»Nothing but a heartache!«

Chris schlug die Augen auf.

Ich habe ein Geheimnis, dachte sie.

Sie ließ ihren Blick durch das kleine Schlafzimmer wandern, ohne den Kopf von dem riesigen Daunenkopfkissen zu heben. Durch die schweren, bernsteinfarbenen Vorhänge fielen ein paar Sonnenstrahlen, die die hellblauen Wände gespenstisch blass erscheinen ließen und in deren Licht über ihrem Kopf kleine Staubpartikelchen tanzten. Der schwarze Rollkragenpullover, den Tony gestern Abend zum Essen getragen hatte, hing achtlos hingeworfen über der Lehne des kleinen blauen Stuhls in der Ecke, einen leeren Arm ausgestreckt zu dem breiten blauen Webteppich, der noch immer klebrig von vor langer Zeit verschüttetem Apfelsaft war. Die Tür zu dem kleinen, direkt angrenzenden Bad stand ebenso offen wie die oberste Schublade der Korbkommode. Die Uhr auf ihrem Nachttisch zeigte 9.04 an.

Sie sollte wahrscheinlich aufstehen, sich anziehen und nach Wyatt und Montana sehen. Tony hatte ihnen offensichtlich Frühstück gemacht, was sie nicht überraschte. Sonntags stand er immer mit den Kindern auf. Außerdem war er nach einem großen Streit immer besonders nett zu ihr. Sie hatte gespürt, wie er beim ersten Gepolter aus Wyatts Zimmer leise aus dem Bett geschlüpft war, aber so getan, als würde sie schlafen, während er sich eilig angezogen hatte, und bevor er sich über sie gebeugt und ihr einen Kuss auf die Stirn gehaucht hatte. »Schlaf«, hatte sie ihn flüstern hören und seinen Atem beruhigend sanft auf ihrer Haut gespürt.

Sie hatte versucht, wieder einzudösen, doch es war ihr nicht gelungen, und als ihre Lider jetzt endlich gnädig schwer wurden, war es zu spät. Die Kinder würden sich jede Minute bei ihren einsamen Beschäftigungen langweilen, durch die Schlafzimmertür stürmen und ihre Aufmerksamkeit einfordern. Sie musste aufstehen, duschen und sich auf den vor ihr liegenden, anstrengenden Tag vorbereiten. Entschlossen schlug Chris das Laken zur Seite, schwang die Beine aus dem Bett und spürte unsichtbare Kekskrümel unter ihren nackten Füßen zerbrößeln, als sie in Richtung Bad tapste. »Oh, Gott«, sagte sie, als sie ihr geschwollenes Gesicht in dem Spiegel über dem Waschbecken sah. »Ich weiß, dass du irgendwo da drinnen steckst.« Vorsichtig tupfte sie über die Schwellung um ihre Augen. Wurde sie nicht langsam zu alt, um sich in den Schlaf zu weinen?

Außerdem hatte sie gar nicht geschlafen, die ganze Nacht lang keine Minute. »Chris«, hatte sie Tony in regelmäßigen Abständen in ihr Ohr flüstern hören, bevor er sich, als sie nicht geantwortet hatte, wieder auf seine Seite des Bettes zurückgezogen hatte. »Chris, bist du wach?«

Er hat also auch nicht geschlafen, dachte sie mit nicht geringer Befriedigung, als sie ihr Gesicht mit kaltem Wasser benetzte, einen nassen Waschlappen auf ihre Augen drückte und spürte, wie ihre müde Haut langsam wieder auf Normalgröße schrumpfte. »Wer bist du?«, fragte sie sich nicht zum ersten Mal müde und strich sich ein paar Strähnen ihres strubbeligen blonden Haars aus dem Gesicht. »Weiß der Teufel«, antwortete ihr Spiegelbild mit Vickis Stimme, und Chris kicherte. Das Geräusch kratzte in ihrer Kehle wie eine Katze an einer Fliegengittertür.

»It's a heartache!«, sang Montana auf der anderen Seite der Badezimmerwand.

Das kann man laut sagen, dachte Chris, stieg unter die Dusche, drehte den Hahn auf und genoss den Schwall heißen Wassers auf ihren Armen und Beinen, spürte ihn wie tausend kleine Peitschenhiebe auf ihrem Rücken. Was gestern Nacht geschehen war, war ebenso sehr ihre Schuld wie Tonys, gestand sie sich ein. Sie stellte sich direkt unter den Strahl, sodass er ihr Haar in der Mitte teilte, bevor er sich über ihr Gesicht ergoss.

Hatten die Kinder sie streiten hören? Sie hörte über dem Rauschen des Wassers das entfernte Echo der Stimmen ihrer sich anschreienden Eltern, das drei Jahrzehnte später immer noch so laut und mächtig klang wie eh und je. Chris erinnerte sich, wie sie in ihrem Bett gelegen und gelauscht hatte, wenn ihre Eltern unten gestritten hatten. Ihre wütenden Worte waren ungeduldig im Flur gekreist und hatten an die Wände ihres Zimmers geklopft, als wollten sie sie unbedingt einbeziehen, bis sie schließlich durch die Bodenritzen in die Luft eingedrungen waren, die sie atmete. Sie hatte sich ihr kleines Kissen aufs Gesicht gedrückt, um das Gift nicht einzuatmen, hatte sich mit zitternden Händen die Ohren zugehalten und versucht, die hässlichen Geräusche zu dämpfen. Einmal war sie sogar aus dem Bett gekrabbelt und hatte sich in der hintersten Ecke des Kleiderschranks verkrochen, doch die Stimmen waren immer lauter geworden, bis sie das Gefühl hatte, dass jemand mit ihr im Schrank war. Als unsichtbare Finger von den Säumen der über ihr hängenden Kleider nach ihr tasteten und fremde Zungen ihre Wangen ableckten, war sie weinend zurück in ihr Bett gelaufen, hatte die Decke bis unters Kinn gezogen, die Arme fest an den Körper gepresst, die Augen zugekniffen und war bis zum Morgen so liegen geblieben.

Hatte sie vergangene Nacht nicht im Grunde dasselbe getan?

War sie kein bisschen erwachsen geworden?

Chris drehte das Wasser ab, trat aus der Dusche und wickelte ein weiches, blau-weiß gestreiftes Handtuch um ihren Kopf und ein zweites um ihren Körper, dankbar dafür, dass sie sich im beschlagenen Spiegel nur schemenhaft erkennen konnte. Sie öffnete die Badezimmertür und spürte die kalte Umarmung der Luft. Wie bin ich nur hier gelandet, fragte sie sich, als sie ins Schlafzimmer zurückschlurfte, mitten im Albtraum meiner Eltern.

»Hallo Schatz«, sagte Tony leise.

Chris nickte wortlos und blickte weiter zu Boden, während ihre Nase den Geruch frisch zubereiteter Pfannkuchen witterte.

»Ich habe dir Frühstück ans Bett gebracht«, sagte er.

Chris ließ sich aufs Bett sinken und lehnte sich gegen die Kissen, während wie von Zauberhand ein Tablett mit einem Teller voll Blaubeerpfannkuchen, einem Glas frisch gepressten Orangensafts und einer Kanne wunderbar duftenden Kaffees vor ihr auftauchte. Neben einer Butterdose aus Edelstahl standen ein kleiner weißer Keramikkrug mit echtem Ahornsirup und eine kleine gläserne Stielvase mit einer roten Butterblume aus Plastik. »Das musstest du doch nicht«, sagte Chris leise, den Blick weiterhin abgewandt. Das habe ich nicht verdient, dachte sie.

Tony saß am Fuß des Bettes. Sie spürte, wie er sie beobachtete, während sie ihre Pfannkuchen mit Butter bestrich und mit warmem Sirup beträufelte, bevor sie vorsichtig erst eine, dann eine weitere Gabel voll zum Mund führte. Paradoxerweise wurde sie mit jedem Bissen hungriger und mit jedem Schluck, den sie trank, durstiger. Binnen Minuten waren die Pfannkuchen verputzt, das Saftglas war leer und der Kaffee ausgetrunken. »Gut?«, fragte Tony erwartungsvoll, und sie konnte das Lächeln in seiner Stimme hören.

»Wundervoll«, antwortete sie, entschlossen, ihn nicht anzusehen, weil sie wusste, dass das Spiel dann vorüber war.

»Es tut mir so Leid, Chris.«

»Nicht.«

»Du weißt, dass ich es nicht so gemeint habe.«

»Bitte …«

»Du weißt, wie sehr ich dich liebe.«

Chris spürte, wie ihr Tränen in die Augen schossen, und hasste sich dafür. »Bitte, Tony …«

»Willst du mich nicht mal ansehen? Hasst du mich so sehr, dass du meinen Anblick nicht ertragen kannst?«

»Ich hasse dich nicht.« Chris hob kurz den Blick und verschlang ihren Mann mit den Augen.

Auch wenn man Tony nie als attraktiv bezeichnet hätte wie Barbaras Mann oder vornehm wie Vickis, nicht einmal gütig, das erste Wort, was einem in den Sinn kam, wenn man Susans Mann beschreiben sollte, gab es, wenn man sich erst einmal in seinem Blick verloren hatte, kein Zurück mehr. Ein Mann voller Geheimnisse, hatte Barbara verkündet; eine beeindruckende Persönlichkeit, hatte Susan vorgeschlagen; sexy, hatte Vicki knapp zusammengefasst. Ein Rohdiamant, waren sie sich alle einig gewesen.

Mehr roh als glitzernd, dachte Chris jetzt, während sie beobachtete, wie ihr Mann Zentimeter für Zentimeter auf dem Bett nach oben rutschte und mit der Hand über ihre feuchten Beine strich, was ein Kribbeln wie einen verirrten Stromschlag bis zu ihrem Herz rasen ließ. Von nahem war er kleiner, als er auf den ersten Blick wirkte, allerdings auch muskulöser, als seine schmalen Schultern vermuten ließen. Er trug Jeans und den moosgrünen Pullover, den sie ihm zu seinem letzten Geburtstag geschenkt hatte, weil sie fand, dass der weichere Farbton der Wolle das harte Grün seiner Augen unterstrich. Sein Haar war bis auf eine weiße Strähne nahe seiner rechten Schläfe braun und dicht. Tony erzählte jedem, dass die Strähne die Folge eines Kindheitstraumas war, wobei das Trauma sich mit jedem Erzählen veränderte, genauso wie die Erklärung für die Narbe, die sich von seinem linken Ohrläppchen bis zu seinem Unterkiefer durch seine Haut schnitt. Im Laufe ihrer elfjährigen Ehe hatte Chris so viele Versionen darüber gehört, wie er sich diese Narbe zugezogen hatte, dass sie sich beim besten Willen nicht mehr erinnern konnte, ob sie das Ergebnis eines beinahe tödlichen Sturzes in Kindertagen, die Folge eines Autounfalls, den er wie durch ein Wunder überlebt hatte, oder das Resultat einer Kneipenschlägerei war. Sie war sich sicher, dass der wahre Grund unendlich viel prosaischer als all diese Variationen war, obwohl sie Tonys Geschichten nie in Zweifel ziehen würde. Tony brauchte das Dramatische. Er übertrieb die profanen Kleinigkeiten des Lebens, vergrößerte das Gewöhnliche und feierte das Alltägliche. Das machte ihn ja gerade so charmant und feuerte seine Kreativität an. Man konnte keine Zeitung aufschlagen, ohne eine Anzeige zu erblicken, die er gestaltet, nicht bis zur nächsten Straßenecke laufen, ohne ein Plakat zu sehen, das er entworfen hatte. Ein Werbefeldzug für Edelkatzenfutter stammte genauso von ihm wie die »Alles Käse!«-Kampagne einer Großmolkerei. War er nicht schneller als irgendjemand vor ihm zum Senior Artdirector von Warsh & Rubican aufgestiegen? Und war nicht sein natürlicher Hang zur Übertreibung zumindest ein Teil dessen gewesen, was sie zu ihm hingezogen hatte? In jenen frühen Jahren war ihr durch Tony alles so aufregend, grenzenlos und so *machbar* erschienen.

Chris lächelte, und mehr Ermutigung brauchte er nicht. Sie beobachtete, wie er sofort weiter auf dem Bett nach oben rutschte, das Tablett behutsam auf den Boden stellte und ihre Hände ergriff.

»Tony …«

»Es wird nie wieder passieren, Chris.«

»Das darf es auch nicht.«

»Bestimmt nicht.«

»Du hast mir Angst gemacht.«

»Ich hab mir selbst Angst gemacht«, stimmte er ihr zu. »Ich habe diese brüllende Stimme gehört und konnte nicht glauben, dass ich das selbst war. Die schrecklichen Dinge, die ich gesagt habe …«

»Das meine ich nicht.«

»Ich weiß. Bitte verzeih mir.«

Kann ich das?, fragte Chris sich. Konnte sie ihm verzeihen? »Vielleicht sollten wir es mit einer Beratung oder Therapie versuchen.« Chris hielt den Atem an und wappnete sich gegen seinen garantiert folgenden Wutausbruch. Hatte Tony seine Meinung über Eheberatung nicht schmerzhaft deutlich gemacht? Hatte er ihr nicht erklärt, dass er es bestimmt nicht zulassen würde, dass ein paar überstudierte Seelenklempner in seinem Privatleben herumpfuschten?

»Eine Therapie wird nicht helfen«, sagte er leise.

»Vielleicht doch. Wir könnten es zumindest probieren. Was immer auch unser Problem sein mag –«

»Ich bin gefeuert worden!«

»Was!« Chris war sich sicher, ihn falsch verstanden zu haben. »Wovon redest du überhaupt?«

»Sie haben mich vor die Tür gesetzt«, sagte er, ohne das weiter auszuführen.

Chris sah die Worte vor ihren Augen tanzen wie die Staubteilchen in der Sonne, versuchte, sie festzuhalten, bis sie ihre Bedeutung begriffen hatte, doch so leicht ließen sie sich nicht in Reih und Glied bringen. »Sie haben dich vor die Tür gesetzt?«, wiederholte sie hilflos, doch auch laut ausgesprochen ergaben die Worte nicht mehr Sinn. »Warum?«

Tony zuckte die Achseln. »Dan Warsh meinte irgendwas davon, dass sie frische Perspektiven und neue Ideen bräuchten.«

»Aber sie waren doch immer begeistert von deinen Ideen. Die Katzenfutterreklame, die ›Alles Käse!‹-Kampagne, ich dachte, sie wären ganz hin und weg gewesen.«

»Waren sie auch – letztes Jahr. Jetzt haben wir 1982, Chris. Wir stecken mitten in einer größeren Rezession. Allen geht der Arsch auf Grundeis.«

»Aber …« Chris hielt inne. Beschwerte Tony sich nicht immer darüber, dass sie nie wusste, wann sie es gut sein lassen sollte? »Wann ist es passiert?«

»Freitagmorgen.«

»Freitag! Warum hast du es mir nicht erzählt?«

Tränen schossen in Tonys Augen, und er wandte sich ab. »Gestern Abend habe ich versucht, es dir zu erzählen.«

Chris atmete tief ein und versuchte, sich an die Ereignisse vom Vorabend zu erinnern, an die genaue Abfolge dessen, was gesagt worden war, bevor die Dinge außer Kontrolle geraten waren. Doch sie hatte die wütenden Worte so angestrengt verdrängt, dass sie sich jetzt nicht wieder hervorlocken lassen wollten. Lediglich geknurrte und abgerissene Satzfetzen fielen ihr ein, potenziell bedeutungsvolle Bilder prasselten auf sie nieder und verschwammen wie Schnee auf einer Windschutzscheibe in einem Wintersturm. Tony warf ihr immer vor, dass sie nicht zuhörte. Hatte er etwa Recht?

»Es tut mir Leid«, erklärte sie ihm und nahm seinen Kopf in ihre Hände und drückte ihn gegen das Handtuch um ihre Brüste.

»Wir werden schon zurechtkommen«, versicherte er ihr eilig. »Es ist schließlich nicht so, als ob ich keinen anderen Job finden könnte.«

»Natürlich wirst du einen anderen Job finden.«

»Ich will nicht, dass du dir Sorgen machst.«

»Ich mache mir keine Sorgen. Ich wünschte bloß, ich hätte es gewusst. Vielleicht wäre das mit gestern Nacht nie …«

»Damit will ich mein Verhalten von gestern Nacht nicht entschuldigen.«

»Das weiß ich.«

»Es war vollkommen daneben.«

»Du warst erregt, weil du deinen Job verloren hast.«

»Das gibt mir noch lange nicht das Recht, es an dir auszulassen.«

»Es war ebenso sehr meine Schuld wie deine. Tony, es tut mir so Leid …«

»Ich liebe dich, Chris. Ich liebe dich so sehr. Der blöde Job ist mir egal. Ich kann eine Million Jobs verlieren, aber dich darf ich nicht verlieren.«

»Du wirst mich nicht verlieren. Bestimmt nicht. Ganz bestimmt nicht.«

Und dann lagen sie sich in den Armen, und er küsste sie so, wie er sie geküsst hatte, als sie neunzehn war und er versucht hatte, sie zu überreden, mit ihm durchzubrennen, wie er sie geküsst hatte, als sie zum ersten Mal miteinander geschlafen hatten, und wie er sie immer küsste, wenn sie sich nach einem Streit versöhnten, kurze, zärtliche Küsse, die ihre Lippen kaum streiften, als hätten sie Angst, länger zu verweilen als erwünscht. Sie spürte, wie er das Handtuch um ihren Kopf löste, sodass es auf ihre nackten Schultern glitt. Feuchtes Haar fiel ihr in ungebändigten Strähnen ins Gesicht, und Chris hob instinktiv die Hand, um sie hinter die Ohren zu streichen. Tony zupfte schon an dem Handtuch um ihre Brüste, öffnete es und drückte sie aufs Bett.

»Mami!«, ertönte plötzlich ein Schrei vor der geschlossenen Schlafzimmertür.

Chris spürte, wie Tony erstarrte, und hielt den Atem an, um seine Reaktion abzuwarten. Doch er lachte nur, und in jenem unerwarteten, vollen und kehligen Geräusch hörte sie all die Gründe, aus denen sie vor so vielen Jahren tatsächlich mit ihm durchgebrannt war. Es klang nach Sicherheit und Dauer, und beides hatte sie in ihrer Kindheit vermisst.

»Mami ist im Moment ein bisschen beschäftigt«, rief Tony, eine Hand am Reißverschluss seiner Jeans.

»Ich will Mami!«, beharrte das Kind und rüttelte an der Türklinke.

»Ich komme sofort, mein Mopperchen«, rief Chris und wollte sich aufrichten. Tonys unerwartet fester Griff hielt sie davon ab, während das Kind weiter gegen die Schlafzimmertür trommelte. Warum hatte Tony abgeschlossen?

»Wisst ihr noch, worüber wir beim Frühstück geredet haben, Kinder?«, fragte Tony, dessen Jeans sich mittlerweile über einer unübersehbaren Erektion spannte. »Darüber, dass Mami sich nicht so wohl fühlt und dass ihr sie ganz lange schlafen lassen wolltet? Wisst ihr das noch?«

»Aber jetzt ist sie auf«, insistierte Montana. »Ich hab euch reden hören.«

»Ja, aber sie fühlt sich immer noch nicht besonders wohl.«

»Was *hat* sie denn?« Montanas Stimme klang eher anklagend als besorgt.

»Mami! Mami!«, rief Wyatt.

»Tony«, flüsterte Chris und küsste sein Kinn. »Das können wir doch auch später noch machen.«

Tony fasste ihre Schulter fester. »Geht wieder in eure Zimmer, Kinder. Mami kommt gleich.«

»Jetzt!«, forderte Montana.

»Tony, bitte«, sagte Chris. »So kann ich mich sowieso nicht entspannen.«

»Es wird nicht lange dauern.« Tony zog seine Jeans in die Kniekehlen und zog ihren Kopf an sich. »Komm schon, Chris. Du kannst mich doch jetzt hier nicht so stehen lassen.«

»Mami! Lass mich rein!«

»Bitte, Chris.«

»Mammmmmmi!«

»Warum singst du Mama nicht etwas vor?«, schlug Tony vor, schob sein Geschlecht zwischen Chris' Lippen und bewegte ihren Kopf langsam vor und zurück.

»Was soll ich denn singen?«

»Was du möchtest, mein Herzchen«, sagte Tony und grub seine Finger in Chris' Kopfhaut.

»It's a heartache!«, begann Montana aus Leibeskräften zu singen. *»Nothing but a heartache!«*

Gütiger Gott, dachte Chris. Passierte das wirklich?

»Gets you if you're too late. Feels just like a clown.«

War sie wirklich dabei, ihrem Mann einen zu blasen, während ihre sechsjährige Tochter vor der Schlafzimmertür von Herzschmerz sang? Nein, dass konnte sie nicht. Es war zu absurd, zu bizarr.

Als ob er ihr wachsendes Unbehagen gespürt hätte, wurde Tony schneller. Chris stützte sich auf der Bettkante ab, um das Gleichgewicht nicht zu verlieren.

»Mein Gott, Chris, das ist so gut. Ich liebe dich so sehr.«

»Nothing but a heartache …«

»Tony …«

»Jetzt, Chris, jetzt!«

Sie spürte, wie sein Körper zu zittern begann und er ihre Haare losließ. Er zog seine Jeans rasch wieder hoch. Chris schluckte, wischte sich den Mund ab und massierte ihren Kiefer, während Tony zur Tür ging und sie aufmachte. Sofort stürzten Montana und Wyatt herein, sprangen aufs Bett und rangelten um die beste Position auf Chris' Schoß.

»Du riechst komisch«, sagte Montana.

»Morgenatem«, sagte Tony zwinkernd und hob Wyatt hoch über seinen Kopf, während der Kleine begeistert quiekte.

»Igitt«, sagte Montana, rutschte vom Schoß ihrer Mutter und warf sich gegen Tonys Beine.

Tony hob sie mit der freien Hand mühelos hoch und ließ sie an seiner Seite baumeln. »Wer gewinnt den Super Bowl?«, fragte er herausfordernd.

»Bengals!«, rief Wyatt.

»Das ist mein Junge.«

»Bengals, Bengals!«, kreischte Montana noch lauter, um ihren Bruder zu übertrumpfen.

Du lieber Gott, der Super Bowl, dachte Chris und schlug sich verlegen eine Hand vor den Mund. Das hatte sie völlig vergessen. Sie hatte so viel zu tun und sich noch nicht einmal überlegt, was sie zum Abendessen machen wollte.

»Chris«, sagte Tony, als er Montana und Wyatt aus der Tür geschoben hatte. »Hör mal, wenn du nichts dagegen hättest, niemandem was davon zu erzählen, dass ich meinen Job verloren hab …«

»Natürlich nicht.«

»Jedenfalls heute nicht.«

»Klar.«

»Wozu die Party verderben?«

»Ich verstehe«, sagte Chris lächelnd.

Jetzt habe ich zwei Geheimnisse, dachte sie.

2

Die Frauen saßen um den runden Kiefernholztisch, der einen großen Teil von Chris' kleiner Küche einnahm. Auf dem Tisch standen zwei offene Weinflaschen, eine mit rotem, eine mit weißem Wein, und mindestens ein halbes Dutzend unterschiedlich volle Gläser. Während sie den neuesten Klatsch austauschten und zwischendurch an ihrem Chardonnay nippten, schälte Chris abwesend einen Bund großer Möhren, Vicki zupfte an den Spitzen einer neuen, eher misslungenen Dauerwelle herum, während Susan und Barbara sich über die neueste Ausgabe von *Cosmopolitan* amüsierten. Bis auf Barbara, die einen knöchellangen, blauen Samtrock trug, hatten alle warme, bequeme Pullover und Jeans an, wobei Vickis aus Leder waren.

»Das ist eine Super-Bowl-Party«, spottete Vicki bei ihrem Anblick, »keine Hochzeit.«

»Ich weiß«, gab Barbara, untermalt von einer graziösen Bewegung ihrer flatternden Finger, leichthin zurück. »Ich weiß. Ich weiß.«

»Sie kann eben nicht anders«, meinte Susan.

In dem Raum direkt unter ihnen saßen ihre Männer, tranken Bier und brüllten abwechselnd anfeuernd oder verärgert auf einen gleichgültigen Fernsehschirm ein. Im Wohnzimmer waren ihre Kinder versammelt – insgesamt fünf Mädchen und zwei Jungen –, die kichernd Popcorn futterten und sich unter den wachsamen, wenngleich müden Blicken von Vickis Kindermädchen zum zigsten Mal *Elliot, das Schmunzelmonster* ansahen.

»Und was glaubst du, was ihr Geheimnis ist?«, fragte Susan plötzlich.

Chris' Hand mit dem Schälmesser erstarrte mitten in der Bewegung, ihr war, als ob aller Augen auf sie gerichtet waren. Woher wissen sie es, fragte sie sich und spürte, wie ihre Wangen so orange anliefen wie die Möhre in ihrer Hand. Sie hatte nichts gesagt, sich keiner von ihnen anvertraut. Waren sie so fein auf die Nöte und Bedürfnisse der anderen eingestimmt? War ihr schützender Radar nach nur vier Jahren Freundschaft so stark? Konnte sie nichts vor ihnen verbergen, egal, wie persönlich oder beschämend es war?

Chris hatte sich ihre Lügen bereits zurechtgelegt und auf der Zungenspitze, als sie den Kopf hob. *Geheimnis? Was für ein Geheimnis? Nein, natürlich ist alles in Ordnung.* Und wenn sie weiter in sie drangen, sich weigerten, ihre aufrichtigen Beteuerungen zu glauben, und ihre Lüge als das abtaten, was sie offensichtlich war. Was dann? Konnte sie ihnen wirklich die Wahrheit sagen?

Doch als Chris aufblickte, sah sie, dass niemand sie mit besorgten, fragenden Blicken betrachtete. Susan und Barbara waren vielmehr weiterhin in ihre Illustrierte vertieft. Und auch Vicki hatte aufgehört, an ihrer widerspenstigen Dauerwelle herumzuzupfen, und musterte zusammen mit den beiden anderen ein Foto von Raquel Welch, die, aus ihrem winzigen weißen Bikini quellend, am sonnigen Strand von Malibu Yoga-Übungen machte.

»Ihr Geheimnis?«, wiederholte Barbara. »Das ist nicht dein Ernst, oder?«

»Sag mir nicht, es ist plastische Chirurgie«, sagte Susan.

»Natürlich ist es plastische Chirurgie«, verkündete Barbara.

»Das sagst du über jede.«

»Weil es stimmt. Nun kommt schon, Mädels. Sie ist über vierzig.«

»Ich habe gehört, sie hätte sich ein paar Rippen entfernen lassen«, wusste Vicki zu berichten.

»Das glaube ich sofort«, sagte Barbara.

»Meinst du, sie hat sich auch den Busen machen lassen?«

»Nein.«

»Doch.«

»Wenn, will ich die Adresse von ihrem Arzt«, sagte Barbara. »Dann hat er großartige Arbeit geleistet.«

»Ja«, stimmte Vicki ihr zu. »Wenn sich eine Frau den Busen machen lässt, hat sie hinterher meistens zwei große dicke Ballons, die irgendwo aus dem Nichts ragen, mit Brustwarzen, die ungefähr zehn Zentimeter höher liegen, als sie sollten. Es sieht absolut lächerlich aus. Jeder merkt sofort, dass sie nicht echt sind.«

»Das ist Männern egal«, sagte Barbara, und im selben Augenblick ertönte unten lauter Jubel. »Sie mögen sie, egal, wie unecht sie aussehen.«

»Würdest du dich einer Schönheitsoperation unterziehen?«, fragte Chris und atmete die Luft aus, die sie die ganze Zeit ängstlich angehalten hatte.

»Nie im Leben«, sagte Susan und klappte entschlossen die Zeitschrift zu.

»Man soll nie nie sagen«, erklärte Vicki ihr und goss sich ein weiteres Glas Rotwein ein.

»Ich werde meine Fassade auf jeden Fall renovieren lassen.« Barbara klopfte sich auf ihre vollen Brüste unter ihrer hellblauen Seidenbluse. »Sobald die Babys schlaff werden, besorge ich mir ein Paar neue. Beim ersten Anzeichen einer Falte liege ich auf dem OP-Tisch. Und von diesem Blödsinn von wegen ›Ich möchte bloß ausgeruht und entspannt aussehen‹ will ich auch nichts hören. Ich will aussehen, als käme ich direkt aus dem Windkanal.«

Die Frauen lachten. »Du bist verrückt«, erklärte Chris ihr. »Warum willst du an diesem wunderschönen Gesicht rumpfuschen?«

»Was ist nur aus dem Konzept von ›in Würde altern‹ geworden?«, fragte Susan.

»Ich bitte dich«, sagte Barbara. »Was ist denn so würdig am Altern?«

»Deswegen hättet ihr eben ältere Männer heiraten sollen«, erklärte Vicki ihnen. »Dann seid ihr immer die Junge.«

»Aber ist das nicht ein schlechter Tausch?«, fragte Barbara und zog eine ihrer sorgfältig gezupften Brauen hoch.

»Wie meinst du das?«

»Ich meine, mag sein, dass *du* jung bleibst« – Barbara zwinkerte – »aber bleiben sie auch *hart*?«

Ein lautes Quieken drang aus Chris' Kehle, während ihr Gesicht endgültig dunkelrot anlief. Sie sprang vom Tisch auf, kippte eilig die Möhrenreste in den Abfall unter dem Waschbecken und gab die Möhren in die große hölzerne Salatschüssel, die auf der weiß gekachelten Anrichte stand.

»Chris, beweg deinen Arsch wieder hierher«, befahl Vicki. »Wir diskutieren hier über sehr wichtige Dinge.«

»Ich finde, wir sollten über so was nicht reden«, sagte Chris und versuchte, nicht Tonys erigierten Penis vor ihrem Gesicht zu sehen und zu spüren, wie er gegen ihren Gaumen stieß.

»Wir reden immer über so was«, entgegnete Vicki.

»Ich weiß, aber …« Chris warf einen Blick in Richtung Wohnzimmer. »Ihr wisst doch, dass die kleinsten Zwerge angeblich die längsten Ohren haben.«

»Genau davon reden wir«, sagte Vicki lachend. »Von großen Zwergen. Man hat mich herausgefordert. Du weißt doch, dass ich das nicht auf sich beruhen lassen kann.«

»In der Abteilung gibt's also keine Probleme?«, fragte Barbara, Vicki absichtlich weiter provozierend. »Ich meine, Jeremy ist jetzt wie alt? Sechzig?«

»Er ist siebenundfünfzig«, korrigierte Vicki sie.

»Und?«

»Und in der Abteilung funktioniert alles bestens, vielen Dank.« Vicki trank einen Schluck aus ihrem Glas. »Außerdem ist Jeremys Zwerg schließlich nicht der Einzige im Garten.«

»Was!«, riefen die anderen Frauen unisono.

»O mein Gott!«, sagte Barbara. »Was genau willst du damit sagen?«

»Hey, könnt ihr ein bisschen leiser sein?«, rief Tony von unten.

»Braucht ihr da oben irgendwelche Hilfe?«, ließ sich Jeremy vernehmen.

»Wir kommen ganz prima zurecht, Liebling«, rief Vicki zurück.

»Was *genau* meinst du damit?«, fragte Susan.

Vicki lächelte. »Nun, wir wissen doch alle, dass Abwechslung das Leben würzt.«

Chris kehrte eilig auf ihren Stuhl an dem Küchentisch zurück. »Du hast eine Affäre?«

»Nun guck doch nicht so schockiert. Es hat nichts zu bedeuten.«

»Wie kann es nichts bedeuten?«, fragte Susan.

»Es ist reiner Sex«, erklärte Vicki den anderen Frauen, als ob damit alles klar wäre. »Wollt ihr etwa sagen, dass ihr noch nie eine Affäre gehabt habt?«

»Genau das will ich ganz entschieden sagen«, erwiderte Susan.

»Man soll nie nie sagen«, warnte Vicki sie erneut.

»Was, wenn Jeremy es erfährt?«

»Das wird er schon nicht.«

»Wie kannst du dir da so sicher sein?«

»Weil er es bis jetzt auch nie herausgefunden hat.«

»O mein Gott!«

»Das glaube ich nicht!«

»Was ist denn da oben los?«, rief Tony.

»Das hast du uns bisher vorenthalten«, sagte Barbara und sah Vicki strafend an.

»Alles eine Frage des Timings«, erklärte Vicki ihr.

»Mami!«, rief eins der Kinder aus dem Wohnzimmer.

»Ja«, antworteten die vier Frauen im Chor.

»Whitneys Kopf ist so groß. Er ist mir im Weg.«

Susan seufzte. »Der Kopf ihrer Schwester ist zu groß«, verkündete sie der verständnisvoll nickenden Runde. »Du musst ihn küssen«, rief sie zurück. »Dann schrumpft er.«

»Apropos Oralsex …«, sagte Vicki.

»Du bist wirklich unmöglich«, sagte Barbara lachend, während Chris den Blick senkte. »Guck mal, du machst unsere Gastgeberin ganz verlegen.«

»Wirklich? Das tue ich besonders gern. Mache ich dich verlegen, Chris?«

»Vielleicht sollten wir von was anderem reden«, schlug Chris erneut vor.

»Was denn zum Beispiel?«

»Ich weiß nicht. Über Politik oder Literatur. Hat irgendwer von euch in letzter Zeit ein gutes Buch gelesen?« Chris sah Susan an. Susan las immer irgendwas.

»Ich habe in den Weihnachtsferien den neuen John Irving gelesen.«

»Und, ist er gut?«

»Mir hat er gefallen.«

»Langweilig!«, erklärte Vicki mit einem übertriebenen Gähnen. »Nun kommt schon, Mädels. Das ist nicht der Zeitpunkt für intellektuelle Debatten. Reden wir von den feinen Sachen.« Sie wies auf die *Cosmopolitan.* »Multiplizieren Sie Ihren Orgasmus«, kreischte es geradezu von der Titelseite. »Und wer hat hier, außer mir natürlich, noch multiple Orgasmen?«

»Ich kann es nicht glauben«, sagte Barbara. »Du lässt wirklich nicht locker.«

»Hast du multiple Orgasmen?«, hörte Chris sich fragen.

»Manchmal«, antwortete Vicki achselzuckend. »Du nicht?«

Chris führte das Weinglas zum Mund und trank einen großen Schluck. Sei's drum, dachte sie. Sie bewahrte schon genug Geheimnisse. »Ich hatte noch nie einen Orgasmus.«

»Du meinst, du hattest noch nie einen multiplen Orgasmus«, verbesserte Vicki sie.

»Ich meine, ich hatte überhaupt noch nie einen Orgasmus.«

»Das kann nicht dein Ernst sein.«

»Ich auch nicht«, gab Barbara nach einer kurzen Pause zu.

»Hört mir doch auf«, sagte Vicki. »Ich dachte, Ron wäre angeblich so gut im Bett.«

»Ist er auch«, verteidigte Barbara ihren Mann. »Es ist nicht seine Schuld, dass ich keine Orgasmen habe.«

»Wessen Schuld ist es denn?«, fragte Vicki schlicht, bevor sie ihren durchdringenden Blick auf Susan richtete. »Was ist mit dir?«

»Ich glaube, ich sollte besser mal nach den Kindern sehen«, sagte Susan rasch, stand eilig auf und verschwand im Wohnzimmer. »Wie geht es euch allen?«, hörte Chris sie die versammelte Kinderschar fragen.

»Whitneys Kopf ist immer noch zu groß«, beschwerte Ariel sich laut.

»Womit wir wieder bei Oralsex wären«, sagte Vicki und wandte sich wieder Barbara und Chris zu.

»Was? Wie sind wir denn darauf zurückgekommen?«

»Es ist die sicherste Methode, einen Orgasmus zu bekommen. Eine geduldige Zunge ist allemal besser als ein steifer Schwanz, das könnt ihr mir glauben. Eure Männer machen es doch gerne, oder nicht?«

Chris und Barbara tauschten verstohlene Blicke. »Was das angeht, übernimmt Ron lieber den passiven Teil«, gab Barbara zu, während Chris auf den Boden starrte. Die Wahrheit war, dass Tony sich komplett weigerte, sie mit dem Mund zu verwöhnen.

»Wer hat noch gesagt, dass Geben seliger ist denn Nehmen?«, fragte Vicki.

»Ron jedenfalls nicht«, bemerkte Barbara.

»Ich glaube, das war Jesus«, sagte Chris.

»Redet ihr immer noch über Sex?«, fragte Susan, als sie zurück in die Küche kam.

»Offenbar hat sogar Jesus darüber geredet«, erwiderte Vicki.

»Dafür wirst du in der Hölle schmoren, das weißt du doch, oder?«, meinte Barbara lachend.

»Wir werden alle in der Hölle schmoren«, pflichtete Chris ihr bei und dachte, dass das wahrscheinlich wirklich stimmte.

»Ist irgendwas verschmort?«, fragte Tony, als er in die Küche kam und Chris auf die Stirn küsste, bevor er zum Kühlschrank strebte.

»Ist das Spiel schon vorbei?« Chris beobachtete, wie ihr Mann eine Hand voll eiskalter Biere aus dem Gefrierfach nahm.

»Machst du Witze? Unser Kampf hat gerade erst angefangen.«

»Wer gewinnt denn?«

Tony zwinkerte. »Die guten Typen.«

»Ist das nicht ein Oxymoron?«, fragte Vicki.

»Pass auf, wen du einen Ochsen nennst«, warnte Tony sie scherzhaft. »Worüber redet ihr Mädels eigentlich?«

»Über Politik«, antwortete Barbara todernst.

»Und Literatur«, fügte Susan hinzu.

»Nun, das erklärt natürlich das Gekreische und Gejohle«, sagte Tony auf dem Weg aus der Küchentür.

Die Frauen lachten und sahen ihm nach.

»Willst du mir erzählen, dass dieser sexy Mann dich nicht gern leckt?«, fragte Vicki. »Ich finde, das ist ein Scheidungsgrund. Apropos, ich kenne einen neuen Witz«, fuhr sie fast im selben Atemzug fort. »Warum ist eine Scheidung so teuer?«

»Warum?«, fragten die Frauen gespannt.

»Weil sie es wert ist.«

Chris hatte das Lachen der Frauen noch im Ohr, als längst alle gegangen waren.

»Chris?«, rief Tony von oben. »Kommst du nicht ins Bett?«

»Ich räum eben noch die Spülmaschine aus«, rief Chris zurück und stellte die letzten Biergläser ins Regal.

Sie bewegte sich langsam und genoss das Gefühl der warmen Gläser auf ihrer Haut, fasziniert von der sanften Rundung der hohen, schlanken Gefäße. Es war eine gute Party gewesen, dachte sie. Alle haben etwas zum Abendessen beigetragen – Barbara einen raffinierten Auberginen-Dip, Susan ihre berühmten doppelt gebackenen Kartoffeln, Vicki ein spektakuläres *Mousse au chocolate,* das, wie sie gestanden hatte, von ihrer Haushälterin zubereitet worden war. Und alle hatten von Chris' neuem Bratenrezept geschwärmt. Genau die richtige Menge Knoblauch, und das

Fleisch noch zartrosa. Keine Scheibe war übrig geblieben, wohingegen noch genug Salat da war, um damit bis ins nächste Frühjahr zu kommen.

Auch wenn Cincinnati letztlich mit 21:26 gegen San Francisco verloren hatte, war Tony glücklich, denn er hatte perverserweise auf die Forty-Niners gewettet und von seinen Trinkkumpanen sechzig Dollar kassiert. Und zwischen Tony und ihr hatte es nur ein paar Spannungen gegeben. »Worüber habt ihr wirklich geredet?«, wollte er im Laufe des Abends mehrmals wissen. »Ich habe gemerkt, wie Vicki mich irgendwie komisch angeguckt hat«, meinte er irgendwann. »Hast du ihr irgendwas gesagt?« »Natürlich nicht«, hatte Chris ihm versichert. »Mach dir keine Sorgen, Tony. Es ist alles in Ordnung.«

War es das wirklich?

Chris schloss die Schranktür und ging durch das dunkle Wohnzimmer. Der Duft von Popcorn hing noch in Sofa und Stühlen und folgte ihr in den Hausflur. Sie rüttelte an der Haustür, um sich zu vergewissern, dass sie sicher verschlossen war, doch dann öffnete sie sie noch einmal und trat in die kalte Luft hinaus. Es war eine klare Nacht. Ein Dreiviertelmond leuchtete an einem dunkelblauen Himmel voller Sterne. Schnee bedeckte die Vorgärten der altmodischen Einfamilienhäuser. Chris blickte die ruhige Straße hinauf und hinunter. Vier Häuser weiter ließen die Albrights ihr Dach mit Zedernholzziegeln decken und den bröckelnden gemauerten Schornstein durch einen Kamin aus glänzendem, neuem Kupfer ersetzen. Tony meinte, sie wären verrückt, das Kupfer würde sich im Laufe der Zeit mit Grünspan überziehen und hässlich werden. Chris war anderer Meinung. Sie glaubte, dass es nett aussehen würde.

Auch andere Veränderungen kündigten sich an. Die O'Connors, die einen halben Block weiter auf der anderen Straßenseite wohnten, sprachen davon, ihr rotes Backsteinhaus im Frühling um ein Zimmer zu erweitern, was vernehmliches Gemurmel unter diversen Nachbarn ausgelöst hatte, die um den Charakter des

Viertels fürchteten. »Es gibt einfach Menschen, denen jede Veränderung unangenehm ist«, hatte Susan heute Nachmittag gesagt und hinzugefügt, dass sie und Owen mit der Idee liebäugelten, ihre Küche um einen Meter in den Garten zu erweitern. Chris hatte einen verglasten Wintergarten vorgeschlagen, weil sie selbst schon immer davon geträumt hatte.

»Chris?«, rief Tony im Haus.

Sie wandte sich um und dachte, dass sie wahrscheinlich wieder hineingehen sollte. Es war spät, die meisten Häuser waren schon dunkel, ihre Bewohner hatten sich schlafen gelegt. Oder beobachtete sie hinter der ordentlichen Reihe von Sprossenfenstern irgendjemand?

Was, wenn sie jetzt einfach weglaufen würde? Einfach die Tür hinter sich zuziehen und die Straßen hinuntergehen würde? Würde irgendwer sie sehen? Wie weit würde sie ohne Mantel und Winterschuhe, ohne Geld und Ausweis kommen? Wie lange würde es dauern, bis Tony ihre Abwesenheit bemerken und nach ihr suchen würde? Wie viele Meilen konnte sie zwischen sich und ihre Kinder bringen, bevor sie umkehren musste? Wie konnte sie sie überhaupt verlassen? Und wohin in Gottes Namen sollte sie gehen?

»Chris?«, rief Tony erneut.

Sie hörte ihn im Haus herumlaufen, spürte seine Schritte auf dem Holzboden im Hausflur. Ihr Körper neigte sich zur Straße, als würde sie auf der Kante eines hohen Gebäudes stehen, einen Fuß in die Luft gestreckt, bereit zur endgültigen Flucht. Los, drängte eine innere Stimme sie. Schau nicht zurück.

Hinter ihr ging die Tür auf.

»Chris?«, fragte Tony. »Was machst du denn hier draußen?«

Wortlos ließ sich Chris wieder ins Haus ziehen.

»Draußen ist es eiskalt, Herrgott noch mal.« Erst als Tony begann, ihre Arme abzureiben, spürte sie die Kälte. »Was hast du gemacht?«

»Nichts. Nur geguckt. Es ist so ein schöner Abend.«

»Geht es dir gut?«

Chris nickte.

»Bist du sicher? Du warst in den letzten Tagen irgendwie seltsam.«

»Mir geht es gut.« Chris entdeckte die Sorge in seinen Augen und strich mit der Hand über seine Wange. »Mit den Kindern alles in Ordnung?«

»Die schlafen. Wie die Babys.« Er lächelte und schlang seine Arme um ihre Hüften. »Apropos …« Er senkte den Kopf und zog eine Augenbraue hoch.

Sofort hatte Chris das Gefühl, dass ihr die Luft abgeschnürt würde. »Tony, dies ist wahrscheinlich nicht der ideale Zeitpunkt, um über ein weiteres Baby nachzudenken.«

»Ich finde einen anderen Job, Chris. Wenn du dir deswegen Sorgen machst.«

»Ich mache mir keine Sorgen.«

»Gut. Wo liegt dann das Problem?«

»Kein Problem«, sagte Chris rasch.

»Gut.« Tony fasste ihre Hüften fester. »Dann lass uns ins Bett gehen.«

3

»Verzeihung, sind Sie Barbara Azinger?«

Barbara blickte von der Speisekarte auf, die sie seit einer halben Stunde studierte – mittlerweile müsste sie das Angebot auswendig kennen –, und nickte. »Das bin ich«, antwortete sie mit sanfter, ruhiger Stimme und blickte unter mascaraschweren Wimpern zu dem Kellner auf. Fand der junge Mann sie zumindest ein bisschen attraktiv?, fragte sie sich und wandte den Kopf ein wenig nach links, um ihm einen Blick auf ihre Schokoladenseite zu gewähren. Ahnte er überhaupt, dass sie einst die Krone der Miss Cincinnati getragen und den dritten Platz bei der Wahl zur Miss Ohio belegt hatte? Ihr Blick verdüsterte sich, als ihr klar wurde, dass es durchaus möglich war, dass der junge Mann noch gar nicht geboren war, als sie ihren überdimensionierten Rosenstrauß stolz über den Laufsteg getragen hatte.

»Ein Anruf für Sie.« Trotz seiner Jugend beherrschte der Kellner die Kunst blasierter Hochmütigkeit bereits perfekt, die in Etablissements wie dem Foxfire Grille, einem Restaurant an der Belvedere Street im Herzen des Mount-Adam-Viertels, üblich war. Ein Reporter hatte das zugegebenermaßen charmante alte Viertel einmal mit San Francisco verglichen, und davon hatte es sich nie wieder ganz erholt, sondern trug seinen Stolz seither wie eine schwere Rüstung mit sich herum, die den winzigen Distrikt gelegentlich komplett zu erdrücken droht. »An der Bar«, sagte der Kellner und wies mit dem Kinn auf den vorderen Teil des terrakottagefliesten Restaurants.

Barbara zupfte die pfirsichfarbene Leinenserviette von ihrem himmelblauen Kostüm und achtete darauf, beim Aufstehen die

Falten glatt zu streichen, die sich um ihre Hüften gebildet hatten, eine unangenehme Bestätigung, dass die Waage, auf die sie heute Morgen als Erstes gestiegen war, wahrscheinlich doch Recht hatte – sie hatte in zwei Wochen beinahe ebenso viele Pfunde zugenommen. Unsinn – es war bloß ein bisschen Wasser, sagte sie sich, während sie auf dem Weg zur Bar dem Klacken ihrer hohen Absätze auf den Fliesen lauschte, dabei noch einmal jenen phantastischen Gang über den Laufsteg durchlebte, in einem Badeanzug und auf hochhackigen Pumps wie diesen, und die Blicke der anderen Gäste auf sich spürte. Sorgfältig darauf bedacht, ihr imaginäres Diadem nicht zu verrutschen, nahm Barbara den Hörer ab. Erkennen sie mich?, fragte sie sich. Oder tue ich ihnen bloß Leid? Sie haben mich schließlich eine gute halbe Stunde allein an meinem Tisch sitzen sehen und vermuten wahrscheinlich, dass ich versetzt worden bin. Barbara versuchte ihre langen dunklen Haare von dem Hörer wegzustreichen, doch die Strähnen bewegten sich, gesichert von einem unsichtbaren Panzer aus starkem Haarspray, kaum. Vielleicht war es Susan, die ihr sagen wollte, dass sie es doch noch schaffte. »Hallo?«

»Barbara, hier ist Vicki. Es tut mir wirklich Leid. Aber ich kann unmöglich zum Mittagessen kommen.«

»Was?«

»Ich sitze in diesem blöden Meeting fest. Ich hätte schon früher angerufen, aber ich habe die ganze Zeit gehofft, dass wir jeden Moment fertig sind. Jetzt haben sie Sandwiches bestellt, und ich komme hier auf gar keinen Fall weg. Dabei hatte ich mich schon so auf die Auberginen-Walnuss-Ravioli gefreut, die musst du jetzt für mich essen. Dafür könnte ich sterben. Und richte Chris und Susan meine Entschuldigung aus. Es tut mir wirklich Leid. Oh Gott, sie rufen mich schon. Ich muss Schluss machen. Tschüss.«

Vicki legte auf, bevor Barbara ihr erzählen konnte, dass Susan auch nicht kommen würde. Ihre beiden Töchter hatten eine schwere Frühlingserkältung und Susan die halbe Nacht wach gehalten, sodass sie nicht dazu gekommen war, einen Essay zu schreiben, der am Abend auf dem Tisch ihres Professors liegen musste. »Tut mir wirklich Leid«, hatte sie gesagt. »Richte Vicki und Chris meine Entschuldigung aus.«

Was soll's?, dachte Barbara mit einem Achselzucken, als sie zu ihrem Tisch zurückkehrte. Sie konnte schließlich nicht erwarten, dass Vicki wichtige Mandanten für ein belangloses Mittagessen mit ihren Freundinnen warten ließ, genauso wenig, wie sie von Susan verlangen konnte, eine wichtige Hausarbeit verspätet abzugeben. Gott sei Dank gab es noch Chris, dachte sie und biss sofort in ein weiteres Brötchen. Aber wo blieb Chris nur? Die Verspätung war absolut untypisch für sie.

Zehn Minuten später wartete Barbara noch immer und überlegte, was sie als Nächstes tun sollte. Sie hatte alle Brötchen aus dem Korb gegessen, zwei Gläser Mineralwasser getrunken und den Kellner bereits zwei Gedecke wieder abtragen lassen. Wo um alles in der Welt blieb Chris?

»Verzeihung«, sagte sie, nachdem sie erneut würdevoll zur Bar geschritten war, »darf ich noch mal kurz telefonieren?«

Die Barkeeperin, eine junge Frau in schwarzer Hose, einem steifen weißen Hemd und einer schräg sitzenden roten Fliege, nickte lächelnd. Es war eines jener leicht Furcht einflößenden Lächeln, das nicht nur beide Zahnreihen, sondern auch das halbe Zahnfleisch entblößte. Das sollte sie nicht tun, dachte Barbara und strich instinktiv über die kleinen Fältchen um ihren Mund, die sich inzwischen nicht mehr ganz überschminken ließen. Sie blickte in den Spiegel hinter den Flaschen auf der anderen Seite des Tresens und sah dort erschrocken eine Frau mittleren Alters zurückstarren. Sei nicht albern, sagte sie sich, als sie ihre entsetzt aufgerissenen, großen braunen Augen erblickte. Mit sechsunddreißig war man wohl kaum eine Frau mittleren Alters, sondern noch jung, Herrgott noch mal. Sie stand in der Blüte ihres Lebens. Natürlich war es achtzehn Jahre her, seit sie stolz die Krone der Miss Cincinnati getragen hatte, aber wie ein guter Wein war sie mit der Reife nur besser geworden. Das hatten ihre Freundinnen ihr zumindest immer wieder versichert, wenn sie darüber klagte, dass ihre Tränensäcke nach dem Aufwachen leicht geschwollen, ihre Haut fleckig oder ihre Kleider zu eng waren. Barbara zupfte unwillkürlich an den Falten ihres Rocks. Du siehst auf gar keinen Fall aus wie sechsunddreißig, schalt sie ihr Spiegelbild stumm und fuhr sich mit der Zungenspitze über ihre rosa glänzenden Lippen. Schon eher wie sechsundzwanzig, vielleicht sogar noch ein Jahr weniger. Wenn sie sich ein wenig anstrengte, würde sie möglicherweise noch als eine der jungen Studentinnen ihres Mannes durchgehen.

»Um nichts in der Welt wollte ich noch einmal ein Teenager sein«, hatte Susan einmal erklärt, und Vicki und Chris hatten zustimmend genickt.

Ich würde alles geben, noch einmal ein Teenager zu sein, hatte Barbara damals wie heute gedacht. Noch einmal das schönste Mädchen von Cincinnati zu sein, mit Rosen im Arm und die Stadt zu ihren Füßen. Sie spürte, wie ihr Tränen in die Augen schossen, und wählte rasch Chris' Nummer, während sie dachte, dass es ihrer Freundin gar nicht ähnlich sah, nicht anzurufen, wenn sie zu spät kam.

»Hallo?«, antwortete eine männliche Stimme nach dem dritten Klingeln.

»Tony?« Was machte der am helllichten Tag zu Hause? Hatte er nicht im vergangenen Monat eine neue Stelle angetreten? »Hier ist Barbara«, sagte sie, als ihr nichts anderes einfiel. »Ich suche Chris. Wir sind zum Mittagessen verabredet.«

»Ich fürchte, Chris kann nicht kommen. Sie fühlt sich nicht besonders.«

»Nicht? Als ich heute Morgen mit ihr gesprochen habe, ging es ihr noch gut.«

»Tja nun, was soll ich sagen? Im Augenblick fühlt sie sich nicht so gut. Sie hat mich auf der Arbeit angerufen und gebeten, nach Hause zu kommen.«

»Hast du einen Arzt angerufen?«

»Ich hatte gerade aufgelegt. Er sagt, dass ein tückischer Virus im Umlauf ist.«

»Wirklich? Davon hab ich noch gar nichts gehört.«

»Pass auf, Barbara, ich muss in die Gänge kommen. Ich sage Chris, sie soll dich zurückrufen, sobald sie ihren Kopf wieder aus der Kloschüssel heben kann, okay?«

»Klar«, sagte Barbara dem folgenden Freizeichen. Sie gab noch eine Zeit lang vor zuzuhören, für den Fall, dass sie jemand beobachtete, während sie versuchte, das unangenehme Bild ihrer über dem Klo hängenden Freundin abzuschütteln. »Das war aber plötzlich«, sagte sie und dachte, dass Chris in den letzten paar Tagen stiller als sonst gewesen war. Vielleicht hatte sie schon etwas in den Knochen gehabt. War es möglich, dass sie wieder schwanger war? Chris hatte ihr anvertraut, dass Tony unbedingt noch mehr Kinder haben wollte, doch sie hatte ihr auch gestanden, dass sie weiter die Pille nahm.

Barbara klopfte mit dem Hörer auf die Handfläche und beschloss, dass sie später bei Chris vorbeischauen würde, um herauszufinden, was eigentlich los war. Die Frage, die sich noch bedrängender stellte, war jedoch, was sie jetzt tun sollte. Sie konnte schlecht einfach gehen, nachdem sie fast eine Stunde lang einen begehrten Vierertisch in einem der beliebtesten Restaurants der Stadt belegt hatte. Ihr war allerdings genauso wenig danach, alleine zu essen, schon gar keine zum Sterben köstliche Ravioli. Gab es sonst noch jemanden, den sie anrufen konnte? Ihre Schwiegermutter? Sie beschwerte sich ständig darüber, dass Barbara nicht genug Zeit mit ihr verbrachte. Nein, die Frau würde nur das ganze Mittagessen lang mit ihrer anderen Schwiegertochter prahlen, der talentierten, schlanken Sheila, der Gebärmaschine. Vier Kinder, und sie wog noch immer kein Gramm mehr als bei ihrer Hochzeit. Und nicht nur das, die Kinder flutschten einfach so ganz problemlos aus ihr raus. Wie ein Huhn, das Eier legt, war Barbara stets versucht zu sagen, doch sie hatte sich nie getraut. Jawohl, Super-Sheila managte nicht nur den Haushalt und vier kleine Kinder von acht Jahren abwärts, sie betrieb von zu Hause aus auch noch einen erfolgreichen Partyplanungsservice und arbeitete bereits an Baby Nummer fünf. Das alles im Vergleich zu Barbara, die es noch nicht einmal geschafft hatte, auch nur ein Geschwisterchen für die schon fast sieben Jahre alte Tracey zu produzieren, obwohl sie reichlich Zeit hatte und sich die manikürten Hände nicht mit Arbeit schmutzig machte. Sie könnte sich zumindest einen Job suchen, ließ ihre Schwiegermutter gelegentlich durchblicken, doch Barbara wollte keinen Job annehmen, bei dem sie nicht wieder zu Hause sein konnte, wenn Tracey aus der Schule kam. Ron hatte auch nichts dagegen, dass sie Vollzeitmutter und -hausfrau war, und sich noch nie darüber beschwert, dass Tracey ein Einzelkind war. Außerdem war es nicht so, als ob sie nicht versuchten, weitere Kinder zu bekommen. Es hatte noch nicht geklappt, doch sie hatten Zeit. Sie war nach wie vor jung und in guter Verfassung, trotz der paar zusätzlichen Pfunde. Mit sechsunddreißig war man jedenfalls auf keinen Fall zu alt, um ein zweites Kind zu bekommen.

Barbara blickte erneut in den Spiegel und fand, dass sie zu blass aussah. Sofort fühlte sie ihre Stirn. Vielleicht hatte sie sich den gleichen Virus zugezogen wie Chris. Aber wahrscheinlich hatte sie bloß ein falsches Rouge gekauft. Nächstes Mal sollte sie lieber etwas Dunkleres nehmen. Am besten jetzt gleich, dachte sie, legte den Hörer auf die Gabel und lächelte der Barkeeperin zu, ohne die Lippen zu bewegen, um ihr zu zeigen, wie man das machte, obwohl die achtlose junge Frau es gar nicht mitbekam, weil sie damit beschäftigt war, auf einen neuen Kunden einzuplaudern. Warum legten die Menschen immer auf, bevor sie fertig war, oder liefen davon, während sie noch dastand? Sie war schließlich immer noch eine auffallend attraktive Frau, sie hatte sich gut gehalten. Woran lag es, dass sie trotzdem nie einen bleibenden Eindruck hinterließ?

Vielleicht an ihren Haaren. Die Leuten neigten dazu, Frauen mit Löwenmähnen nicht ernst zu nehmen. Vielleicht sollte sie sie schneiden lassen. Barbara hatte einmal mitgehört, wie ihre Schwiegermutter sie einer Freundin am Telefon kichernd beschrieben hatte. »Sie sieht aus, als ob sie in den 60er-Jahren stehen geblieben wäre«, hatte sie gesagt und hinterher so getan, als wäre von einer Bekannten aus der High-School die Rede gewesen, die sie am Nachmittag angeblich zufällig getroffen hatte. Und neulich hatte sie bemerkt: »Siehst du, wie schick Sheilas Kurzhaarfrisur aussieht. Irgendwann wird eine Frau einfach zu alt für lange Haare.«

Vielleicht stimmt das irgendwann, dachte Barbara, als sie an ihren Tisch zurückkehrte, aber noch war es nicht so weit. Sie mochte ihr langes Haar. Vielleicht würde sie es so lang wachsen lassen wie Crystal Gayle, bis zu den Knien oder sogar bis zum Boden. Wie das ihrer Schwiegermutter wohl gefallen würde? Barbara verlangte die Rechnung und kam sich vor wie ein trotziges Kind. »Meine Freundinnen haben abgesagt«, erklärte sie dem Kellner und wappnete sich gegen einen finsteren Blick, doch er hatte ihr schon wieder den Rücken zugewandt.

Im Grunde war es gar nicht verkehrt, dass die anderen abgesagt hatten. Sie konnte ganz gut mal auf ein Mittagessen verzichten, auch wenn sie jedes Mal Kopfschmerzen bekam, wenn sie eine Mahlzeit ausließ. Außerdem hatte sie die ganzen Brötchen gegessen, sie würde also bestimmt nicht verhungern. Sie hatte Tracey versprochen, dass sie ihr einen Stoff mitbringen würde, der zu dem Kleid passte, das sie sich neulich gekauft hatte, damit ihre Schneiderin ihr genauso ein Kleid nähen konnte. Dann war da noch die Hausarbeit über Frühlingsblumen, die Traceys Lehrerin den Erstklässlern gestellt hatte. Tracey wollte, dass ihre Hausarbeit die Beste der ganzen Klasse war, und Barbara, die schnell gemerkt hatte, dass sie selbst nichts über Frühlingsblumen wusste, außer dass Narzissen gelb und Tulpen kopflastig waren, hatte ihrer Tochter versprochen, die nötigen Informationen zu besorgen. Sie konnte kurz bei der Bibliothek Halt machen und vielleicht einen Strauß frischer Blumen kaufen, den Tracey Miss Atherton schenken konnte. Vielleicht würde sie später auch Chris einen Strauß vorbeibringen.

»Acht Dollar für zwei Gläser Mineralwasser!«, entfuhr es Barbara, als sie die Rechnung sah, unfähig, ihre Bestürzung zu verbergen. Was würde ihre Schwiegermutter dazu sagen? Wahrscheinlich, dass ihr zweiter Sohn zu viel für seine Frau arbeitete, die sein hart verdientes Geld für etwas so Frivoles wie Yuppie-Wasser zum Fenster hinauswarf. Und damit hat sie sogar Recht, dachte Barbara, warf einen Zehndollarschein auf den Tisch und floh vor den stummen, aber hartnäckigen Vorwürfen ihrer Schwiegermutter aus dem Lokal. Hatte sie denn gar keinen Respekt davor, wie hart Ron arbeitete, um seine Familie zu ernähren? Als Universitätsdozent verdiente man schließlich nicht gerade Spitzengehälter. Konnte sie sich nicht zumindest ein wenig zurückhalten? Sheila zum Beispiel…

Als Barbara auf die Belvedere Street trat, blinzelte sie heftig, um die erneut aufsteigenden Tränen zu unterdrücken. Sie tupfte sich mit dem Zeigefinger die Wimpern ab, bemüht, die hoffentlich wasserfeste Mascara nicht zu verschmieren, tastete in ihrer Handtasche nach ihrer Sonnenbrille und setzte sie unsanft auf, während sie versuchte, das Frettchengesicht ihrer Schwiegermutter vor ihrem inneren Auge zu vertreiben. War es gerecht, dass ihre eigene Mutter, eine ebenso warmherzige wie liebevolle wie schöne Frau kurz nach Traceys Geburt an akuter lymphatischer Leukämie gestorben war, während eine ebenso kalte und bösartige wie unattraktive Frau wie Rons Mutter wahrscheinlich ewig leben würde? »Verdammt«, murmelte Barbara, als ihr klar wurde, wie sehr sie sich auf das Mittagessen mit ihren Freundinnen gefreut hatte, vor allem darauf, Chris zu sehen.

Von allen Grand Dames war Chris Barbaras liebste Freundin. Susan war sehr nett – aufrichtig und nüchtern, wenngleich für Barbaras Geschmack ein bisschen zu patent, und Vicki war… na ja, Vicki war eben Vicki, dynamisch und witzig, aber manchmal auch sehr indiskret. Barbara hatte schon vor langer Zeit gelernt, Vicki nichts zu erzählen, was sie nur ungern auf der Titelseite der *Cincinnati Post* lesen würde. Mit Chris fühlte sich Barbara am engsten verbunden. Sie hatte immer Zeit für sie, vielleicht weil sie auch nur Hausfrau und Mutter war. Für sie waren Barbaras Sorgen nie oberflächlich oder banal, sie ließ sie nie mitten im Gespräch stehen oder gab ihr das Gefühl, unbedeutend zu sein. Gott sei Dank hatte Tony endlich einen neuen Job gefunden. Nicht, dass Chris sich je beklagt hätte, aber die Situation war bestimmt unangenehm gewesen, was möglicherweise erklärte, warum sie plötzlich an einer Darmgrippe erkrankt war. Behaupteten die Experten nicht immer, dass Depressionen das Immunsystem schwächten? Obwohl Tony seinen neuen Job bereits vor zwei Wochen angetreten hatte, wirkte Chris nach wie vor bekümmert. Irgendetwas stimmte nicht. Sie musste mit Chris reden, wenn es ihr wieder besser ging, und sie dazu bewegen, sich ihr anzuvertrauen.

Etliche Sekunden lang stand Barbara mit verwirrt knurrendem Magen mitten auf dem Bürgersteig vor dem Foxfire Grille. Sie brauchte etwas zu essen und die Bestätigung, dass mit der Welt alles in Ordnung war. Sie sah auf die Uhr. Es war beinahe Viertel vor eins. Wenn sie sich beeilte, würde sie es gerade rechtzeitig bis zur Universität schaffen, um ihren attraktiven Mann zum Essen auszuführen.

Keine zehn Minuten später setzte Barbara ihren schwarzen Ford Sierra in eine eben frei gewordene Parklücke an der Clifton Avenue, die wegen der Vielzahl der Studentenwohnheime auf der rechten Seite der Straße auch der Boulevard der Burschenschaften genannt wurde. Dann eilte sie über den nahe gelegenen Campus, bis sie das bescheidene, zweistöckige, rote Backsteingebäude der zweitältesten und zweitgrößten staatlichen Universität Amerikas fand, in dem ihr Mann am soziologischen Institut Einführungskurse in Psychologie und Verhaltensforschung gab. Barbara nickte einigen in Jeans und Leder gekleideten Studenten auf der Treppe des Hauses zu, ohne sie wirklich zu kennen, zog die schwere Eichentür auf und ging den langen Flur hinunter, wobei ihre hohen Absätze sich lautstark von den Turnschuhen abhoben, die offenbar alle anderen in dem Gebäude trugen.

Was für ein wunderschöner alter Bau, dachte Barbara und beschleunigte ihre Schritte, als sie sich nach rechts wandte und einen Flur hinunterging, an dessen Wänden Schwarzweißfotos von Institutsmitgliedern aus vergangenen Zeiten hingen. Überall dunkle Holzvertäfelung, Fenster mit Bleifassung und prächtige alte Bögen, wie eine Universität eben aussehen sollte. Knarrend und imposant und ein wenig einschüchternd. Dabei hatte sie keinen Grund, eingeschüchtert zu sein, entschied sie, als sie die breite Treppe am Ende des Flures hinaufstieg. Nur weil sie nach Gewinn ihres Titels das College verlassen hatte, war sie noch lange nicht dumm und musste sich deshalb auch in keiner Weise minderwertig fühlen. Sie konnte vielleicht nicht Shakespeare zitieren wie Susan oder juristische Präzedenzfälle anführen wie Vicki, sie hätte sogar offen gestanden Probleme, den genauen Unterschied zwischen Psychologie und Soziologie zu erklären, aber sie konnte sich in Gesprächen mit ihrem Mann und seinen Freunden durchaus behaupten. Außerdem war es noch nicht zu spät. Wenn es sie interessierte, konnte sie sich jederzeit für ein paar Vorlesungen einschreiben, langsam einen Abschluss anstreben, so wie Susan es seit Jahren machte, immer nur ein Seminar zurzeit, so wie es Haushalt und Kinder erlaubt hatten. Natürlich müsste sie etwas finden, was sie wirklich interessierte, und es durfte sie auch nicht so sehr fordern, dass Tracey oder Ron zurückstehen mussten. Barbara zuckte die Achseln und stellte sich vor, sie wäre Scarlett O'Hara in *Vom Winde verweht*. Über all diese Sachen würde sie später nachdenken – morgen war auch noch ein Tag. Im Glasrahmen eines alten Fotos vor dem Hörsaal ihres Mannes überprüfte sie kurz ihr Aussehen, sah Vivien Leigh zurückblicken, öffnete die Tür und betrat den Raum.

Der Hörsaal war riesig, die Sitzreihen waren angeordnet wie in einem Amphitheater, auf dessen Bühne ihr Mann, Anfang vierzig, groß, kantig und attraktiv hinter einem Pult vor einer großen Tafel stand und dozierte, während etwa dreihundert Studenten an seinen Lippen hingen. Als Barbara auf einem leeren Sitz in einer der letzten Reihen Platz nahm, drehten sich zahlreiche Studenten zu ihr um, und auch ihr Mann registrierte ihre Anwesenheit mit einem kaum merklichen Nicken, ohne seinen Vortrag zu unterbrechen. »Eines der größten Probleme der Verhaltensforschung war die Tendenz, die Phänomene unter dem verengenden und vereinfachenden Blick der Motivationstheorie zu betrachten«, sagte er. »Die Gestalttheorie etwa, um ein Beispiel zu nennen, geht davon aus, dass Menschen immer nach einer umfassenden und stabilen Organisation des psychologischen Felds streben, wobei das Individuum permanent versucht, widersprüchliche Eindrücke zu harmonisieren, um seine Umwelt sinnvoll zu machen und gleichzeitig das eigene Anpassungspotenzial zu maximieren.«

Überall um sich herum hörte Barbara das Kratzen von Stiften auf Papier, während die Studenten versuchten, jedes Wort festzuhalten. Haben sie wirklich auch nur eine Ahnung, wovon er redete?, wunderte Barbara sich und gab sich alle Mühe, sich zu konzentrieren, damit sie beim Mittagessen mit ihrem Mann über seine Theorien diskutieren konnte. Doch sie verlor rasch den Faden, und ihre Gedanken wanderten zurück zu Chris, wie es ihr wohl ging und ob sie ihr irgendwie helfen konnte.

»Ein anderer motivationspsychologischer Ansatz folgt dem Belohnungs-Bestrafungs-Muster«, sagte ihr Mann und ließ seine braunen Augen über die Reihen wandern. »Dieses Modell betrachtet Verhalten als Teil der reaktiven Adaption an das soziale Umfeld, in dem die Normen der Gruppe von primärer Bedeutung sind und das Individuum Akzeptanz und Unterstützung durch die Gruppe anstrebt.«

Welche Sprache ist das?, fragte Barbara sich und kam sich vor wie ein Einwanderer, der gerade zum ersten Mal seinen Fuß auf amerikanischen Boden setzte. Wo hatte er gelernt, so zu reden? Sie ließ ihren Blick über die vorwiegend weibliche Zuhörerschaft schweifen, die über ihren schmalen Pulten hockte und eifrig jedem Wort hinterherhechelte. Keins dieser Mädchen weiß etwas über Make-up, dachte Barbara und schüttelte betrübt den Kopf. Sie wussten alles Mögliche über Modelle der Motivationspsychologie, aber nichts übers Konturieren und Schattieren.

»Dann gibt es schließlich noch die Persönlichkeitstheorie, die die dem Verhalten zu Grunde liegende interne Dynamik in den Vordergrund stellt, wobei das Bedürfnis des Individuums, sein Selbstbild und seine Integrität zu wahren, wichtiger wird als externe Belohnungen und Bestrafungen.« Ron machte unvermittelt eine Pause und lächelte. »An dieser Stelle machen wir morgen weiter. Bitte lesen Sie die Seiten 121 bis 139 in Ihrem Buch. Vielen Dank.«

Sofort sprangen die Studenten von ihren Sitzen auf, sammelten ihre Sachen zusammen und stiegen die Treppe hinauf, ohne Barbara zu beachten, die zum Pult ihres Mannes hinunterging.

»Was für eine angenehme Überraschung«, sagte Ron, und ein Lächeln breitete sich über sein permanent sonnengebräuntes Gesicht. »Was führt dich denn hierher?«

»Ich dachte, ich lade meinen tollen Mann zum Mittagessen ein«, sagte Barbara, hinter ihrem Rücken Daumen drückend, während ihr Blick ihn förmlich anflehte: Bitte sag Ja.

»Ich dachte, du wolltest mit den Mädels zu Mittag essen«, sagte Ron und sah sich um, als würde er etwas ganz Bestimmtes suchen. »Amy«, rief er plötzlich. »Amy, ich muss noch ganz kurz mit dir über dein Essay sprechen.«

Barbara beobachtete, wie das langhaarige Mädchen in den offenbar obligatorischen engen Jeans und der schwarzen Lederjacke ihrer Freundin ein paar Stufen unter dem obersten Absatz etwas ins Ohr flüsterte und die Treppe herunterkam. »Sie haben alle abgesagt«, erklärte Barbara, »also habe ich mir gedacht, ich versuche mein Glück und gucke, ob du Zeit hast.«

»Klingt wundervoll«, sagte Ron, und Barbara tat einen tiefen Seufzer der Erleichterung. »In zwei Minuten bin ich für dich da.«

»Kein Problem. Gibt es hier irgendwo eine Toilette, die ich benutzen kann?«

»Die Treppe hoch und dann rechts.«

»Wir treffen uns dann im Flur.«

»In zwei Minuten«, wiederholte Ron, als Amy auf sie zu trat und nervös ihr Haar hinter die Ohren strich.

Ein bisschen Mascara würde dem Mädchen alles Selbstvertrauen geben, was sie braucht, dachte Barbara auf dem Weg die Treppe hinauf. Sie drehte sich noch einmal kurz um und bemerkte, dass das Mädchen vielleicht ein paar Zentimeter zu dicht neben ihrem Mann stand, sodass ihre Brust seinen Arm streifte, ohne dass er sich anstrengte, Distanz zu wahren. Sei nicht albern, sagte Barbara sich, als sie den Hörsaal verließ. Sie litt wieder mal unter Verfolgungswahn. Das Mädchen hatte lediglich so nahe neben Ron gestanden, um zu hören, was er sagte, und dass ihre Brust gegen seinen Arm drückte, hatte nur von ihrem Blickwinkel aus so gewirkt.

Barbara fand die Toilette und zupfte in dem langen rechteckigen Spiegel über dem Waschbecken ihre Frisur zurecht, zog die Lippen nach und zerrte an der Haut um ihre Augen, bis die kleinen Fältchen, die sie wie eine Klammer einrahmten, verschwunden waren. »Du siehst nicht älter aus als eines dieser Mädchen«, flüsterte Barbara ihrem Spiegelbild zu und fragte sich, wie Ron sein jugendliches Aussehen ganz ohne Diät oder sportliche Betätigung wahrte. Das stundenlange Herumliegen in der Sonne schien ihm auch nicht zu schaden. Er war noch immer so attraktiv wie an dem Abend, an dem sie ihn an der Bar im Arnold's entdeckt hatte, schon damals umringt von Frauen. Oje, erinnerte sie sich gedacht zu haben, als ihre Blicke sich trafen, das gibt Ärger.

Natürlich kannte sie die Gerüchte, die über ihren Mann im Umlauf waren, die hatte es in ihrer zehnjährigen Ehe immer gegeben. Doch Ron hatte ihr wiederholt versichert, dass solche Gerüchte bösartig und gegenstandslos waren: Also hatte sie schon vor langer Zeit beschlossen, nichts darauf zu geben. Und selbst wenn das Getuschel wahr war und ihr Mann manchmal einer außerehelichen Liebelei nachging, so hatte sie des Weiteren beschlossen, dass das alles absolut bedeutungslos war. Hatte Vicki nicht genau das über ihre außerplanmäßigen Aktivitäten gesagt? Dass es bloß um Sex ging?

Barbara knöpfte ihre blaue Kostümjacke auf, steckte ihre weiße Seidenbluse in den Rock und überlegte, ob sie noch kurz auf die Toilette gehen sollte, als plötzlich die Tür aufging und das Mädchen aus der Vorlesung ihres Mannes – »Amy, ich muss noch ganz kurz mit dir über dein Essay sprechen« – hereinkam und vor den Spiegel trat.

»Hi«, sagte Barbara, als das Mädchen ihre Bücher auf dem Waschbecken ablegte und sofort begann, in gleichmäßigen fließenden Zügen ihr langes Haar zu bürsten. Sie war ein hübsches Mädchen mit einem blassen schmalen Gesicht und großen dunklen Augen, die sie interessanter aussehen ließen, als sie wahrscheinlich war, aber sie gewann bestimmt keine Schönheitswettbewerbe, entschied Barbara. Bis auf den der Miss Sympathisch vielleicht, dachte sie lächelnd und versuchte über den runden kleinen Hintern in den engen, perfekt sitzenden Jeans und die kleinen hohen Brüste hinwegzusehen, die man nur als keck bezeichnen konnte. Barbara begriff, dass die jungen Mädchen nicht schön sein mussten. Es reichte, dass sie jung waren.

»Hi«, sagte Amy zu Barbaras Spiegelbild.

»Sie sind in der Vorlesung meines Mannes«, sagte Barbara bemüht beiläufig.

Das Mädchen zuckte mit den Schultern. »Hm.«

»Er ist ein guter Lehrer«, fuhr Barbara fort, obwohl das Mädchen ganz offensichtlich kein Interesse an einem Gespräch hatte.

Amy verstaute ihre Bürste wieder in ihrem Lederbeutel. »Der Beste«, sagte sie, und als ihr Blick im Spiegel auf Barbaras traf, verharrte er eine Sekunde zu lang, als wollte sie eine stumme Herausforderung aussprechen. Dann war sie mit ihren wehenden, braunen Haaren und dem an einer Seite baumelnden Lederbeutel auch schon wieder aus der Tür.

Barbara blieb noch eine Weile vor der Reihe von Waschbecken

stehen und versuchte, nicht daran zu denken, was sie mit ihrem unerwarteten Auftauchen möglicherweise gestört hatte. Sie versuchte, nach Möglichkeit gar nicht zu denken. Manchmal war es besser, nicht zu denken. Denken machte nur Probleme. Je dümmer man war, desto glücklicher war man, beschloss sie und trug erneut Rouge auf ihre schon wieder erblassten Wangen auf. Sie zupfte ein weiteres Mal ihre Bluse zurecht, strich den Rock glatt, warf einen letzten Blick in den Spiegel und trat auf den Flur, um ihren Mann zu suchen.

4

Chris hörte die Klingel, überlegte, ob sie die Tür öffnen sollte, und entschied dann, es einfach klingeln zu lassen. Tony würde aufmachen, ihren Freundinnen erklären, dass sie beschäftigt war und später zurückriefe. Nur dass sie später meist wieder mit etwas anderem beschäftigt war, und dann war es irgendwann zu spät, um noch anzurufen, und ein weiterer Tag verstrich und noch einer. In letzter Zeit sah oder sprach sie ihre Freundinnen manchmal eine Woche lang nicht. Sie hatte Susans Geburtstagsessen verpasst, den Einkaufsbummel mit Barbara abgesagt und Vickis letzte Essenseinladung ausgeschlagen. Jetzt war es schon Mitte September, und sie hatten sich seit Juni erst wie oft – dreimal gesehen? Früher hatten sie täglich miteinander gesprochen. Nichts Wichtiges. (»Hi, wollte nur kurz Bescheid sagen, dass ich einkaufen gehe. Brauchst du irgendwas?«) Solche Sachen. (»Warte, bis du hörst, was Ariel gestern gemacht hat.« »Du hättest sehen sollen, wie niedlich Tracey in dem neuen Kleid aussah.« »Kirsten sagt, dass sie die Stadtranderholung scheiße findet.«) Alltagskram. (»Wir sprechen uns später.« »Das musst du dir anhören.« »Ruf mich morgen an.«) Die Sachen, die einen davor bewahrten, den Verstand zu verlieren.

(»Ich liebe dich.«)

Ich liebe euch auch.

Wann hatte sie aufgehört, ihre Anrufe zu erwidern? Seit wann war sie zu beschäftigt, ihre Freundinnen zu treffen?

Sie hörte Tony an der Haustür. »Na hallo, Mädels. Das ist aber eine nette Überraschung.«

Und dann drei Stimmen, die gleichzeitig sprachen. »Wo ist

sie?« »Wir lassen uns nicht abwimmeln.« »Chris, beweg deinen Arsch hier runter.«

»Ich komme sofort«, rief Chris von oben mit klopfendem Herzen, rannte ins Bad und überprüfte ihr Spiegelbild. »Ich sehe okay aus«, versicherte sie sich, fuhr mit einem Kamm durch ihr schulterlanges Haar und band es mit einem violetten Haargummi zu einem Pferdeschwanz. Sie zog die graue Trainingshose aus, die sie seit zwei Tagen anhatte, schlüpfte in eine weiße Hose und tauschte ihr verblichenes gelbes gegen ein lavendelblaues T-Shirt. Wozu der Aufwand?, fragte sie sich. Wohin wollte sie gehen? Bloß nach unten, um hallo zu sagen.

»Chris, was zum Teufel machst du da oben?«, rief Vicki die Treppe hinauf.

»Ich komme sofort.« Chris rührte sich nicht. Vielleicht würden sie des Wartens überdrüssig werden und gehen, wenn sie genug Zeit verstreichen ließ.

»Ich zähle bis zehn und dann komme ich hoch«, warnte Barbara.

Chris warf einen letzten Blick in den Spiegel und stürzte in den Flur. Sie tauchte am Treppenabsatz auf, als Barbara ihren Fuß gerade auf die erste Stufe setzte.

»Da ist sie!«, verkündete Barbara entzückt. »Sie existiert. Es gibt sie wirklich. Wir haben sie uns nicht nur ausgedacht.«

Im nächsten Augenblick war Chris in Barbaras Armen und spürte die Wärme der anderen Frau wie Kaschmir auf ihrer Haut, während der feine Moschusgeruch von Barbaras Parfüm um ihren Kopf tanzte wie Feenstaub. Chris schloss die Augen, vergrub den Kopf an Barbaras Brust und sog den wunderbaren Duft ein.

»Alles in Ordnung?«, flüsterte Barbara und drückte Chris fest an sich.

Ein unfreiwilliger Schrei, halb Winseln, halb Seufzen, drang aus Chris' Kehle, und sie löste sich aus der Umarmung.

»Was ist los?«

»Offenbar weißt du selbst nicht, wie stark du bist, Barbie«, sagte Tony lachend, trat zu den beiden Frauen auf die Treppe, legte einen Arm um seine Frau und führte sie behutsam die Stufen hinunter in den Hausflur, wo Susan und Vicki warteten. »Chris hat sich ein paar kleine Prellungen zugezogen. Sie hat euch doch erzählt, dass sie letzte Woche die Treppe hinuntergefallen ist, oder nicht?«

»Was?«, fragte Susan.

»Du bist die Treppe runtergefallen?«, fragte Vicki.

»Mein Gott, ist alles in Ordnung?«, fragte Barbara.

»Es waren bloß die letzten zwei Stufen«, versicherte Chris ihnen. »Und mir geht es gut, was man von Wyatts Spielzeugeisenbahn, fürchte ich, nicht behaupten kann. Die habe ich bei der Landung nämlich gründlich demoliert.« Sie versuchte zu lachen, doch der stechende Schmerz in der Rippengegend ließ das Geräusch auf ihren Lippen ersterben.

»Lass mal sehen.« Barbara hob den Saum von Chris' T-Shirt an und strich sanft über den großen, senffarbenen Fleck an Chris Seite.

»Hossa«, sagte Tony. »Läuft zwischen euch beiden was, wovon ich wissen sollte?«

»Das ist ein ziemlich übler Bluterguss«, stellte Vicki fest.

»Vielleicht sollte Owen einen Blick darauf werfen«, bot Susan an.

»Mir geht's gut«, protestierte Chris. »Wirklich. Es ist nichts.«

»Mami ist die Treppe runtergefallen und hat Wyatts Eisenbahn platt gedrückt«, verkündete Montana, die aus der Küche in den Flur kam.

»Das haben wir schon gehört«, sagte Vicki. »Das war nicht besonders schlau von ihr, was?«

»Sie fällt dauernd hin«, erklärte Montana nüchtern.

»Wenn du und dein Bruder eure Spielzeuge nicht immer im Weg herumliegen lassen würdet…«, sagte Tony.

Montana runzelte die Stirn, packte die Finger ihrer Mutter und begann, an ihrem Arm zu zerren. »Komm, Mami. Du hast gesagt, wir backen Kekse.«

»Warum lässt du dir nicht von deinem Daddy beim Keksebacken helfen?«, schlug Susan vor.

»Ja, wir werden deine Mami nämlich ein Weilchen mitnehmen«, sagte Vicki.

»Nein!«, protestierte Montana lautstark.

»Wenn du die Stirn runzelst, kriegst du Falten«, warnte Barbara sie.

»Ich kann nicht weg«, sagte Chris, während Montana weiter an ihr zerrte. »Wyatt könnte jeden Moment aufwachen, und ich habe Montana versprochen ...«

»Ich kann auf die Kinder aufpassen«, bot Tony an. »Geh ruhig, Schatz. Du warst seit Wochen nicht mehr aus dem Haus.«

»Nein!«, sagte Montana, zog ihre feinen Züge in der Mitte ihres Gesichts zusammen und schüttelte so heftig den Kopf, dass ihre Haare ihre Wangen peitschten und um ihren Kopf wirbelten. »Sie hat gesagt, wir backen Kekse.«

Sofort hob Tony seine Tochter in seine Arme. »Was ist los, mein Mädchen? Glaubst du, dein Vater weiß nicht, wie man Schokoladenkekse macht? In Wahrheit kann ich viel bessere Kekse backen als deine Mami. Wusstest du nicht, dass die berühmtesten Köche immer Männer sind?«

Montana wand sich aus der Umarmung ihres Vaters und starrte ihre Mutter wütend an. »Ich mag dich nicht mehr. Du bist keine gute Mami.«

»Montana ...«

»Ist schon in Ordnung, Chris«, sagte Tony, während Montana zurück in die Küche rannte. »Sie wird darüber hinwegkommen. Geh du ruhig mit deinen Freundinnen.«

»Du kannst später wieder eine gute Mami sein.« Vicki führte Chris rasch zur Tür.

»Ich sollte wirklich lieber ...«

»Zum Abendessen ist sie zurück.« Susan öffnete die Tür und schob Chris nach draußen.

»Wohin gehen wir?«, fragte Chris und atmete die warme Septemberluft tief ein. Sie hob ihr Gesicht in die Sonne, schloss die Augen und spürte, wie ihre Strahlen wie ein heißes Bügeleisen auf ihren Wangen brannten. Hat es eine Spur hinterlassen?, fragte sie sich, senkte den Kopf, drehte sich zum Haus und sah Tonys Schatten hinter den dünnen Gardinen im Wohnzimmer.

»Wir entführen dich«, verkündete Vicki und führte die Frauen zu einem Jaguar in Beigemetallic, der ein Stück die Straße hinunter geparkt war.

»Wirklich«, sagte Chris und blieb abrupt stehen. »Das kann ich nicht machen. Ich muss zurück.«

Vicki schloss die Autotür auf, während die Frauen Chris umringten und ihr den Fluchtweg versperrten. »Steig in den Wagen«, sagte irgendwer.

Chris blickte aus dem Rückfenster der Luxuskarosse und sah zu, wie eine gewundene Straße in eine andere überging. Sie waren erst zehn Minuten gefahren, doch es kam ihr schon vor, als wären sie in einer anderen Welt, einer von den alltäglichen Sorgen der harten Wirklichkeit unberührten Zauberwelt. Es war eine Welt mit großen Villen auf parkartigen Grundstücken, wo Verkehrsschilder nur kreuzende Reitpfade ankündigten; eine Welt, in der die friedlichen, sanft geschwungenen, grünen Hügel die beruhigende Illusion von Landleben schufen, obwohl man nicht einmal eine halbe Stunde von Cincinnatis Innenstadt entfernt war. Auf den gut fünfzig Quadratkilometern, die die Randgemeinde Indian Hill ausmachten, war jede Menge Geld versammelt, altes und neues. Chris fragte sich, ob die Rezession diese Menschen in irgendeiner Weise getroffen hatte? Wussten sie überhaupt davon? »Was machen wir hier?«, fragte sie.

»Wir schauen uns nur um«, sagte Vicki. »Habt ihr schon irgendwas gesehen, was euch gefällt?«

»Alles«, sagte die neben Chris auf der Rückbank sitzende Barbara.

Chris fühlte Barbaras Hand auf ihrer ruhen. Ob Barbara sie

dort beließ, um sie davon abzuhalten, aus dem Wagen zu stürzen? Sie ist so schön, dachte sie abwesend und kämpfte den Drang nieder, mit der freien Hand über Barbaras Wange zu streichen. Sie braucht all das Make-up und Haarspray gar nicht. Sie braucht überhaupt nichts.

»Hab ich euch erzählt, was Whitney neulich gesagt hat?«, fragte Susan auf dem Beifahrersitz mit hörbarem Mutterstolz. »Wir wollten gerade spazieren gehen, als es anfing zu regnen, also habe ich erklärt, dass wir später gehen müssen, und sie meinte: ›Macht nichts, Mami. Wir machen Regenschirm offen.‹« Susan lachte. »Ich fand, das war für eine Zweijährige nicht schlecht, dieses deduktive Denken.«

»Erstaunlich«, sagte Barbara.

»Einstein wäre beschämt.« Vicki lachte.

»Also, ich fand es für eine Zweijährige ziemlich schlau.«

»Ich weiß noch, als Tracey zwei war«, sagte Barbara, »ich hatte den ganzen Nachmittag mit ihr gespielt und war einfach erschöpft und habe ihr erklärt, ich müsste mich eine Weile hinlegen. Sie war natürlich nicht müde, weil sie eins von den Kindern war, das nie schläft. Ich bin also in mein Zimmer gegangen und habe mich aufs Bett gelegt, und ein paar Minuten später höre ich ihre kleinen Füßchen ins Zimmer trappeln. Ich habe ein Auge geöffnet und gesehen, wie sie sich mit der großen Decke abgemüht hat. Als sie es schließlich geschafft hatte, sie über mich zu breiten, ist sie auf den Stuhl gegenüber dem Bett gekrabbelt und hat einfach dagesessen und mir zugesehen. Ich bin tatsächlich fest eingeschlafen, und als ich eine Stunde später wieder aufwache, saß sie immer noch da. Sie hatte sich nicht bewegt, sondern saß nur da und starrte mich an.«

»Josh ist auch ein bisschen so«, berichtete Vicki von ihrem vierjährigen Sohn. »Irgendwie unheimlich.«

»Ich wollte damit nicht andeuten, dass Tracey unheimlich ist«, protestierte Barbara.

»Josh ist auf jeden Fall unheimlich«, sagte Vicki sachlich. »Ich meine, ich liebe ihn und alles, er ist bloß ein bisschen seltsam. Wisst ihr, worum er mich neulich gebeten hat? Um Tampons!«

»Wieso denn Tampons, Himmel noch mal?«

»Er hat gesagt, er hätte gehört, dass man damit besser schwimmen könnte.«

Die Frauen wieherten vor Lachen. Auch Chris prustete laut los und spürte sofort ein Zerren in der Rippengegend.

»Und Kirsten ist schwer zu durchschauen«, fuhr Vicki fort. »Ich weiß nie, was sie denkt.«

»So ist es besser«, versicherte Susan ihr. »Ariel teilt mir jeden Gedanken mit, den sie im Kopf hat. Die meisten haben damit zu tun, wie sehr sie ihre Schwester hasst. Ich glaube, sie wird mir nie verzeihen.«

Die Frauen kicherten und blickten dann stumm aus den Fenstern auf die ausladende Pracht der sanft geschwungenen Hügel.

»Und wann wirst du uns erzählen, was los ist?«, fragte Barbara Chris und schaffte es sogar, beiläufig zu klingen, obwohl die Anspannung ihrer Finger in Chris' Hand sie trotzdem verriet.

Chris spürte, wie ihr Atem stockte. Auch wenn sie die Frage erwartet hatte, seit sie auf der Rückbank von Vickis Wagen Platz genommen hatte, war sie von ihrer Direktheit doch überrascht. Das Lachen und die unbefangene Vertrautheit der Frauen hatten sie in trügerische Sicherheit gelullt. »Ich weiß nicht, was du meinst«, sagte sie, und die Worte klangen selbst in ihren eigenen Ohren nicht überzeugend. Barbara lehnte sich zurück und zog eine Braue hoch; Susan drehte sich auf dem Beifahrersitz um, und Vicki kniff im Rückspiegel die Augen zusammen. Alle sahen skeptisch, besorgt, ja beinahe ängstlich aus. »Was guckt ihr so?«, fragte Chris. »Was habt ihr alle? Nichts ist los. Ehrlich.«

»Wir sehen dich kaum noch, du rufst nie zurück, du bist immer beschäftigt –«

»Ihr wisst doch, wie das ist«, wandte Chris ein.

»Das wissen wir nicht.«

»Sag es uns.«

»Es ist einfach so viel los«, sagte Chris.

»Gerade hast du gesagt, es wäre nichts los«, erinnerte Vicki sie.

»Was?«

»Ja, was denn nun, Chris? Beides geht nicht.«

»Vorsichtig. Du klingst schon wie eine Anwältin.«

»Ich bin deine Freundin«, erwiderte Vicki schlicht.

»Tut mir Leid«, entschuldigte Chris sich. »Es ist nur, dass ihr alle so ein großes Aufhebens um nichts macht.«

»Tun wir das?«, fragte Susan.

»Bist du sauer auf uns?«, fragte Barbara. »Haben wir irgendwas gesagt oder getan, was dich gekränkt hat?«

»Natürlich nicht.«

»Warum triffst du dich dann nicht mehr mit uns?«

»In letzter Zeit war das Leben bloß ein bisschen hektisch, das ist alles«, beharrte Chris. »Wyatt ist dauernd krank, er scheint sich jeden Infekt einzufangen, der die Runde macht. Na ja, ihr wisst ja, wie Kinder sind – sie sind kleine Brutkästen für Krankheiten. Also wird erst er krank und dann ich. Nur dass ich länger brauche, um wieder auf die Beine zu kommen. Und dann muss ich im Haus alles Mögliche nachholen.«

»Und warum hast du dann der Putzfrau gekündigt?«, fragte Barbara.

»Du hast Marsha entlassen?«, fragte Susan nach der Frau, deren Dienste sie alle in Anspruch nahmen.

»Tony war nicht zufrieden mit ihr«, versuchte Chris zu erklären, »und ich bin den ganzen Tag zu Hause. Es gibt keinen Grund, warum ich es nicht selber machen sollte.«

»Machst du es gerne?«, fragte Vicki, als ob der Gedanke jenseits ihrer Vorstellung läge.

»Es macht mir nichts aus«, sagte Chris. »Wirklich nicht.«

»Du wirst doch nicht agoraphobisch, oder?«, fragte Susan leise und mit aufgerissenen Augen.

»Was ist denn *agoraphobisch*?«, fragte Barbara.

»Im engeren Sinne bedeutet es die Angst, Straßen und Marktplätze zu überschreiten«, erklärte Susan.

»Ich hasse Märkte«, unterbrach Vicki.

»Ich habe keine Angst, das Haus zu verlassen.«

»Eben hast du aber ängstlich gewirkt.«

»Ist mit Tony alles in Ordnung?«

»Wie meinst du das?«

»Versteht ihr beide euch gut?«, fragte Barbara.

»Natürlich. Alles bestens. Ich meine, in letzter Zeit war er ein wenig angespannt, weil Tony mit seinem neuen Job nicht besonders zufrieden ist. Und ich glaube, er hat viel Geld an der Börse verloren.«

»Du glaubst?«, fragte Susan. »Das weißt du nicht?«

Chris schüttelte den Kopf. »Du weißt doch, dass ich ein hoffnungsloser Fall bin, wenn es um Geld geht.«

»Seit wann?«

»Du hast doch ein eigenes Konto, oder?«, fragte Vicki.

»Wir haben ein gemeinsames Konto. Warum sollte ich ein eigenes Konto haben?«

»Jede Frau sollte ihr eigenes Konto haben. Für alle Fälle. Und beim ersten Anzeichen von Problemen sollte sie anfangen, Geld auf die Seite zu schaffen.«

»Aber das ist doch vollkommen unehrlich«, wandte Chris ein.

»Nein«, erklärte Vicki ihr. »Es ist reine Selbsterhaltung. Außerdem willst du doch nicht wegen jeder Kleinigkeit zu Tony rennen. Oder etwa doch? Willst du etwa wegen jeder Kleinigkeit zu Tony rennen?«

»Natürlich nicht!« Chris spürte, wie sie vor Wut rot anlief. Was ging es Vicki an, wie Tony und sie ihre Finanzen regelten? Sie war mit einem wohlhabenden Mann verheiratet. Sie hatte keine Ahnung, was es für einen Mann bedeutete, in einem verhassten Job zu bleiben, um das Essen auf den Tisch zu bringen. Im Augenblick war das Geld knapp. Tony hatte Recht, wenn er sie kurz hielt und sie für jeden Cent Rechenschaft ablegen ließ.

»Ich möchte, dass du Montagmorgen gleich als Erstes zur Bank gehst«, sagte Vicki, »und dein eigenes Konto eröffnest. Hast du gehört, Chris?«

»Ich hab dich gehört«, sagte Chris und entschied, dass Zustimmung leichter war als Widerspruch.

»Ich komme mit«, bot Barbara an und tätschelte Chris' Hand. »Ich muss zu meiner Schande gestehen, dass ich auch kein eigenes Konto habe.«

»Mein Gott, ich kann es einfach nicht glauben«, meinte Vicki. »In welchem Jahrhundert lebt ihr beiden eigentlich?«

»Warum halten wir nicht an«, schlug Susan vor, als sie in die Sunshine Lane einbogen. »Lasst uns ein Stück spazieren gehen.«

Sofort parkte Vicki den Wagen am Straßenrand, vier Türen öffneten sich, und die Frauen traten in die Wärme des Septembernachmittags.

»Es ist so friedlich hier«, sagte Barbara, fasste Chris' Hand und schwang sie vor und zurück, als wären sie zwei Schulmädchen. Vicki ging ein paar Schritte vor, Susan ein paar Schritte hinter ihnen.

»Können wir ein bisschen langsamer gehen?«, fragte Susan.

Selbst mit knapp zwanzig Pfund Übergewicht sah sie noch wunderschön aus, dachte Chris, denn die zu ihrem kräftigen Kinn geschwungenen Haare und die sanfte Rundung ihrer Wangen, die problemlos die verräterischen Spuren des Alters tilgte, ließen Susan noch jünger wirken als bei ihrer ersten Begegnung.

»Kommt schon. So langsam kann ich nicht gehen«, stöhnte Vicki. Typisch, dachte Chris. Vickis Geduld war begrenzt. War sie es nicht gewesen, die nicht hatte abwarten können, bis ihre Dauerwelle herausgewachsen war, und sich die Haare stattdessen streichholzkurz hatte schneiden lassen? Sie hatte Glück, dass ihr der Bürstenschnitt stand. Chris lächelte. Vicki hatte die Gabe, selbst das schmutzigste Stroh zu Gold zu spinnen.

Sie gingen die Straße hinunter bis zum Cayuga Drive.

»Das ist genug«, sagte Chris und blieb abrupt stehen, weil ihr plötzlich hundeelend war. »Die Hitze schafft mich.« Sie spürte, wie ihre Knie weich wurden und nachgaben, und beobachtete, wie der Boden rasch näher kam, als sie auf dem Bürgersteig aufschlug.

Sofort war sie von helfenden Armen umringt.

»Mein Gott, Chris, was ist passiert?«

»Hast du dir wehgetan?«

»Tief atmen.«

Chris versuchte, ihre Sorge mit einer Handbewegung abzutun, brach jedoch stattdessen in Tränen aus.

»Was ist los, Chris? Was fehlt dir?«

»Ich glaube, du brauchst einen Arzt.«

»Ich brauche keinen Arzt«, sagte Chris.

»Wie lange kippst du denn schon einfach so zusammen?«

»Es ist nichts.«

»Chris, du bist die Treppe runtergefallen. Montana hat gesagt, dass du dauernd hinfällst. Und jetzt brichst du mitten auf der Straße zusammen.«

»Es ist heiß.«

»Nicht so heiß.«

Chris atmete tief ein, wischte den scheinbar unerschöpflichen Tränenstrom grob in Richtung ihrer Ohren, faltete die Hände unter dem Pferdeschwanz in ihrem Nacken und stöhnte: »Oh Gott.«

»Was ist denn?«

»Bitte, Chris. Uns kannst du es sagen.«

Chris suchte die besorgten Blicke ihrer Freundinnen. Konnte sie ihnen die Wahrheit sagen? Konnte sie das wirklich? Mein Gott, was würden sie von ihr denken? »Ich glaube, ich bin schwanger«, flüsterte sie.

»Du bist schwanger?«, wiederholte Barbara. »Das ist ja wundervoll.« Sie stutzte. »Oder nicht?«

Chris senkte den Kopf auf die Brust und weinte mit bebenden Schultern.

»Ist es wundervoll?«, fragte Susan leise.

»Ich weiß nicht«, hörte Chris sich jammern und hasste das Geräusch, weil es so schwach, verzweifelt und undankbar klang. »Es ist nicht so, als ob ich meine Kinder nicht lieben würde.«

»Natürlich tust du das.«

»Ich liebe meine Kinder mehr als alles auf der Welt.«

»Das wissen wir.«

»Und es ist auch nicht so, als ob ich nicht noch mehr Kinder haben will. Vielleicht in ein oder zwei Jahren, wenn sich alles ein wenig beruhigt hat. Das Timing kommt mir einfach so falsch vor.« Chris hob mutlos die Arme und ließ sie dann wieder sinken. »Im letzten Monat mussten wir eine zweite Hypothek auf das Haus aufnehmen, und Tony hasst seinen neuen Job. Er redet ernsthaft davon, zu kündigen, sich selbstständig zu machen und von zu Hause aus zu arbeiten. Und manchmal scheint mir das alles ein bisschen viel, versteht ihr? So, als hätte ich keine Minute für mich selbst. Ich weiß, wie mies das klingt, weil ich weiß, wie sehr Tony mich liebt, und weil ich dankbar bin für alles, was er für mich tut, und dafür, wie er sich um mich und die Kinder kümmert, ehrlich, aber manchmal habe ich das Gefühl, ich kriege keine Luft mehr. Und jetzt noch ein Baby …«

»Du musst das Baby nicht bekommen«, sagte Vicki schlicht.

Es entstand ein Schweigen.

»Ich kann es nicht abtreiben lassen.« Chris fing an, den Kopf zu schütteln, und ihr Pferdeschwanz wirbelte wie zuvor Montanas Haar von einer Wange zur anderen. »Ich kann nicht. Ich kann nicht.«

»Du solltest mit Tony darüber reden«, schlug Barbara leise vor.

»Ich kann nicht mit ihm darüber reden. Er würde es nie verstehen. Er würde mir nie verzeihen, dass ich überhaupt daran gedacht habe …«

Wieder schwiegen die Frauen.

»Er braucht es ja nicht zu erfahren.«

Chris starrte Vicki ungläubig an. Sie löste sich aus der tröstenden Umarmung ihrer Freundinnen, rappelte sich auf die Füße und begann neben der Straße auf und ab zu laufen. »Nein. Das kann ich nicht. Ihr versteht das nicht. Tony würde es merken. Er würde es merken.«

»Wie sollte er das?«, fragte Barbara.

»Er würde es merken«, sagte Chris, und ihr Kopf wippte heftig auf und ab. »Er rechnet nach.«

»Was soll das heißen, er rechnet nach?«, fragte Susan. »Willst du damit sagen, dass er deinen Zyklus verfolgt?«

»Seit Wyatts Geburt wünscht er sich noch ein Baby.«

»Und was ist damit, was *du* willst?«

»Ich weiß nicht, was ich will.« Deswegen ist es ja so ein Glück, dass ich Tony habe, hätte sie beinahe geschrien. Er wusste, was das Beste für sie war.

»Er verfolgt deinen Zyklus«, wiederholte Susan staunend, als versuchte sie, den Sinn der Worte zu begreifen.

»Es ist nicht so schlimm, wie es sich anhört. Ich habe das Ganze total übertrieben. Das mache ich dauernd.«

»Nein, das tust du nicht.«

»Doch.«

»Wer sagt das?«, fragte Barbara. »Tony?«

»Du übertreibst überhaupt nichts, Chris«, sagte Susan. »Chris, hörst du mir zu?«

»Ich muss nach Hause«, sagte Chris, machte auf dem Absatz kehrt und ging Richtung Auto. »Wenn ihr mich nicht bringen wollt, fahre ich per Anhalter.« Sie blickte die leere Straße hinunter.

»Natürlich bringen wir dich«, sagte Vicki und rannte ihr nach.

»Chris, warte!«, hörte Chris sie in ihrem Rücken rufen.

»Chris, bitte, wir sind auf deiner Seite.«

Ist das wirklich so?

»Wir wollten dich nicht aufregen«, sagte Barbara, als sie wieder in den Wagen stiegen.

Auf der Fahrt zurück nach Mariemont hielt Chris den Kopf gesenkt und den Blick auf ihren Schoß gerichtet. »Ich will dieses Baby wirklich haben.«

»Natürlich willst du das.«

»Macht euch um mich keine Sorgen«, sagte Chris, als Vicki in die Grand Avenue einbog. Sie sah Tonys Schatten hinter der Gardine im Wohnzimmer, als sie die hintere Tür öffnete und ausstieg. Hatte er die ganze Zeit dort gestanden?

»Wir lieben dich«, rief Barbara ihr nach. »Das weißt du doch, oder?«

»Das weiß ich.« Chris schlang die Worte um sich wie einen warmen Schal. »Ich liebe euch auch.«

Die Haustür ging auf. »Hey, Baby«, sagte Tony. »Du bist ja früh wieder zu Hause.«

»Ich habe dich vermisst«, sagte Chris, schritt über die Schwelle und schloss die Tür, ohne sich noch einmal umzusehen.

5

»Mami! Mami!«

Susan drehte sich auf die rechte Seite und strengte sich an, im Dunkeln den Radiowecker auf dem Nachttisch ihres Mannes zu erkennen. Es war noch nicht einmal vier Uhr. »Oh Gott«, stöhnte sie in dem Wissen, dass kaum zwei Stunden vergangen waren, seit sie endlich in einen unruhigen, von sorgenvollen Gedanken und rastlosen Träumen geplagten Schlaf gefallen war. Offenbar bin ich nicht die Einzige, dachte sie, als sie Ariels wiederholtes Rufen hörte, und wollte gerade die Decke zur Seite schlagen und nachsehen, was ihr Kind bekümmerte, als ihr Mann eine Hand auf ihren Arm legte und sie zurückhielt.

»Ich geh schon«, sage Owen und klang so müde, wie sie sich fühlte.

»Sicher?«

»Schlaf ein bisschen.« Er streifte mit den Lippen über Susans Stirn, als er aus dem Bett stieg.

Susan hörte, wie ihr Mann am Fußende ihres großen Ehebetts mit dem Bademantel kämpfte, und spürte die Schwingungen seiner nackten Füße auf dem Teppich, als er entschlossen aus dem Zimmer eilte. »Was ist denn, mein Schatz?«, hörte sie ihn fragen, als er Ariels Zimmertür öffnete.

»Ich hatte einen Albtraum«, hörte sie Ariel schluchzen.

Mit Albträumen kannte Susan sich aus. Vor allem mit einem ganz bestimmten Albtraum, dachte sie, schloss die Augen und sah sich sofort in dem Seminar für mittelalterliches Drama über ihr Pult gebeugt sitzen und verzweifelt, aber vergeblich versuchen, eine widerspenstige Ansammlung von Zetteln zu zähmen und in irgendeine sinnvolle Reihenfolge zu sortieren, während sie hörte, wie ihr Name laut und deutlich wie über Lautsprecher ausgerufen wurde. »Susan Norman. Susan Norman. Wir erwarten Ihr Referat.« Professor Curriers kahler Kopf wippte auf und ab, während Susan ihre ungeordneten Papiere zusammenraffte, sich von ihrem Platz erhob und nach vorne ging.

In diesem Moment des Traumes merkte Susan jedes Mal, dass sie nackt war. Entsetzt versuchte sie, sich mit den Papieren zu bedecken, und ging leicht vorgebeugt weiter, sodass ihre Brüste gegen die kleine, aber lästige Fettrolle um ihren Bauch baumelten. Doch diese neue Haltung betonte nur die Fülle ihrer entblößten Rückseite, sie hörte das Lachen der anderen Studenten und sah, wie sie spöttisch mit den Fingern auf sie zeigten. Hektisch hielt sie schützend eine Hand hinter sich, wodurch der Wust von Zetteln ins Rutschen geriet und zu Boden fiel, sodass sie auf allen vieren herumrutschend vergeblich versuchen musste, sie wieder einzusammeln, während das grausame Gelächter um sie herum zu einem beinahe ohrenbetäubenden Fortissimo anschwoll.

Genau dann wachte sie normalerweise auf, wie gerade eben auch. Susan beobachtete dankbar, wie Owen sich auf Zehenspitzen wieder ins Schlafzimmer schlich. Er warf seinen Bademantel über einen Stuhl, kroch unter die Decke und kuschelte sich an sie.

»Was war denn los?«, fragte sie.

»Sie hat ins Bett gemacht«, antwortete ihr Mann sachlich.

Susans ganzer Körper verspannte sich. Sie hatte am nächsten Morgen ein Seminar und konnte ihrer Mutter schlecht einen Haufen dreckiger Bettwäsche in die Hand drücken, wenn die arme Frau zur Tür hereinkam. Oder? *Hallo. Ariel hat wieder ins Bett gemacht. Ich weiß, dass du jeden Tag die Kinder einhütest, und das war eigentlich auch nicht abgemacht, aber könntest du vielleicht noch ein paar Maschinen Wäsche durchlaufen lassen und die Bettwäsche wechseln, weil ich ein wichtiges Seminar habe, während du bloß den ganzen Tag rumsitzt und auf meine Kinder aufpasst?*

»Ist schon in Ordnung«, sagte ihr Mann, als hätte sie laut gesprochen. »Ich habe die Laken gewechselt und die schmutzige Bettwäsche in die Waschmaschine gepackt.«

Susan richtete sich im Bett auf und starrte den Mann an, mit dem sie seit elf Jahren verheiratet war. »Das hast du alles getan?«

»Kinderspiel«, murmelte er mit geschlossenen Augen.

»Wieso habe ich bloß so viel Glück?«

»Schlaf ein bisschen.« Ein zufriedenes Lächeln nistete sich in den Falten um seinen Mund ein.

»Ich liebe dich«, flüsterte Susan und kuschelte sich in seine Armbeuge. Vielleicht würde man Owen Norman nicht unbedingt als besonders attraktiv bezeichnen – er war von mittlerer Statur und Größe, und seine Gesichtszüge waren zu gewöhnlich, um als vornehm oder interessant zu gelten –, doch er war ein guter und anständiger Mann und ein wunderbarer Arzt dazu, und alle, die ihn kannten, Patienten wie Freunde gleichermaßen, begegneten ihm mit Vertrauen und Bewunderung.

Susan drehte sich auf die linke Seite, spürte, wie Owen sich mit ihr drehte, sodass seine Hand auf ihrer ausladenden Hüfte zu liegen kam. Sie war nach wie vor ruhelos, weil der Zwischenfall mit Chris am Nachmittag sie mehr als beunruhigt hatte. Irgendetwas stimmte ganz offensichtlich nicht, irgendetwas, das Chris nicht sagen wollte, und es war mehr als die Aussicht auf ein weiteres Baby, wie schlecht das Timing auch sein mochte. Die Frauen hatten bei einer Tasse Kaffee in Vickis Haus noch darüber diskutiert und versucht, Strategien zu entwickeln, Chris aus der Reserve zu locken, bis sie schließlich beschlossen hatten, dass sie nur warten konnten, bis Chris bereit war, sich ihnen von sich aus anzuvertrauen. Welche Probleme Chris auch haben mochte, was immer sie ihnen verschwieg, es war ihre Angelegenheit. Sie konnten nur geduldig, verständnisvoll und vor allem still sein, sonst liefen sie Gefahr, sie ganz zu verlieren.

Susan drehte sich auf den Rücken und versuchte sich zu erinnern, wann Chris' Rückzug begonnen hatte. Hatte es einen ganz bestimmten Moment gegeben oder waren die Veränderungen in ihrer Beziehung zu den anderen Frauen schleichend passiert? War ihre Freundschaft langsam und unmerklich schal geworden wie eine langjährige Ehe im letzten Stadium der Zerrüttung?

Was war das Problem? Susan drehte sich erneut um. Gab es Risse in Chris' und Tonys Ehe? Chris hatte das abgestritten, aber wenn Tony ernsthaft darüber nachdachte, eine eigene Agentur zu gründen, würde das sehr teuer werden, und das Geld war offensichtlich jetzt schon knapp. Ihr drittes Baby …

»Susan«, sagte Owen, »was ist los?«

»Was los ist?« Susan drehte sich auf den Rücken und sah Owens besorgtes Gesicht über sich schweben.

»Seit ich wieder ins Bett gekommen bin, wälzt du dich ununterbrochen von einer Seite auf die andere.«

»Tut mir Leid.« Susan erinnerte sich an die Furcht in Chris' Augen, als sie ihnen anvertraut hatte, dass sie vielleicht wieder schwanger war. Wovor genau hatte sie solche Angst? *Er verfolgt ihren Zyklus!*, dachte Susan wieder. »Irgendwie finde ich einfach keine bequeme Lage«, sagte sie.

»Machst du dir immer noch Sorgen wegen Chris?«

»Nein.« Nach einer kurzen Pause gab Susan zu: »Ich versuche es jedenfalls.« Welchen Sinn hatte es, sich zu verstellen? Sie hatte Owen nie täuschen können und es auch nie gewollt, und so war sie ein weiteres Mal froh, dass sie so viel Glück gehabt hatte.

»Glück ist nur ein Teil der Gleichung«, hatte ihre Mutter einmal gesagt. »Du hast hart gearbeitet für das, was du hast. Und du warst so klug, eine gute Wahl zu treffen.«

Wie hatte ihre Mutter gesagt: Am Ende sind wir die Summe unserer Entscheidungen.

»Ich liebe dich«, erklärte Susan ihrem Mann noch einmal und fragte sich, ob sie es ihm oft genug sagte. Sie hob ihren Kopf und küsste ihn auf den Mund.

»Ich liebe dich auch«, sagte er und erwiderte ihren Kuss überraschend leidenschaftlich. Ihre plötzliche Lust überraschte sie beide, baute sich jedoch so rasch auf, dass das, was als keusche

Dankesbekundung gemeint gewesen war, sich zu etwas ganz anderem entwickelte. Susan spürte, wie ihr Körper unter der sanften Berührung ihres Mannes erwachte, wie ihre Sinne, die eben noch kurz vor dem völligen Zusammenbruch schienen, plötzlich geschärft und hellwach waren und jede neue Liebkosung begierig erwarteten.

»Bist du so weit?«, fragte er kurz darauf, und sie nickte und schlang die Beine um seine Hüfte, als er in sie eindrang. Ihre Körper wiegten sich ruhig und harmonisch, bis Owen erneut fragte: »Bist du so weit?« Als Susan nickte, stemmte Owen sich auf die Knie, seine Stöße wurden tiefer, bis sie ein Kribbeln am ganzen Körper spürte, das ihren Kopf schwirren und jede Faser ihres Seins vibrieren ließ. Darüber erfährt man im Biologieunterricht nie etwas, dachte sie, während ihr ganzer Körper zu explodieren bereit war. Dort wurden kalte klinische Worte wie *Klimax* oder *Orgasmus* benutzt. Ersteres bezeichnete für sie vor allem eine rhetorische Figur, Letzteres klang wie etwas, das die Mauern des Versuchslabors nie verlassen sollte. Beide trafen nicht einmal annähernd, was geschah, wenn zwei sich liebende Menschen miteinander schliefen: die totale und reine Freude völliger Hingabe.

»Wer hat multiple Orgasmen?« Susan erinnerte sich an die Frage, die Vicki an dem Super-Bowl-Sonntag vor acht Monaten gestellt hatte.

»Ich hatte noch nie einen Orgasmus«, hatte Chris zugegeben, und Barbara hatte gestanden, ihre immer nur vorzutäuschen. Selbst Vicki hatte eingeräumt, dass sie nicht beim Geschlechtsverkehr zum Höhepunkt kam. Als die anderen sie bedrängt hatten, hatte Susan abgewehrt und die Küche unter einem Vorwand verlassen. Lieber schüchtern wirken als selbstzufrieden, hatte sie gedacht und den anderen nicht erzählt, dass sie geradezu beunruhigend regelmäßig einen Orgasmus hatte. Manchmal musste Owen nur einen bestimmten Punkt an der Seite ihres Halses berühren …

Vielleicht bin ich bloß leichter zu befriedigen, dachte Susan jetzt, obwohl sie sich selbst nie für eine ausgesprochen erotische

Frau gehalten hatte, jedenfalls ganz bestimmt nicht für sexy. Durchaus attraktiv, vor allem, wenn sie ein paar Pfund abspecken könnte, aber nicht annähernd so hübsch wie Barbara, Chris oder Vicki. Und wahrscheinlich würde sich keine Frau ein Bein ausreißen, ausgerechnet Owen ins Bett zu kriegen. Sie würde sich Barbaras Mann Ron aussuchen, weil er groß und gut aussehend war, oder auch Chris' Mann Tony, weil er großspurig und draufgängerisch war. Und sie würden sich alle falsch entscheiden.

Am Ende sind wir die Summe unserer Entscheidungen.

»Wie geht's dir?«, fragte ihr Mann jetzt.

»Gut«, schnurrte Susan. »Sehr gut.«

Sekunden später schlief sie in die Arme ihres Mannes gekuschelt friedlich ein.

»In unserem Überblick über die liturgischen Anfänge des Theaters«, erklärte Professor Ian Currier einem Kurs von etwa fünfundvierzig nicht unbedingt enthusiastischen Studenten, »haben wir über einige Stücke aus dem 12. Jahrhundert gesprochen, die durchaus von künstlerischem Wert sind, vor allem jene aus dem Dramenbuch von Fleury.«

Susan rutschte auf ihrem harten Holzsitz hin und her und kämpfte dagegen an, dass ihr die Augen zufielen. Ich muss mehr schlafen, stellte sie fest, obwohl offen blieb, wie sie das schaffen sollte bei all den Seminaren, Essays und Referaten, der Vorbereitung auf Tests und Prüfungen, der Verantwortung für zwei kleine Töchter – Whitney war zum Glück in jeder Beziehung pflegeleichter als Ariel, was jene nur noch schwieriger machte – und einem Mann, der sich auf gar keinen Fall vernachlässigt fühlen sollte. Susan wusste, dass der Tag nur begrenzt viele Stunden hatte – oder genauer gesagt die Nacht, wenn sie sie am nötigsten brauchte. Sie richtete sich gerader auf, streckte ihren Rücken, unterdrückte ein Gähnen und wandte ihre Aufmerksamkeit wieder dem leise nölenden Tonfall von Professor Curriers Stimme zu, der seinen gelangweilten Lebensüberdruss für jedermann deutlich kundtat. Was machte sie hier? Was glaubte sie, welche Türen ihr ein Magister in Literatur öffnen würde?

»Doch auch in Fleury waren die Stücke eng an den jeweiligen liturgischen Anlass gebunden, und sie wurden abschnittweise während des normalen Gottesdienstes gesungen«, fuhr Professor Currier fort. »Wie wir in *The Conversion of St. Paul* sehen werden, hält sich das Stück, das wahrscheinlich zum Fest der Bekehrung des heiligen Paulus am 25. Januar aufgeführt wurde, ziemlich eng an den biblischen Bericht seiner Bekehrung, wie er in der Apostelgeschichte erzählt wird.«

Um sich herum hörte Susan das Geräusch von Stiften, die über Papier huschten wie winzige wilde Mäuse, und bemerkte, dass sie selbst seit Beginn der Vorlesung noch kein Wort notiert hatte. Sie klappte ihr Notizbuch auf und tastete in der großen Leinentasche vor ihren Füßen nach einem Stift. Sofort spürte sie, dass etwas an ihrem Finger klebte, wie ein Blutegel aus einem Süßwasserteich, und dieses Gefühl rief sofort eine unangenehme Erinnerung an ihre Kindheit wach, als ihre Eltern mit ihr, ihrem älteren Bruder und ihrer kleinen Schwester im Sommer in ein Ferienhaus gefahren waren und sie darauf bestanden hatte, gleich am ersten Nachmittag ins Wasser zu gehen, obwohl ihre Mutter sie vor Egeln gewarnt hatte. Doch sie war zu sehr damit beschäftigt gewesen, vor ihrer kleinen Schwester anzugeben, um auf die Ermahnungen ihrer Mutter zu hören, und mit mehreren hässlichen, schwarzen Klümpchen an Armen und Beinen wieder aus dem Wasser gekommen, die ihre Schwester nur in die Flucht gejagt hatten. Sie hatte vergeblich versucht, die Egel abzuziehen, und damit alles nur noch schlimmer gemacht, Blut sickerte in kleinen Zickzackrinnsalen an ihren Gliedmaßen herunter. Ihre Mutter erklärte, dass man die schrecklichen Viecher nicht abziehen konnte, ohne die darunter liegende Haut zu beschädigen, dass sie sich vielmehr nur mit einer großzügigen Portion Salz entfernen ließen. »Und danach musst du sie essen«, hatte ihr Bruder sie schadenfroh geneckt und sie kreischend und heulend über den Strand gejagt, bis ihre Mutter sie eingefangen und ihr versichert hatte, dass der Einzige, der die hässlichen Biester vielleicht essen müsste, ihr Bruder war.

Susan zog erleichtert die Hand aus der Tasche, bemerkte jedoch gleichzeitig entsetzt den angelutschten organgefarbenen Lutscher, der an ihrem Zeigefinger klebte. »Na super«, murmelte sie lauter als beabsichtigt.

»Verzeihung, Mrs. Norman«, sagte Professor Currier sofort, »wollten Sie dem Seminar etwas mitteilen?«

Der Teufel sollte seine großen Ohren holen, dachte Susan kopfschüttelnd. Die mussten auch alles mitkriegen.

»Verzeihung«, murmelte sie, zog heftiger als nötig an dem anstößigen Lutscher, sodass er zerbrach, mehrere Stücke zu Boden fielen und wie Scherben zersplitterten.

»Ein kleiner Snack, Mrs. Norman?«, fragte Professor Currier, senkte das Kinn und sah sie über den Rand seiner Nickelbrille hinweg an.

Verfügt der Mann auch über einen Röntgenblick?, fragte Susan sich, während mehrere Studenten in der Nähe nervös lachten, möglicherweise dankbar, dass nicht sie Gegenstand seines beißenden und gefürchteten Spotts geworden waren.

»Man sollte meinen, dass gerade Sie mit den Gefahren des Essens zwischen den Mahlzeiten vertraut sind«, bemerkte der Professor, und sein Blick kehrte zu seinem Skript zurück, bevor sie das volle Ausmaß seiner Andeutung begreifen konnte. »In *The Conversion of St. Paul*«, sagte er, als ob der eine Gedanke logisch aus dem anderen folgen würde, »sehen wir die gewohnten Elemente kirchlicher Dramen aus dem zwölften Jahrhundert, darunter die Bekehrung eines Sünders und das knappe Entrinnen vor gefährlichen Feinden sowie einen andauernden Konflikt zwischen weltlicher Macht und der Kraft göttlicher Erlösung.«

Susan spürte, wie ihre Haut unter ihrem weißen Pulli brannte, ihr Hals rosa anlief und ihre Wangen dunkelrot leuchteten. Wie konnte er es wagen, so mit ihr zu sprechen! Wie konnte er es wagen, sich über ihr Gewicht lustig zu machen!

Aber hatte er das wirklich getan, bremste sie sich sofort wieder. Oder war sie bloß überempfindlich? Vielleicht sollte seine Bemerkung lediglich ein leichter Tadel für ihre Störung der Vorlesung sein. Wahrscheinlich weiß er, dass er tödlich langweilig ist, und nutzt deshalb gewisse Situationen dankbar, um die Veranstaltung aufzulockern. In Zukunft würde sie sorgfältig darauf achten, ihm keine derartige Gelegenheit mehr zu bieten. Sollten die anderen Studenten seine schlecht gelaunten Sticheleien erdulden. Sie konnten es ab. Sie waren härter und stärker und mindestens zehn Jahre jünger als sie.

Wem will ich hier etwas vormachen?, dachte sie und sah sich verstohlen in dem überhitzten Raum um. Es waren kleine Kinder, Herrgott noch mal, die meisten noch Teenager, ihre Gesichter unfertige Leinwände, die darauf warteten, von den Pinselstrichen der Erfahrung vollendet zu werden. Was tat sie unter all diesen Menschen, zu denen sie ganz offensichtlich nicht gehörte? Was für eine Verrenkung ihres Egos hatte sie dazu getrieben, einen Universitätsabschluss anzustreben, der letztendlich nutzlos war? Ich werde eine abgeschlossene Ausbildung vorweisen können, erinnerte sie sich, und das Gefühl der Befriedigung genießen, eine Aufgabe gut erledigt zu haben.

Und wer wollte wissen, ob sich ihr Examen in englischer Literatur nicht doch noch als nützlich erweisen sollte? Vicki drängte sie ständig, mit ihrem Mann über einen Job bei einer seiner Zeitschriften zu sprechen. Wenn sie ihr Diplom in der Tasche hatte und die Kinder irgendwann den ganzen Tag in der Schule waren, würde sie Jeremy Latimers wachsendem Imperium vielleicht doch noch einen Besuch abstatten.

»Das wichtigste Ziel kirchlicher Dramen im zwölften Jahrhundert war nicht die Erziehung der Massen, sondern die Erschaffung erbaulicher Werke der Frömmigkeit und Weisheit. Die Verwendung verschiedener poetischer Formen und literarischer Genres sowie die klassischen Anspielungen deuten auf ein hohes Maß literarischer Verfeinerung hin.« Professor Currier sah von seinen

Notizen auf und ließ seinen Blick durch den Raum schweifen. »So weit, so gut. Bis zum nächsten Freitag schreiben Sie mir bitte einen Vergleich der Dibgy- mit der Fleury-Version von *The Conversion of St. Paul*, Länge 5000 Wörter. Ich werde keinerlei Aufschub gewähren, und die Benotung des Referats wird 25 Prozent ihrer Semesternote ausmachen. Frauen mit großen Brüsten«, fuhr er zwinkernd fort, »haben natürlich automatisch bestanden.« Damit verstaute er seine Notizen in seiner abgewetzten Aktentasche und ließ die Schlösser zuschnappen. »Das war's.« Sein breites Lächeln schien seine Kahlköpfigkeit noch zu betonen. »Vorlesung beendet.«

Ein paar Studenten lachten, andere kicherten nervös, während sie ihre Sachen einpackten und den Raum verließen. Nur Susan blieb sitzen, mühsam nach Luft schnappend und unfähig, sich zu rühren.

»Probleme, Mrs. Norman?«, fragte Professor Currier.

Susan schüttelte den Kopf, den Blick fest auf den Boden gerichtet. Tränen brannten in ihren Augenwinkeln, als wäre sie geohrfeigt worden. Was war bloß mit ihr? Warum stand sie nicht einfach auf und ging?

»Ist irgendetwas, Mrs. Norman?«, bedrängte Ian Currier sie.

Susan hob langsam den Blick und richtete ihn in die ungefähre Richtung des Professors, sorgfältig darauf bedacht, ihn nicht direkt anzusehen. Denn wenn sie ihn ansah, könnte sie vielleicht etwas sagen, was sie später bereuen würde. Schließlich war er ihr Professor, der Mann, der entschied, ob sie das Seminar bestand und den heiß begehrten Abschluss bekam.

»Susan?«

Jetzt ist mein Name an sich schon ein Problem geworden, dachte Susan und wollte weglaufen und sich verstecken, wie sie an jenem Nachmittag am See vor den gemeinen Hänseleien ihres Bruders geflohen war. Vermeidung – ihre spontane Reaktion auf Unannehmlichkeiten jedweder Art, gefolgt von einer versöhnlichen Geste. Wut war eine riesige Energieverschwendung. Die meisten Probleme ließen sich mit ein paar leisen, wohlgesetzten Worten aus dem Weg räumen. Und warum war sie überhaupt so aufgebracht? Wegen einer unschuldigen Bemerkung, die erkennbar witzig gemeint gewesen war, die niemand ernst und an der niemand sonst Anstoß genommen hatte. Sie machte, wie man so sagte, aus einer Mücke einen Elefanten, wahrscheinlich weil sie noch gekränkt war von Professor Curriers vorheriger Bemerkung über ihr Gewicht, die sie bestimmt auch falsch gedeutet hatte. Sie war viel zu empfindlich, was wahrscheinlich an ihrer Müdigkeit lag. Sie musste wirklich unbedingt mehr schlafen.

Susan hörte Schritte, blickte auf und fand das Pult verlassen vor, während Professor Currier schon auf dem Weg zur Tür war. Soll er in Frieden gehen, dachte sie. »Professor Currier«, sagte sie laut.

Als er seinen Namen hörte, blieb der Professor abrupt stehen und drehte sich um. Als sie ihn erreicht hatte, sah er sie direkt an. »Dachte ich mir doch, dass Sie noch etwas auf dem Herzen hatten«, sagte er abwartend.

Er ist gar nicht so viel älter als ich, dachte Susan, strich ihr Haar hinter die Ohren und versuchte zu entscheiden, was sie eigentlich sagen wollte. »Ich fand Ihre Bemerkung ziemlich unangemessen«, begann sie und dachte: *Verdammt, viel zu allgemein und vage.*

»Welche Bemerkung meinen Sie?«, fragte er erwartungsgemäß zurück und musterte sie mit einem herausfordernden Lächeln.

»Ihre Bemerkung über Frauen.«

»Über Frauen?«

»Über Frauen mit großen Brüsten.«

»Ah ja, die Frauen mit großen Brüsten«, wiederholte er, während seine Mundwinkel in offenkundiger Belustigung über ihre Verlegenheit amüsiert zuckten.

»Das fand ich unangemessen.«

»Sie finden Frauen mit großen Brüsten unangemessen?«

Er spielt mit mir, dachte Susan, die aber nicht vorhatte, klein beizugeben, und deshalb kühner wurde. »Ich fand Ihre Bemerkung, dass Frauen mit großen Brüsten die Prüfung automatisch bestanden haben, unangemessen.«

Er nickte und ließ seinen Blick auf die Vorderseite ihres weißen Rollkragenpullovers sinken. »Ich glaube nicht, dass Sie sich irgendwelche Sorgen machen müssen, Mrs. Norman. Ihre Oberweite scheint mir mehr als hinreichend üppig, um das Seminar zu bestehen.« Sein Lächeln wurde breiter, und er zeigte die Zähne.

Wie ein knurrender Hund, dachte Susan und machte instinktiv einen Schritt zurück.

»Wenn Sie mich entschuldigen«, sagte er.

»Das werde ich nicht tun.« Susan hatte die Worte ausgesprochen, bevor sie darüber nachdenken konnte.

»Was?«

»Ich werde nichts entschuldigen. Ich finde Ihre Bemerkungen ungeheuerlich. Ich finde, Sie schulden dem Seminar – und mir – eine Entschuldigung.«

»Ich glaube, Sie sind diejenige, die sich ungeheuerlich aufführt, Mrs. Norman«, gab er zurück, ihren Namen förmlich ausspuckend. »Ich weiß, wir leben in den 80er-Jahren, und die Frauenbewegung hat den gesunden Menschenverstand fest im Würgegriff, aber wirklich, Susan, haben Sie denn gar keinen Humor?«

»Jedenfalls nicht Ihren«, erwiderte sie knapp.

Professor Currier schüttelte traurig den Kopf, als wäre er der Gekränkte. »Ich freue mich schon auf Ihr Essay«, sagte er und verließ hocherhobenen Hauptes den Raum.

6

»Und wie geht es dir?«

»Ganz gut, glaube ich.«

»Nervös?«

»Ein bisschen.«

Chris streckte den Arm aus und fasste Barbaras zitternde Hand. Dabei streifte sie über ihren riesigen Bauch und spürte, wie das Baby in ihr sich sofort vorbeugte und die Ohren gegen ihre inneren Hautfalten drückte, als wäre es in permanenter Alarmbereitschaft. Wer ist diese Frau?, fragte das Baby in Chris stumm, und ein heftiger Tritt ermahnte sie, ihr nicht zu nahe zu kommen. Die Frau ist ein Eindringling, keine Freundin, warnte der Tritt sie, jemand, der von dir verlangt, ihr unvernünftig viel Zeit zu opfern, und der dich von deiner Familie ablenkt, wo dein angestammter Platz ist. Du solltest gar nicht hier sein. Hat Daddy dir nicht gesagt, dass du nicht herkommen sollst? Ein weiterer Tritt, härter und heftiger als der erste. Was würde Daddy sagen, wenn er es wüsste?

Chris wurde übel, und sie schluckte die Galle, die ihr in den Hals stieg, herunter. Oh bitte, dachte sie, während ihr Blick auf der Suche nach einem Notausgang panisch durch den langen Flur huschte. Du darfst dich nicht übergeben. Nicht hier. Nicht in einem Krankenhausflur, Herrgott noch mal. Obwohl es kaum einen besseren Ort gab. Dieser Gedanke ließ sie beinahe laut auflachen, wenn da nicht diese Angst wäre. Ich habe ständig Angst, dachte sie und kämpfte gegen den Würgereiz an, während sie ihre Furcht hinter einem Lächeln verbarg. Sie lächelte viel dieser Tage. »Es wird schon alles gut gehen«, sagte sie, ebenso sehr zu sich selbst wie zu ihrer besten Freundin. »Soweit ich weiß, werden diese Untersuchungen heutzutage dauernd gemacht.« Sie fragte sich, ob das stimmte oder ob sie es sich ausgedacht hatte. Tony sagte, dass sie sich ständig Sachen ausdachte und irgendwelches Geschwätz als Tatsache hinstellte, um zu vertuschen, wie ungebildet sie war. Dabei ließe sich niemand davon täuschen, sagte er.

»Ich weiß.« Barbaras leicht aufgerissene Augen deuteten ein Lächeln an. »Keine große Sache. Ich hätte dich gar nicht fragen sollen, ob du mitkommst.«

»Sei doch nicht albern. Ich bin gerne hier.«

»Ron hat gesagt, er würde kommen, sobald seine Seminare vorbei sind.«

»Ich bin wirklich froh, dass ich es noch geschafft habe.«

»Danke.« Barbara starrte in ihren Schoß. »Ich weiß, dass es wahrscheinlich nicht leicht für dich war, zu Hause wegzukommen.«

»Leichter als du denkst.« Chris warf einen weiteren verstohlenen Blick in den geschäftigen Krankenhausflur und suchte nach einem vertrauten Augenpaar über einer OP-Maske. »Tony hat geschäftlich außerhalb der Stadt zu tun.«

»Geschäftlich? Hat er einen neuen Kunden?«

»Ich weiß es nicht genau«, erwiderte Chris vage, verlegen, nicht weil sie nicht mehr darüber wusste, sondern weil sie so unendlich erleichtert gewesen war, als Tony ihr erklärt hatte, dass er für ein paar Tage verreisen müsste. Sie hatte ihn weder gefragt, wohin er fuhr, noch, was er dort zu tun hatte. Ihre Freude über seine unerwartete Ankündigung war derart groß gewesen, dass sie sich am Tisch hatte festhalten müssen, um nicht auf und ab zu springen.

»Was ist denn los, Liebling?«, hatte Tony gefragt und sie in seine Arme gezogen. »Ich bin doch nicht lange weg. Du musst dir keine Sorgen machen.«

Was ist mit mir los?, fragte Chris sich nun. Tony war ihr Mann, der Vater ihrer Kinder. Er arbeitete hart, um für all die Bequemlichkeiten zu sorgen, die sie für selbstverständlich hielt. Wie konnte sie so undankbar, so hartherzig und egoistisch sein, dass sie ihn an einen anderen Ort als an ihrer Seite wünschte, dem einzigen Platz auf der Welt, an dem er sein wollte? Warum machte sie ihm das Leben immer so schwer? War es so schwierig, einfach still zu halten und zu tun, was er von ihr verlangte: das Haus in Schuss, die Kinder in Ordnung und ihre Freundinnen auf Distanz zu halten? Tony hatte Recht: Wenn sie sich nur halb so viele Gedanken um ihn machen würde wie um ihre kostbaren Freundinnen …

Wenn ich einfach ein bisschen mehr Zeit für mich hätte, dachte Chris. Aber seit Tony zu Hause arbeitete, schien er bisweilen mehr mit ihrer als mit seiner Tagesplanung beschäftigt. Seit er vor sieben Monaten sein Zimmer zum Büro umgewandelt hatte, hatte er Chris' Alltag komplett neu organisiert, und auch wenn sie widerwillig zugeben musste, dass der Haushalt seitdem besser funktionierte, klangen ein paar Tage, die sie ganz für sich allein haben sollte, unheimlich verlockend. Sie konnte sich entspannen, mit ihren Freundinnen telefonieren, ohne sich um Tonys angeknackstes Selbstwertgefühl zu sorgen, vielleicht sogar Susan und Vicki zum Mittagessen treffen, auf jeden Fall aber Barbara zu ihrer Bauchspiegelung ins Krankenhaus begleiten, ein Ansinnen, gegen das Tony von Anfang an sein Veto eingelegt hatte. »Na, das ist wirklich eine großartige Idee«, hatte er sie getadelt, als sie ihm vor ein paar Wochen erstmals von Barbaras Bitte berichtet hatte. »Du mit deinem Baby, das praktisch aus deinem Bauch platzt, begleitest eine Frau ins Krankenhaus, die sich untersuchen lässt, um herauszufinden, warum sie keine weiteren Kinder bekommen kann! Das ist wirklich sehr einfühlsam von dir.«

Chris tätschelte gedankenverloren ihren Bauch und spürte, wie das Baby gegen ihre Handfläche trat, als wollte es sie auf Abstand halten, als hätte es ihre zwiespältigen Gefühle gespürt, sie schon im Voraus beurteilt und für mangelhaft befunden. Der Ultraschall hatte gezeigt, dass es ein Junge war. Tony hatte bereits einen Namen ausgewählt. Rowdy sollte er heißen, nach irgendeinem Cowboy, den Clint Eastwood mal im Fernsehen gespielt hatte. Was ist das für ein Name?, hatte sie sich gefragt, jedoch nicht ihn. Wozu auch? »Bist du sicher, dass dich das hier nicht zu sehr aufregt?«, fragte sie Barbara flüsternd. Beide Frauen blickten auf Chris' Bauch.

»Ist das dein Ernst? Es macht mir Hoffnung und erinnert mich daran, warum ich mich der Tortur unterziehe.« Barbara streichelte über Chris' Bauch und hoffte ganz offensichtlich, ihm ein Lebenszeichen zu entlocken. Doch das Baby in Chris hielt sofort still und weigerte sich, auch nur einen Finger zu rühren, bis Barbara sich schließlich geschlagen gab und ihre Hand zurückzog.

Als ob er es wüsste, dachte Chris. Als ob er sich absichtlich nicht bewegt.

Barbara klopfte auf ihren eigenen Bauch. »Meinst du, ich könnte sie auch zu einer kleinen Bauchdeckenstraffung überreden, wo ich schon hier bin?«

Chris lachte. »Du siehst großartig aus.«

»Ich weiß nicht. Irgendwie werde ich dieses Bäuchlein einfach nicht los. Du hast wenigstens eine Entschuldigung.«

»Du siehst großartig aus«, wiederholte Chris, erstaunt, wie gefasst und aus dem Ei gepellt ihre Freundin weniger als eine Stunde vor dem Eingriff wirkte, mit ihren hochhackigen Pumps und Kostüm à la Chanel, den schulterlangen dunklen Haaren, die ein perfekt geschminktes Gesicht rahmten, die braunen Augen mit einem Hauch malvenfarbenem Lidschatten betont, die vollen, rosafarbenen Lippen rot konturiert, die Wangenknochen pfirsichfarben abschattiert.

Chris fasste sich unwillkürlich an die eigene Wange, auf der sie noch das Brennen von Tonys Handfläche spürte. Es war natürlich ein Unfall gewesen. Ja, er war wütend gewesen, hatte jedoch lediglich frustriert die Hand gehoben: Er hatte nicht erwartet, dass sie den Kopf wenden würde. Warum musste sie auch genau in diesem Moment ihren Kopf wenden?

»Mein Gott, Baby, es tut mir so Leid«, hörte sie ihn rufen, und seine Stimme hallte in dem Krankenhauskorridor wider. »Alles in

Ordnung? Du weißt doch, dass ich dir nicht wehtun wollte. Bitte verzeih mir. Du weißt doch, dass es ein Unfall war, oder nicht? Du weißt doch, wie sehr ich dich liebe. Bitte sag, dass du mir verzeihst, Baby. Ich verspreche dir, dass es nie wieder passieren wird.«

»Irgendwas nicht in Ordnung?«, fragte Barbara.

»Nicht in Ordnung? Wieso?«

»Weil du dabei bist, dir ein Loch in die Backe zu reiben.«

Chris spürte, wie ihr Nacken heiß wurde und ihre Wangen rot anliefen. »Fühlt sich an, als würde ich einen Pickel bekommen«, log sie. Sie wurde richtig gut darin, ihre Freundinnen anzulügen.

»Man sollte meinen, den Mist hätten wir hinter uns.« Barbara rutschte näher und untersuchte Chris' Wange mit geübtem Blick. »Ich sehe nichts.«

»Es ist einer von denen, die unter der Haut liegen.«

»Die sind die Schlimmsten.« Barbara sah sich seufzend um. »In Momenten wie diesem wünsche ich mir manchmal, ich würde rauchen.«

»Bist du nervös?«

»Ein bisschen. Hast du in letzter Zeit irgendwelche guten Witze gehört?«

»Was sagt eine Mauer zur anderen?«, fragte Chris schüchtern.

»Wir treffen uns an der Ecke?«

»Ziemlich lahm«, gab Chris zu, und beide Frauen lachten. »Das kommt davon, wenn man seine neuen Witze von einer Vierjährigen hat.«

Barbara atmete vernehmlich aus. »Was, wenn sie feststellen, dass ich keine Kinder mehr haben kann?«

Chris nahm die Hände ihrer Freundin. »Das wird nicht passieren.«

»Und wenn doch?«

»Dann gebe ich dir eins von meinen«, sagte Chris leise, als Barbara den Kopf auf ihre Schulter legte. Sofort spürte sie den Tritt des Babys in ihrem Leib, als hätte der Kleine sie gehört, als ob er nach all den Monaten der Belagerung ihres Körpers Einblick hatte in alles, was sie sagte, dachte und fühlte. Und er hasste sie wegen dieser Gedanken. Er hasste sie schon jetzt. Rowdy, wiederholte sie stumm und versuchte, sich an den Klang zu gewöhnen, als das Baby eine Reihe gut gezielter Tritte auf ihre Blase abgab. Ich habe es nicht so gemeint, versuchte Chris zu erklären. Es war bloß ein Witz. Du bist mein eigen Fleisch und Blut, ich würde dich nie verlassen. Und es ist auch nicht so, als ob ich dich nicht lieben werde und schon jetzt liebe. Es ist nur…

Nur was? Nur das falsche Timing? Hast du deinen Freundinnen das nicht erzählt? Dass ein drittes Kind das Letzte ist, was du im Augenblick gebrauchen kannst? Weil du so viele andere, so viele bessere Dinge zu tun hast? Weil du lieber mit deinen Freundinnen als mit deiner Familie zusammen wärst, hörte sie das Baby in ihrem Leib in Tonys vorwurfsvollem Tonfall sagen.

»Nein!« Chris sprang auf.

Sofort war Barbara neben ihr auf den Beinen. »Was ist los? Ist die Fruchtblase geplatzt?«

Beide Frauen blickten auf den Boden, der zum Glück ebenso trocken war wie Chris' Hüften und Beine. Was war mit ihr los? Hatte sie jede Selbstbeherrschung verloren? »Ich muss mal auf die Toilette.«

»Möchtest du, dass ich mitkomme?« Sorge verdüsterte Barbaras malvenfarben umrahmte, braune Augen.

Das ist ja wirklich super, dachte Chris. Sie sorgt sich um mich, während ich eigentlich diejenige sein sollte, die sich um sie kümmert. Sie soll narkotisiert und aufgeschnitten werden, bevor man in ihr herumstochert und -popelt, während ich nur hier sitzen und ihr Gesellschaft leisten muss, bis sie an der Reihe ist, mehr nicht, und ich schaffe nicht einmal das. Ich bin ein absoluter Versager. Meine beste Freundin unterzieht sich dieser Tortur nur, weil sie sich ein zweites Kind wünscht, mehr als alles andere auf der Welt, und ich komme beinahe direkt vor ihren Augen nieder, mit Baby – sage und schreibe – Nummer drei. Wenn das nicht unsensibel war! Tony hatte Recht. Ich hätte nie herkommen dürfen.

»Chris? Ist alles in Ordnung? Du siehst nicht besonders gut aus.«

»Es geht mir gut«, log Chris.

»Vielleicht solltest du besser nach Hause gehen.« Barbara sah auf die Uhr. »Man wird mich jetzt jeden Moment hereinrufen, und bis ich aus dem Aufwachzimmer komme, ist Ron ganz bestimmt hier. Es gibt keinen Grund, dass du bleibst. Hier ist Geld für ein Taxi.« Sie griff in ihre Handtasche, nahm zwei 20-Dollar-Scheine und drückte sie Chris in die Hand.

Chris wurde vor Verlegenheit rot. Wie hatte Tony vergessen können, ihr Geld dazulassen? »Ich gehe nirgendwohin«, sagte sie entschlossen und stopfte das Geld wieder in Barbaras Handtasche. »Außer auf die Toilette. Ich bin gleich wieder da.«

Chris ging unsicher einen Flur hinunter, der mit jedem Schritt länger zu werden schien. »Wo ist die Toilette?«, murmelte sie. »Es muss hier doch irgendwo eine Toilette geben, Himmel noch mal.«

»Kann ich Ihnen helfen?«, fragte ein Mann irgendwo hinter ihr.

Mit pochendem Herzen und Schweiß auf der Stirn wendete Chris den Blick in die Richtung, aus der die vertraute Stimme gekommen war. Er hat mich gefunden, dachte sie, schloss die Augen und machte sich auf den Wutanfall ihres Mannes gefasst. Sie war gegen seinen Willen hergekommen, hatte die erste sich bietende Gelegenheit genutzt, ihn zu täuschen und ihre Familie zu gefährden, indem sie ihr ungeborenes Baby potenziell tödlichen Bakterien aussetzte. Hatte Tony es ihr nicht verboten? Er hatte alles Recht, wütend zu sein.

»Suchen Sie etwas Bestimmtes?«, fragte der Mann, als Chris sich zwang, die Augen wieder zu öffnen.

Der Mann, den sie vor sich sah, blickte sie aus einer Höhe von gut 1,90 Meter mit freundlichen blauen Augen an und sah kein bisschen aus wie Tony. Er klang auch vollkommen anders, wie sie jetzt hörte, als er ihr den Weg zur Toilette wies, die gleich rechts um die nächste Ecke war. »Danke«, sagte sie und erlaubte ihm, ihren Ellenbogen zu fassen und sie ein Stück zu begleiten. »Danke«, sagte sie noch einmal, als sie die Tür der Toilette erreichte, obwohl der junge Mann schon verschwunden war. »Danke«, wiederholte sie ein drittes Mal, als sie vor dem Spiegel stand, sich die Wangen mit Wasser benetzte und zusah, wie die Tropfen ihren Hals hinunter auf den weißen Kragen ihres blauen Pullovers flossen.

Ein paar Minuten später machte sich Chris mit entleerter Blase und beruhigten Nerven auf den Weg zurück in den Wartebereich, doch Barbara war verschwunden. Unschlüssig, was sie als Nächstes tun sollte, stand sie eine Weile mitten im Flur. Sollte sie warten, bis Barbara aus dem OP kam, oder sollte sie nach Hause fahren, wie ihre Freundin es vorgeschlagen hatte. Sie hatte bloß bis auf die zehn Dollar, die sie Mrs. McGuinty für das Aufpassen auf Wyatt geben musste, kein Geld. Sie hatte also gar keine andere Wahl, als auf Ron zu warten. Das war okay. Montana war in der Schule, Wyatt in guter Obhut. Hier war es friedlich und still. Niemand sagte ihr, wie sie was zu tun hatte, niemand erklärte ihr, dass sie faul, dumm oder egoistisch war.

In diesem Augenblick spürte sie eine Hand auf ihrem Rücken, vertraute Finger, die sich in die Muskeln unter ihrer Bluse gruben. Oh Gott, dachte sie, spannte die Schultern an und unterdrückte einen Schrei. Er hat mich gefunden. Wie töricht von mir zu glauben, dass er es nicht herausfinden würde, töricht zu glauben, dass er nicht wissen würde, wo er zu suchen hatte.

»Sind Sie Chris Malarek?«, fragte eine Frauenstimme.

Chris fuhr so abrupt herum, dass sie die mittelalte Frau in der weißen Schwesterntracht beinahe umgerempelt hätte, und nickte heftig.

»Mrs. Azinger ist zur OP gebracht worden«, erklärte die Krankenschwester. »Sie hat mich gebeten, Ihnen das hier zu geben und Ihnen auszurichten, dass sie Sie später anrufen wird.« Mit diesen Worten drückte sie Chris fünf neue 20-Dollar-Scheine in die Hand.

»Danke«, flüsterte Chris. »Vielen herzlichen Dank.« Und im nächsten Moment schluchzte sie laut an der Schulter der fremden Frau.

Sie musste ihn verlassen.

Schwanger oder nicht, so konnte sie nicht mehr weiterleben, sich ständig umschauen in Furcht vor dem eigenen Schatten. »Ich kann nicht so leben«, sagte Chris, als sie mit zitternden Händen versuchte, den Schlüssel ins Schloss der Haustür zu stecken. »Ich kann so nicht mehr weiterleben. In Angst, das Haus zu verlassen. Ohne eigenes Geld. Mit lauter Lügen gegenüber meinen Freundinnen. Und dann vor vollkommen fremden Menschen zusammenbrechen. Ich kann nicht mehr.«

Chris blickte dem Taxi nach, das die Straße hinunterfuhr und um eine Ecke verschwand. Ich liebe diese Straße, dachte sie, als sie die Haustür öffnete. Vor allem jetzt, Anfang April, wenn die kühle feuchte Luft voller Verheißung war. Wie konnte sie diese Straße verlassen? Wie konnte sie ihre Freundinnen verlassen, die wunderbaren Frauen der Grand Avenue, die sie von ganzem Herzen liebte? Ihre allerbesten Freundinnen. Lächelnd sah Chris jedes ihrer Gesichter vor sich. Trotzdem würden ihre Freundinnen sie verstehen. Sie wussten seit Monaten, dass etwas nicht stimmte. Nur ihre große Scham hatte sie davon abgehalten, ihnen die Wahrheit zu erzählen.

Sie würde packen, Wyatt bei Mrs. McGuinty und Montana von der Schule abholen, in einem Hotel übernachten und dann entscheiden, was als Nächstes zu tun war. Sie hatte schließlich immer noch ihre Kreditkarte, oder nicht? Vielleicht auch nicht. Nein. Tony hatte ihr die Kreditkarten abgenommen, weil sie ohnehin schon genug Schulden hatten und sie so achtlos mit Geld umging. Er hatte Recht. Das Geld zerrann ihr mit beunruhigender Leichtigkeit zwischen den Fingern. Deswegen hatte er ihr die Kreditkarten abnehmen und auch das wöchentliche Haushaltsgeld sperren müssen, um ihr stattdessen täglich nur einen kleinen Betrag zu geben, über den sie auf den Cent genau Rechenschaft ablegen musste.

So schrecklich war das auch nicht. So musste sie sich wenigstens keine Sorgen machen, dass sie zu viel ausgeben könnte, und auch nicht zu weit im Voraus planen, was sie eh nie besonders gut gekonnt hatte, weil ihre Gedanken immer von einem zum anderen sprangen. Deswegen hatten sie auch beschlossen, dass sie nicht mehr fahren sollte, weil sie sich so leicht ablenken ließ, und sie wussten beide, dass sie es sich nie verzeihen würde, wenn sie einen Unfall hätte, vor allem wenn die Kinder betroffen wären. Wozu brauchte sie außerdem ein Auto, seit Tony den ganzen Tag zu Hause war und sie überallhin fahren konnte? Nein, der zweite Wagen war ein unnötiger Luxus gewesen, den sie sich schlicht nicht mehr leisten konnten. Wenn er nicht greifbar war, konnte sie zur Not immer ein Taxi nehmen. »Ein Taxi nehmen«, wiederholte Chris, als sie in den Hausflur trat. »Ein Taxi nehmen. Ein Taxi nehmen.«

Einfach ein Taxi nehmen und losfahren. Aber wohin? Chris ließ Mantel und Handtasche auf den Boden fallen und stieg über den Haufen wie über eine Pfütze. Ich bin im achten Monat schwanger, Himmel noch mal. Wohin soll ich gehen? Nach Hause zu Mami? Was für ein Witz. Mami weilte mit ihrem designierten Ehemann Nummer drei in Kalifornien, während Daddy sich mit Ehefrau Nummer vier in Florida tummelte, obwohl sie bezweifelte, dass einer von ihnen glücklicher war als zu der Zeit, als sie noch zusammen waren. Nein, sie hatten die Familie zerstört, die Kinder entwurzelt, waren zu unbekannten Partnern in die Fremde aufgebrochen und hatten das Leben aller Beteiligten auf den Kopf gestellt, und wozu genau? Damit sie anderswo genauso unglücklich sein konnten. Hatte Chris ernsthaft vor, ihren Kindern das Gleiche anzutun? Und Tony? Und sich selbst?

Konnte sie ihren Mann tatsächlich aus einer Laune heraus verlassen, weil sie einen Durchhänger hatte? Und mehr war es doch nicht. Sie war launisch, wie sie es in der Schwangerschaft immer war. Das war alles. Ihre Hormone machten sie so nervös, veranlassten sie, Tony Widerworte zu geben, jeden Satz, den er sagte, in Zweifel zu ziehen, sich gegen seine Sorge und Aufmerksamkeit zu sträuben. Wollte er nicht nur ihr Bestes? Versuchte er nicht ständig, ihr zu helfen und sie zu schützen, manchmal zur Not auch vor sich selbst? »Du bist dein schlimmster eigener Feind«, erklärte er ihr, und er hatte Recht.

Vielleicht sollte ich eine Therapie machen, entschied sie und schlich die Treppe zum Schlafzimmer hinauf, spürte, wie ihre Füße in den abgetretenen Teppich sanken wie in Treibsand, während ihre Hand auf dem Holzgeländer heftig zitterte. Es müsste mal wieder abgestaubt werden, dachte sie müßig und schleppte sich mit vor Anstrengung verkrampften Muskeln die Stufen hinauf. Ich brauche keinen Therapeuten, ich brauche eine Putzfrau.

Oder einen Anwalt, dachte Chris, als sie laut keuchend den oberen Absatz erreichte. »Einen Anwalt«, wiederholte sie laut und ließ sich das Wort auf der Zunge zergehen, während sie ins Schlafzimmer watschelte und sich auf ihre Seite des Bettes fallen ließ. Sie fühlte sich unbeholfen wie ein gestrandeter Wal. Mit einem heftigen Tritt tat das Baby in ihrem Bauch sein Missfallen über ihre Gedanken kund. »Ist schon gut, Kleiner«, versuchte sie ihn zu beruhigen. »Ist schon gut.«

Aber es war nicht gut, und das wusste Chris auch, als sie ihr Spiegelbild im Schlafzimmerfenster sah und die verlorene Seele, die zurückblickte, kaum erkannte. Sie blinzelte, doch je genauer sie hinsah, desto mehr verblasste sie, bis sie nach einer raschen Wendung des Kopfes ganz verschwunden war wie ein verirrter Sonnenstrahl. Was ist mit mir passiert?, fragte Chris sich. Was ist aus mir geworden?

Im nächsten Moment hatte sie den Telefonhörer in der Hand und tippte, ohne darüber nachzudenken, einen Zweifel zuzulassen oder innezuhalten, eine Folge von Zahlen ein. »Vicki Latimer, bitte«, sagte sie in den Hörer, überrascht, wie fest und stark ihre Stimme klang.

»Tut mir Leid, Mrs. Latimer ist in einer Besprechung.«

»Hier ist Chris Malarek. Ich bin eine Freundin von ihr. Es ist sehr wichtig, dass ich sie so bald wie möglich spreche.« War es das? Was genau wollte sie Vicki eigentlich sagen? Hatte sie vor, sie um Rat zu fragen? Um ein Darlehen? Um den Namen eines guten Scheidungsanwalts? »Ich muss nur meine Möglichkeiten kennen«, sagte sie, ohne zu bemerken, dass sie laut sprach.

»Ich werde es Mrs. Latimer ausrichten«, sagte Vickis Sekretärin.

Nachdem die Sekretärin aufgelegt hatte, saß Chris immer noch bewegungslos da. Sie war sich nicht sicher, wie lange sie so verharrt hatte, mit hängenden Schultern, die Brüste auf ihrem Bauch, den Hörer ans Ohr gedrückt und blinden Auges zum Fenster starrend, während das Baby in ihrem Bauch überraschend still hielt. Sie war sich auch nicht sicher, wann genau ihr bewusst wurde, dass sie nicht allein war. Vielleicht sah sie aus dem Augenwinkel Tonys Spiegelbild in der Fensterscheibe oder hörte in ihrem Rücken das Geräusch seines Atems. Vielleicht war es eine Schwingung, die den normalen Luftstrom in dem kleinen Zimmer veränderte. Vielleicht roch sie ihn, so wie eine zum Tode verurteilte Gazelle den Hauch des hungrigen Tigers in dem Augenblick wittert, bevor er zuschlägt. Vielleicht hatte sie auch die ganze Zeit gewusst, dass er da war, und eine matte Gewissheit machte sich in ihrem Bauch breit, als das Baby sich bewegte, um den Eindringling willkommen zu heißen.

»Leg den Hörer auf, Chris«, hörte sie Tony sagen, und seine Stimme klang wie die Schneide eines Sägemessers.

»Tony ...« Das Wort erstarb auf ihrer Zunge.

»Leg den Hörer auf und dreh dich um.«

Chris spürte, wie der Hörer von ihrer Schulter glitt und an der Schnur in der Luft baumelnd hängen blieb wie ein Mann am Galgen. Sie machte keine Anstalten, ihn aufzuheben und ihn in die Geborgenheit der Gabel zu betten, sondern beobachtete, wie er über dem stahlblauen Teppich hin und her baumelte wie das Pendel einer alten Standuhr, die die Augenblicke ihrer traurigen, dummen Existenz abzählte.

»Dreh dich um«, sagte Tony noch einmal.

Chris atmete tief ein, hielt schützend eine Hand über den Bauch und gehorchte dann langsam.

»Sieht so aus, als hätte ich beschlossen, doch nicht wegzufahren.« Tony lächelte. »Was ist los, Chris? Freust du dich nicht, deinen Mann zu sehen?«

Chris beobachtete, wie sich sein Lächeln zu einem höhnischen Grinsen verzerrte, seine rechte Hand sich zur Faust ballte und mit einer Geschwindigkeit, die sie erstarren ließ, auf sie zusauste. Und dann zersplitterte die Welt in einem Blitz aus gleißendem Licht, und sie sah gar nichts mehr.

7

»Was haben Sie gesagt, wann sie angerufen hat?«

»Es ist höchstens zwei Minuten her. Direkt bevor Sie reingekommen sind.«

»Und sie hat gesagt, es wäre wichtig?«

»Sie hat gesagt, sie müsse Sie sofort sprechen.«

Vicki zog ihre geschwungenen, fein gezupften Brauen an der Nasenwurzel zusammen und fragte sich, ob mit Barbaras Operation irgendwas schief gelaufen war. »Hat sie aus dem Krankenhaus angerufen?«

»Das hat sie nicht gesagt.«

»Was genau *hat* sie denn gesagt?«

»Nur, dass sie eine Freundin von Ihnen ist und dass sie Sie unbedingt sprechen müsse.«

»Sie hat nicht angedeutet worüber?«

»Sie hat etwas davon gesagt, dass sie ihre Möglichkeiten kennen müsse«, antwortete die Sekretärin.

Welche Möglichkeiten?, fragte Vicki sich auf dem Weg zu ihrem unordentlichen Schreibtisch, wo sie sofort Chris' Nummer ins Telefon tippte und dem folgenden Besetztzeichen lauschte. Welche Möglichkeiten konnte Chris gemeint haben? Sie wählte die Nummer sofort noch einmal, bekam dasselbe Zeichen und knallte den Hörer auf die Gabel. Vicki nahm Besetztzeichen persönlich. Sie fühlte sich auf eine Art davon gekränkt, die nichts mit Logik oder gesundem Menschenverstand zu tun hatte und die sie auch selbst als komplett irrational erkannte. Trotzdem vermutete sie jedes Mal unwillkürlich vorsätzliche Bösartigkeit auf Seiten der Person, die sie zu erreichen suchte, wenn ihr Anschluss besetzt war. Besetztzeichen hielten sie auf, waren im Weg und wiesen ihr einen Platz in der Menge zu. Zieh dir eine Nummer, stell dich an und warte, bis du dran bist. Vicki seufzte und starrte das Telefon wütend an. »Nun, offenbar bespricht sie ihre Möglichkeiten mit jemand anderem.« Vicki versuchte ihren Ärger mit einer ungeduldigen Handbewegung abzuschütteln, sodass ihr großer Diamantring durch die Luft blitzte, als sie um den Schreibtisch herumging und sich in den schwarzen Ledersessel fallen ließ. »Sonst noch irgendwelche Anrufe?«

»Ihr Mann lässt Sie erinnern, dass das Dinner um Punkt sieben im Restaurant des Cincinnatian Hotel beginnt und dass Sie sich auf mindestens eine Stunde Reden einstellen sollen.«

Vicki stöhnte. Ein weiteres langweiliges Abendessen zu Ehren ihres Mannes. Nicht dass er die zahllosen Hosiannas, die fortwährend auf ihn angestimmt wurden, nicht verdient hätte, aber sie hatte langsam die Nase voll von Partys, bei denen sie die einzig Anwesende war, die keine Rente bezog.

»Und Ihre Tochter hat zweimal angerufen. Offenbar geht es ihr nicht gut, und man hat sie aus der Schule nach Hause geschickt.« Vickis Sekretärin wies mit dem Kopf auf einen Packen Memos neben dem Telefon. »Und natürlich die da. Ich habe allen gesagt, dass Sie mehr oder weniger den ganzen Tag in Besprechungen wären und wohl nicht vor morgen zurückrufen könnten.«

»Danke.«

Die junge Frau wandte sich zum Gehen. »Oh, irgendein Mann hat auch noch mindestens dreimal angerufen. Er wollte seinen Namen nicht nennen, doch er klang ziemlich unglücklich.«

Vicki runzelte die Stirn. Sie hatte eine ziemlich genaue Ahnung, wer der unglückliche Anrufer sein könnte. »Wenn er noch mal anruft, sagen Sie ihm, dass ich wahrscheinlich für den Rest der Woche schwer im Büro zu erreichen bin. Und Michelle…«

Michelle sah Vicki erwartungsvoll an, ihre wässrigen blauen Augen wirkten verloren unter dem schlaffen dünnen Pony aus braunem Haar.

(»Lass mir bloß fünf Minuten mit diesem armen Mädchen«, hatte Barbara einmal erklärt.)

»Versuchen Sie weiter, diese Nummer zu erreichen.« Vicki kritzelte Chris' Telefonnummer auf einen Notizzettel und hielt ihn ihrer Sekretärin hin. »Sagen Sie mir Bescheid, sobald Sie durchkommen. Oh, und dann geben Sie mir noch die Nummer der Universitätsklinik in Clifton.«

»Wird erledigt.«

Vicki sah ihrer davontrottenden Sekretärin nach. (»Du musst dich stolz halten, Kind«, hörte sie Barbara hinter ihr herrufen. »Kopf hoch, Schultern nach hinten, Bauch einziehen.«) Sie fragte sich erneut, ob Chris' Anruf etwas mit Barbaras Operation zu tun hatte. Eine Bauchspiegelung war im Grunde eine recht simple Prozedur, aber eine Vollnarkose barg trotzdem allerlei Risiken, und die Gerichte waren überlastet mit Kunstfehlerprozessen, von denen Vicki einige selbst angestrengt hatte. Doch Chris hatte Barbara mit keinem Wort erwähnt, sondern nur etwas von Möglichkeiten gesagt, die sie kennen müsse, was immer das zu bedeuten hatte.

»Okay, was als Erstes?«, murmelte Vicki, während ihr Blick nervös über ihren Schreibtisch huschte. Sie verzog ihre korallenfarbenen Lippen, während sie den Stapel durchging. »Du solltest deine Tochter anrufen«, sagte sie laut, entschied sich jedoch stattdessen, zunächst zu versuchen, ihren Mann zu erreichen, und tippte seine private Büronummer ein. »Du redest schon wieder mit dir selbst«, stellte sie mit einem resignierten Lachen fest. Vicki führte regelmäßig Selbstgespräche. Es half ihr, sich zu konzentrieren, und ließ ihre Gedanken gehaltvoller erscheinen und sogar das, was sie einfach so vor sich hin sinnierte, bedeutsam klingen. Außerdem hatte sie den Klang ihrer eigenen Stimme schon immer gemocht.

»Hey, Darling«, sagte ihr Mann wenige Augenblicke später. Jeremy Latimer war in Ohio geboren und aufgewachsen, hatte jedoch fast ein Jahrzehnt in Atlanta gelebt, bevor er nach Cincinnati zurückgekehrt war, sodass in manchen Worten und Redewendungen hin und wieder der Nachhall eines trägen Südstaatenakzents mitschwang. Vicki wusste, dass er den honigtriefenden Singsang auch auf Kommando einschalten konnte, genau wie den Pseudo-Südstaaten-Gentleman-Charme, für den er zunehmend berühmt wurde.

»Hey, selber Darling. Wie läuft's?« Mühelos verfiel Vicki in denselben trägen Sprachduktus, ein mythisches Land, in dem verflixte Substantive und Verben nach Belieben verschwanden und Endungen gerne vernuschelt wurden.

»Ich schlag mich so durch«, erklärte er.

Vicki stellte sich vor, wie er mit einer Hand langsam durch sein dichtes graues Haar fuhr. Gott sei Dank war er nicht wie so viele andere Männer mit fünfzig kahl geworden. Und er hatte auch darauf geachtet, dass sein Bauchumfang mit den Exzessen und Unvermeidlichkeiten des fortschreitenden Alters nicht ausladend geworden war. Nein, Jeremy Latimer war mit vollem Haupthaar gesegnet und arbeitete hart daran, seine von Natur aus schlanke Statur zu behalten, indem er gesund aß und regelmäßig Sport trieb. Das schrieb Vicki sich gern selbst zugute, denn möglicherweise hatte die Tatsache, dass er mit einer ein Vierteljahrhundert jüngeren Frau verheiratet war, ihren Mann besonders motiviert, sich eine jugendliche Erscheinung zu bewahren.

»Rose hat angerufen«, sagte Jeremy und meinte das Kindermädchen ihrer beiden kleinen Kinder. »Offenbar hat man Kirsten wegen eines leichten Fiebers aus der Schule nach Hause geschickt.«

»Ja, Kirsten hat ein paar Mal hier angerufen. Die arme Kleine. Ich ruf sie an und frag sie, wie's ihr geht.«

»Meinst du, dass du heute Abend bei ihr zu Hause bleiben musst?«

»Ich bin sicher, es ist nichts, womit nicht auch Rosie klarkommt. Mach dir keine Sorgen«, beruhigte Vicki ihren Mann. »Ich werde heute Abend im vollen Ornat bei diesem Dinner auflaufen.«

»Darling«, sagte Jeremy lachend, bevor er auflegte, »ich liebe es, wenn du im vollen Ornat aufläufst.«

Vicki rief zu Hause an und vernahm mit Erleichterung, dass ihre Tochter schlief. Nun musste sie also doch keine kostbare Zeit mit dem Versuch vergeuden, sich intelligent mit einer Siebenjährigen zu unterhalten. Sie warf einen Blick auf das Foto ihrer beiden Kinder in dem silbernen Rahmen, auf dem Kirsten ihren sommersprossigen Arm schützend um ihren jüngeren Bruder gelegt hatte und beide Kinder in die Kamera lächelten, wobei Joshs Lächeln angespannt und zögerlich wirkte, während Kirsten von einem Ohr zum anderen grinste, den Mund zu einem riesigen »Aah« aufgerissen, als wollte sie den Fotografen mit Haut und Haaren verschlingen. Ihre Schneidezähne fehlten. »Ja! Und wo liegt das Problem?«, schienen die Augen des Kindes fröhlich herausfordernd zu fragen.

Was habe ich eigentlich mit den Zähnen gemacht?, fragte Vicki sich abwesend und erinnerte sich, dass Barbara ihr ein kleines silbernes Zahndöschen geschenkt hatte, um sie darin aufzubewahren. Sie hatte immer vorgehabt, die Entwicklung der Kinder in einem Notizbuch festzuhalten, war jedoch nie dazu gekommen. Jetzt war es zu spät. Die Milchzähne waren für immer verloren, die rotgoldenen Locken weggefegt, die ersten Worte längst vergessen. Nicht, dass sie keine gute Mutter wäre, versicherte sie sich selbst. Sie würde bloß eine noch bessere Mutter sein, wenn ihre Kinder älter und interessanter waren. »Was ist mit der Nummer, die ich Ihnen gegeben habe?«, fragte Vicki bei ihrer Sekretärin nach.

»Immer noch besetzt. Aber ich habe die Nummer der Universitätsklinik, nach der Sie gefragt haben.«

»Danke.« Vicky notierte sie. »Versuchen Sie es weiter bei Mrs. Malarek.«

In einem kurzen Telefonat mit dem Krankenhaus erfuhr Vicki, dass Barbara die OP hinter sich und den Aufwachraum bereits verlassen hatte und nur noch darauf wartete, von ihrem Mann abgeholt zu werden, der sich offenbar verspätet hatte. »Es geht ihr gut«, berichtete Vicki ihrem leeren Büro und legte den Hörer wieder auf die Gabel, bevor sie ihn erneut abhob und selbst versuchte, Chris zu erreichen, jedoch wieder nur dasselbe ärgerliche Besetztzeichen bekam. Mit wem redete Chris bloß so lange, verdammt noch mal? Sonst dauerten ihre Telefonate nie länger als ein paar Sekunden, weil Tony scheinbar ständig hinter ihr stand, sie unterbrach oder rief. Sie hatte keine Zeit für ein normales Gespräch mehr. Sie hatte keine Zeit mehr für ihre Freundinnen. Sie hatte keine Zeit mehr für irgendwas. Aber wer brauchte auch Zeit, wenn er kein Leben hatte? Und Chris hatte weiß Gott kein Leben. Hatte sie deswegen angerufen? Waren das die Möglichkeiten, von denen sie gesprochen hatte? Die Möglichkeiten, ihr Leben zurückzubekommen?

Das Telefon klingelte. Vicki nahm ab, bevor ihre Sekretärin drangehen konnte. »Chris?«, fragte sie atemlos.

»Mrs. Latimer?«, fragte eine männliche Stimme zurück.

Vicki schaltete sofort gedanklich um. »Wer ist da?«

»Bill Pickering.«

Vicki blickte besorgt zu der geschlossenen Tür ihres Büros und senkte ihre Stimme zu einem Flüstern. »Haben Sie etwas gefunden?«

»Wir haben vielleicht eine Spur auf Menorca.«

»Menorca?«

»Es ist eine kleine Insel vor der spanischen Küste.«

»Ich weiß, wo Menorca liegt, Mr. Pickering«, sagte Vicki ungeduldig. »Es geht um meine Mutter. Ich versuche, sie zu finden. Ist sie dort?« Vicki blickte erneut zur Tür.

»Eine Frau, auf die alle Angaben zutreffen, lebt dort seit einem halben Jahr unter dem Namen Estella Greenaway.«

»Allein?«

»Nein. Mit einem Mann namens Eduardo Valasquez, einem einheimischen Künstler.«

»Haben Sie mit ihr gesprochen?«

»Noch nicht. Wir –«

Ein plötzlicher Aufruhr vor ihrem Büro ließ Vicki aufspringen. Im nächsten Moment flog ihre Bürotür auf, und ein großer muskulöser Mann mit wildem, wütendem Blick stürmte auf ihren Schreibtisch zu. In der rechten Hand hielt er ein zerknülltes Stück Papier, das er schwenkte, als wäre es eine Pistole. »Was ist das, verdammte Scheiße?«, brüllte er.

»Ich fürchte, ich muss Sie zurückrufen«, erklärte Vicki Bill Pickering, bevor sie seelenruhig den Hörer auflegte und ihr kurzes Haar hinter die Ohren strich.

»Verzeihung, Vicki«, erklärte ihre sichtlich nervöse Sekretärin. »Ich konnte ihn nicht aufhalten. Soll ich den Sicherheitsdienst rufen?«

Vicki starrte den beeindruckend gut aussehenden Mann an, der bebend vor Wut mit gereckter Faust vor ihrem Schreibtisch stand. An seinem entschlossenen Kinn und den gestrafften Schultern konnte man noch den College-Footballhelden erkennen, der er einmal gewesen war. »Ich glaube nicht, dass das nötig sein wird. Was meinst du, Paul?«, fragte sie ihn.

»Was geht hier vor, Vicki?«, wollte der Mann wissen.

»Warum setzt du dich nicht?« Vicki wies auf den Stuhl vor ihrem Schreibtisch und ließ sich wieder in ihren sinken, bemerkte, dass dabei ihr kurzer schwarzer Wollrock nach oben rutschte, und entschied bewusst, ihn nicht wieder herunterzuziehen. »Michelle, vielleicht wären Sie so gut und bringen uns eine Tasse Kaffee.«

»Ich will keinen verdammten Kaffee.« Der Mann knallte den Brief in seiner Hand auf Vickys Schreibtisch, wodurch die anderen Papiere ins Rutschen gerieten und einige sogar langsam zu Boden trudelten. »Ich will wissen, was zum Teufel das hier soll.«

»Setz dich, Paul«, wies Vicki ihn an, während ihre Sekretärin immer noch auf der Schwelle verharrte. »Alles in Ordnung«, erklärte sie der jungen Frau, deren Blicke nach einem sicheren Versteck zu suchen schienen. »Mr. Moore hat jetzt zu Ende gebrüllt. Oder nicht, Paul?«

Paul Moore trat wortlos gegen den Stuhl vor Vickis Schreibtisch und ließ sich dann geräuschvoll auf das Lederpolster fallen. In diesem Augenblick sah er genauso aus wie der kleine Junge, neben dem Vicki von der zweiten bis zur sechsten Klasse in der Western Elementary School gesessen hatte, dasselbe widerspenstige blonde Haar über rastlosen grünen Augen, dasselbe finstere Schmollen, das seine ansonsten anmutig geschwungenen Lippen verzog.

»Zwei Kaffee«, erklärte Vicki ihrer Sekretärin. »Einen schwarz, einen mit extra viel Sahne, aber ohne Zucker. Ich glaube, so trinkt Mr. Moore ihn. Habe ich Recht?«

»Hast du irgendwann einmal nicht Recht?«, gab Paul Moore zurück.

Vicki lächelte und wartete, bis ihre Sekretärin das Zimmer verlassen hatte, bevor sie fortfuhr. »Ich nehme an, du warst mein geheimnisvoller Anrufer«, stellte sie, kein bisschen überrascht von seinem Besuch, fest. Sie hatte seit Tagen damit gerechnet.

»Willst du mir erzählen, was zum Teufel eigentlich los ist?«, verlangte Paul Moore ein weiteres Mal, von seinem eigenen Benehmen offenbar ebenso aus der Fassung gebracht wie von dem eigentlichen Anlass seines Besuches.

»Offenbar hat deine Schwester dich informiert.«

»Offenbar hat meine Schwester mich informiert«, äffte Paul Moore sie nach, zerknüllte den Brief und warf ihn quer durch das Zimmer, wo er gegen das Fenster prallte und lautlos zu Boden fiel. »Offenbar hat mich meine Schwester informiert. Offenbar hat mich meine Schwester informiert«, wiederholte er, wie eine hängen gebliebene Platte, bis der Satz mit jeder Wiederholung ominöser wurde. »Wie konntest du das tun?«

»Deine Schwester hat mich engagiert, um sie zu vertreten.«

»Du verklagst meine Mutter, Herrgott noch mal!« Er knallte seine Faust auf Vickis Schreibtisch.

»Paul, dieses Benehmen wird uns beiden nicht weiterhelfen. Du solltest im Grunde eigentlich gar nicht hier sein. Ich bin sicher, dein Anwalt würde dir raten –«

»Mein Anwalt kann mich mal!«

Vicki unterdrückte ein unpassendes Lächeln. Mich hat er mal, dachte sie und sah den schlaksigen Advokaten mit dem sandfarbenen Haar vor sich, der Paul Moores Familie vertrat. Ein Zwischenspiel, das eine Woche gedauert hatte, eine angenehme Art, sich die Zeit zu vertreiben, während ihr Mann in Kalifornien gewesen war. Sie biss sich auf die Unterlippe und verdrängte das Bild des attraktiven Kollegen. »Das darfst du nicht persönlich nehmen, Paul.«

»Nicht persönlich nehmen?«, wiederholte Paul Moore ungläubig. »Wie soll ich es denn sonst nehmen? Du zerreißt meine Familie, Himmel noch mal!«

»Es liegt nicht in meiner Absicht, deiner Familie wehzutun.«

»Und was glaubst du mit dieser Klage sonst zu erreichen?«

»Deine Schwester hat mich engagiert, um für sie das Testament eures Vaters anzufechten. Sie hat das Gefühl, dass sie vorsätzlich und ungerechterweise übergangen –«

»Ich kenne ihre Gefühle!« Paul Moore war wieder aufgesprungen und fuchtelte wütend mit den Händen in der Luft herum. »Die ganze Welt kennt ihre Gefühle. Und weißt du warum? Weil sie sie ständig jedem erzählt! Weil meine Schwester bekloppt ist! Weil sie schon immer bekloppt war! Und das weißt du auch. Du kennst sie schließlich, seit du vier bist.«

»Deswegen konnte ich ihr ja, als sie mich im vergangenen Monat aufgesucht hat, schlecht die Tür weisen.«

»Du hättest ihr erklären können, dass du dich in einem Interessenkonflikt befindest. Mein Gott, Vicki. Wie lange waren wir Nachbarn und Klassenkameraden? Meine Mutter war immer für dich da, vor allem nachdem deine Mutter weg war.«

Jetzt war auch Vicki auf den Beinen und zerrte ihren Rock Richtung Knie. »Nichts von all dem ist relevant«, sagte sie ungeduldig, während sie sich vorstellte, wie ihre Mutter an einem Strand in Spanien, immer noch so jung und schön wie an dem Tag vor beinahe drei Jahrzehnten, an dem sie ihre Familie verlassen hatte, mit einem Mann namens Eduardo Valasquez turtelte.

»Das ist nicht richtig«, murmelte Paul Moore. »Es ist unfair. Wie kannst du meine Mutter so verletzen?«

»Ich versuche nicht, irgendwen zu verletzen, ich versuche lediglich, meinen Job zu machen.« Vicki war selbst überrascht über die Kälte in ihrer Stimme. Sie und Paul waren seit ihrer Kindheit befreundet. Sie war mit seiner Frau befreundet. Doch das gab ihm noch lange nicht das Recht, die Vergangenheit hervorzuzerren und gegen sie zu verwenden, als ob sie eine Art Faustpfand wäre. Welches Recht hatte er, eine persönliche Sache daraus zu machen und von Gerechtigkeit zu reden? Es ging um das Gesetz, Herrgott noch mal. Mit Fairness hatte das nichts zu tun.

Es klopfte leise, und Vickis Sekretärin betrat mit hochgezogenen Schultern und gesenktem Kopf den Raum. Ihr dünnes braunes Haar fiel ihr ins Gesicht, als sie die beiden Becher Kaffee auf den Schreibtisch stellte und das Zimmer eilig wieder verließ.

»Lass uns für fünf Minuten innehalten«, sagte Vicki, während ihr Blick ihrer Sekretärin aus dem Büro folgte. »Das kann doch keinem von uns Spaß machen.« Sie hoffte, dass ihre Stimme ihre Worte nicht Lügen strafte, denn in Wahrheit amüsierte sie sich königlich. Szenen wie diese waren der Grund, warum sie überhaupt eine juristische Karriere angestrebt hatte. Knallende Türen, wütend erhobene Stimmen, blank liegende Nerven und großes Drama; das reine glorreiche und unabgesprochene Chaos.

Warum möchtest du ausgerechnet Anwältin werden?, hatte ihr Mann sie gefragt, als sie noch mit seinem Sohn ausging. *Es ist so viel Arbeit, und das meiste so trocken und langweilig.*

Nur so trocken und langweilig wie die jeweilige Anwältin, hatte Vicki erwidert.

Das war der Moment, in dem er sich in sie verliebt hatte, hatte Jeremy ihr später gestanden.

»Adrienne ist verrückt, und das weißt du auch«, sagte Paul Moore, sein Plädoyer wieder aufnehmend.

»Adrienne ist eine sehr unglückliche Frau. Sie möchte genauso wenig vor Gericht gehen wie du.«

»Und warum klagt sie dann?«

»Sie klagt ihren Anteil am Erbe ihres Vaters ein. Ich bin sicher, sie würde sich einer außergerichtlichen Einigung nicht verschließen.«

»Das glaube ich gerne.«

»Dann könntest du vielleicht mit deiner Mutter und deinem Bruder reden und uns dann über euren Anwalt ein Angebot unterbreiten.«

»Kommt nicht in Frage«, sagte Paul wütend.

»Dann sehe ich keine andere Möglichkeit.« Möglichkeiten, wiederholte Vicki still, dachte an Chris und blickte zum Telefon.

»Willst du das wirklich tun?« Paul Moore begann vor Vickis Schreibtisch auf und ab zu laufen, wodurch er den Dampf aus den unangerührten Kaffeebechern aufwirbelte, der wie Rauchkringel zur Decke stieg. »Willst du meine Familie wirklich durch den Schlamm ziehen? Willst du meine Schwester in den Zeugenstand rufen, damit sie das Blaue vom Himmel herunterlügen kann?«

»Ich würde es nie zulassen, dass deine Schwester im Zeugenstand lügt.«

Paul Moore blieb wie angewurzelt stehen. »Was willst du damit sagen? Dass du den Scheiß, den sie dir erzählt, glaubst?«

»Du weißt genau, dass ich dir nichts über unsere Gespräche sagen kann.«

»Das brauchst du auch gar nicht. Ich weiß genau, was sie gesagt hat. Ich höre den Mist schon mein ganzes Leben lang: Mein Vater hat sie nie geliebt; nichts, was sie getan hat, war je gut genug für ihn; er hat sie immer ›Dummerchen‹ genannt, weil sie nicht so intelligent war wie ich und mein Bruder; er hat sie nicht ernst genommen und wollte sie nicht in das Familienunternehmen lassen. Lassen wir die Tatsache außer Acht, dass sie sich geweigert hat, aufs College zu gehen, und nie das geringste Interesse an der Firma gezeigt hat. Das tut nichts zur Sache. Das ist irrelevant, wie du sagen würdest. Nicht zu vergessen, dass er ihre Kleidung, ihre Freunde und Ehemänner missbilligt hat. Dass er Recht hatte, tut nichts zur Sache, dass sie rumgelaufen ist wie eine Nutte, dass ihre Freunde ein Haufen erbärmlicher Versager waren, dass mein Vater ihre Scheidungen bezahlt hat. Wahrscheinlich hat sie vergessen, diese Kleinigkeit zu erwähnen. Genauso wie sie garantiert und bequemerweise vergessen hat, was meine Eltern durchgemacht haben, solange sie noch zu Hause gewohnt hat, all die gemeinen Lügen, deretwegen sie schließlich rausgeflogen ist.«

»Was für Lügen?«

»Oh, lass mich überlegen. Wo soll ich anfangen, wo soll ich anfangen?« Paul Moore ließ sich wieder in den wartenden Stuhl fallen und führte den Becher an die Lippen. »Einmal kurz nach Adriennes sechzehntem Geburtstag hat mein Vater sie mit irgendeinem Penner im Fahrstuhl eines Hotels erwischt, unterwegs zum Zimmer dieses Typen.« Paul schüttelte den Kopf, und seine grünen Augen flackerten ungläubig. »Und zeigt sie sich ein bisschen zerknirscht oder reuevoll? Nein. Wie reagiert die kleine Adrienne darauf, dass man sie quasi in flagranti mit einem schmuddeligen Dealer im Aufzug eines entlegenen Hotels erwischt? Sie beschuldigt meinen Vater, das Hotel selbst mit einer Geliebten aufgesucht zu haben, vor meiner Mutter, ohne sich einen Dreck darum zu kümmern, wem sie damit wehtut. Dass mein Vater geschäftlich in dem Hotel zu tun hatte, dass die Frau eine Kundin war, die in der Stadt übernachtet hat, war ihr egal. All das spielt keine Rolle. Und was macht sie, nachdem sie zur Strafe einen Monat Hausarrest bekommen hat? Sie schleicht sich nachts aus dem Haus, stiehlt den Wagen und fährt in den Zaun des Nachbarn. Sie sitzt eine Weile im Jugendknast, kommt nach Hause, schmeißt die Schule, sitzt rum, trinkt, nimmt Drogen und erzählt Lügen.«

»Zum Beispiel?«

»Zum Beispiel, dass ihr Vater sie nicht etwa hasst, weil sie ihr Leben vergeudet, Drogen konsumiert oder undankbar ist, sondern weil sie ihn durchschaut hat und alles über sein geheimes Doppelleben weiß. Über seine Frauen. Sie hat ihn beim Telefonieren belauscht und gehört, wie er heimliche Rendezvous verabredet hat. Sie weiß von seiner Geliebten in Dayton, seiner Affäre mit ihrer ehemaligen Babysitterin und den Freizügigkeiten, die er sich gegenüber einer ihrer Freundinnen herausgenommen hat. Lügen, Lügen und noch mehr Lügen. Überraschend ist nicht, dass er sie aus seinem Testament gestrichen hat, überraschend ist vielmehr, dass er sie nicht viel früher, als er es getan hat, aus seinem Leben gestrichen hat.«

Vicki wählte ihre nächsten Worte mit Bedacht. »Ich denke, du solltest dir lange gründlich überlegen, ob du diese Sache nicht außergerichtlich regeln willst.«

Paul Moore stellte seinen Kaffeebecher wieder auf den Tisch, ohne einen Schluck getrunken zu haben. »Und warum sollte ich das tun?«

»Ein Prozess ist teuer, Paul. Das weißt du. Teuer und unschön. Ich glaube, dass es sehr, sehr hässlich werden könnte. Ich möchte deine Mutter genauso wenig verletzen wie du.«

»Unsinn!«

»Mach deiner Schwester ein Angebot, Paul. Lass diesen Fall nicht vor Gericht gehen.«

»Was willst du mir damit sagen? Dass du die geheimnisvolle Geliebte aus Dayton gefunden oder die Phantombabysitterin aufgetrieben hast?« Er lachte, doch es klang gezwungen, hohl und ängstlich.

»Besprich die Sache mit deiner Frau«, riet Vicki ihm kryptisch. »Und setz dich dann wieder mit mir in Verbindung.« Sie senkte den Blick, als wollte sie andeuten, dass das Gespräch beendet war.

»Was soll das heißen, ich soll die Sache mit meiner Frau besprechen? Sie hat rein gar nichts damit zu tun.«

»Joanne hat eine ganze Menge damit zu tun«, sagte Vicki gemessen und sah Paul Moore direkt an. »Wenn die Sache vor Gericht geht, muss ich sie in den Zeugenstand rufen.«

»Wovon redest du überhaupt? Welche Lügen hat Adrienne dir über meine Frau erzählt? Sag mir nicht, dass sie meinen Vater beschuldigt hat, Joanne belästigt zu haben!«

»Nein«, sagte Vicki. »Ich glaube nicht, dass Adrienne eine Ahnung davon hat, was zwischen deinem Vater und Joanne geschehen ist.«

Für einen Moment erschien Vicki die Luft so schwer und still, dass sie glaubte, unter Wasser zu stehen. Nichts rührte sich, man hörte keinen Laut, keinen Atem. Dann sprang Paul unvermittelt auf, und der Raum um sie schien sich taumelnd zu drehen, als ob jemand einen Stecker gezogen hätte und sie in einen gigantischen Strudel gerissen würde. Vicki packte mit beiden Händen die Tischplatte und hielt sich fest, damit die wütenden Blitze, die aus seinen Augen zuckten, sie nicht davonfegten.

»Mein Vater und Joanne! Was für ein kranker Witz soll das werden?«

»Es ist vor sehr langer Zeit passiert, kurz nach eurer Hochzeit. Offenbar hatte dein Vater dich in einer geschäftlichen Angelegenheit aus der Stadt beordert.«

»Ist in meiner Abwesenheit irgendetwas vorgefallen?«

»Dein Vater ist in eurer Wohnung aufgekreuzt und hat versucht, sich deiner Frau gewaltsam aufzudrängen. Sie konnte ihn abwehren, aber nur knapp und mit größter Mühe. Dass sie nach dem Zwischenfall ziemlich erschüttert war, versteht sich wohl von selbst.«

»Du lügst.«

»Ich lüge nicht.«

»Und all das weißt du, weil …?«

»… Joanne es mir erzählt hat.«

Paul Moore wurde schlagartig aschfahl, als ob eine Hauptschlagader durchtrennt worden wäre und er unter rapidem Blutverlust litte. Er ließ die Arme sinken, und seine Knie zitterten sichtlich unter dem glatten dunkelbraunen Stoff seiner Hose. Er musste sich auf der Lehne des Stuhls abstützen, um nicht einzuknicken. Einen Moment lang fürchtete Vicki, er könnte ohnmächtig werden. »Meine Frau hat es dir erzählt?«, wiederholte er mühsam und mit schwerer Zunge.

»Ja«, erwiderte Vicki, ängstlich, noch mehr zu sagen.

»Wann?«

»Kurz nachdem es passiert ist. Sie musste mit irgendwem reden; ich war zufällig da. Sie hat mich strikte Vertraulichkeit schwören lassen. Sie sagte, sie wollte der Familie keine Probleme bereiten. Vor allem wollte sie deiner Mutter nicht wehtun.«

Paul schüttelte den Kopf. »Ich glaube dir nicht«, meinte er, obwohl die Tränen in seinen Augen etwas anderes sagten.

»Regele die Sache außergerichtlich, Paul.«

»Das würdest du wirklich benutzen? Etwas, was meine Frau dir vor fast acht Jahren unter dem Siegel der Verschwiegenheit anvertraut hat? Etwas, das kein anderer Anwalt je wissen könnte? Das kann nicht moralisch sein.«

»Es ist absolut moralisch. Wie ich meine Informationen bekomme, ist irrelevant.« Wieder dieses Wort.

»Genauso irrelevant ist es, was mein Vater sich möglicherweise hat zu Schulden kommen lassen oder auch nicht. Er hatte jedes Recht, meine Schwester aus seinem Testament zu streichen.«

»Ein Richter könnte da anderer Meinung sein«, erklärte Vicki Paul schlicht. »Es ist natürlich eine Lotterie. Ein Urteil könnte so oder so ausfallen. Aber möchtest du wirklich, dass all das ans Licht kommt? Willst du, dass es öffentlich vor Gericht erörtert wird? Ring dich zu einem Vergleich durch, Paul, bevor es noch weitere Kreise zieht, bevor noch mehr Menschen verletzt werden.«

Paul ließ den Kopf auf seine breite Brust sinken, als wäre er von einem Schuss getroffen worden, und verharrte etliche Minuten so, während Vicki das abgerissene Auf und Ab seiner Schultern beobachtete, um sich zu vergewissern, dass er noch atmete. Schließlich drehte er sich ohne ein weiteres Wort oder auch nur einen Blick in ihre Richtung auf dem Absatz um und marschierte aus dem Zimmer.

»Alles in Ordnung?«, fragte Michelle ängstlich von der Tür, als er gegangen war.

»Rufen Sie Adrienne Sellers an und verbinden Sie mich mit ihr«, wies Vicki ihre Sekretärin an, ohne auf ihre Frage einzugehen. »Oh, und hatten Sie inzwischen bei Chris Erfolg?«

»Immer noch besetzt.«

Michelle ging wieder hinaus, und Vicki sah ihr kopfschüttelnd nach. Mit wem konnte Chris denn die ganze Zeit quatschen, verdammt noch mal?

»Ich habe Adrienne Sellers auf Leitung eins für Sie«, informierte Michelle sie kurz darauf.

»Adrienne«, sagte Vicki, straffte in einem plötzlichen Adrenalinschub die Schultern und reckte den Kopf. »Ich glaube, dass ich möglicherweise gute Nachrichten für dich habe. Sieht so aus, als würden wir uns vielleicht doch außergerichtlich einigen.« Dann atmete sie tief ein, schloss die Augen und lachte laut.

8

Irgendjemand lachte.

Vielleicht brüllte er auch. Ihren Namen. Chris versuchte, den Kopf zu wenden, doch ein stechender Schmerz warnte sie vor jeder weiteren Bewegung. Sie öffnete den Mund, versuchte zu sprechen, hörte jedoch nur ein leises, abgerissenes Wimmern. Irgendjemand hat furchtbare Probleme, dachte sie und fragte sich, warum sie nicht erkennen konnte, wer es war. »Chris!«, hörte sie aus der Ferne rufen, während jemand an ihren Armen zerrte, als wäre sie eine Stoffpuppe. »Chris, mach die Augen auf. Ich weiß, dass du mich hören kannst. Bitte, Baby. Es tut mir so Leid. Du weißt, dass ich das nicht wollte. Bitte, Chris, mach die Augen auf. Hör mit den Spielchen auf.«

Hör mit den Spielchen auf?, wiederholte sie stumm, während fremde Hände an ihr herumzupften, ihre Schultern richteten und sanft ihre Wangen tätschelten. Was machte sie? Was für Spielchen spielte sie? Warum tat ihr Kopf weh? Warum sah sie nichts?

»Bitte, Chrissy, mach die Augen auf«, flehte die Stimme.

Sie klang zusehends verzweifelter, und Chris wollte ihr auch gehorchen, doch ihre Augen verweigerten jede Kooperation. Chris sah nur Dunkelheit. Es musste ihr Bruder sein. Er hatte sie wieder in der alten Truhe eingeschlossen, saß triumphierend auf dem Deckel und wollte sie nicht herauslassen. *Lass mich hier raus!*, brüllte Chris, doch kein Laut drang zwischen ihren geschwollenen Lippen hervor.

Was ist hier los?, fragte Chris sich, tastete behutsam über ihren Mund und spürte etwas Klebriges an ihren Fingern.

Gerry, lass mich sofort hier raus!, brüllte sie und schlug in die

Luft. *Wenn ich hier rauskomme, wird es dir Leid tun. Es wird dir sehr Leid tun.*

»Es tut mir Leid, Chris«, sagte irgendjemand. »Es tut mir so Leid.«

Was war los? Warum konnte sie ihre Augen nicht öffnen? Warum tat ihre Schulter weh und warum pochte ihr Kiefer? Hatte sie einen Unfall gehabt? War sie gefallen und hatte sich den Kopf aufgeschlagen? War sie angefahren worden? Denk nach!, sagte sie sich und versuchte die Gedanken zu bündeln, die wie wild durch ihren Kopf schossen. Versuche zu rekonstruieren, was passiert ist. Versuche, es zusammenzusetzen, wiederholte sie. Ihr Kopf rollte zur Seite, ihre Augen öffneten sich blinzelnd, sahen nichts und verdrehten sich wieder nach innen.

»Werd mir nicht wieder ohnmächtig, Chris«, flehte die Stimme panisch.

Sie spürte einen heftigen Tritt in ihrem Bauch und gleich einen weiteren. Von innen, wie sie mit wachsendem Entsetzen erkannte. Irgendwie war irgendjemand in ihren Körper eingedrungen und prügelte von innen auf sie ein. Chris versuchte, sich aufzurappeln, wegzulaufen, zu entkommen, doch ihre Knöchel zuckten nur kurz, und ihre Beine gingen nirgendwohin.

Helft mir!, rief sie einer Gruppe von Frauen zu, die sie aus dem Schatten beobachteten. *Tut irgendetwas. Holt mich hier raus. Sagt mir, was los ist.*

Die größte der schattenhaften Gestalten trat vor. *Er verfolgt deine Periode?,* fragte Susan, und ihr rundes Gesicht tauchte aus dem Dunkel.

Barbara war sofort an ihrer Seite. *Vielleicht solltest du besser nach Hause gehen. Man wird mich jeden Moment hereinrufen. Es gibt keinen Grund, dass du bleibst.*

Du hast mich angerufen?, fragte Vicki und drängte sich vor die anderen beiden.

Ja, ich habe angerufen, antwortete Chris im Kopf und versuchte angestrengt, sich zu erinnern, warum. Sie war im Krankenhaus gewesen. Mit Barbara. Ohne Tony. Oh Gott. Barbara hatte irgendeine Operation gehabt, und sie war zur moralischen Unterstützung mitgekommen. Tony geschäftlich unterwegs. Oh Gott. Die Tritte des Babys. Unwohlsein. Nach Hause kommen. Tony geschäftlich unterwegs. Oh Gott. Kein Wagen in der Einfahrt. Montana in der Schule. Wyatt bei Mrs. McGuinty. Das Haus leer. Der Anruf bei Vicki. Ich muss meine Möglichkeiten kennen. Tonys Spiegelbild in der Fensterscheibe. Oh Gott. *Leg den Hörer auf, Chris.* Oh Gott. *Was ist los, Chris? Freust du dich nicht, deinen Mann zu sehen?*

Oh Gott. Oh Gott. Oh Gott.

»Wach auf, Chris. Bitte, Liebling, mach die Augen auf. Verdammt noch mal, Chris!«

Chris sah Tonys Faust auf sich zufliegen und wappnete sich gegen den Aufschlag der Fingerknöchel auf ihrem Kiefer, sodass sie überrascht war, als sie stattdessen kaltes Wasser auf ihrer Haut spürte, das in ihre Nasenlöcher und ihren Mund sickerte. Sie riss die Augen auf und tauchte ganz an die Oberfläche. »Was ist los?«, rief sie und spürte, wie das Baby in ihr versuchte, sie zum Aufstehen zu bewegen.

»Es ist okay, Baby«, sagte Tony mit einem leeren Glas in der Hand. »Jetzt wird alles gut. Alles wird gut. Du hattest bloß einen kleinen Unfall.«

»Einen Unfall?«

»Du weißt, dass ich das nicht wollte, Liebling. Du weißt, dass ich nie etwas tun würde, was dir oder dem Baby wehtun könnte.« Seine Hände waren auf ihrem ganzen Körper. Auf ihrem Gesicht. In ihren Haaren. Auf ihrem Bauch.

Chris versuchte die Hände wegzuschieben, doch sie kamen immer wieder zurück, als ob sie blind in ein Spinnennetz gestolpert wäre. »Rühr mich nicht an.«

»Oh bitte, Baby. Sei doch nicht so. Ich will dir bloß helfen, Liebling. Du weißt doch, dass ich dir nicht wehtun wollte.«

»Du hast mich geschlagen, Tony.« Chris rappelte sich auf die

Füße und stand auf schwankenden Beinen. »Du hast mich bewusstlos geschlagen.«

»Es war ein Unfall. Das weißt du.«

Chris taumelte ins Bad und starrte ihr zerschundenes Gesicht im Spiegel über dem Waschbecken an. Tony war direkt hinter ihr, sein Gesicht schwebte in dem Glas über ihrem. Wer bist du?, fragte Chris die ängstliche Frau, die ihr entgegenstarrte. Wer ist diese arme verlorene Seele?

Du kommst mir vage bekannt vor, rief ein Augenpaar dem anderen über einem aufgeschürften, verfärbten Kiefer und aufgeplatzten, geschwollenen Lippen zu, von denen Blut auf den weißen Kragen ihres blauen Pullovers tropfte, wie das Wasser aus ihren Haaren, das Tony ihr über den Kopf geschüttet hatte. Was ist mit dir passiert? Was ist mit dem kleinen lebhaften Mädchen geschehen, das ihren großen Bruder durchs Haus gejagt, ihn regelmäßig erwischt und zu Boden gerungen hat? Wohin war es verschwunden? »Oh Gott. Wie konntest du das tun? Du hast mir versprochen, dass es nie wieder passieren würde.«

»Wie oft muss ich dir noch sagen, dass es ein Unfall war?« Die Sorge in Tonys Stimme schlug unvermittelt in neue Wut um. »Wenn du mich nicht angelogen hättest, wäre es nie passiert.«

»Dich angelogen?«, fragte Chris ungläubig zurück. Wovon redete Tony? »Wann habe ich dich angelogen?«

»Über deinen Besuch im Krankenhaus.«

»Ich habe dich nie belogen.«

»Du hast gesagt, du würdest nicht gehen.«

»Du hast gesagt, du hättest außerhalb zu tun.«

»Welchen Unterschied macht das?«

»Du warst nicht hier«, argumentierte Chris und versuchte, sich umzudrehen und dem beengten kleinen Badezimmer zu entkommen. »Ich wusste nicht, was dagegen spricht.«

»Du wusstest nicht, was dagegen spricht?« Er drehte sie grob wieder zum Spiegel und zwang sie, ihr geschwollenes Gesicht zu betrachten. »Sieh dich an! Weißt du es jetzt? Weißt du es?«

»Tony, bitte«, wimmerte Chris. »Beim letzten Mal hast du versprochen, dass du mich nicht mehr schlagen würdest.«

Sofort ließ Tony seine Hände sinken, verließ den Raum und begann, vor der Badezimmertür auf und ab zu laufen. »Warum treibst du mich dazu, so etwas zu tun? Du weißt doch, dass ich dir nicht wehtun will. Warum kannst du es nicht einfach gut sein lassen?«

Chris sagte nichts, sondern ließ kaltes Wasser laufen, drückte einen feuchten Waschlappen auf ihre Lippen und versuchte, die Blutspuren aus den Poren ihrer Haut zu entfernen.

»Waren wir uns nicht einig, dass du nicht mit Barbara ins Krankenhaus gehst?«, fragte Tony, der die Sache offenbar nicht auf sich beruhen lassen konnte. »Hattest du das nicht entschieden?«

»Du hast es entschieden.«

»Und du warst einverstanden. Oder nicht?«

»Ja.« Welchen Zweck hatte es, etwas anderes zu sagen?

»Aber du hast gelogen.«

»Ich habe nicht …« Chris hielt inne. »Es war keine Absicht.«

»Du tust nie etwas mit Absicht«, sagte Tony kopfschüttelnd.

»Du hast auch gelogen«, hörte Chris sich sagen, die Worte waren aus ihrem Mund, bevor sie sie zurückhalten konnte.

»Was?«

»Du hast gesagt, du wärst geschäftlich unterwegs. Warum hast du das getan?« Chris merkte, dass sie ernsthaft neugierig war.

Tony lehnte sich an den Türrahmen und versperrte den Durchgang zwischen Bad und Schlafzimmer. »Ich hatte so einen Verdacht. Ich dachte, ich überprüfe das besser mal.«

»Was für einen Verdacht?«

»Was glaubst du wohl?«

»Über mich? Warum? Was habe ich getan, dich misstrauisch zu machen?«

»Oh, ich weiß nicht. Wie wär's damit, dass du deine Kinder vernachlässigst, um dich mit deinen Freundinnen herumzutreiben?«

»Ich vernachlässige meine Kinder nicht. Montana ist in der

Schule«, sagte Chris in dem Versuch, ein bisschen Logik in die Verhandlung zu bringen, »und ich habe Wyatt nur ein paar Stunden bei Mrs. McGuinty gelassen, damit ich bei Barbara im Krankenhaus sein konnte. Das würde ich wohl kaum Herumtreiben nennen. Warte.« Chris hielt inne und versuchte, den Gesprächsverlauf zu rekonstruieren. »Woher wusstest du, dass ich im Krankenhaus war?«

»Was?«

»Du hast gesagt, ich hätte wegen meines Besuches im Krankenhaus gelogen. Woher wusstest du, dass ich dort war?«

Ein Lächeln huschte über Tonys Gesicht und nistete sich um seine Augen und seinen Mund ein, doch er sagte nichts.

»Du bist mir gefolgt?«, fragte Chris, obwohl sie die Antwort bereits kannte.

»Ich habe gesehen, wie du mit der Barbie-Puppe in ein Taxi gestiegen bist und dem Taxifahrer schöne Augen gemacht hast. Ein Schwarzer, stimmt's? Die sollen ja angeblich sehr gut ausgestattet sein…«

»Tony, Herrgott noch mal.« Chris spürte in der Magengrube, wie Tonys Wut wieder aufflammte. Das war das Muster, nach dem diese Szenen jedes Mal abliefen. Wut. Gewalt. Reue. Aus liebevollen Worten wurden falsche Anschuldigungen, bis plötzlich alles ihre Schuld war. Ihre Schuld, dass sie in seine Faust gerannt, über seine Füße gestolpert und mit Blutergüssen übersät war.

»Es ist wieder dieselbe alte Geschichte«, sagte Tony. »Deine Freundinnen sind dir wichtiger als deine Familie. Susan und Vicki bedeuten dir mehr als deine Kinder. Und diese Barbara ist die Schlimmste. Sie braucht nur anzurufen, und schon springst du. Was läuft da eigentlich zwischen euch beiden? Irgendwas, was du mir vielleicht erzählen willst?«

»Sie hatte Angst, Tony. Angst vor der Operation. Angst davor, dass sie keine Kinder mehr haben kann.«

»Und da hast du angeboten, ihr eins von deinen zu geben.«

Chris stockte der Atem, und sie taumelte gegen das Waschbecken, als die Worte sie mit derselben Wucht trafen wie zuvor seine Faust. Ihr Instinkt war also doch richtig gewesen. Er war im selben Flur mit ihnen gewesen, direkt neben ihnen, direkt vor ihren Augen. Sie versuchte, sich das Bild des geschäftigen Krankenhausflures vor Augen zu rufen, sah zielstrebig auf und ab laufende Menschen, Patienten mit Infusionsständern, sich beratende Ärzte, vorbeieilende Schwestern, ein Pfleger, der sich über eine Reihe von Krankenblättern beugte, einen Mann, der am Ende des Flures den Boden wischte, einen anderen Mann, der sich hinter einer alten Zeitschrift verbarg, Besucher, die die Patientenzimmer betraten und wieder verließen. Welcher von ihnen war er gewesen? Wie lange hatte er sie beobachtet?

»So ist es, Chrissy«, sagte Tony, als hätte er sie gehört. »Ich war da. Ich habe jedes Wort gehört, das du gesagt hast. Ich habe gehört, wie du angeboten hast, ihr dein Baby zu schenken.«

»Das war nur ein Witz«, flüsterte Chris und spürte, wie ihre Hände zitterten.

»Ja, du hast dich prächtig amüsiert, was, Baby? Hast mit der Barbie-Puppe gescherzt und gelacht. Und was ist mit dem gut aussehenden Arzt, mit dem ich dich habe schmusen sehen?«

»Was?«

»Du hast doch nicht gedacht, dass ich das nicht mitgekriegt hätte, oder? Ich habe euch beide gesehen, ihr habt ja im Flur ein richtiges kleines Schauspiel aufgeführt.«

Chris versuchte angestrengt, sich zu erinnern, wovon ihr Mann sprach. Mit welchem Arzt hatte sie geschmust? »Ich weiß nicht –«

»Komm schon, Chris. Ein nett aussehender Bursche. Sehr groß, so wie du es magst.«

Der junge Arzt fiel ihr wieder ein. »Tony, er hat mir bloß den Weg zur Toilette gezeigt.«

»Er hat dich persönlich dorthin begleitet«, korrigierte Tony sie. »Er hat deinen Arm gefasst.«

»Er wollte bloß nett sein.«

»Vielleicht ein bisschen arg vertraulich, meinst du nicht?«

»Es ist rein gar nichts passiert. Das hast du gesehen.«

»Ich habe einen Mann gesehen, der einen Arm um meine Frau gelegt hat.«

»Er hat bestenfalls meinen Ellbogen berührt.« Chris hielt inne. Das war verrückt. Tony war dort gewesen. Er wusste genau, was passiert war. Warum verteidigte sie sich?

»Was hat er zu dir gesagt, Chris? Was für Pläne habt ihr beide geschmiedet?«

»Wir haben gar keine Pläne gemacht. Das ist doch albern.«

»Hast du ihm deine Nummer zugesteckt? Hast du ihm erzählt, dass dein Mann geschäftlich außerhalb der Stadt zu tun hat?«

Chris schüttelte wortlos den Kopf. Tony wollte keine Antworten, er wollte sie nur terrorisieren.

»Ich hätte dem armen Kerl sagen sollen, dass er keine Chance hat«, fuhr Tony fort. »Nicht solange die Barbie-Puppe in der Nähe ist.«

»Ich weiß nicht, wovon du redest.« Chris versuchte, sich an Tony vorbei ins Schlafzimmer zu drängen, doch er streckte den Arm aus und versperrte ihr den Weg.

»Wohin willst du, Chris? Hast du ein heißes Date?«

Chris schüttelte den Kopf und spürte ein Pochen. »Ich habe Mrs. McGuinty versprochen, dass ich Wyatt um zwei Uhr abhole.«

Panik flackerte in Tonys Gesicht auf. »Möchtest du dich nicht vorher frisch machen? Ich meine, du willst doch nicht, dass dich irgendjemand sieht, wenn du aussiehst, als wärst du gerade von einem Laster überfahren worden.« Seine dunklen Augen verengten sich argwöhnisch. »Oder doch? Ist das Teil des Plans?«

»Es gibt keinen Plan«, sagte Chris und fühlte mit der Zunge einen wackeligen Zahn.

»Bist du da ganz sicher? Keine Anweisungen von einer deiner Freundinnen? Von der kleinen Vicki-Schlampe vielleicht? Ich habe gehört, wie du sie angerufen hast, Chris. Ich habe gehört, wie du gesagt hast, du müsstest sie dringend sprechen. Was sollte das denn?«

»Ich wollte ihr bloß von Barbara berichten«, erklärte Chris und spürte ein Brennen auf ihrer geschwollenen Wange.

»Ich habe aber nicht gehört, dass du irgendwas von der Barbie-Puppe gesagt hast. Ich habe nur gehört, wie du etwas über Möglichkeiten gesagt hast.«

»Nein.«

»Über was für Möglichkeiten wolltest du denn sprechen, Liebling?«

»Ich weiß es nicht«, antwortete Chris wahrheitsgemäß. Welche Möglichkeiten konnte sie gemeint haben? Was für Möglichkeiten hatte sie schon?

»Du würdest doch nicht darüber nachdenken, mich zu verlassen, oder?«

Tränen schossen in Chris' Augen, kullerten ihre Wangen hinab und vermischten sich auf den Lippen mit ihrem Blut.

»Weil ich es, glaube ich, nicht ertragen könnte, wenn du mich verlassen würdest, Chris. Ohne dich würde ich verrückt werden. Ich würde nicht mehr leben wollen.«

Chris schmeckte das Salz ihrer Tränen in dem getrockneten Blut um ihren Mund.

Tony tastete sich zentimeterweise vor. »Ich liebe dich, Chrissy. Bitte sag mir, dass du das weißt.«

»Das weiß ich«, flüsterte Chris.

»Du weißt doch, dass ich dir niemals wehtun wollte.«

Chris nickte wortlos.

»Es ist der ganze Druck, unter dem ich stehe, neue Kunden aufzutreiben und gleichzeitig den Kopf über Wasser zu halten. Die Bank hat den Darlehensantrag abgelehnt.«

»Was?«

»Ich habe es dir nicht erzählt, weil ich dich nicht beunruhigen wollte.«

»Sie haben den Darlehensantrag abgelehnt?«

»Ich wollte nicht, dass du dir deswegen Sorgen machst, Chris. Das wird schon wieder. Alles wird gut, solange wir beide zusammen sind, solange ich weiß, dass du bei mir bist, dass ich auf dich zählen kann. Es ist nur, dass du mich manchmal verrückt machen kannst. Ich will dir vertrauen, aber ich kann es nicht. Weil du mich nicht lässt. Und das macht mich verrückt, weil ich dich so sehr liebe.« Er streckte die Arme aus, zog sie in einer erdrückenden Umarmung an sich und vergrub sein Gesicht in ihren Haaren. »Sag mir, dass du mich liebst, Chris. Sag mir, dass du mich genauso sehr liebst wie ich dich.«

»Tony, bitte ...«

»Ich muss die Worte hören, Chris. Ich muss hören, wie du sie sagst.«

»Ich ...« Chris versuchte die Worte hervorzupressen, doch sie klebten störrisch an einem kleinen Klumpen getrockneten Blutes und wollten einfach nicht fallen.

»Lass mich nicht darum betteln, Chris. Bitte lass mich nicht darum betteln.« Er betatschte sie von hinten und leckte mit der Zunge über ihr Ohrläppchen.

»Oh Gott«, sagte Chris. »Mir wird schlecht.« Sie drängte sich aus Tonys Umarmung, fiel vor der Toilette auf die Knie und übergab sich in die Schüssel. »Oh Gott«, stöhnte sie, als sie spürte, wie irgendetwas in ihr riss und ein Wasserschwall zwischen ihre Beine strömte. Nicht jetzt. Lieber Gott, nicht jetzt.

»Was ist los? Was machst du, verdammt noch mal?«

»Meine Fruchtblase ist geplatzt.« Chris presste ihr Gesicht an die Kloschüssel, während ihr Körper von einer Reihe schmerzhafter Krämpfe geschüttelt wurde. Das konnte nicht wahr sein.

»Das Baby ist erst in einem Monat fällig«, sagte Tony, als wollte er sie verbessern und sie warnen, keine Spielchen mit ihm zu spielen.

»Es kommt aber jetzt«, heulte Chris und wünschte, sie wäre tot. Früher waren Frauen häufig bei der Geburt gestorben, dachte sie, als ihr Mann sie auf die Füße zog.

»Halt durch, Chris. Keine Panik. Wir werden dich auf jeden Fall rechtzeitig ins Krankenhaus bringen.«

»Ich kann mich nicht bewegen.«

»Das sind bloß die Wehen, Baby. Darin bist du doch ein alter Profi.« Er führte sie durchs Schlafzimmer zur Treppe. »Ein Schritt nach dem anderen, Liebling. Immer schön langsam.«

»Ich kann das nicht«, schrie sie. »Ich kann nicht. Ich kann nicht.«

»Natürlich kannst du. Natürlich kannst du. Nur immer schön langsam. Ich bin bei jedem Schritt des Weges bei dir.«

»Oh Gott.«

Irgendwie schaffte Tony es, sie die Treppe hinunter und auf die Straße zu führen. »Der Wagen steht gleich um die nächste Ecke«, sagte er, als wollte er andeuten, dass das Vehikel irgendwie von selbst dorthin gelangt war und nicht, weil er es absichtlich außer Sichtweite geparkt hatte, damit sie dachte, er sei weggefahren.

Chris betrachtete die Vorderseite ihres mit Blut und Erbrochenem verdreckten Pullis, feuchte Haarsträhnen klebten schweißnass an ihrer Stirn, die Hosenbeine an ihren feuchten Schenkeln. Ich möchte sterben, dachte sie. »Ich schaffe es nicht«, sagte sie.

»Das lasse ich nicht zu, Baby.«

Als sie den Wagen erreicht hatten, krümmte Chris sich vor Würgekrämpfen. Bitte lass mich einfach sterben, dachte sie, während Tony sie vorsichtig auf den Beifahrersitz bugsierte.

»Was wirst du denen im Krankenhaus erzählen?«, fragte er, sprang auf den Sitz neben ihr und ließ den Motor an. »Wenn sie wegen der Platzwunden und Blutergüsse fragen?« Er fuhr an. »Ich denke, du kannst sagen, du wärst ausgerutscht, als du Wyatt gebadet hast, und mit dem Kinn auf den Wannenrand geschlagen. Dabei ist deine Lippe aufgeplatzt, und du kommst dir wirklich blöd vor. Irgendwas in der Richtung. Deine Wehen haben eingesetzt, die werden bestimmt nicht lange diskutieren.«

»Tony …«

»Was?«

Sie wandte ihr Gesicht in seine Richtung, wo sein Gesicht bald scharf, bald verschwommen vor ihren Augen auftauchte. »Das darf nie wieder passieren. Du musst mir dein Wort geben, dass es nie wieder geschieht.«

»Bestimmt nicht«, versicherte er ihr und versuchte, ihre Hand zu fassen.

»Du musst es versprechen.« Chris fragte sich, warum sie darauf beharrte? Wie oft hatte Tony seine Versprechen schon gebrochen? Warum sollte es dieses Mal anders sein?

»Ich verspreche es«, sagte er leichthin. »Du wirst schon sehen, Chris. Alles wird gut, Chris, solange ich nur sicher bin, dass du mich liebst.«

Solange ich nur sicher bin, dass du mich liebst. Die Worte schlugen auf ihr Gehirn wie eine Reihe von Hammerschlägen, viel härter als die Fäuste ihres Mannes. Chris schrie auf und täuschte eine weitere Wehe vor. Lieber Gott, dachte sie, schloss die Augen, als tatsächlich eine kam, und versuchte, sich auf die nächste Schmerzattacke einzustellen, ihr nachzugeben und sich in ihrer hypnotischen Kraft zu verlieren. Bald würde sie Mutter dreier Kinder sein. Was hatte sie sich vorhin bloß überlegt? Wohin genau hatte sie vorgehabt zu gehen?

Alles wird gut, versuchte sie sich einzureden, während Tony durch die Straßen von Mariemont raste. Das musste es auch. Denn ihr waren alle Möglichkeiten ausgegangen.

9

»Dein Haus ist absolut phantastisch.«

»Danke. Kommt rein. Ich hab vergessen, dass ihr noch nie hier wart.«

Chris trat über die marmorne Schwelle von Vickis palastartigem neuen Haus in der Randgemeinde Indian Hill, und Tony folgte ihr wie ein Schatten. »Obwohl ich dir natürlich nie verzeihen werde, dass ihr die Grand Avenue verlassen habt.«

»Wir haben ein Geschenk zum Einzug mitgebracht«, sagte Tony und versuchte, den zwei Jahre alten, zappelnden Rowdy in seinem Arm zu bändigen, während er Vicki einen Karton mit Gourmetkonfitüre überreichte. »Offenbar ist es Tradition, fürs neue Haus etwas Süßes mitzubringen.«

»Danke«, sagte Vicki, doch Chris wusste, dass Vicki ihren Besuch mehr als überfällig fand, da sie seit mehr als einem Jahr in dem neuen Haus lebte.

»Du hast deine Haare abgeschnitten!«, kreischte Vicki plötzlich los. »Ich glaube es nicht.«

Sofort strich Chris mit der Hand über ihren Hinterkopf, und ihre Finger flatterten um ihren kahlen Nacken. Sie kämpfte mit den Tränen.

»Ich kann es einfach nicht glauben. Kein Pferdeschwanz mehr. Dreh dich mal um. Lass mal sehen.«

Chris senkte den Kopf und vollführte verlegen eine halbe Drehung. Dabei bemerkte sie einen Fleck auf der Vorderseite ihres rosa T-Shirts, vielleicht ein Klecks Soße, vielleicht Erbrochenes oder noch wahrscheinlicher die Spur getrockneten Blutes. Die Tränen schossen ihr in die Augen. Nicht weinen, ermahnte sie sich. Wenn du anfängst zu weinen, zwingt Tony dich, nach Hause zu gehen. Er wird sagen, dass du es absichtlich machst, dass du nur zu der Party gekommen bist, um eine Szene zu machen. Nicht weinen. Wage es bloß nicht, zu weinen.

»Was ist los? Gefällt dir dein Haar kurz nicht?«, fragte Vicki, als ahnte sie die Tränen, die hinter Chris' blauen Augen lauerten. »Ich finde es echt süß. Vielleicht ein bisschen ungleichmäßig, aber das lässt sich glätten. Wer hat es geschnitten?«

Chris zupfte an den fransigen Strähnen, ohne den Blick ganz von dem Marmorboden zu wenden. »Ein Typ in Terrace Park. Ich bin an seinem Salon vorbeigekommen, und ehe ich mich versah, war mein Pferdeschwanz futsch.« Bitte keine weiteren Fragen, betete Chris stumm. Ich kriege mich schon wieder ein, wenn wir einfach über etwas anderes reden können.

»Du weißt ja, wie impulsiv Chris sein kann«, sagte Tony.

»Nun, eigentlich nicht«, widersprach Vicki.

»Anfangs war ich auch nicht besonders glücklich damit«, sagte Tony. »Aber langsam gewöhne ich mich daran.« Er fuhr mit einer Hand spielerisch durch Chris' amputierte Haarsträhnen.

Chris' Hals zuckte zur Seite, als sie sich dem Griff ihres Mannes entwand und zur Auffahrt blickte, wo Montana und Wyatt in der Sonne zwischen Vickis neuem roten Jaguar und Jeremys klassischem, silbernem Porsche Fangen spielten. Hinter den beiden Luxuskarossen parkten zwei weitere Autos: Susans und Owens dunkelgrüner Seville und Barbaras und Rons schokoladenbrauner Mercedes.

»Kommt rein, Kinder«, rief Chris und registrierte dankbar, dass sie eilig gehorchten und darum rangelten, die Haustür als Erster zu erreichen. »Nicht schubsen«, ermahnte Chris sie.

Als Antwort darauf boxte der sechsjährige Wyatt seine ältere Schwester gegen die Schulter.

»Und nicht schlagen«, sagte Chris.

»Ist doch nicht so schlimm, Chris, sie sind doch nur Kinder«, sagte Tony. »Kinder balgen sich eben. Lass sie in Ruhe.«

Darauf reagierte Montana mit einem Stoß in die Rippen ihres Bruders.

»Hört auf«, warnte Chris, während Montana ihren Vater ansah und die Augen verdrehte. »Du erinnerst dich doch an Mamis gute Freundin Vicki, oder, Montana? Wyatt, kennst du Mrs. Latimer noch?«

»Das letzte Mal habe ich dich vor etwa einem Jahr gesehen«, sagte Vicki und zeigte auf Montana, während sie alle in den geräumigen, ganz in Marmor gehaltenen Hausflur führte und die Haustür schloss. »Kurz bevor wir umgezogen sind. Und schau an, wie groß du geworden bist«, sagte sie zu Rowdy, der sein Gesicht sofort an der Schulter seines Vaters verbarg. »Die anderen sind alle hinten. Sie können es kaum erwarten, euch zu sehen. Kommt. Ich zeig euch den Weg.« Sie bot Montana ihre Hand an.

Montana sah ihren Vater an, als würde sie um Erlaubnis fragen. Tony lächelte. Beide Hände fest hinter dem Rücken verschränkt, folgte Montana Vicki durch den breiten Flur.

»Hat deine Mutter dir je die Geschichte erzählt, wie wir uns kennen gelernt haben?«, fragte Vicki fröhlich.

»Das klingt ja, als wäre es eine Art Liebesgeschichte«, sagte Tony und hob Wyatt neben Rowdy auf seine Arme, bevor er das geräumige Wohnzimmer betrat.

»Nun, das ist es in gewisser Weise ja auch.« Vicki fasste Chris' Hand und drückte sie. »Es ist so schön, dich zu sehen.«

»Es ist schön, *dich* zu sehen. Wir haben auch ein Geburtstagsgeschenk für Josh mitgebracht.« Chris zog ein bunt eingepacktes Geschenk aus der großen Leinentasche über ihrer Schulter.

»Danke, das ist wirklich lieb. Es ist nicht zu glauben, wie schnell die Kleinen groß werden.« Vicki nahm die Schachtel entgegen, stellte sie zusammen mit den Gourmetkonfitüren auf ein antikes Beistelltischchen mit Goldrand, bevor sie Chris und ihre Familie in den hinteren Teil des Hauses führte. »Ich kann mich noch ganz genau an den Tag erinnern, an dem er geboren wurde.«

Chris staunte, weil Vicki sonst alles andere als sentimental war.

Die einzigen Termine, die sie im Kopf behielt, waren die, zu denen sie vor Gericht erscheinen musste.

»Mein Gott, was für ein Chaos das war!«, rief Vicki. »Ich steckte mitten in einem großen Fall und hatte alle Unterlagen mit ins Krankenhaus genommen. Ich war gerade am Telefon, als die Wehen einsetzten, und dir muss ich ja nicht erzählen, wie das ist. Ich versuche also eine außergerichtliche Regelung auszuarbeiten, während die Krankenschwestern mir erklären, dass der Muttermund schon weit geöffnet ist und wir sofort in den Kreißsaal müssen. ›Mrs. Latimer, Sie müssen das Gespräch beenden‹, sagten sie ständig, und ich hab geantwortet, dass ich noch nicht fertig bin und noch zwei Minuten brauche. Sie haben gekreischt, sie könnten schon den Kopf des Babys sehen. Was für eine Szene! Schließlich haben sie mir den Hörer aus der Hand gerissen, aber erst nachdem ich von der anderen Seite die mündliche Zustimmung hatte. Mein lieber Mann, das war ein Nachmittag, den ich nie vergessen werde.«

Chris lachte. Sie erinnerte sich, wie sie Vicki am Tag nach Joshs Geburt im Krankenhaus anrufen wollte, wo man ihr jedoch nur berichten konnte, dass Mrs. Latimer und ihr Sohn bereits wieder ausgecheckt hatten. Nur drei Tage nach der Geburt war Vicki wieder ins Büro gegangen.

»Phantastisch, was ihr aus dem Haus gemacht habt«, staunte Chris und spähte in jedes der riesigen Zimmer, an denen sie vorbeikamen. »Alles ist so schön.«

»Nun, das hat alles der Innenarchitekt gemacht«, gestand Vicki. »Ich hab ihm bloß gesagt, dass ich Antiquitäten mag, während Jeremy modernes Dekor bevorzugt, und er hat sich für eine Mischung aus alten Möbeln und moderner Kunst entschieden, die irgendwie funktioniert.«

»Sieht toll aus«, sagte Tony und parodierte hinter Vickis Rücken ihren selbstbewussten Gang, sodass die beiden Kleinen in seinem Arm laut lachten.

»Was ist so komisch?«, fragte Vicki.

Sofort verbarg Rowdy sein Gesicht wieder an der Schulter seines Vaters, doch Wyatt lachte noch lauter. Sein mutwilliges Gejohle zerriss die Luft wie ein enervierender Husten. Rowdy hielt sich die Ohren zu und fing an zu kreischen.

»Was ist denn los, Rowdy?«, fragte Chris.

»Lass ihn in Ruhe, Chris. Alles in Ordnung«, sagte Tony.

»Ich kann euch ja später das ganze Haus zeigen«, sagte Vicki, als hätte sie die kleine Szene, die sich in ihrem Rücken abgespielt hatte, gar nicht mitbekommen, obwohl Chris ganz genau wusste, dass Vicki alles mitbekam und ihren kleinen haselnussbraunen Augen nichts entging. »Geht es dir gut?«, fragte sie Chris flüsternd, als sie durch die Küche gingen, in der sich Edelstahloberflächen elegant mit antiken Walnussmöbeln ergänzten.

»Ja, bestens.«

»Du siehst ein bisschen blass aus.«

»Ich bin bloß müde.«

»Hast du abgenommen?«

»Vielleicht ein paar Pfund.«

»Vielleicht auch ein paar mehr.«

»Daddy sagt, man soll nicht flüstern«, sagte Wyatt.

»Da hat dein Daddy absolut Recht«, stimmte Vicki ihm zu. »Hallo, alle miteinander, seht mal, wer hier ist«, verkündete sie der kleinen Versammlung auf der steinernen Terrasse vor dem großen Pool. Alle drehten sich um und begrüßten sie herzlich.

Meine Freunde, dachte Chris dankbar und wollte sie an sich ziehen und nie wieder loslassen. Meine wundervollen, lieben Freunde: Susan und Owen, sonnengebräunt und lächelnd, die Arme umeinander gelegt; Barbara und Ron, hoch gewachsen und schick, Barbaras Lippenstift perfekt auf Rons Polohemd abgestimmt; und Jeremy Latimer, der mit lässiger Eleganz den Derwisch anlächelte, der seine Frau war.

»Hallo, Fremde«, sagte Susan und streckte Chris beide Arme entgegen. »Kaum zu glauben, dass wir in derselben Straße wohnen und den weiten Weg bis hierher kommen mussten, um euch zu sehen.«

»Es ist viel zu lange her«, sagte Owen und schüttelte Tony die Hand.

»Alles in Ordnung?«, fragte Susan.

»Sie hat ihre Haare abgeschnitten!«, quiekte Barbara, balancierte auf Zehnzentimeterabsätzen auf Chris zu und nahm sie fest in den Arm. »Wann hast du das denn getan?«

Chris verzog das Gesicht, als Barbaras Arm auf einen frischen Bluterguss an ihrem unteren Rücken drückte.

»Wie ich sehe, kann man gratulieren.« Tony wandte sich an Chris. »Warum hast du mir nicht gesagt, dass Barbara in froher Erwartung ist?«

Die ganze Runde hielt den Atem an.

»Was?«, fragte Barbara.

»Wovon redest du?«, fragte ihr Mann.

»Ich bin nicht schwanger.«

»Oh, tut mir Leid«, sagte Tony rasch. »Ich hatte bloß gedacht...« Seine Hände beschrieben einen Halbkreis in Bauchhöhe.

»Das ist die Bluse.« In Barbaras großen braunen Augen schimmerten Tränen, während sie an der Vorderseite ihres lila-weiß gestreiften Oberteils zerrte. »Ich hätte sie wohl doch besser in die Hose stecken sollen.« Sie zupfte eine imaginäre Fluse vom Schenkel ihrer weißen Hose und fixierte die großen grauen Steinfliesen der Terrasse.

»Es tut mir wirklich Leid«, wiederholte Tony, doch Chris sah das Blitzen in seinen Augen und war sich nicht so sicher.

»Wie läuft's?«, fragte Ron.

»Es lief noch nie besser«, erwiderte Tony.

»Ich nehme an, der kleine Bursche ist Rory.«

»Rowdy«, verbesserte Tony ihn.

»Rowdy. Ja, richtig. Montana, Wyatt und Rowdy. Wirklich interessante Namen.«

»Die Namen waren Tonys Ideen. Er ist der Phantasievolle«, sagte Chris und versuchte zu lächeln. »Ich hätte sie Anne, William und Robert genannt.«

»Hast du das gehört, Montana?«, fragte Tony. »Mami hätte es lieber, wenn du einen langweiligen Namen wie Anne hättest.« Das verkniffene Gesicht des Kindes spiegelte die Miene ihres Vaters wider.

»Nun, ich hoffe, die Kinder haben ihre Badesachen mitgebracht«, sagte Jeremy Latimer mit einem Blick auf den riesigen Swimmingpool, der einen großen Teil des Gartens einnahm. Die anderen Kinder – Kirsten, Josh, Ariel, Whitney und Tracey – plantschten bereits fröhlich im Wasser und hüpften unter den wachsamen Augen der Haushälterin und Kinderfrau der Latimers von einem Sprungbrett.

»Oh nein, ich habe die Badesachen vergessen«, sagte Chris mit Panik in der Stimme.

»Du hast was?«, wollte Montana wissen.

»Du großer Dummi!« Wyatt schubste seine Mutter.

»Hör auf«, sagte Chris und blickte Hilfe suchend zu Tony.

Wyatt stieß sein bellendes, hustendes Lachen aus. »Dummi-Mami«, sagte er und noch einmal: »Dummi-Mami!«

»Okay, Wyatt, das reicht«, befahl Tony, und der Junge verstummte augenblicklich.

»Ich denke, wir haben noch ein paar Sachen, die euch passen müssten«, bot Jeremy Latimer rasch an. »Maya«, rief er einer seiner Angestellten zu, die um einen langen Essenstisch standen, der auf einer Seite der Terrasse aufgebaut worden war. »Können Sie die Kinder mit hineinnehmen und Badesachen für sie heraussuchen?«

Die junge Frau in der engen weißen Uniform warf ihr langes blondes Haar über die Schulter und kam auf die Kinder zu. Chris registrierte das verstohlene Lächeln, das das Mädchen mit Barbaras Mann tauschte, während sie Rowdys Hand fasste und die Kinder zurück ins Haus führte. »Dummi-Mami!«, sang Rowdy fröhlich vor sich hin. »Dummi-Mami!«

Chris stand mit einem künstlichen Lächeln im Gesicht da, als wären ihre Lippen aus Wachs. Das ist deine eigene Schuld, verdammt noch mal, sagte sie sich. Vicki hat dich extra gebeten, Badesachen mitzubringen. Wenn du nicht so dumm wärst, wäre das nicht passiert. Wyatt hat Recht. Du bist ein Dummerchen. Dummi-Mami. Dummi-Mami. Heul jetzt nicht, Dummi-Mami! Wag es bloß nicht zu heulen. »Und wie gefällt euch das Leben auf dem Land?«, fragte sie mit einer Stimme, die sie kaum als ihre eigene erkannte.

»Es ist herrlich«, kam Jeremy Latimers prompte Antwort.

»Und nur fünfundzwanzig Minuten bis ins Büro«, sagte Vicki.

»Wie viele Hektar Land habt ihr denn hier?«, fragte Tony, nahm eine Flasche Bier aus einer Kühlbox in der Nähe und trank sie in einem großen Schluck fast halb leer.

»Zwei Komma irgendwas«, sagte Jeremy. »Frag mich nicht nach Flächenmaßen. Die kann ich mir nie merken.«

»Das Haus hat knapp tausend Quadratmeter«, fuhr Vicki für ihren Mann fort. »Vierzehn Zimmer, sechs Schlafzimmer, fünfeinhalb Bäder und eine separate Schlafzimmersuite im Erdgeschoss. Komm, Chris, ich führ dich herum.« Sie packte Chris' Hand und zerrte sie Richtung Terrassentür.

»Ich komme mit«, sagte Barbara.

»Wartet auf mich«, sagte Susan.

Tony leerte seine Bierflasche. »Ich glaube, ich komme auch mit.«

»Tut mir Leid«, erwiderte Vicki rasch. »Diese Führung ist nur für Mädchen. Jeremy kann dir das Haus später zeigen.«

»Entspann dich«, sagte Owen, drückte Tony ein frisches Bier in die Hand und führte ihn zu einer Reihe Liegestühle. »Erzähl uns, was du in letzter Zeit so getrieben hast. Ich habe gehört, du willst aus der Werbung aussteigen.«

Chris spürte, wie Tonys Augen ein großes Loch in den Rücken ihres rosa T-Shirts brannten, während sie sich von Vicki und den anderen ins Haus ziehen ließ. »Küche«, sagte Vicki und deutete eine Handbewegung an, bevor sie zielstrebig von einem Zimmer zum nächsten marschierte. »Esszimmer. Wohnzimmer. Jagdzimmer, was immer das sein soll.« Sie schob Chris in die Schlafzimmersuite und zog die mit kunstvollen Schnitzereien verzierte Doppeltür hinter sich zu. »Und, was ist los?«, fragte sie Chris, während Susan und Barbara sich schützend um sie scharten.

Chris blickte nervös an den sich bauschenden Musselinvorhängen des antiken Himmelbetts vorbei durch die bodentiefen Fenster zur Terrasse und sah, dass Tony sich trotz Owens wiederholter Aufforderung nicht hingesetzt hatte, sondern nervös vor den Liegestühlen auf und ab lief. »Was soll das heißen? Nichts ist los.«

»Du bist ein Nervenbündel«, sagte Susan. »Sieh dich doch an. Du zitterst ja.«

»Ich bin bloß ein bisschen müde. Ihr wisst ja – drei Kinder und nur zwei Hände.«

»Du siehst nicht besonders aus«, stellte Barbara fest.

»Sie hat abgenommen«, sagte Vicki zu den anderen.

»Das liegt an den Haaren«, beharrte Chris, während ihr Blick nervös zwischen den Frauen und dem Fenster hin und her zuckte. »Ich hätte es mir nie abschneiden sollen.«

»Nun, der Schnitt ist wirklich nicht besonders vorteilhaft.« Barbara begutachtete Chris' unterschiedlich lange Haarsträhnen. »Zu wem bist du denn gegangen?«

Chris hielt die Luft an und sagte nichts.

»Chris?«

Tränen schossen in Chris' Augen. Sofort senkte sie den Blick auf den dicken, mintgrünen Teppich und weigerte sich aufzuschauen.

»Chris, rede mit uns«, sagte Susan. »Du kannst doch nicht einfach immer weiter behaupten, es wäre nichts. Lass dir doch helfen.«

Chris sagte nichts. Mir kann keiner helfen, dachte sie. »Ich sollte wirklich wieder zurück zu den anderen gehen.«

»Rede mit uns«, wiederholte Susan.

»Ich kann nicht.«

»Hör mal«, versuchte Susan ihr auf die Sprünge zu helfen, »es ist uns allen schon sehr lange klar, dass ihr beide, Tony und du, ernste Probleme habt. Wenn du ihn vielleicht davon überzeugen könntest, zu einer Eheberatung zu gehen …«

Chris spürte, wie ihr Kopf unwillkürlich auf und ab zu wippen und ihre Hände zu zittern begannen. Ihre Knie wurden weich, sodass sie nur mit Mühe das Gleichgewicht halten konnte. Ihre Scham drohte überzufließen, aus ihr herauszubrechen wie Lava aus einem Vulkan, und sie konnte nichts dagegen tun. »Oh Gott.«

»Chris, was ist los?«

»Ihr versteht das nicht.«

»Was denn, Chris? Sag es uns. Was verstehen wir nicht?«

»Er hat es getan.« Gott im Himmel, sie hatte es gesagt.

»Was? Wer hat was getan?«

»Tony.« Ihr Geheimnis war gelüftet. Es hatte einen Namen.

»Was hat Tony getan?«, wollte Vicki wissen.

»Meine Haare.« Ein lang gezogenes Schluchzen drang aus ihrer Kehle. Konnte sie es ihnen erzählen? Konnte sie ihnen alles erzählen?

Einen Moment lang herrschte vollkommenes Schweigen.

»Tony hat deine Haare abgeschnitten?«, fragte Barbara dann ungläubig.

»Was soll das heißen, er hat deine Haare abgeschnitten?«, fragte Susan leise. Und dann noch einmal noch leiser: »Was soll das heißen, er hat deine Haare abgeschnitten?«

»Letzten Samstag sind wir mit den Kindern zum Kenwood Towne Centre gefahren. Wir sind an einem Frisörsalon vorbeigegangen, und ich habe durchs Fenster dieses Mädchen gesehen, das sich die Haare ganz kurz hat schneiden lassen. Ich habe irgendetwas gesagt wie: ›Ich wünschte, ich hätte auch den Mut, das zu tun.‹« Chris unterbrach ihre leblose Aufzählung von Fakten, schluckte und hatte Mühe fortzufahren. »Alles war in Ordnung. Wir sind weitergegangen, haben den Kindern ein Eis gekauft. Ich dachte, dass wir einen richtig netten Ausflug hatten.« Wieder hielt sie inne. Was um Himmels willen war mit ihr los? Wie kam sie darauf, dass sie das Recht hatte, sich zu amüsieren?

»Was ist dann passiert, Chris?«, fragte Susan.

»Wir sind nach Hause gefahren, ich habe Abendessen gekocht und die Kinder bettfertig gemacht. Danach bin ich selber ins Bett gegangen, um fernzusehen.« Ein ängstliches Wimmern schlich sich in ihre Stimme, als sie nach Worten suchte, um den folgenden Albtraum zu beschreiben. »Tony kam rein, und ich habe gleich gesehen, dass er über irgendwas wütend war, aber ich wusste nicht, weswegen. Er fing an, vor dem Fernseher auf und ab zu laufen. Ich habe ihn gefragt, was los ist, und er meinte, ich wüsste ganz genau, was los ist. Ich sagte, nein, ich hätte keine Ahnung, und er meinte: ›Glaubst du, es gefällt mir, wenn meine Frau mit anderen Typen flirtet, während ich daneben stehe.‹ Ich sagte: ›Ich weiß nicht, wovon du redest‹, und er sagte: ›Meinst du, ich hätte nicht mitgekriegt, wie du mit dem Frisör in dem Einkaufszentrum heimliche Blicke getauscht hast?‹ Und ich sagte noch einmal: ›Wovon redest du überhaupt? Ich habe bloß zugesehen, wie er dem Mädchen die Haare geschnitten hat.‹ Doch er wollte mir nicht glauben. Er sagte immer wieder, ich hätte ihn zum Narren gemacht, jeder hätte mitbekommen, wie ich diesem Typ schöne Augen gemacht und wie er mich angesehen hätte. Ich sagte, nein, der Typ hat nicht mal mitgekriegt, dass ich da war, außerdem wäre er wahrscheinlich sowieso schwul, und ich hätte mich nur für die Frisur interessiert. Da hat Tony meinen Pferdeschwanz gepackt und mich an den Haaren aus dem Bett gezerrt. Ich habe ihn angefleht, er soll aufhören, und er hat mir gesagt, ich soll still sein, sonst würde ich die Kinder wecken. Also habe ich versucht, still zu sein und ihm keinen Widerstand zu leisten. Ich dachte, wenn der ganze verrückte Mist aus ihm raus ist, wird er sich wieder beruhigen und einsehen, dass er sich albern verhält. Ich habe den Typ nicht mal angeguckt.«

»Natürlich nicht«, sagte Susan.

»Du musst dich uns gegenüber nicht rechtfertigen«, erklärte Barbara Chris.

»Du hättest dem Wichser in die Eier treten sollen«, meinte Vicki.

»Und dann hat er es getan?«, fragte Susan. »Dann hat er dir die Haare abgeschnitten?«

»Er hat mich ins Bad gezerrt und angefangen, die Schubladen aufzureißen, als würde er etwas suchen, und ist immer wütender geworden, weil er es zunächst nicht gefunden hat. Dabei hat er die ganze Zeit meinen Pferdeschwanz gepackt und meinen Kopf nach unten gedrückt, sodass ich vornübergebeugt stand und nicht sehen konnte, was er machte. Dann habe ich plötzlich das Geräusch gehört und zuerst nicht gewusst, was es war, bis ich erkannte, dass es eine Schere war, mit der er in die Luft schnippte. Ich habe ihn gefragt: ›Was machst du?‹ Und er hat gesagt: ›Du magst kurze Haare? Du möchtest eine neue Frisur? Ich kann dir die Haare schneiden.‹ Ich habe laut Nein geschrien, und er hat mich angebrüllt, ich soll den Mund halten, weil die Kinder sonst aufwachen. Plötzlich habe ich einen entsetzlichen Ruck an meinem Kopf gespürt, das schreckliche Schnippen der Schere gehört und Haare gesehen, die an meinen Augen vorbeigerieselt sind, bevor der Pferdeschwanz auf den Boden gefallen ist.«

Barbara nahm Chris in die Arme. »Mein Gott, er ist wahnsinnig.«

»Was hat er dir sonst noch getan?«, fragte Susan.

Chris schüttelte den Kopf, und ihr Blick zuckte panisch zum Fenster. Wo war Tony? Sie konnte Tony nicht mehr auf der Terrasse sehen.

»Wie lange geht das schon so?«, fragte Barbara.

»Schlägt er dich?«, fragte Susan.

»Es ist ebenso sehr meine Schuld wie seine«, beharrte Chris, sah Jeremy und Ron, konnte jedoch weder Owen noch Tony entdecken. Vielleicht waren sie außer Sichtweite in ein Gespräch vertieft. »Ich provoziere ihn. Ich meine, er ist jähzornig. Natürlich ist er jähzornig. Und ihr wisst ja, wie schnell er gekränkt ist. Er ist sehr sensibel.«

»Er ist ein Arschloch«, stellte Vicki fest. »Ich knall das Schwein ab! Wie kann er es wagen, die Hand gegen dich zu erheben?«

»So einfach ist das nicht«, widersprach Chris. »Zu einem Streit gehören schließlich immer zwei. Es ist nicht alles seine Schuld. Ich bin auch nicht makellos. Ich weiß genau, welche Knöpfchen ich drücken muss, um ihn zu provozieren.«

Susan sah sie verwirrt an. »Willst du damit sagen, dass es deine Schuld ist, dass er dich schlägt?«

»Ich habe nicht gesagt, dass er mich schlägt. Du legst mir Worte in den Mund, die ich nie gesagt habe.«

»Er hat deine Haare abgeschnitten, Herrgott noch mal.«

»Ich hätte ihm nicht widersprechen sollen. Ich hätte mich einfach entschuldigen sollen. Vielleicht habe ich den Typ ja wirklich irgendwie angesehen.«

»Hör dir um Himmels willen doch mal selber zu«, sagte Susan, packte Chris' Arme und zwang sie, sie anzusehen. »Du bist nicht verantwortlich für das schlechte Benehmen deines Mannes.«

»Was geht denn hier vor, Chris?«, fragte Vicki. »Also für mich muss eine Frau, die bei einem Mann bleibt, der sie schlägt, Gefallen daran finden, geschlagen zu werden.«

»Ich glaube nicht, dass das so einfach ist«, sagte Susan.

»Er schlägt mich nicht«, beharrte Chris. »Wir streiten uns wie alle anderen auch.«

»Nicht wie alle anderen auch«, sagte Barbara.

»Lass mich mit den Kollegen in der Kanzlei reden. Ich bin sicher, wir finden einen guten Scheidungsanwalt für dich.«

»Ich kann mich nicht scheiden lassen. Das ist absolut ausgeschlossen.«

Und dann redeten sie zu dritt auf sie ein, bis sich ihre Stimmen in ihrem Kopf zu einer vermischten. Du brauchst keine Angst zu haben. Er hat nicht die geringste Chance, das Sorgerecht für die Kinder zu bekommen. Welche andere Wahl lässt er dir? In diesem Haus kannst du nicht bleiben. Er ist ein Monster. Du musst weg von dem Mann, bevor es zu spät ist.

Plötzlich flog die Doppeltür auf, und Tony platzte herein. »Was geht hier vor?«, wollte er wissen.

»Gluckenparty«, sagte Vicki und stellte sich direkt zwischen Tony und Chris. »Männer verboten.«

»Sieht aus, als hätte meine Frau geweint. Was habt ihr zu ihr gesagt?«

Vicki schüttelte ungläubig den Kopf, ballte ihre Fäuste und ließ ihre Hände wieder sinken. »Pass auf, in ein paar Minuten kommen wir wieder raus.«

»Sofort. Ich bringe meine Frau jetzt nach Hause. Kinder!«, rief er den drei Kleinen zu, die gerade in ihren geliehenen Badeanzügen die Treppe herunterpolterten. »Zieht eure Sachen wieder an. Wir fahren nach Hause.«

»Was!«, brüllte Wyatt in ungläubiger Wut.

»Deine Mami fühlt sich nicht wohl. Sie möchte nach Hause.«

»Oh Mann!«, protestierte Wyatt und machte auf dem Absatz kehrt.

»Sie fühlt sich nie wohl«, murmelte Montana.

»Dummi-Mami! Dummi-Mami!«, brabbelte Rowdy und die anderen Kinder stimmten ein und skandierten den Ruf auf dem Weg die Treppe hinauf weiter.

Chris stand inmitten des Aufruhrs, zu benommen, um etwas zu sagen oder irgendwelchen Widerstand zu leisten. Sie bemerkte, wie die anderen sich um sie drängelten, Owen in der Tür, Jeremy und Ron direkt dahinter.

Tony warf die Hände in die Luft. »Ich weiß nicht, was für Geschichten meine Frau euch erzählt hat.«

»Wie konntest du?«, fragte Barbara.

»Barbara«, sagte Ron, trat einen Schritt vor und berührte den Arm seiner Frau, als wollte er ihr zum Rückzug raten. »Wir sollten uns da nicht einmischen. Dies ist ganz offensichtlich eine Privatangelegenheit, eine Sache zwischen Eheleuten.«

»Du hast ja keine Ahnung«, sagte Barbara, die sich bestimmt nicht den Mund verbieten lassen wollte, »du weißt ja nicht, wozu er fähig ist.«

»Wozu ich fähig bin?«, fragte Tony. »Lass mich überlegen. Bin ich dazu fähig, meine Frau bei jeder sich bietenden Gelegenheit mit jeder kleinen Studentin zu betrügen, die meinen Weg kreuzt?«

»Das reicht«, warnte Ron.

»Dein Mann fickt doch alles, was nicht bei drei auf den Bäumen ist, und du tust gar nichts dagegen«, erklärte Tony Barbara. »Ich glaube kaum, dass du in der Position bist, meiner Frau Ratschläge zu geben.«

»Und ich denke, du hast jetzt wirklich genug gesagt«, ging Jeremy Latimer dazwischen, während Barbaras Gesicht unter ihrer dicken Make-up-Schicht aschfahl wurde. »Die Party ist zu Ende.«

Tony lächelte. »Absolut meine Meinung. Chris…« Er streckte die Hand aus und forderte sie mit einem Nicken zum Gehen auf.

»Mit dir geht sie nirgendwohin«, erklärte Barbara ihm. »Wie kannst du es wagen, dich an ihr zu vergreifen. Du bist nichts als ein schwacher, verachtenswerter, kleiner Mann.«

»Und du bist nichts als eine heruntergekommene, ehemalige Drittplatzierte in einer Schönheitskonkurrenz um den Titel der Miss Ohio. Nicht einmal Zweite. Du kannst auch gar nichts richtig machen, was? Kannst deinen Mann nicht befriedigen, kannst keine weiteren Kinder kriegen –«

»Halt die Klappe, Tony«, sagte Owen.

»Noch jemand, der was zu melden hat. Der gute Doktor höchstpersönlich. Erzähl doch mal, Doktor, wie ist es, mit Moby Dick verheiratet zu sein?«

Susan schüttelte den Kopf. »Beachte ihn gar nicht«, ermahnte sie ihren Mann.

Tony lachte. »Das kleine Frauchen bestimmt, wo's lang geht, was? Das nicht ganz so kleine Frauchen, sollte ich wohl lieber sagen. Ich mache dir keine Vorwürfe, Doc. Sie ist ziemlich formidabel.«

»Ein ziemlich großes Wort für dich, oder nicht, Tony?«, fragte Vicki bitter.

»Da hast du wohl Recht«, sagte Tony, augenscheinlich in seinem Element. »Aber vielleicht sollten wir den Herrn Professor fragen, damit ich es auch richtig benutze. Der Ärmste, muss schwer sein, mit einer Lesbe verheiratet zu sein. Kein Wunder, dass er seinen Schniedel nicht in der Hose behalten kann.«

»Du Schwein!«

»Was ist eine Lesbe?«, fragte eine kleine Stimme, und alle drehten sich um.

»Tracey, Schätzchen!«, rief Barbara und stürzte auf ihre zehnjährige Tochter zu, die im Badeanzug in der Tür des riesigen Raumes stand. Dunkle, nasse Locken klebten an ihrem Engelsgesicht, und von ihrem Badeanzug tropfte Chlor auf den Teppich.

»Ich habe Gebrüll gehört.«

»Alles in Ordnung, meine Süße.« Ron nahm seine Tochter auf den Arm und trug sie eilig aus dem Zimmer.

»Was ist eine Lesbe?«, fragte das Kind noch einmal, als es auf dem Arm seines Vaters außer Sichtweite schwebte.

»Du bist wirklich eine Glanznummer, Tony«, erklärte Vicki ihm.

»Genau nach deinem Geschmack, stimmt's?«, flüsterte Tony so leise, dass ihr Mann es nicht hören konnte. »Und wenn ihr uns jetzt entschuldigt, meine Frau und ich wollen gehen.«

Tony drängte sich durch den schützenden Kokon der Frauen, packte Chris' Hand und zerrte sie an seine Seite. Chris leistete keinerlei Widerstand. Wozu auch?

»Mein Gott, will denn niemand was unternehmen?«, hörte Chris Barbara rufen, als Tony die Haustür öffnete und sie aus dem Haus stieß.

»Was sollen wir denn tun? Sie geht freiwillig mit ihm.«

»Aber er wird sie eines Tages wahrscheinlich umbringen.«

Es ist okay, wollte Chris ihr sagen, während Tony sie die Auffahrt zu ihrem Auto hinunterschubste. Du musst dir keine Sorgen machen. Tony hatte versprochen, dass es nie wieder passieren würde.

ZWEITER TEIL
1988–1990

Barbara

10

Barbara schreckte aus einem Traum hoch, in dem sie von einem messerschwingenden Kleinkind in Windeln um ihr Bett gejagt wurde. »Gütiger Gott«, flüsterte sie und streckte die Hand aus, um den Wecker auszuschalten, bevor er losging. »Was hatte denn das zu bedeuten?«

Ihr Mann Ron lag friedlich schnarchend neben ihr auf der Seite und hatte ihr den Rücken zugewandt. Sein dunkles Haar begann auf dem Kopf ein wenig dünner zu werden, aber er war immer noch attraktiv. Sie beobachtete, wie die grünweiß gestreifte Bettdecke sich mit jedem Atemzug hob und senkte, und widerstand dem Impuls, ihn auf die nackte Schulter zu küssen. Barbara stellte den Wecker neu auf halb sieben und schlüpfte aus dem Bett.

»Oh Gott«, sagte sie, als sie vor dem Spiegel im Bad stand. Das sagte sie jeden Morgen, obwohl sie in Wahrheit gar nicht schlecht aussah. Natürlich war ihre Haut ein bisschen blass, doch ihre Augen waren dank des Faceliftings von Dr. Steeves vor zwei Jahren – ein Geschenk, das sie sich selbst zu ihrem vierzigsten Geburtstag gemacht hatte – faltenlos und wach. Vielleicht ein bisschen zu wach für sechs Uhr morgens.

»Du bist verrückt«, hatte Susan ihr damals erklärt. »Was ist denn so schrecklich an ein paar Fältchen?«

»Warum an etwas Perfektem herumpfuschen?«, hatte Vicki gefragt. »Warte noch ein paar Jahre.«

Und Chris …

Mein Gott, die arme Chris.

Barbara verdrängte die Gedanken an ihre Freundin. Sie konnte nichts tun. Das hatte sogar die Polizei gesagt.

Barbara löste den Seidenschal, den sie vor dem Schlafengehen immer um den Kopf band, ersetzte ihn durch eine Duschhaube aus Plastik, legte ihr weißes Nylonnachthemd ab und stieg unter die Dusche, sorgfältig darauf bedacht, dass das Wasser nur lauwarm war und nicht auf ihre Haare tropfte. Sie seifte ihre neu modellierten Brüste ein und massierte sie Dr. Steeves Anweisungen folgend, um Verhärtungen vorzubeugen. Danach machte sie mit der Problemzone ihres Bauches weiter. Wahrscheinlich sollte sie sich einen guten Chirurgen suchen und eine Bauchstraffung machen lassen, doch sie hatte gehört, dass die Prozedur schmerzhaft war und ein hohes Infektionsrisiko barg. Die ganzen Gymnastikübungen brachten jedenfalls gar nichts. 300 Sit-ups pro Tag, doch die hartnäckige kleine Wampe weigerte sich nach wie vor zu verschwinden.

Barbara drehte das Wasser ab, trocknete sich ab, putzte sich die Zähne, drehte sich eine Hand voll elektrischer Lockenwickler ins Haar und setzte sich für ihr alltägliches Schminkritual vor den Spiegel. Zuerst die Augen-, dann die Feuchtigkeitscreme für fast 200 Dollar das Töpfchen. War sie verrückt? Wenn ihre Schwiegermutter davon wüsste, würde sie einen Herzinfarkt bekommen. »Vielleicht sollte ich es ihr erzählen«, flüsterte Barbara und tupfte ein wenig Abdeckcreme unter ihre Augen. Als Nächstes trug sie eine helle Foundation auf, die sie mit den Fingerspitzen sorgfältig bis zum Hals und den Schläfen verstrich, bevor sie Rouge auf ihre Wangen puderte. »Und einen Hauch auf Kinn und Stirn«, sagte sie – das wirkte wie natürliche Sonnenbräune. Dabei würde sie schädliche Sonnenstrahlen nicht mal in die Nähe ihrer Haut lassen. Selbst im tiefsten und grausten Winter von Cincinnati trug sie stets einen Sunblocker mit Lichtschutzfaktor 30 auf.

Sie umrandete ihre Augen mit pflaumenfarbenem Eyeliner und ihren Mund mit einem kirschroten Konturstift. Anschließend trug sie tiefschwarze Mascara und korallenroten Lippenstift auf, bevor sie die heißen Lockenwickler aus ihrem dunklen Haar nahm, es gründlich ausbürstete und wo notwendig mit ein paar

Klämmerchen hinter den Ohren sicherte. Dabei fragte sie sich, ob ihr Haaransatz nachgefärbt werden musste. Mrs. Bush, die Präsidentengattin, mochte den natürlichen Look bevorzugen, doch für Barbara war der Anblick eines einzigen grauen Haars genug, um sie zu Beruhigungsmitteln greifen zu lassen. Sie zog ihr Nachthemd wieder an und lag pünktlich zum Klingeln des Weckers um halb sieben wieder im Bett.

»Ron, Schatz«, flüsterte sie, und ihre Stimme klang authentisch und verschlafen, als sie sich über ihn beugte, sodass ihre Brüste seinen Arm streiften. »Zeit zum Aufstehen.«

Er gab ein undefinierbares Geräusch irgendwo zwischen Seufzen und Grunzen von sich, rührte sich jedoch nicht.

»Ron, Schatz. Es ist halb sieben.«

Er drehte sich auf den Rücken, schlug die Augen auf und starrte auf den Ventilator, der leise über ihren Köpfen surrte.

Barbara beugte sich vor und küsste ihren Mann mehrmals sanft auf den Hals, doch er bewegte sich kaum. »Alles in Ordnung?«, fragte sie.

Er sagte nichts, sondern starrte nur weiter an die Decke.

»Ron, ist alles in Ordnung mit dir?«

»Mir geht es gut«, sagte er, richtete sich auf und mied ihren Blick. »Ich bin bloß müde.«

»Du bist in letzter Zeit aber oft müde. Vielleicht solltest du mal zum Arzt gehen?«

»Ich brauche keinen Arzt.«

»Was brauchst du *denn*?«, fragte Barbara provozierend, drängte sich in sein Blickfeld, streifte die Träger des Nachthemds von ihren Schultern und presste ihren frisch vergrößerten Busen an seine Brust. Die Lidstraffung hatte er vielleicht nicht bemerkt, doch als sie damit nach Hause gekommen war, war es ihm sofort aufgefallen, und wie. Was machte es schon, dass sie im Winter ein bisschen kalt wurden und dass ihre Brustwarzen nicht mehr so sensibel reagierten wie vorher? Wenigstens erregten sie seine Aufmerksamkeit.

Im nächsten Moment war er auf und in ihr, pumpte einem einsamen Höhepunkt entgegen, während sie ihren Orgasmus vortäuschte und sich fragte, was sie falsch machte. Als Ron aus ihr herausglitt, küsste er sie flüchtig auf die Stirn und stieg dann, ohne sich umzusehen, aus dem Bett.

War er mit seinen anderen Frauen auch so?

Barbara lehnte sich gegen das Kopfteil aus Ebenholz und lauschte der plätschernden Dusche im Bad. Sie musste aufhören, sich in einem fort mit Rons anderen Frauen verrückt zu machen, mit der Gefahr einer drohenden Ansteckung oder der schrecklichen Aussicht auf Aids. Wie konnte sie erwarten, ihn zu befriedigen, wenn sie sich nicht entspannte? Ron benutzte bestimmt ein Kondom, wenn er fremdging, betete sie aus Angst, das Thema anzusprechen oder ihn zu bitten, eins zu benutzen, wenn sie miteinander schliefen. Wenn sie ihren Mann aufforderte, ein Kondom zu benützen, gab sie zu, dass sie all das Getuschel, die Andeutungen und offenen Lügen glaubte, die ihre Ehe von Beginn an überschattet hatten.

Und seit Tonys furchtbarem Ausbruch an jenem Nachmittag bei Vicki vor drei Jahren war auch alles viel besser geworden. All die schrecklichen Dinge, die er angedeutet hatte – nein, nicht angedeutet, sondern offen ausgesprochen –, sie eine Lesbe zu nennen und sie zu beschuldigen, nicht Frau genug zu sein, um Ron bei der Stange zu halten, ihr die Affären ihres Mannes vor all ihren Freunden direkt ins Gesicht zu schleudern. Und ihre Freunde hatten ausgesehen, als wären sie am liebsten im Boden versunken, weil sie im Bild waren, weil alle von Rons Eskapaden wussten. Alle wussten es. Auf der Heimfahrt hatte sie sich sogar bei Ron für Tonys Ausbruch entschuldigt, als ob es irgendwie ihre Schuld gewesen wäre. »Dieser furchtbare kleine Mann«, erinnerte sie sich gesagt zu haben. »Wie konnte er solche Gemeinheiten sagen?«

»Mach dir deswegen keine Sorgen«, hatte Ron sie beruhigt. »Dem Schwachkopf hört sowieso niemand zu.«

Eine Zeit lang hatte es so ausgesehen, als würde Ron sich nach

Kräften bemühen, Tonys Anschuldigungen zu entkräften. Er war liebevoll, charmant und aufmerksam. Und Barbara war entschlossen, die bestmögliche Ehefrau zu sein, die beste Gefährtin, die beste Köchin, die beste Liebhaberin. Sie verschlang Sexratgeber und exotische Kochbücher – die einzigen Bücher, die sie überhaupt je zu Ende las – und verbrachte Stunden damit, Feinschmeckermenüs zu komponieren, damit ihr Mann gern zum Essen nach Hause kam. Und tatsächlich lud er ständig Gäste ein, Kollegen vom Institut und dann auch kleine Studentengruppen, die aus einer stetig wachsenden Zahl junger Mädchen bestanden, die ihren attraktiven Professor offen anhimmelten.

»Du bist paranoid«, flüsterte Barbara ungeduldig. Bloß weil Ron in den vergangenen Monaten eher distanziert gewesen war, musste er nicht gleich eine Affäre haben. Er war beschäftigt, das war alles. Mit den Sommerkursen, die er seit neuestem unterrichtete, hatte er sich einiges aufgebürdet. Ein paar Abende, an denen er spät nach Hause gekommen war, hatten nichts zu bedeuten. Sie musste sich keine Sorgen machen. Hatten sie etwa nicht gerade miteinander geschlafen?

»Hast du einen anstrengenden Tag vor dir?«, fragte sie ihn, als er frisch rasiert und mit einem Handtuch um die schlanken Hüften wieder aus dem Bad kam.

»Das Übliche.« Er machte den Kleiderschrank auf und ging seine Hemden durch. »Ich dachte, vielleicht könnten wir heute Abend zusammen essen gehen. Nur wir beide.«

Barbara musste sich beherrschen, um nicht spontan in die Hände zu klatschen. Wann hatte ihr Mann sie zum letzten Mal zu einem romantischen Abendessen eingeladen? »Klingt wundervoll.«

»Ich reserviere einen Tisch bei Fathom. Ist sieben Uhr okay?«

»Perfekt.« Fathom war das angesagteste Restaurant von Cincinnati, ein Laden zum Sehen und Gesehenwerden. »Meinst du, wir kriegen noch einen Tisch?«

»Ich werde sehen, was sich machen lässt.« Er zog eilig ein blauweiß gestreiftes Hemd und eine schwarze Hose an. »Wie ist das

Wetter draußen?«, fragte er und wies mit dem Kopf aus dem Schlafzimmerfenster.

Sofort stand Barbara auf, zog die mit einem grün-beigen Blumenmuster verzierten Jalousien hoch und spähte in den sonnigen Garten. »Sieht aus, als würde es ein herrlicher Tag werden.«

Fathom lag in der 6th Street im Herzen des Fountain Square District direkt im Zentrum von Cincinnati. In dieser Gegend reihten sich Gourmettempel an rustikale Restaurants, exklusive Boutiquen an große Kaufhäuser, und die imposanten neuen Wolkenkratzer bildeten einen interessanten Kontrast zu den historischen Sehenswürdigkeiten. Barbara ließ sich von dem Taxi vor dem anmutigen, 100 Jahre alten Tyler-Davidson-Brunnen absetzen, der in der Mitte eines der geschäftigsten Plätze Amerikas stand. Unzählige Menschen flanierten an diesem warmen Juliabend durch die City, lachten oder tanzten sogar zu den Klängen der herüberwehenden Livemusik. Eine Reihe von Pferdekutschen stand wartend am Straßenrand. Vielleicht konnte sie Ron nach dem Essen zu einer romantischen Kutschfahrt überreden.

In dem Restaurant sah es aus wie auf dem Meeresgrund. Grell bunte, exotische Fische schwammen in großen Aquarien entlang der meergrünen Wände; Lampen aus Korallen und Seetang ragten aus dem blau gefliesten Boden; die Theken zu beiden Seiten des Raumes waren aus Stein gemeißelt; und die Kronleuchter an den hohen Decken erinnerten an frei schwebende Tintenfische.

»Ist Ron Azinger schon hier?«, fragte Barbara die hübsche junge Frau am Empfang. Sie sah aus wie alle Mädchen ihres Alters – groß, kurvenreich, blond und kaum geschminkt. Sie würdigte Barbara kaum eines Blickes, während sie sie in den großen Raum führte, wo Ron sie an einem Glastisch erwartete.

»Ihr Kellner wird sofort bei Ihnen sein.« Das Mädchen lächelte Ron vielleicht einen Tick zu lange zu, als es ihnen die großen blauen Speisekarten aus Fiberglas brachte. »Ich wünsche einen schönen Abend.«

»Bist du schon lange hier?«, fragte Barbara.

»Ich bin vor zwei Minuten gekommen.«

»Gut. Ich hatte mir schon Sorgen gemacht.«

Er wirkte überrascht. »Worüber hast du dir denn Sorgen gemacht?«

Er hat Recht, dachte Barbara. Warum mache ich mir ständig Sorgen? »Susan hat Tracey zum Abendessen eingeladen«, erklärte sie trotzdem, »und ich musste sie noch kurz vorbeibringen, und dabei habe ich Laura Zackheim getroffen, und wenn die erst mal ins Reden kommt, gibt es kein Halten mehr.«

»Wer ist Laura Zackheim?«

Sofort schossen Barbara Tränen in die Augen, und sie sprach beinahe flüsternd weiter. »Die Frau, die Chris' Haus gekauft hat, du weißt schon.«

Ron tätschelte ihre Hand, und seine Berührung war auch nach all den Jahren immer noch elektrisierend. »Das ist jetzt mehr als zwei Jahre her«, sagte er sanft.

»Ich weiß.« Würde sie Chris' Namen je aussprechen können, ohne in Tränen auszubrechen?

»Ich denke, wir könnten beide einen Drink vertragen. Was sollen wir nehmen?«

»Weißwein vielleicht?«, fragte Barbara unsicher.

Ron winkte den Kellner heran und beriet sich mit ihm über die Weine auf der Karte, während Barbara ihre Augen abtupfte und versuchte, nicht an Chris zu denken. Laura Zackheim war eine absolut nette Frau, die Barbara immer wieder einlud, sich anzusehen, was sie aus dem Haus gemacht hatte, doch bis jetzt hatte Barbara sich noch nicht dazu durchringen können. Vielleicht war es Zeit, die Vergangenheit hinter sich zu lassen, alte Gespenster zu begraben und alte Ängste zu vertreiben.

»Ich habe den Pouilly-Fuissé bestellt«, sagte Ron, und Barbara lächelte und dachte, dass er heute Abend besonders gut aussah, obwohl er direkt von der Arbeit kam und ein sorgenvoller Ausdruck in seinen Augen lag.

»Perfekt. Und was ist dir heute passiert, dass du einen Drink gebrauchen kannst?«

»Ich hatte einen kurzen Zusammenstoß mit diesem Arschloch von Simpson.«

Barbara unterdrückte einen Seufzer der Erleichterung. Was immer Ron bekümmerte, hatte nichts mit ihr zu tun. Es war das Arschloch von Simpson, gesegnet sei sein kleines Herz. »Was für einen Zusammenstoß denn?«

»Ich weiß offen gestanden nicht, auf welchem hohen Ross er diesmal wieder daherkam. Irgendwas stört ihn immer. Aber ich will jetzt gar nicht davon anfangen. Sonst rege ich mich nur wieder auf. Was ist mit dir? Wie war dein Tag?«

Barbara zuckte die Achseln. »Ich habe Tracey zur Stadtranderholung gefahren, bin bei der Gymnastik gewesen, habe Vicki auf ein kurzes Mittagessen getroffen und mir die Nägel machen lassen.« Sie wedelte mit ihren langen, roten Kunstnägeln. »Dann habe ich Tracey wieder abgeholt und mit ihr ein paar neue T-Shirts gekauft.« Sie zögerte. Konnte sie sonst noch etwas berichten, was ihren Tagesablauf ein wenig interessanter erscheinen ließ? Er klang so langweilig, selbst in ihren eigenen Ohren. »Ich habe mir überlegt, dass ich vielleicht ein paar Seminare an der Uni belegen möchte«, hörte sie sich sagen. Hatte sie das?

»Tatsächlich?« Ron wirkte sofort interessiert. »Was für Seminare denn?«

»Politik und Zeitgeschichte«, log sie, weil ihr das als Erstes einfiel. Woher war das jetzt gekommen? Sie hatte sich noch nie für Politik und Zeitgeschichte interessiert. Sie schaffte es ja kaum, den »Modernes Leben«-Teil der Zeitung zu lesen.

»Ich finde, das ist eine großartige Idee«, meinte Ron lächelnd.

»Tja also, ich habe ja schließlich nicht nur ein hübsches Gesicht, nicht wahr«, sagte Barbara lachend und fragte sich, ob das stimmte. Ihrem Gesicht hatte sie alles zu verdanken – Aufmerksamkeit, Komplimente, Bewunderung. Würde noch irgendwas übrig bleiben, wenn ihr Gesicht einmal nicht mehr schön war?

Der Kellner brachte den Wein, schenkte ein und stellte die Flasche in einen Eiskübel, der aussah wie ein Eimerchen, das man mit an den Strand nimmt. »Möchten Sie unsere speziellen Angebote hören?«, fragte der Kellner und leierte die Empfehlungen des Küchenchefs herunter, ohne ihre Zustimmung abzuwarten.

»Ich nehme den Seebarsch«, sagte Ron. »Dazu den Salat des Hauses mit der Heidelbeervinaigrette.«

»Klingt gut«, sagte Barbara. »Aber ich hätte mein Dressing gern extra. Danke. Ich versuche abzunehmen«, erklärte sie Ron, als der Kellner gegangen war. Sie hoffte, dass er sie mit diesem komischen Gesichtsausdruck ansehen würde, den er manchmal aufsetzte, wenn sie etwas besonders Dummes gesagt hatte, und sie fragen würde, warum um alles in der Welt sie abnehmen wolle, wo sie doch, wie sie war, perfekt sei, doch er lächelte nur und hob sein Glas.

»Prosit. Gesundheit und Wohlstand.«

»Auf gute Zeiten«, fügte Barbara hinzu und stieß mit ihm an.

»Auf gute Zeiten«, pflichtete er ihr bei, nahm einen großen Schluck und ließ den Wein in seinem Mund kreisen, bevor er ihn herunterschluckte. »Und auf guten Wein.« Er stellte sein Glas ab. »Du siehst heute Abend besonders schön aus.«

»Danke. Du aber auch.«

Er lachte. Barbara nippte an ihrem Wein und spürte die Wärme in ihrer Brust. Sie liebte das Lachen ihres Mannes. Es gab ihr ein Gefühl von Sicherheit.

»Ich hab mir überlegt, dass ich deine Mutter anrufen könnte«, bot sie an, von seinem Lachen zu ungewohnter Großzügigkeit hingerissen, »um sie irgendwann nächste Woche zum Essen einzuladen.«

»Das brauchst du nicht.«

»Aber ich würde es gerne. Wir haben sie lange nicht gesehen.«

»Ich habe sie gestern gesehen.«

»Ach ja?«

»Ich bin auf dem Heimweg kurz bei ihr vorbeigefahren.«

»Aus irgendeinem besonderen Grund? Ich meine, es geht ihr doch gut, oder?«

»Es geht ihr bestens. Ich wollte bloß ein paar Sachen mit ihr besprechen.«

»Was denn zum Beispiel?«

»Ach, bloß ein paar Sachen«, wiederholte Ron, trank noch einen Schluck und sah sich in dem lauten Raum um, der sich rasch mit Gästen füllte.

Barbara folgte seinem Blick. »Erstaunlich, dass du so kurzfristig einen Tisch bekommen hast.«

»Ich habe ihn ehrlich gesagt schon vor einer Woche reserviert.«

»Wirklich?« Was wollte er damit sagen? Hatte seine ursprüngliche Verabredung kurzfristig abgesagt und sie war nur der Notnagel? »Das verstehe ich nicht.«

»Ich muss einiges mit dir besprechen und dachte, dass dies der geeignete Ort dafür wäre.«

Barbara sah sich erneut in dem vollen Raum um. Warum sollte er ein derart geschäftiges Restaurant auswählen, um etwas mit ihr zu besprechen? Wenn es wichtig war, hätte er doch sicher die Privatsphäre ihres Hauses vorgezogen. Sie hielt den Atem an und hatte beinahe Angst zu fragen, worum es ging.

»Ich gehe«, sagte er ohne weitere Umschweife und lächelte, als ein Paar auf dem Weg zu seinem Tisch an ihrem vorbeikam.

»Du gehst? Jetzt sofort, meinst du? Ist dir übel?«

»Mir ist nicht übel, und das meine ich auch nicht.«

»Was meinst du denn? Wohin gehst du?«

»Ich ziehe aus.«

»Du ziehst aus?«

»Ja.«

»Das verstehe ich nicht.«

»Unsere Ehe funktioniert nicht«, erklärte er schlicht.

»Was soll das heißen, unsere Ehe funktioniert nicht?«

»Sie funktioniert eben nicht«, wiederholte er, als würde das alles erklären.

Der Kellner kam mit ihren Salaten. »Und hier ist Ihr Dressing«, sagte er zu Barbara.

»Du hast mich zum Essen eingeladen, um mir zu erklären, dass unsere Ehe beendet ist?«, fragte Barbara ungläubig.

Der Kellner stellte das kleine Gefäß mit dem Dressing auf den Tisch und zog sich eilig zurück.

»Das kann doch für dich nicht völlig überraschend kommen«, sagte Ron. »Du musst doch eine Ahnung gehabt haben.«

Barbara strengte sich an, den Sinn seiner Worte zu verstehen. Hatte sie irgendetwas verpasst? »Als du heute Morgen gegangen bist, schien noch alles bestens, vielen Dank. Woher hätte ich eine Ahnung haben sollen? Wovon redest du überhaupt?«

»Könntest du ein bisschen leiser sprechen?«

»Wir haben miteinander geschlafen, verdammt noch mal. Hätte ich daraus vielleicht schließen sollen, dass irgendetwas nicht stimmt?«

»Das war ein Unfall. Das war so nicht geplant. Du hast mich überrascht.«

»Habe ich dich etwa gezwungen?«

»Natürlich nicht.«

»Es war bloß nicht Teil deines Plans.«

»Nein«, sagte er, nahm seine Gabel und schwenkte sie über dem Salat.

Wenn er auch nur einen Bissen nimmt, dachte Barbara, stoße ich ihm mein Buttermesser direkt ins Herz. »Das kann nicht wahr sein.« Nach all den Jahren, in denen sie die Augen vor seiner Untreue zugedrückt hatte… »Gibt es eine andere?«, hörte sie eine Stimme fragen, die sie kaum als ihre eigene erkannte.

»Nein.« Seine Augen sagten etwas anderes.

»Wer ist es?«

»Es ist niemand.«

»Wer?«, fragte sie noch einmal, lauter und drängender.

Er ließ seine Gabel auf den Tisch fallen. »Pam Muir«, sagte er leise, als ob sie den Namen kennen müsste.

»Pam Muir?« In Barbaras Kopf nahm langsam das Bild einer jungen Frau Anfang zwanzig mit einem runden Gesicht und blassen mandelförmigen Augen Gestalt an. »Pam Muir«, wiederholte sie, als das Bild schärfer wurde. Rotblondes Haar, das in einer welligen Mähne auf ihren schlanken Rücken fiel, kleine, hoffnungslos kecke Brüste und volle, sinnliche Lippen. Lippen, bei denen Männer nur an eines denken, hatte Barbara still geurteilt, als Ron sie einander vorgestellt hatte.

Ein dummes kleines Mädchen mit Pfannkuchengesicht, dachte Barbara jetzt. Sogar Pickel am Kinn hatte sie, einen großen und zwei kleinere direkt unter ihrer aschfahlen Haut, und eine Nase voller Sommersprossen wie Erdnussbutter auf Weißbrot. Wie konnte ihr Mann es wagen, sie wegen einer pickeligen, sommersprossigen, pfannkuchengesichtigen Studentin zu verlassen, die er zuvor in ihr Haus, in ihr Wohn- und Esszimmer gebracht hatte, die sie bekocht hatte, verdammt noch mal.

»Es war wirklich nett von Ihnen, die Studiengruppe zum Essen einzuladen, Mrs. Azinger«, hatte die pickelige, sommersprossige, pfannkuchengesichtige, kleine Pammy gesagt und Barbara geholfen, das dreckige Geschirr in die Spülmaschine zu räumen.

»War mir ein Vergnügen«, hatte Barbara spontan geantwortet.

Gütiger Gott. »Pam Muir.«

Wenn sie daran dachte, dass ihr das Mädchen beinahe Leid getan hatte. Sie mochte einen brillanten Verstand haben, wie ihr Mann mehrmals festgestellt hatte – die intelligenteste Studentin in fast zwanzig Jahren Lehrtätigkeit –, doch sie hatte keine Ahnung, wie man einen guten Eindruck und das Beste aus seinem Typ machte. Als ob lange Haare, kleine spitze Brüste und Lippen wie zum Blasen modelliert nicht genug wären, dachte Barbara bitter.

Also gut, er hatte eine Affäre mit ihr gehabt. Das hatte sie bereits vermutet. Na und? Er hatte während ihrer gesamten Ehe Affären gehabt. Das bedeutete doch nicht, dass er sie verlassen musste, dass sie die Dinge nicht irgendwie regeln konnten.

»Es ist eben einfach passiert«, sagte Ron, obwohl Barbara ihn nicht um eine Erklärung gebeten hatte.

Der Kellner näherte sich besorgten Blickes mit dem Seebarsch.

»Hast du Hunger?«, fragte Ron, und Barbara schüttelte den Kopf, obwohl sie sich seltsamerweise wie ausgehungert fühlte. Ron schickte den Kellner mit einer Handbewegung fort.

»Was kann ich tun?«, fragte Barbara. Tränen standen in ihren Augen, und sie hob das Kinn, damit sie nicht auf den Tisch tropften. Sie werden zehn Jahre jünger aussehen, hatte der Arzt ihr versprochen, als sie sich die Augen hatte machen lassen. Und Ron hatte es nicht einmal bemerkt. Ich hätte zwanzig Jahre verlangen sollen, dachte Barbara.

»Du kannst gar nichts tun«, erklärte er ihr. »Es ist nicht deine Schuld.«

Aber es war natürlich doch ihre Schuld, so viel verstand Barbara. Sie war eben einfach nicht mehr das Mädchen, das er geheiratet hatte; sie war erwachsen und alt geworden. Trotz des Make-ups und der Schönheitschirurgie lauerten permanent neue Fältchen unter ihrer Haut, um sie beim ersten Anzeichen von nachlässiger Selbstzufriedenheit zu überfallen. Die Schwerkraft attackierte sie weiter von allen Seiten, selbst im Schlaf, und vielleicht betonten die perfekten Plastikbrüste nur all ihre anderen Unvollkommenheiten.

»Du kannst gar nichts tun«, sagte er noch einmal.

»Es muss doch irgendwas geben, was ich tun kann, damit du deine Meinung änderst«, bettelte sie, ärgerte sich über die Bedürftigkeit in ihrer eigenen Stimme und hasste sich dafür noch mehr. »Ich tue alles, was du willst.« Sie wäre auch auf die Knie gesunken, wenn sie nicht mitten im beliebtesten Restaurant der Stadt gesessen hätten. Sie warf die Hände in die Luft, als wollte sie ihn anflehen, besann sich eines Besseren und ließ sie wieder auf den Tisch sinken, wo sie unabsichtlich ihr Besteck auf den Boden stieß.

»Musste das sein?«, fragte Ron, als hätte sie es mit Absicht getan.

»Musste *das hier* sein? Vermutlich sollte ich dankbar sein, dass du mich nicht in der Phil-Donahue-Show damit überrascht hast.«

Ron hatte offensichtlich keine Ahnung, wer Phil Donahue war. »Ich dachte bloß, dass ein öffentlicher Ort dafür sorgen würde, dass die Dinge nicht aus dem Ruder laufen.«

»Kontrolle durch Öffentlichkeit«, murmelte Barbara.

»Etwas in der Richtung.« Er lächelte.

Barbara ließ sich auf ihren Stuhl zurücksinken. »Feigling.«

»Ich hatte gehofft, dass wir gegenseitige Beschimpfungen vermeiden könnten.«

»Arschloch.« Warum nicht? Sie hatte ihn sowieso verloren.

»Okay, ich verstehe, dass du aufgewühlt bist.«

»Du verstehst überhaupt nichts.« Und sie? Was genau machte sie so wütend? Dass ihr Mann sie wegen einer anderen Frau verließ? Dass diese Frau halb so alt war wie sie? Halb so breit? Dass er die Frechheit besessen hatte, sie in ihr Haus zu bringen und sie seiner Frau und seiner Tochter vorzustellen? Dass er einen möglichst öffentlichen Ort gewählt hatte, um ihr die Neuigkeit zu überbringen? Dass er am Morgen in dem Wissen mit ihr geschlafen hatte, sie am Abend zu verlassen? Dass er seine Flucht seit mindestens einer Woche geplant hatte? »Deswegen hast du gestern Abend deine Mutter besucht«, sagte Barbara und begriff erst, als sie die Worte aussprach, dass sie Recht hatte. »Du hast ihr erzählt, dass du mich verlässt.«

»Um der Wahrheit die Ehre zu geben, sie hat gesagt, dass ich einen Fehler mache.«

»Nun, da hat sie auf jeden Fall Recht«, erwiderte Barbara, ihre Überraschung überspielend, während sie gleichzeitig beschloss, Vicki anzurufen, sobald sie zu Hause war, um das Schwein auf alles zu verklagen, was sie kriegen konnte – das Haus, seine Pension, seinen kostbaren Mercedes.

Nur dass sie keins von all diesen Dingen wollte. Sie wollte nur ihren Mann zurück.

Warum?

Weil sie es gewöhnt war, ihn um sich zu haben? Weil ihr die Vorstellung, eine allein erziehende Mutter, eine namenlose Zahl in einer Statistik zu werden und Nacht für Nacht alleine zu schlafen, nicht gefiel? Weil sie Angst davor hatte, alleine alt zu werden? War es einer dieser Gründe oder alle zusammen?

Oder wollte sie ihn zurückhaben, damit sie es dieses Mal richtig machen konnte, damit sie diejenige sein konnte, die ihn verließ, wie sie es vor Jahren hätte tun sollen, als sie noch atemberaubend schön gewesen war und noch einen Funken Selbstvertrauen besessen hatte? Wann war sie zum letzten Mal stolz auf irgendetwas gewesen? Außer auf Tracey natürlich. Sie war das Einzige, was sie in ihrem Leben richtig gemacht hatte. Wenn sie vielleicht weitere Kinder hätte bekommen, ihm einen Sohn hätte schenken können…

»Was sollen wir Tracey sagen?«, fragte sie mit tonloser Stimme.

»Dass wir sie lieben«, sagte Ron und klang viel zu reif für einen Mann, der sie wegen eines Mädchens verließ, das halb so alt war wie er. »Und dass mein Auszug daran nichts ändert. Nur weil ihre Eltern es nicht geschafft haben –«

»Weil ihr Vater seinen Schwanz nicht in der Hose behalten kann!«

Rons Gesicht lief vor Wut rot an, während er sich hektisch nach den umliegenden Tischen umsah. Irgendwo in der Nähe kicherte eine Frau nervös. Ron nahm die Serviette von seinem Schoß, warf sie über seinen Salat und stand auf. »Vielleicht war das doch keine so gute Idee.«

»Nein. Bitte. Entschuldige mich.« Barbara sprang auf und rannte zu den Toiletten an der gegenüberliegenden Seite des Restaurants. Sie stieß die schwere blaue Tür auf und spürte den Luftzug, als sie hinter ihr wieder zufiel. Sie lehnte sich dagegen und schnappte gierig nach Luft, als würde sie ertrinken. Gar keine schlechte Beschreibung, dachte sie mit einem manischen Kichern, während sie das Mosaik der dunkelblauen Wandfliesen betrachtete und den Wasserfall rauschen hörte, der als Waschbecken fungierte. »Das kann er nicht machen«, schluchzte sie und hörte ein verlegenes Hüsteln aus einer der Kabinen.

Aber er machte es trotzdem. Wie immer tat Ron Azinger genau das, was er wollte. Jawohl, Sir. Alles lief nach seinem Plan ab, und sie hatte keine andere Wahl, als ihr Leben weiterzuleben. Sie musste stark sein, wenn schon nicht für sich, dann wenigstens für Tracey. Außerdem war sie schließlich nicht unattraktiv. Es gab noch jede Menge anderer Fische im Meer. »Fische im Meer«, wiederholte sie laut und kicherte erneut hysterisch los. »Passend zum Motiv des Tages.« Sie lachte wieder.

Eine Spülung rauschte, doch niemand verließ eine Kabine. Wahrscheinlich mache ich ihr Angst, dachte Barbara, straffte die Schultern, zog den Bauch ein und drückte ihre eindrucksvoll vergrößerte Brust raus. Als sie wieder an ihren Tisch kam, stellte sie kaum überrascht fest, dass Ron bereits gegangen war.

»Der Herr hat sich um die Rechnung gekümmert«, informierte der Kellner sie.

Barbara lächelte und fragte sich, wann genau ihr ihr eigenes Leben entglitten war. Sie hatte sich nur mal kurz umgedreht, und schon war es verschwunden.

11

Susan erwachte langsam aus einem Traum, in dem sie vor dem präsidialen Rat für Leibeserziehung eine wichtige Rede hielt. In dem Moment, als sie bemerkte, dass sie splitternackt vor einer großen Menschenmenge stand, darunter der Präsident selbst und praktisch sein komplettes Kabinett, schlug sie die Augen auf. »Warum muss ich immer nackt sein?«, stöhnte sie und blickte auf die Uhr neben ihrem Bett. Sieben Uhr neunundzwanzig. Sieben Uhr neunundzwanzig! Hatte sie den Wecker nicht auf sieben gestellt? Susan griff über ihren schlafenden Mann hinweg und packte vorwurfsvoll den Wecker, wobei sie vergaß, dass er in die Wand gestöpselt war, sodass das Kabel unsanft über Owens Mund und Nase glitt. Der saß augenblicklich aufrecht im Bett, fuchtelte mit den Armen, schlug in Richtung seines Gesichtes und versuchte mit hektischen Fingerbewegungen, das anstößige Objekt von seinen Lippen zu zerren. »Tut mir Leid«, sagte Susan in dem Bemühen, ihn zu beruhigen. »Ich wollte bloß nachsehen, auf welche Uhrzeit ich den Wecker gestellt hatte.«

Owen atmete tief aus und kratzte seinen kahler werdenden Kopf. »Ich habe geträumt, ich wäre auf einer Safari, und plötzlich habe ich dieses Ding gespürt, das über mein Gesicht krabbelt. Ich dachte, es wäre eine Schlange.«

»Tut mir wirklich Leid.« Susan unterdrückte ein Lachen. Gleich nach dem Aufwachen sah ihr Mann immer besonders verwundbar aus, vor allem, wenn er die ganze Nacht durch den Dschungel gewandert war.

Als Owen sich vorbeugte, um sie zu küssen, ging der Wecker in Susans Hand los. Sie fuhren beide zusammen, Susan ließ den Wecker fallen und wühlte dann hektisch durch die dicke Daunendecke, bis sie das verdammte Ding wieder gefunden und abgeschaltet hatte. »Mein Gott, ist das laut«, sagte sie.

Owen stellte den Wecker wieder auf seinen Platz auf dem Nachttisch. »Punkt halb acht. Wie immer.«

»Verdammt. Ich wollte ihn umstellen.«

»Wo liegt denn das Problem?«

»Ich halte heute vor Ariels Klasse einen kleinen Vortrag über meinen Job. Sie haben eine ›Was will ich werden‹-Woche oder so was, und ich habe versprochen mitzumachen. Ich hatte eigentlich gehofft, noch ein bisschen Arbeit zu erledigen, bevor ich ins Büro gehe.«

»Wann bist du denn letzte Nacht ins Bett gekommen?«

Susan rieb sich den Schlaf aus den Augen, während sie im Kopf Barbaras Ermahnung hörte, es sein zu lassen. Die Haut um die Augen ist besonders empfindlich, würde sie sagen. Vor allem bei älteren Frauen. Liest du denn die Artikel, die du für die Zeitschrift bearbeitest, nicht durch? »Irgendwann nach Mitternacht, glaube ich. Ich habe an einem Artikel gearbeitet, warum Investment-Banking sexy ist.« Sie lachte, dabei war die Arbeit mühsam und trocken gewesen. Die Tätigkeit einer Redakteurin bestand zum größten Teil darin, die Grammatik der Autoren zu korrigieren, schlecht konstruierte Geschichten umzubauen oder aus lauter unzusammenhängenden Teilen eine wohlkomponierte Einheit zu basteln. Wollte sie das Ariels Klasse erzählen?

»Ich hab angebissen. Was macht Investment-Banking sexy?«

»Ich glaube, es hat etwas mit Geld zu tun.« Susan lächelte, zog einen weißen Frotteebademantel über, schlüpfte in ein Paar fusselige, rosa Pantoffeln und schlurfte zu den Zimmern ihrer Töchter. Im Bad zwischen den beiden Zimmern lief bereits Wasser.

Whitneys Zimmertür stand offen, und ihr Bett war leer. Die Kleidung der Neunjährigen lag ordentlich auf dem Bett bereit. Susan musste lächeln. Whitney stand morgens immer als Erste auf, war als Erste angezogen, fertig mit dem Frühstück und aus der

Tür. In der Schule war sie dann die Erste, die sich meldete, um die Frage eines Lehrers zu beantworten, die Erste, die eine Sonderaufgabe übernahm oder freiwillig ihren Aufsatz vorlas. Man musste sie nicht daran erinnern, sich nach dem Gang auf die Toilette die Hände zu waschen, sich nach jeder Mahlzeit die Zähne zu putzen und pünktlich ins Bett zu gehen. Sie war stets höflich und umgänglich, kurzum, sie war in jeder Beziehung ein Engel.

Und genau deswegen hasste Ariel sie.

»Sie ist ein Alien«, höhnte sie regelmäßig. »Ist dir noch nie aufgefallen, dass sie nie etwas verschüttet, ihre Hände immer sauber sind und sie permanent dieses dämliche Grinsen im Gesicht hat? Sie ist nicht normal.« Und genau das sagte sie ihrer Schwester auch direkt ins Gesicht.

»Du bist bloß neidisch«, antwortete Whitney jedes Mal gelassen.

»Ach ja, als ob ich neidisch auf ein Alien wäre.«

Doch Whitney ließ sich nie provozieren. Sie zuckte bloß die Achseln und ging weg, was Ariel nur noch wütender machte.

»Ein fetter und hässlicher Alien«, rief Ariel ihr nach, doch Whitney drehte sich niemals um.

»Ariel, Schatz«, rief Susan vor dem Zimmer ihrer älteren Tochter, »Zeit zum Aufstehen.« An der Tür hing ein mit einem Heftpflaster befestigter Zettel, auf dem in Druckschrift geschrieben stand: PRIVAT! ZUTRITT VERBOTEN! FÜR ALIENS STRENGSTENS UNTERSAGT! Susan klopfte erst sanft, dann noch einmal lauter, sodass ihre Tochter, begraben unter einem Berg rosafarbener Decken und von laut dröhnender Rockmusik berieselt, sie vielleicht hörte. »Wem versuche ich eigentlich etwas vorzumachen?«, fragte Susan sich, öffnete die Tür und bahnte sich einen Weg zwischen den auf dem Fußboden verstreuten Kleidern. Als sie das Bett erreicht hatte, zog sie die Decke von Ariels Schultern und das Kopfkissen von ihrem Kopf, beugte sich vor und küsste ihre Tochter auf die vom Schlaf noch warme Wange. »Aufwachen, Schätzchen.«

Ohne die Augen zu öffnen, streckte Ariel die Hand aus, entriss ihrer Mutter das Kissen und hielt es sich wieder über den Kopf.

»Komm schon, Süße. Hilf mir ein bisschen. Ich bin spät dran, und wir müssen spätestens um Viertel vor neun hier los.«

»Wen kümmert es schon, wenn wir zehn Minuten zu spät kommen?«, kam die gedämpfte Antwort.

»Mich. Wenn wir zu spät in der Schule sind, komme ich zu spät zur Arbeit und ...«

Sie hielt inne. Warum rechtfertigte sie sich gegenüber einer Dreizehnjährigen, der ihre Erklärungen offensichtlich völlig egal waren? »Steh einfach auf«, sagte Susan und ging aus dem Zimmer.

»Hallo, Mami«, begrüßte Whitney sie fröhlich, als sie, in ein Handtuch gewickelt, aus dem Bad kam.

Susan hatte es gern, wenn sie Mami genannt wurde. Allein der Klang des Wortes erfüllte sie mit Stolz und Freude. In ein oder zwei Jahren würde Whitney zu dem weniger kindlichen Mom oder dem gefürchteten Mutter übergehen, wie Ariel sie seit neuestem nannte. Sie betrauerte den Verlust schon jetzt. »Hallo, schönes Mädchen«, sagte sie.

»Sie ist nicht schön, sie ist ein Alien«, tönte es aus dem anderen Zimmer.

Erstaunlich, was Ariel hören beziehungsweise nicht hören konnte, dachte Susan, als sie Whitney liebevoll in die Arme nahm und die feuchte Haut des Kindes an ihrer Wange spürte.

»Mach meine Tür zu«, bellte Ariel. »Irgendwas da draußen stinkt.«

»Steh auf und mach sie selbst zu«, rief Susan zurück, während Whitney in ihrem Zimmer verschwand, um sich anzuziehen. »Zwei Mädchen im selben Haus«, murmelte Susan, als sie ihr vom Schlafzimmer abgehendes Bad betrat, »von denselben Eltern mit denselben Wertmaßstäben erzogen, wie können die nur so verschieden sein?« Als sie unter den heißen Wasserstrahl ihrer Dusche stieg, brummte sie wie so oft vor sich hin. »Lass sie bloß aufgestanden sein, wenn ich fertig bin.«

Aber Ariel war natürlich nicht aufgestanden, und nachdem Susan sie schließlich doch dazu überredet hatte, konnte sie sich erst nicht entscheiden, was sie anziehen wollte, dann nicht, was sie zum Frühstück essen wollte, sodass sie logischerweise zu spät zur Schule kamen, weshalb Mrs. Keillor ihren Vortrag zuerst halten durfte. Susan musste sich die unglaublich langweilige und detaillierte Schilderung des Arbeitsalltags einer Dentalhygieneassistentin anhören. Sie betete, dass wenigstens die anschließende Fragestunde nicht allzu lang ausfallen würde – die Frau musste doch so ziemlich jeden Aspekt ihrer Arbeit abgedeckt haben –, doch das Ganze zog sich dann doch noch endlos hin, nicht zuletzt wegen Ariels plötzlichen und unerklärlichen Interesses für das Thema. Sie stellte Frage auf Frage über längst Erörtertes, doch Mrs. Keillor ging, von so viel Aufmerksamkeit sichtlich geschmeichelt, mit Ariel noch einmal alles geduldig durch.

Das macht sie absichtlich, erkannte Susan und strengte sich an, sich ihre Ungeduld und ihren Unwillen nicht anmerken zu lassen. Sie weiß, wie sehr ich es hasse, unpünktlich zu sein, und sie weiß, dass ich wegen all ihrer Fragen zu spät zur Arbeit kommen werde. Sie hasst es, dass ich arbeiten gehe, so wie sie es gehasst hat, dass ich studiert habe. Ist sie nicht jedes Mal am Abend vor einer wichtigen Klausur krank geworden? Hat sie nicht immer besonders viel Aufmerksamkeit eingefordert, wenn ich eine große Hausarbeit abgeben musste? Und hatte sich seit ihrem Examen vor zwei Jahren und der Anstellung bei Jeremy Latimers jüngstem Projekt – einer nach seiner Gattin benannten Hochglanz-Frauenzeitschrift – irgendetwas geändert?

Als Susan endlich an der Reihe war, hielt sie ihren Vortrag so knapp wie möglich. Kein Schüler hatte eine Frage, am allerwenigsten Ariel, die sich die ganze Zeit mit ihrer Nachbarin unterhalten oder aus dem Fenster gestarrt hatte. Bevor Danny Perrelli Gelegenheit fand, sich über Freud und Leid im Leben eines erfolgreichen Textilreinigungsbesitzers auszulassen, entschuldigte Susan sich höflich.

Die Interstate 75 war nach einem Unfall für gut zwanzig Minuten voll gesperrt worden, sodass es bereits nach elf war, als Susan in dem stattlichen braunen Backsteingebäude an der McFarland Street eintraf, das Sitz des ständig wachsenden Latimer-Verlagsimperiums war. Sie hatte die Vormittagskonferenz komplett verpasst. »Peter hat dich gesucht«, verkündete ein Kollege am Nachbarschreibtisch. »Er war ziemlich sauer, weil du nicht bei der Konferenz warst.«

»Super.« Susan warf einen Blick zu dem Glaskasten am Ende des quadratischen Raumes und hoffte, Peter Bassett zu entdecken, einen attraktiven, schlaksigen Mann Ende vierzig, der vor knapp einem Monat in die Redaktion gekommen und ihr direkter Vorgesetzter war, doch er hielt sich nicht in seinem Büro auf. Sie konnte seine dürre Gestalt auch nicht gockelhaft durch die Pseudoflure zwischen den abgeteilten Arbeitsplätzen stolzieren sehen, seine Arroganz wie ein teures Eau de Cologne vor sich her tragend. Was fand sie an ihm eigentlich so verdammt attraktiv? Susan war sich nicht einmal sicher, dass sie den Mann überhaupt mochte.

Die Redaktionsabteilung der *Victoria*, in der Susan arbeitete, bestand aus dreißig separaten Arbeitsplätzen, die in sechs Fünferreihen arrangiert waren, die wiederum durch schicke japanische Paravents voneinander abgetrennt wurden. In drei von vier Wänden waren bodentiefe Fenster eingelassen, die normalerweise genug Licht garantierten, doch der Oktoberhimmel war zu einer bedrohlichen, grauen Wand geworden, die langsam in den Raum sickerte und lange Schatten über das Feld von Computerbildschirmen warf. Susan blätterte die Nachrichten durch, die für sie eingegangen waren, und stellte fest, dass alle drei Autoren, deren Artikel sie gerade redigierte, angerufen hatten, außerdem Carole aus der Kulturredaktion, Leah, die Leiterin der Dokumentationsabteilung, sowie Barbara und zweimal ihre Mutter. Das war ungewöhnlich. Ihre Mutter rief nie im Büro an.

Als sie nach dem Hörer griff, um kurz zurückzurufen, klingelte das Telefon.

»Susan«, begrüßte sie eine männliche Stimme, der anzuhören war, dass sie keine Zeit für höfliche Floskeln hatte. »Peter Bassett hier. Ich habe mich gefragt, ob Sie vielleicht in sagen wir zehn Minuten in mein Büro kommen könnten.«

»Selbstverständlich.« Susan legte den Hörer auf und fragte sich, ob sie gefeuert werden würde. Die Zeitschrift kämpfte ums Überleben, und eine Redaktionsassistentin war bereits entlassen worden, seit Peter Bassett angeheuert worden war, um das Ruder herumzureißen. Seit Wochen kursierten Gerüchte, dass in den kommenden Monaten Köpfe rollen würden. Jeremy Latimer hatte ihr vielleicht geholfen, den Job zu bekommen, aber deswegen war sie nicht unverwundbar. Auch wenn sie sich mehr als nur ein Bein ausgerissen hatte, um sich auf ihre momentane Position hochzuarbeiten, konnte man ihr den Stuhl jederzeit vor die Tür setzen.

Susan liebte ihren Job. Trotz der täglichen Enttäuschungen und gelegentlichen Nachtschichten empfand sie es als Segen, an etwas zu arbeiten, das ihr solche Freude bereitete. So viel Glück hatte nicht jeder. Hatte sie das nicht heute Morgen Ariels Klasse erzählt?

Susan stützte ihren Kopf auf ihre Hände und fuhr ihren Computer hoch. Dass sie die Vormittagskonferenz verpasst hatte, half bestimmt auch nicht weiter. Fünf Minuten später starrte sie immer noch auf den leeren Bildschirm, als das Telefon erneut klingelte.

»Das Flittchen ist schwanger«, verkündete Barbara zur Begrüßung. »Ist das zu fassen? Sie haben vor nicht einmal einem halben Jahr geheiratet, und sie ist schon schwanger.«

»Alles okay mit dir?«

»Ich weiß es nicht. Ich muss das alles erst mal verdauen. Hast du Zeit zum Mittagessen?«

Susan rieb sich die Stirn und blickte zu Peter Bassetts Büro, obwohl ihre Sicht durch eine hohe beigefarbene Trennwand verstellt war. »Nein, tut mir Leid. Hör mal, warum kommst du nicht heute Abend zum Essen vorbei? Dann können wir reden. Bring Tracey mit. Ariel freut sich bestimmt, sie zu sehen.« Warum hatte sie das gesagt? Ariel freute sich nie, jemanden zu sehen.

Nachdem Barbara aufgelegt hatte, rief Susan rasch ihre Mutter an. Sobald sie ihr brüchiges Hallo hörte, wusste sie, dass irgendetwas nicht stimmte. Was ist los?

»Dr. Kings Praxis hat angerufen«, erwiderte ihre Mutter zögerlich, als würde sie eine Fremdsprache sprechen, die sie nicht ganz beherrschte.

»Offenbar hat sich bei meiner Mammographie irgendwas Verdächtiges gezeigt. Sie wollen, dass ich zu einer Biopsie vorbeikomme.«

Susan versuchte etwas zu sagen, doch kein Laut drang aus ihrer Kehle.

»Es ist wahrscheinlich gar nichts«, fuhr ihre Mutter fort, all die Dinge zu sagen, die Susan gesagt hätte, wenn sie ihre Stimme wiedergefunden hätte. »Es ist sehr klein, und sie haben gesagt, dass diese Dinger meistens gutartig sind, deshalb soll ich versuchen, mir keine Sorgen zu machen.«

»Wann sollst du zur Untersuchung kommen?« Susan presste die widerspenstigen Worte über ihre Lippen.

»Morgen um zehn.«

»Ich komme mit dir.« Susans Kalender verzeichnete für den nächsten Vormittag zwar eine weitere Redaktionskonferenz, aber das würde Peter Bassett einfach verstehen müssen. Oder eben nicht, dachte Susan.

»Danke, Liebes.« Die Erleichterung in der Stimme ihrer Mutter war mit Händen zu greifen. »Das ist wirklich nett von dir.«

»Ich hole dich um halb zehn ab. Reicht das, um pünktlich da zu sein?«

Ihre Mutter meinte, dass das auf jeden Fall Zeit genug wäre, und Susan verabschiedete sich bis zum kommenden Vormittag, bevor sie den Hörer auflegte und die Augen schloss. Bitte, lass Mutter gesund sein, betete sie stumm. »Mein Job ist egal«, flüsterte sie in den Rollkragen ihres hellgrünen Pullovers. Nimm meinen Job, flehte sie wortlos weiter. Lass nur meine Mutter gesund sein. Sie spürte ein paar brennende Tränen auf ihrer Wange.

Susan brauchte ein paar Minuten, um sich wieder zu fassen, und eine weitere, um sich so weit gefestigt zu fühlen, dass sie es wagte aufzustehen. Exakt zehn Minuten nach Peter Bassetts Anruf stand Susan vor seinem Glaskasten.

Er telefonierte, winkte sie jedoch mit der freien Hand in sein Büro. Er deckte die Sprechmuschel mit der anderen Hand ab und flüsterte: »Machen Sie die Tür zu. Setzen Sie sich. Ich bin sofort fertig.«

Susan schloss die Tür, zog sich den blauen Stuhl mit der geraden Lehne vor seinem Schreibtisch heran, nahm langsam Platz und versuchte, seinem Telefonat nicht zu lauschen.

»Im Gegenteil«, sagte er. »Das ist die Verantwortlichkeit der Schule. Wenn ich sie übernehme und Kelly sage, dass sie am Wochenende Hausarrest hat, falls sie weiterhin den Unterricht schwänzt, schaffe ich mir zu Hause nur noch mehr Probleme, ohne dadurch etwas zur Lösung der Probleme in der Schule beizutragen. Sanktionen sind vollkommen sinnlos, wenn sie willkürlich von außen verhängt werden. Das wissen Sie genauso gut wie ich.« Er verdrehte ungeduldig die Augen und drehte das gerahmte Foto von drei attraktiven Jugendlichen auf seinem Schreibtisch zu Susan um.

Susan betrachtete das Bild eingehend: Ein mürrisches Mädchen im Teenageralter stand zwischen zwei lächelnden Jungen. Und was gibt's sonst Neues?, dachte sie und mochte Peter Bassett schon etwas mehr, weil er offensichtlich ähnliche Probleme hatte wie sie, auch wenn er sie wahrscheinlich gleich feuern würde.

»Was ich vorschlage?«, fragte Peter Bassett. »Ich schlage vor, dass Sie Ihre Arbeit machen. Wenn meine Tochter das nächste Mal eine Stunde schwänzt, lassen Sie sie nachsitzen. Wenn sie das auch schwänzt, suspendieren Sie sie vom Unterricht. So funktioniert das in der wirklichen Welt.«

Susan schloss die Augen. Sie hatte die Vormittagskonferenz geschwänzt und würde deswegen ebenfalls suspendiert werden. Endgültig.

»Tut mir Leid«, entschuldigte Peter Bassett sich, als er aufgelegt hatte, und wies auf das Foto. »Kelly ist fünfzehn und eine absolute Nervensäge. Ihre Brüder nerven auch, aber sie schwänzen wenigstens nicht die Schule. Und wie geht es Ihnen?«

»Gut, danke.«

»Wir haben Sie bei der Konferenz heute Vormittag vermisst.«

»Ja, das tut mir Leid. Ich habe in der Klasse meiner Tochter einen Vortrag gehalten. Sie haben eine Berufsprojektwoche oder wie immer das heißt. Egal, Sarah wusste Bescheid und hatte ihr Einverständnis gegeben«, sagte Susan mit Bezug auf Peter Bassetts Vorgängerin.

»Hoffentlich haben Sie ein bisschen Reklame für unsere Zeitschrift gemacht.«

In Peter Bassetts stechenden grauen Augen lag ein einnehmendes Funkeln, das Susan beinahe unerträglich attraktiv fand.

»Bei jeder sich bietenden Gelegenheit«, sagte sie.

»Gut, wir können alle Hilfe brauchen, die wir kriegen können.«

»Ja, Mr. Bassett«, sagte Susan, als ihr nichts anderes einfiel.

»Oh Gott, nennen Sie mich bitte nicht Mr. Bassett. *Peter* reicht völlig.« Er stand auf, ging um den Schreibtisch, hockte sich auf die Kante und ließ seine langen schlanken Beine auf den Boden baumeln. »Was stimmt Ihrer Meinung nach nicht mit unserem Magazin?«, fragte er und erwischte Susan komplett auf dem falschen Fuß.

»Was meiner Meinung nach nicht stimmt?«

»Ja, Ihre Ansicht interessiert mich.«

»Warum?«, fragte Susan unwillkürlich zurück.

»Weil ich bei der Konferenz heute Morgen alle anderen gefragt und keine befriedigende Antwort bekommen habe. Und ich hatte mich besonders darauf gefreut zu hören, was Sie zu sagen haben, weil ich Sie für intelligent halte und die Artikel, an denen Sie arbeiten, durchweg die besten sind, die wir drucken.«

»Danke«, sagte Susan und richtete sich in ihrem Stuhl auf, weil ihr klar wurde, dass sie doch nicht gefeuert werden würde.

»Was ist also das Problem von *Victoria*? Warum sinken unsere Verkaufszahlen?«

Susan atmete tief ein. Konnte sie ihm wirklich sagen, was ihrer Meinung nach mit der Zeitschrift nicht stimmte? »Ich glaube, unsere Ausrichtung ist verkehrt«, hörte sie sich sagen. »Es ist, als würden wir uns anstrengen, wie *Cosmopolitan* zu sein, aber warum sollten die Frauen unser Blatt lesen wollen, wenn sie auch gleich das Original kaufen können? Außerdem«, fuhr sie, von seinem Lächeln kühn gemacht, fort, »gibt es bereits zu viele Frauenzeitschriften, die alle auf denselben Markt zielen und denen gegenüber wir im Nachteil sind, weil wir in Cincinnati und nicht in New York oder Los Angeles produzieren.«

»Und die Lösung?«

Spielte er mit ihr, fragte Susan sich, abgelenkt von der Intensität seines Blickes. »Ich denke, wir sollten aufhören zu versuchen, den Großen auf ihrem Terrain Konkurrenz zu machen, und uns stattdessen eine eigene Nische schaffen«, begann sie und kam langsam in Fahrt. »Dies ist eine lokale Zeitschrift. Wir sollten uns darauf konzentrieren, was Frauen in Cincinnati interessiert. Wir sollten die Porträts der in der Stadt weilenden Möchtegernpromis vergessen und anfangen, eigene Stars zu erschaffen. Schluss mit den Modestrecken mit spindeldürren New Yorker Models, die Kleider tragen, in denen sich in dieser Stadt niemand auf die Straße trauen würde, und dafür mehr Geschichten über echte Frauen mit echten Problemen, die dann gerne auch mal länger als tausend Worte sein dürfen. Warum fürchten wir uns so vor ein bisschen Tiefgang?

Außerdem denke ich, dass wir anfangen sollten, Kurzgeschichten zu bringen«, redete sie gleich weiter, sodass er keine Gelegenheit hatte, sie zu unterbrechen. »Wenn wir schon jemanden kopieren wollen, dann lieber den *New Yorker*. Wir könnten pro Monat eine unveröffentlichte Short Story drucken, vielleicht sogar einen Wettbewerb ausschreiben.

Wir leben auf der Schwelle zu den 90er-Jahren. Die Frauen von heute interessieren sich für mehr als bloß Mode und Horoskope. Wir wollen über aktuelle und politische Themen informiert werden und verstehen, wie die Entscheidungen, die heute in Washington getroffen werden, sich morgen auf unser Leben in Cincinnati auswirken. Wir müssen aufhören, immer den kleinsten gemeinsamen Nenner bedienen zu wollen, und stattdessen höhere Ansprüche stellen. Wir müssen aufhören, dem Anführer nachzulaufen, und stattdessen unsere eigene Parade ins Leben rufen und laut auf die Pauke hauen. Sollen die anderen uns kopieren.« Susan hielt abrupt inne. »Tut mir Leid. Sie müssen mich für vollkommen verrückt halten.«

Peter Bassett lachte laut. »Im Gegenteil, ich bewundere Ihre Leidenschaft. Ich weiß nicht, ob ich in allen Punkten Ihrer Meinung bin, einiges scheint mir nicht sehr praktikabel, aber ich würde gern darüber nachdenken. Vielleicht könnten wir bei der Konferenz morgen ein paar von Ihren Ideen mit den anderen diskutieren.«

»Das wäre großartig... Oh nein. Nein, ich kann nicht. Es tut mir Leid.«

»Gibt es ein Problem?«

»Meine Mutter muss morgen Vormittag zu einer Biopsie ins Krankenhaus, und ich habe versprochen, sie zu begleiten.« Susan wappnete sich gegen einen Schwall von Vorwürfen: Wir haben hier ein profitables Unternehmen zu führen, Susan. Wie sollen wir auch nur ein paar von diesen großen Ideen umsetzen, wenn Sie Ihr Privatleben weiterhin über Ihren Job stellen? Der Grund für die sinkende Auflage, der *einzige* Grund für die sinkende Auflage und die Probleme dieser Zeitschrift sind Leute wie Sie, Leute, die ein paar flotte Sprüche machen können, aber ansonsten ach so verdammt beschäftigt damit sind, die Schulen ihrer Töchter zu besuchen und ihre Mütter zum Arzt zu bringen, anstatt an Konferenzen, die ihren Arbeitsplatz betreffen, teilzunehmen. Dies ist die wirkliche Welt, Susan. Also entscheiden Sie sich: Familie oder Karriere?

»Natürlich«, sagte Peter Bassett stattdessen.

Was? »Was?«

Er zuckte die Achseln. »Keine große Sache. Wir können auch ein anderes Mal über Ihre Ideen diskutieren. Die Zeitschrift wird ihre Schwerpunkte bestimmt nicht binnen Wochenfrist verändern, und im Moment geht Ihre Mutter natürlich vor. Sie braucht Ihre Unterstützung.«

»Danke«, flüsterte Susan und fragte sich, ob sie so perplex aussah, wie sie sich fühlte.

»Nicht der Rede wert.« Peter Bassett stieß sich von der Tischkante ab und dehnte seinen athletischen Körper. Er trat auf sie zu und legte sanft eine Hand auf ihre Schulter. Susan spürte seine warmen Finger durch ihren Pullover. »Es wird schon gut gehen. Denken Sie positiv.«

»Das werde ich tun«, sagte Susan mit angehaltenem Atem.

»Grüßen Sie Ihre Mutter von mir.« Peter Bassett nahm seine Hand von ihrer Schulter, lächelte sie bedauernd, aber gleichzeitig aufmunternd an und kehrte auf seinen Platz hinter dem Schreibtisch zurück.

Susan stand auf, wandte sich zur Tür, drehte sich jedoch noch einmal um, um sich erneut zu bedanken. Für sein Verständnis, seine Geduld und seine Klugheit. Wann hatte ihr das letzte Mal jemand mit so wachem Interesse zugehört? Doch Peter Bassett tippte bereits irgendwas in seinen Computer. Susans Blick schweifte zu dem Foto auf seinem Schreibtisch, wobei ihr zum ersten Mal ein zweites Foto auffiel, das eine attraktive Frau mit kurzem, dunklem Haar und einem gewinnenden Lächeln zeigte, die etwas jünger war als sie selbst. Zweifelsohne Mrs. Bassett, vermutete Susan und dachte, dass sie ihren beiden Söhnen sehr und ihrer schwierigen Tochter gar nicht ähnlich sah.

Sie sind eine glückliche Frau, Mrs. Bassett, erklärte Susan dem Bild mit den Augen. Ich hoffe, Sie wissen es zu schätzen. Dann öffnete sie die Tür und verließ das Büro.

12

»Tracey, guck mal, Süße, dieses Ensemble würde dir bestimmt prima stehen. Was meinst du?«

Tracey klappte ihr Buch zu, durchquerte das Wartezimmer und setzte sich neben ihre Mutter. Sie warf einen Blick auf die jüngste Ausgabe der *Victoria* in Barbaras Hand. »Ich glaube nicht, dass mir das stehen würde«, meinte sie zu der blau-weiß gestreiften Strickjacke und der passenden, schmalen, dunkelblauen Hose, die ein junges Model für die Kamera präsentierte.

»Warum nicht?«

»Na, guck sie dir doch mal an.« Tracey wies mit dem Kopf auf das Mädchen, das sich auf der Seite tummelte. »Sie hat keine Oberschenkel. Ich schon, falls du es noch nicht bemerkt hast.«

»Das ist bloß Babyspeck«, beruhigte Barbara sie, obwohl sie selbst nicht restlos überzeugt war. Im vergangenen Jahr hatte Traceys Körper eine radikale Veränderung durchgemacht. Mit Beginn ihrer ersten Periode hatte Tracey sich von einem schlaksigen Mädchen in etwas verwandelt, was man wohlwollend eine junge Frau von Format nennen konnte. Nicht, dass Tracey fett oder auch nur übergewichtig gewesen wäre. Sie ging bloß in die Breite, wo sie hätte schmal sein sollen, und war flach, wo Fülle angebracht wäre. Etwas, was sie garantiert von Rons Seite der Familie geerbt hatte, wie Barbara bitter entschieden hatte. »Der verschwindet bestimmt bald. Du musst bloß mit dem Junkfood aufhören und anfangen, vernünftig zu essen. Komm doch heute Nachmittag mit in den Fitnessclub. Weißt du, was wir machen könnten?«, fuhr sie beinahe im selben Atemzug fort, obwohl Tracey schon wieder in ihr Buch vertieft war. »Ich könnte einen Termin bei der Ernährungsberaterin machen, und wir könnten zusammen hingehen. Mir würde es bestimmt auch nicht schaden, ein paar Pfund abzuspecken, das wäre doch eine tolle Sache. Was meinst du?«

Tracey schaute ihre Mutter ausdruckslos an. »Klar.«

»Gut, denn ich glaube, das ist eine super Idee. Ich weiß nicht, warum ich nicht früher darauf gekommen bin.« Barbara schlug schuldbewusst den Blick nieder. Seit Wochen hatte sie an kaum etwas anderes gedacht, sich ständig gefragt, wie sie das Thema ansprechen könnte, ohne die Gefühle ihrer Tochter zu verletzen. Und jetzt hatte sie es geschafft. Sie hatte ihr Ziel erreicht, ohne Tracey zu verärgern. Sie starrte auf das Profil ihrer Tochter. Sie war ein so hübsches Mädchen, dachte Barbara. Es wäre schade, wenn sie im Leben zurückstehen müsste, nur weil sie ein wenig achtlos geworden war und ihrer Erscheinung nicht genug Aufmerksamkeit gewidmet hatte. Und die äußere Erscheinung war wichtig, egal, was die Leute einem heutzutage einzureden versuchten. Wenn man aussah, als wäre man sich selbst gleichgültig, war man den anderen auch gleichgültig.

Barbara strich über den Hals ihrer Tochter. Tracey lächelte, ohne von ihrem Buch aufzublicken. Was las sie überhaupt? »Was liest du denn da?«

Tracey hielt ihrer Mutter das Cover hin.

Barbara nahm ihr das Buch ab, schlug das erste Kapitel auf und las ein paar Zeilen. »Klingt ganz gut«, sagte sie und wollte das Buch gerade zurückgeben, als ihr der Name auf der Innenseite des Umschlags ins Auge fiel, wo in fetter roter Tinte die Unterschrift Pam Azinger prangte. Wie mit Blut geschrieben, dachte Barbara, und ließ das Buch in Traceys Schoß fallen. Mit *meinem* Blut.

»Sie dachte, es könnte mir gefallen«, murmelte Tracey und legte das Buch auf den Stuhl neben sich. »Aber es ist ziemlich albern. Ich lese es nicht weiter«, fügte sie noch zögernd hinzu und verstummte dann ganz.

»Unsinn, wenn es dir gefällt...«

Tracey schüttelte den Kopf. »Nein. Es gefällt mir nicht. Es ist nicht besonders gut.«

Barbara atmete tief ein und räusperte sich. »Wie kommt Pam denn mit dem neuen Baby zurecht?« Sie musste die Worte förmlich über ihre Lippen zwängen.

»Nicht so toll. Es schreit dauernd.«

»Das ist ja schade.« Barbara lächelte. Danke, lieber Gott, dachte sie. »Wie heißt es noch? Ich vergesse den Namen immer wieder.«

»Brandon. Brandon Tyrone.«

Bescheuerter Name. Kein Wunder, dass sie ihn nicht behalten konnte.

»Er ist ein süßes Baby. Er schreit nur immer.« Tracey blickte starr geradeaus, den Blick auf nichts Bestimmtes gerichtet.

Hatte sie schon immer diesen kleinen Knubbel auf der Nase?, fragte Barbara sich. Vielleicht sollte sie den Arzt bitten, einen Blick darauf zu werfen, wenn sie schon mal hier waren. »Verzeihung«, sagte Barbara laut und schob alle Gedanken an Baby Brandon Tyrone Azinger beiseite, »was glauben Sie, wie lange wir noch warten müssen?«

»Nur noch ein paar Minuten«, sagte die Sprechstundenhilfe hinter dem mit einer Glasscheibe abgetrennten Empfangstresen und blickte vage in Barbaras Richtung, als würde sie durch dichten Nebel spähen.

Gerne. Warum nicht? Was machten schon ein paar Minuten? Sie hatte ohnehin nichts Besseres vor. Sie musste nicht nach Hause hasten, um sich um ein Baby mit Dreimonatskoliken zu kümmern, ein Fläschchen zuzubereiten oder Windeln zu wechseln. Sie musste auch für keinen hart arbeitenden Ehemann mehr das Abendessen rechtzeitig auf dem Tisch haben. Nein, nichts Drängendes oder Eiliges verlangte danach, dass sie sich darum kümmerte. Und wo ließ sich ein feuchtheißer Sommernachmittag besser vertreiben als im elegant möblierten und angenehm kühlen Wartezimmer von Cincinnatis angesehenstem Schönheitschirurgen? Zeit war nicht wichtig. War sie nicht deswegen hier? Um die Zeit aufzuheben.

Der Arzt könnte sich zumindest bequemere Stühle leisten, dachte Barbara und zupfte eine Fluse von dem dunkelvioletten Samtpolster. Seit ihrem letzten Besuch vor zwei Jahren waren sie lediglich neu bezogen worden. Barbara betrachtete die pfirsichfarbenen Wände und versuchte, sich zu erinnern, welche Farbe sie beim letzten Mal gehabt hatten. In Dr. Steeves' Leben durfte offenbar nichts irgendwelche Spuren des Alterns zeigen.

Die Tür zum Behandlungszimmer ging auf, und eine Frau mit einem breiten, blauen Chiffonschal, der einen Großteil ihres Gesichts verdeckte, betrat den Wartebereich. Sie sprach leise mit der Sprechstundenhilfe, bevor sie die Praxis verließ, ohne auch nur einen Blick in Barbaras Richtung zu werfen. Keiner sieht mich mehr, dachte Barbara und fühlte sich seltsam geschnitten. Als ob ich nicht existieren würde.

»Mrs. Azinger«, sagte die Sprechstundenhilfe und blickte knapp an ihr vorbei, »Sie können jetzt reingehen.«

»Es dauert bestimmt nicht lange«, erklärte Barbara Tracey, die auf eine Lithografie von Blumen starrte, die an der gegenüberliegenden Wand hing. Das Mädchen nickte, ohne ihre Mutter anzusehen. Als ob ich nicht existiere, dachte Barbara erneut.

»Barbara«, begrüßte Dr. Steeves sie und streckte die Hand aus. »Schön, Sie wieder zu sehen.«

»Ganz meinerseits«, stimmte sie ihm zu, konnte jedoch nicht umhin zu bemerken, dass Norman Steeves um seine klaren blauen Augen herum etwas müde wirkte. Ein paar Pfund zugenommen hatte er seit ihrem letzten Besuch auch, sodass sich unter seinem grau melierten Bart der Ansatz eines Doppelkinns abzeichnete.

»Sie sehen gut aus. Wie spielt Ihnen das Leben so mit?«

»Ganz gut.« Die Konkubine meines Mannes hat kürzlich einen sechs Pfund schweren Jungen namens Brandon Tyrone geboren, die Hüften meiner Tochter gehen in die Breite wie der Staat Ohio, aber sonst alles bestens, danke der Nachfrage.

»Sagen Sie mir, was ich Ihrer Ansicht nach für Sie tun kann.« Dr. Steeves wies auf den violetten Sessel vor seinem großen Mahagonischreibtisch. Barbara setzte sich und wartete, bis der Arzt ebenfalls Platz genommen hatte und sie sich seiner vollen Aufmerksamkeit sicher war.

»Es ist mein Bauch«, erklärte sie ihm. Es ist mein Leben, dachte sie. »Ich meine, ich hatte immer ein kleines Bäuchlein, aber in letzter Zeit ist es nicht mehr so klein.«

Dr. Steeves studierte ihr Krankenblatt. »Wie alt sind Sie jetzt?«

»Vierundvierzig«, sagte Barbara und hüstelte in die Hand, um den harschen Klang des Wortes abzudämpfen.

»Wie viele Kinder?«

»Eins.« Barbara starrte in ihren Schoß und versuchte, nicht an Baby Brandon Tyrone zu denken.

»Nun, warum machen Sie sich nicht frei, und ich sehe mir das Ganze mal an. Nicht jeder ist für diesen chirurgischen Eingriff geeignet.«

Er reichte ihr einen blauen Baumwollkittel und ging hinaus. »Den Slip können Sie anlassen. Sagen Sie meiner Mitarbeiterin einfach Bescheid, wenn Sie so weit sind!«

Knapp fünf Minuten später lag sie ausgestreckt auf dem Untersuchungstisch. Dr. Steeves schob den blauen Kittel beiseite und zog ihr schwarzes Spitzenhöschen bis über die Hüftknochen herunter, bevor er mit seinen erfahrenen Händen über die Narbe ihres Kaiserschnitts strich. »Der Muskeltonus ist alles in allem nicht schlecht«, sagte er, ohne das weiter auszuführen. »Wir könnten in die bereits existierende Inzision schneiden.«

Barbara verzog das Gesicht, als sie an die vorherige Operation und die Monate dachte, die es gedauert hatte, bis alles verheilt war. Wollte sie diese Schmerzen und Torturen noch einmal durchmachen?

»Und was halten Sie von der irakischen Invasion in Kuwait?«, fragte Dr. Steeves unvermittelt. »Meinen Sie, Hussein wird auch in Saudi-Arabien einmarschieren?«

Barbara dachte, dass sie eingeschlafen sein musste und wieder einen dieser seltsamen Träume hatte wie in letzter Zeit häufiger.

Konnte sie wirklich bis auf einen teuren, bis zu ihrem Schambein heruntergezogenen Spitzenslip nackt daliegen, während ein Mann ihren Bauch streichelte und von Saddam Hussein redete? War sie vollkommen unsichtbar geworden?

Natürlich war sie noch in der Lage, die Aufmerksamkeit eines Mannes zu erregen, natürlich drehten sich Männer noch nach ihr um. Sie musste sich bestimmt nur präsentieren, verfügbar machen und die entsprechenden Signale aussenden. Irgendjemand musste sie doch um Gottes willen bemerken.

Ich brauche jemanden, der mich wahrnimmt, dachte sie.

»Warum lassen Sie sich nicht ein paar Tage Zeit und studieren die Literatur«, sagte Dr. Steeves, als er seine Untersuchung abgeschlossen hatte. Barbara nickte und fragte sich, warum Ärzte die Pamphlete, die sie verteilten, immer »Literatur« nannten. »Sprechen Sie mit Ihrem Mann darüber und lassen Sie mich Ihre Entscheidung wissen.«

Barbara verzog das Gesicht, doch der Arzt war schon auf dem Weg zur Tür. »Wie bald könnten Sie es machen?«

»Das müssen Sie mit meiner Sprechstundenhilfe besprechen. Sie führt meinen Terminkalender.«

»Wie viel …?«

»Steht alles in der Literatur.«

Ich brauche jemanden, der mir zeigt, dass ich noch begehrenswert bin, dachte sie.

»Was ist denn das alles für ein Kram?«, fragte Tracey wenig später, als sie auf den Aufzug warteten, und wies auf die Broschüren in Barbaras Hand.

»Literatur«, sagte Barbara lachend und bemerkte, dass Traceys Hände leer waren. »Du hast dein Buch vergessen …«

»Ich habe es liegen lassen.« Tracey lächelte. »Es ist ein dummes Buch.« Sie zuckte die Achseln. »Ich erzähle Pam einfach, dass ich es verloren habe.«

»Du bist ein gutes Mädchen«, sagte Barbara.

Ich brauche einen Mann, dachte sie.

Wie sich herausstellen sollte, war der Mann fast noch ein Junge, was bei näherem Nachdenken genau der Sinn der Sache war, entschied Barbara und bewunderte den strammen, nackten Körper, der über ihr turnte. Etwa genauso alt wie die pickelige Pammy. Wenn Ron sein Glück bei einem kuhäugigen Püppchen finden konnte, warum nicht auch sie?

Sein Name war Kevin. Zumindest glaubte sie das. Hießen sie heutzutage nicht alle Kevin? Er war groß und auf eine geleckte Art attraktiv wie ein Calvin-Klein-Modell, komplett mit arrogantem Schmollmund und Waschbrettbauch. So nannte er ihn sogar selber, dachte Barbara lächelnd. *Waschbrettbauch.*

»Ich habe ein paar tolle Übungen für Ihre geraden und schrägen Bauchmuskeln«, hatte er gesagt, als sie den muskulösen jungen Trainer am Tag nach ihrem Termin bei Dr. Steeves erstmals im Fitnessstudio angesprochen hatte. »Sie brauchen keinen Chirurgen«, hatte er ihr mit einem verschmitzten Lächeln erklärt. »Ich bringe Sie schon in Form.« Mehr Ermutigung brauchte Barbara nicht, um zu entscheiden, dass der junge Kevin Muskelmann genau das war, was der Arzt ihr verschrieben hatte.

Kevin arbeitete seit sechs Wochen in dem Fitnessclub, der im selben Gebäude wie Vickis Kanzlei untergebracht war. Persönliche Trainer waren im Kommen, hatte Vicki verkündet, und jeden Pfennig wert. Barbara hatte sich prompt für acht Privatstunden mit Kevin eingeschrieben, zweimal die Woche, obwohl all ihre Kreditkarten beinahe bis ans Limit überzogen waren und Ron vernehmlich über ihre Ausgaben murrte. Natürlich hatte er als Teil der Scheidungsvereinbarung eingewilligt, fünf Jahre lang ihre Kreditkartenrechnung zu bezahlen, aber innerhalb vernünftiger Grenzen.

Ron kann mich mal, dachte Barbara. Nein, er kann mich eben nicht mehr, dachte sie lachend, denn damit war nun der junge Kevin aufopferungsvoll beschäftigt. Barbara justierte ihr Hinterteil, um die fortgesetzten Stöße von Kevins schlanken Hüften entgegenzunehmen. Die Jugend hatte eben noch Kondition. Sie warf einen verstohlenen Blick zu dem Wecker auf dem Nachttisch neben Kevins zu hartem Bett. Musste alles an ihm so verdammt hart sein, fragte sie sich und hätte beinahe laut losgekichert, wenn er das nicht hätte missdeuten können.

Aber wem wollte sie etwas vormachen? Er würde sie gar nicht hören. Er wusste wahrscheinlich gar nicht mehr, dass sie noch da war, so lange rammelte er nun schon vor sich hin. Fast vierzig Minuten, wenn man dem Wecker glauben konnte. Es war schon zwei Uhr früh. Wurde er denn nie müde? Spätestens seit vor zwanzig Minuten deutlich geworden war, dass sie keinen Orgasmus haben würde, hatte sie jegliches Interesse an der ganzen Sache verloren. Aus einem viel versprechenden Kribbeln war eine schmerzhafte Reizung geworden. Sie war nicht erregt, sondern wund, und wenn sie nicht bald ein paar Stunden Schlaf bekam, würden ihre Tränensäcke morgen früh bis zum Kinn reichen. Es wurde Zeit, die Sache ein wenig zu beschleunigen und sie gewissermaßen selbst in die Hand zu nehmen.

Sie packte seine Pobacken und stöhnte zum Beginn ihrer lange eingeübten Routine. Dann stöhnte sie noch ein paar Mal kurz hintereinander und begann, leicht den Kopf hin und her zu werfen. Nicht zu heftig, nur genug, um dem Jungen zu signalisieren, dass sie so weit war und er nicht mehr so hart arbeiten musste. Doch Kevin rammelte blindwütig weiter. Ihr Stöhnen ging in leise Schreie und ein Keuchen über, und der Junge rammelte immer noch weiter.

Wie eine außer Kontrolle geratene Dampflokomotive, dachte Barbara und ließ sich auf der Suche nach einer bequemen Position in die Kissen zurückfallen, weil sie in nächster Zeit offensichtlich nirgendwohin gehen würde. Sie überlegte, ob sie sich vom Bett abstoßen sollte, und stellte sich den jungen Mann an ihren Leib geklammert vor wie einen Hund an einem Hosenbein. Ich könnte jede sein, erkannte sie und fühlte sich nicht mehr geschmeichelt, sondern verzweifelt. Für Kevin existierte sie genauso wenig wie für Ron, Dr. Steeves oder ihrethalben auch Saddam Hussein. Sie war in der Unterwelt der Verstoßenen und Abgelegten verschwunden, einer nebligen Arena bevölkert von Frauen jenseits der vierzig, die wie Statisten in einem Film funktionierten, die Szene füllten und Raum einnahmen, ohne von den Hauptpersonen abzulenken. Ein verschwommener Hintergrund, möglicherweise sogar attraktiv, aber eben verschwommen.

Über ihr rammelte Kevin mit geschlossenen Augen weiter.

Er sieht mich gar nicht, dachte Barbara, schloss ebenfalls die Augen und ging im Kopf die Erledigungen und Besorgungen des kommenden Tages durch. Tracey würde nach dem Wochenende bei Ron gegen drei Uhr zurückkommen. Wahrscheinlich sollte sie ein paar Lebensmittel kaufen und ein bisschen aufräumen, Tracey vielleicht sogar zum Abendessen ihr Lieblingsgericht, Makkaroni mit Käse, kochen, bevor sie nach Indian Hill fahren würde, um sich Kirsten Latimers Auftritt bei der Schulaufführung von *Oliver*! anzusehen. Nein, dachte Barbara, als sie ihre Beine um Kevins festen kleinen Hintern schlang, sie würde mit Tracey schön essen gehen und es ihrem guten alten Dad in Rechnung stellen. Der räudige Ron, dachte sie und stieß ihr Becken heftig nach oben. Nimm das, du Schwein. Und das. Und das.

In diesem Augenblick schrie Kevin, von der unerwarteten Wildheit ihrer Stöße möglicherweise kalt erwischt, laut auf, erstarrte, als wolle er abheben, und brach dann plötzlich über ihr zusammen wie eine Marionette, deren Fäden ohne jede Vorwarnung abgeschnitten worden waren. »Wow«, sagte er, und sein Körper glänzte von selbstzufriedenem Schweiß. »Das war unglaublich. Du bist echt eine Nummer für sich, weißt du das?«

Barbara lächelte. Eine durchaus passende Beschreibung, dachte sie, als das zunehmend vertraute Gefühl von Distanziertheit sie umhüllte wie ein feiner Dunst. Sie war ein Fremdkörper geworden, sogar für sich selbst.

Anders als die anderen.

Eine Nummer für sich.

Um drei Uhr verließ Barbara Kevins kleines Apartment, nachdem sie die Ausrede erfunden hatte, sie müsse am nächsten Morgen wegen Tracey in aller Herrgottsfrühe aufstehen. »Ich könnte dich wecken«, erklärte er ihr mit einem Kuss auf den Hals, und Barbara verkniff sich die Erwiderung, dass sie genau das befürchtete. Das Letzte, was ihr armer Körper brauchte, war eine weitere Marathonübung mit dem Wunderknaben. Irgendwann spürte man eben sein Alter.

Außerdem hatte sie weder ihre Make-up-Cremes noch Make-up dabei, und sie würde Kevin ebenso wenig ihr ungeschminktes Gesicht zeigen, wie sie ihm erlaubt hatte, sie nackt zu sehen. »So ist es sexier«, hatte sie beharrt, als er versucht hatte, ihren pinkfarbenen Seidenbody abzustreifen. »Lass es, wo es ist.«

Als sie die Haustür aufschloss, wurde ihr klar, dass sie bestimmt nicht gleich einschlafen würde. Sie war zu ruhelos, zu frustriert und zu verdammt wund gescheuert. Wahrscheinlich bekomme ich eine Blasenentzündung, dachte sie auf dem Weg in die Küche des dunklen Hauses. Oder einen Pilz. Oder etwas noch Schlimmeres. Sie stutzte erschrocken. Was war mit ihr los? Warum hatten sie kein Kondom benutzt? Waren die Zeitungen nicht voller Warnungen vor ungeschütztem Verkehr? Hielt sie sich für unverwundbar? Glaubte sie, dass ihr Alter sie gegen Aids immun machte?

»Das verlangt nach einer Tasse Kaffee«, sagte sie laut. Ihre Worte hallten in dem leeren Haus wider, als sie den Wasserkocher einschaltete und einen gehäuften Teelöffel löslichen Kaffee in einen Becher gab. Barbara hasste es, wenn Tracey nicht da war, sie fühlte sich dann noch kleiner und unsichtbarer. Wenn Tracey weg war, ertappte sie sich jedes Mal dabei, wie sie laut vor sich hin redete, als ob sie sich durch den Klang ihrer Stimme vergewissern wollte, dass sie noch da war. Tracey hatte es sich seit einiger Zeit angewöhnt, in Barbaras Bett zu schlafen. Wahrscheinlich sollte ich ihr das verbieten, dachte Barbara und goss das Wasser in den Becher, bevor es ganz kochte. Aber was konnte es schon schaden?

Es war ein gutes Gefühl, in den Armen ihrer Tochter aufzuwachen. Die Arme ihrer Tochter trugen sie durch den Tag.

Der Kaffee schmeckte trotz zwei Löffel Zucker bitter, sodass Barbara einen dritten hinzu gab, was dann wieder zu viel des Guten war, aber egal, und machte sich im Kühlschrank auf die Suche nach dem Rest einer Erdbeertorte. Doch der Kuchen war verschwunden, was bedeutete, dass Tracey ihn gegessen hatte, und das war nicht gut. Sie sollte wirklich bald einen Termin bei der Ernährungsberaterin machen und Tracey auf Diät setzen, bevor die Sache außer Kontrolle geriet. »Das kannst du auch bezahlen«, sagte Barbara, dachte an Ron und blickte zu dem weißen Telefon an der Wand.

Im nächsten Moment tippte sie eine Reihe von Zahlen ein und hörte, wie das Telefon einmal klingelte, bevor abgenommen wurde. »Hallo?«, sagte eine schläfrige Stimme, die nicht mehr ganz wie die eines Mädchen und noch nicht wie die einer Frau klang. Die arme Pammy war wahrscheinlich gerade wieder eingeschlafen, nachdem sie Baby Brandon um zwei Uhr gefüttert hatte. Wirklich blöd, dass ausgerechnet jetzt jemand anrufen und sie wecken musste.

»Hallo?«, wiederholte Pam fragend.

»Wer ist das?«, attackierte plötzlich Rons Stimme Barbaras Ohren, drängte durchs Telefon und erfüllte den Raum.

Mit pochendem Herzen legte Barbara den Hörer sofort wieder auf die Gabel und begann zwischen Telefon und Küchentisch auf und ab zu laufen. »Das war ziemlich dumm«, sagte sie laut und lachte. »Hallo?«, äffte sie Pammys dumme kleine Mädchenstimme nach. »Hallo?«

Sie setzte sich wieder, trank ihren Kaffee und fühlte sich seltsam aufgekratzt. Bei Ron zu Hause anzurufen war vielleicht dumm, aber es machte Spaß. Mehr Spaß, als sie seit langem an irgendwas gehabt hatte, inklusive der Trainingsstunde von heute Abend. Für einen kurzen strahlenden Augenblick war sie diejenige gewesen, die die Entscheidungen traf und die Kontrolle darüber hatte, wer schlief und wer nicht. Nicht dass Ron über Gebühr leiden würde. Er würde sich ein paar Sekunden Zeit nehmen, seine verängstigte Kindbraut zu beruhigen, sich umdrehen und wieder einschlafen. Aber für die arme kleine Pammy war es eine ganz andere Geschichte. Sie würde langsam wieder in einen unruhigen Schlaf fallen, aus dem die verfrühten Schreie des kleinen Brandon Tyrone sie bald wieder wecken würden.

Wer wusste, was passieren würde, wenn das noch ein paar Wochen so weiterging? Vielleicht würde Pam auch bald einen Termin bei Dr. Steeves machen.

Aber was, wenn Ron und Pam sie im Verdacht hatten, der anonyme Anrufer zu sein?, dachte sie mit plötzlicher Panik. Wieso sollten sie, entschied sie und begann wieder in der Küche auf und ab zu laufen. Es war unmöglich, den Anruf zu ihr zurückzuverfolgen, und die beiden hatten keinen Grund, sie zu verdächtigen. Sie hatte nichts getan, was sie hätte alarmieren können. Leute bekamen ständig belästigende Anrufe. Sie war vollkommen sicher. Niemand hatte eine Ahnung. Auch wenn sie es in einer Woche wieder tat, würde niemand einen Verdacht gegen sie hegen. Oder morgen Nacht. Oder gleich jetzt…

Barbara ging zum Telefon, wartete volle fünf Minuten, bis ihr Herz aufgehört hatte zu pochen und ihre müden Phantasien sich in Nichts aufgelöst hatten. Dann wählte sie erneut Rons Nummer und lauschte begierig dem Klingeln.

»Hallo«, bellte Rons wütende Stimme in den Hörer. »Hallo? Hallo?«

Mit einem zufriedenen Grinsen ließ Barbara den Hörer auf die Gabel fallen. Warum sollte sie die Einzige sein, die die ganze Nacht wach blieb? Sie ging die Treppe hinauf in ihr Schlafzimmer, zog sich aus, krabbelte ins Bett und war, noch bevor ihr Kopf auf das Kissen gesunken war, fest eingeschlafen.

13

Vicki erwachte aus einem Traum, in dem sie verzweifelt versuchte, sich aus einer tiefen, dunklen Grube zu befreien. Sie krallte sich an die Wand ihres Gefängnisses, und kleine Erdklumpen brachen ab und blieben unter ihren Nägeln hängen.

»Aua!«

Sie öffnete die Augen und sah ihren Mann, der neben ihr ihm Bett saß und einen üblen Kratzer an seinem Arm begutachtete.

»Ich fürchte, du musst dir die Nägel schneiden, Darling«, sagte Jeremy Latimer lächelnd.

»Oh Gott, das tut mir Leid. Ich kann nicht glauben, dass ich dir das angetan habe. Mein armes Baby.« Vicki nahm den Arm ihres Mannes und leckte die dünne Blutspur auf seiner Haut ab.

»Wenn schon, hättest du mir das ein bisschen weiter unten antun können,« sagte Jeremy mit einem verschmitzten Lächeln, das sich über seine blassen Wangen breitete.

Vicki lachte, sprang aus dem Bett und tat so, als hätte sie die Einladung im Blick ihres Gatten nicht gesehen. Wurde der Mann denn nie müde? Er war schließlich fünfundsechzig, Herrgott noch mal. Sollte er es nicht langsam ein bisschen ruhiger angehen lassen? Sie ging nackt ins Bad, stieg unter die Dusche und verschwand unter Sturzbächen heißen Wassers. Für den Luxus eines Morgenquickies hatte sie weiß Gott zu viel um die Ohren. Um eins musste sie in Louisville sein, und vorher hatte sie noch etwas zu erledigen, das sie schon seit Wochen vor sich her schob.

Vicki hörte, wie die Badezimmertür geöffnet wurde, sah einen Schatten auf sich zu kommen und spürte den kalten Luftzug, als die Tür der Duschkabine aufgeschoben wurde und ihr Mann eintrat.

»Ich dachte, du könntest vielleicht ein bisschen Hilfe brauchen.« Jeremy nahm ihr die Seife ab und drehte sie um. »Bei den schwierigen Stellen, weißt du.«

Mit seinen kräftigen Händen massierte er ihren Nacken, bevor er sie an ihrer Wirbelsäule hinunter auf ihren knochigen Hintern gleiten ließ. Werden Männer denn nie erwachsen, fragte Vicki sich. Es spielte offenbar keine Rolle, ob sie sechzehn oder sechzig Jahre waren – sie waren alle gleich. Nun, vielleicht nicht vollkommen gleich, dachte sie, als ihr der 16-jährige Junge einfiel, der ihr erster Liebhaber gewesen war, und schwelgte in der Erinnerung an seinen schlanken, festen Körper, während die Finger ihres Mannes zwischen ihre Beine tasteten. Aber ein fester Körper war nicht alles. Man musste sich nur meinen eigenen anschauen, dachte Vicki und ließ es dann lieber. Er veränderte sich täglich, und nicht zu seinem Vorteil, trotz ihres persönlichen Fitnesstrainers, der zweimal pro Woche ins Haus kam. Kevin sagte ihr, dass sie toll aussah, aber dafür wurde er ja unter anderem bezahlt. Er sollte ihr Selbstwertgefühl heben, und wenn sie ehrlich war, fühlte sie sich auch durchaus wohl in ihrer Haut. Vierzig zu sein war nicht so schrecklich. Noch immer drehten sich die Männer nach ihr um. Außerdem wusste sie, dass ihr eigener Mann sie nach wie vor sexy und begehrenswert fand, und beschloss, nicht gegen das angenehme Kribbeln anzukämpfen, das sich in ihrem ganzen Körper ausbreitete, sondern das spontane Zwischenspiel zu genießen, auch wenn es ihren Zeitplan durcheinander brachte.

»Hast du einen anstrengenden Tag vor dir?«, fragte Jeremy später beim Frühstück.

»Ich habe einiges zu erledigen.« Vicki war schon aufgestanden und verabschiedete sich mit einem Kuss von ihrem Mann.

»Wohin gehst du?«, fragte Kirsten, die in diesem Moment die Küche betrat und ihren Bruder hinter sich her zog, der sich an die Gesäßtaschen ihrer Jeans klammerte.

»Zur Arbeit.« Vicki warf ihren Kindern eine Kusshand zu und ging forsch zur Haustür.

»Heute ist Sonntag«, erinnerte Kirsten sie.

»Ich bin irgendwann später zurück.«

»Die Vorstellung fängt um acht an.«

»Da bin ich auf jeden Fall längst wieder hier. Keine Sorge. Hals- und Beinbruch.«

Erst als Vicki im Wagen saß und schon auf halbem Weg nach Cincinnati war, ließ sie ihre Gedanken zu dem vor ihr liegenden Tag zurückkehren. Sie sah auf die Uhr. Erst zehn. Sie hatte jede Menge Zeit. Keine Sorge, machte sie sich selbst Mut, du tust das Richtige.

»Ich bin so froh, dass Sie es einrichten konnten, Mrs. Latimer«, sagte die Altenpflegerin. »Er hat neulich nach Ihnen gefragt.«

Vicki folgte der wohlbeleibten, schwarzen Schwester den langen, pfirsichfarbenen Korridor des Pflegeheims hinunter und versuchte, die Luft anzuhalten, um den schweren, stickigen Mief nicht einzuatmen. In dem vierstöckigen, gelben Backsteingebäude lag über allem ein Hauch von Verfall und Verzweiflung. Egal, wie hell die Wände gestrichen, wie gründlich die Böden geschrubbt und wie oft die Räume desinfiziert wurden, der Gestank blieb – der traurige Geruch der Ausrangierten, die zum Sterben zu lange brauchten.

»Er hat nach mir gefragt? Was hat er gesagt?«

»Er hat gefragt, warum seine Tochter ihn so lange nicht mehr besucht hat.«

Vicki ignorierte den unverhohlenen Tadel und schwieg. Welchen Sinn hatte es auch? Und was sollte sie sagen? Die Schwester hatte Recht. Sie war seit Monaten nicht hier gewesen, hatte seit Monaten nicht mehr verzweifelt in den leeren Augen ihres Vaters nach einem Zeichen des Wiedererkennens gesucht, seit Monaten nicht neben seinem Bett gestanden und gehofft, dass er ihren Namen murmeln würde. »Wie geht es ihm?«

»Heute scheint es ihm ein bisschen besser zu gehen. Er hat sein ganzes Frühstück aufgegessen und einen kleinen Spaziergang im Flur gemacht.«

»Hat er wirklich nach mir gefragt?« Vor der Tür zum Zimmer ihres Vaters blieb Vicki stehen.

»Nun, nicht direkt«, gab die Schwester zu. »Aber er hat mich auf diese besondere Art angesehen – diesen niedlichen Blick, den er manchmal hat, wissen Sie –, und ich wusste, dass er an Sie gedacht hat.«

»Danke«, erwiderte Vicki und dachte, dass ihr zur Beschreibung ihres Vaters das Wort *niedlich* nie in den Sinn gekommen wäre.

»Ich bin gleich am Ende des Flures, wenn Sie mich brauchen.«

Vicki blickte auf den blank geschrubbten Boden, atmete tief ein und öffnete die Tür zum Zimmer ihres Vaters.

Der Mann in dem Einzelbett in der Mitte des Raumes hatte eine Gesichtsfarbe wie gelblicher Kalk. »Bald passt du genau zu den Wänden, Daddy«, sagte Vicki und bewegte sich zögernd auf das Bett zu, während sie die zerbrechliche Gestalt des Mannes ansah, der nur fünf Jahre älter war als ihr Mann.

Er starrte sie aus seinen wässrigen hellbraunen Augen an, die einen Ton heller waren als ihre eigenen, und lächelte dasselbe angespannte Lächeln, an das Vicki sich aus ihrer Kindheit erinnerte, obwohl sie sofort erkannte, dass er keine Ahnung hatte, wer sie war. Seit mindestens einem Jahr hatte er praktisch gar keine Erinnerung mehr.

»Und wie behandeln sie dich hier, Daddy?«

»Gut«, kam die prompte Antwort. »Sehr gut.«

»Tut mir Leid, dass ich dich so lange nicht besucht habe.«

»Du warst beschäftigt«, sagte er, als verstünde er.

»Ja, genau. Weißt du noch, was ich mache, Daddy?«

»Du warst sehr, sehr beschäftigt«, wiederholte ihr Vater und starrte auf das Gemälde einer verschneiten Landschaft an der Wand gegenüber.

»Ich bin Anwältin, Daddy. Genau wie du. Bei Peterson, Manning und Carlysle an der Mercer Street. An die erinnerst du dich doch, oder?«

»Natürlich«, sagte er, und sein Kopf wippte auf seinem dünnen Hals auf und ab. Dabei ragte sein Adamsapfel so steil hervor, dass er aussah wie ein Kind, dem ein verschluckter Bauklotz im Hals stecken geblieben war.

Vicki beugte sich vor, strich die wenigen weißen Haare glatt, die sich auf dem kahlen Kopf ihres Vaters aufrichteten, und zupfte den Kragen seines Flanellschlafanzugs zurecht. »Im vergangenen Jahr bin ich in die Geschäftsleitung berufen worden. Ich weiß nicht, ob ich dir das schon erzählt habe.«

»Du warst beschäftigt.«

»Na ja, du weißt ja, wie verrückt es in einer großen Kanzlei zugehen kann. Aber es war gut. Ich habe ein wichtiges Teilurteil im McCarthy-Fall gewonnen. Vielleicht hast du davon in der Zeitung gelesen. Es war auf der Titelseite.« Sie hielt inne. Was plapperte sie da? Ihr Vater hatte garantiert keine Ahnung, wovon sie redete. Sie bezweifelte, dass er in den letzten Jahren auch nur einen Blick in die Zeitung geworfen hatte.

»Das ist sehr gut«, sagte ihr Vater. »Gut für dich.«

Ja, gut für mich, dachte Vicki, ließ sich auf einen Stuhl fallen, den sie sich ans Bett gezogen hatte, und lächelte still über die feine Ironie. »Gut für dich«, war wahrscheinlich das Netteste, was ihr Vater je zu ihr gesagt hatte, und er hatte keine Ahnung, dass er es sagte. Sie hätte beinahe laut gelacht, während sie an ihrem Vater vorbei auf den Baum starrte, dessen Äste am Fenster kratzten und dessen leuchtende Herbstblätter gegen die bleiverglasten Scheiben schlugen. »Es ist für die Jahreszeit ziemlich warm«, sagte sie.

»Ja«, stimmte ihr Vater ihr zu.

»Du solltest sie bitten, mit dir draußen spazieren zu gehen.«

»Draußen spazieren gehen. Ja, es ist ziemlich warm für die Jahreszeit.«

Vicki zog ihre rote Strickjacke enger um ihren Körper. Trotz der für die Jahreszeit zu warmen Temperaturen und dem überheizten Zimmer fröstelte sie. »Na, dann soll ich dir wohl mal erzählen, was es Neues gibt«, sagte sie mit falscher Fröhlichkeit.

Ihr Vater lächelte sein knappes Lächeln, dasselbe knappe Lächeln, mit dem er sie verspottet hatte, als sie den Buchstabierwettbewerb in der fünften Klasse verloren hatte, mit ihrem Rhetorikteam in der High-School nur Zweite geworden war und ihre Englischklausur an der Uni nur mit Zwei plus bestanden hatte. Nichts, was sie getan hatte, war je gut genug gewesen. Oder, Daddy?, dachte Vicki jetzt und wünschte, sie könnte dieses schreckliche Grinsen von seinem Gesicht wischen. Nichts, was irgendwer je getan hatte, war gut genug gewesen.

War ihre Mutter deshalb gegangen?

»Deinen Enkeln geht es sehr gut«, sagte Vicki laut, um ihre unangenehmen Gedanken zu übertönen. »Kirsten wächst wie Unkraut. Sie ist mittlerweile dreizehn und fast einen ganzen Kopf größer als ich. Warte, ich habe ein Foto.« Sie suchte ihre Brieftasche in der großen Tasche, zog einen leicht zerknitterten Schnappschuss von Kirsten heraus und hielt ihrem Vater das Bild hin. »Also, das Bild ist ehrlich gesagt schon ein paar Jahre alt. Verdammt, ich dachte, ich hätte ein Neueres.« Sie war sich ziemlich sicher, dass Kirsten ihr die letzte Aufnahme des Schulfotografen für ihre Brieftasche gegeben hatte. Wo war die bloß abgeblieben? »Man sieht jedenfalls, wie hübsch sie ist. Seit das Foto gemacht wurde, ist ihr Gesicht sehr viel schmaler geworden und ihr Haar länger. Sie will es bis zur Hüfte wachsen lassen. Außerdem ist sie sehr gut in der Schule. Im vergangenen Jahr war sie Klassenbeste. Du wärst stolz auf sie.«

Wäre er das? Vicki bezweifelte es. *Eine Zwei plus*, hörte sie ihn höhnen. *Das ist ja wohl kaum eine Note, auf die man stolz sein kann.*

»Einen Freund hat sie noch nicht. Na ja, sie ist ja auch noch so jung.« Vicki ließ sich in ihren Stuhl zurücksinken und kämpfte gegen die unvermutet aufsteigenden Tränen an. Sie war gerade vierzehn gewesen, als sie ihre Unschuld verloren hatte. War es möglich, dass Kirsten ähnlich weit war? Dass sie mit Jungen schlief?

Auf keinen Fall, entschied Vicki, aber woher sollte sie das wissen? Sie hätte auch Kirstens erste Periode nicht mitbekommen, wenn die Haushälterin sich nicht über die Binden beschwert hätte, die die Toilette verstopften. Kirsten war diesbezüglich eher zurückhaltend und vertraute sich ihrer Mutter nur selten an, womit Vicki keine Probleme hatte. Wenn sie etwas wissen will, weiß sie, wie sie mich erreichen kann, sagte sie sich. Zumindest weiß sie, wo ihre Mutter ist, was mehr ist, als ich von *meiner* Mutter behaupten könnte.

»Sie spielt die Hauptrolle in der Theateraufführung ihrer Schule«, sagte Vicki laut, als sie ihres inneren Monologs überdrüssig wurde. »Die Nancy in *Oliver*! Erinnerst du dich an das Musical *Oliver*!?« »Oliver, Oliver«, sang sie leise, und ihr Vater wippte zu dem langsamen Rhythmus mit dem Kopf. »Nun, sie hat zum Glück eine bessere Stimme als ich, obwohl ich gestehen muss, dass ich die Vorstellung eines dreizehnjährigen Mädchens, das singt: ›So lange Bill mich will‹, irgendwie erschreckend finde. Ich schaue es mir jedenfalls heute Abend an. Es ist die letzte Vorstellung. Zur Premiere habe ich es nicht geschafft. Sie war am Mittwoch, und ich musste lange arbeiten, deshalb…« Vicki brach ab, als sie sah, dass die Augen ihres Vaters langsam zufielen. »Daddy? Daddy, schläfst du?«

»Du bist sehr beschäftigt«, sagte er fast so, als hätte er zugehört.

»Wie dem auch sei«, fuhr Vicky fort, »wir gehen alle zusammen. Jeremy und Josh. Der ist in der Schule bis jetzt noch keine große Leuchte, aber das kann ja noch werden, wer weiß. Es sind schon seltsamere Dinge geschehen. Meine Freundin Susan mit ihrem Mann und Barbara und die Kinder kommen auch mit. Nur Chris nicht«, sagte Vicki mit sinkender Stimme. »Seit sie aus der Grand Avenue weggezogen sind, hat niemand je wieder etwas von Chris gesehen oder gehört. Als ob sie sich in Luft aufgelöst hätte.«

Wie eine andere Person, die wir kennen, dachte Vicki.

»Ich werde sie besuchen«, sagte sie plötzlich.

»Was? Du musst lauter sprechen«, verlangte ihr Vater, während Vickis Tränen, die ihr schon eine Weile in den Augen standen, überzufließen drohten. Hast du mich gehört? *Ich sagte, du sollst lauter sprechen. Meinst du, ich lasse dich mit diesen Noten auf den Ball gehen?*

Vicki wartete, bis sie ihre Tränen wieder unter Kontrolle hatte, bevor sie sprach. »Ich sagte, ich werde sie besuchen.«

»Oh«, meinte ihr Vater, ohne weitere Ausführungen zu erwarten. Kein Interesse an Erklärungen.

»Mutter«, sagte Vicki und spürte das Gewicht des Wortes auf ihrer Zunge.

»Du bist sehr beschäftigt.«

»In Louisville.« Vicki sprach jetzt nur noch für sich selber weiter. »Ich glaube zumindest, dass sie es ist. Sicher kann ich mir natürlich erst sein, wenn ich sie sehe und mit ihr spreche. Ich habe sie schon seit einiger Zeit von Detektiven suchen lassen. Immer mal wieder. Vor ein paar Jahren glaubte man, sie auf einer Insel vor der Küste von Spanien entdeckt zu haben, aber sie war es nicht. Sie war zwar eine Amerikanerin, auf die die allgemeine Beschreibung und alles passte, aber sobald ich die Bilder gesehen habe, wusste ich, dass sie es nicht war. Die Frau in Spanien war viel zu groß. Aber diese Frau aus Louisville klingt so, als könnte sie es sein. Sie hat die richtige Größe und das richtige Alter und nennt sich Rita Piper, was ja Mutters Mädchenname ist. Hört sich an, als könne sie es tatsächlich sein. Und auf den Fotos, die der Detektiv mir geschickt hat, sieht sie so aus, wie sie heute aussehen könnte. Es fällt mir natürlich schwer, mich zu erinnern, weil ich noch so klein war, als sie uns verlassen hat, aber –« Vicki hielt abrupt inne. »Das ist dir doch eigentlich gleichgültig, oder?«, fragte sie. »Es ist dir vollkommen gleichgültig. Deswegen hat sie dich verlassen, stimmt's?«

Nur warum hat sie auch ihre Tochter verlassen?, fragte Vicki sich stumm. Warum hat sie mich nicht mitgenommen?

»Ich habe nicht die leiseste Ahnung, warum ich das mache«, sagte Vicki, warf die Hände in die Luft und hörte sie wieder auf ihre Schenkel klatschen. »Ich meine, sie hat sich nicht direkt ein

Bein ausgerissen, um den Kontakt zu halten. Es ist schließlich nicht so, als ob sie nicht wüsste, wo sie mich finden kann.«

Und sie hat es nicht versucht. Kein einziges Mal. In all den Jahren.

»Ich weiß also auch nicht genau, was der Sinn dieser kleinen Übung ist, aber, hey, es ist ein schöner Herbstnachmittag, und ich habe Lust auf eine Spazierfahrt.«

»Es ist ein schöner Nachmittag«, stimmte ihr Vater ihr zu.

Vicki sah auf die Uhr. »Es wird spät. Ich sollte jetzt wirklich los. Ich muss rechtzeitig zu Kirstens letzter Vorstellung zurück sein. Die darf ich nicht verpassen. Ich hab dir erzählt, dass sie die Hauptrolle in *Oliver*! bekommen hat, oder?« Vicki sprang auf. Nun war sie schon diejenige, die Probleme mit ihrem Gedächtnis hatte. Sie musste hier raus, bevor die Schwestern sie für eine Heimbewohnerin hielten. Sie beugte sich vor, und ihre Lippen schwebten über der trockenen Stirn ihres Vaters. Sie küsste in die Luft, tätschelte seine Schulter und spürte, wie er ihre Hand abschüttelte. Sogar jetzt noch, dachte sie. »Ich schaue bald wieder vorbei und erzähle dir, wie es mir geht.«

»Ja«, sagte ihr Vater, als würde er eine Frage beantworten.

Vicki blieb noch einen Moment in der Tür stehen, beobachtete, wie ihr Vater an die Wand starrte, und fühlte sich von Jahren der Gleichgültigkeit aus dem Zimmer gedrängt. »Auf Wiedersehen, Daddy«, sagte sie und schloss die Tür hinter sich.

Die Fahrt zu dem kleinen weißen Holzhaus in Louisville dauerte eine Stunde. Vicki kurvte mehrmals um den Block, während sie überlegte, wie sie die Frau, die ihre Mutter sein könnte, am besten ansprach. Wahrscheinlich hätte sie vorher anrufen und ihr Zeit geben sollen, sich auf die Begegnung vorzubereiten. Ihr Zeit lassen, ihre Taschen zu packen und zu fliehen, dachte Vicki, weshalb sie sich auch entschieden hatte, es nicht zu tun. Ihre Mutter war sehr gut darin, ihre Sachen zu packen und die Stadt zu verlassen. Sie würde ihr keine weitere Gelegenheit bieten.

Nein, es war besser, sie zu überraschen, sie direkt zur Rede zu stellen, obwohl Vicki sich nicht sicher war, was genau sie eigentlich sagen wollte. Seit Bill Pickering sie vor einigen Tagen im Büro angerufen und berichtet hatte, dass er eine Frau namens Rita Piper aufgetrieben hätte, auf die die Beschreibung ihrer Mutter passte, probierte sie im Kopf verschiedene Reden aus. Diese Rita Piper lebte auch nicht vor der spanischen Küste, verkroch sich nicht in einer einsamen Hütte in Wyoming oder war nach Kanada geflohen. Sie wohnte gleich nebenan in Louisville, Kentucky, keinen Steinwurf entfernt von der Tochter, die sie vor sechsunddreißig Jahren verlassen hatte. Nahe genug, um ein Auge auf sie zu haben, ihre Karriere in der Zeitung zu verfolgen, über sie auf dem Laufenden zu bleiben. Nahe genug, dass ihre Tochter sie finden konnte, falls sie nach ihr suchen sollte.

»Hi, Mom. Erinnerst du dich an mich?«, sagte Vicki laut und hielt einen halben Block weit entfernt am Straßenrand. Sie konnte schließlich schlecht direkt vor dem Haus parken. Glänzende, neue rote Jaguars waren nicht gerade die unauffälligsten Fahrzeuge. Sie wollte ihre Mutter nicht alarmieren, sie nicht merken lassen, dass das Haus beobachtet wurde, damit die Frau nicht doch noch durch die Hintertür verschwinden konnte. Vicki schaltete den Motor ab, atmete schwer und beobachtete, wie das kleine Rechteck der Windschutzscheibe beschlug. »Wahrscheinlich erinnerst du dich gar nicht mehr an mich«, setzte sie wieder an und brach erneut ab. »Verzeihung, sind Sie meine Mutter?«, fragte sie und verdrehte die Augen. Klar. Super. Genau das Richtige.

»Was soll ich sagen?«, fragte Vicki das adrette weiße Haus, das nicht anders aussah als die anderen Häuser in dieser erkennbar bescheidenen Wohngegend. Warum hast du nicht versucht, Kontakt mit mir aufzunehmen? Du musst doch wissen, wer ich bin, wen ich geheiratet und was ich geleistet habe. Es gibt keinen Grund, warum du so bescheiden leben musst. Du könntest im Luxus leben. Jeremy ist ein großzügiger Mann. Er würde alles tun, um mich glücklich zu machen. »Und über ihn musst du dir keine Sorgen mehr machen«, sagte Vicki, weil sie wusste und immer gewusst hatte, dass das abrupte Verschwinden ihrer Mutter die Schuld ihres Vaters gewesen war. Nicht, dass er sie körperlich misshandelt hätte wie Chris' Mann. Vicki bezweifelte, dass ihr Vater je im Zorn die Hand hatte heben müssen, um sein Missfallen spürbar zu machen. Er musste einen nur mit seinen kalten, hellbraunen Augen ansehen, und man wusste, dass man beurteilt und für mangelhaft befunden worden war, dass man, egal, wie man sich anstrengte, für ihn immer eine Enttäuschung bleiben würde.

Kein Wunder, dass ihre Mutter gegangen war.

Vicki blickte auf die Uhr. Fast eins. Bill Pickering hatte ihr berichtet, dass die Frau, die sich Rita Piper nannte, jeden Sonntagmorgen ehrenamtlich im Krankenhaus arbeitete und in der Regel gegen eins nach Hause kam. Natürlich hätte Vicki auch noch einkaufen oder eine Kleinigkeit essen gehen können. Ihr Magen knurrte vernehmlich. Sie hätte bei McDonald's Halt machen und einen Big Mac und einen Erdbeermilchshake zu sich nehmen sollen. Vielleicht noch eine Portion Pommes frites dazu. Sofort erfüllten durchaus reale Essensdüfte den Wagen. »Vielleicht habe ich noch Zeit, mir eine Kleinigkeit zu holen«, sagte Vicki und wollte den Wagen gerade anlassen, als sie einen alten grün-braunen Plymouth um die Ecke biegen und in die Einfahrt des kleinen weißen Hauses fahren sah. »Oh Gott«, sagte Vicki mit angehaltenem Atem und beobachtete, wie das Auto hielt und die Fahrerin ausstieg.

»Mutter…«, flüsterte Vicki und spähte durch die Windschutzscheibe des Jaguar auf die kleine Frau mit dem rötlichen Haar, die lachend ausstieg und die Wagentür schloss. Warum lachte sie?

Dann ging die Beifahrertür auf und eine weitere Frau stieg aus. Sie war hoch gewachsen, breiter und in jeder Beziehung größer als Rita Piper, mit einer dauergewellten blonden Mähne. Sie lachte ebenfalls. Offenbar hatte irgendwer etwas Komisches gesagt, vielleicht einen Witz erzählt. Was für einen Humor hatte ihre Mutter? Vicki wusste es nicht. Nachdem sie sie verlassen hatte, hatte ihr

Vater sich geweigert, über sie zu sprechen, und alle Fotos von ihr zerstört bis auf das eine, das in Vickis Zimmer auf der Kommode stand, ein Porträt von Mutter und Tochter, das er wahrscheinlich vergessen hatte und das Vicki später, als sie die Gefahr spürte, unter ihrer Matratze versteckt hatte.

Vicki griff in ihre Handtasche, zog das kleine Foto heraus, das sie hinter ihrem Führerschein in der Brieftasche aufbewahrte, und starrte auf das Bild einer schönen, jungen Frau, die bei der Geburt ihrer Tochter erst zwanzig gewesen war. Ihr schulterlanges rotes Haar fiel auf die seidige Wange des Babys, und in ihren leuchtenden grünen Augen lag zu gleichen Teilen Freude und Traurigkeit. »Ich habe die Augen meines Vaters«, stellte Vicki fest und strich sich eine Strähne ihres roten Haares, das sie von ihrer Mutter geerbt hatte, hinters Ohr. »Schwein gehabt«, sagte sie und beobachtete, wie die beiden Frauen das Haus betraten und die Tür hinter sich schlossen.

Was jetzt?

Sie konnte nicht einfach anklopfen und ihr Geburtsrecht geltend machen, während ihre Mutter Gesellschaft hatte. Sie musste warten, bis die Besucherin gegangen war. Vicki lehnte sich in ihren schwarzen Ledersitz zurück und fragte sich, wie lange das dauern würde. Sie schaltete den Motor wieder ab, schloss die Augen, versuchte nagende Hungergefühle zu ignorieren und döste rasch ein.

Ein klatschendes Geräusch an der Seitenwand des Wagens weckte sie.

»Entschuldigung«, sagte eine junge Stimme, und Vicki richtete sich kerzengerade in ihrem Sitz auf. Ein kleiner Junge rannte über die Straße, hob einen blauen Gummiball auf und warf ihn einem anderen Jungen auf der anderen Straßenseite zu.

Was war los? Wo war sie? Wie spät war es?

Die Antworten kamen so schnell wie die Fragen. Sie saß in ihrem Auto in Louisville, Kentucky, wartete darauf, ihre Mutter zur Rede zu stellen, und es war fast vier Uhr nachmittags. »Vier Uhr!«

Es konnte doch nicht schon vier Uhr sein. Sie konnte doch nicht drei Stunden geschlafen haben! Das war unmöglich. Sie schlief tagsüber nie. Die Uhr musste defekt sein. Scheiß Jaguar. Irgendetwas war immer kaputt.

Sie warf einen Blick auf ihre Armbanduhr. »Nein, das kann nicht sein. Es kann nicht sein.« Sie riss den Kopf zu dem weißen Holzhaus herum. »Nein, das glaube ich nicht. Bitte mach, dass das nur ein weiterer verrückter Traum ist.« Doch schon in dem Moment, in dem sie es sagte, begriff Vicki, dass es kein Traum war, dass der grün-braune Plymouth nicht mehr in der Auffahrt parkte, dass ihre Mutter weg war. »Wohin bist du gefahren? Wohin bist du gefahren?«, kreischte sie und schlug mit den Händen aufs Lenkrad und drückte dabei aus Versehen auf die Hupe, was ihr die unerwünschte Aufmerksamkeit der beiden Jungen einbrachte, die auf der anderen Straßenseite Ball spielten. Als sie ihre fragenden Gesichter sah, winkte sie ab, und sie wandten sich wieder ihrem Spiel zu, obwohl sie weiterhin verstohlene Blicke in ihre Richtung warfen. »Idiot! Wie konntest du einschlafen!«

Kannst du denn gar nichts richtig machen?, hörte sie ihren Vater sagen.

»Was jetzt?«, fragte sie sich erneut, diesmal laut. Was machst du jetzt? »Okay, okay«, murmelte sie in ihre Hände für den Fall, dass die Jungen sie beobachteten. »Wo könnte sie hingefahren sein?« Vielleicht brachte sie nur ihre Freundin nach Hause und würde bald zurück sein. Aber Vicki wusste nicht, wann sie das Haus verlassen hatte. »Vielleicht sind sie zusammen ins Kino gegangen«, stöhnte Vicki. »Oh Gott, ich halte das nicht aus. Wie konntest du nur so dämlich sein? Du hattest sie. Sie war direkt vor deiner Nase.«

Sie sah ein weiteres Mal auf ihre Uhr. Schon nach vier. Um acht musste sie zurück in Cincinnati sein, das hatte sie Kirsten versprochen. Wie lange konnte sie noch warten? »Ich gebe ihr eine Stunde«, sagte sie. Bis dahin musste Rita Piper doch bestimmt zurück sein.

Es war zehn vor fünf, als der grün-braune Plymouth in die Einfahrt bog und Rita Piper den Arm voller Einkaufstüten ausstieg.

»Gott sei Dank.« Vicki schloss die Augen und riss sie sofort wieder auf, damit die Frau nicht noch einmal verschwand. Okay, nun war sie zu Hause. Zeit für den Beginn der Vorstellung. »Was soll ich machen? Ihr helfen, die Einkäufe ins Haus zu tragen?« Wäre das nicht gemütlich? Mutter und Tochter wieder vereint beim Bestücken des Kühlschranks? Nein, sie sollte der Frau lieber Zeit lassen, damit sie ins Haus gehen, alles auspacken und zu Atem kommen konnte. »Genau wie ich selbst«, sagte Vicki, öffnete die Wagentür und sog die frische Luft gierig ein.

Fünf Minuten später klopfte Vicki an die Haustür der Frau. *Hi, ich bin Vicki Latimer. Deine Tochter. Erinnerst du dich an mich?*

»Einen Moment, bitte«, kam die Antwort von drinnen. Eine nette Stimme, dachte Vicki und suchte vergeblich, irgendein Echo ihrer eigenen Stimme darin zu erkennen. »Wer ist da?«, fragte die Frau, ohne die Tür zu öffnen.

»Sind Sie Rita Piper?«, fragte Vicki mit klopfendem Herzen.

Die Tür wurde einen Spaltbreit geöffnet, und neugierige grüne Augen spähten hinaus. »Ja?«

»Mein Name ist Vicki Latimer, und ich hätte Sie gern einen Moment gesprochen.«

»Sie wollen mir doch nichts verkaufen, oder?«

Vicki schüttelte den Kopf. »Nein«, sagte sie und hätte beinahe gelacht.

»Kann ich Ihnen irgendwie helfen?«

Noch bevor sich die Tür ganz geöffnet hatte, begriff Vicki, dass die attraktive, 60-jährige Frau mit den dunkelroten Haaren und den fragenden grünen Augen, die vor ihr stand, nicht ihre Mutter war. »Tut mir Leid«, sagte sie. »Ich habe einen großen Fehler gemacht.« Und dann brach sie in eine Flut wütender Tränen aus.

Ohne ein weiteres Wort legte die Frau, die nicht ihre Mutter war, ihre Arme um Vickis bebende Schultern und führte sie ins Haus.

14

Barbaras Arme zitterten.

Dabei habe ich noch gar nicht mit dem Training angefangen, dachte sie, stellte die schweren Plastiktüten auf dem grünen Marmorboden ab und kämpfte mit der massiven Glastür am Eingang des *Body by Design*-Fitnesscenter im 16. Stockwerk des Sylvan Tower Complex an der Mercer Street in der Innenstadt von Cincinnati.

»Da hat aber jemand schwer eingekauft«, flötete die blonde, sonnengebräunte Empfangsdame hinter ihrem farblich passenden Tresen, als Barbara auf ihrem Weg zum Geräteraum am anderen Ende des Studios an ihr vorbeikam.

»Das kann man wohl sagen«, rief Barbara zurück und lachte. Wenn Ron die Visa-Card-Rechnung für diesen Monat sehen würde … Ja, der Weihnachtsmann beschenkte seine ehemalige Familie in diesem Jahr besonders großzügig. Ein Armani-Kostüm für Barbara, ein Gucci-Jackett für Tracey, für beide eine passende Armbanduhr von Cartier. Mit Lederarmband, dachte Barbara leicht enttäuscht, als sie an einem Raum mit Spiegelwänden voller schwitzender, weißer Frauen mittleren Alters vorbeikam, die versuchten, mit ihrer unermüdlichen Aerobictrainerin Schritt zu halten. Sie hatte sich nicht getraut, die Goldarmbänder zu kaufen, die sie eigentlich lieber gehabt hätte. Vielleicht im nächsten Jahr.

Die 80er-Jahre waren so gut wie vorüber. Sie standen auf der Schwelle zu einer neuen Dekade.

Der Himmel allein wusste, was das kommende Jahrzehnt an Überraschungen für sie bereithalten würde. »Ich kann es kaum erwarten«, murmelte Barbara in den schwarzen Fuchskragen ihres grünen Tweedmantels, den ihr ihr erzürnter Gatte im vergangenen Jahr zu Weihnachten verehrt hatte. Du wusstest gar nicht, wie großzügig du bist, was?, dachte Barbara und lächelte, obwohl sich ihr Gesicht scheinbar nicht bewegte.

»Noch vier«, rief die Trainerin in ein Mikro, das um ihren Hals hing, und streckte ihre muskulösen Arme nacheinander in die Luft. »Noch drei!«

»Keinen mehr«, flötete Barbara, fasste ihre schweren Tüten nach und stöckelte auf hochhackigen Winterstiefeletten zur Rückseite des Studios, während sie sich fragte, ob Susan und Vicki schon da waren. Wahrscheinlich. Sie war mindestens eine halbe Stunde zu spät. Susan war immer so pünktlich. Vickis Kanzlei lag nur zwei Etagen tiefer, und sie hatte garantiert den Vormittag im Büro verbracht, obwohl heute Samstag war. Und genauso wahrscheinlich würde sie nach dem Training wieder an ihren Schreibtisch zurückkehren. Vicki arbeitete immer.

Nicht einmal zur Schultheateraufführung ihrer Tochter im vergangenen Monat war sie gekommen. Angeblich hatte sie gearbeitet. Irgendeine lahme Ausrede von wegen, sie wäre bei einem Mandanten festgehalten worden, hätte die Zeit vergessen etc., etc. Wenn sie wieder eine Affäre hatte, wäre es zwar nicht das erste Mal, dass Vicki ihren Mann betrog, aber das erste Mal, dass sie beschlossen hätte, ihren Freundinnen diese Information vorzuenthalten.

Nicht dass ich Susan oder Vicki von meinem kurzen Abenteuer mit Kevin erzählt hätte, dachte Barbara. Aber warum eigentlich nicht? Ist es mir peinlich? Hab ich Angst vor ihrem Urteil? Oder vor ihrem Mitleid?

Die Dinge hatten sich verändert, erkannte Barbara, obwohl die Frauen tapfer so taten, als wäre alles beim Alten. Die Grandes Dames hatten Vickis Umzug von Mariemont nach Indian Hill intakt überstanden, doch Chris' überstürzter Auszug hatte ihnen einen entscheidenden Schlag versetzt. Langsam, aber unaufhaltsam hatte sich die Dynamik ihrer Gruppe verschoben, was nicht völlig unerwartet gekommen war. Schließlich waren sie jetzt nicht mehr vier, sondern nur noch drei, und Barbara fühlte sich häufig außen vor. Vor allem seit ihrer Scheidung.

Barbara wusste durchaus, dass weder Vicki noch Susan sie absichtlich ausschließen wollten. Die beiden passten nur einfach besser zusammen, beide gebildet, mit einem Ehemann, der sie vergötterte, einem beruhigenden Einkommen und einer erfolgreichen, erfüllenden Karriere. Sie konnten nicht verstehen, wie man sich in ihrer Lage fühlte: ungebildet, ungeliebt und unsicher. Obwohl Susan und Vicki dergleichen nie laut äußerten, spürte Barbara, dass beide dachten, es sei an der Zeit, dass sie sich zusammenriss und etwas Konstruktives mit ihrem Leben anfing. Ron würde nie mehr zurückkommen, sie musste nach vorne schauen.

Aber sie war unfähig, sich vom Fleck zu rühren.

Sie saß fest.

Und sie hatte keine Ahnung, wie sie es anstellen sollte, ihr chaotisches Leben irgendwann zu ändern.

Wenn Sie mit Chris hätte reden können. Chris würde sie verstehen. Aber Chris war weg, mitten in der Nacht klammheimlich fortgeschafft von einem Ungeheuer, das ihr das Haus in der Grand Avenue unter dem Hintern wegverkauft und sie in ein kleines gemietetes Reihenhaus in der nahe gelegenen Vorstadt Batavia gesperrt hatte. Ein Privatdetektiv, den Vicki beauftragt hatte, hatte ihren Aufenthaltsort schnell aufgespürt, und die Frauen waren in die Elm Street gefahren, wo Tony sie an der Tür abwies und sie nicht mit Chris sprechen lassen wollte. Sie hatten die Polizei informiert, die ihnen erklärt hatte, dass sie angesichts von Chris' Weigerung, Anzeige zu erstatten, nichts tun konnten. Man hatte die Frauen vielmehr dringend ermahnt, sich um ihre eigenen Angelegenheiten zu kümmern.

Barbara hatte diese Empfehlung ignoriert, sie war wochenlang noch beinahe täglich nach Batavia gefahren und hatte in der Hoffnung, Chris zumindest zu Gesicht zu bekommen, vor dem kleinen braunen Holzbungalow geparkt. Doch hinter den permanent zugezogenen Vorhängen war kein Zeichen von Leben auszumachen. Als Barbara einen Monat später erneut vor dem Haus parkte, stand die Tür offen, und das Haus war verlassen. Chris war weg.

Weitere Versuche, sie aufzuspüren, gab es nicht. »Wir können nichts machen«, sagten die Frauen in den folgenden Jahren abwechselnd immer wieder, obwohl Barbara nicht wirklich daran glaubte, genauso wenig wie die beiden anderen, vermutete sie. Im Laufe der Zeit härteten ihre unausgesprochenen Schuldgefühle aus wie eine Schicht schützender Lack. Wenn sie sich begrüßten, küssten sie sich nicht mehr auf die Wangen, sondern in die Luft. Und wenn sie sich umarmten, hielten sie trotzdem Abstand.

Ohne Chris waren die Grandes Dames nicht mehr so grandios.

Barbara erreichte den Fitnessraum am Ende des langen Flures und sah Susan auf einem der sechs Laufbänder rackern, während Vicki sich auf einem der drei Stepmaster abmühte. Das kann nicht gesund sein, dachte Barbara, als sie mit der Schulter die Glastür aufdrückte und ihr sofort eine Hitzewelle entgegenschlug.

»Da ist sie!«, rief Vicki. »Wir haben uns schon gefragt, wo du bleibst.«

»Wir haben uns Sorgen gemacht«, sagte Susan mit einem leichten Tadel.

»Tut mir Leid. Ich habe die Zeit komplett vergessen.« Barbara stellte ihre Tüten ab, schlüpfte aus ihrem Mantel und präsentierte ein neu erworbenes, blau-schwarz gestreiftes Lycra-Outfit. Dabei fiel ihr ein, dass sie ihre Turnschuhe vergessen hatte.

»Das ist ein schickes Outfit«, meinte Susan, die selbst eine weite graue Jogginghose und ein formloses weißes T-Shirt trug. Ihr kinnlanges braunes Haar war schweißnass. »Wann hast du denn das gekauft?«

»Heute Morgen.«

Susan schüttelte den Kopf, sodass mehrere große Schweißtropfen auf ihre Stirn und von dort weiter auf ihre Nasenspitze kullerten. »Irgendwie habe ich das Gefühl, dass ein gewisser College-

Professor nicht sehr glücklich sein wird.« Die Schweißtropfen fielen auf ihre Oberlippe und blieben dort hängen.

»Wenn er sich das nächste Mal scheiden lässt, sollte er vorher das Kleingedruckte lesen«, sagte Vicki, hüpfte von dem Stepper und drückte auf dem Weg zu den Hanteln in der Mitte des Raumes kurz Barbaras Arm. Sie trug schwarze Shorts und ein passendes T-Shirt mit einem *Body by Design*-Logo über der linken Brust.

»Sie ist wieder schwanger«, verkündete Barbara, und die Worte hallten in ihrem Kopf wider, bis ihr schwindelig wurde.

»Was?«

»Wer?«

»Der räudige Ron und die pickelige Pammy«, antwortete Barbara und stützte sich auf einer Bank ab. »Sie erwarten im Juni ein weiteres Baby. Ist das zu fassen? Sie gibt dem kleinen Kotzbrocken Brandon noch die Brust, verdammt noch mal.«

»Wann hast du es erfahren?«

»Tracey hat heute Morgen gleich als Erstes von Ron aus angerufen.«

»Wie nimmt sie es auf?«

»Erstaunlich gut«, ließ Barbara verlauten. »Ihr kennt ja Tracey. Sie bringt nichts aus der Fassung.«

»Und was ist mit dir?« Susan schaltete die Geschwindigkeit ihres Laufbands herunter und sah Barbara besorgt an.

»So weit ganz gut«, meinte Barbara achselzuckend, obwohl sie sich in Wahrheit alles andere als gut fühlte. Sie hatte seit Wochen nicht vernünftig geschlafen, und die Wochenenden, die Tracey bei Ron verbrachte, waren besonders schlimm. Sie hatte sich daran gewöhnt, dass Tracey im Bett neben ihr schlief. Die Neuigkeit von Pams Schwangerschaft hatte sie mit der Wucht einer 5-Kilo-Hantel getroffen. Das Geld ihres Exmannes auszugeben war nur ein schwacher Trost gewesen, und selbst das Wissen, dass vermutlich ihre ehemalige Schwiegermutter die Rechnungen bezahlte, hatte ihr nur momentane Befriedigung gebracht.

Ich habe ein Riesenchaos angerichtet, dachte Barbara, weil sie wusste, wie wütend Ron über ihre fortgesetzte Extravaganz sein würde. Hatte er nicht schon damit gedroht, noch einmal vor Gericht zu ziehen, wenn sie nicht anfing, ihre Ausgaben zu kontrollieren? Was versuchte sie zu erreichen? Wusste sie nicht, dass er zurückschlagen konnte, wenn sie ihn dazu zwang?

Barbara versuchte beim Umdrehen ihr Bild in der Spiegelwand zu ignorieren. Was gab es schon groß zu sehen außer einer jämmerlichen, nicht mehr jungen Frau in einem blöden blau-schwarzen Lycra-Dress, dessen Querstreifen nur ihre breiter werdenden Hüften betonten. Was machte sie hier überhaupt? Das Training würde ihr garantiert nicht helfen. Gar nichts konnte ihr helfen.

»Hast du das über Kevin gehört?«, fragte Vicki.

»Kevin?«, wiederholte Susan, während Barbaras Herz für einen Schlag aussetzte.

Gütiger Gott, dachte sie. Er hat Aids. Ich bin tot.

»Mein Trainer«, sagte Vicki. »*Unser* Trainer«, verbesserte sie sich und wies mit einer Hantel in Barbaras Richtung. »Unser Extrainer, sollte ich wohl besser sagen.«

»Ist er tot?«, keuchte Barbara.

»Tot! Nein, er ist bloß gefeuert worden. Wie kommst du um Himmels willen auf die Idee, dass er tot ist?«

»Warum ist er denn gefeuert worden?«, fragte Barbara um Fassung bemüht, ohne auf Vickis Frage einzugehen.

»Offenbar hat er mit der Hälfte seiner Kundinnen geschlafen. Die Geschäftsführung hat Wind davon bekommen und seinen knackigen kleinen Arsch vor die Tür gesetzt.«

»Hast du?«, fragte Barbara, entsetzt von der Vorstellung, dass sie seinen knackigen Arsch mit ihrer Freundin geteilt haben könnte.

»Habe ich was? Mit Kevin geschlafen? Das soll wohl ein Witz sein. Ich achte darauf, nie mit jemandem ins Bett zu gehen, der hübscher ist als ich. Hast du?«

»Was? Natürlich nicht.«

»Schade an sich«, sagte Vicki, legte die 5-Kilo-Hantel wieder auf den Ständer und nahm zwei 2,5-Kilo-Gewichte, die sie abwechselnd über ihren Kopf zu heben begann. »Dich muss ich vermutlich gar nicht erst fragen«, sagte sie mit einem Blick zu Susan, die als Antwort nur übertrieben die Augen verdrehte. »Dachte ich mir schon. Wie dem auch sei, ich fürchte, ich muss mein Programm heute abkürzen. Um zwei Uhr erwarte ich einen Mandanten.«

»Heute ist Samstag«, erinnerte Susan sie.

»Ein Werktag«, erwiderte Vicky. »Wie wär's mit Mittagessen am Freitag? Ich habe in meinem Kalender nachgesehen und festgestellt, dass ich tatsächlich eine ganze Stunde freihabe.«

»Geht nicht«, sagte Susan. »Am Freitag gehe ich mit meinem Chef essen.«

»Klingt ja interessant. Wie ist er überhaupt?«

»Sehr nett. Sehr intelligent.«

»Sehr schnuckelig, habe ich gehört.«

»Das ist mir noch gar nicht aufgefallen.«

Nun war es an Vicki, ihre Augen zu verdrehen. »Mein Gott, Susan, du bist wirklich langweilig. Oder nicht, Barbara?«

Barbara zuckte die Achseln und wartete darauf, dass Vicki ihre Einladung ihr gegenüber wiederholen würde, doch die stemmte nur schweigend weiter ihre Gewichte, und das Mittagessen am Freitag wurde mit keinem weiteren Wort mehr erwähnt.

»Okay, ich muss los. Wir reden ein anderes Mal«, verkündete Vicki wenige Minuten später, ließ die Gewichte fallen, sammelte ihre Sachen zusammen und verließ Kusshändchen werfend in einer Folge von abrupten Bewegungen den Raum, sodass sie aussah wie eine verwackelte Fotografie.

Es ist nur eine Frage der Zeit, bis sie ganz aus meinem Leben verschwunden ist, dachte Barbara, als sie die Tür hinter ihr zufallen sah. Zuerst hatte Chris sie verlassen, dann Ron. Jetzt rückten Susan und Vicki enger zusammen, teilten Zeit und Vertrauen und ließen sie zunehmend in der Kälte stehen. Verdammt noch mal, sogar Kevins knackiger kleiner Arsch war weg. Wie lange würde es dauern, bis Tracey entschied, dass sie lieber bei ihrem Vater leben wollte? Wie lange, bis sie niemanden mehr hatte?

»Barbara?«

Susan stieg von dem Laufband und machte ein paar Schritte auf sie zu.

»Barbara, was ist los?«

»Was los ist? Wie meinst du das?«

»Ich rede seit zwei Minuten mit dir, und du hast kein Wort von dem gehört, was ich gesagt habe, oder?«

»Tut mir Leid.«

»Alles in Ordnung?«

»Klar. Warum? Gibt es ein Problem?«

»Das sollst du mir sagen. Du stehst einfach da, mitten im Raum und hast dich, seit du deinen Mantel ausgezogen hast, nicht mehr bewegt.«

Barbara schluckte gegen die Tränen an, die ihr überraschend in die Augen schossen. »Ich glaube, mir ist heute nicht so richtig nach Training.«

»Wonach ist dir denn?«

»Graeter's Eis«, antwortete Barbara leise und wartete auf Susans milden Tadel.

Doch Susan lachte. »Klingt herrlich.«

»Bist du dabei?«

»Ich kann nicht«, entschuldigte Susan sich. »Owen holt mich in einer halben Stunde ab. Wir wollen meine Mutter besuchen.«

Sofort hatte Barbara ein schlechtes Gewissen, weil sie sich nicht nach Susans Mutter erkundigt hatte, die nach einer Operation im Krankenhaus lag. Die arme Frau – im vergangenen Jahr eine Brustamputation, und jetzt ein erneuter Eingriff zur Entfernung eines krebsbefallenen Lymphknotens im Hals. »Wie geht es ihr?«

Susan versuchte zu lächeln, doch ihre Lippen zitterten nur schwach, bis sie sie aufeinander presste.

»Es wird schon werden.«

»Ich weiß. Susan stieg auf eines der Standfahrräder und sofort wieder ab. »Zum Teufel mit dem Training. Das Leben ist viel zu kurz, und ich habe noch eine halbe Stunde Zeit, bis Owen mich abholt. Worauf warten wir noch? Auf zu Graeter's.« Sie legte ihren Arm um Barbaras Schulter. »Habe ich dir in letzter Zeit eigentlich gesagt, dass ich dich unheimlich gern habe?«, fragte sie mit einem traurigen Lächeln.

»Sag es mir noch einmal«, erwiderte Barbara.

Sie kam gerade aus Saks, als sie ihn sah.

Nein, sagte Barbara sich sofort, wischte sich die Spätnachmittagssonne aus ihren Augen und spürte feuchte Tränen in ihren Augenwinkeln. Die Verkäuferin hatte sie bestimmt nicht aufregen wollen. Sie war doch noch fast ein Kind. Was wusste sie schon von Diplomatie, Takt und dem Leben? »Lalique hat gerade eine wundervolle neue Produktlinie für reife Haut aufgelegt«, hatte sie gesagt, als Barbara sich nach einer neuen Gesichtscreme erkundigt hatte. Und plötzlich waren ihr die Tränen gekommen, mitten in der Parfümerieabteilung von Saks, direkt vor der entsetzten Verkäuferin und neugierigen Passanten.

Sie hatte das Gefühl, dass sie in letzter Zeit ständig weinte, man brauchte sie nur falsch anzusehen, etwas Falsches zu sagen oder auch nur zu denken, und sie heulte Rotz und Wasser, was, wie Dr. Steeves ihr garantiert sagen würde, das Schlimmste war, was sie tun konnte.

Sie war so müde. Ihrer Tage und noch mehr ihrer Nächte. Des ständigen Kampfes, der Schmerzen und sogar des Einkaufens. Sie hatte keine Lust mehr, so zu tun, als ob alles gut werden, Ron zur Vernunft und nach Hause zurückkommen würde. Er würde nie mehr nach Hause kommen. Das wusste sie. Er hatte Pammy, Brandon und demnächst ein weiteres Baby. Ein komplett neues Leben. Und was hatte sie? Die Narben aus dem alten.

Manchmal dachte sie, dass es nett wäre, einfach einzuschlafen und nicht mehr aufzuwachen. Vielleicht macht der Anästhesist einen Fehler, erinnerte sie sich bei ihrer letzten Schönheitsoperation gedacht zu haben, und ich komme nie wieder zu mir. So etwas kommt vor. Sie hatte oft genug davon gelesen. Vicki konnte ihn auf Schadenersatz verklagen und Tracey zu einer wohlhabenden jungen Frau machen. Ihre Freundinnen würden sich um sie kümmern, und Barbara würde sich nicht mehr damit abstrampeln müssen, jung zu bleiben und so zu tun, als würde sie ihr Leben in den Griff bekommen. Welches Leben?

Barbara dachte an die Schmerztabletten im Medizinschrank zu Hause. Wenn sie sie alle auf einmal schluckte, würde es garantiert reichen. Sie würde praktisch keine Schmerzen spüren. Ihr lächerliches Placebo von einem Leben wäre vorbei und erledigt, sie würde nicht mehr warten müssen, bis ihr Körper ihre Seele eingeholt hatte. Nur dass Tracey sie finden und sich bestimmt schuldig fühlen würde, weil sie glauben würde, dass sie ihre Mutter enttäuscht hatte, und das konnte sie ihrer Tochter nicht antun, dieses Grauen konnte sie dem einen Menschen, der ihr mehr bedeutete als alles andere auf der Welt, nicht aufbürden. Barbara erinnerte sich an ihre eigene Verzweiflung beim Tod ihrer Mutter, daran, wie einsam sie sich gefühlt hatte, wie schwarz die Welt ausgesehen hatte, wie sinnlos ihr ihre Existenz erschienen war.

Tracey hatte sie damals gerettet. Barbara hatte sich den Luxus eines Zusammenbruchs nicht geleistet, weil sie eine kleine Tochter gehabt hatte, um die sie sich kümmern musste. Und daran hatte sich nichts geändert. Tracey mochte mittlerweile ein Teenager sein, aber sie war immer noch ein kleines Mädchen, das ihre Mutter brauchte. Jetzt genauso wie eh und je. Vielleicht sogar noch mehr. Sie würden das gemeinsam durchstehen. Gemeinsam würden sie alles durchstehen.

Was war mit ihr los? Warum konnte sie nicht wie Susan sein, die schwierige Situationen spielend meisterte, oder Vicki, die frontal darauf zuging und sich irgendwie durchboxte? Oder Chris, die jede Entbehrung und Demütigung, die ihr zugemutet wurde, einfach hinzunehmen schien. Oh Gott, die arme Chris. Die arme, süße, wunderbare Chris. Warum dachte sie in letzter Zeit so häufig an sie? Lag es daran, dass in einem Monat Weihnachten war und Chris sich immer so auf die Feiertage gefreut hatte? Der Verlust von Chris war wie eine Amputation gewesen. Das Bein war vor Jahren abgetrennt worden, doch der Phantomschmerz quälte sie bis heute.

Das würde auch erklären, warum sie anfing, Gespenster zu sehen. Als sie Saks mit Weihnachtsmusik in den Ohren verlassen hatte und auf der anderen Straßenseite einen Fremden sah, dessen Gesicht halb im Kragen seiner dicken Jacke verborgen war, spielte ihr Verstand ihr einen Streich. Die Gedanken an Chris wirbelten noch durch ihren Kopf wie die Schneeflocken, die ihr der Wind in die Augen wehte, und plötzlich malte die grelle Sonne Tonys Züge auf das Gesicht dieses Fremden, der kurz darauf in der Menge verschwand. Die Erscheinung verblasste ebenso schnell wieder, wie sie aufgetaucht war.

Natürlich war es nicht Tony.

Doch dann war er plötzlich wieder da, als sie mit dem Wagen von dem Parkplatz hinter der Post an der Ecke 5th und Main Street kam. Und diesmal war er es unverkennbar – ein gemeiner, bösartiger, kleiner Mann. »Mein Gott«, hauchte Barbara mit klopfendem Herzen, und ihr Atem beschlug die Windschutzscheibe. »Was soll ich jetzt machen?«, flüsterte sie, bremste ab, fuhr im Schritttempo weiter und senkte den Kopf, falls Tony herübersah und sie bemerkte.

Mit langen, selbstsicheren Schritten bog er in die 6th Street. Barbara folgte ihm in einigem Abstand und hielt am Straßenrand, als er kurz stehen blieb, um sich einen offenen Schuh zuzubinden. Er trug natürlich keine Stiefel, dachte Barbara verächtlich. Dafür war er ein zu verdammter Macho.

Wo wollte er hin? Und wie lange wollte sie ihm folgen?

An der Race Street bog Tony links ab. Sie waren nun mitten im Hoteldistrikt, das Cincinnatian, das Clarion und das Terrace Hilton lagen gleich in der Nähe. War es denkbar, dass er in einem dieser Hotels wohnte? Ich sollte wahrscheinlich besser aussteigen und ihn zu Fuß weiterverfolgen, dachte Barbara, entschied jedoch, dass das eine dumme Idee war. Sie würde nie mit ihm Schritt halten, schon gar nicht auf diesen hohen Absätzen, und was wollte sie machen, wenn er plötzlich in seinen Wagen stieg und wegfuhr?

Barbara erkannte, dass sie wieder vor Saks gelandet waren. Warum? Wohin wollte er? Spazierte er im Kreis? Hatte er bemerkt, dass sie ihm folgte? Barbara duckte sich und trat auf die Bremse. Der Mann in dem Wagen hinter ihr tat sein Missfallen durch lautes Hupen kund. Barbara atmete gepresst aus, ihre Brust schmerzte. Sie hatte Angst, sich aufzurichten und den Blick zu heben. Was, wenn Tony neben dem Wagen stand? Was, wenn er in diesem Moment dort stand und mit diesem schrecklichen selbstzufriedenen Grinsen auf sie herabblickte?

Hinter ihr hupten weitere ungeduldige Fahrer. Wie eine Schildkröte, die unter ihrem Panzer hervorlugt, hob Barbara langsam den Kopf. Tony war weg. »Scheiße«, rief sie, schlug mit der Hand auf das Lenkrad und lauschte entsetzt dem eigenen lauten Hupen, das die Luft zerriss.

Und dann war er wieder da, fädelte sich in einem alten blauen Nissan in den Verkehr ein und bog rechts in die Elm Street ab. Barbara schnitt einen schwarzen VW, dessen Fahrer ihr wütend den Stinkefinger zeigte, und überholte einen weiteren Wagen auf der rechten Spur. An der 6th Street bog Tony erneut rechts ab, wie auch an der Central Avenue und der 7th Street. Ehe Barbara sich versah, hatten sie den Fountain Square-District verlassen und waren auf der Gilbert Avenue. Sie fuhren an dem Greyhound-Bus-Terminal vorbei, ließen Mount Adams links liegen und hielten direkt auf das 75 Hektar große, malerische, historische Viertel von Eden Park zu.

Was machte Tony hier draußen?, fragte Barbara sich, als sie den Wasserspeicher umrundeten und den Murray-Seasongood-Pavillon passierten, der 1959 zu Ehren eines ehemaligen Bürgermeisters errichtet worden war. Weiter ging die Fahrt vorbei am Cincinnati Art Museum, dem Wasserturm in Eden Park, einer Sehenswürdigkeit des Ohio Valley, die seit 1908 nicht mehr in Betrieb war, dem Konservatorium und den steinernen Adlern, die die alte Arch Bridge zierten, bis sie schließlich den Eingang des Eden Park unweit von Twin Lakes erreichten. Twin Lakes war früher ein Steinbruch gewesen, und diverse Klippen boten eine phantastische Aussicht auf den Ohio River, vor allem im Frühling und Sommer. Doch um diese Jahreszeit waren die Bäume kahl und die Bürgersteige dreckig. Keine Kinder spielten am Ufer, und nur hin und wieder kam ein Jogger vorbei. Was wollte Tony hier?

Sie fuhren auf dem Victoria Parkway am Edgecliff College vorbei, weiter über die Madison Road mit ihren prachtvollen alten Kirchen, der Summit Country Day School und dem Cincinnati Country Club, bis sie zuletzt das Viadukt an der Grandin Road in Mt. Lookout erreichten. Wollte Tony hier halten und die Aussicht genießen? Und was würde sie dann machen?

Doch das wollte er nicht. Tony fuhr weiter die Grandin Road hinunter in eine wunderschöne Wohngegend mit geräumigen Häusern, kleinen Wäldern und einem herrlichem Blick auf den Fluss. War es möglich, dass er und Chris hier wohnten? Barbara hielt den Atem an. War es möglich, dass er sie zu Chris führte?

Doch sie fuhren vorbei an den schönen Häusern und parkartigen Gärten zu einem Picknickplatz auf einer Hügelkuppe im Alms Park, wo sie wendeten. Ein paar Ecken vor der Auffahrt auf den Columbia Parkway hielt Tony am Straßenrand und schaltete den Motor ab, bevor er ausstieg und auf sie zukam.

Barbara erstarrte. Einen wahnsinnigen Augenblick lang überlegte sie, ihn zu überfahren, dann erwog sie die Flucht zu Fuß, tat jedoch keines von beiden, sondern schaltete stattdessen die Automatik auf Parken, kurbelte das Fenster herunter und betrachtete das feiste Grinsen in Tonys Gesicht. Nicht auszudenken, dass sie ihn je auch nur ein bisschen attraktiv gefunden hatte. Ein Rohdiamant, waren sich die Frauen einmal einig gewesen.

»Hallo, Barbie.« Die Worte schienen auf weißen Atemwölkchen auf sie zuzufliegen. »Hat dir die Rundfahrt gefallen? Normalerweise nehme ich Geld dafür.«

»Du hast gewusst, dass ich dir folge?«, sagte Barbara ebenso sehr zu sich selbst wie zu Tony.

»War kaum zu übersehen, Schätzchen.« Tony lachte. »Ein paar Mal dachte ich schon, ich hätte dich verloren, aber das muss ich dir lassen, du bist immer drangeblieben. Das mag ich bei Frauen.«

»Wo ist Chris?«, fragte Barbara, ohne seinen höhnischen Ton und seinen lüsternen Blick zu beachten.

»Chris ist zu Hause, wo sie hingehört, passt auf ihre Kinder auf und kocht ihrem Mann das Abendessen. Bist du mir deswegen gefolgt? Hattest du gehofft, einen Blick auf meine Braut zu erhaschen? Und ich dachte schon, es wäre meine animalische Anziehungskraft, die dich so heiß erregt hat.« Sein Grinsen wurde breiter, und er beugte sich näher zu ihr. »Ich hätte nichts dagegen, dich mal ganz heiß und erregt zu sehen.«

»Fahr zur Hölle.«

Tony erstarrte. »Fahr nach Hause. Kümmer dich um deinen eigenen Kram. Wenn man seine Nase in anderer Leute Angelegenheiten steckt, kann einem alles Mögliche zustoßen.«

»Willst du mir drohen?«, fragte Barbara ungläubig.

Doch Tony war schon auf dem Weg zu seinem Wagen, drehte sich allerdings noch einmal um und rief ihr etwas zu. Eine halbe Sekunde später erreichte die Botschaft ihre Ohren: »Fahr vorsichtig.«

15

Chris ging vorsichtig die Treppe zu der kleinen Waschmaschine hinter der Garage hinunter. Sie nahm sich Zeit und machte nach jedem Schritt eine kleine Pause. Dabei atmete sie flach, weil ihr das am wenigsten Schmerzen bereitete, und blickte, Tonys Hemden an ihre geprellten Rippen gedrückt, weder nach links noch nach rechts, sondern nur auf die Pantoffeln an ihren Füßen. Sie wollte auf keinen Fall ausrutschen, einen weiteren Sturz durfte sie nicht riskieren. Hatte sie das nicht den Ärzten bei ihrem letzten Besuch in der Notaufnahme erzählt – sie sei auf dem vereisten Boden ausgerutscht und die Treppe vor dem Haus hinuntergestürzt?

»Sind Sie sicher?«, hatte der junge Assistenzarzt sie leise gefragt, der Erste, der ihre mittlerweile gut eingeübte Geschichte angezweifelt hatte. »Sind Sie ganz sicher, dass Ihnen das nicht irgendwer angetan hat?« Er hatte durch die Gardine in den Flur geblickt, wo Tony ungeduldig auf und ab lief, sodass seine dumpfen Schritte im Korridor widerhallten. Sie wusste, dass Tony zuhörte. Er lauschte und wartete. Darauf, dass sie einen Fehler machte und etwas Falsches sagte.

Das tat sie jedes Mal.

Das Einzige, worin sie ihn nie enttäuschte.

»Ich bin auf dem vereisten Boden ausgerutscht«, beharrte sie, als der junge Arzt wissend die Stirn runzelte. »Niemand hat mir das angetan.«

»Was sollte denn das alles?«, hatte Tony auf der Heimfahrt wissen wollen. »Du warst fast eine halbe Stunde bei dem Typ drin. Was zum Teufel war da los?«

Chris hatte aus dem Seitenfenster gestarrt und nichts gesagt.

»Was? Jetzt redest du nicht mehr mit mir? Ich chauffier deinen tölpelhaften Arsch ins Krankenhaus, und du redest nicht mehr mit mir? Was ist los, Chris? Leer gequatscht? Hat dich dein neuer Freund so ermüdet, dass du nicht mehr mit deinem Mann reden kannst? Was ist das überhaupt mit dir? Musst du jedem Typ nachlaufen, den du triffst? Musst du mich so beschämen? Was zum Teufel ist los mit dir?«

»Es tut mir Leid.« Und dann hatte sie in Gedanken bereits versucht, sich gegen die garantiert folgende Brutalität zu wappnen. Der Gedanke an sie mit einem anderen Mann schien ihn zu erregen. Er benutzte seine unbegründeten Vorwürfe als Stimulans. Solche Tiraden waren nur das Vorspiel. Der folgende Geschlechtsverkehr war meist gewalttätig und gemein, seine Faust auf ihrem Mund, um ihre Schreie zu ersticken. Es spielte sowieso keine Rolle. Es hörte sie ohnehin nie jemand.

Seit sie Mariemont verlassen hatten, waren sie häufig umgezogen, hatten zunächst ein Haus in Batavia, dann ein anderes in Anderson Township, eins in Amelia und nun dieses möblierte, zweistöckige Holzhaus in Richmond gemietet. Je weiter sie von ihren Freundinnen wegzogen, desto schlimmer wurden seine Misshandlungen, als ob Tony, nachdem er sich nun unbeobachtet fühlte, frei war, seine ganze Brutalität herauszulassen. Und warum auch nicht? Es war niemand da, der ihn daran hätte hindern können.

Auf dem untersten Treppenabsatz angekommen schob Chris ihre nackten Füße tiefer in die fusseligen, rosa Pantoffeln und lächelte ihre Kinder an, die in dem karg möblierten Wohnzimmer um ihren Vater hockten. Montana machte ihre Hausaufgaben; Wyatt saß auf dem Boden und spielte mit einem Gameboy; Rowdy lag zusammengerollt in Tonys Schoß und guckte *Roseanne*.

»Wohin gehst du?«, fragte Wyatt mit der Stimme seines Vaters und sah Chris vorwurfsvoll an.

»Wäsche.« Chris hielt beinahe wie zum Beweis die drei Hemden in ihrem Arm hoch.

»Das kannst du auch später noch machen, Schatz«, sagte Tony und streckte einen Arm aus. »Warum setzt du dich nicht zu uns und entspannst dich einen Moment.« Er klopfte neben sich auf das abgewetzte blaue Cordsofa. »Komm schon, Chrissy. Die Wäsche läuft dir nicht weg.«

Er klingt so rücksichtsvoll, vernünftig und liebevoll, dachte Chris. Wenn sie nur lernen könnte, ihn nicht zu provozieren, wäre alles in Ordnung. Sie könnten wieder glücklich sein wie zu Beginn ihrer Ehe. Chris schloss die Augen und versuchte, sich zu erinnern, wann sie zuletzt etwas Ähnliches wie Glück empfunden hatte.

»Was ist los, Chrissy? Willst du deinem Mann keine Gesellschaft leisten?«

Chris hörte die unterschwellige Drohung in der leisen Stimme ihres Mannes. Aber da war keine Drohung. Sie hörte Gespenster, genau wie Tony immer sagte. Sie legte ihm Worte in den Mund, zog voreilig falsche Schlüsse und machte sich selbst das Leben schwer.

Unfähig, sich zu rühren, stand Chris im Flur. Sie verlagerte ihr Gewicht von einem Fuß auf den anderen, ihr ganzer Körper schwankte unsicher hin und her, während sie ihre im Wohnzimmer versammelte Familie betrachtete. Wo pass ich da hinein?, fragte sie sich. Gibt es denn nirgendwo einen Platz für mich?

»Wie du willst«, zog Tony seine Einladung zurück und wandte sich wieder dem Fernseher zu.

Chris blieb weiter wie angewurzelt stehen und versuchte zu entscheiden, welcher Schritt später die geringsten Auswirkungen nach sich ziehen würde.

»Worauf wartest du?«, wollte Tony tonlos wissen, ohne den Blick vom Fernseher zu wenden. »Auf Weihnachten?«

Rowdy bekam einen kindlichen Lachanfall. »Weihnachten!«, wiederholte er fröhlich. »Worauf wartest du? Weihnachten?«

Weihnachten, wiederholte Chris stumm. Bisher hatte sie kaum einen Gedanken daran verschwendet, dabei waren es nur noch drei

Wochen, das Fest stand praktisch vor der Tür. Tony hatte irgendwas davon gesagt, dass er im Laufe der Woche mit ihnen allen gemeinsam einen Baum aussuchen wollte. Vielleicht konnte sie ihn überreden, ihr ein bisschen zusätzliches Geld zu geben, damit sie ihren Freundinnen eine Karte schicken konnte. Sie hatte sie so lange nicht gesehen. Sie hatten keine Ahnung, wo sie war, dass sie noch immer im Großraum Cincinnati wohnte. Dass sie noch lebte.

»Wenn du die Hemden wäschst«, sagte Tony, als sie sich schließlich abwandte, um zu gehen, »kannst du gleich den Kittel mitwaschen, den du trägst. Du siehst echt scheiße aus.«

»Scheiße!«, wiederholte Rowdy laut. »Scheiße, Scheiße, Scheiße!«

»Halt's Maul, Schwachkopf«, befahl Wyatt, und einen Moment glaubte Chris, er würde sie vielleicht verteidigen. Sie drehte sich mit dankbarem Blick um, doch Wyatt hielt seinem kleinen Bruder nur wütend seinen Gameboy vor die Nase. »Wegen dir habe ich mich vertan! Du vermasselst immer alles!«

»Mami!«, protestierte Rowdy, kletterte vom Schoß seines Vaters, rannte auf sie zu und prallte gegen ihre Knie, sodass ihr Tonys Hemden aus der Hand glitten und zu Boden fielen.

Sofort stand Tony neben ihr und zerrte den sich an sie klammernden Jungen gewaltsam weg. »Bist du etwa ein Muttersöhnchen – rennst zu Mami, statt dich zu wehren? Los, geh wieder rein und gib deinem Bruder eins auf die Nase.«

»Tony!«

»Ich dachte, du hättest Wäsche, um die du dich kümmern musst«, sagte Tony, während Rowdy zurück ins Wohnzimmer rannte, um seinen Bruder herauszufordern. Während sie sich bückte, um die Hemden wieder aufzuheben, beobachtete Chris ängstlich, wie sich zwischen den beiden Jungen eine Balgerei entwickelte.

Tony lächelte und gab ihr im Weggehen einen verspielten Klaps auf den Hintern. Wahrscheinlich hat er für später etwas Besonderes im Sinn, dachte sie, betrat die Waschküche und zog die Tür hinter sich zu, um den Streit der beiden Jungen nicht mit anhören zu müssen. Es konnte nicht mehr lange dauern, bis Montana ihre Bücher auf den Tisch knallte, frustriert aus dem Zimmer rannte und ihre Mutter anschrie: »Was ist los mit dir? Kannst du denn gar nichts richtig?« Und was sollte sie antworten? Nichts. Sie war so nutzlos, wie alle behaupteten.

Chris ließ das warme Wasser laufen und senkte die Hemden ihres Mannes in das große Becken neben der Waschmaschine und dem Trockner. Schon vor geraumer Zeit hatte Tony entschieden, dass die Wäscherei eine unnötige Ausgabe war und er seine Hemden lieber von Hand gewaschen und gebügelt hätte. Chris hatte jede Menge Freizeit, es gab also keinen Grund, warum sie die Wäsche seiner Hemden nicht in die tägliche Hausarbeit einbeziehen konnte. Er hatte auf *Hand*wäsche bestanden, obwohl sie ihm die Waschanleitung gezeigt hatte, die besagte, dass man die Hemden auch problemlos in der Maschine waschen und trocknen konnte. Die Diskussion endete mit einer schallenden Ohrfeige, die ihre Augen in ihren Höhlen wackeln ließ und einen dicken Striemen auf ihrer Wange hinterlassen hatte, der erst nach drei Tagen wieder verschwunden war.

Anfangs hatte Tony ihr beim Waschen zugesehen und jede ihrer Handbewegungen kritisiert. Das Wasser war entweder zu heiß oder zu kalt, sie benutzte entweder zu viel oder nicht genug Waschmittel, sie bearbeitete die Flecken entweder zu behutsam oder zu heftig. Und was überhaupt los sei mit ihr, kriegte sie denn gar nichts auf die Reihe?

Doch nach einer Weile hatte es ihn gelangweilt, er hatte sie sich selbst überlassen, und Chris hatte festgestellt, dass sie das Ritual, Tonys Hemden von Hand zu waschen, inzwischen regelrecht genoss. Das warme Wasser an ihrer Haut, die gleichmäßige Bewegung ihrer Finger, die sich mühten, die Schweißflecken aus den Kragen zu schrubben, der feine Rhythmus der nassen Baumwolle, die gegen den emaillierten Beckenrand klatschte. Der Frieden und die Ruhe, das Glück des Alleinseins. Der Waschraum war zum einzigen Ort geworden, an dem sie sich sicher fühlte, zum einzigen Raum, den sie ihren eigenen nennen konnte.

Ein Zimmer für sich allein, dachte sie und erinnerte sich an den Roman von Virginia Woolf. Susan hatte ihn ihr geliehen, und sie hatte ihn gierig verschlungen. Wie viele Jahre war das jetzt her? Ein ganzes Leben lang. In einem anderen Leben, in dem sie weder dumm noch nutzlos gewesen war. Ein Leben, in dem es Bücher, Filme und Spaß gegeben hatte. Ein Leben, in dem sie Humor gehabt hatte, Leute zum Lachen bringen konnte und auch selbst gelacht hatte. Ich hatte einmal so ein Leben, erinnerte sie sich, während sie die Seife aus Tonys Hemden wrang. Ich hatte Spaß. Ich hatte Liebe. Ich hatte Freundinnen.

Die Grandes Dames, dachte Chris lächelnd und stellte sich die vier jungen Frauen vor, die unsicher auf dem Rand des Sandkastens in dem kleinen Park am Ende der Grand Avenue hockten. Was ist nur aus uns geworden?

Sie hielt sich weiter auf dem Laufenden über sie. Wichtige Einzelheiten ihres Lebens drangen aus der Ferne zu ihr durch, sporadisch und bruchstückhaft wie in einem Traum. Gelegentlich las sie in der Zeitung von Vickis Heldentaten, hörte in den Abendnachrichten von Jeremys neuestem Coup. Im Wartezimmer der Notaufnahme hatte sie einmal Susans Namen im Impressum einer alten Ausgabe von *Victoria* entdeckt. Tony hatte voller Schadenfreude von Barbaras Scheidung berichtet. Chris hatte geweint, weil sie sich vorstellen konnte, was Barbara durchmachen musste, und sich gewünscht, ihrer Freundin helfen zu können, obwohl sie wusste, dass sie das nicht konnte. Wie auch, wenn sie nicht einmal sich selbst helfen konnte?

Chris legte Tonys feuchte Hemden auf die Waschmaschine, ließ das Seifenwasser aus dem Becken ablaufen und beobachtete, wie die letzten Seifenblasen um den Abfluss tanzten, bevor sie ins Nichts gesogen wurden. Genauso mühelos war ihr ihr eigenes Leben entglitten, dachte sie. Es war vor ihren eigenen Augen verschwunden.

»Was machst du da drinnen, Chris?«, hörte sie Tony rufen. »Wie lange brauchst du denn, um ein paar Hemden zu waschen?«

»Ich bin fast fertig.« Chris ließ eilig das kalte Wasser laufen, um die Hemden auszuwaschen.

»Ich habe ein bisschen Hunger. Meinst du, du könntest deinem Mann ein Sandwich machen?«

»Sofort.«

»Und achte darauf, dass du die Kragen nicht so verknitterst wie beim letzten Mal.«

Hektisch bemühte sich Chris, die Falten aus den Kragen von Tonys hellblauen Hemden zu pressen, doch es waren alte Hemden, die leicht knitterten. Egal, wie sorgfältig sie sie wusch und bügelte, die Kragen knitterten trotzdem. »Diese verdammten Hemden«, flüsterte sie und spürte aufkommende Panik, während ihre Finger vergeblich den widerspenstigen Stoff durchkneteten. »Diese verdammten blöden Hemden.«

Tony klopfte an die Tür. »Chris, was machst du denn da drinnen, Schatz?« Die Tür ging auf, und er streckte seinen Kopf hinein. Er lächelte. Chris hielt den Atem an. »Ich habe dir ein kleines Geschenk besorgt«, sagte er, und sein Lächeln wurde verschlagen.

»Ein Geschenk?«

»Für später.«

Chris spürte, wie ihr Mund trocken wurde und ihr Herz schneller zu schlagen begann.

»Ich lege es aufs Bett.«

Chris nickte.

»Beeil dich mit den Hemden«, sagte er.

Kurz nach den Elf-Uhr-Nachrichten verkündete Tony, dass es Zeit wäre, schlafen zu gehen. Montana stöhnte, leistete jedoch ansonsten keinerlei Widerstand. Die Jungen waren schon in ihren Zimmern, obwohl Chris bezweifelte, dass Wyatt schlief. Sie stellte sich lächelnd vor, wie er unter der Bettdecke im Dunkeln manisch auf den Knöpfen seines Gameboys herumdrückte. Hast du unter deiner Decke noch Platz für mich, fragte sie stumm und wünschte sich, ebenso einfach zu verschwinden. Doch für sie gab es nirgendwo einen Platz. Das wusste sie. Dafür hatte Tony gesorgt. Vor allem im Leben ihrer Kinder nicht. Für sie war sie kaum mehr als eine hochgejubelte Haushälterin, jemand, den sie entweder herumkommandierten oder gar nicht beachteten.

Bei den Jungen überraschte Chris das nicht – sie hatte mehr oder weniger erwartet, dass sie sich am Vorbild ihres Vaters orientieren würden. Rowdy war mittlerweile sieben, und auch wenn er nach wie vor zu ihr kam, wenn irgendetwas schief lief, wusste sie, dass das bald aufhören würde. Sie spürte schon jetzt, dass sie ihn verlor. Noch sechs Monate, vielleicht ein Jahr – und er würde weg sein. Wyatt war nie ihr Kind gewesen, wie sie traurig begriff. Seit dem Tag, an dem er sich grob aus ihrem Leib gedrängt hatte, war er der Sohn seines Vaters gewesen.

Montana war die größte Überraschung für Chris. Sie hatte sich immer an die Vorstellung geklammert, dass Montana die Manipulationen ihres Vaters, seine wenig subtilen Drohungen und offenen Misshandlungen durchschauen würde. Vielleicht nicht in Rowdys oder sogar Wyatts Alter. Doch mittlerweile musste Montana doch groß genug sein, um zu begreifen, was wirklich los war. Trotzdem schluckte sie unbekümmert jede traurige Geschichte über Chris' angebliche Ungeschicklichkeit, akzeptierte fraglos, dass ihre Mutter eben einfach zu Unfällen neigte, wobei sie die Beweise vor ihren eigenen Augen ebenso ignorierte wie die Furcht in Chris'. Sie hatte wenig Geduld und noch weniger Mitleid mit der Not ihrer Mutter. Wenn Montana überhaupt mit irgendwem sympathisierte, dann mit ihrem Vater. Wie konnte das sein?

Chris erinnerte sich an einen Zeitungsartikel darüber, dass weibliche Geschworene häufig weniger Mitleid mit Vergewaltigungsopfern hatten als ihre männlichen Kollegen. Damit würden sich die Frauen von dem Opfer distanzieren, behauptete der Artikel. Wenn weibliche Geschworene eine Möglichkeit fanden, das Opfer zumindest teilweise für die Tat verantwortlich zu machen, gab ihnen das ein Gefühl größerer Sicherheit und bestätigte sie in der vermeintlichen Gewissheit, dass ein derart schreckliches Schicksal sie niemals treffen konnte. Sympathisiere mit dem Opfer und du fühlst dich verwundbar. Identifiziere dich mit dem Täter und du fühlst dich stark. Fühle dich hilflos oder mächtig – das war die Wahl, die sie ihrer Tochter ließ.

Kein Wunder, dass Montana sich auf die Seite ihres Vaters schlug. Was sollte sie auch sonst tun?

»Nun, worauf warten wir noch?«, fragte Tony jetzt. Er hockte am Ende des Doppelbetts und beobachtete, wie Chris das kleine Päckchen in ihrer Hand hin und her wendete. »Mach es auf.«

Chris riss das grell violette Seidenpapier mit dem leuchtenden rosafarbenen Schriftzug *Hot Times* auf und schloss die Augen. Bitte, lass es bloß einen Schal sein, betete sie und hätte beinahe laut gelacht. Wer hatte gesagt, sie hätte keinen Humor?

»Gefällt es dir?«

Chris zwang sich, die Augen wieder zu öffnen, obwohl sie auch so gewusst hätte, was es war. Ihre Schubladen quollen über von billigen schwarzen Bodys, mit rüschenbesetzten Strumpfhaltern und Strümpfen und unbequemen roten Bustiers. Tony kaufte regelmäßig Reizwäsche für sie und bestand darauf, dass sie darin wie ein *Penthouse*-Model für ihn posierte, was immer das Vorspiel für zunehmend abartigen Sex war. Was um alles in der Welt hatte er heute Abend für sie in petto? Chris starrte auf den durchsichtigen, lavendelfarbenen Push-up-BH mit Slip, beide mit Kunstfell besetzt. An den Trägern des BHs war ein wallendes Chiffoncape befestigt. Das kann nicht sein Ernst sein, dachte Chris und hätte vielleicht tatsächlich gelacht, wenn sie nicht so entsetzt gewesen wäre. »Das kann ich nicht tragen«, sagte sie, bevor sie die Worte zurückhalten konnte.

Tony war sofort aufgesprungen und kam auf sie zu. »Warum nicht? Gefällt es dir nicht?«

Chris trat vorsichtig den Rückzug an. »Es ist zu klein, Tony. Das sehe ich auf den ersten Blick.«

»Zu klein ist ja der halbe Spaß.« Er drückte sich an sie und fuhr mit den Händen zwischen ihre Beine. »Komm schon, Chris. Zieh es an.«

Chris wartete, bis er seine Hand weggezogen hatte, und schlurfte unsicher ins Bad. Was war los mit ihr? Warum machte sie ihm das Leben so schwer? Sie zog das Unvermeidliche bloß in die Länge. Hatte sie denn immer noch nichts gelernt?

Als sie auf der Schwelle zum Bad stand, ließ Tonys Stimme sie innehalten. »Ich habe über deine Freundin Barbara nachgedacht.«

Chris drehte sich langsam um, zu verschreckt, um zu antworten. Wo kam das jetzt wieder her?

»Ich bin ihr vor ein paar Wochen zufällig begegnet. Habe ich dir das nicht erzählt?«

»Du hast Barbara gesehen?«

»Habe ich vergessen, das zu erwähnen?«

Chris nickte, obwohl sie wusste, dass Tony nie etwas vergaß. »Wie geht es ihr?«

»Sie sieht toll aus.«

Chris lächelte, stellte sich ihre Freundin vor und fragte sich, wie die Jahre sie verändert hatten. »Was hat sie gesagt? Hat sie nach mir gefragt?«

»Was hat sie gesagt? Hat sie nach mir gefragt?«, äffte Tony sie höhnisch nach. »Hör dir doch mal selber zu. Man könnte glauben, ihr hättet was miteinander, so wie du redest.«

»Ich wollte bloß ...«

»Warum rufst du die Barbie-Puppe nicht mal an«, schlug Tony unvermittelt vor.

»Was?« Sie musste ihn falsch verstanden haben.

»Ruf sie doch mal an, wenn es dich so brennend interessiert, wie es ihr geht.«

»Das verstehe ich nicht.«

»Sie muss doch ziemlich einsam sein, allein in dem hässlichen alten Haus und nur einen Teenager zum Reden. Wahrscheinlich sehnt sie sich mittlerweile verzweifelt nach männlicher Gesellschaft. Was meinst du, wie lange es her ist, dass es ihr jemand besorgt hat?«

Chris sagte gar nichts, während ihre Gedanken vorauseilten, um zu ergründen, worauf dieses Gespräch hinauslaufen sollte.

»Wie lange?«, wiederholte Tony.

»Ich weiß nicht.«

»Jedenfalls lange genug, jede Wette. Was wirklich schade ist. Sie sieht nämlich verdammt gut aus, das kann ich dir sagen.«

Chris knüllte die spärliche Reizwäsche zu einem kleinen Ball zusammen. »Und du hättest nichts dagegen, wenn ich sie anrufe?«

»Warum sollte ich was dagegen haben? Ruf die Barbie-Puppe halt an, verdammt noch mal. Lad sie ein.«

»Ich soll sie einladen? Wann?«

»Wann? Was denkst du wohl? Heute Abend. Sofort.«

»Sofort?« Was wollte er? »Es ist schon spät, Tony. Jetzt kommt sie bestimmt nicht mehr.«

»Aber sicher doch. Beim ersten Ton deiner Stimme ist sie schon halb auf dem Weg. Sie wird hier sein, bevor du den Hörer wieder aufgelegt hast.«

Und was dann?, fragte Chris sich. »Und was dann?«

»Und dann lassen wir der Natur ihren Lauf.« Tony machte eine Pause und leckte sich anzüglich die Lippen. »Wir drei.«

Chris schüttelte den Kopf. Das konnte nicht sein Ernst sein. Wollte er wirklich einen Dreier mit ihr und ihrer besten Freundin vorschlagen? Und dachte er ernsthaft, dass auch nur der Hauch einer Chance bestand, dass Barbara einwilligen könnte?

»Wo liegt das Problem, Chrissy? Möchtest du deine kleine Freundin ganz für dich allein behalten?«

»Das kann nicht dein Ernst sein«, flüsterte Chris, obwohl sie nichts lieber getan hätte, als nach dem Telefon zu greifen und ihre Freundin anzurufen, und sei es nur, um ihre Stimme zu hören.

»Hat deine Mutter dir nicht beigebracht, dass man mit anderen teilen soll? Hat sie dir nicht erklärt, dass es unhöflich ist, dein Spielzeug ganz allein für dich zu behalten?«

»Das ist doch verrückt, Tony.«

»Wie bitte? Was hast du gesagt?« Er legte den Kopf zur Seite. »Was ist hier los, Chrissy? Muss ich dir eine Lektion erteilen? Willst du mich dazu zwingen?«

Chris blickte panisch von einer dumpfen senffarbenen Wand zur anderen, auf ihrer Stirn und ihrer Oberlippe standen Schweißtröpfchen. »Pass auf, ich ziehe dieses hübsche Outfit an, das du mir gekauft hast.« Sie entknüllte die Wäsche und hielt sie an ihre Hüften. »Wir brauchen doch niemand anderen, um unseren Spaß zu haben.«

»Ich sehe doch, wie du anderen Frauen nachblickst. Ich weiß, dass du das auch gern mal ausprobieren würdest. Ich versuche bloß, nett zu dir zu sein.«

»Du bist der Einzige, den ich will, Tony.«

»Wirklich?«

»Das weißt du doch.«

»Manchmal habe ich nämlich das Gefühl, dass ich nicht angemessen gewürdigt werde«, sagte er, als würde er mit sich selbst sprechen. »Manchmal mache ich mir all die Mühe und nehme mir all die Zeit, nur um dir etwas Nettes zu kaufen« – er wies auf die zerknitterte Reizwäsche in Chris' Hand –, »und du wirkst gar nicht so richtig glücklich. Deswegen bin ich ja auf den Gedanken gekommen, dass du vielleicht glücklicher wärst, wenn wir noch eine dritte Person in unser Liebesspiel einbeziehen würden.«

Oh Gott, dachte Chris. Wie lange gärte diese Idee schon in ihm?

»Es muss auch nicht unbedingt die Barbie-Puppe sein, wenn dir das unangenehm ist. Wir könnten jemand anderen finden.«

»Wirklich, Tony. Ich will niemanden anderen. Du bist alles, was ich brauche.«

»Wirklich?«

Sie nickte eifrig. »Lass es mich dir beweisen. Bitte, Tony, lass es mich dir beweisen.«

»Zieh dich um.«

Chris rannte ins Bad und schloss die Tür hinter sich. Tränen kullerten über ihre Wangen, während sie hektisch an den obersten Knöpfen ihres Kittels fingerte. »Bitte, Gott, hilf mir.« Was sollte sie machen? Sie kannte Tony gut genug, um zu wissen, dass ihm diese neueste Idee nicht gerade erst gekommen war, sondern dass er bereits eine Weile darauf herumgedacht und den richtigen Augenblick abgepasst haben musste, sie ihr zu eröffnen. Und sie würde auch nicht wieder verschwinden. Dass er den Gedanken für den Augenblick beiseite geschoben hatte, bedeutete längst nicht, dass er ihn vergessen würde. Nein, dachte Chris, zog ihren Kittel über den Kopf, stieg in das durchsichtige lavendelfarbene Höschen mit dem albernen Kunstfellbesatz und zog es linkisch über ihre Hüfte. Tony würde erst von seiner neuesten, obszönen Phantasie lassen, wenn er bekommen hatte, was er wollte. »Ich kann das nicht«, flüsterte sie und hakte den schlecht sitzenden BH mit dem lächerlichen Chiffoncape zu. »Ich werde es nicht tun.«

Nur dass er sie dazu zwingen würde. Das wusste sie. Er würde sie beschimpfen und schlagen, bis sie nicht nur nachgab, sondern freiwillig darum bettelte. Hatte sie ihn nicht eben angefleht? »Du bist alles, was ich brauche«, hatte sie mehr als einmal wiederholt. »Bitte, Tony, lass es mich dir beweisen.«

»Du widerst mich an.« Sie spuckte ihr Spiegelbild an und beobachtete, wie ihre Spucke an dem Glas hinunterlief. »Supergirl«, höhnte sie und schnippte nach dem mit fellbesetzten Chiffoncape, das schlaff auf ihrem Rücken hing. Was würden ihre drei Kinder am Ende des Flures wohl sagen, wenn sie ihre Mutter wie eine obszöne Comicfigur verkleidet sehen würden. Was soll's, dachte sie, als sie die Badezimmertür öffnete und ins Schlafzimmer hüpfte, als würde sie von einer steilen Klippe springen. »Ich bin's, Supermom!«, verkündete sie – sie musste von Sinnen sein. Tony würde ihre spontane Showeinlage bestimmt nicht komisch finden. Sie flirtete mit der Katastrophe, besiegelte ihr Schicksal, unterschrieb ihr eigenes Todesurteil. Hatte sie das etwa mit Absicht getan?

Sie wappnete sich gegen Tonys Wut und seine Fäuste. Lass es

uns einfach hinter uns bringen, dachte sie. Erledige mich. Du kannst es. Ein satter Tritt gegen den Kopf, und alles wäre gnädig vorüber. Die lavendelfarbene Lady beißt ins Gras!

Doch er holte weder mit Armen noch Beinen aus, sondern starrte sie ganz ruhig mit zusammengepressten Lippen aus hohlen schwarzen Augen an. Chris blickte ihn an und begriff, dass sie sich ihrem schlimmsten Albtraum gegenübersah, dass alles, was vor diesem Augenblick geschehen war, nichts gewesen war verglichen mit dem, was nun folgen würde. »Du hältst das Ganze also für einen Witz?«, fragte er leise, gefasst und beherrscht.

»Ich wollte bloß …«

»Ich bin für dich bloß ein großer Witz. Ist es das?«

»Nein. Natürlich bist du das nicht.«

»Ruf die Barbie-Puppe an.«

»Was?«

»Beweise mir, dass ich nicht nur ein großer Witz für dich bin.« Tony griff nach dem Telefon. »Schluss mit den blöden Spielchen. Ruf jetzt sofort die Barbie-Puppe an und lade sie ein. Auf der Stelle.«

»Ich kann nicht«, hörte Chris sich murmeln, bevor sie kräftiger wiederholte. »Ich will nicht.«

»Du kannst nicht?«, wiederholte Tony verwundert, als ob er diese Worte zum ersten Mal hören würde. »Du willst nicht?«

Chris schüttelte den Kopf. Auf keinen Fall würde sie Barbara anrufen. Egal, womit Tony ihr drohte, egal, wie verzweifelt sie sich wünschte, sie zu sehen und ihre Stimme zu hören. »Ich gehe«, murmelte sie, und ihr Flüstern hallte mit der ungedämpften Wucht eines Schreis in ihrem Schädel wider. Sofort versuchte sie, die unerwarteten Worte wieder zu verschlucken, sie in ihren Hals zurückzudrängen und ungesagt zu machen, doch es war zu spät. Tony kam bereits mit wütend rudernden Armen auf sie zu und bombardierte sie mit einem Schwall abgehackter Wortfetzen, die aus seinem Mund prasselten wie Maschinengewehrfeuer.

»Was hast du gesagt? Du willst gehen? Hast du das gesagt?«

»Tony, bitte.«

»Du möchtest gehen? Gleich jetzt? In diesem Aufzug? Aber klar doch.« Er packte Chris' Ellenbogen und schob sie in den Flur.

»Was machst du? Tony, hör auf! Lass mich los.«

»Hör auf, hier rumzuschreien, Chris. Willst du etwa die Kinder aufwecken?« Er stieß sie in Richtung Treppe. »Möchtest du, dass sie dich so sehen? Möchtest du, dass das das letzte Bild ist, das sie von ihrer Mutter haben?« Er warf das Chiffoncape über ihren Kopf, und es fiel vor ihre Augen wie ein Schleier.

Chris klammerte sich an das Geländer, doch Tony zerrte ihre Finger von dem Holz, trat ihr die Füße weg und stieß sie die Treppe hinunter. »Das letzte Bild? Wovon redest du?«

»Glaubst du, du würdest deine Kinder je wieder sehen?« Tony packte das wallende Cape und zog Chris auf die Füße. »Steh auf! Du willst gehen? Dann geh! Verschwinde aus meinem Haus, verdammt noch mal!«

»Was machst du? Du kannst mich doch nicht so auf die Straße schicken?«

Tony sagte gar nichts, sondern drängte Chris weiter die Treppe hinunter. Sie verlor den Halt, rutschte die letzten Stufen hinunter und landete am Fuß der Treppe auf ihren Knien.

»Bitte, Tony. Lass mich etwas überziehen.«

Doch er stand schon hinter ihr, fasste sie unter den Armen und schleifte sie zur Haustür. Mein Gott, wollte er sie wirklich nur in Unterwäsche in die frostige Dezemberkälte hinausschicken? Mit nichts weiter als einem verdammten Chiffoncape auf dem Rücken?

»Das kannst du nicht machen!«

»Warte ab.« Tony öffnete mit einer Hand die Haustür und zerrte Chris mit der anderen über die Schwelle.

Der Wind blies ihr eiskalte Schneeflocken auf die nackte Haut. »Nein, Tony!«, schrie sie. »Tu das nicht! Lass mich wenigstens etwas überziehen!«

Er hielt inne. »Vielleicht hilft dir die frische Luft, wieder einen klaren Kopf zu bekommen«, erklärte er ruhig, fasste Chris unter den Achseln und schob sie über die Schwelle.

»Tony!«

Die Tür schlug vor ihrer Nase zu.

»Tony!« Chris hämmerte panisch dagegen. Ihre nackten Füße brannten bereits, als würde sie nicht über eisige Steinplatten, sondern über glühende Kohlen laufen. »Tony!«

Sie machte ein paar Schritte zurück, blickte sich hektisch auf der leeren, verschneiten Straße um und fragte sich, was sie jetzt tun sollte. Zitternd ließ sie ihren Blick an der Fassade hinaufwandern und sah, dass Montana von ihrem Fenster aus zusah. »Montana!«, rief sie, doch eine eisige Böe verwehte ihre Worte. Hilflos musste Chris mit ansehen, wie ihre Tochter sich abwandte, bevor in allen Fenstern des Hauses, eins nach dem anderen, die Lichter erloschen.

16

Barbara lag im Bett und versuchte über das erste Kapitel eines Buches hinauszukommen, das alle Welt für wunderbar hielt, hatte jedoch Probleme, sich zu konzentrieren. Obwohl sie den letzten Absatz schon mindestens viermal gelesen hatte, wusste sie immer noch nicht, was eigentlich darin stand. Sie klappte das Buch zu und ließ es auf ihre Knie sinken. Neben ihr schlief Tracey, die sich ihr Kissen zum Schutz gegen die Leselampe über die Augen gelegt hatte. »Mein süßes Mädchen«, flüsterte Barbara. »Was würde ich bloß ohne dich machen?« Sie legte das Buch auf den Nachttisch, zog behutsam das Kissen von Traceys Gesicht und strich ein paar zerzauste Strähnen aus ihrer Stirn, während sie das Gesicht ihrer Tochter mit Blicken aufnahm wie ein trockener Schwamm frisches Wasser. Tracey rührte sich im Schlaf und drehte sich auf den Rücken. Dabei flatterten ihre Lider, als wollte sie die Augen öffnen.

»Tracey?«, fragte Barbara hoffnungsvoll. Manchmal schien Tracey unbewusst zu spüren, dass Barbara nicht schlafen konnte. Dann wachte sie auf, setzte sich im Bett auf, und sie unterhielten sich. Über Filme, Mode, Kosmetik, Prominente. Barbara wusste, dass meistens sie redete, während Tracey vor allem zuhörte. Manchmal ging Barbara auch noch weiter – vertraute ihrer Tochter ihre Ängste, Enttäuschungen und Unsicherheiten an, und Tracey beruhigte sie auf ihre gelassene Art. Nur gelegentlich kam Barbara der Gedanke, dass sie ihrer jugendlichen Tochter vielleicht zu viel aufbürdete, doch Tracey beschwerte sich nie. Wann haben wir die Rollen getauscht?, fragte Barbara sich jetzt. Wann war das dreizehnjährige Mädchen in dem blau gepunkteten weißen Pyjama die Mutter und sie das Kind geworden? Sollte nicht eigentlich sie alles wissen, klug und kompetent, geduldig und stark sein? Stattdessen war sie dumm, unfähig und schwach. Eine Betrügerin. Sie wusste gar nichts. Spürte Tracey das? Gab sie deswegen so wenig von sich selbst preis?

Nicht dass Tracey heimlichtuerisch, unhöflich oder auch nur schwierig gewesen wäre. Nein, ihre Tochter war stets umgänglich, hilfsbereit und nett. Sie beantwortete jede Frage ihrer Mutter – über die Schule, ihre Freundinnen, Jungen – aufrichtig und freimütig. Im Großen und Ganzen lief es in der Schule gut, ihre Freundinnen waren super, und ja, am Horizont hatte sich auch schon der eine oder andere Junge gezeigt. Wenn Barbara manchmal drängte, mehr Einzelheiten zu erfahren, war Tracey ihr auch darin gern gefällig und trug die profanen Details ihres Alltags mit einer Gründlichkeit und Sorgfalt vor, als würde sie in der Schule ein Gedicht aufsagen. Sie hatte anscheinend keinen echten Ehrgeiz, keinen brennenden Wunsch, dies oder jenes zu sein, und war deswegen auch selten enttäuscht oder niedergeschlagen. Sie schien die Scheidung ihrer Eltern spielend gemeistert zu haben, hatte sich gut in ihre wachsende neue Familie eingefunden und lebte ihr Leben auf eine Art weiter, die ihre Mutter nur staunend bewundern konnte, weil sie selbst so absolut unfähig dazu war.

»Tracey?«, fragte Barbara noch einmal, doch Traceys Augen blieben stur geschlossen.

Barbara strich über ihre Wange und begriff, dass sie ihr einziges Kind im Grunde nicht besonders gut kannte.

Du kriegst das ganz großartig hin, versicherten ihre Freundinnen ihr. Tracey ist ein prima Mädchen, waren sich alle einig.

Was man nicht von allen Töchtern der Grand Avenue sagen konnte.

Während Vickis Tochter Kirsten sich erstaunlich entwickelt hatte – erstaunlich angesichts der Tatsache, dass sie von einer Reihe von Hausmädchen erzogen worden war und ihre Mutter kaum sah, was, wie Barbara jetzt erkannte, fast ein Spiegel von Vickis eigener Kindheit war –, war Susans älteste Tochter Ariel im besten Fall mürrisch, laut ihrer Mutter jedoch meistens regelrecht verbockt und störrisch. Ariel war rebellisch, streitlustig und leicht erregbar, während sie sich mit dem Verzeihen umso schwerer tat, kurzum sie war in praktisch jeder Beziehung das absolute Gegenteil von Susan.

Und was Chris' Tochter Montana anging…

Barbara sprach ein stummes Gebet und schloss die Augen. Seit ihrer Begegnung mit Tony vor ein paar Wochen hatte sie fast ständig an Chris denken müssen, doch genau das konnte sie sich nicht leisten. Wenn sie Chris jetzt in ihre Gedanken ließ, würde sie die ganze Nacht wach liegen, und es war schon spät, sie war müde und musste dringend schlafen. Barbara drehte sich auf den Rücken, und augenblicklich kreisten ihre Gedanken um Chris wie ein verirrtes Flugzeug, das im Dunkeln eine Landebahn sucht.

Sie ermahnte sich, sich zu entspannen. Man muss mit den Zehen anfangen, erinnerte sie sich, vor kurzem in der *Victoria* gelesen zu haben. Zehen, entspannen, befahl sie stumm und spürte, wie sie unter der Decke zuckten. Und jetzt langsam weiter den Körper hinauf. Zuerst die Füße. Füße, entspannen. Jetzt die Knöchel. Knöchel, entspannen. Wenn sie anfangen würde, bequemere Schuhe zu tragen, würden sich ihre Füße auch wohler fühlen, dachte Barbara. Waden, entspannen. Jetzt die Knie, dann die Oberschenkel. Meine dicken fetten Oberschenkel, dachte Barbara ungeduldig. Früher hatte sie so schöne Beine gehabt, sie hatte Bikinischönheitswettbewerbe mit links gewonnen. Und nun sieh sie dir an! Nein, sieh sie dir lieber nicht an. Du würdest sowieso nur Zellulitis, Krampfadern und hässliche, eingewachsene Härchen sehen. »Beine, entspannen«, befahl Barbara laut und wippte rastlos auf der Matratze auf und ab. Jetzt dein Hintern, dachte sie. Das war klasse. Mein dickes, fettes, weiterexpandierendes Hinterteil. Wenn sie das noch weiterentspannte, würde es das ganze Bett belegen. »Entspann dich, verdammt noch mal«, zischte Barbara, während sich ihre Gedanken um ihren Bauch knoteten. Mein dicker, fetter, aufgeblähter Bauch, dachte Barbara angewidert. Das blöde Mistding. Gleich morgen früh würde sie einen Termin mit Dr. Steeves machen, zur Hölle mit den Schmerzen und Kosten und allem. Barbara richtete sich im Bett auf und schlug die Decke beiseite. Nun, diese kleine Übung war ja ein Riesenerfolg, dachte sie und spürte förmlich, wie das Adrenalin in ihren Adern kreiste. Sie hätte sich ebenso gut eine Dosis Koffein spritzen können. Jetzt würde sie die ganze Nacht wach liegen.

»Verdammt, verdammt, verdammt!« Sie versuchte, im Dunkeln Tracey zu erkennen. »Tracey? Tracey, bist du wach?«

Doch Tracey seufzte nur und drehte ihrer Mutter den Rücken zu.

»Verdammt.« Barbara warf ihren Kopf unruhig von einer Seite auf die andere. Sie überlegte, ob sie aufstehen und auf die Toilette gehen sollte, konnte sich jedoch nicht dazu aufraffen. Sie griff nach ihrem Buch, erwischte jedoch stattdessen das Telefon. »Beinahe Mitternacht«, stellte sie befriedigt fest und drückte die Nummer, die ihre Finger mittlerweile auswendig kannten. »Inzwischen solltest du bequem liegen.«

Das Telefon klingelte einmal … zweimal …

»Hallo?« Die Stimme der jungen Frau klang schlaftrunken.

Barbara lächelte. Du Ärmste, hab ich dich aufgeweckt?

»Hallo?«, fragte die Stimme noch einmal.

Dummes Ding, dachte Barbara. Man sollte meinen, mittlerweile hätte sie es kapiert.

»Barbara, bist du das?«, fragte Pam plötzlich.

Barbara ließ den Hörer auf die Gabel fallen. Ihre Finger brannten, als wären sie mit Säure bespritzt worden. Ihr Herz pochte so wild, dass es drohte ihre Brust zu sprengen. Oh Gott, was hatte sie getan?

Ganz ruhig. Entspann dich. »Herz, entspannen«, sagte sie und lachte schrill und kreischend, ein Geräusch, das die Dunkelheit durchbohrte wie ein Eispickel einen Eisklotz.

»Mom?«, murmelte Tracey und drehte den Kopf zu ihrer Mutter um.

»Alles in Ordnung, meine Süße.« Barbara tätschelte die Schulter ihrer Tochter. »Ich habe bloß schlecht geträumt. Schlaf weiter.«

Alles in Ordnung, wiederholte sie stumm. Alles war okay. Pam hatte bloß geraten, den erstbesten Namen genannt, der ihr in den Sinn gekommen war. Sie konnte ihr unmöglich etwas beweisen. Alles in Ordnung. Leg dich hin. Versuche zu schlafen.

Es dauerte ein paar Minuten, bis Barbaras Herzschlag sich wieder normalisiert hatte. Erschöpft, verängstigt und ausgelaugt, fiel sie schließlich in einen unruhigen Schlaf und träumte, dass sie von einem tollwütigen Dobermann die Grand Avenue hinuntergejagt wurde. Der Hund knabberte an ihren Fersen und wollte gerade zubeißen, als er plötzlich stehen blieb, den Kopf wandte und lauschte. Worauf?, fragte Barbara sich.

Dann hörte sie das Geräusch auch.

Barbara richtete sich kerzengerade im Bett auf und blickte zur Uhr. Zehn Minuten nach zwölf. Sie wartete, beschloss, dass das Geräusch Teil ihres Traums gewesen war, und betete, dass das Gleiche auch für das Telefonat mit Pam galt. Sie wollte sich gerade wieder hinlegen, als sie das Geräusch erneut hörte.

Was war das?

Ihr erster Gedanke war, dass es Tracey sein musste, die in die Küche gegangen war, um eine Kleinigkeit zu essen. Doch Tracey lag neben ihr und schlief fest, wie Barbara, ohne hinzusehen, spürte. Also musste es etwas anderes sein, *jemand* anderes, der unten durchs Haus tappte. Ein Einbrecher?

Warum sollte ein Einbrecher ihr Haus auswählen, wo es in der Straße doch so viele schöne Häuser gab, die nicht verlassen und vernachlässigt aussahen? Warum sollte irgendjemand dieses Haus auswählen?

Es sei denn, er wusste, wer hier wohnte. Es sei denn, es gab einen persönlichen Grund für diesen Besuch.

Tony.

Das muss es sein, dachte Barbara mit angehaltenem Atem. Er hatte ihr gedroht. *Wenn man seine Nase in anderer Leute Angele-*

genheiten steckt, kann einem alles Mögliche zustoßen, hatte er gesagt. Wortwörtlich. Und nun war er gekommen, um seine Drohung wahr zu machen.

Was sollte sie tun? Wenn er Tracey auch nur anrühren würde …

Barbara griff nach dem Telefon und wollte den Notruf wählen, als sie Schritte auf der Treppe und eine vertraute Stimme hörte.

»Barbara«, sagte die Stimme, und dann noch einmal drängender: »Barbara.«

Sie schloss die Augen und wusste nicht, ob sie lachen oder weinen sollte. Sie musste nicht fragen, wer es war. Sie kannte diese Stimme so gut wie ihre eigene. Wortlos stand Barbara auf, zog einen dunkelblauen Morgenmantel über ihr blassblaues Nachthemd, warf einen Blick auf die nach wie vor fest schlafende Tracey und ging in den Flur.

Er wartete auf dem obersten Absatz auf sie, die Schultern unter seinem dicken Wintermantel wütend versteift.

»Was machst du denn hier?«, fragte sie.

»Was zum Teufel machst *du*?«, fragte er zurück.

Barbara legte einen Finger auf die Lippen. »Tracey schläft«, flüsterte sie. »Lass uns nach unten gehen.«

»Was zum Teufel soll das?«, fragte er noch einmal, bevor sie das Wohnzimmer erreicht hatten.

»Das könnte ich dich genauso fragen«, sagte Barbara und fühlte sich in der direkten Konfrontation mit ihrem Exmann überraschend ruhig. Sagte Vicki nicht immer, dass Angriff die beste Verteidigung war? »Wie bist du hier reingekommen?«

»Ich habe einen Schlüssel«, erinnerte Ron sie.

»Den hätte ich gern zurück.«

»Dies ist mein Haus.«

»Jetzt nicht mehr. Du hast kein Recht, hier mitten in der Nacht reinzuplatzen.«

»*Ich* habe kein Recht?«

»Könntest du bitte etwas leiser sprechen? Ich möchte nicht, dass Tracey dich hört.«

»Ich vielleicht schon. Vielleicht wäre es an der Zeit, dass sie erfährt, was ihre Mutter in ihrer Freizeit treibt.«

Oh Gott. »Ron, das ist wirklich unnötig.«

»Unnötig? *Unnötig*?«

»Bitte, lass uns das ganz ruhig besprechen.«

Mit den Händen in alle Richtungen gleichzeitig fuchtelnd lief Ron vor ihr auf und ab. Barbara musste unwillkürlich denken, dass er sogar in seinem Zorn noch attraktiv aussah. Selbst jetzt noch hätte sie sich am liebsten in seine Arme geworfen und ihn gebeten, zu ihr zurückzukommen. Was war mit ihr los? Hatte sie denn keinen Funken Selbstachtung?

»Was zum Teufel soll das, mitten in der Nacht bei mir anzurufen und meine Frau zu erschrecken?«

»Ich weiß nicht, wovon du redest.« Erwartete sie wirklich, dass er ihr das glaubte?

»Komm mir nicht damit. Ich weiß, dass du diese Anrufe machst. Ich weiß nur nicht, warum du das tust. Gibt es dir einen Kick, meine Familie zu verängstigen? Ist es das? Mir reicht es nämlich. Uns allen reicht es. Ich bin gekommen, um dich zu warnen, dass ich, wenn das nicht aufhört, zur Polizei gehen werde.«

»Zur Polizei?«

»Und vor Gericht.«

»Vor Gericht? Wovon redest du überhaupt?« Was war los? Wann hatte sie die Kontrolle über das Gespräch und die Situation verloren? Was war mit ihrer Verteidigung passiert?

Wie aus dem Nichts zückte Ron die Scheidungsvereinbarung und wedelte damit vor ihrer Nase. »Das hier ist nicht in Stein gemeißelt, weißt du. Wenn es sein muss, gehe ich noch einmal vor Gericht.«

Barbara hörte Traceys Schritte im Schlafzimmer und wusste, dass ihre Tochter auf dem Treppenabsatz lauschte. »Ich denke, du solltest dich erst mal beruhigen.«

»Mir reicht's, Barbara. Ich warne dich. Noch ein Anruf, und ich mache selbst ein paar Anrufe.«

»Es wird keine weiteren Anrufe geben«, sagte Barbara leise und beobachtete, wie Ron die Hände sinken ließ.

»Hier sieht es ja aus wie im Schweinestall«, sagte er, fast wie zu sich selbst.

Barbara ließ ihren Blick über die auf dem Boden verstreuten Modemagazine und die Wasserflecken auf dem Couchtisch vor dem abgewetzten grünen Sofa schweifen. Er hatte Recht – selbst im weichen Mondlicht sah das Haus unaufgeräumt und verwahrlost aus. »Ich musste die Putzfrau einsparen. Das Geld reicht nicht.«

»Ich gebe dir jede Menge Geld.«

»Es ist nicht genug.«

»Es ist mehr als genug.«

»Es ist sehr teuer, dieses Haus zu unterhalten.«

»Dann verkauf es.«

»Damit du die Hälfte kriegst?«

»Das ist die Vereinbarung, die du unterschrieben hast.«

»Die Vereinbarung besagt, dass ich hier wohnen kann, bis Tracey mit der High-School fertig ist.«

»In einem Haus, das du dir nicht leisten kannst?«

»In einem Haus, das ich liebe.«

»Du könntest etwas Kleineres finden.«

»Ich will aber nichts Kleineres.«

»Du könntest auch ein Haus mieten. Oder ein Apartment kaufen. Zurzeit gibt es jede Menge günstiger Angebote auf dem Markt.«

»Ich will kein Apartment, und ich will auch nicht zur Miete wohnen«, erklärte Barbara in dem Versuch, sich in dem Gespräch zu behaupten. »Ich möchte Tracey nicht entwurzeln.«

»Tracey geht es prima. Sie hätte kein Problem damit umzuziehen.«

»*Ich* hätte ein Problem umzuziehen.«

»Warum? Die Hälfte deiner Freundinnen ist weggezogen. Was außer purer Boshaftigkeit hält dich noch hier?«

»Ich muss mich dir gegenüber nicht rechtfertigen.«

»Ich bin ein Professor, Barbara«, sagte er bemüht sachlich. »Ich verdiene kein Vermögen. Ich kann es mir nicht leisten, zwei Familien zu unterhalten.«

»Vielleicht hättest du dir das vorher überlegen sollen«, erwiderte Barbara bitter, »bevor du beschlossen hast, weitere Kinder zu haben.«

»Darum geht es also?« Der Ausdruck in Rons Blick schwankte zwischen Mitleid und Verachtung. »Dass ich einen Sohn habe? Dass Pam und ich ein weiteres Kind erwarten?«

»Tracey ist auch dein Kind.«

»Das weiß ich. Und ich habe auch durchaus die Absicht, Tracey in jeder Beziehung zu unterstützen. Sei doch vernünftig, Barbara. Es ist schließlich nicht so, als ob ich dir zumuten wollte, auf der Straße zu leben.«

»Ich werde die Grand Avenue nicht verlassen.«

»Das machst du doch nur aus Trotz.«

»Was? Überleben?«

»Ja, und nach meinen Visa-Card-Rechnungen zu urteilen, auch auf ziemlich hohem Niveau.«

»Das war deine Idee.«

»Die Idee war, dass du in Notfällen davon Gebrauch machen kannst.«

»Ach wirklich? So sehe ich das aber ganz und gar nicht.«

»Das spielt jetzt auch keine Rolle mehr«, sagte Ron und schüttelte entschlossen den Kopf. »Betrachte deinen Kreditrahmen ab sofort als gestrichen.«

»Was?«

»Dein Kredit ist gestrichen, meine Liebe.«

»Das kannst du nicht machen.«

»Wart's ab.«

»Ich rufe meine Anwältin an.«

»Und ich meinen Anwalt. Ich bin sicher, jeder Richter wird großes Verständnis für den 3000-Dollar-Armani-Notfall haben, der dich im vergangenen Monat betroffen hat, vor allem angesichts deiner nächtlichen Anrufe bei mir zu Hause.«

Barbara blickte verstohlen zur Treppe. »Würdest du bitte leiser sprechen!«

»Tu mir einen Gefallen, Barbara? Wenn du das nächste Mal zum Arzt gehst, um dich liften zu lassen, dann lass auch gleich deinen Kopf untersuchen.«

Die Wucht von Rons Gehässigkeit drückte Barbara förmlich an die Wand.

»Raus hier«, sagte sie leise, zu benommen, um sich zu rühren. »Ich möchte, dass du mein Haus sofort verlässt.«

Ron zog seinen Mantel zu und ging zur Haustür. »Du brauchst Hilfe, Barbara. Du hast dich in eine verbitterte, blutsaugende, vertrocknete alte Dörrpflaume verwandelt, und daran wird kein beschissener Schönheitschirurg der Welt etwas ändern.«

Sobald die Haustür hinter ihm zugeknallt war, gaben Barbaras Knie nach. Sie rutschte an der Wand zu Boden und blieb dort wie ein Haufen zerknüllter Wäsche liegen, die irgendjemand gesammelt und dann vergessen hatte.

So lag sie immer noch da, als Tracey ein paar Minuten später schüchtern die Treppe herunterkam. »Mom? Mom, alles in Ordnung?«

Barbara nickte, sagte jedoch nichts, weil sie ihrer Stimme nicht traute.

»Er ist bloß wütend«, sagte Tracey und kniete neben ihrer Mutter auf dem abgewetzten grünen Läufer. »Du weißt doch, dass er das alles nicht so gemeint hat. Mom?«

Das Wort zog eine Schar unausgesprochener Sätze hinter sich her. Mom, was hat Dad hier gemacht? Mom, warum war er so wütend? Von welchen Anrufen hat er geredet? Mom, bitte sag es mir. Sag mir, worum es hier heute Nacht wirklich ging. War es meine Schuld?

»Mom?«

Barbara lächelte Tracey aus tränenverschleierten Augen an, wie immer erstaunt über das Wunder, das sie hervorgebracht hatte. Tracey erwiderte den Blick ihrer Mutter mit runden, dunklen Augen, die nichts preisgaben. Was denkt sie wirklich von mir?, fragte Barbara sich, strich sanft über das Haar ihrer Tochter und verhedderte sich in dem Gewirr ihrer vom Schlaf zerzausten Locken. Sieht sie das Gleiche wie Ron – eine bemitleidenswerte, nicht mehr junge, von ihrem Mann verlassene, allein im Dunkeln sitzende Frau, die sich an verblassende Träume vergangenen Ruhms klammerte? Eine verbitterte, blutsaugende, vertrocknete alte Dörrpflaume? »Du solltest schlafen gehen«, sagte Barbara zu ihrer Tochter.

»Und du auch.«

Vielleicht sollte sie Rons Rat befolgen, ungeachtet seiner ätzenden Wut, und einen Therapeuten konsultieren, jemanden, der ihr helfen konnte, ihre Probleme zu bewältigen und ihr Leben wieder in den Griff zu bekommen. Aber Therapeuten kosteten Geld, und Ron hatte keinen Zweifel daran gelassen, dass die Bank ab sofort geschlossen war. »Du solltest jetzt wirklich wieder ins Bett gehen«, erklärte sie Tracey.

»Du auch.«

»Geh schon mal vor, Schätzchen. Ich komme gleich nach.«

»Ich warte auf dich.«

»Nein, geh schon«, beharrte Barbara. »Bitte, Schätzchen. Alles in Ordnung. Ich brauche bloß noch ein paar Minuten.«

Tracey sah ihre Mutter an, zu müde, um zu widersprechen, und stand auf. »Und du versprichst mir, dass du gleich nachkommst?«

»In zwei Minuten.«

Tracey bückte sich, küsste ihre Mutter auf die Stirn und tappte auf ihren nackten Füßen langsam aus dem Zimmer.

»Danke«, sagte Barbara.

»Wofür?«

»Dass du so gut auf mich aufpasst.«

»Versuch nicht daran zu denken, was Daddy gesagt hat«, riet Tracey ihr, als könnte sie die Gedanken ihrer Mutter lesen.

»Ich habe es schon vergessen«, log Barbara, schloss, als Tracey sie zögernd allein ließ, die Augen und genoss die lindernde Finsternis.

»Mom?«, rief Tracey praktisch unmittelbar darauf von oben. »Zwei Minuten sind um. Kommst du jetzt?«

Mit einem müden Lächeln rappelte Barbara sich auf die Füße und ging wie in Trance zur Treppe. Sie hatte die Hand aufs Geländer gelegt und ihren Fuß auf die erste Stufe gesetzt, als sie einen Wagen in der Auffahrt und Schritte vor der Tür hörte. Sie fragte sich, ob Ron zurückgekommen war, um sie mit weiteren hasserfüllten Tiraden zu überziehen und ihr noch ein paar Schimpfwörter an den Kopf zu werfen, die er beim ersten Mal vergessen hatte? Würde er diesmal anklopfen oder wieder seinen Schlüssel benutzen? Morgen musste sie das Schloss auswechseln lassen und dem räudigen Ron die Rechnung schicken, um ihm zu zeigen, dass die vertrocknete alte Dörrpflaume noch ein paar Tricks auf Lager hatte.

Aber das Klopfen an der Tür war sanft, fast schüchtern, wurde jedoch, je länger Barbara zögerte, immer drängender. Barbara ging langsam zur Tür und starrte durch den Spion in die bitterkalte Nacht. »Oh, mein Gott.«

»Mom«, rief Tracey von oben. »Wer ist das?«

Barbara öffnete die Tür und streckte die Hand aus. Und im nächsten Augenblick sank Chris auch schon in ihre ausgebreiteten Arme.

17

»Mein Gott, was ist denn mit dir passiert?« Barbaras Hände flatterten um Chris, unsicher, wo sie verharren sollten. Sie berührte ihre zitternden Schultern, ihre vom Schnee feuchten Haare, ihr tränenüberströmtes Gesicht. »Tracey, bring mir ein paar Decken. Schnell!«

Chris blickte zur Auffahrt, wo der Taxifahrer an seiner Wagentür lehnte und sie nervös beobachtete. »Die Jacke gehört ihm«, flüsterte Chris heiser und streifte die speckige schwarze Jacke von ihren Schultern. Barbara fing sie auf, bevor sie auf dem Boden landete. »Ich habe kein Geld.«

»Darum kümmern wir uns schon.« Barbara fragte sich, was zum Teufel heute Nacht eigentlich los war. Waren alle verrückt geworden? Dabei war noch nicht einmal Vollmond. Tracey kam mit blauen und grünen Decken im Arm zurück, die Barbara sofort um Chris wickelte. Mein Gott, was hatte sie denn an? »Gib dem Taxifahrer die Jacke und nimm Geld aus meinem Portemonnaie«, wies Barbara ihre Tochter an, während sie Chris ins Wohnzimmer führte. »Und ich brauche ein Paar dicke Socken«, rief sie Tracey nach, die nach oben gerannt war, um die Handtasche ihrer Mutter zu holen. »Ich kann nicht glauben, dass du in der Eiseskälte barfuß unterwegs warst«, sagte sie und massierte Chris' Füße.

»Ich mache heißen Tee!«, bot Tracey wenige Minuten später an, nachdem sie den Taxifahrer bezahlt und ihm versichert hatte, dass alles in Ordnung war. »Geht es Ihnen gut, Mrs. Malarek?« Sie beobachtete, wie ihre Mutter die dicken grau-weißen Sportsocken über Chris' blau angelaufene Füße streifte.

Chris zitterte so heftig am ganzen Körper, dass sich unmöglich sagen ließ, ob ihr Nicken absichtlich war.

»Sind die Socken okay?«

»Sie sind ganz prima, Schätzchen«, erklärte Barbara Tracey. »Und Tee wäre wunderbar.«

Barbara schlang die Arme um ihre zitternde Freundin und wiegte sie sanft hin und her wie ein Baby. Sie konnte nicht fassen, dass Chris tatsächlich hier war, in ihren Armen. Sie hatte sich so danach gesehnt, sie zu sehen. Und wie schön sie aussah, trotz der verstrichenen Zeit und all des Grauens, das sie bestimmt hatte durchmachen müssen. Barbara küsste Chris' eiskalte Stirn, ihre bitterkalte Wange und beobachtete, wie die Jahre und Schmerzen dahinschmolzen. Und plötzlich waren sie wieder an der Sandkiste am Ende der Grand Avenue, lachend, glücklich und sorgenfrei wie die Kinder, die um ihre Füße spielten. Nichts konnte ihnen passieren, nicht solange sie füreinander da waren. »Kannst du mir erzählen, was passiert ist?«

Chris starrte Barbara verwirrt und ängstlich an. »Tony und ich hatten einen furchtbaren Streit.« Sie zitterte, und Barbara wusste nicht, ob vor Kälte oder wegen der Erinnerung. »Er hat mir das hier gekauft.« Chris öffnete die Decken, die sie um ihren Körper gehüllt hatte, und starrte leeren Blickes auf das Kostüm, das sie trug. »Er hat darauf bestanden, dass ich es anziehe. Kannst du dir das vorstellen?«, fragte sie, selbst zusehends ungläubiger. »Ich meine, ich bin mir darin vorgekommen wie ein absoluter Idiot, dieser blöde Fellbesatz und das wehende Cape. Ich konnte nicht glauben, dass er das ernst meint.«

Barbara blickte zur Küche und hörte, wie Tracey Wasser aufsetzte. »Was ist passiert?«

»Ich habe versucht, einen Witz zu machen. ›Ich bin's, Supermom‹, habe ich gesagt. Ich dachte, er würde vielleicht lachen, aber er ist so wütend geworden, wie ich ihn noch nie erlebt habe.«

»Hat er dich geschlagen?«

Chris betrachtete ihre Freundin neugierig, und es dauerte lange, bis die Frage tatsächlich angekommen war, so als müsste sie zunächst etliche Schichten gefrorener Haut durchdringen. »Nein«, sagte sie nach einer langen Pause. »Ist das nicht seltsam? Er hat mich nicht geschlagen.«

»Warum ist das seltsam?«

»Weil er mich immer schlägt.«

Barbara spürte, wie ihre Wangen vor Scham feuerrot anliefen. »Was ist passiert, Chris? Wieso bist du ohne Geld und ohne Kleidung am Leib aus dem Haus gerannt? Wir können die Polizei anrufen …«

»Bitte keine Polizei.«

»Wieso nicht? Wenn er dich bedroht hat –«

»Er hat mich nicht bedroht.«

»Was hat er *denn* getan?«

»Er hat mich rausgeworfen.« Chris lachte, ein brüchiger Laut, der bei der Berührung mit der Luft zerbarst wie ein Eiszapfen, der von einer Regenrinne gebrochen war.

»Er hat dich praktisch nackt aus dem Haus geworfen?«

»Bitte ruf nicht die Polizei an.«

»Warum nicht? Der Mann ist ein Verrückter. Du hättest erfrieren können.«

»Er hat gesagt, ich würde die Kinder nie wieder sehen.«

»Nun, dann redet er Blödsinn«, erklärte Barbara unerbittlich. »Wenn irgendwer die Kinder nicht wieder sehen wird, dann er.«

Chris versuchte zu lächeln. »Er kann mich nicht davon abhalten, die Kinder zu sehen, oder, Barbara?«

»Natürlich nicht. Gleich morgen früh rufen wir Vicki an. Sie weiß bestimmt, an wen du dich wenden musst.«

»Wenn wir die Polizei anrufen, macht das alles nur noch schlimmer.«

»Wie könnte es noch schlimmer werden? Man wird das Schwein verhaften, Chris. Ihn ins Gefängnis werfen.«

»Er wird wieder rauskommen, er wird zurückkommen. Sein Wort steht gegen meins. Und das der Kinder«, fügte Chris leise hinzu. »Er kann mich nicht davon abhalten, die Kinder zu sehen, oder, Barbara?«

Barbara hörte den Kessel in der Küche.

»Nein, er kann dich nicht davon abhalten, deine Kinder zu sehen.«

Im nächsten Moment kam Tracey mit zwei Bechern dampfendem Tee herein. »Ich hab Früchtetee gemacht.« Sie schob mehrere Zeitschriften aus dem Weg und stellte die beiden Becher auf dem Couchtisch vor dem Sofa ab. »Erdbeer-Kiwi. Ganz neu.«

»Danke.« Chris beugte sich vor und wärmte ihre Hände an dem aufsteigenden Dampf.

Der angenehme Duft exotischer Früchte erfüllte den Raum. »Danke, Schätzchen«, sagte Barbara, unheimlich stolz auf ihr einziges Kind. Sollte Ron mit seiner jungen Braut ein Baby nach dem anderen machen. Das Beste von seinem Samen hatte sie schon bekommen. »Warum gehst du jetzt nicht wieder ins Bett, Liebes? Du hast morgen Schule.«

»Kann ich Ihnen sonst noch etwas bringen, Mrs. Malarek? Ein paar Kekse vielleicht?«

»Nein danke, Tracey, das ist sehr lieb von dir.«

Tracey drückte sich noch eine Weile herum und trat von einem nackten Fuß auf den anderen, als würde sie versuchen, sich vorzustellen, wie sich Schnee zwischen den Zehen und Eis an den Fersen anfühlte. »Gute Nacht, Mrs. Malarek. Gute Nacht, Mom. Ich bin in meinem Zimmer, wenn du irgendwas brauchst.« Sie küsste ihre Mutter auf die Wange und verschwand nach oben.

Barbara nahm einen der Becher vom Tisch, führte ihn an Chris' Lippen und sah zu, wie Chris vorsichtig die heiße Flüssigkeit schlürfte.

»Er ist gut«, sagte Chris, nahm Barbara den Becher ab und legte ihre Hände darum.

»Er hat dich also einfach rausgeworfen«, bohrte Barbara weiter, weil sie die Fakten in irgendeinen Zusammenhang bringen und Details hören wollte, die der Geschichte einen Sinn geben würden. War Chris zu den Nachbarn gelaufen? Hatten sie sich geweigert, sie hereinzulassen? Wie hatte sie ein Taxi gefunden, das sie um ein Uhr nachts nach Mariemont gebracht hatte, obwohl sie aussah, als wäre sie einem Pornofilm entsprungen?

»Ich wusste nicht, was ich tun sollte.« Chris' Blick zuckte hin und her, als würde sie selbst nach Antworten suchen. »Ich konnte einfach nicht glauben, dass Tony mich praktisch nackt rausgeworfen hatte, dass ich tatsächlich ohne Schuhe, Mantel und Geld in der Eiseskälte stand und er mich nicht wieder reinlassen wollte. Ich habe gegen die Tür gehämmert, bin ums Haus gegangen und habe sogar überlegt, eines der Fenster einzuschlagen. Aber ich hatte Angst, dass er dann noch wütender werden würde. Und dann dachte ich … oh Gott, das ist schrecklich, weil meine Kinder immer noch dort sind … ich dachte, nein, ich will nicht zurück in dieses Haus. Ich bin draußen. Ich bin tatsächlich draußen. Er steht nicht mehr drohend über mir, haucht mir seinen Atem in den Nacken und nimmt mich mit Gewalt.«

»Oh Gott.«

»Ich bin frei.« Chris sah sich in ungläubiger Dankbarkeit in Barbaras Wohnzimmer um. »Ich bin draußen.«

Tränen schossen in Barbaras Augen. »Ja, das bist du. Und du musst nie wieder dorthin zurückgehen.«

»Aber meine Kinder …«

»Wir holen deine Kinder da raus. Kein Gericht der Welt würde diesem Ungeheuer das Sorgerecht geben.«

Chris nickte und trank einen großen Schluck von ihrem Tee. »Zuerst habe ich überlegt, zu den Nachbarn zu gehen«, nahm sie den Faden der Erzählung wieder auf. »Doch es war schon fast Mitternacht. Alle Häuser waren dunkel. Ich wusste, dass alle schon schlafen. Ich konnte doch nicht mitten in der Nacht Menschen, die ich kaum kenne, wecken und mich ihnen in diesem Aufzug präsentieren. Also bin ich einfach losgerannt.«

»Du bist losgerannt? Wohin? Wie?«

»Ich weiß es nicht. Im Kreis. Ich bin ausgerutscht und ein paar

Mal hingefallen, bevor ich schließlich auf einer Hauptstraße gelandet bin. Ein paar Autofahrer haben laut gehupt, sind aber weitergefahren. Wahrscheinlich habe ich die Leute erschreckt. Und dann hat ein Taxi am Straßenrand gehalten. Der Fahrer sprach nicht besonders gut Englisch, doch er hat gesehen, dass ich in Schwierigkeiten war. Er sagte, er würde mich ins Krankenhaus oder zur Polizei fahren, aber ich habe gesagt, nein, bringen Sie mich nach Mariemont zu meiner Freundin Barbara, und dass du ihn bezahlen würdest, wenn wir hier wären. Dann hat er seine Jacke ausgezogen und um mich gelegt.« Ihre Stimme verlor sich, und ihr Blick wanderte zur Haustür.

»Das ist alles erledigt«, erinnerte Barbara sie.

»Ja. Danke.« Chris trank ihren Tee leer und stellte den Becher wieder auf den Tisch.

Sofort drückte Barbara ihr den zweiten Becher mit heißem Tee in die Hand. »Haben die Kinder irgendwas mitbekommen?« Barbara dachte an Tracey, die auf der Treppe ihren Streit mit Ron belauscht hatte. Was immer man gegen das Schwein sagen konnte, er war zumindest nicht Tony.

»Die Jungen haben geschlafen.«

»Und Montana?«

Chris schüttelte den Kopf, als wüsste sie es nicht. Tränen kullerten über ihre Wangen.

»Alles wird gut. Er kann dir nicht mehr wehtun.«

»Er hat meine Kinder.«

»Aber nicht mehr lange. Gleich morgen früh rufen wir Vicki an. Sie weiß bestimmt, was zu tun ist. In der Zwischenzeit bleibst du hier bei mir. Und sobald wir deine Kinder bekommen, wohnen die auch hier, zumindest bis alles geklärt ist. Und es klärt sich bestimmt, das verspreche ich dir. Und jetzt lass uns nach oben gehen. Du ziehst diese albernen Sachen aus, ich lasse dir ein schönes heißes Bad einlaufen, und danach wirst du dich erst mal ordentlich ausschlafen. Wie klingt das?«

Chris lächelte. »Zu schön, um wahr zu sein.«

Barbara saß auf dem Wannenrand, sah zu, wie das Wasser aus dem Hahn rauschte, und streckte gelegentlich die Hand in den Strom, um die Temperatur zu regulieren. Heiß, aber nicht zu heiß. Jedenfalls nicht so heiß, dass Chris nicht bequem sitzen würde. Sie wollte ihr keinesfalls weitere Schmerzen bereiten. Mein Gott, was hatte die Frau durchgemacht? Die Dinge, die sie heute Abend erzählt hatte, waren offensichtlich nur die Spitze des Eisbergs. Aber warum sollte sie das überraschen? Hatte Tony Chris nicht schon seit Jahren misshandelt? Hatte er ihr nicht das Haar abgemetzelt? Und hatte sie sich nicht – hatten sie alle sich nicht – einfach zurückgelehnt und gar nichts getan?

Die Grandes Dames. Freundinnen fürs Leben.

Tolle Freundinnen.

Barbara schloss beschämt die Augen. Es war zu einfach, sich damit herauszureden, dass niemand etwas hätte tun können. Zu einfach, die Verantwortung allein auf Chris' zitternde Schultern und in Tonys brutale Fäuste zu legen. Sie waren alle mitschuldig.

Aber trotz alledem, was hätte sie tun können?

»Es ist nicht deine Schuld«, sagte Chris unvermittelt, als sie ins Bad kam und sich neben Barbara auf den Wannenrand setzte. Sie trug Barbaras flauschigen weißen Frotteebademantel und hatte ihr mittlerweile wieder schulterlanges Haar hinter die Ohren gestrichen.

Der Pferdeschwanz ist für immer verschwunden, dachte Barbara und stellte fest, wie sehr sie ihn vermisste. »Ich hätte für dich da sein müssen«, flüsterte sie. »Ich hätte wenigstens für dich da sein müssen.«

»Das warst du.« Chris fasste Barbaras Hand.

»Nein, ich habe aufgehört, dich zu suchen.«

»Was hättest du sonst tun sollen?«

»Ich habe dauernd an dich gedacht.«

»Ich weiß.«

»Wir haben alle an dich gedacht. Ohne dich war die Grand Avenue nie mehr dieselbe.«

»Wie geht es den anderen?«, fragte Chris, plötzlich hungrig nach Informationen. »Vicki und Susan? Owen und Jeremy? Den Kindern?«

»Es geht allen prima.«

»Immer noch zusammen. Immer noch gut.«

»Immer noch zusammen. Immer noch gut.«

»Das freut mich. Und du, wie geht es dir?«

Barbara lächelte. »Besser, seit du hier bist.« Sie strich über Chris' wunderschönes Gesicht, als wollte sie sich davon überzeugen, dass ihre Freundin tatsächlich hier und nicht bloß ein Produkt ihrer einsamen Phantasie war. »Bitte versprich mir, dass du nie wieder zu ihm zurückgehst«, sagte sie, obwohl sie sich aus Angst vor Chris' Antwort kaum traute, die Worte laut auszusprechen.

»Ich werde nie zu ihm zurückkehren«, erklärte Chris mit überraschend fester Stimme.

»Egal, was er sagt oder macht.«

»Ich werde nie zurückgehen«, wiederholte Chris noch energischer als beim ersten Mal.

»Versprichst du es?«

»Ich verspreche es«, bestätigte Chris nickend.

Barbara stand vom Wannenrand auf. »Dann genieße dein Bad.«

Chris löste den Gürtel und warf den zu großen Bademantel ab wie ein Schmetterling, der seinen Kokon abstreift, dachte Barbara. Sie wandte den Blick ab und wollte hinausgehen, als Chris' Stimme sie zurückhielt. »Geh nicht.«

Barbara sagte nichts, sondern setzte sich auf die Toilette und beobachtete wortlos, wie Chris nackt in die Wanne stieg und ihr Körper im heißen Wasser versank. War sie schon immer so schmal und zerbrechlich gewesen?, fragte Barbara sich und verzog beim Anblick der zahllosen Blutergüsse auf ihrem ganzen Körper unwillkürlich das Gesicht. Staubgelbe Flecken auf den Innenarmen, neonviolette Kreise auf ihren Oberschenkeln, flache blaue Schatten beinahe überall. Doch das waren nicht die einzigen Spuren, wie Barbara bemerkte, die den Blick nicht abwenden konnte. Sie entdeckte Kratzer um Chris' Hals und die Rippen sowie etwas, das aussah wie Bissspuren auf ihrer linken Schulter und ihrer Brust, direkt über der kleinen, erdbraunen Brustwarze. »Wie ist das Wasser? Zu heiß? Zu kalt?« Barbara erkannte, dass sie nur redete, um ihre eigene Stimme zu hören, weil sie Angst hatte, dass sie, wenn sie nicht sprach, anfangen würde zu weinen und nie wieder aufhören könnte.

»Perfekt.«

»Du musst völlig erschöpft sein.«

»Dasselbe habe ich umgekehrt auch gerade gedacht.«

»Mach dir meinetwegen keine Sorgen«, sagte Barbara.

»Mach dir um *mich* keine Sorgen.«

Die beiden Frauen nickten im wortlosen Einverständnis. »Soll ich dir den Rücken waschen?«, fragte Barbara nach einer Pause von mehreren Minuten.

Chris lächelte, nahm die Seife aus der Schale und gab sie Barbara. Dann zog sie die Knie an und beugte sich, ihre Schenkel an ihre Brust drückend vor, während Barbara einen Waschlappen in das Wasser tauchte und damit behutsam über Chris' Rücken zu reiben begann. Chris stöhnte, drehte den Kopf von einer Seite zur anderen und schloss die Augen.

»Zu fest?«

»Fühlt sich toll an. Perfekt.«

Barbara seifte Chris' Rücken und Nacken ein, und die sanfte Waschung schien beide zu hypnotisieren. »Versprich mir, dass du nie wieder zu ihm zurückgehen wirst«, sagte Barbara noch einmal.

Und erneut versprach Chris: »Ich werde nie zurückgehen.«

Als Chris, ein weißes Handtuch um die nassen Haare gewickelt und wieder in den weißen Frotteebademantel gehüllt, neben ihr auf der Bettkante saß, bemerkte Barbara, dass Chris sie neugierig betrachtete, als ob sie sie zum ersten Mal sehen würde. »Was ist?«

»Dein Gesicht.« Chris strich über Barbaras Hals. »Irgendwas ist anders.«

Barbara nestelte verlegen an ihrem Haaransatz. »Ich hatte vor einer Weile eine kleine Operation.«

»Eine Operation?«

»Nur ein paar kleine Schnitte und Straffungen. Ein Mädchen muss schließlich hübsch bleiben.«

»Du siehst immer schön aus.«

Barbara spürte, wie ihr brennende Tränen in die Augen schossen.

»Du *bist* schön.« Behutsam wischte Chris die Tränen von Barbaras Wange.

»Danke.« Barbara presste die Lippen aufeinander, um nicht laut loszuschluchzen.

»Ich habe dich so vermisst.«

»Ich habe *dich* vermisst.« Barbara drückte ihre Freundin an sich, und beide ließen ihren Tränen freien Lauf.

Dann lösten sie sich gleichzeitig aus der Umarmung und wischten einander die Tränen aus dem Gesicht. »Ich liebe dich«, sagte Chris.

»Ich liebe dich auch.«

Plötzlich beugte Chris sich vor und drückte ihre Lippen auf Barbaras, so sanft, dass Barbara nicht wusste, ob sie überhaupt da waren.

Mein Gott, was ist hier los?, fragte Barbara sich und versuchte wider besseres Wissen so zu tun, als ob alles ein Traum wäre, die ganze verrückte Nacht. Sie wusste einfach nicht, wie sie darauf reagieren und was sie als Nächstes tun sollte. Sie liebte Chris. Liebte sie mit ihrem ganzen Sein, mit Leib und Seele. Aber sie hatte nie in irgendeiner sexuellen Weise an Chris gedacht und nie auch nur die Phantasie gehabt, dass irgendetwas wie das hier zwischen ihnen passieren könnte. Außerdem war Chris verängstigt, verletzlich und verwirrt. Sie war gerade erst mit knapper Not einem Verrückten entkommen. Sie war dankbar und erleichtert und sehnte sich verzweifelt nach Wärme und Zuwendung. Nach Liebe.

Mehr war da nicht.

Eine verlorene Seele, die die Hand nach einer anderen verlorenen Seele ausstreckte.

Und dann hörten sie das Geräusch und lösten sich hektisch aus ihrer Umarmung. »Was war das?«, fragte Chris, und die Angst kehrte zurück in ihren Blick, der vom Schlafzimmerfenster, zum Flur und zurück zum Fenster huschte.

Barbara stürzte ans Fenster und blickte zwischen den dicken Vorhängen hindurch in den Garten. Sie spähte in die Dunkelheit und versuchte irgendwas oder irgendwen zu erkennen, doch sie sah nur ein stummes winterliches Bild – den dicht verschneiten, postkartengroßen Garten, die vereisten Äste, die im kalten Wind hin und her schwankten. War einer von ihnen abgebrochen und zu Boden gefallen? Hatte irgendjemand einen Kiesel gegen die Scheibe geworfen? Barbara suchte den Boden und das Fenster nach Spuren ab, konnte jedoch nichts Ungewöhnliches entdecken. Hatte Tony erraten, wohin Chris gegangen war? Lauerte er dort draußen in der Dunkelheit und beobachtete das Haus?

»Bleib hier«, befahl Barbara und ging in den Flur. Oder war Ron zurückgekehrt, um irgendwelche Wertgegenstände zu plündern, die er beim ersten Mal vergessen hatte?

»Wohin gehst du?«

»Ich bin gleich wieder da.«

Barbara durchquerte den Flur, öffnete Traceys Zimmertür und blickte zum Bett. Vielleicht war sie aufgewacht und zur Toilette gegangen. Doch Tracey lag in ihrem Bett, schlief fest und atmete gleichmäßig und tief. »Schlaf schön, mein süßes kleines Mädchen«, sagte Barbara, küsste Traceys warme Stirn, zog die Decken über ihre Schultern und schlich sich auf Zehenspitzen aus dem Zimmer.

Sie näherte sich der Treppe und tastete sich an der Wand entlang Stufe für Stufe hinab in die Dunkelheit, während sie sich gegen die Berührung unfreundlicher Hände auf ihren Schultern zu wappnen versuchte. Doch da war nichts. Kein unwillkommener

Gast lungerte im Erdgeschoss, keine düsteren Gespenster geisterten durch die Räume. Sowohl die Haustür als auch der Seiteneingang waren sicher verriegelt. Barbara spähte ein zweites Mal nach draußen, konnte jedoch niemanden sehen. »Geh weg, wer immer du bist«, sagte sie in die bedrohliche Stille. »Und bleib weg.«

»Barbara?«, ertönte Chris' bebende Stimme am oberen Treppenabsatz.

»Alles okay. Hier ist niemand.«

»Es war wahrscheinlich bloß das Haus«, sagte Chris, als Barbara wohlbehalten wieder oben angekommen war. »Wenn es sehr kalt wird, machen Häuser doch manchmal Geräusche.«

Barbara sah sich misstrauisch um. »Das muss es gewesen sein.«

Die beiden Frauen standen unbeholfen in der Mitte des Raumes. Zum ersten Mal verlegen miteinander, dachte Barbara traurig.

»Barbara«, setzte Chris an und hielt dann inne, weil sie zweifelsohne dasselbe empfand.

»Du solltest jetzt ein bisschen schlafen«, sagte Barbara und versuchte, nicht an das zu denken, was eben zwischen ihnen geschehen war. »Du musst doch völlig erschöpft sein.«

»Ja«, stimmte Chris ihr sofort zu. »Und wie.«

Barbara nickte dankbar. »Ich auch.«

»Wegen dem, was vorhin passiert ist ...«

»Ich verstehe schon«, sagte Barbara rasch.

»Wirklich? Ich weiß nämlich nicht, ob ich es verstehe.«

Barbara sah Chris an und versuchte, ihr eins ihrer patentierten Modeschönheitenlächeln zuzuwerfen, doch es wollte nicht auf ihren Lippen haften. »Können wir morgen früh darüber reden?«

»Klar.«

Ohne ein weiteres Wort kletterten die beiden Frauen in Barbaras Bett, wo Chris ihren Rücken an Barbara schmiegte. Wie zwei Löffel, dachte Barbara und erlaubte sich, ihren Arm sanft auf Chris' Seite zu legen. »Gute Nacht«, murmelte Chris, und der Schlaf verschliff die Konsonanten bereits so sehr, dass es sich mehr wie ein Seufzer anhörte.

»Schlaf gut«, flüsterte Barbara, als Chris' Körper sich unter ihrem Arm entspannte. Im nächsten Moment war Chris eingeschlafen, während Barbara sich störrisch weigerte, dem Schlaf nachzugeben. Bis der Tag dämmerte, der Himmel alle Dunkelheit ausgeblutet hatte und der neue Morgen hell heraufzog, lag sie so und wachte über ihre geliebte Freundin.

DRITTER TEIL
1991–1992

Susan

18

»Ariel, hast du meinen violetten Kaschmirpulli gesehen?« Susan stand, einen Haufen Pullover um die Füße, in ihrem begehbaren Kleiderschrank. Sie hörte das Radio in voller Lautstärke aus Ariels Zimmer dröhnen, was bedeutete, dass ihre Tochter in ihrem Zimmer war und wahrscheinlich noch immer im Bett lag. Susan sah auf die Uhr. Fünf nach halb neun. Das bedeutete, dass Ariel zu spät zur Schule kommen würde. Wieder mal. Aber darauf wollte Susan im Augenblick gar nicht länger eingehen. Sie hatte um neun eine Redaktionskonferenz, und momentan hatte ihr fehlender violetter Pulli Priorität vor ihrer chronisch verspäteten Teenagertochter. »Ariel?«

Owen steckte seinen Kopf herein. »Irgendwas nicht in Ordnung?«

»Mein violetter Pulli ist weg. Ich bin sicher, dass Ariel ihn hat.«

»Indem du schreiend in deinem Kleiderschrank stehst, wirst du bestimmt nichts erreichen.«

Susan lächelte, obwohl sie ihm am liebsten einen Schuh an den Kopf geschleudert hätte. Musste er denn immer so verdammt logisch sein? Außerdem schrie sie gar nicht. »Ariel, Schätzchen«, rief sie noch lauter, »hast du meinen violetten Pulli gesehen?«

Diesmal kam die Antwort prompt und bohrte sich wie eine Dynamitstange wütend durch die Wand zwischen ihnen. »Woher soll ich wissen, wo dein blöder Pulli ist?«

»Sag nichts«, warnte Susan ihren Mann, der unverzüglich den Rückzug antrat und außer Sichtweite verschwand. Sie atmete tief ein und wandte ihre Aufmerksamkeit wieder den bereits durchsuchten Regalen zu. »Wer nicht beißt, kann nicht kämpfen«, wiederholte sie leise das Mantra, das Dr. Slotnick ihr für den Fall vorgeschlagen hatte, sollte das Bedürfnis, ihre schwierige ältere Tochter – oder ihren stets munteren Mann – zu erwürgen, zu übermächtig werden. Nach Ansicht des angesehenen Familientherapeuten, den Susan eine Zeit lang konsultiert hatte, testete Ariel lediglich ihre Grenzen aus und rebellierte, weil Teenager eben rebellierten. Auf diese Weise würde sich ihre Tochter von ihren Eltern abnabeln, hatte der gute Doktor erklärt, ein eigener Mensch werden und ihr einzigartiges und unabhängiges Selbst herausbilden. Susan sollte versuchen, es nicht persönlich zu nehmen, was ihr vielleicht sogar gelungen wäre, wenn Ariels einzigartiges, unabhängiges Selbst nicht so unsympathisch gewesen wäre.

Owen hingegen schien keinerlei Probleme zu haben, Dr. Slotnicks Rat zu befolgen. Er begegnete seiner übellaunigen Tochter mit derselben gelassenen Freundlichkeit, mit der er auch seine Patienten behandelte. Er war sanft, verständnisvoll und stets höflich, egal, wie grob oder despektierlich Ariel ihn behandelte. Er ist ein Vorbild elterlichen Verhaltens, dachte Susan, und er fängt an, mir echt auf die Nerven zu gehen.

Susan zog die oberste Schublade des Einbauschranks auf und wühlte durch den ordentlichen Stapel von Slips und BHs, wo sie ihren Pulli, kaum überraschend, auch nicht fand. Warum sollte sie ihn auch woanders hingeräumt haben? Ohne zu bedenken, dass ihr Finger noch im Weg war, knallte sie die Schublade zu. »Scheiße! Verdammt, verdammt, verdammt!« Sie hüpfte in dem engen Raum auf und ab und wedelte ihre Finger in der Luft herum, als könnte sie den brennenden Schmerz dadurch lindern.

»Was ist denn jetzt wieder?«, fragte Owen aus dem Schlafzimmer.

Nicht: was ist, sondern: Was ist *denn jetzt wieder*? Wo blieb seine berühmte Geduld, wenn es um sie ging? Susan trottete mit einfältiger Miene ins Schlafzimmer. »Ich habe mir die Finger in der Schublade geklemmt.« Sie hielt ihrem Mann ihre Hand hin.

»Du wirst es überleben.« Er warf einen flüchtigen Blick in Richtung ihrer wedelnden Hand. »Hör auf, so herumzufuchteln.«

»Es tut weh.« Kannst du es nicht wenigstens mit einem Kuss besser machen?, hätte sie beinahe gesagt. Sie war der flüchtigen Pflichtküsse überdrüssig, die sich durch ihren Tag tupften: einen am Frühstückstisch, einen vor dem Aufbruch zur Arbeit, einen zur Begrüßung bei der Heimkehr, einen zur guten Nacht, wenn sie beide erschöpft ins Bett sanken. Küsse als Satzzeichen des Alltags, dachte Susan und fragte sich, wann in ihrer Ehe höfliche Langeweile die heiße Leidenschaft verdrängt hatte, wann ihr Sex so routiniert geworden war, etwas, was man tat, weil es von einem erwartet wurde. Sie konnten sich nach wie vor gegenseitig befriedigen, hatten es jedoch verlernt, sich zu überraschen. Wann hatten sie zum letzten Mal eine neue Stellung oder Technik ausprobiert? Wann hatten sie zum letzten Mal morgens miteinander geschlafen? Warum nicht jetzt gleich zum Beispiel, dachte Susan und machte einen Schritt auf ihren Mann zu. Vielleicht kann ich ihn überrumpeln, sein frisch gewaschenes weißes Hemd aufknöpfen und seinen glänzenden schwarzen Ledergürtel lösen.

»Solltest du dich nicht langsam anziehen?«, fragte Owen.

Susan erstarrte, blickte auf den cremefarbenen BH und den Slip, den sie trug, und kam sich vor wie mit einem Eimer kaltem Wasser begossen.

»Alles in Ordnung?«, fragte ihr Mann.

»Ja, alles okay.«

»Du bist ein bisschen spät dran, oder?«

»Verdammt«, sagte Susan, als ihr die Uhrzeit wieder einfiel, rannte zu ihrem Kleiderschrank, mühte sich mit einer Strumpfhose ab, zerrte ein beigefarbenes Seidenkleid vom Bügel und über ihren Kopf, stieß die Arme durch die langen Ärmel und zupfte es oberflächlich über der Hüfte zurecht. Sie marschierte ins Bad, fuhr sich mit einer Bürste durch ihr widerspenstiges, kinnlanges Haar und betrachtete mürrisch ihr Spiegelbild. Sie hatte wieder zugenommen. Kein Wunder, dass Owen das Interesse verlor.

Nicht, dass er selbst in einer so tollen Verfassung wäre, im Gegensatz zu Peter Bassett, der dreimal pro Woche im Fitnessstudio hart daran arbeitete, seinen Körper in Form zu halten.

»Sie sollten irgendwann mal mitkommen«, hatte er letzte Woche vorgeschlagen, und sie hatte gelacht, ohne genau zu wissen warum, und gesagt, sie würde es sich überlegen.

Was gab es da noch zu überlegen? Sie würde sich Peter Bassett auf gar keinen Fall in ihrer wenig schmeichelhaften Jogginghose oder schlimmer noch in einem Trikot präsentieren. Sie war dermaßen außer Form, dass sie wahrscheinlich keine zehn Minuten auf dem Laufband durchhalten würde. Sie war seit Urzeiten nicht mehr im Fitnessstudio gewesen. Nicht besonders schlau von ihr, denn regelmäßiger Sport würde ihr nicht nur helfen, die überschüssigen Pfunde loszuwerden, sondern sie auch auf andere Gedanken bringen. Alles in allem verbrachte sie zu viel Zeit damit, sich Sorgen über ihre Mutter zu machen, mit ihrer Tochter zu streiten und alles zu essen, was ihr in die Quere kam. »Ich sehe schrecklich aus«, sagte sie laut.

»Du siehst okay aus«, sagte Owen, der hinter ihr aufgetaucht war, und küsste sie auf die Wange.

»Danke«, erwiderte Susan matt. *Okay* war nicht direkt eine enthusiastische Bestärkung.

»Schönen Tag«, sagte er auf dem Weg aus der Tür.

Eine Minute später hörte Susan das Garagentor klappern. »Dir auch«, murmelte sie.

»Führst du wieder Selbstgespräche?«, fragte Ariel trocken und steckte ihren Kopf herein. Ihre frisch mit Gel gehärteten schwarzblauen Haare standen von ihrem Kopf ab wie Stacheln.

Susan fuhr zusammen wie neuerdings jedes Mal, wenn sie ihre ältere Tochter sah, den kleinen zarten Engel, den sie an ihrer Brust genährt und dessen weiches goldenes Haar so wundervoll kindlich und verheißungsvoll geduftet hatte. Verheißung worauf?, fragte Susan sich in dem Bemühen, Dr. Slotnicks Rat zu befolgen und positiv zu denken.

Also gut: Ariel hatte wunderschöne Augen, auch wenn sie darauf bestand, ihre Lider mit etwas zu beschmieren, das aussah wie mehrere Schichten schwarzer Ruß; sie hatte eine wunderbar sanfte Haut, auch wenn das unter all dem weißen Puder bisweilen schwer zu erkennen war; sie hatte eine tolle Figur, obwohl die Lumpen in Übergröße, die sie mit Vorliebe trug, alles andere als kleidsam waren. Außerdem hatte sie einen scharfen Verstand.

Und eine noch spitzere Zunge.

Positiv denken. Positiv denken.

Sie hatte einen eigenen Willen.

War das positiv?

»Wo hast du denn das Kleid her?«, fragte Ariel mit einem leicht vorwurfsvollen Unterton.

Aus demselben Laden, in dem ich auch meinen violetten Pulli gekauft habe, dachte Susan, fragte jedoch stattdessen: »Solltest du nicht längst in der Schule sein?« Sofort verfluchte sie sich still. Das war auf jeden Fall ein denkbar ungeeignetes Thema, wenn sie eine Konfrontation vermeiden wollten. Hatte Dr. Slotnick ihr nicht gesagt, dass es Sache der Schule war, sich mit Ariels chronischer Unpünktlichkeit zu befassen? Das ist deren Thema, nicht Ihres, hatte der Therapeut mit dem schütteren Haar erklärt.

Sie erinnerte sich an den Tag, an dem Peter Bassett sie zum ersten Mal in sein Büro gerufen hatte. Er hatte mit der Schule seiner Tochter telefoniert und über das gleiche Problem gesprochen. Kein Wunder, dass er sie so gut zu verstehen schien. Wir haben vieles gemeinsam, dachte Susan lächelnd.

Ariel lächelte überraschenderweise ebenfalls, was ihre ausgeprägten Grübchen trotz des weißen Puders zum Vorschein brachte, das ihr Gesicht bedeckte, jedoch am Hals aufhörte, sodass sie aussah wie das Opfer einer schleichenden Hautkrankheit. »Ja«, gab sie zu, während sie mit den Fingern der rechten Hand die Knöchel ihrer linken Hand knacken ließ und Susan versuchte, nicht das Gesicht zu verziehen. »Ich bin zu spät, und in der ersten Stunde schreiben wir einen wichtigen Mathe-Test.«

»Dann solltest du dich schleunigst auf den Weg machen.« Susan sah auf ihre Uhr und vergewisserte sich, dass sie die Zeit auch richtig abgelesen hatte. Fast neun Uhr. Wenn Ariel in dieser Sekunde aufbrechen würde, hätte sie vielleicht noch eine Chance, pünktlich zur Schule zu kommen. Aber sie war noch nicht einmal angezogen. Oder vielleicht doch? Susan versuchte, nicht allzu offensichtlich auf das verdreckte Sweetshirt und die zu weite, zerrissene Jeans zu starren, die ihre Tochter anhatte.

»Stimmt irgendwas nicht?« Schon Ariels Ton war eine Herausforderung.

Susan schüttelte den Kopf und starrte auf ihre Zehen. *Wer nicht beißt, kann nicht kämpfen.*

»Ich hatte gehofft, du bringst mich.«

»Ich soll dich bringen?«

»Zur Schule. Damit ich meinen Test nicht verpasse.«

Susan hielt den Atem an, zählte leise bis zehn, machte den Mund auf und wieder zu und zählte noch einmal bis zehn. Wie oft hatten sie das schon durchdiskutiert? »Das haben wir doch schon besprochen.«

»Komm schon, Mom. Ein Mal ...«

Sie wird nie etwas lernen, wenn Sie sie jedes Mal retten, hatte Dr. Slotnick gewarnt. Sie müssen sie die Konsequenzen ihres Handelns spüren lassen. »Ich kann nicht«, hörte Susan sich sagen.

»Was soll das heißen, du kannst nicht?«

»Ariel, ich habe um neun Uhr eine wichtige Sitzung. Ich habe keine Zeit, dich zu bringen.«

»Es dauert doch nur eine Minute.«

»Ich kann nicht.«

»Du kannst nicht oder du willst nicht?«

»Ich muss mich anziehen.«

»Du *bist* angezogen.«

»Ich sehe schrecklich aus.«

»Na und?«

Die Frage war von verblüffender Einfachheit. Wen kümmert es, wenn du schrecklich aussiehst?, besagte sie. Wer sieht dich überhaupt an? Wer nimmt dich wahr? Du bist eine Frau mittleren Alters. Weißt du nicht, dass du unsichtbar bist?

»Deshalb musst du, fürchte ich, allein zur Schule kommen.«

»Und zu spät zu einem Test.«

»Das hättest du dir vielleicht vor einer halben Stunde überlegen sollen.«

»Und du kannst mich vielleicht mal«, kam Ariels ätzende Antwort.

»Einen Moment mal, junge Dame«, setzte Susan an, doch Ariel war bereits in einer Wolke selbstgerechten Zorns verschwunden und trampelte lautstark die Treppe hinunter. Die Haustür wurde geöffnet und knallend wieder zugeschlagen, und ihr Poltern hallte unangenehm im ganzen Haus wider, während Susan in Ariels Zimmer rannte und ans Fenster zur Straße stürzte. »Sie hat nicht einmal einen Schirm mitgenommen«, murmelte sie frustriert und beobachtete, wie ihre Tochter eine Schachtel Zigaretten aus der Gesäßtasche zog, sich eine anzündete und träge in Richtung Straßenecke schlenderte, als würde sie den Regen, der auf ihren Kopf prasselte, gar nicht spüren. »Es gießt in Strömen, und sie merkt es nicht einmal.«

Sie hätte Ariel zur Schule fahren sollen. Noch einmal. Eine Zigarette weniger. Es regnete schließlich. Jetzt würde ihre Tochter nicht nur zu spät kommen und den Test nicht bestehen, sondern sich obendrein wahrscheinlich auch noch eine Lungenentzündung zuziehen. Susan stand mitten in Ariels Zimmer, das aussah, als wäre gerade ein tropischer Sturm hindurchgefegt, und hätte beinahe geweint. Was für ein absolutes Chaos! Das Bett, der Schreibtisch, der Boden, jede verfügbare Oberfläche war mit Kleidung, Make-up und Kassetten übersät. Vergessene Pennys lagen wie eine Spur von Brotkrümeln auf dem Teppich verstreut. Eine benutzte Einführhilfe für Tampons stand aufrecht vor dem Fußende des Bettes. Susan schloss die Augen und betete, dass sie nicht auch noch den benutzten Rest finden würde, als sie sich bückte, um sie aufzuheben und in den Papierkorb zu werfen, der vermutlich das einzige Behältnis in dem Zimmer war, das nicht überquoll. »Mein Gott, wie kann sie so leben?« Automatisch begann Susan diverse Kleidungsstücke aufzuheben, auszuschütteln und ordentlich zu falten. Sie öffnete die Kleiderschranktür, schob ein paar vergessene und verdreckte Klamotten beiseite, um Platz zu schaffen.

Und dabei entdeckte sie ihn – zu einem kleinen Knubbel zusammengeknüllt in der hintersten Ecke des zweiten Regals: ihren violetten Kaschmirpulli, nach dem sie die ganze Zeit gesucht hatte. Der Pulli, von dem Ariel angeblich nichts wusste und den sie zu der Sitzung heute Morgen hatte tragen wollen, weil Peter einmal gesagt hatte, dass er das Violett ihrer Augen betonte. »Ich bringe sie um«, flüsterte Susan, als sie einen weiteren ihrer Pullover entdeckte, einen weißen Rollkragenpulli aus Angorawolle, den sie seit Wochen nicht gesehen hatte und der unter einem Stapel zerknitterter T-Shirts hervorlugte. Sie nahm die Pullover und kehrte in ihr Zimmer zurück, obwohl sie wusste, dass sie zu schmutzig waren und zu sehr nach Parfüm und Zigarettenqualm stanken, um sie in näherer Zukunft zu tragen. Positiv denken, ermahnte sie sich. Vielleicht bedeutete es, dass Ariels Geschmack besser würde. »Sie hat mich angelogen«, sagte Susan laut, blieb wie angewurzelt stehen, das Echo der Stimme ihrer Tochter im Ohr.

Woher soll ich wissen, wo dein blöder Pulli ist?

Versuchen Sie, es nicht persönlich zu nehmen, hörte sie Dr. Slotnicks Rat.

»Sie können mich mal«, erklärte Susan dem guten Doktor, kehrte zu ihrem Kleiderschrank zurück und schlüpfte in ein paar neue, braune Pumps, deren Absätze ein Stück höher waren, als sie sie normalerweise bequem tragen konnte. Doch ein wenig Erhebung kann ich jetzt wirklich brauchen, entschied sie.

Irgendwas brauche ich jedenfalls, das steht fest, dachte sie.

»Susan, kann ich Sie noch kurz sprechen?«, fragte Peter Bassett, als sie nach der morgendlichen Redaktionssitzung den Konferenzraum verlassen wollte.

»Selbstverständlich.« Susan bewegte ihre Zehen in den Schuhen, die den ganzen Vormittag gekniffen hatten, und beobachtete, wie die anderen Redakteure samt ihren Assistenten den Raum verließen.

»Schließen Sie doch bitte die Tür!«

Sofort schloss sie die Tür des großen Raumes, einer von insgesamt nur zwei Räumen, die nicht komplett verglast waren. Peter hielt die Konferenzen lieber hier ab, weil es weniger Ablenkung gab: keine Fenster nach außen oder in die Redaktion und auch sonst nichts, was einen schweifenden Blick fesseln konnte. Vier beigefarbene Wände, ein langer Holztisch und sechzehn uninteressante Stühle. Die einzigen Farbtupfer waren die gerahmten Titelbilder von *Victoria* an einer Wand, die übrigen Wände waren kahl. Auf einer Anrichte an einem Ende des Raumes stand eine Kaffeemaschine, daneben ein Teller mit unangerührten Muffins.

Den ganzen Vormittag lang hatte Susan gegen den Drang angekämpft, einen davon zu nehmen, doch sie war zehn Minuten zu spät gekommen, als die Konferenz schon im vollen Gange war, und keiner der um den Tisch Versammelten hatte etwas gegessen. Diese ganzen verdammten Bohnenstangen, fluchte sie still und dachte, dass sie sich schon anhörte wie Barbara. Wann hatte sie angefangen, sich über so etwas Sorgen zu machen? »Tut mir Leid, dass ich so spät war«, sagte sie, bevor ihr Chef sie dafür tadeln konnte.

»Alles in Ordnung?«

Susan zuckte die Achseln. Derselbe alte Kram, sagte ihr Schulterzucken.

»Macht Ihre Tochter immer noch Probleme?«

Susan lächelte. »Ich sollte es nicht so an mich ranlassen.«

»Das ist manchmal sehr schwer. Glauben Sie mir, ich weiß, wovon ich rede.«

»Es ist trotzdem keine Entschuldigung für meine Verspätung.« Sollte nicht er all diese Dinge sagen?, fragte Susan sich.

»Vergessen Sie's«, erwiderte er stattdessen. »Davon geht die Welt nicht unter. Wie geht es Ihrer Mutter?«

»Nicht so toll.«

»Das tut mir Leid.«

»Danke.« Sie kehrte zu ihrem Stuhl zurück und fragte sich, warum sie hier war. Sie hatte angenommen, dass Peter sie für ihre Verspätung rüffeln und daran erinnern wollte, dass sie bei allem Verständnis für ihre familiäre Situation eine Zeitschrift produzieren müssten und ihre persönlichen Probleme ihre Arbeit nicht beeinträchtigen dürften. Hatte Judi Butler nicht vor einigen Monaten aus diesem Grund ihre Entlassungspapiere bekommen? Doch stattdessen erklärte ihr Boss ihr, sie solle sich keine Sorgen machen. Und er sah sie nicht knurrig an, sondern lächelte, die Beine ausgestreckt, die Hände hinter dem Kopf verschränkt. »Wollten Sie etwas mit mir besprechen?«, fragte sie vorsichtig.

»Ich wollte Ihnen einen Zwischenbericht über die bisherigen Fortschritte geben.«

»Einen Zwischenbericht? Über die bisherigen Fortschritte?« Wovon redete er?

»Sie dachten doch nicht etwa, dass ich Ihre Verbesserungsvorschläge für unsere Zeitschrift vergessen habe, oder?«

Susan brauchte eine Weile, bis sie begriff, worauf Peter Bassett sich bezog. Ihr erstes Gespräch lag so lange zurück, dass sie sich nicht einmal genau daran erinnern konnte, was sie eigentlich vorgeschlagen hatte.

»Im Zeitschriftengeschäft bewegen sich die Dinge sehr langsam. Die Verantwortlichen mögen es nicht, wenn man an einer erfolgreichen Formel herumexperimentiert, selbst wenn diese Formel schon ziemlich verbraucht ist. Ich habe Schwierigkeiten, die allmächtigen Vorstände davon zu überzeugen, die angepeilte Zielgruppe zu verändern, vor allem im Licht der steigenden Verkaufszahlen. Das Management meint, dass sich die Auflage nur steigern lässt, wenn *Victoria* weiter glatt, nett und vor allem seicht daherkommt.« Er schüttelte den Kopf. Das ist unser gemeinsamer Kampf, sagte die Geste. »Aber ich möchte, dass Sie wissen, dass ich noch nicht aufgegeben habe, sondern weiter auf Verbesserungen dränge. Außerdem bin ich entschlossener denn je, ein paar gehaltvolle Artikel einzuschmuggeln.«

»Wie soll das gehen?«

»Ganz vorsichtig«, sagte er zwinkernd. »Hier eine Seite, dort eine Seite mit mehr Hintergrund, mehr Kontext, mehr Tiefe. Wer weiß, vielleicht schaffen wir es irgendwann, einen ernsthaften Artikel in voller Länge zu bringen.«

»Das wäre super. Ich hätte auch schon einen Haufen Ideen.«

»Zum Beispiel?«

»Nun, ich hatte gehofft, dass wir etwas über diese neue Hormonersatztherapie machen können, die die medizinische Fachwelt so in Aufregung versetzt. Eigentlich gibt es sie schon ziemlich lange, aber plötzlich ist es der letzte Schrei. Ich weiß, dass es unsere jüngeren Leserinnen vielleicht nicht unbedingt anspricht, aber –«

»Können Sie es sexy klingen lassen?«, unterbrach Peter sie.

»Was?«

»Sexy. Wie Ihre Schuhe.« Er zwinkerte ihr erneut zu.

Susan spürte, wie ihre Wangen rot brannten. Gut, dass sie ihren lila Pulli nicht anhatte, dachte sie. Das hätte sich farblich total gebissen. »Nun, wir können der Geschichte vielleicht einen sexy Titel geben«, stotterte sie und versuchte, sich auf ihre Idee zu konzentrieren. »Irgendwas in der Richtung ›Hormonersatztherapie – der neue Jungbrunnen?‹«

Peter legte den Kopf zur Seite, als würde er versuchen, sich die Titelzeile vorzustellen. »Ich denke, da könnte was draus werden.«

»Wirklich?«

»Unbedingt.« Peter Bassett stand auf, ging zu dem Konferenztisch und setzte sich neben Susan. Sein Knie streifte ihres, doch er schien es gar nicht bemerkt zu haben.

Susan hingegen empfand eine Schockwelle wie heute Morgen, als sie sich die Finger in der Schublade geklemmt hatte, nur dass diesmal die Innenseiten ihrer Schenkel brannten.

»Wollen Sie es nicht einmal selbst versuchen?«

»Was?«

»Es ist Ihre Idee. Warum setzen Sie sie nicht selbst um?«

»Wirklich?«

»Ich kann natürlich nichts versprechen.«

»Natürlich.« Sie versuchte aufzustehen, doch er saß so dicht neben ihr, dass sie sich nirgendwohin wenden konnte. »Ich fange sofort an.«

»Wozu die Eile?«

Sie lachte, ein albernes Schulmädchenlachen, dessen Klang sie selbst hasste.

»Habe ich etwas Komisches gesagt?«

Susan schüttelte den Kopf, während er sich noch näher beugte. Mein Gott würde er sie küssen?

»Sie haben da was unter ihrem Auge«, sagte er und befeuchtete seinen Finger. »Halten Sie still.« Er beugte sich noch weiter vor, bis ihre Lippen nur noch Zentimeter voneinander entfernt waren, fasste mit der linken Hand ihr Kinn und wischte mit dem feuchten Mittelfinger der rechten unter ihrem linken Auge entlang. Ihr war, als ob ihre Haut unter seiner Berührung schmelzen und ihr restlicher Körper sich zu Lava verflüssigen würde. Wann hatte Owens Berührung sie zum letzten Mal so elektrisiert? »So«, sagte er. »Das ist besser.«

Würde er sie küssen?

Und was würde sie dann tun?

Er lehnte sich lächelnd zurück. Mein Gott, was war bloß mit ihr los? Natürlich würde er sie nicht küssen. Er war ihr Chef und konnte jede Frau haben, die er wollte. Und Gerüchten zufolge hatte er schon mehrere gehabt. Nicht übergewichtige Mütter zweier großer Töchter, Ehefrauen mittleren Alters, die beigefarbene Kleider trugen, in denen sie aussahen, als würden sie zum

Mobilar gehören, maßregelte Susan sich selbst, sondern attraktive junge Frauen wie Rosa Leoni und Judi Butler, die beide nicht mehr für die Zeitschrift arbeiteten. Nicht, dass Susan den Bürotratsch geglaubt hätte. Sie konnte nachvollziehen, dass Judis häufige Mittagessen und privaten Treffen mit ihrem Boss ausschließlich beruflich begründet gewesen waren. Trotzdem hatte sie sowohl Rosa Leoni als auch Judi Butler nicht ungern gehen sehen. Nicht, dass sie eifersüchtig gewesen wäre. Sie war eine verheiratete Frau, Herrgott noch mal. Eine glücklich verheiratete Frau, wie Susan sich nachdrücklich erinnerte, während sie züchtig ihre Hände im Schoß faltete. Himmel, was war bloß mit ihr los? Wo kamen all diese seltsamem Gedanken her?

»Erzählen Sie mir etwas Persönliches über sich«, sagte Peter Bassett.

Susan zögerte, unsicher, worauf er hinauswollte. »Ich glaube, ich weiß nicht genau, was Sie meinen. Was würden Sie denn gern wissen?«

»Egal. Jede Information, die Sie für mich erübrigen können. Sie sind eine Frau voller Rätsel, Susan Norman.«

Hätte sie sich nicht so absurd geschmeichelt gefühlt, hätte Susan vielleicht gelacht. »Wohl kaum.«

»Ich weiß einfach nicht, was in Ihnen vorgeht.«

»Nicht?«

»Wie lange arbeiten wir jetzt schon zusammen? Fast zwei Jahre? Und Sie faszinieren mich noch immer.«

»Ich fasziniere Sie?«, wiederholte Susan wie hypnotisiert von seiner Wortwahl. Sie war dreiundvierzig Jahre alt und hatte in ihrem ganzen Leben noch niemanden fasziniert.

»Sie sind eine wirklich bezaubernde Frau.«

Rätselhaft, faszinierend und jetzt bezaubernd, dachte Susan. Kein Zweifel – Peter Bassett flirtete mit ihr, und sie wusste es, und das Ganze war so offensichtlich und albern, dass Susan die Augen verdreht und ihm ins Gesicht gelacht hätte, wenn sie sich nicht mit aller Kraft davon hätte abhalten müssen, auf seinen Schoß zu springen und ihre Schenkel um seine Hüften zu schlingen. Mein Gott, was war bloß mit ihr los?

»Ich würde Sie jetzt wirklich gern küssen«, flüsterte Peter.

Susan sagte nichts. Ein Geräusch wie schwerer Atem drang an ihr Ohr, und sie wusste, dass ihr eigener Körper sie verriet. Peter beugte sich noch näher, bis sie seinen Atem beinahe auf ihrer Zungenspitze schmecken konnte. Seine Wimpern flatterten gegen ihre, seine Lippen streiften die ihren. Sie spürte einen Funken wie ein aufflammendes Streichholz, der ihre Haut brennen ließ. Was mache ich hier?, fragte sie sich, als er seine Lippen fest auf ihre drückte und mit seiner Zunge sanft ihren Mund ertastete.

Für so etwas bin ich zu intelligent, dachte sie und schien wie außerhalb ihrer selbst zu beobachten, wie seine Arme sie noch fester an ihn zogen. Wer ist diese Frau? Bestimmt nicht die prinzipientreue, praktische, übergewichtige Susan Norman, die Gattin des guten Doktors? Hatte sie Vicki nicht einmal erklärt, dass sie nie im Leben auch nur daran denken würde, ihren Mann zu betrügen?

Man soll niemals nie sagen, hatte Vicki sie gewarnt.

Ein Klopfen an der Tür riss sie unvermittelt auseinander.

»Ja?«, fragte Peter, der sofort aufgesprungen war und die Situation völlig im Griff hatte.

»Jason Elliott wartet in Ihrem Büro«, hörte Susan die Sekretärin sagen.

»Ich komme sofort.« Er drehte sich zu Susan um, die, unfähig, sich zu rühren, noch immer auf ihrem Stuhl saß. »Später«, sagte er.

19

Ein klingelndes Telefon weckte Vicki aus einem Traum, in dem sie eine gesichtslose Frau eine unbekannte Straße entlang verfolgte. Als die Frau gerade stehen blieb und sich umdrehte, rannte Vicki mit Karacho gegen die sprichwörtliche Mauer. Sie sah Sternchen, hörte Glocken, begriff, dass es das Telefon war, und wachte widerwillig auf. »Hallo?«, flüsterte sie in den Hörer und rieb sich die Stirn, um einen beginnenden Kopfschmerz zu vertreiben. Zu viel Rotwein, dachte sie und versuchte sich zu erinnern, wie viele Flaschen sie geleert hatten.

»Guten Morgen. Es ist jetzt sechs Uhr dreißig.«

Vicki blickte automatisch auf die Uhr neben dem großen Doppelbett. Punkt halb sieben. Genau wie bestellt. Wer hatte behauptet, dass das Holiday Inn keinen Viersterneservice bot? »Danke.« Sie legte den Hörer auf die Gabel, setzte sich auf und zog die Knie an die Brust, sodass das zerknitterte Laken von ihren kleinen nackten Brüsten rutschte. Wie konnte es schon halb sieben sein? Waren sie nicht gerade erst ins Bett gegangen? »Hey, du Schlafmütze«, sagte sie zu dem nackten Mann neben sich. »Aufstehen, Darling. Zeit, den Tag anzugehen.«

»Wer sagt das?« Die Stimme des Mannes klang wie ein tiefes, schlaftrunkenes Schnurren, als hätte er mit Kieseln gegurgelt.

»Ich.« Vicki sprang aus dem Bett und ging ins Bad. Okay, es ist vielleicht nicht direkt das Ritz, dachte sie, als sie in der Dusche unter dem tröpfelnden Rinnsal und den Wechselbädern von zu heißem und zu kaltem Wasser langsam aufwachte. Sie stöhnte, seifte sich mit der teuren Chanel-Seife ein, die sie von zu Hause mitgebracht hatte, legte ihren Kopf in den Nacken und rollte ihn sanft hin und her, während das Wasser über ihre Kehle glitt wie die Zunge eines Liebhabers.

Sie hörte ein Geräusch, spürte einen kühlen Luftzug, als die Badezimmertür aufging, sah einen Schatten auf sich zukommen, der den Vorhang zurückzog und sich in einen nackten Mann verwandelte, der zu ihr unter die Dusche stieg und ihr die Seife aus der Hand nahm. »Lass mich das machen«, sagte er.

Jeremy liebt mich immer gern unter der Dusche, dachte Vicki lächelnd. Er sagte, es würde ihn an ihre Flitterwochen in Hawaii erinnern, wo sie in der Nähe des Hotels einen kleinen Wasserfall entdeckt und jede Nacht unter den Sternen miteinander geschlafen hatten.

Nur dass sie nicht in Hawaii waren.

Und der Mann nicht Jeremy war.

Vicki seufzte, als die seifigen Hände sie umfassten und sich auf ihre Brüste legten. Jeremy verhandelte in Florida mit einigen lokalen TV-Sendern über eine Beteiligung, während sie im Holiday Inn am Flughafen von Cincinnati war, zusammen mit Assistant District Attorney Michael Rose, dem Stellvertreter des obersten Staatsanwaltes von Ohio, mit dem sie seit drei Monaten eine heiße Affäre hatte. Wahrscheinlich ist es Zeit, sie zu beenden, beschloss Vicki, als er von hinten in sie eindrang und mit den Fingern nach dem winzigen Gänseblümchen tastete, das sie sich vor kurzem auf die Innenseite des Schenkels hatte tätowieren lassen. Ihr Liebhaber stieß sie mit derart frühmorgendlichem Elan, dass sie ausrutschte und sich mit beiden Händen abstützen musste, um nicht zu fallen.

Das hätte mir gerade noch gefehlt, dachte sie und passte sich dem Tempo seiner Stöße an. Wie hätte sie das erklären sollen? Wahrscheinlich hätte Jeremy gar nicht nach einer Erklärung gefragt. Stell mir keine Fragen, und ich erzähl dir keine Lügen. War das nicht ihre stillschweigende Vereinbarung? Sie bezweifelte, dass ihr Mann viele der Nächte, die er getrennt von ihr gewesen war, allein verbracht hatte, obwohl er es in jüngster Zeit ein bisschen langsamer angehen ließ. Vielleicht war ihm Sex einfach nicht mehr wichtig.

»Das fühlt sich gut an«, hörte sie sich sagen und war froh, dass er sie von hinten nahm. So musste sie ihn nicht ansehen und so tun, als ob er mehr wäre, als er war. Es reichte, dass er jung war, mindestens fünf Jahre jünger als sie, und dass man ihn nicht erst mit Schmeicheleien in Fahrt bringen musste. Vicki liebte ihren Mann, aber manchmal machte er wirklich verdammt viel Arbeit. Sie hockte zwanzig Minuten auf den Knien, und wofür? Eine 30-Sekunden-Belohnung. Männer wie Michael Rose waren ihre Art, dieses Missverhältnis auszugleichen.

»Du bist eine Nummer für sich«, flüsterte er in ihr Ohr.

Warum mussten Männer immer reden? Vor allem wenn sie im Grunde nichts zu sagen hatten? Du bist eine Nummer für sich. Was zum Teufel sollte das bedeuten? Vicki grunzte scheinbar geschmeichelt, obwohl sie sich in Wahrheit gar nicht so fühlte. Was macht sie schon groß Preisverdächtiges? Sie stand einfach da und klammerte sich verzweifelt fest. Nicht gerade Raketenphysik, wie ihr Sohn Josh vielleicht bemerken würde. Mein Gott, was der Junge wohl sagen würde, wenn er seine Mutter jetzt sehen könnte?

Und Kirsten?

»Das verstehe ich nicht. Warum kommst du heute Abend nicht nach Hause«, hatte ihre Tochter empört gefragt, als Vicki sie darüber informiert hatte, dass sie auswärts übernachten wollte.

»Ich habe es dir doch erklärt. Ein Mandant aus New York fliegt ein, und wir treffen uns am Flughafen. Die Besprechung dauert wahrscheinlich bis spät in die Nacht, und dann ist es leichter, wenn ich einfach dort übernachte.«

»Ich verstehe das nicht«, sagte Kirsten noch einmal, obwohl sie es vielleicht sehr wohl verstand, dachte Vicki. Vielleicht begriff sie nur zu gut, schließlich war sie mittlerweile fünfzehn. Vicki stellte sich ihre Tochter vor, eine exakte Kopie ihrer selbst in dem Alter, nichts als Haut und Knochen, kleine knospende Brüste und ein flacher Bauch. Nur Kirstens rotes Haar war ein Tick dunkler als das ihrer Mutter und fiel ihr lang über den Rücken und in die Stirn, wo es ein eher interessant als hübsch zu nennendes Gesicht verbarg, das sein volles Potenzial noch herausbilden musste. Wahrscheinlich wünschte sie sich größere Augen und eine kleinere Nase, dachte Vicki, genau wie sie selbst in dem Alter.

Hatte ihre Mutter dasselbe gewünscht? Mit einem Kopfschütteln vertrieb Vicki den Eindringling in ihre Tagträume. Sie hatte seit Monaten nicht mehr an ihre Mutter gedacht, hatte dem Privatdetektiv nach Jahren endlich erklärt, dass seine Dienste nicht mehr von Nöten waren. Genug war genug. Sie hatte für dieses endlose Katz-und-Maus-Spiel keine Zeit und keine Geduld mehr. Wenn ihre Mutter irgendein Interesse hatte, sie wieder zu sehen, dann war sie jetzt an der Reihe, etwas dafür zu tun. Vicki zog ihre Truppen zurück und schwenkte die weiße Fahne. Du hast gewonnen, hieß das. Ich gebe auf.

Vicki schüttelte bei dem Gedanken an ihre Mutter unwillig den Kopf, so heftig, dass ihr ganzer Körper bebte. Michael Rose missdeutete das als Anzeichen ihres nahenden Orgasmus und beschleunigte seine Stöße, rammte seinen Körper so heftig gegen ihren, dass sie dicht an die Wand der Dusche gepresst wurde und kaum atmen konnte. Sie hörte, wie Michael stöhnend zum Höhepunkt kam, und spürte seine Lippen über ihre Schulter streifen, als er sich aus ihr zurückzog.

»Du bist eine Nummer für sich«, sagte er noch einmal.

Fiel ihm denn gar nichts anderes ein?, fragte Vicki sich, nahm die Seife und wusch seine Spuren zwischen ihren Beinen ab. Kein Wunder, dass seine Plädoyers immer zu wünschen übrig ließen. Kein Wunder, dass sie nie Probleme gehabt hatte, ihn vor Gericht zu schlagen. Du bist eine Nummer für sich, wiederholte sie stumm und verdrehte die Augen in Richtung des Duschstrahls.

Und ob ich eine Nummer für sich bin, dachte sie und stellte sich vor, wie Jeremy in seinem Bett im Brazilian Court in Palm Beach schlief. Sie hätte mitkommen sollen. Ein paar Tage in Florida hätten ihr gut getan. Sie brauchte eine Pause, und in der Kanzlei wäre man bestimmt auch ohne sie zurechtgekommen. Allerdings hätte sie dann auch Susans Anruf verpasst, und was immer sie zu besprechen hatte, schien keinen Aufschub zu dulden. Sie wollte gleich um acht in ihr Büro kommen, noch vor der Arbeit. Vicki drehte das Wasser ab und drückte sich an dem stellvertretenden Chefstaatsanwalt Michael Rose vorbei aus der Duschkabine. Was war bloß so verdammt wichtig, dass Susan nicht warten konnte?

Vicki war schon fast fertig angezogen, als Michael aus dem Bad kam, das feuchte dunkle Haar in der Stirn, ein Handtuch um die schmalen Hüften geschlungen. Groß, dunkel und auf eine konventionelle Art attraktiv, dachte Vicki, ohne ihn genau anzusehen, weil ihr der Typus lieber war als das einzelne Exemplar und sie sich wie stets nicht zu sehr in Details verlieren wollte. So war es leichter, seine Distanz zu wahren. Und sich zu verabschieden.

»Ich muss jetzt los«, sagte sie.

»Jetzt? Ich dachte, wir bestellen uns ein Frühstück aufs Zimmer.«

»Keine Zeit.« Vicki zupfte ihren grauen Rock zurecht, sodass die Nähte korrekt über ihren Hüften lagen, und nahm die dazugehörige Kostümjacke von dem mit blauem Samt gepolsterten Stuhl neben dem Bett.

»Es ist noch früh.« Michael Rose blickte auf sein nacktes Handgelenk.

Vicki strengte sich an, die Frage in seinem Blick zu übersehen, die aufkeimende Verletzung in seiner Stimme zu überhören. »Um acht Uhr kommt eine Mandantin.« Sie fuhr sich eilig mit dem Kamm durch ihre nassen Haare.

»Wie wär's dann mit heute Abend? Essen im Dee-Felice-Café?«

»Ich kann nicht.« Sie schlüpfte in die Ärmel ihrer Jacke und knöpfte die unechten Perlmuttknöpfe zu.

»Ich dachte, dein Mann wäre bis Ende der Woche verreist.« Zwischen die Silben der einzelnen Worte schob sich ein unschöner schmollender Unterton.

»Das ist er auch. Aber ich habe auch noch zwei Kinder, wenn du dich erinnerst.«

»Denen erzählst du halt, dass du noch arbeiten musst.«

»Ich kann nicht.«

»Vicki ...«

»Michael ...«

Er lachte, doch in diesem Lachen schwang schon ein Unterton der Niederlage mit. »Wie wär's dann mit morgen?«

»Michael ...«

»Vicki ...«

Nun war es an ihr zu lachen, und in ihrem Lachen klang bereits die Drohung schlechter Neuigkeiten durch. »Ich denke, wir sollten vielleicht eine Pause einlegen.«

»Eine Pause einlegen?« Verblüffung, Besorgnis und schließlich Unglaube zeichneten sich auf seinem Gesicht ab. »Was? Wir beide?«

»Es gibt kein Wir, Michael.« Vicki hatte ihre Kleidung zu ihrer Befriedigung zurechtgezupft und sah ihn zum ersten Mal seit dem Aufwachen direkt an. »Ich habe einen Mann. Und du hast eine Frau.«

»Und?«

»Und ...« Vicki warf die Hände in die Luft, als wollte sie fragen, ob das nicht Erklärung genug sei.

»Das hat uns bis jetzt doch auch nicht abgehalten.« Sein Unglaube verwandelte sich rasch in Wut.

Vicki hatte das Gefühl, als ob ihr die Luft abgeschnürt wurde, so als würde sie jemand zu heftig drücken. »Es tut mir Leid. Ich wollte dir nicht wehtun.«

»Wie ich mich fühle, kümmert dich doch einen Dreck.«

»Michael, bitte. Ist das notwendig?«

Michael sah sich hilflos in dem Zimmer um. »Ich dachte, das mit uns sei etwas Besonderes.«

»Das war es auch.« Schluss, aus, raus, dachte sie. »Es hat nichts mit dir zu tun, Michael.«

»Du willst meine Intelligenz doch nicht mit der abgelutschten ›Es hat nichts mit dir zu tun‹-Rede beleidigen, oder?«

»Nein, natürlich nicht«, log Vicki. »Also, wie gesagt, es tut mir wirklich Leid.«

»Ich verstehe bloß nicht, wie sich die Rollen verkehrt haben«, sagte er nach einer Pause und strich sich ungläubig durchs Haar, während Vicki zur Tür strebte. »Ich meine, eigentlich sollte ich derjenige sein, der zur Arbeit eilt. Und du müsstest nackt in einem Handtuch dastehen und mich anflehen, noch zu bleiben.«

Darum ging es in dieser kleinen Szene also, stellte Vicki erstaunt fest. Nicht um Liebe oder auch nur Lust. Nicht um Enttäuschung und Kummer, sondern nur um verletzte Eitelkeit, darum, als Erster gehen zu wollen. »Tut mir Leid, Michael«, sagte Vicki noch einmal, obwohl sie es immer weniger bedauerte. Und weil sie es einfach nicht lassen konnte, fügte sie noch hinzu: »Ich nehme an, wir sehen uns vor Gericht.«

»Okay, wo liegt das Problem?« Vicki setzte sich, einen Becher heißen Kaffee in der Hand, hinter ihren Schreibtisch und sah ihre Freundin, die frisch nachgezogenen Brauen fragend hochgezogen, direkt an. Sie hatte sich gerade noch schminken können, bevor Susan zehn Minuten zu früh in der Kanzlei eingetroffen war. Susan lächelte, wirkte jedoch äußerst verlegen, was für Susan, die sich in ihrer Haut sonst stets wohl zu fühlen schien, ungewöhnlich war. Sie rutschte unruhig auf ihrem Stuhl hin und her, blickte vom Fenster in ihren Schoß und zurück zum Fenster, ohne den Kaffee zu beachten, der vor ihr auf dem Schreibtisch stand. Es fiel ihr offensichtlich schwer auszusprechen, weswegen sie hergekommen war. Sie trug einen schicken olivgrünen Hosenanzug, und ihr Haar fiel in sanften Wellen in ihr Gesicht. Das ist einer der Vorteile, wenn man übergewichtig ist, dachte Vicki. Das Gesicht wirkte voller, und um Augen und Mund sammelten sich weniger verräterische Fältchen. Vicki bemerkte den blass pfirsichfarbenen Lippenstift, der Susans ohnehin volle Lippen noch sinnlicher wirken ließ, den Hauch Rouge, der ihren runden Wangen Kontur gab. Und in Susans Augen lag ein untypisches Funkeln. Verblüfft stellte Vicki fest, dass ihre Freundin förmlich strahlte. »Du bist doch nicht etwa schwanger, oder?«, platzte sie heraus.

»Bist du verrückt?«, erwiderte Susan atemlos.

Vicki lachte erleichtert. »Also, was ist los? Wo liegt das Problem?«

»Im Grunde gibt es gar kein Problem.«

»Deswegen musstest du mich auch gleich als Erstes am Morgen in meiner Kanzlei treffen.«

»Ich dachte, so hätten wir ein wenig mehr Privatsphäre.«

»Und die brauchen wir, weil ...?«

»Ich weiß nicht so recht, wo ich anfangen soll.«

Es sah Susan gar nicht ähnlich, so ausweichend zu sein. Normalerweise kam sie direkt auf den Punkt, was eine der Eigenschaften war, die Vicki am meisten an ihr mochte. Im Gegensatz zu Chris, die immer zu schüchtern gewesen war, ihre Meinung gegen die anderen durchzusetzen, oder Barbara, deren großer Charme darin bestand, dass sie sich nie ganz sicher war, was sie eigentlich meinte, war Susan einer der seltenen Menschen, die frei heraus sagten, was sie meinten, und meinten, was sie sagten. »Wie geht es den Mädchen?«, fragte Vicki, um Susan eine Gelegenheit zu geben, ihre Gedanken zu ordnen.

»Gut.«

Okay, also nicht die Mädchen. »Und Owen?«

»Gut.«

Noch mal gut, dachte Vicki. »Und deiner Mutter?«

»Keine Veränderung.«

»Das tut mir Leid.« Ihre Mutter also auch nicht. »Macht dir dein Job noch Spaß?«

»Ich liebe meinen Job.«

Vicki zuckte die Achseln, als wollte sie sagen, langsam gehen mir die Möglichkeiten aus. »Hast du wieder Drohanrufe von Tony bekommen?«

»In letzter Zeit nicht. Du?«

»Nein. Seit ihm das Gericht das vorläufige Sorgerecht zugesprochen hat, scheint er sich wieder beruhigt zu haben.«

Beide Frauen schüttelten ungläubig den Kopf.

»Wie ist das passiert? Kannst du mir das erklären?«

»Also, da bin ich komplett überfragt«, antwortete Vicki ehrlich und immer noch wütend über die Entscheidung des Richters. »Vermutlich hat die Tatsache, dass die Kinder erklärt haben, dass sie bei ihrem Vater bleiben wollten, die Sache mehr oder weniger besiegelt.«

»Arschloch«, murmelte Susan.

»Ein beschissenes, dreckiges Arschloch«, präzisierte Vicki. »Aber deswegen bist du nicht hier«, sagte sie freundlich zu Susan.

»Nein.«

»Willst du es mir erzählen oder muss ich weiterraten?«

Susan atmete tief ein und blickte zum Fenster. »Da ist ein Mann.«

Vicki folgte Susans Blick und fragte sich, wie Susan von dort irgendwas sehen konnte. »Ein Mann? Wo?«

Susan senkte den Kopf und lachte leise. »Nein, ich meine…«

»Oh«, sagte Vicki, von ihrer Freundin komplett überrumpelt. Konnte Susan wirklich meinen, was Vicki vermutete? »Du meinst *ein Mann*?«

Susans Wangen erblühten in natürlicher Röte.

»Ein Mann, der nicht Owen ist?«, fragte Vicki, sorgsam darauf bedacht, keine falschen Schlüsse zu ziehen.

»Ein Mann, der nicht Owen ist«, bestätigte Susan und schlug die Hand vor den Mund, als wollte sie ihre Worte wieder in den Hals zurückdrängen.

»Du hast eine Affäre?« Vicki versuchte vergeblich, sich ihr Erstaunen nicht anmerken zu lassen.

»Nein. Natürlich nicht«, erwiderte Susan rasch.

»Natürlich nicht«, wiederholte Vicki in dem Bemühen, sich durch die Schwindel erregenden Wendungen des Gespräches zu navigieren. Susan saß jetzt seit zehn Minuten in ihrem Büro, und sie hatte noch immer keine Ahnung, warum sie hier war und wovon sie redete. »Das verstehe ich nicht.«

»Ich brauche einen Rat.«

»Ich brauche ein paar Informationen.«

»Tut mir Leid. Das alles ist sehr schwierig für mich.«

»Lass dir Zeit«, sagte Vicki und warf erneut einen verstohlenen Blick auf ihre Uhr. Um Viertel vor neun erwartete sie einen Mandanten, aber das hier war einfach zu gut. Notfalls musste ihr Mandant eben warten.

»Es gibt also diesen Mann …«

»Bei der Arbeit?«

»Nein!«

»Gut«, sagte Vicki, nicht restlos überzeugt. Susans Dementi war ein wenig zu schnell und einen Hauch zu emphatisch gekommen. »Es ist nie gut, wenn man scheißt, wo man isst.«

»Verzeihung?«

»Jeremy sagt immer: ›Man soll nie da scheißen, wo man isst‹«, sagte Vicki und verdrängte Gedanken an den nackten Michael Rose. »Es bedeutet –«

»Dienst und Vergnügen passen nicht zusammen.«

»Genau. Also, wo hast du diesen Mann getroffen?«

Susan zögerte. »Ist das wichtig?«

»Ich weiß nicht. Ist es wichtig?«

»Ich glaube nicht.«

»Okay. Was ist dann wichtig?«

»Ich weiß nicht, was du meinst.«

Vicki warf verzweifelt die Hände in die Luft. »Susan, irgendwann musst du mir *irgendwas* erzählen.«

»Es gibt einen Mann, zu dem ich mich sehr hingezogen fühle.«

»Okay.«

»Und ich weiß nicht, was ich deswegen machen soll.«

»Was willst du denn machen?«

»Ich weiß es nicht.«

»Ich glaube, das weißt du wohl.«

Susan verschränkte ihre Hände auf ihrem Schoß. »Ich liebe meinen Mann.«

»Das hat nichts mit deinem Mann zu tun.«

»Nicht?«

»Es sei denn, du bist in diesen anderen Mann verliebt. Bist du in ihn verliebt?«

»Gütiger Gott, nein! Ich bin mir nicht einmal sicher, ob ich ihn mag.«

Vicki hätte beinahe gelacht. Manchmal konnte Susan wirklich naiv sein. »Okay, du hast also einen Typen getroffen, zu dem du dich hingezogen fühlst. Du willst mit ihm schlafen. Ist es das?«

»Ich weiß nicht, ob ich mit ihm schlafen will. Ich weiß nicht, was ich will. Es ist bloß …«

»Du bist schon sehr lange verheiratet«, sagte Vicki, Susans Satz für sie beendend.

»Ja.«

»Und es ist nicht mehr so aufregend wie früher.«

»Nicht, dass Owen sich keine Mühe geben würde.«

»Aber dieser Typ gibt dir ein besonderes Gefühl. Er hängt an deinen Lippen, und wenn er dich ansieht, kriegst du weiche Knie.«

»So hat mich noch nie jemand angesehen.«

»Tu's nicht«, sagte Vicki und überraschte sich damit selbst noch mehr als Susan. Eigentlich hatte sie ihrer Freundin raten wollen, es zu machen, einfach loszulassen und ein bisschen Spaß zu haben. Sich dem Club anzuschließen. Doch stattdessen hatte sie das genaue Gegenteil gesagt.

»Was?«

»Tu's nicht.« Mein Gott, sie hatte es noch einmal gesagt. Was war mit ihr los?

»Warum? Ich habe gedacht, du würdest mir erklären …«

»Dass es okay ist? Das ist es auch. Für manche Menschen.«

»Aber nicht für mich?«

»Nicht für dich.«

Susan sah aus, als wüsste sie nicht, ob sie lachen oder weinen sollte. Also tat sie beides.

»Guck dich doch an. Du weinst schon, obwohl du noch gar nichts gemacht hast. Oder?«, fragte Vicki nur zur Sicherheit nach.

»Wir haben uns geküsst.«

»Das ist alles? Bist du ganz sicher?«

Susan nickte.

»Okay, du hast also einen Typen geküsst, der nicht Owen ist, und du hast so ein kribbeliges Gefühl am ganzen Körper bekommen und darüber nachgedacht, dass du vielleicht mehr machen möchtest, also bist du zu der führenden Expertin für ehebrecherische Beziehungen gekommen…«

»Ich wollte dich nicht beleidigen.«

»Mich beleidigen? Wer hat irgendwas von beleidigen gesagt? Ich fühle mich geschmeichelt, verdammt noch mal.«

»Ich brauche bloß einen Rat.«

»Ich glaube, du willst mehr.«

»Was?«

»Ich glaube, du willst eine Erlaubnis.«

»Eine Erlaubnis?«

»Und ich werde sie dir nicht geben«, erklärte Vicki mit fester Stimme. »Du kannst keine Affäre haben. Okay? Geh nach Hause zu Owen. Sei ein braves Mädchen.«

»Verdammt!«, rief Susan und sprang auf. »Verdammt. Ich habe es satt, ein braves Mädchen zu sein. Ich bin mein ganzes Leben lang ein braves Mädchen gewesen.«

»Deswegen ist es auch zu spät, jetzt noch etwas daran zu ändern. Glaub mir, du willst das lieber sein lassen.«

»Will ich das?«

»Ja. Du sehnst dich nach einer kleinen Romanze wie auf der High-School. Du möchtest Händchen halten, lange Spaziergänge machen und vielleicht in einem geparkten Auto ein bisschen rumfummeln, bevor du dich verabschiedest. Ich kenne dich, Susan.

Du möchtest weiche Küsse, keine harten Schwänze. Es würde dir beschissen dabei gehen. Du würdest dich am nächsten Morgen hassen. Und du wärst dermaßen von Schuldgefühlen gepeinigt, dass du deinem Mann wahrscheinlich alles gestehen würdest, was das Ende deiner Ehe bedeuten könnte, dabei ist es eine der guten, weshalb ich nicht zulassen werde, dass du irgendwas machst, was sie ruiniert.«

Susan schüttelte lächelnd den Kopf. Was gab es sonst noch zu sagen? Vicki hatte Recht. Sie wussten es beide. »Manchmal verblüffst du mich wirklich.«

»Manchmal verblüffe ich mich selbst. Und jetzt raus hier, damit ich die Leute verblüffen kann, die mich dafür bezahlen. Und mach keine Dummheiten«, fügte sie noch hinzu, als Susan die Bürotür erreicht hatte. »Du bist meine Heldin. Vergiss das nicht.«

Susan blieb stehen und drehte sich um. In ihren Augen standen Tränen der Dankbarkeit. »Und du meine.«

20

»Susan, ich hätte Sie gern in meinem Büro gesprochen, wenn Sie eine Minute Zeit haben«, sagte Peter Bassett, als er an ihrem Schreibtisch vorbeischlenderte.

Susan nickte stumm, obwohl er bereits weg war. Er erwartet, dass du ihm folgst, dachte sie, unfähig, sich zu rühren. Sie hatte ihn die ganze Woche gemieden und darauf geachtet, dass sie nie allein waren, dass sie um neun ins Büro kam und um Punkt fünf wieder ging und in dieser Zeit immer unglaublich beschäftigt war. Keine Zeit für Mittagessen, Kaffeepausen oder heimliche Küsse in abgeschlossenen Konferenzzimmern. Oh Gott, was war bloß mit ihr los? Sie musste diese Gedanken verdrängen.

Susan wand sich auf ihrem Stuhl hin und her und starrte auf die Arbeit, die sich auf ihrem Schreibtisch stapelte. Wann hatte sie zuletzt seine zerkratzte Eichenholzplatte gesehen? Er sah schon fast aus wie der Fußboden in Ariels Zimmer. Es war einfach zu viel Kram und kein Platz, ihn zu verstauen, genau wie Ariel regelmäßig – und lautstark – behauptete. Vielleicht war sie ihrer älteren Tochter gegenüber zu unnachgiebig gewesen. Vielleicht sollte sie genauer darauf achten, was sie sagte. *Brüllte,* korrigierte Susan sich sofort und dachte, dass Peter die ganze Zeit auf sie wartete, sie möglicherweise sogar aus seinem Büro am Ende des Flures beobachtete.

Vielleicht schreit Ariel dauernd, weil sie denkt, dass ich sie nicht höre, erkannte Susan.

Vielleicht hat sie sogar Recht.

Susan verdrehte die Augen, und ihr Blick fiel auf eine Spinne, die langsam über den oberen Rand des Raumteilers krabbelte, der ihren Arbeitsplatz von dem nächsten trennte. Es war eines jener täuschend zierlich aussehenden Exemplare, die Beine wie feine Silberfäden, die in abenteuerlichen Winkeln aus ihrem schwarzen, punktgroßen Körper ragten. Wie kommt es, dass sie nicht einfach einknicken?, fragte Susan sich, als sie den müßigen Weg des Insekts über die beigefarbene Trennwand verfolgte und sich vorstellte, wie eine Reihe winziger Muskeln die Spinne antrieben. Hatten Spinnen Gehirne, Gedanken und Gefühle?

»Du entwickelst dich langsam auf den Bewusstseinsstand einer pubertierenden Schülerin zurück«, murmelte sie, während die Spinne auf der anderen Seite der Trennwand verschwand. Susan erkannte, dass sie versuchte, Zeit zu schinden. Was saß sie hier rum und sinnierte über das geheime Leben der Spinnen, während sie längst auf dem Weg in Peter Bassetts Büro sein sollte? »Kommen Sie in mein Büro, sagte die Spinne zu der Fliege«, murmelte sie.

»Verzeihung«, ertönte eine Stimme vom Nachbarschreibtisch. »Hast du etwas gesagt?«

Susan schüttelte den Kopf, bevor ihr klar wurde, dass Carrie sie nicht sehen konnte. »Nein. Tut mir Leid.«

Carrie steckte ihren Kopf um die Ecke. Sie hatte ein schmales, blasses, eckiges Gesicht, eingerahmt von einer rotblonden Lockenmähne, die aussah, als wäre sie ungeduldig auf ihren Kopf gepfropft worden. Sie war fünfundzwanzig, bereits zweimal geschieden, und sah wegen eines Augenfehlers aus, als würde sie leicht schielen. »Alles in Ordnung?«

»Ja.«

»Der große Mann auf dem Kriegspfad?«

»Nichts, womit ich nicht umgehen könnte«, sagte Susan und fragte sich, ob das stimmte. »Achte auf die Spinne«, warnte sie, als Carrie sich an den Raumteiler lehnte.

Ohne ihre Haltung zu ändern, hob Carrie den Arm und schlug mit der flachen Hand auf die Trennwand, sodass sie heftig hin und her schwankte. Dann öffnete sie stolz ihre Hand, deren Innenseiten von den Überresten der Spinne verziert war wie von einer Tätowierung. »Du auch«, sagte sie und war verschwunden.

Susan atmete tief ein und versuchte, ein irrationales Gefühl der Empörung zu unterdrücken. Eben hatte das arme Vieh noch gelebt, und eine Sekunde später war es tot, bis zur Unkenntlichkeit zerquetscht, dachte Susan melodramatisch und staunte über die Achtlosigkeit der Jugend. Haben sie denn keine Ahnung, wie kostbar das Leben ist? Hatte sie selbst in Carries Alter eine Ahnung davon gehabt?

Außerdem brachte es Unglück, eine Spinne zu töten. Wenn man eine Spinne tötete, gab es Regen, hatte ihre Mutter immer gesagt.

Susan blickte zu der Wand aus Fenstern, sah die schweren, dunklen Wolken, die sich auf einer Seite des Himmels zusammengeballt hatten, und spürte bereits, wie sie dräuend näher kamen. Die Natur als Spiegel des menschlichen Bewusstseins, fiel Susan eine Phrase aus einem ihrer Literaturseminare ein. Vermenschlichung der Natur, lautete der Fachbegriff, wenn sie sich recht erinnerte. Ihre Jahre an der Universität begannen bereits zu verschwimmen und ineinander zu fließen. Sie hatte schon so vieles vergessen. Und sie begann sich zu fragen: Welchen Sinn hatte es gehabt? Nun hatte sie also einen Universitätsabschluss. Na toll. Konnte der etwa den unbarmherzig fortschreitenden Krebs ihrer Mutter aufhalten? Konnte er ihre ältere Tochter dazu bewegen, sie zu lieben? Konnte er sie davor bewahren, den größten Fehler ihres Lebens zu machen? Schade, dass an der Uni kein gesunder Menschenverstand gelehrt wurde, dachte sie, als das Telefon klingelte.

»Hallo, Schatz«, hörte sie Owen sagen. »Erwische ich dich zu einem schlechten Zeitpunkt?«

»Ist alles in Ordnung?«

»Alles in Ordnung.« Susan konnte sich sein gütiges Lächeln vorstellen. »Ed Frysinger hat gerade angerufen und gefragt, ob wir am Freitagabend Zeit haben, zum Essen zu kommen. Ich habe gesagt, ich würde dich fragen und mich wieder melden.«

»Freitag klingt gut.«

»Super. Dann sage ich ihm Bescheid.«

»Okay, also bis später.«

»Ich liebe dich.«

»Ich liebe dich auch.« Susan legte auf und vergrub den Kopf in den Händen.

Das Telefon klingelte erneut.

»Ich muss Sie sprechen«, knurrte Peter Bassett ihr ins Ohr. »Sofort«, fügte er hinzu, und dann war die Leitung tot.

Susan stand zögernd auf und warf Carrie im Vorbeigehen ein dünnes Lächeln zu. Bevor sie das Ende des schmalen Korridors erreichte, knöpfte sie den obersten Knopf ihrer pfirsichfarbenen Bluse zu. Dann atmete sie erneut tief ein – das hatte sie mittlerweile so oft getan, dass ihr regelrecht schwindelig war –, straffte die Schultern und schritt auf Peter Bassetts Büro zu.

Die Tür stand schon offen. Peter saß an seinem Schreibtisch und war scheinbar in irgendeine Lektüre vertieft. »Machen Sie die Tür zu«, wies er sie an, ohne aufzublicken, als hätte er keine Zeit für lange Vorreden.

Susan räusperte sich, schloss die Tür und spürte, wie ihr Herz schneller schlug. Sei nicht albern, ermahnte sie sich und zwang sich, ihren Vorgesetzten direkt anzusehen, obwohl der sie weiterhin ignorierte. Es gab keinen Grund zur Sorge. Nichts würde passieren. Nicht mitten am helllichten Nachmittag in einem von neugierigen Kollegen umringten Büro mit Glaswänden.

»Sie machen mich verrückt, wissen Sie das?«, fragte er, sah sie jedoch weiterhin nicht an.

Susans Atem stockte. Oh Gott, dachte sie und spürte das mittlerweile vertraute Kribbeln zwischen den Beinen.

»Ich sitze hier schon den ganzen Tag und versuche zu arbeiten und kriege nichts erledigt, weil ich ständig an Sie denken muss.« Er hob den Kopf und sah sie direkt an.

Er ist nicht einmal besonders attraktiv, versuchte Susan sich einzureden. Er ist zu dünn und irgendwie vogelartig. Owen sieht eigentlich viel besser, freundlicher aus. Aber wann hatte Owen sie zum letzten Mal mit derart nackter Lust angesehen? Nackt, wiederholte Susan stumm und verfluchte ihren hyperaktiven Verstand.

Peter Bassett sprang unvermittelt auf und drückte ihr einen Stapel Papiere in die Hand. »Folgen Sie mir«, befahl er und war aus der Tür, bevor sie fragen konnte, warum.

Sie wusste, wohin sie gingen, noch bevor er ins Konferenzzimmer abbog. Bitte lass es besetzt sein, betete sie und wartete, während Peter anklopfte und die Tür öffnete. »Die Luft ist rein«, flüsterte er lachend und sagte dann so laut, dass alle in der Nähe es hören konnten: »Breiten Sie die Papiere einfach auf dem Tisch aus.«

Susan legte die Papiere wie angewiesen auf dem Tisch aus, als sie hörte, wie hinter ihr die Tür zugezogen und abgeschlossen wurde.

»Was machen Sie da?«

»Ich dachte, Sie wollten …«

»Du weißt, was ich will.« Er stand plötzlich schwer atmend direkt hinter ihr. Susan spürte, wie sich sein Atem langsam um sie schlang und unsichtbare Samtbänder ihre Arme an den Körper fesselten. »Entspann dich«, flüsterte er, und seine Daumen fanden mit fachmännischem Griff die weichen Muskeln unter ihren Schulterblättern. »Versuch, dich zu entspannen.« Seine Hände tasteten sich vor und legten sich auf ihre Brüste. Bevor sie protestieren konnte, waren sie bereits zu ihren Schenkeln weitergewandert und zerrten an ihrem Rock. Wollte er wirklich gleich hier mitten im Büro mit ihr schlafen? Und wollte sie das wirklich mitmachen?

Tu's nicht, hallte Vickis Stimme in ihrem Ohr.

»Nicht«, hörte sie sich selbst flüstern, doch es klang selbst in ihren eigenen Ohren wenig überzeugend.

»Ich möchte dich küssen«, sagte er, drehte sie um, während er mit den Händen weiter unter ihren Rock tastete und an ihrer

Strumpfhose zerrte. Sein Mund fand ihren, und seine Zunge drängte sich zwischen ihre Lippen. »Ich möchte dich am ganzen Körper küssen.«

Oh Scheiße, dachte Susan.

Sei ein braves Mädchen, ermahnte Vicki sie.

»Entspann dich«, sagte Peter heiser und nestelte am Reißverschluss seiner Hose.

Geh nach Hause zu Owen.

Owen, dachte Susan, und hörte seine Stimme am Telefon, die unschuldig Pläne für Freitagabend machten. Owen, den sie seit ihrer Schulzeit geliebt hatte. Ihre erste Liebe. Ihre einzige Liebe. Der gute, nette, aufmerksame Owen, der sie nie so betrügen würde wie sie in diesem Moment ihn. Hatte sie Männer, die ihre Frauen betrogen, nicht immer verachtet? Denk an Ron, erinnerte sie sich. Denk an die Hölle, die er Barbara zugemutet hat. Wollte sie das für ihre eigene Ehe? Vicki hatte Recht. Sie würde sich am nächsten Morgen hassen. Verdammt, sie hasste sich jetzt schon.

»Nein«, hörte sie sich sagen. »Nein. Hören Sie auf.« Susan wollte ihr Gesicht abwenden, doch Peter hing mit seinen Lippen störrisch an ihren. »Aufhören«, wiederholte sie und spuckte das Wort förmlich aus dem Mundwinkel, weil es sonst keinen Raum hatte zu entweichen, doch er hörte noch immer nicht auf. Sie packte seine Hände und versuchte, sie wegzustoßen, doch er hielt sie fest. Wollte er sie zwingen zu schreien, bis er aufhörte?

»Nein, hören Sie auf«, flehte Susan, schaffte es, sich loszureißen und ihn auf eine Armlänge Abstand zu halten.

»Was ist los?« Er sah sie verwirrt an und verzog den Mund.

»Ich kann das nicht.«

»Klar, kannst du.« Wieder waren seine Hände überall, in ihren Haaren, auf ihren Brüsten und am Saum ihres Rockes. »Niemand wird reinkommen.«

»Darum geht es nicht.«

»Worum denn?«

»Ich kann es einfach nicht.« Susan stieß ihn mit solcher Wucht zurück, dass Peter das Gleichgewicht verlor und gegen die Tischkante knallte.

Er starrte sie aus eiskalten Augen an. »Was für ein verdammtes Spiel spielen Sie, meine Dame?«

»Es tut mir so Leid«, entschuldigte Susan sich und versuchte hektisch, ihre Kleidung zu ordnen und ihre Bluse wieder in den Rock zu stecken. »Ich wollte nicht, dass es so weit kommt. Können wir nicht einfach vergessen, dass das Ganze passiert ist?«

»Vergessen? Seit Monaten führen Sie mich an der Nase herum, und jetzt wollen Sie plötzlich alles vergessen?«

»Es tut mir Leid.«

»Scharwenzeln an meinem Schreibtisch vorbei. Klimpern mit den Wimpern, wenn Sie außer der Reihe freihaben wollen. Beugen sich über meinen Schreibtisch...«

»Ich habe mich nicht...« Oder doch?

»Spielen die kleine Miss Hilflos, die kleine Miss Deprimiert. Machen sich Sorgen wegen Ihrer Mutter...«

»Ich *mache* mir Sorgen wegen meiner Mutter.«

»Machen Sie sich lieber Sorgen wegen Ihres Jobs.«

»Was?«

»Ich mag es nicht, wenn man mit mir spielt.«

»Ich habe nicht mit Ihnen gespielt.« Wie war das Ganze auf einmal ihre Schuld geworden?

»Ich dachte, Sie mögen mich«, sagte er mit einem leisen Flehen. »Ich dachte, Sie wollten es auch.«

Susan hörte Getuschel vor der Tür des Konferenzzimmers. »Es tut mir schrecklich Leid«, wiederholte sie.

Peter riss sich zusammen, ordnete seine Kleidung und strich seine Krawatte glatt. Er betrachtete die Papiere, die bei ihrem Gerangel vom Tisch gefallen waren und jetzt auf dem Boden verstreut lagen. »Heben Sie diesen Mist auf«, sagte er, öffnete die Tür, rauschte davon und ließ sie allein, um das Durcheinander aufzuräumen.

Drei Wochen später klingelte das Telefon auf Susans Schreibtisch.

»Ich möchte Sie umgehend in meinem Büro sehen«, sagte Peter Bassett. »Bringen Sie den Artikel über Hormonersatztherapie mit, an dem Sie gearbeitet haben.«

Artikel? Welchen Artikel?, fragte Susan sich und durchwühlte die Papiere auf ihrem Tisch. Er hatte sie die ganzen Wochen über so beschäftigt gehalten, dass sie keine Zeit gehabt hatte, an dem Artikel zu arbeiten. Sie konnte ihm höchstens ein paar erste Notizen zeigen, bestenfalls ein Exposé. Wo waren die Sachen bloß?

Das Telefon klingelte erneut.

»Wenn ich sage umgehend«, knurrte Peter Bassett, »meine ich nicht, wann immer es Ihnen passt.«

»Ich bin schon unterwegs.« Susan hustete nervös in ihre Hand.

»Sie werden doch nicht schon wieder krank, oder?«

»Krank?« *Schon wieder?* Wann war sie zum letzten Mal krank gewesen?

»Bringen Sie mir einfach den Artikel.«

Schließlich fand Susan unter einem Stapel anderer Zettel ein einzelnes Blatt mit Notizen, die sie noch einmal kurz überflog, bevor sie sich auf den Weg zu Peter Bassett machte.

»Lassen Sie mal sehen, was Sie haben«, sagte der ungeduldig, als sie sein Büro betrat.

Seinen Blick sorgsam meidend, reichte Susan ihm das einzelne Blatt an. Jedes Mal wenn sie ihn ansah, wurde ihr richtig übel. War sie völlig von Sinnen gewesen?

»Was zum Teufel ist das?«, fragte Peter so laut, dass man ihn in der näheren Nachbarschaft problemlos verstehen konnte.

Susan spürte ein warmes Kribbeln, das wie eine Ameisenarmee von ihrem Hals an aufwärts wanderte. »Das ist alles, was ich im Moment habe.«

»Nennen Sie das eine zufrieden stellende Arbeit?«

»Ich nenne es ein Exposé, erste Notizen...«

»Ist Ihnen bewusst, dass der Artikel Ende der Woche fällig ist?«

»Was? Nein, natürlich nicht. Wir haben nie über einen Abgabetermin gesprochen.«

»Ich möchte, dass der Artikel bis Freitagmorgen fertig auf meinem Schreibtisch liegt.«

»Aber das ist unmöglich. Sie haben mir bereits die Redaktion für drei andere Stücke übertragen.«

»Wollen Sie sagen, Sie schaffen Ihren Job nicht?«

»Natürlich schaffe ich meinen Job, aber …«

Peter Bassett lehnte sich lächelnd auf seinem Stuhl zurück. »Hören Sie, Susan, ich habe versucht, geduldig zu sein.«

»Was?« Wovon redete er?

»Ich weiß, dass Sie es zu Hause nicht leicht haben, mit Ihrer Mutter, Ihrer Tochter und was weiß ich noch. Vielleicht ist dieser Job einfach zu viel für Sie.«

»Was?«

»Chemotherapie fordert seinen Tribut von jedem. Schauen Sie sich an. Sie sehen gar nicht gut aus. Sie lassen sich gehen, haben wieder zugenommen.«

Die Worte trafen sie wie eine Ohrfeige. »Was?« Wie oft hatte sie das jetzt schon gefragt?

»Ich kann Ihnen nicht unbegrenzt viele Chancen geben.«

»Wovon reden Sie überhaupt?«

»Ich weiß, dass Sie Ihren Job lieben. Ihr Enthusiasmus ist bewundernswert. Und ich habe mich wirklich bemüht, Ihnen Ihre Unerfahrenheit nachzusehen.« Er schüttelte den Kopf. »Aber ich weiß nicht, ob ich Sie weiterhin decken kann.«

»Mich decken?«

»Ihre Arbeit entspricht einfach nicht dem Standard unserer Zeitschrift.«

Susan konnte kaum glauben, was sie da hörte. Sagte er das wirklich? Und glaubte er tatsächlich, dass sie – oder sonst jemand – es glauben würde?

Das Lächeln, das in seinen Augen aufblitzte, beantwortete ihre Frage.

»Werfen Sie mich raus?«

»Nein.« Er streckte die Hand aus und griff nach einem Mont-Blanc-Füller, den er dann zwischen den Fingern umdrehte. »Ich bin ein netter Kerl, Susan. Ich werde Ihnen noch eine Chance geben.«

»Was soll das heißen?«

»Das heißt, ich setze Sie auf Bewährung.«

»Auf Bewährung?«

»Ich denke, Sie brauchen jetzt ein wenig Zeit, sich das Ganze zu überlegen, zu entscheiden, wie viel Ihnen Ihr Job wirklich bedeutet, ob Sie ihm mit voller Konzentration nachgehen und sozusagen teamfähiger werden können.«

Sozusagen, wiederholte Susan stumm. »Das können Sie nicht machen«, sagte sie laut.

»Und ob ich das kann«, sagte er und entließ sie mit einem frischen, fröhlichen Zwitschern. »Das wäre dann alles, Susan. Und machen Sie die Tür hinter sich zu.«

Das passiert nicht wirklich, dachte Susan, als sie den Korridor hinunter zu ihrem Schreibtisch marschierte. »Wie kannst du es wagen!«, murmelte sie leise. »Wie kannst du es wagen, du Schwein!«

Was zum Teufel mache ich jetzt?, fragte sie sich, als sie, weder links noch rechts blickend, an der langen Reihe der abgeteilten Büros entlangschritt und auch Carries fragenden Blick ignorierte. Sie ließ sich laut auf ihren Stuhl fallen, wobei sie aus Versehen die Papiere neben ihrem Computer anstieß und zusah, wie sie durch die Luft segelten und auf den Boden fielen, als suchten sie Deckung. »Verflucht seist du, Peter Bassett.« Was sollte sie jetzt tun? Ihre Arbeit war in Ordnung, das wussten sie beide. Es ging nicht um ihre Arbeit, ihre Arbeit war nebensächlich. Es ging darum, dass sie seine Avancen zurückgewiesen hatte. Seine Avancen zurückgewiesen! Wer war sie – eine schöne junge Heldin in einem altmodischen Mantel- und Degenfilm? Nein, sie war eine jämmerliche, übergewichtige Frau mittleren Alters, die sich von den

Aufmerksamkeiten eines Bürocasanovas derart hatte einwickeln lassen, dass sie beinahe etwas unglaublich Dummes getan hätte, und jetzt Gefahr lief, deshalb ihren Job zu verlieren.

Vicki hatte völlig Recht gehabt. In jeder Beziehung.

Susan nahm den Hörer zur Hand und tippte ihre Nummer. »Ich muss Mrs. Latimer sprechen«, erklärte sie Vickis Sekretärin.

»Die ist im Moment in einer Besprechung. Kann ich ihr etwas ausrichten?«

»Es ist dringend. Können Sie ihr sagen, dass ihre Freundin Susan Norman sie sofort sprechen muss? Ich warte so lange, wie es sein muss.«

Eine halbe Minute später war Vicki in der Leitung. »Susan, wo bist du? Was ist los?«

»Ich bin bei der Arbeit. Erinnerst du dich noch daran, worüber wir im vergangenen Monat gesprochen haben?«

»Verdammt«, sagte Vicki langsam. »Du hast doch da geschissen, wo du isst.«

21

»Mist«, sagte Barbara, als sie aus Nervosität mit dem Mascarabürstchen abrutschte und sich in ihr rechtes Auge stach. »Mist, Mist, Mist.« Sie blinzelte hektisch und beobachtete, wie sich die Mascara wie ein Trauerrand unter ihrem Auge ausbreitete, als hätte sie jemand geschlagen. »Na super. Ich sehe einfach toll aus.« Sie griff nach einem Wattepad, träufelte einen Tropfen Make-up-Remover darauf und tupfte das ungewollte Kunstwerk weg, wobei sie sich vergeblich bemühte, ihr restliches Make-up nicht mit abzuwischen. »Scheiße«, sagte sie noch einmal, als ihr klar wurde, dass sie trotz aller Anstrengungen von vorne anfangen musste.

»Was ist denn los?« Tracey tauchte in der Badezimmertür auf. Sie trug einen blauen Chenillebademantel wie ihre Mutter.

»Guck mich doch an. Ich sehe aus, als hätte ich zehn Runden mit Mike Tyson hinter mir.« Barbara griff nach der Reinigungslotion und begann, die cremige weiße Flüssigkeit mit entschlossenen, routinierten Strichen auf ihren Wangen und ihrer Stirn zu verreiben.

»Ich finde, du siehst nett aus.«

»Danke, Schätzchen, aber nett ist nicht direkt das, was ich angestrebt hatte.«

»Wozu der Aufstand? Es sind doch bloß du und ich und Richard Gere.«

Barbara starrte ihre Tochter im Badezimmerspiegel an. Wovon redete Tracey? Was hatte Richard Gere mit der Sache zu tun? »Habe ich irgendwas verpasst?«

»*Ein Offizier und ein Gentleman?* Dein Lieblingsfilm? Den ich für dich ausleihen sollte?«

»Oh Gott.«
»Du hast es vergessen.«
»Es tut mir Leid.«
»Du gehst aus?«
»Es tut mir Leid«, wiederholte Barbara.
»Wieder mit diesem Typen?«
»Mit Howard, ja.«
»Du hast gesagt, wir würden uns den Film ansehen. Du hast mich gebeten, das Video auszuleihen. Ich habe Popcorn gekauft.«
»Es tut mir wirklich Leid, Schätzchen. Ich habe es völlig vergessen.«
»Kannst du nicht noch absagen?«
Barbara hatte sich den ganzen Tag auf den Abend gefreut – Essen im Maisonette, Cincinnatis edelstem Restaurant, mit Howard und einigen seiner engsten Freunde. Sie würde auf gar keinen Fall absagen, schon gar nicht in letzter Minute. Das würde Tracey gewiss verstehen. »Ich kann nicht. Es tut mir wirklich Leid, meine Süße.«
Tracey seufzte vernehmlich. »Und was ist mit morgen?«
»Wie wär's mit Sonntag?«, fragte Barbara zurück.
»Gehst du morgen Abend auch aus?«
»Howards Firma hat ihre alljährliche Party. Davon habe ich dir doch bestimmt erzählt.«
»Nein, hast du nicht.« Tracey lehnte sich an den Türrahmen. »Also, was läuft da? Magst du diesen Typen wirklich?«
Barbara zuckte die Achseln und versuchte gleichgültiger auszusehen, als sie war. Es gab keinen Grund, ihre Tochter unnötig zu beunruhigen. Sie und Howard trafen sich seit nicht einmal zwei Monaten, und es ließ sich unmöglich sagen, wohin das Ganze führen würde. »Ich mag ihn sehr gerne.« Sie wandte ihre Aufmerksamkeit wieder ihrem Gesicht zu, wischte die Reinigungsmilch mit einem Papiertuch ab, spülte mit warmen Wasser nach und tupfte ihre Haut trocken. »Vielleicht könntest du eine Freundin einladen und dir das Video mit ihr zusammen ansehen«, schlug sie

vor, obwohl ihr im selben Moment einfiel, dass sie keine Freundin ihrer Tochter mit Namen hätte benennen können.

Tracey schüttelte den Kopf, aber nur so leicht, dass es ihre schulterlangen Haare nicht in Unordnung brachte. »Nein, lieber nicht.«

War es möglich, dass ihre Tochter keine Freundinnen hatte?

Barbara spürte Traceys prüfenden Blick auf sich, als sie routiniert ihr Make-up auflegte, beginnend mit einer Reihe von Feuchtigkeits- und Augencremes, gefolgt von einem Tupfer Abdeckcreme unter jedem Auge, Foundation, Rouge, hellblauem Lidschatten, dunkelblauem Eyeliner und tiefschwarzer Mascara. Dann zog sie mit einem dunkelroten Stift die Kontur ihrer Lippen nach, trug einen dunkel orangefarbenen Lippenstift auf und verwischte die beiden Farbtöne behutsam ineinander. »Wie ist das?«, fragte sie ihre Tochter, als sie mit ihrer Arbeit zufrieden war.

»Sehr hübsch.«

»Wirklich?«

»Wozu das ganze Theater?« Tracey folgte ihrer Mutter aus dem Bad in den begehbaren Kleiderschrank. »Ich meine, was bedeutet dir dieser Typ? Wollt ihr heiraten oder was?« Es war als Witz gemeint, doch Barbara erkannte den ernsten Unterton.

»Nein, natürlich nicht. Er ist bloß ein Freund.« Barbara zog ein schwarzes Cocktailkleid vom Bügel.

»Ist das ein neues Kleid?«

»Nicht direkt«, log Barbara.

»Das Preisschild hängt noch dran.«

Sofort hatte Barbara ein schlechtes Gewissen, ohne genau zu wissen, warum. Warum sollte sie sich schuldig fühlen, wenn sie eine Verabredung mit einem Mann hatte oder sich ein neues Kleid kaufte? Warum hatte sie Tracey deswegen belogen? »Nun, ich habe es letzten Monat gekauft, sodass es streng genommen nicht wirklich neu ist«, stellte sie richtig und fragte sich, warum sie das Gefühl hatte, sich ihrer Tochter gegenüber rechtfertigen zu müssen.

»Es ist schick.«

»Es war ein Angebot aus dem Laden. Zum halben Preis plus mein Angestelltenrabatt. Wie konnte ich da nein sagen?«

»Du musst nichts erklären.« Tracey ließ sich auf das Fußende von Barbaras Bett fallen und beobachtete, wie ihre Mutter ihren Bademantel abstreifte und vorsichtig ihr Kleid überzog. »Welche Schuhe willst du dazu tragen?«

»Das weiß ich noch nicht«, log Barbara erneut, eingedenk des neuen Paars schwarzer Pumps mit Pailetten und Zehnzentimeterabsätzen, die noch in ihrem Karton im Schrank standen. »Vielleicht kannst du Ariel anrufen.«

»Ariel? Warum sollte ich die anrufen?«

»Ich weiß nicht. Vielleicht hätte sie Lust, vorbeizukommen und sich den Film mit dir anzusehen.«

»Sie ist ein Freak. Hast du sie in letzter Zeit mal gesehen?«

Barbara nickte und fragte sich, wie Susan das aushielt. Sie war dankbar, dass Tracey nicht den Drang verspürt hatte, sich ihre Haare abzusäbeln oder ihren Körper mit hässlichen Tätowierungen zu verunstalten. Bei Ariel waren es nach Susans letzter Zählung drei: ein pseudojapanisches Symbol auf der rechten Schulter, etwas, das aussah wie eine zerdrückte Pampelmuse auf dem linken Knöchel, und das Neueste, ein Spinnennetz auf der Rückseite ihres linken Oberschenkels. Wenn im Alter erst mal alles anfing, schlaff zu werden, würde das Spinnennetz aussehen wie Krampfadern. Barbara betrachtete die Rückseite ihrer eigenen Beine und suchte mit kritischem Blick nach unansehnlichen blauen Linien, fand jedoch zum Glück keine, wobei sie sich ohne ihre Kontaktlinsen nicht wirklich sicher sein konnte. Der einzige Vorteil des Alters bestand wahrscheinlich darin, dass es immer schwieriger wurde, den Verfall des eigenen Körpers genau zu erkennen.

»Was ist mit Kirsten?« Barbara stellte sich Vickis hübsche Tochter mit dem flammend roten Haar vor, ebenso beliebt wie intelligent und schon jetzt fest entschlossen, eine erfolgreiche Juristin zu werden.

Der ungläubige Blick auf Traceys Gesicht sagte alles. Bloß weil du mit ihrer Mutter befreundet bist, muss ich nicht auch mit ihrer Tochter befreundet sein.

Da hat sie vermutlich Recht, dachte Barbara traurig, setzte sich neben ihre Tochter aufs Bett und legte einen Arm um sie. Sofort vergrub Tracey ihren Kopf am Hals ihrer Mutter. Barbara war immer davon ausgegangen, dass ihre Kinder ebenso enge Freundinnen werden müssten wie die Mütter. Sie kannten sich schließlich fast ein Leben lang. Aber die Mädchen pflegten nicht einmal einen lockeren Kontakt, was vielleicht so überraschend auch wieder nicht war, wenn man bedachte, wie verschieden sie waren.

Chris' Tochter Montana musste man in diesem Zusammenhang gar nicht erwähnen. Seit mehr als einem Jahr hatte niemand das Mädchen gesehen. Die arme Chris, dachte Barbara traurig.

War es wirklich schon eineinhalb Jahre her, seit Chris in jener bitterkalten Dezembernacht vor ihrer Tür gestanden hatte? Eineinhalb Jahre, seit sie zusammen auf diesem Bett gesessen und einen vollkommen unerwarteten Kuss getauscht hatten?

Barbara strich mit den Fingern über ihre Lippen und spürte den Geist von Chris' sanfter Berührung. Doch dies war nicht der Zeitpunkt, um solchen Gedanken nachzuhängen. In weniger als zehn Minuten würde Howard hier sein. Sie musste sich fertig machen. »Was für Ohrringe soll ich tragen?«

Tracey zuckte gleichgültig die Achseln, schlurfte aus dem Zimmer und trampelte die Treppe hinunter in die Küche. Barbara runzelte die Stirn, als sie ihre Tochter den Kühlschrank durchwühlen hörte. »Lass die Finger von dem Eis«, rief sie und eilte ins Bad, um ihr Haar zu toupieren und ihre Kontaktlinsen einzusetzen.

Um punkt sieben Uhr klingelte es, und Barbara schwebte die Treppe hinab, um den neuen Mann in ihrem Leben zu begrüßen. »Es wird bestimmt nicht spät«, versicherte sie Tracey und drückte ihrer Tochter auf dem Weg nach draußen einen Kuss auf die Stirn.

Tracey kniff vorwurfsvoll die Augen zusammen. »Sind das neue Schuhe?«

Barbara hatte Howard vor einem halben Jahr kennen gelernt, als sie sich im Bürgerzentrum von Mariemont in derselben Straße wie die teure Boutique, in der sie seit fast einem Jahr arbeitete, für ein Politikseminar angemeldet hatte. Eigentlich hatte sie nicht die geringste Lust dazu gehabt – kümmerte es sie wirklich, dass der Irak das Ultimatum vom 15. Januar zum Rückzug aus Kuwait ignoriert hatte, sodass die Alliierten, darunter die Vereinigten Staaten, Kanada, Großbritannien, Frankreich, Japan, Italien und Pakistan sowie sämtliche Mitglieder der Arabischen Liga, als Gegenschlag einen sechswöchigen Luftkrieg begonnen hatten? Oder dass die Sowjets die Freiheitsbewegungen in den baltischen Republiken unterdrückten? Aber sie betrachtete es als notwendigen Teil ihres Plans, ihr Leben auf die Reihe zu bekommen. Welche Wahl hatte Ron ihr gelassen?

Und wenn Chris es trotz Tonys wiederholten Drohungen und permanenten Belästigungen schaffte, dann konnte sie es auch schaffen. Es war das Allermindeste, was sie tun konnte.

Nach mehreren Wochen hatte Barbara überrascht festgestellt, dass sie sich tatsächlich dafür interessierte, was im Nahen Osten und der Sowjetunion vor sich ging, dass die Not der somalischen und südafrikanischen Bevölkerung sie ernsthaft beschäftigte. Sie entdeckte, dass es jenseits der Grand Avenue noch eine Welt gab, und genoss es, etwas darüber zu wissen und mit Susan, Vicki und Chris über wichtige aktuelle Themen zu diskutieren.

Sie hatte gar nicht nach einem Mann gesucht. Howard Kerble hatte sie sogar erst in der letzten Sitzung bemerkt, als er seine mit zahlreichen Unterstreichungen versehene Zeitung fallen gelassen und beim Aufheben seinen Kaffee darüber gekippt hatte. »Probleme«, hatte Barbara ihn gefragt, als sie ihm half, das Chaos zu beseitigen.

»Haufenweise«, hatte er erwidert und einfältig gegrinst. »Und das ist nur *eins* davon.«

Barbara hatte laut gelacht, mit dem ganzen Gesicht, das erste Mal seit Jahren. Und ehe sie sich versah, tranken Howard und sie nach dem Seminar einen Kaffee zusammen, trafen sich in der folgenden Woche zum Mittagessen und noch eine Woche später zum Abendessen.

Howard Kerble war ein Witwer mit zwei erwachsenen Söhnen und seit kurzem Großvater. Ich gehe mit einem Opa aus, dachte Barbara manchmal und genoss die unerwartete Rolle der jüngeren Frau, obwohl sie in Wahrheit nur acht Jahre trennten.

Anfangs verglich Barbara Howard Kerble ständig mit ihrem Exmann. Howard war groß, aber nicht so groß wie Ron, dafür kompakter. Sein Haar war dünner als Rons, grauer meliert. Seine Augen waren blau im Gegensatz zu Rons braunen, seine Finger waren länger, seine Hände kleiner. Und auch wenn Ron zugegebenermaßen der Attraktivere der beiden war, wirkte Howard auf jeden Fall distinguierter, unaufgeregter, zugänglicher. Er war genauso intelligent wie Ron, jedoch weniger erpicht darauf, es allen zu zeigen. Er sprach nie über seine Arbeit – er war in der Versicherungsbranche tätig –, während Gespräche mit Ron sich immer um seine Lehrtätigkeit gedreht hatten. Anders als Ron gab Howard Barbara nie das Gefühl, dumm zu sein. Howard gab ihr das Gefühl, geschätzt zu werden, während Ron ihr immer vermittelt hatte, dass sie unzulänglich war.

»Möchtest du meine Wohnung sehen?«, fragte Howard sie jetzt. Sie saßen in seiner schwarzen Lincoln-Limousine vor dem neuen modernen Apartmentkomplex am Mehring Way.

»Ich würde gern, aber …« Aber was? Aber es ist schon fast elf und ich sollte lieber nach Hause gehen? Aber es war ein so wundervoller Abend, den ich nicht verderben möchte? Aber ich war seit jener schrecklichen Marathonübung mit Kevin nicht mehr mit einem Mann zusammen, ich habe nicht einmal jemanden geküsst …? Seit Chris, dachte Barbara erschreckt.

»Du bist schön«, hatte Chris in jener Nacht geflüstert. »Ich habe dich so vermisst.«

»Ich habe *dich* vermisst.«

»Ich liebe dich.«

»Ich liebe dich auch.«

Dann der Kuss, gefolgt von dem Geräusch, das sie auseinander gerissen, in verschiedene Richtungen davoneilen lassen und in verlegenem Schweigen wieder zusammengeführt hatte.

»Wegen dem, was vorhin passiert ist…«, hatte Chris hinterher versucht zu erklären.

»Ich verstehe schon«, hatte Barbara ihr erklärt.

»Wirklich? Ich weiß nämlich nicht, ob ich es verstehe.«

»Können wir morgen früh darüber reden?«

Nur dass sie das nie getan hatten. Ihr Kuss war wie ein Traum, dessen Fetzen einem nachhingen und drängten, nach tieferer Bedeutung zu fragen, verschwanden, wieder auftauchten und sich schließlich in Luft auflösten, weil keine der beiden Frauen sich einen Reim darauf machen konnte und beide zu viel Angst hatten, es zu versuchen. So war das, was zwischen ihnen geschehen war, nie besprochen und mit keiner weiteren Silbe erwähnt worden. Sie waren wieder in ihren Alltag eingetaucht, in ihre Rollen als beste Freundinnen, und Barbara hatte schließlich entschieden, dass es der Ausdruck zweier einsamer und verletzlicher Frauen an einem besonders einsamen und verletzlichen Punkt ihres Lebens gewesen war. Mehr nicht.

Denn auch wenn sie sich oft wünschte, dass es nicht so wäre, mochte Barbara Männer – ihre schiere Massigkeit, ihre Körper, ihre mühelose Kraft, ihre raue Haut und ihren Geruch. Es war schon viel zu lange her, entschied sie jetzt, alle Vorsicht in den Wind schreibend, und lächelte Howard an. »Ich würde sehr gern deine Wohnung sehen«, sagte sie.

Die Zweizimmerwohnung war so schön, wie sie es erwartet hatte. Schlicht, aber nicht übertrieben männlich. Fenster vom Boden bis zur Decke, Holzfußboden, weiche Ledermöbel, bunte Teppiche und einen spektakulären Blick auf den Ohio River.

»Möchtest du etwas trinken?«, fragte Howard.

Barbara schüttelte den Kopf. »Ich bin nicht sicher, ob ich das kann«, flüsterte sie.

Er fragte sie nicht, was sie meinte. »Soll ich dich nach Hause bringen?«, bot er ihr stattdessen an.

»Nein. Ich will nicht nach Hause.«

»Was möchtest du denn? Ich tue, was immer du willst.«

»Das ist vielleicht das Netteste, was je irgendwer zu mir gesagt hat«, erwiderte Barbara, und sie lachten beide.

»Wie wär's damit, dass ich glaube, dass ich vielleicht dabei bin, mich in dich zu verlieben?«

Barbara schossen die Tränen in die Augen. »Das ist auch ziemlich nett.«

»Und wie geht es jetzt weiter?«

»Du hast mir dein Schlafzimmer noch nicht gezeigt.«

Kurz darauf standen sie neben seinem großen Doppelbett, und er zog mit ruhigen Händen den Reißverschluss ihres Kleides auf. »Es ist eine Weile her«, warnte sie ihn. »Ich bin mir nicht einmal sicher, dass ich mich noch daran erinnere, was man machen muss. Du wirst mir doch jetzt nicht erklären, dass es so ist wie Fahrradfahren.«

»Um Himmels willen, nein«, erwiderte Howard mit ehrlichem Entsetzen. »Jedes Mal wenn ich Fahrrad fahre, stürze ich und breche mir einen Knöchel.«

Sie spürte, wie das Kleid von ihrem Körper zu Boden glitt, und hielt schützend die Hände vor ihren Spitzen-BH und das Höschen. »Die Brüste sind nicht meine«, platzte sie los, als Howard sich vorbeugte und sie auf den Hals küsste.

Er sah sie verwirrt an. »Wem gehören sie denn?«

»Ich hab sie mir … wie sagt man? … auspolstern lassen. Chirurgisch vergrößern.«

»Du hast dafür bezahlt?«

Barbara nickte mit angehaltenem Atem. Warum hatte sie so etwas Dummes getan?

»Ich würde sagen, wenn du dafür bezahlt hast, gehören sie dir.« Howard ging in die Knie und küsste ihre beiden Brüste nacheinander.

»Und eine Bauchstraffung habe ich auch machen lassen«, fuhr Barbara fort, unfähig, den ungewollten Strom von Geständnissen zu dämmen, während Howard sie sanft auf das bauschige weiße Überbett drückte. »Ich erzähl dir das nur, weil du vielleicht ein paar Narben entdeckst.«

»Ich hatte vor zwei Jahren eine Blinddarmoperation.« Howard zog sein Hemd hoch und entblößte eine lange gezackte Narbe.

In diesem Augenblick wusste Barbara ohne jeden Zweifel, dass sie im Begriff war, sich zu verlieben.

Er ließ sich Zeit und erkundete ihren Körper mit sanften Berührungen, obwohl Barbara zu nervös war, um es wirklich zu genießen, zu erpicht darauf, die Sache hinter sich zu bringen. Beim nächsten Mal würde sie entspannter sein, sagte sie sich, nicht so konzentriert auf die Mechanik und darauf, einen guten Eindruck zu machen. Howard war ein geduldiger und aufmerksamer Liebhaber, und es war nicht seine Schuld, dass sie keinen Orgasmus erlebte, entschied sie. Nachdem er fünf Minuten entschlossen vor sich hin gepumpt hatte, stöhnte sie ein wenig, was bei Ron immer funktioniert hatte, Howard jedoch offenbar keinen Moment lang täuschen konnte. Vielleicht hatte es Ron auch nicht getäuscht. Wie ging noch der grausame Witz, den sich zwei Männer erzählt hatten, deren Gespräch sie zufällig belauscht hatte? »Warum täuschen Frauen Orgasmen vor?« Antwort: »Weil sie glauben, dass es uns kümmert.«

Howard kümmerte es jedenfalls. »Was machst du?«, fragte er sie mit listigem Lächeln, als sie unter ihm energisch herumzuzappeln begann. »Ich weiß, dass du noch nicht so weit bist.«

Woher wusste er das? »Es ist nicht deine Schuld«, versicherte sie ihm eilig. »Ich habe nie einen Orgasmus. Es hat nichts mit dir zu tun.«

»Findest du nicht, dass es etwas mit mir zu tun haben sollte?« Er zog sich sanft aus ihr zurück. »Lehn dich zurück. Mach die Augen zu und versuche, an nichts zu denken.« Und dann verschwand sein Kopf zwischen ihren Beinen.

»Nein, Howard, du musst das nicht machen.«

»Ich muss nicht?«, murmelte er und strich mit den Lippen über die Innenseite ihrer Oberschenkel. »Machst du Witze?«

Seine Zunge war überall, erkundete tastend ihre geheimsten Falten. Sanft, kräftig, hart und weich. »Oh mein Gott«, hörte Barbara sich rufen. »Oh mein Gott. Oh mein Gott.« Und plötzlich schrie sie laut, schrie aus reiner Lust über das, was sie erlebte. »Hör nicht auf«, flehte sie ihn an. »Nicht aufhören. Nicht aufhören.«

Das tat er auch nicht. Und als er später erneut in sie eindrang, war sie mehr als bereit, und ihr Körper explodierte in einer Folge gewalttätiger Zuckungen, die sie nie für möglich gehalten hätte.

»Was denkst du?«, fragte er sie, als sie schweißgebadet in seinen Armen lag.

Barbara grinste so breit, dass sie kaum ein Wort herausbrachte. »Dass ich es kaum erwarten kann, meinen Freundinnen davon zu erzählen«, sagte sie, und sie lachten beide.

»Kannst du über Nacht bleiben?«

Plötzlich sah Barbara Tracey vor sich, die wahrscheinlich nicht schlafen gehen würde, bis sie nach Hause kam. »Das nächste Mal vielleicht.« Sie küsste Howard und schmeckte sich selbst auf seiner Zunge.

Sie zogen sich an, und er fuhr sie nach Hause, brachte sie bis an die Tür, vergewisserte sich, dass sie sicher ins Haus kam, und küsste sie zum Abschied erneut. »Bis morgen«, sagte er, als sie die Tür schloss.

Barbara seufzte tief, warf den Kopf in den Nacken, quiekte vor Entzücken und schlug eilig die Hand auf den Mund. Das Haus lag im Dunkeln. Der Fernseher lief nicht. Vielleicht schlief Tracey doch schon. Barbara zog ihre Schuhe aus und wollte gerade die Treppe hinaufschleichen, als sich vor ihr etwas bewegte.

Plötzlich war der Raum von Kreischen erfüllt – ein Schrei das Echo des anderen, erst Barbara, dann Tracey, dann Barbara, dann Tracey.

Es waren nur sie beide, wie Barbara irgendwann erkannte. Ihr

Atem ging abgerissen, als ihre verängstigte Tochter aus dem Schatten trat, der Golfschläger aus ihrer Hand glitt, klappernd zu Boden fiel und vor Barbaras Füßen liegen blieb. Tracey warf sich in die Arme ihrer Mutter und schluchzte hemmungslos.

»Mein Gott«, rief Barbara und riss das Mädchen an sich, als ginge es um Leben und Tod. »Was ist los? Was ist passiert? Alles in Ordnung?«

»Ich hatte solche Angst.« Tracey zitterte so heftig, dass sie kaum ein Wort herausbrachte.

»Angst wovor? Was ist hier los?«

»Ich wollte mir in der Küche etwas zu essen holen, als ich plötzlich ein Geräusch gehört habe. Ich habe mich umgedreht und am Fenster ein Gesicht gesehen.«

Barbara rannte zum Küchenfenster und blinzelte in die Dunkelheit, sah jedoch nichts. »Ein Gesicht? Wessen Gesicht?«

»Es war ein Mann. Ich weiß nicht. Es ging alles so schnell. Ich hatte solche Angst.«

Tony, dachte Barbara bitter. Er musste es gewesen sein. Wer hätte es sonst sein sollen? Es reichte ihm nicht, Chris weiterhin zu belästigen, er musste auch noch wehrlose Teenager terrorisieren. »Mein armes Baby.« Sie hätte nie ausgehen dürfen. Sie hätte Tracey nie allein lassen dürfen. Der Gedanke, dass sie sich in Ekstase gewunden hatte, während ihre Tochter voller Furcht allein hier gehockt hatte. Dieser verdammte Tony Malarek. Sollte er direkt zur Hölle fahren.

»Ich habe in der Ecke des Kleiderschranks einen von Daddys alten Golfschlägern gefunden. Ich dachte, damit könnte ich mich zur Not verteidigen. Vermutlich hätte ich die Polizei anrufen sollen, aber das ist mir nicht eingefallen. Ich hatte einfach zu viel Angst.« Tracey plapperte vor sich hin, während ihr Blick hektisch hin und her zuckte, als wollte er mit ihren Worten Schritt halten. »Danach war es dann ganz still, und nach einer Weile bin ich wieder hochgegangen. Ich muss wohl eingeschlafen sein. Ich weiß nicht. Plötzlich habe ich die Tür gehört. Ich habe den Schläger gepackt und bin wieder nach unten gekommen. Ich habe nicht klar gedacht. Ich habe vergessen, dass du vielleicht von deiner Verabredung nach Hause kommst.«

»Oh, Schätzchen, es tut mir so Leid, dass ich ausgegangen bin.«

»Es ist nicht deine Schuld.«

Hatte Traceys Phantasie ihr einen Streich gespielt oder hatte wirklich jemand vor dem Haus herumgelungert? »Morgen bleibe ich zu Hause.«

»Nein, sei nicht albern. Ich komme schon klar.«

»Ich bleibe zu Hause«, sagte Barbara noch einmal, legte ihren Arm um Tracey und führte sie die Treppe hinauf, »und wir machen uns Popcorn und sehen uns an, wie Richard Gere Deborah Winger von ihrem öden Fabrikarbeiterleben erlöst. Wie klingt das?«

»Das klingt wundervoll«, sagte Tracey mit einem dankbaren Lachen.

Als sie oben angekommen waren, fragte Barbara: »Willst du heute in meinem Bett schlafen?« Tracey nickte begeistert. In letzter Zeit hatte Barbara darauf bestanden, dass sie wieder in ihrem eigenen Bett schlief.

»Genau wie früher«, sagte Tracey, schlug die Decke ihrer Mutter zurück und krabbelte ins Bett.

Ein paar Minuten später legte sich Barbara zu ihr. Am nächsten Morgen würde sie die Polizei anrufen und eine verdächtige Person melden. Howard würde verstehen, dass sie ihn am kommenden Abend nicht begleiten konnte. Er würde es verstehen müssen. Wenn Tracey etwas zustoßen würde, würde sie ihres Lebens nicht mehr froh werden. »Es war einmal ein Mädchen klein«, begann Barbara leise zu singen, nahm Tracey in die Arme und strich ihr die Haare aus dem Gesicht, »das hatte hübsche Locken fein, aus glänzend schwarzem Haar.«

»Und war sie brav«, fuhr Tracey fort, »war sie sehr, sehr brav.«

»Doch wenn sie einmal böse war …«

»Dann war sie ganz gemein!«, endeten Mutter und Tochter unisono.

22

»Anfangs dachte ich, sie ist wunderbar«, erklärte Peter Bassett in das gespannte Schweigen des Konferenzzimmers hinein. »Vielleicht hat ihre Arbeit nicht immer professionellen Standards genügt, doch sie war intelligent, enthusiastisch und voller Ideen, und ich dachte, das andere lernt sie noch. Außerdem war sie offensichtlich ein bisschen verschossen in mich. Ich nehme an, ich habe mich geschmeichelt gefühlt. Ich weiß, dass das dumm war. Ich bin nicht stolz auf das, was ich getan habe – ich bin ein *verheirateter* Mann. Aber die ganze Sache ging von Susan aus, nicht von mir.«

Susan räusperte sich, starrte in ihren Schoß und räusperte sich erneut. Oh Gott, dachte sie und sah Vicki an, damit die sie rettete. Doch Vicki lächelte nur, jenes rätselhafte angedeutete Lächeln, das sie seit Beginn der Anhörung aufgesetzt hatte, und sagte nichts.

Musste sie so verdammt gelassen und zufrieden wirken?, fragte Susan sich. Andererseits, warum sollte sie nicht? Sie war in ihrem Element. Vicki genoss die Versammlung in dem großen Konferenzzimmer der größten Anwaltskanzlei Cincinnatis, umgeben von teuren Gemälden und spektakulärer Aussicht, an einem schweren Eichenholztisch, der sich fast über die gesamte Länge des über zehn Meter langen Raumes erstreckte, umringt von sechzehn dunkelbraunen Stühlen mit hohen Lehnen, die wahrscheinlich mehr gekostet hatten als die Inneneinrichtung von Susans komplettem Haus. An einem Ende saß Vickis Mann, ein sichtlich amüsierter Jeremy Latimer, flankiert von einem Trio teurer, ernst dreinschauender und makellos gewandeter Anwälte, und alle waren gespannt darauf, was Vicki als Nächstes tun würde.

Was taten sie hier? Wie hatte sie es so weit kommen lassen können?

»Wir verklagen das Schwein!«, hatte Vicki verkündet, als Susan ihr die ganze Wahrheit über das, was zwischen ihr und Peter Bassett vorgefallen war, berichtet hatte.

»Was?«

»Man nennt es sexuelle Belästigung, und wenn dies nicht ein perfektes Beispiel ist, dann weiß ich es nicht.«

»Wir können ihn nicht verklagen«, protestierte Susan.

»Warum nicht?«

»Nun, zunächst einmal würdest du deinen Mann verklagen. Es ist seine Zeitschrift.«

»Und?«

»Sie ist nach dir benannt. Siehst du da nicht einen kleinen Interessenkonflikt?«

»Nicht, wenn du mir vertraust, deine Interessen bestmöglich zu vertreten.«

»Aber sind meine Interessen nicht das Gegenteil von deinen Interessen?«

»Jeremy und ich sind schließlich nicht an der Hüfte zusammengewachsen. Er ist ein großer Junge. Er kann sehr gut auf sich selbst aufpassen.«

»Trotzdem, was wird er sagen, wenn du ihm eine Klage um die Ohren haust?«

»Ist das dein Ernst? So viel Publicity könnte er sich mit Geld im Leben nicht kaufen. Er wird jede Minute genießen.«

»Aber …«

»Aber was?«

»Aber ich bin auch nicht völlig unschuldig. Ich habe mich von Peter küssen lassen.«

»Ja, und dafür wird man dir ein scharlachrotes K auf die Stirn brennen«, gab Vicki ungerührt zurück. »Nun komm schon, Susan. Du hast diesen Kuss nicht benutzt, um ihn damit zu einer Affäre zu erpressen, während Peter Bassett dir praktisch mit der

Kündigung gedroht hat, wenn du nicht mit ihm schläfst. Ich kann nicht erkennen, welche andere Wahl er dir gelassen hat.«

»Meinst du wirklich, dass wir eine Chance haben?«

»Eines will ich von vorneherein klarstellen. Vor Gericht und auf hoher See ist man in Gottes Hand, wie wir Juristen sagen. Und diesen Fall zu gewinnen wird nicht leicht.«

»Warum dann das Risiko eingehen?«

»Weil die nächste Frau, die dieser Schleimer belästigt, deine Tochter sein könnte«, erwiderte Vicki schlicht.

Danach gab es keine Diskussion mehr.

Das war vor fünf Monaten, noch bevor Anita Hills Anschuldigungen gegen Thomas Clarence das Thema sexuelle Belästigung in die Schlagzeilen gespült und im Sog auch Susans Klage auf die Titelseiten gebracht hatte.

»Ein glücklicher Zufall«, verkündete Vicki. »Wir haben Schwein gehabt.«

»Schwein gehabt?«, protestierte Susan. »Wie kannst du so etwas sagen? Ich habe keinen Job. Mein Mann redet nicht mehr mit mir. Und ich kann morgens keine Zeitung aufschlagen, ohne ein Bild von meinem dicken, fetten Gesicht zu sehen. Eine Jury wird nie und nimmer glauben, dass ich Peter nicht angemacht habe.«

»Ich finde, du bist sehr fotogen. Außerdem wird dieser Fall garantiert nicht vor Gericht gehen, glaub mir.«

»Danke, Mr. Bassett«, sagte sein Anwalt jetzt. »Mrs. Latimer, ich bin sicher, Sie haben einige Fragen an meinen Mandanten.«

Statt zu antworten, nahm Vicki ein kleines schwarzes Ding aus ihrem Aktenkoffer, das sie mit großer Geste, aber behutsam auf die Mitte des langen Tisches stellte. Sie drückte den Startknopf des winzigen Kassettenrecorders, lehnte sich in ihren Stuhl zurück und sah Susan lächelnd an.

»Nun, mal sehen. Was haben wir denn hier?«, fragte die männliche Stimme.

Sämtliche Köpfe im Raum schnellten zu Peter Bassett herum.

»Was zum Teufel ist das?«, fragte der wütend.

»Ich habe den Artikel über Hormonersatztherapie fertig«, sprach Susan stumm mit ihrer Stimme auf dem Band mit. »Sie wollten ihn doch möglichst umgehend sehen.«

»Was für Spielchen sind das, Frau Anwältin?«, fragte der ranghöchste von Jeremy Latimers Anwälten, der sofort aufgesprungen war.

»Setz dich, Austin«, erklärte Jeremy mit fester Stimme, und der korpulente ältere Mann nahm sofort wieder Platz.

»Ich erhebe Einspruch«, sagte der jüngste der Anwälte und gestikulierte in alle Richtungen gleichzeitig, als ob er sich nicht ganz sicher war, gegen wen oder was sich sein Einspruch richtete.

»Spar dir deine theatralischen Einlagen, Tom«, wies Jeremy ihn trocken an. »Wir sind hier nicht vor Gericht. Lass uns das verdammte Ding hören.«

Alle wandten sich wieder dem Minikassettenrecorder zu und starrten ihn an wie einen riesigen Fernsehbildschirm.

»Was meinen Sie, sollen wir im Konferenzzimmer einen Blick darauf werfen«, sagte Peter Bassetts körperlose Stimme, sein träger Bariton erfüllte den Raum und ließ sämtliche Zuhörer die Ohren spitzen.

»Sie waren verkabelt?«, fragte Peter Bassett dramatisch und mit vor Empörung überschlagender Stimme.

Susan wich seinem Blick aus, sodass er stattdessen Vicki ansah.

Die lächelte. Meine Idee, verkündete das Lächeln.

»Ist das legal?«, fragte Peter Bassett.

»Seien Sie still, Peter«, sagte Jeremy Latimer.

Peter Bassett sank in seinen Stuhl zurück und schloss die Augen. Einen kurzen Moment lang erfüllte ein Schweigen so schwer wie schwarzer Rauch den Raum.

Dann: »Ich will keine Schwierigkeiten, Peter. Können Sie mich bitte einfach meinen Job machen lassen?«

»Ihr Job ist im Augenblick stark gefährdet.« Die Worte aus dem Recorder versprühten Gift wie die Fangzähne einer Kobra. »Ich hatte gehofft, dass Sie zur Vernunft kommen würden. Ich mag Sie,

Susan. Ich mag Sie sehr. Und ich dachte, Sie mögen mich. Ich dachte, Sie arbeiten gern hier.«

»Ich denke, Sie werden meinen Artikel mehr als zufrieden stellend finden.«

»Ich glaube, ich werde ihn äußerst *un*befriedigend finden.«

»Wenn Sie ihn sich einfach mal ansehen würden …«

»Überzeugen Sie mich.«

»Was?«

»Überzeugen Sie mich, ihn anzusehen.«

»Peter, bitte. Können wir nicht damit aufhören, bevor es zu spät ist?«

»Sie glauben, Sie können hier einfach reinscharwenzelt kommen und mit Ihrem tollen Hintern wedeln, und ich soll nicht genauso reagieren, wie es jeder vitale amerikanische Mann tun würde und wie Sie es eigentlich auch wollen?«

»Es tut mir Leid, wenn ich Ihnen durch irgendetwas einen falschen Eindruck vermittelt habe«, sagte Susan mit tränenerstickter Stimme.

»Wenn Sie erst auf dem Arbeitsamt anstehen, wird es Ihnen noch mehr Leid tun.«

»Ist das Ihr Ernst?«, fragte Susan nach einer Pause. »Sie wollen mich wirklich feuern, wenn ich nicht mit Ihnen schlafe?«

»Wie man sich bettet«, erwiderte Peter Bassett listig, »so liegt man.«

Susan beobachtete, wie er die Hände hob, als wolle er sich ergeben, als wäre jetzt sie am Zug. »Bitte, tun Sie das nicht«, flehte sie ein letztes Mal.

»Betrachten Sie es als geschehen. Sie sind entlassen, Mrs. Norman. Ich rufe den Sicherheitsdienst, damit er Sie aus dem Gebäude eskortieren kann.«

Vicki beugte sich vor und schaltete die Aufnahme ab. Schweigen breitete sich in dem Raum aus wie ein tödliches Gas, das beim ersten gesprochenen Wort zu explodieren drohte.

»Möchte irgendjemand das Band noch einmal hören?«, erkundigte Vicki sich liebenswürdig und schaffte es sogar, dabei kaum selbstzufrieden zu wirken.

»Danke. Ich denke, wir haben genug gehört«, meinte Jeremy Latimer, und in seiner Stimme schwang neben dem Eingeständnis der Niederlage kaum verhohlener Stolz mit. Er bemühte sich, seine Frau nicht anzulächeln. »Ich entschuldige mich bei Ihnen, Mrs. Norman«, fuhr er mit einem Nicken in Susans Richtung fort, »für das Leid und die Unannehmlichkeiten, die Sie offensichtlich erlitten haben.«

Susan sah den Mann ihrer Freundin mit zitternden Lippen und Tränen in den Augen an.

»Warum machen wir nicht eine kleine Pause«, schlug er vor, während Vicki den Kassettenrekorder wieder in ihrem Aktenkoffer verstaute. »Sollen wir uns um drei Uhr wieder hier treffen?« Er sah sich in dem Raum um. Überall um den Tisch wippten Köpfe auf und ab wie die von Wackeltieren, die sich die Menschen in das Rückfenster ihrer Autos stellten. »Das sollte meinen Kollegen und mir hinreichend Zeit geben, zu einer Übereinkunft zu kommen und möglicherweise einen Vergleich zu formulieren, mit dem wir alle leben können.«

Vicki war sofort auf den Beinen. »Klingt gut.«

Susan spürte ein Zupfen an ihrem Ärmel und erhob sich unsicher. Vor ihren Augen drehte sich alles. War dieser Albtraum nun endlich vorüber? Konnte sie an ihren Arbeitsplatz zurückkehren und ihr Leben weiterleben? War es wirklich vorbei? Sie hielt sich an dem Tisch fest. Mein Gott, wurde sie etwa ohnmächtig?

»Ich verhungere«, erklärte Vicki und führte Susan in den Flur. Die schwere Eichentür fiel hinter ihnen zu.

»Ich fühle mich ein wenig flau«, flüsterte Susan und taumelte gegen die nächste Wand.

»Das wird ein Gläschen Champagner schon wieder richten«, erwiderte Vicki mit einem kraftvollen, energiegeladenen Lachen.

»Champagner?«

»Champagner«, wiederholte Vicki, lachte erneut auf und zerrte

Susan den langen Korridor hinunter. »Wir haben gewonnen, Darling. Zeit zu feiern.«

»Und wie viele kommen?«

Susan blickte von der Schublade ihres Wohnzimmerschrankes auf, in der sie nach Kerzen suchte, die nicht mindestens zu zwei Dritteln abgebrannt waren, und zählte die Gäste, die zum Abendessen erwartet wurden, noch einmal auf. »Also, mal sehen. Du, ich, Ariel, Barbara und Tracey. Vicki und Kirsten. Chris…«

»Montana?«

»Montana hatte andere Pläne.« Dem Vernehmen nach hatte sie wieder aufgelegt, sobald sie Chris' Stimme gehört hatte.

»Warum isst Daddy nicht mit uns?«, fragte Whitney.

»Zu viele Frauen«, sagte Susan und hoffte, dass sich ihre jüngere, fast dreizehnjährige Tochter mit dieser Lüge zufrieden geben würde, obwohl sie für ihr Alter sehr reif war. Whitney war schmal und drahtig und wurde jeden Tag schöner. Sie hat die Augen ihrer Großmutter, dachte Susan, und sofort kamen ihr die Tränen. Sie wandte sich ab und tat so, als sei sie mit der Suche nach unbenutzten Kerzen beschäftigt.

»Hast du dich mit Daddy gestritten?«

»Nein. Natürlich nicht.«

»Warum redet ihr dann nicht miteinander?«

»Wir reden doch miteinander«, protestierte Susan matt, obwohl offenbar nicht einmal die großzügige Abfindung, die sie erstritten hatte, etwas gegen Owens verletzte Gefühle und seinen gekränkten Stolz ausrichten konnte. Ihr schauderte bei dem Gedanken an die schreckliche Szene, als sie Owen schließlich die ganze Wahrheit gestanden hatte, die zu ihrer Zwangslage geführt hatte.

»Du hast ihn geküsst?«, hatte Owen mit vor Schmerz und Verwirrung starrem Gesicht gefragt.

Ich habe mich von ihm küssen lassen, hätte Susan ihn beinahe korrigiert. *Ich habe ihn nicht zurückgewiesen.* Aber beides hatte sie nicht gesagt, weil es nicht stimmte. »Ja«, hatte sie stattdessen schlicht erwidert und beobachtet, wie der Schmerz sich tiefer um die Augen ihres Mannes festsetzte. »Es war dumm. Ich weiß. Es hatte nichts zu bedeuten.« Hatte sie das wirklich gesagt?

»Was ist los, Susan?«, hatte er schlicht zurückgefragt. »Haben sich die Regeln verändert?«

»Natürlich nicht«, hatte Susan ihm versichert, auf vorübergehende Unzurechnungsfähigkeit plädiert, geschworen, dass so etwas nie wieder passieren würde, und ihm immer wieder erklärt, wie sehr sie ihn liebte und wie wichtig ihr ihre Ehe war. Sie hatte ihn um Verzeihung angefleht. Und nach langem Drängen und vielen Tränen auf beiden Seiten hatte er gesagt, dass er es verstehen würde, obwohl Susan nicht den Eindruck hatte, dass das stimmte.

Whitney hat Recht, erkannte sie jetzt. Die Gespräche mit ihrem Mann waren in den vergangenen Monaten immer kürzer und unpersönlicher geworden, bis sie beinahe ganz verstummt waren. Sie konnte ihm kaum noch in die Augen sehen, weil sie dort immer das Spiegelbild ihres Betrugs sah.

Nicht, dass sie ihm Vorwürfe gemacht hätte. Er hatte jedes Recht, sich verletzt und gedemütigt zu fühlen. Die Zeitungen hatten sich begierig darauf gestürzt, dass Vicki die Firma ihres eigenen Mannes wegen sexueller Belästigung verklagte. Wenn sie sich nicht verglichen hätten, sondern tatsächlich vor Gericht gezogen wären, wo dann alle schmutzigen Einzelheiten ausgebreitet worden wären... Susan lief ein kalter Schauer über den Rücken. Owen war vielleicht verständnisvoll und hilfsbereit, doch er war auch sehr stolz. Und gekränkt.

Sie hatte ihn enttäuscht.

Vicki sagte, sie solle der Sache Zeit geben. Owen liebte sie und würde irgendwann wieder auf sie zukommen.

Aber was wusste Vicki schon? Hatte sie Susan nicht auch versichert, dass sie ihren Job zurückbekommen würde? »Tut mir Leid, Susan, aber du hast doch nicht ernsthaft erwartet, dass sie dich wieder einstellen, nachdem du sie verklagt hast, oder? Ich meine, du bist schon eine Unruhestifterin, weißt du«, hatte sie mit einem listigen Lächeln hinzugefügt.

Das bin ich wohl, dachte Susan, schüttelte verwundert den Kopf und ließ ihren Blick kurz durch das Zimmer schweifen: der runde Tisch aus Walnussholz unter dem modernen Kronleuchter aus Messing und Glas, umringt von acht weinroten Stühlen mit hohen Lehnen, die beiden Doppelschränke an den eierschalweißen Wänden, der trotz Owens bester Absichten und wiederholter Beteuerungen unbenutzte Kamin, die wallenden elfenbeinfarbenen Raffgardinen, die das Fenster mit Blick auf die Straße rahmten, wo die Bäume schon fast kahl waren und sich nur noch ein paar vereinzelte rote und gelbe Blätter verzweifelt an ihr Leben klammerten. Wieder musste Susan an ihre Mutter denken, die, nur noch Haut und Knochen, blass unter grauen Krankenhauslaken lag und lediglich durch eine Reihe von Schläuchen und ihren eisernen Willen mit dem Leben verbunden war.

Sie nahm zwei schon halb heruntergebrannte, dunkelrote Kerzen und steckte sie in ein Paar elegante Glasständer, die sie mit ihren guten Kristallgläsern auf dem Tisch arrangierte, während Whitney das Besteck aufdeckte. Sie wollte nicht an ihre Mutter, Owen oder ihre Probleme bei der Suche nach einem neuen Job denken. Peter Bassett hatte es gerechterweise noch viel schlimmer getroffen. Er war nicht nur fristlos entlassen und öffentlich gedemütigt worden, obendrein hatte ihn auch noch seine Frau verlassen, samt den schwierigen Kindern und dem Hund der Familie. »Soll ich mich noch umziehen?«, fragte Susan ihre Tochter.

»Warum? Du siehst doch gut aus.«

»Du bist wirklich süß.«

»Wer ist wirklich süß?« Die Stimme war so dunkel und vage bedrohlich wie das fünfzehnjährige Mädchen, dem sie gehörte. Ariel war von Kopf bis Fuß in schwarz gekleidet, was in letzter Zeit ihre Uniform geworden war, frische knallrote Strähnen zierten ihr ungekämmtes Haar, ihre Lippen leuchteten wie eine dunkelviolette Wunde. »Könnte das etwa das Alien sein?«

»Fang nicht wieder an«, warnte Susan sie.

Ariel starrte hasserfüllt auf den Tisch, als wäre er nur zu dem Zweck gedeckt worden, sie zu ärgern. »Was ist denn hier los?«

»Eine kleine Mädelsparty«, erklärte Susan. »Ich habe dir letzte Woche davon erzählt. Chris, Vicki, Kirsten, Barbara, Tracey …«

»Um deinen Sieg zu feiern?«, fragte Ariel mit vor Wut bebender Stimme. Hatte sie sich nicht wiederholt bei ihrer Mutter beschwert, dass Susans Klage sie zum Gespött ihrer Klasse gemacht hatte?

»Nein, eigentlich nicht. Es ist einfach eine Weile her, seit wir zum letzten Mal zusammengesessen haben, und ich dachte –«

Ariel verzog das Gesicht, als hätte jemand gefurzt. »Für mich braucht ihr nicht mitzudecken.«

»Was?«

»Ich werde auf gar keinen Fall mit Tracey Azinger zu Abend essen«, höhnte Ariel.

»Was ist denn mit Tracey? Sie ist doch ein absolut nettes Mädchen.«

»Die ist so komisch.«

»Sie ist nicht komisch.«

»Sie sitzt bloß die ganze Zeit da und grinst dämlich vor sich hin.«

»Seit wann ist es dämlich zu lächeln?«

»Sie sieht aus wie eine dieser Wachsfiguren von Madame Troussau's.«

»Tussaud«, verbesserte Susan sie.

»Was?«

»*Tussaud*, nicht *trousseau. Trousseau* bedeutet Aussteuer.«

»Ich weiß, was *trousseau* bedeutet«, schoss Ariel mit knallroten Wangen zurück.

»Geht Barbara immer noch mit diesem Typen aus?«, unterbrach Whitney sie.

»Howard Kerble«, sagte Susan, dankbar für die Intervention ihrer Tochter. »Ja.«

»Meinst du, dass sie heiraten?«

»Vielleicht.«

»Dann könnten sie eine Tussaud gebrauchen«, meinte Whitney trocken.

Susan lachte.

»Lachst du über mich?«, fragte Ariel vorwurfsvoll.

»Nein, natürlich nicht«, sagte Susan, überdrüssig, noch bevor der Abend begonnen hatte. Diese Wirkung hatte Ariel immer öfter auf sie. »Es war bloß ein Witz.«

»Whitney ist der Witz.«

»Das reicht.«

»Sie und Tracey sollten Schwestern sein.«

»Ich sagte, *das reicht.*«

»Tracey ist *wirklich* irgendwie komisch, Mom.« Diesmal kam die Bemerkung überraschenderweise von Whitney.

»Was?«

Whitney zuckte die Achseln.

»Warum brüllst du *sie* nicht an, wenn sie so etwas sagt?«, wollte Ariel wissen.

»Ich habe dich nicht angebrüllt.«

»Du brüllst mich dauernd an.«

»Ich brülle dich nicht…« Nicht beißen. Nicht beißen. Nicht beißen. »Lass es uns einfach vergessen. Okay?«

»Gut«, sagte Ariel. »Ich gehe nämlich weg.«

Sofort schnappte Susan nach dem Köder. »Was soll das heißen, du gehst weg?«

»Ich habe Pläne.«

»Was für Pläne?«

»Welche, die dich nichts angehen.«

Susan atmete ein paar Mal tief durch und zählte mindestens ein halbes Dutzend Mal bis zehn, bevor sie antwortete. »Du gehst nirgendwohin, junge Dame. Und jetzt könntest du uns einfach helfen, den Tisch zu decken.«

Statt zu antworten, marschierte Ariel in den Flur, öffnete den Garderobenschrank und begann, ihren Mantel anzuziehen.

Susan stand sofort neben ihr. »Was soll das?«

»Ich habe dir doch gesagt, dass ich weggehe.«

»Und ich habe dir gesagt, dass du bleibst, wo du bist.«

Ariel schüttelte den Kopf und steckte ihre Arme in die Ärmel des alten schwarzen Mantels, den sie in einem Secondhandladen erstanden hatte. »Dann haben wir wohl ein Problem.«

Susan versuchte einen neuen Ansatz. »Hör mal, Ariel, tu's einfach für mich, nur heute Abend, okay? Ich hatte mich wirklich darauf gefreut, dass wir alle zusammenkommen. Du kannst Tracey doch bestimmt einen Abend lang ertragen.«

»Nein«, erwiderte Ariel stur.

»Komm schon, Schätzchen. Ist es denn wirklich so unzumutbar?«

»Ja.« Ariel öffnete die Haustür, und ein kalter Luftzug wehte in den Flur.

»Lass sie doch gehen«, rief Whitney aus dem Wohnzimmer. »Wenn sie nicht hier ist, wird es vielleicht sogar ganz nett.«

Da war etwas dran, dachte Susan und machte einen Schritt zurück. Warum bestand sie so beharrlich darauf, dass Ariel zu Hause blieb? Damit sie mit mürrischer Miene am Tisch sitzen, ihre Schwester beleidigen und die Gäste ignorieren konnte? Damit sie mit ihrer Leichenbittermiene schlechte Laune verbreiten konnte wie einen ansteckenden Husten? Lass sie doch gehen, wiederholte sie stumm. Lass sie doch gehen. Susan machte ein paar Schritte rückwärts, während Ariel in die Kälte trat und die Tür hinter sich zuzog.

»So ist es besser.« Whitney lächelte ihre Mutter an und winkte sie zurück ins Esszimmer. »Sieht hübsch aus, oder?«

»Sieht toll aus. Vielen Dank, Schätzchen. Ich weiß nicht, was ich ohne dich machen würde.«

Plötzlich flog die Haustür auf, und Ariel stürmte mit vor Wut verzerrtem Gesicht zurück ins Haus. »Was soll das heißen, wenn ich nicht hier bin, wird es vielleicht sogar ganz nett!«

Susan hätte laut losgelacht, wenn Ariels Gesichtsausdruck

nicht deutlich gemacht hätte, dass es ihrer Tochter todernst war. Whitney verdrehte die Augen, ohne etwas zu sagen.

»Verdreh nicht die Augen in meine Richtung, du blöde Kuh!«, brüllte Ariel.

»Hör auf, Ariel«, warnte Susan sie. »Hör sofort auf.«

»Beachte sie gar nicht, Mom.« Whitney wandte sich von Ariels Zorn ab.

»Was fällt dir ein, mir den Rücken zuzukehren, du Trampel!« Ohne Vorwarnung stürzte Ariel an den Esstisch, packte eines von Susans guten Kristallgläsern und hob es hoch.

»Ariel stell das sofort wieder hin«, ermahnte Susan sie, doch das Glas hatte Ariels Hand schon verlassen und flog auf Whitney zu. »Vorsicht, Whitney!«, kreischte Susan, während das Glas den Kopf ihrer jüngeren Tochter nur um Zentimeter verfehlte und an der Wand in tausend Scherben zerschellte.

»Es tut mir Leid«, sagte Ariel sofort, und in ihrem Gesicht spiegelte sich das Entsetzen über ihre Tat. »Ich wollte es nicht werfen. Es ist mir aus der Hand gerutscht.«

»Raus hier«, knurrte Susan so leise und tief, dass sie ihre eigene Stimme kaum wiedererkannte. Wie hatte alles so schnell eskalieren können? Vor einer Minute war noch alles ruhig gewesen. Jetzt war der Fußboden im Esszimmer mit Scherben übersät. Whitney war schon auf den Knien und versuchte, sie einzusammeln. Susan sah die Tränen, die über die Wangen des Mädchens strömten, auch wenn sie sich bemühte, sie zu verbergen. »Raus hier«, sagte Susan noch einmal.

»Ich dachte, du willst, dass ich heute Abend zu Hause bleibe«, protestierte Ariel.

»Ich habe meine Meinung geändert. Raus.«

»Wohin soll ich gehen?«, klagte sie.

»Das ist mir egal«, sagte Susan, und das war in diesem Moment die Wahrheit.

»Das ist alles deine Schuld«, schrie Ariel ihre Schwester an.

»Noch ein Wort aus deinem Schandmaul«, sagte Susan mit fester Stimme, »und ich rufe die Polizei und lass dich wegen versuchter Körperverletzung verhaften.«

Ariel starrte ihre Mutter ungläubig an. »Warum machst du nicht gleich sexuelle Belästigung draus?«, höhnte sie. »Ist das nicht deine Spezialität?«

»Verschwinde, verdammt noch mal. Sofort.«

Ariel rannte aus dem Zimmer, riss wütend brüllend die Haustür auf und knallte sie hinter sich zu. Erst ein paar Sekunden nachdem sie weg war, kamen ihre letzten Worte wirklich bei Susan an. »Das wird dir noch Leid tun«, hatte ihre Tochter wieder und wieder gerufen. »Das wird dir noch Leid tun. Das wird dir noch Leid tun. Das wird dir noch Leid tun.«

23

»Tut mir Leid, Mrs. Hallendale, was haben Sie gesagt, an welchem Tag Sie mit Charlie noch einmal zu Dr. Marcus kommen wollten?«

Chris beobachtete, wie Emily Hallendale ihre Schultern in erkennbarer Verärgerung hochzog und wieder sacken ließ. »Ich sagte, mittwochnachmittags passt es mir grundsätzlich sehr gut.« Sie steckte Charlie, einen winzigen weißen Pudel, wieder unter das Revers ihres wadenlangen, schwarzen Nerzmantels. Ihr Missvergnügen darüber, sich wiederholen zu müssen, war unüberhörbar. Emily Hallendale war eine Frau von gut vierzig Jahren und eine beachtliche Erscheinung, groß und drall mit kurzem, dunklem Haar und olivfarbener Haut, hohen Wangenknochen und einer sehr niedrigen Toleranz für Inkompetenz.

Sie hasst mich, dachte Chris und entschied, dass das auf Gegenseitigkeit beruhte, als sie Charlies Namen in Dr. Marcus' Terminkalender eintrug. »Donnerstag, den 19. März 1992, um 13 Uhr.« Während sie versuchte, das ununterbrochen klingelnde Telefon zu ignorieren, notierte Chris die Daten mit zitternder Hand auf einen Zettel, den sie Emily Hallendale hinhielt, die Chris ihrerseits anstarrte, als wäre sie ein Vollidiot.

»Mittwoch«, verbesserte Emily Hallendale sie tonlos, als würde sich die Mühe, ihre Stimme zu erheben, für Chris nicht lohnen.

»Tut mir Leid. Ja, Sie haben Mittwoch gesagt, nicht wahr?«

»Dreimal.«

»Das tut mir wirklich sehr Leid.«

Das Telefon klingelte weiter. Chris starrte es an und strich eine Strähne ihres schlaffen, schulterlangen Haars hinter ihr Ohr.

»Meinen Sie nicht, dass Sie vielleicht drangehen sollten?«

»Nein.« Chris zwang sich zu einem verlegenen Lächeln und versuchte, nicht laut loszuschreien. Wer war diese Frau, dass sie glaubte, ihr Anweisungen erteilen zu können?

»Ich bin mir nicht sicher, dass mir Ihr Ton gefällt«, bemerkte Emily Hallendale.

»Tut mir Leid«, entschuldigte Chris sich eilig.

»Vielleicht sollte ich den Doktor einmal auf seine Mitarbeiter ansprechen.«

»Vielleicht sollten Sie das«, stimmte Chris ihr zu, füllte eine neue Terminerinnerung aus und knallte sie, ohne aufzublicken, auf den Tresen. »Mittwoch, 18. März. Dreizehn Uhr. Ich wünsche Ihnen einen schönen Tag.«

Emily blieb noch eine Weile wie angewurzelt vor dem Tresen stehen, als würde sie weitere Schritte erwägen, bevor sie die Karte in ihre schwarze Krokoledertasche steckte. »Vergessen Sie nicht, den Termin im Kalender des Doktors zu ändern«, sagte sie kühl und marschierte zur Tür, während der Hund unter ihrem Mantel zum Abschied kläffte.

»Will nicht irgendjemand an das verdammte Telefon gehen?«, tönte Dr. Marcus' von Natur aus schroffe Stimme aus einem der Behandlungszimmer.

Chris nickte und dachte, dass der Arzt von Tag zu Tag mehr klang wie seine Patienten, machte jedoch keinerlei Anstalten, den Hörer abzunehmen. Wozu auch? Sie wusste ohnehin schon, wer dran war.

»An das verdammte Telefon gehen. An das verdammte Telefon gehen«, ertönte ein Ruf aus dem überfüllten Wartezimmer.

»Sei still, Lydia«, beruhigte Chris den majestätischen weißen Kakadu, der auf seinem großen Käfig hockte. Lydia war das Maskottchen der Praxis, ein streitlustiger Papagei, der vor sechs Monaten zu einer Routineuntersuchung vorbeigebracht und nicht wieder abgeholt worden war.

»Sei still«, wiederholte der Papagei. »Sei still, Lydia.« Der große

Vogel begann, mit dem Kopf wie zu einem unhörbaren Rhythmus auf und ab wippend, auf seinem Käfig hin und her zu trippeln.

»Was macht er?«, fragte ein kleines Mädchen, das auf einem der schwarzen Lederstühle entlang der Wände saß. Sie war schätzungsweise acht Jahre alt und hatte eine Stupsnase voller Sommersprossen. Auf ihrem Schoß wiegte sie ein kleines graues Kätzchen, das sie mit einem Ausdruck beinahe erwachsener Sorge betrachtete. Ihre Mutter saß neben ihr, die Augen geschlossen, den Kopf an die hellrosa Wand gelehnt, unter dem Bild eines sich im Wasser tummelnden Delfins.

»Er macht nur ein bisschen Sport«, erklärte Chris dem kleinen rothaarigen Mädchen und versuchte, nicht an Montana in diesem Alter zu denken.

Sofort war die Kleine aufgesprungen und stand neben dem Käfig.

»Vorsichtig, sie könnte beißen«, warnte Chris.

Sofort machte das Mädchen, die Arme instinktiv schützend um ihr Kätzchen gelegt, einen Schritt zurück, und ihre hellgrünen Augen wurden groß wie Untertassen. »Beißt sie auch Fluffy?«

Sie würde Fluffy zum Frühstück verspeisen, dachte Chris, sagte jedoch nichts, sondern staunte vielmehr darüber, wie früh der Beschützerinstinkt in einem Menschen erwachte. Wieder versuchte sie, nicht an Montana zu denken, doch wie üblich war ihre Tochter überall. Ihr Bild füllte den leeren Stuhl, ihr Schatten hing vor dem Fenster wie ein schwerer Vorhang, ihre Augen saugten das Licht von der Straße, ihr Mund die Luft aus dem Raum wie Wasser durch einen Strohhalm. Chris wurde schwindelig, und sie hatte das Gefühl, als ob ihr die Luft abgeschnürt wurde.

»Das Telefon!«, bellte Dr. Marcus erneut.

»Das Telefon«, wiederholte Lydia und wippte mit dem Kopf, als wollte sie den Worten Nachdruck verleihen. »Das Telefon. An das verdammte Telefon gehen.«

Chris schloss die Augen, versuchte das auftauchende Bild ihrer Tochter zu verdrängen, und rang nach Luft, die in ihre Brust drang wie Messerstiche, während sie den Hörer kurz abnahm und sofort wieder auf die Gabel legte.

»Wieso haben Sie das gemacht?«, fragte das kleine Mädchen und riss seine grünen Augen noch weiter auf, sodass ihr restliches Gesicht dahinter verschwand.

»Er hatte sich verwählt.«

»Woher wissen Sie das?«

Chris lächelte und sagte nichts. Was sollte sie auch sagen?

»Dauert es noch lange?«, fragte die Mutter des Mädchens, ohne die Augen zu öffnen.

»Hoffentlich nicht.« Das Telefon nahm sein beharrliches Klingeln wieder auf. »Der Arzt hatte heute Morgen einen Notfall«, fuhr Chris lauter fort, um es zu übertönen. »Ein großer Hund, der angefahren worden ist. Dadurch haben sich alle Termine verschoben. Es tut mir Leid«, entschuldigte sie sich auch bei den beiden anderen Wartenden, einem älteren Mann, der einen zitternden Schäferhund an der Schulter trug wie ein Baby, und eine alte Frau mit weißen lockigen Haaren, die ihrer übergewichtigen Perserkatze leise etwas vorsang. Beide wirkten nicht übermäßig beunruhigt. Wahrscheinlich waren sie es gewöhnt zu warten. Dr. Marcus' Praxis florierte und war immer voll. Das war wahrscheinlich der Grund, warum der Tierarzt mit dem jungenhaften Gesicht sie trotz mangelnder Vorkenntnisse und Erfahrung eingestellt hatte.

Chris wusste, dass sie Glück gehabt hatte, den Job zu bekommen, und wollte ihn unbedingt behalten. Was hatte sie sich bloß eben gedacht? Wenn sie nicht vorsichtiger war, würde sie gefeuert werden. Sie musste später unbedingt Emily Hallendale anrufen und sich für ihre Unhöflichkeit entschuldigen. Sie durfte sich nicht so ablenken lassen. Sie konnte nicht jedes Mal zusammenzucken, wenn das Telefon klingelte, und sich auch nicht weigern, dranzugehen. Zögernd griff sie nach dem Hörer. Bitte lass es nicht so sein wie beim letzten Mal, betete sie wie jeden Morgen, bevor sie ihre kleine Souterrainwohnung verließ, um zur Arbeit zu gehen. Bitte lass Tony mich nicht finden. Bitte mach, dass er mich in Frieden lässt.

Doch er fand sie natürlich immer. Und sie wusste, dass er sie nie in Frieden lassen würde. Egal, wie oft sie umzog – viermal im letzten halben Jahr. Egal, wie oft sie ihre Telefonnummer wechselte – schon mindestens ein Dutzend Mal. Trotzdem fand er sie, folgte ihr, belästigte sie zu Hause und an ihrem Arbeitsplatz, bis sie nicht mehr schlafen, sich nicht mehr konzentrieren und selbst die einfachsten Tätigkeiten nicht mehr bewältigen konnte, sodass ihren glücklosen Arbeitgebern letztendlich keine andere Wahl blieb, als sie gehen zu lassen. »Es tut uns Leid«, erklärten sie, wenn die Grenzen ihres Verständnisses und ihrer Geduld erreicht waren. »Wir wissen, dass es nicht Ihre Schuld ist. Aber wir haben hier ein Geschäft zu führen.«

Zunächst hatte sie als Kellnerin in einem auf 50er-Jahre getrimmten Diner gearbeitet. Tony hatte es herausgefunden und angefangen, ihr zu dem Restaurant zu folgen. Während vieler ihrer Schichten saß er stumm an einem Tisch in der Ecke und sah sie mit diesem unheimlichen kleinen Lächeln an, mit einer grinsenden Fratze wie ein steinerner Wasserspeier, die ihr sagte, dass er später noch viel mit ihr vorhatte, bis sie kaum noch von einem Tisch zum anderen gehen konnte, ohne zu stolpern oder etwas zu verschütten.

Nach drei Monaten wurde sie entlassen.

(»Es tut uns Leid. Wir wissen, dass es nicht Ihre Schuld ist.«)

Barbara schlug vor, dass sie sich einen Job in einem Hochhaus mit Sicherheitsdienst besorgen sollte. Schließlich fand Chris sogar eine entsprechende Anstellung als Empfangssekretärin einer Werbeagentur im zwölften Stock eines vierzehnstöckigen Gebäudes mit 24-Stunden-Wachdienst, wurde jedoch nach vier Monaten entlassen, nachdem Tony die Agentur mit Anrufen terrorisiert hatte. (»... aber wir haben hier ein Geschäft zu führen.«)

Chris erwirkte eine einstweilige Verfügung gegen Tony, doch sie blieb wirkungslos. Genauso wie die zweite, die sie Tony unter die Nase hielt, als er sie eines Abends von der Arbeit nach Hause verfolgte. Einstweilige Verfügungen waren das Papier nicht wert, auf dem sie geschrieben waren, hatte er ihr erklärt. Kugeln waren mächtiger als Papier, Fäuste nachdrücklicher als Gerichtsurteile. Wenn die einstweiligen Verfügungen überhaupt etwas bewirkten, dann nur, dass Tony noch wütender wurde, noch entschlossener, ihr das Leben zur Hölle zu machen.

»Vielleicht musst du ihn erschießen«, hatte Vicki schlicht erklärt, und Chris hatte in ihrem Gesicht vergeblich nach einem Anzeichen dafür gesucht, dass es ein Witz war. »Mach dir keine Sorgen«, versicherte sie ihr. »Ich werde dich verteidigen. Du musst keinen Tag lang ins Gefängnis. Das verspreche ich dir.«

Ist das die Lösung?, dachte Chris und fragte sich, ob sie es könnte. Er hat mir alles genommen: meine Kinder, mein Zuhause, meinen Seelenfrieden. Aber das reichte ihm immer noch nicht. *Ich werde auf deinem Grab tanzen,* hatte er ihr einmal erklärt. *Ich werde auf deinem Grab tanzen,* sagte das Telefon jetzt.

»Wollen Sie nicht ans Telefon gehen?«, fragte das kleine Mädchen.

»Ans Telefon gehen«, wiederholte Lydia laut. »Ans Telefon gehen. An das verdammte Telefon gehen.«

»Himmel Herrgott, Chris, was ist denn hier los?« Dr. Marcus stand plötzlich hinter ihr. Er nahm den Hörer von der Gabel und atmete tief ein. »Tierklinik Mariemont«, schnurrte er.

»Gott sei Dank«, hörte Chris eine Frau rufen. »Ich versuche es schon seit einer halben Stunde, und die Leitung wird immer wieder unterbrochen.«

»Wir hatten Probleme mit der Telefonanlage«, sagte Dr. Marcus rasch und warf Chris aus seinen kleinen Knopfaugen einen fragenden Blick zu. »Was kann ich für Sie tun?«

Chris ließ sich auf ihren Stuhl fallen, sah leeren Blickes zum Fenster, lauschte der beruhigenden Stimme des Arztes, der ihr den Bleistift aus der Hand nahm und den Namen der Frau am Telefon in seinen Terminkalender schrieb. Wie lange würde es dauern, bis sie auch diesen Job verlor, dachte sie.

»Ja, Mrs. Newman, ich bin ganz Ihrer Meinung. Es klingt in der Tat beunruhigend. Wenn Sie mit Snuggles gegen vier Uhr vorbeikommen, werden wir versuchen, sie noch dazwischenzuschieben. Und nochmals Verzeihung wegen der Probleme mit der Telefonleitung.« Wieder sah Dr. Marcus Chris fragend an. »Stimmt irgendwas nicht?«, fragte er leise.

»Nein, Herr Doktor. Tut mir Leid. Kein Problem«, antwortete Chris.

»Das Telefon funktioniert ganz normal?«

Wie aufs Stichwort fing es wieder an zu klingeln.

»Ans Telefon gehen«, wies Lydia sie laut und deutlich an. »An das verdammte Telefon gehen.«

Chris spürte sämtliche Blicke auf sich, als sie den Hörer abnahm. »Mariemont Tierklinik«, sagte sie munter.

»Hallo, Nutte«, sagte die vertraute Stimme.

Chris wurde blass und ließ den Hörer auf den Schreibtisch fallen.

Dr. Marcus nahm ihn und hielt ihn an sein Ohr. »Hallo? Hier ist Dr. Marcus. Kann ich Ihnen helfen?« Nach einem kurzen Schweigen sagte er. »Selbstverständlich. Wir behandeln Hunde aller Art. Wann würden Sie gern vorbeikommen?« Der Doktor schlug ungeduldig die Seiten des großen Terminkalenders um. »Nächsten Dienstag um zehn ist sehr gut. Und Ihr Name bitte. Smith? Nun, den kann man sich gut merken.«

War es möglich, dass sie sich verhört hatte, fragte Chris sich. Spielte ihre Phantasie ihr böse Streiche? Hörte sie Dinge, die schlicht nicht existierten?

»Und der Name des Hundes?… Montana?«, wiederholte Dr. Marcus, während Chris der Atem stockte. »Interessanter Name. Glaube nicht, dass ich den schon mal gehört habe.« Er legte auf und starrte Chris an, die wieder nach Luft rang. »Kann ich Sie kurz sprechen? Entschuldigen Sie uns bitte einen Moment«, erklärte er den Wartenden. »Geht es Ihnen nicht gut?«, fragte er und führte Chris in eins der Behandlungszimmer. Einen Moment lang glaubte Chris, er würde sie mit dem Stethoskop um seinen Hals abhorchen.

Chris lehnte sich gegen den Untersuchungstisch in der Mitte des kleinen Raumes und sagte nichts. Was gab es auch zu sagen?

»Chris, was ist los? Ist Ihnen schlecht?«

Sie sah die Besorgnis in Dr. Marcus gold gefleckten braunen Augen und erkannte denselben Blick wieder, den sie in den Gesichtern der Männer gesehen hatte, die sie bei ihren anderen Jobs gefeuert hatten. In ein bis zwei Wochen würde die Besorgnis praktischeren Überlegungen weichen. »Es tut mir Leid. Ich wünschte, ich müsste das nicht tun«, konnte sie ihn bereits sagen hören, »aber ich muss hier eine Praxis führen.«

»Vielleicht sollten Sie sich den Rest des Tages freinehmen. Kathleen kann den Empfang übernehmen.« Er wies mit seinem kantigen Kinn auf eines der hinteren Zimmer, in denen sich die Assistentinnen um die Patienten kümmerten. »Gehen Sie nach Hause, schlafen Sie sich mal richtig aus, dann fühlen Sie sich morgen hoffentlich besser.«

Chris schüttelte den Kopf. Morgen früh würde alles noch schlimmer sein. Heute war erst der Anfang. Der erste Tag von Tonys sorgfältig durchdachter Terrorkampagne. Der erste Tag vom Rest ihres Lebens, dachte sie und hätte beinahe gelacht. Tony war teuflisch. Dieses Mal hatte er ihr beinahe drei Monate Zeit gelassen, drei Monate, um ein wenig lockerer zu werden, sich zu entspannen und sich in ihrer neuen Umgebung wohl zu fühlen. Zwei ganze Wochen länger als beim letzten Mal. Zwei Wochen, in denen sie langsam begonnen hatte, nicht vor ihrem eigenen Schatten zu erschrecken, sich wieder wie ein Mensch zu fühlen und so etwas wie Hoffnung auf ein normales Leben zu entwickeln.

Und dann hatte das Telefon genau in dem Moment zu klingeln angefangen, als sie heute Morgen um acht Uhr die Praxis betreten hatte. »Mariemont Tierklinik«, hatte sie munter gesagt. Die Sonne schien. Der Frühling stand vor der Tür. Es war die Zeit frischer Zuversicht und neuer Anfänge.

»Hallo, Nutte«, kam die niederschmetternde Antwort.

»Ich sollte morgen vielleicht lieber nicht kommen«, sagte Chris gepresst mit Tränen in den Augen. Sie mochte ihren Job, sie liebte Tiere. Sie hatte sogar überlegt, genug Geld zu sparen, um noch aufs College zu gehen und Vetrinärassistentin zu werden.

Wem will ich etwas vormachen, dachte sie bitter. Sie war fast vierzig. Es war zu spät, noch einmal aufs College zu gehen, zu spät, etwas anderes zu werden als das, was sie war, und das war nichts. Hatte Tony ihr das nicht jahrelang erklärt?

»Meinen Sie, Sie haben sich etwas eingefangen?« Dr. Marcus legte seine Hand auf ihre Stirn, um zu sehen, ob sie Fieber hatte.

»Ich bin nicht krank«, sagte sie, und Tränen kullerten über ihre Wangen. »Es tut mir Leid. Ich glaube, ich kann hier nicht mehr arbeiten.« Sie konnte es genauso gut selber sagen, dachte sie, und dem guten Doktor das Unbehagen und die Mühe ersparen. Im Grunde beschleunigte sie das Unvermeidliche nur.

»Was ist los, Chris? Kann ich Ihnen irgendwie helfen?«

»Danke, Dr. Marcus. Nein, Sie können nichts machen.« Niemand kann etwas machen. »Bitte, verstehen Sie. Es ist für alle besser, wenn ich gehe.«

Chris sah die Unentschlossenheit in der verwirrten Miene des Arztes. Sollte er sie trösten, herausfinden, was los war, oder sie einfach in Ruhe lassen und akzeptieren, dass sie ihm Probleme machen würde, die er nicht gebrauchen konnte, sie gehen lassen, bevor sie ihm weitere Unannehmlichkeiten bereitete?

»Wie Sie wollen«, sagte er nach einer längeren Pause.

Chris lächelte traurig. Es war besser so. Sie würde einen neuen Job finden und vielleicht ein oder zwei Monate für sich gewinnen, bevor Tony wieder auftauchte. Vielleicht sollte sie sogar darüber nachdenken, die Stadt zu verlassen und ein neues Leben anzufangen.

Ein Leben ohne ihre Kinder.

Ein Leben ohne ihre Freundinnen.

Nur dass sie gar keine Kinder hatte. Nicht mehr. Als sie beim letzten Mal versucht hatte, Rowdy in die Arme zu nehmen, hatte er sie getreten. Wyatt weigerte sich, mit ihr zu sprechen, und Montana hatte sie seit beinahe zwei Jahren nicht mehr gesehen.

Nein, sie hatte keine Kinder.

Und ihre Freundinnen waren mit ihrem eigenen Leben beschäftigt. Vickis Kanzlei boomte, sie wurde von Tag zu Tag berühmter; Susan hatte kürzlich mehrere Artikel in der *Cincinnati Post* veröffentlicht und war als Hauptrednerin für ein Symposium zum Thema Sex am Arbeitsplatz eingeladen worden; und Barbara schmiedete fleißig Pläne für ihre Hochzeit im Herbst.

Barbara, dachte Chris, und musste trotz ihrer Tränen lächeln. Sie wischte sich die Augen; die Erinnerung an die Berührung von Barbaras Lippen war trotz der verstrichenen Zeit immer noch gegenwärtig. War es möglich, dass Tony die ganze Zeit Recht gehabt hatte? Dass er mit seinem verdrehten und verkorksten Verstand auf eine Wahrheit gestoßen war, die ihr selbst nicht bewusst gewesen war?

Chris zuckte die Achseln. Welchen Unterschied machte es schon? Barbara litt ganz offensichtlich nicht unter ähnlicher Verwirrung. Sie wollte in einem halben Jahr einen wundervollen und aufmerksamen Mann heiraten. Welche Erweckung Chris in jener Nacht in Barbaras Schlafzimmer auch erlebt haben mochte, die Offenbarung blieb allein ihr vorbehalten. Der Kuss, den sie und Barbara getauscht hatten, war ebenso kurz wie unerwartet gewesen. Doch mehr als alles andere hatte dieser Kuss Chris' Schicksal besiegelt; danach gab es kein Zurück mehr.

Damit hatte sie alle überrascht, vor allem Tony, am meisten jedoch sich selbst. Anfangs hatten alle erwartet, dass sie zu Tony zurückkehren würde. Er hatte sich reuig gezeigt, Wagenladungen von Blumen geschickt, sich oft und ausführlich entschuldigt. Er versuchte, sie zu überzeugen, dass das Ganze nur ein Spiel gewesen sei. Er hatte gerade die Tür aufmachen wollen, als sie plötzlich verschwunden war. Auch sie müsse doch den komischen Aspekt der Geschichte sehen. Später würden sie bestimmt gemeinsam Tränen über diese Episode lachen. *Hey, weißt du, wie ich dich in deiner Supergirluniform in die eisige Kälte hinausgeworfen habe.*

Doch Chris lachte nicht, und sie kehrte auch nicht nach Hause zurück. »Du wirst deine Kinder nie wieder sehen«, drohte er ihr und machte diese Drohung auch wahr. Chris schauderte immer noch, wenn sie an Montanas Gesichtsausdruck zurückdachte, als jene sich angewidert von ihrer Mutter abgewandt hatte, die praktisch nackt im Schneetreiben stand und um Einlass bettelte, damit sie sich weiter misshandeln lassen konnte. Nie wieder wollte Chris diesen Ausdruck im Gesicht eines anderen Menschen sehen.

Sie war so müde, dachte sie jetzt, und kämpfte gegen den Drang an, sich auf dem stählernen Behandlungstisch zusammenzurollen und einfach einzuschlafen. Sie war müde, das Objekt von Verachtung und Spott, Mitleid und Sorge zu sein. Müde der beunruhigten Gesichter ihrer Freundinnen und ihrer eigenen Beteuerungen, dass alles in Ordnung war. Müde, von einer unscheinbaren kleinen Wohnung in die nächste zu ziehen, die Spielregeln und Handgriffe eines neuen Jobs zu lernen, den sie sowieso nicht behalten würde. Sie war müde, sich ständig umzusehen, müde, in Angst zu leben. Müde der Enttäuschungen und der Einsamkeit. Müde, müde zu sein.

Worauf wartete sie noch?

Die Antwort war so einfach.

»Verdammt«, flüsterte sie, als ihr die Lösung deutlich wurde.

»Dr. Marcus«, rief eine der anderen Assistentinnen, und erst jetzt bemerkte Chris, dass er immer noch neben ihr stand.

»Ich komme sofort.« Dr. Marcus zögerte, als hätte er Chris' Gedanken erraten.

»Gehen Sie ruhig«, erklärte Chris ihm. »Machen Sie sich wegen mir keine Sorgen. Alles in Ordnung.«

»Sind Sie sicher?«

»Vielen Dank für alles.«

Nachdem der Doktor gegangen war, stand Chris mehrere Sekunden absolut reglos in der Mitte des Raumes, bevor sie rasch die

Türen sämtlicher Wandschränke aufriss, bis sie die gesuchten Medikamente gefunden hatte. Sie vermutete, dass sich Beruhigungsmittel für Tiere nicht groß von denen für Menschen unterscheiden konnten. Wenn man eine ganze Packung davon schluckte, waren sie bestimmt genauso tödlich. Sie steckte erst eine, dann noch eine Schachtel Tabletten ein. Wozu der Geiz? Sie konnte ebenso gut auf Nummer sicher gehen. Vielleicht würde sie im nächsten Leben als Emily Hallendales kleiner Pudel wiedergeboren werden.

Chris kehrte an den Tresen zurück, um ihren Mantel und ihre Handtasche zu holen, und stellte überrascht fest, dass Emily Hallendale dort auf sie wartete.

»Ich möchte mich entschuldigen«, setzte sie an.

»Entschuldigen?«

»Für meine Unhöflichkeit und das, was ich gesagt habe.«

»Das ist wirklich nicht nötig.«

»Ich kann am nächsten Mittwoch nicht«, erklärte Emily Hallendale mit einfältigem Gesicht, während Charlies winziger weißer Kopf unter ihrem dicken schwarzen Nerzmantel hervorlugte. »Nach dem ganzen Theater, das ich gemacht habe, weil Sie die Termine durcheinander gebracht haben, ist mir auf dem Weg zum Auto wieder eingefallen, dass ich am Mittwoch eine Sitzung leiten soll.«

Chris lächelte. »Kathleen wird sich darum kümmern«, sagte sie und zog ihren braunen Stoffmantel über, während Kathleen sie am Empfang ablöste.

»Dr. Marcus hat gesagt, Sie haben gekündigt?«, fragte Kathleen, als ob sie es möglicherweise falsch verstanden hätte.

»Sie kündigen?«, wiederholte Emily Hallendale.

»Sie kündigen?«, kam das laute Echo der auf ihrem Käfig sitzenden Lydia.

»Doch hoffentlich nicht wegen irgendetwas, das ich gesagt habe!«, rief Emily sichtlich entsetzt und griff sich mit der Hand an die Brust. Sofort begann der weiße Pudel, die Finger abzulecken.

»Nein«, erwiderte Chris rasch. »Glauben Sie mir, Sie hatten nichts damit zu tun.«

»Was ist denn passiert?«, fragte Emily.

Das Telefon fing wieder an zu läuten. Nach dem ersten Klingeln nahm Kathleen ab. »Mariemont Tierklinik.«

Chris hielt den Atem an und spürte, wie sämtliches Blut aus ihrem Gesicht wich.

»Hallo? Hallo? Ist da jemand?« Kathleen zuckte die Achseln und legte den Hörer wieder auf die Gabel. »Vermutlich verwählt.«

Chris packte ihre Handtasche. »Ich muss los.«

Sie war schon halb auf der Straße, als sie eine Hand an ihrem Ellenbogen spürte. »Was willst du von mir? Du hast gewonnen! Ich gebe auf! Kannst du mich nicht einfach in Frieden lassen?« Sie fuhr herum, unsicher, was sie zuerst sehen würde – Tony oder seine zum Schlag erhobene Faust.

Stattdessen sah sie Emily Hallendale.

»Oh, Verzeihung. Ich dachte, Sie wären jemand anderes.«

»Derselbe Jemand, der Sie den ganzen Nachmittag angerufen hat?«

Chris sagte nichts, weil sie ihrer Stimme nicht traute.

»Die haben Sie auf dem Weg aus der Praxis verloren«, erklärte Emily ihr und zog eine Schachtel Beruhigungsmittel aus der Tasche ihres Nerzmantels.

Chris riss alarmiert die Augen auf.

»Ich glaube, Sie könnten eine Tasse Kaffee vertragen«, sagte Emily.

Chris entschied, dass sie einen Nervenzusammenbruch hatte, dass Emily Hallendale und ihr winziger weißer Pudel gar nicht existierten und sie deshalb dem Vorschlag dieser Erscheinung auch getrost folgen konnte.

»Wir gehen zu mir«, sagte Emily.

24

»Möchtest du eine Tasse Kaffee?«

»Nein danke.« Susan lächelte Vicki an, die aufrecht neben ihr saß. Ihr kanariengelber Hosenanzug biss sich mit den grell rosafarbenen Wänden und den weinroten Plastikstühlen des Krankenhauswarteraums. Die Augustsonne fiel durch die dünnen Jalousien und bildete auf dem weißen Linoleumfußboden ein Zebrastreifenmuster. Auf diversen im Raum verteilten kleinen Tischen lagen Stapel erstaunlich aktueller Zeitschriften. Künstliche kalte Luft blies aus verschiedenen Luftschlitzen in ihr Gesicht, und Susan fragte sich, wie ein Raum gleichzeitig zu heiß, zu kalt und zu stickig sein konnte. »Ich kann dir gar nicht sagen, wie viel es mir bedeutet, dass du hier bist. Ich weiß, wie beschäftigt du bist.«

»Heute war ein ruhiger Tag«, erwiderte Vicki.

Susan wusste, dass sie log und wahrscheinlich mehrere Termine abgesagt hatte, um hier zu sein.

»Wie geht es ihr?«, fragte Vicki.

»Nicht gut.«

»Was sagen die Ärzte?«

»Dass sie nichts mehr tun können und sie wahrscheinlich nicht einmal mehr eine Woche zu leben hat.« Susan blickte den langen Korridor hinunter zu dem Zimmer, in dem ihre Mutter unter der schlecht sitzenden blonden Perücke, die Susan ihr gekauft hatte, nachdem ihre Haare ausgefallen waren, kaum wiederzuerkennen, lag und schlief. All die Jahre, in denen Operationen, Chemotherapie und Bestrahlungen einander ablösten, hatte die arme Frau die Hälfte ihres Gewichtes verlieren lassen und ihr sämtliche Kraft geraubt, die sie gebraucht hätte, um gegen den unbarmherzigen Fortschritt des Krebses anzukämpfen.

Vicki nickte verständnisvoll und fasste Susans Hand. »Kann ich dir irgendwie helfen?«

»Du hilfst mir schon.«

»Soll ich irgendwen anrufen? Deinen Bruder und deine Schwester …?«

»Kenny fliegt heute Abend ein. Und ich versuche immer noch, mich aufzuraffen, Diane anzurufen.«

Susan sah ihren älteren Bruder und ihre jüngere Schwester vor sich, die Schildkröte und der Hase, wie ihre Mutter sie einmal scherzhaft genannt hatte. Kenny war groß, stämmig und phlegmatisch, wohingegen die hagere, drahtige Diane nicht länger als ein paar Minuten still sitzen konnte. Während sich Kenny langsam und methodisch durch die verschiedenen Stadien seines Lebens bewegte, schien Diane ob all ihrer überschüssigen Energie ständig im Kreis zu laufen. Immer auf der Flucht, dachte Susan jetzt und erinnerte sich daran, wie ihre Schwester vor ihr weggelaufen war, als sie, die Beine voller Egel, aus dem Wasser gekommen war. Und daran hatte sich in den folgenden Jahrzehnten wenig geändert. Ihre Schwester floh immer noch vor der leisesten Andeutung irgendwelcher Unannehmlichkeiten.

»Als ich das letzte Mal mit Diane gesprochen habe, hat sie gesagt, dass sie Mom liebend gern besuchen würde«, erklärte Susan Vicki, »dass es jedoch im Augenblick für sie ein ganz schlechter Zeitpunkt wäre. Ich glaube, der Mond oder irgendwas stand im falschen Planeten.«

»Ich könnte doch versuchen, sie jetzt zu erreichen«, bot Vicki an.

Susan kritzelte die Nummer ihrer Schwester in Los Angeles auf ein Stück Papier, das sie in ihrer Handtasche fand, und gab es Vicki, die damit zu dem Münztelefon am anderen Ende des Flures ging. Die Ärmste, dachte Susan, sie hat ja keine Ahnung, was ihr bevorsteht.

Diane gehörte zu den Menschen, die glaubten, der Tod sei ansteckend. Als ihr Mann vor fünf Jahren an einem plötzlichen Herzinfarkt im Schlaf gestorben war, hatte Diane nicht nur die Laken, sondern das ganze Bett rausgeschmissen, unverzüglich ihr Haus in Westwood zum Verkauf angeboten und war in ein kleines Holzhaus in den Hügeln von Hollywood gezogen. Kinder gab es keine, weil sie stets davon überzeugt gewesen war, im Kindbett zu sterben; dementsprechend weigerte sie sich auch zu fliegen, weil sie absolut sicher war, dass das Flugzeug abstürzen würde. Sie fuhr sogar äußerst ungern über Brücken.

»Ich glaube, die Ärzte gehen nicht davon aus, dass sie noch so lange lebt«, hörte Susan Vicki leise in den Hörer sagen. »Nein, das verstehe ich. Es ist nur …«

Susan atmete tief ein und zwang sich aufzustehen. Ihre braune Baumwollhose klebte an dem Plastiksitz ihres Stuhles und machte beim Ablösen ein obszön saugendes Geräusch. »Ich rede wohl besser selber mit ihr«, flüsterte sie Vicki zu. Vicki mochte ein Genie im Umgang mit gerissenen Verbrechern und cleveren Staatsanwälten sein, doch mit jemandem wie Diane hatte sie wahrscheinlich noch nie zu tun gehabt.

»Du weißt, wie gerne ich dort wäre«, jammerte Diane los, sobald Susan den Hörer übernommen und sie begrüßt hatte. »Es ist nur so, dass es im Moment ein echt schlechter Zeitpunkt für mich ist.«

Susan schluckte ihren Ärger herunter und sagte schlicht: »Viel Zeit bleibt nicht mehr.«

»Findest du nicht, dass du einen Tick melodramatisch bist?«

Susan hatte das Wort Tick schon immer gehasst und musste sich auf die Zunge beißen, um nicht laut loszuschreien.

»Ihr Zustand ist seit Monaten unverändert«, beharrte Diane.

Susan hörte, wie ihre Schwester an ihrer unvermeidlichen Zigarette zog. »Diesmal ist es anders.«

»Wie kannst du dir da so sicher sein?«

»Weil ich jeden Tag hier bin.«

»Und ich nicht, ist es das? Geht es im Grunde darum?«

»Es geht um deine Mutter«, sagte Susan langsam und stellte sich die Asche an Dianes Zigarette vor, die lang und länger wurde, bis sie abbrach und sich wie Staub in der Luft verteilte. »Und die stirbt.«

»Sie wird sich schon wieder erholen.«

»Sie wird sich nicht mehr erholen.«

»Du bist bloß stur.«

»Und du bist begriffsstutzig.«

»Leg auf«, riet die neben Susan stehende Vicki ungeduldig. »Das ist doch reine Energieverschwendung.«

»Wer war das?«, wollte Diane wissen. »Hat sie gerade gesagt, du sollst auflegen?«

»Diane, ich muss Schluss machen.«

»Also, ich will sehen, was sich machen lässt«, sagte Diane unwillig und atmete eine große Rauchwolke in Susans Ohr.

»Das wäre super«, sagte Susan und legte auf.

»Ein wirklich charmantes Mädchen«, meinte Vicki.

Susan lachte und dachte an ihre ältere Tochter. »Eins gibt es vermutlich in jeder Familie.«

»Macht Ariel dir das Leben immer noch schwer?«, fragte Vicki, als könnte sie in Susans Gedanken lesen.

Susan zuckte die Achseln und ließ sich wieder auf einen Stuhl in dem Warteraum sinken. »Ich weiß nicht, wie meine Mutter das geschafft hat. Sie war immer so ruhig, so gerecht. Ich kann mich nicht daran erinnern, dass sie einmal wütend oder laut geworden ist.« Susan schüttelte verwundert den Kopf. »Ich strenge mich so an, so zu sein wie sie.«

»Sei einfach du selbst.«

»Ich brülle immer nur rum. Ich kann mich nicht daran erinnern, dass meine Mutter mich je so angebrüllt hätte wie ich Ariel.«

»Das liegt daran, dass du nicht deine Mutter bist und Ariel nicht du. Es ist eine vollkommen andere Dynamik. Glaub mir, ich wette, deine Mutter hat Diane oft genug angebrüllt.«

»Meinst du?«

»Du bist eine tolle Mutter, Susan. Hör auf, so streng gegen dich selbst zu sein.«

»Ariel hasst mich.«

»Natürlich hasst sie dich. Das ist ihr Job.«

Susan lächelte dankbar und lehnte sich an Vicki, die ihren Arm um sie legte. »Ich bin so froh, dass du hier bist.«

»Ich auch.« Vicki küsste Susan auf den Kopf.

Gemeinsam wiegten die beiden Frauen sanft hin und her, und nur das Geräusch ihres Atems erfüllte den Raum. Nach und nach nahm Susan auch andere Stimmen und Menschen wahr – ein Pärchen, das flüsternd in der gegenüberliegenden Ecke saß, ein Mann, der durch eine Bademoden-Sonderausgabe von *Sports Illustrated* blätterte, eine Frau, die versuchte, ein Buch zu lesen, obwohl ihre Augen von einem stetigen Tränenstrom verschleiert waren. »Ich weiß nicht, ob ich das schaffe.«

»Du wirst es schon schaffen.«

»Ich bin noch nicht bereit, sie gehen zu lassen.«

»Ich glaube nicht, dass Kinder je bereit sind, ihre Eltern gehen zu lassen«, stimmte Vicki ihr zu, und in ihrer Stimme lag eine Traurigkeit, die Susan von ihr gar nicht kannte. »Ich könnte jetzt wirklich eine Tasse Kaffee gebrauchen. Was ist mit dir?«

»Okay«, willigte Susan ein. »Viel Milch, kein Zucker.«

»Ich bin gleich wieder da.«

»Ich gehe zu meiner Mutter rein.«

Susan blickte Vicki nach, bis sie verschwunden war, stemmte sich aus ihrem Stuhl hoch und ging den stillen Flur hinunter. Ihr Verstand hatte den stetigen Geräuschpegel eines Krankenhauses längst ausgeblendet – das Klingeln und das Klappern der Wagen, die durch die Gänge geschoben wurden, Ankündigungen über Lautsprecher und stöhnende Patienten hinter halb geschlossenen Türen –, so wie das Pfeifen eines Zuges ungehört in der Ferne verhallte.

Vor der Tür des Zweibettzimmers ihrer Mutter zögerte sie aus

Furcht, was sie dahinter erwartete. Dann ging sie langsam hinein. »Hallo, Mrs. Unger«, sagte sie zu der weißhaarigen Frau mit dem netten Gesicht, die in dem anderen Bett lag. Die Frau lächelte, obwohl ihre Augen starr glänzten wie die eines Menschen, der nicht wusste, wer er war. »Hi, Mom.« Susan setzte sich auf einen der beiden Stühle neben dem Bett ihrer Mutter, doch sie brauchte noch einen Moment, bevor sie es schaffte, sie auch anzusehen. Sie fürchtete den Anblick ihrer mattgrauen Gesichtsfarbe, der Haut, die so straff gespannt war, dass sie zu zerreißen drohte, der Augen voller Verwirrung und Schmerz. Doch die Augen ihrer Mutter waren geschlossen, und ihre Miene wirkte entspannt. Susan stockte der Atem, als sie vergeblich versuchte, ihren Atem zu hören.

Erst als sie ihre Mutter unter den Laken zucken sah, wusste sie, dass sie noch lebte. Susan schob ihre Hand unter die Decke und legte sie auf die bebenden Finger ihrer Mutter, obwohl sie selbst zitterte. Sie küsste die knochentrockene Stirn ihrer Mutter und verrutschte dabei die Perücke, sodass sie ihr wie eine schräg aufgesetzte Baskenmütze auf dem Kopf saß. Susan erinnerte sich an das natürliche Haar ihrer Mutter, bei dem jede Strähne von einer Wäsche zur nächsten auch ohne Aufbürsten in Form geblieben war. Die Haare ihrer Mutter waren eines der Wunder ihrer Kindheit gewesen, und nun versuchte sie, die Perücke zurechtzurücken, ohne ihre Mutter zu stören. Sie ließ sich in den Stuhl zurücksinken und suchte eine bequeme Sitzhaltung. »Kenny kommt heute Abend aus New York. Und mit Diane habe ich auch gesprochen. Sie kommt, sobald sie kann. Das heißt, du wirst besser schnell wieder munter.« Susan schluckte ihre Tränen herunter. »Du weißt ja, wie Diane mit Kranken ist.«

»Diane kommt?«, fragte ihre Mutter, ohne die Augen zu öffnen und die Lippen zu bewegen.

War es möglich, dass Susan sich ihre Frage nur eingebildet hatte? »Ja, Mom, sie versucht gerade, alles zu organisieren.«

»Dann muss ich wirklich sehr krank sein«, sagte ihre Mutter, und ihre Lippen verzogen sich zu einem zuckenden Lächeln.

»Nein, es geht dir vielmehr sehr gut. Die Ärzte haben zweifelsfrei eine Verbesserung festgestellt.«

»Susan.« Ihre Mutter schlug die Augen auf, sagte jedoch nichts weiter, als hätte das Aussprechen des Namens ihrer Tochter sie schon vollkommen ausgelaugt.

»Ich will nichts Negatives hören. Du weißt doch, dass sie immer betonen, wie wichtig positives Denken ist.«

»*Sie* leiden ja auch nicht ununterbrochen Schmerzen«, flüsterte ihre Mutter langsam.

»Hast du jetzt Schmerzen, Mom? Soll ich etwas besorgen?«

Ihre Mutter nickte matt. Sofort klingelte Susan nach der Schwester.

»Wir besorgen dir was, Mom.«

Etliche lange Minuten später tauchte eine Schwester in der Tür auf. Sie war groß und eckig und trug eine kleine randlose Brille auf einer langen, patrizischen Nase.

»Meine Mutter hat Schmerzen«, sagte Susan, bemüht, jeden scharfen Unterton zu vermeiden. Warum hatte die dumme Schnepfe so lange gebraucht? »Sie braucht ein Schmerzmittel.«

»Ich frage beim Doktor nach«, sagte die Schwester und war schon wieder verschwunden, bevor Susan die Chance hatte, noch etwas zu sagen.

»Möchtest du einen Schluck Wasser, Mom?« Susan hatte das Gefühl, im Umgang mit ihrer kranken Mutter ebenso hilflos zu sein wie mit ihrer älteren Tochter. Mütter und Töchter, dachte sie. Gibt es eine Beziehung, die noch komplizierter, noch stärker von Sorgen geprägt ist?

Susan goss Wasser aus dem Krug auf dem Nachttisch in ein Glas und führte es an die rissigen Lippen ihrer Mutter. Sie beobachtete, wie ihre Mutter die klare Flüssigkeit ergeben schluckte, obwohl sie bezweifelte, dass irgendetwas davon in ihrer Kehle ankam. »Ich liebe dich, Mom.«

»Ich liebe dich auch, mein Schatz.«

»Es gibt so viel, was ich dir sagen will.«

»Du hast ein gebanntes Publikum.« Ihre Mutter versuchte zu lächeln, verzog jedoch stattdessen vor Schmerzen das Gesicht.

Susan blinzelte gegen ihre Tränen an und hielt ihr bebendes Kinn fest. Konnte sie all das, was sie im Herzen hatte und was gesagt werden musste, wirklich aussprechen, ohne zusammenzubrechen? »Ich wollte mich bloß bedanken«, begann sie langsam. »Für alles, was du für mich getan hast. Dafür, dass du mir mit den Kindern geholfen hast und immer für mich da bist, wenn ich dich brauche. Dafür, dass du mich liebst und dein ganzes Leben lang so gut auf mich aufgepasst hast.«

Tränen kullerten über die Wangen ihrer Mutter.

Sie begreift, dass ich mich von ihr verabschiede, erkannte Susan. »Ich möchte, dass du weißt, dass es eine große Freude und Ehre war, dich zu kennen«, fuhr sie fort, ohne ihre Tränen weiter zu verbergen. »Du bist die beste Mutter, die ein Mädchen sich wünschen kann. Und ich liebe dich so sehr.«

»Es war mir ein Vergnügen, Liebes«, sagte ihre Mutter und versuchte zu lächeln. Stattdessen entwich ihr ein leiser Schmerzensschrei.

Susan war sofort aufgesprungen.

»Wo tut es weh, Mom?«

»Überall.«

Susan blickte hektisch zur Tür. »Die Schwester sollte jeden Moment mit dem Schmerzmittel hier sein.« Wo blieb die verdammte Frau? Warum brauchte sie so lang? Wenn sie nicht bald zurückkam, wenn sie nicht *in dieser Sekunde* zurückkam, würde Susan einen wütenden Brief an die Krankenhausleitung schreiben. Nein, noch besser: Sie würde einen Artikel für die *Cincinnati Post* darüber schreiben und dafür sorgen, dass das Thema angemessene Beachtung fand, selbst wenn sie dafür das Krankenhaus verklagen musste. Patienten sollten nicht unnötig leiden. Ihre Mutter sollte ihre letzten Tage nicht unter quälenden Schmerzen verbringen.

Wie aufs Stichwort ging die Tür auf. »Gott sei Dank«, sagte Susan. Aber es war nicht die Schwester, sondern nur ein Pfleger mit dem Essenswagen. Er war ein kleiner schwarzer Mann, dessen kahler Kopf glänzte wie eine Bowlingkugel. »Abendessen«, verkündete er.

Susan sah auf die Uhr. Es war gerade erst vier Uhr Nachmittag.

»Das Frühaufsteher-Spezialmenü«, sagte der Pfleger, als er Susans fragenden Blick sah, und hob die Deckel von den Tellern. »Mal sehen, was die Damen bestellt haben. Roastbeef in leckerer brauner Sauce für Mrs. Unger und Hühnchen in leckerer brauner Sauce für Mrs. Hill. Gute Wahl, meine Damen«, bemerkte er und stellte das Essen auf den Tabletts ab. »Nicht zu vergessen den Wackelpudding mit Limonengeschmack für Mrs. Unger und den Wackelpudding mit Kirschgeschmack für Mrs. Hill. Ich persönlich empfehle Kirsch. *Bon appétit.*« Mit einem fröhlichen Winken verschwand er durch die Tür.

Susan starrte das wenig appetitanregende Menü eine Weile an. »Also, das sieht ja… grauenhaft aus«, sagte sie, unfähig zu lügen. Nur weil der Krebs auch zum Gehirn ihrer Mutter vorgedrungen war, war sie doch noch keine Idiotin. »Was meinst du, Mom? Meinst du, du könntest ein bisschen Kirschwackelpudding vertragen?«

Ihre Mutter antwortete mit einem spitzen Schmerzensschrei.

»Okay, das reicht jetzt. Wo ist die verdammte Schwester?« Susan blickte wütend zur Tür, während das Stöhnen und Klagen ihrer Mutter das Zimmer erfüllte. »Versuche durchzuhalten, Mom. Ich bin sofort zurück.« Sie stürzte aus dem Zimmer. »Ich bin sofort zurück.«

Susan rannte den Flur hinunter bis zu dem Tresen vor dem Schwesternzimmer. Niemand sah sich genötigt aufzublicken. »Verzeihung«, sagte Susan und schlug mit der Hand laut auf den Tresen, was ihr die Aufmerksamkeit aller sicherte. »Vor zehn Minuten habe ich eine Schwester nach einem Medikament gefragt. Meine Mutter leidet starke Schmerzen.«

»Können Sie vielleicht etwas leiser sprechen?«, sagte eine der Schwestern, die hinter einem Computer saß.

»Können Sie vielleicht Ihren Arsch hochkriegen und etwas gegen die Schmerzen meiner Mutter besorgen?«, schoss Susan zurück.

Die Älteste der Schwestern stand auf und kam langsam und betulich auf Susan zu. »Okay, würden Sie sich jetzt bitte beruhigen? Wir wollen doch die anderen Patienten nicht erschrecken.«

»Die anderen Patienten sind *uns* scheißegal«, erklärte Susan ihr. »*Wir* wollen nur ein wenig Morphium für meine Mutter.«

»Bitte nicht so laut«, ermahnte die Schwester sie. »Ihre Mutter ist ...?«

»Roslyn Hill. In Zimmer 407.«

Die Schwester warf einen Blick auf das Krankenblatt. »Mrs. Hill hat heute Nachmittag um zwei Uhr eine Morphiumspritze bekommen. Die Nächste ist erst um sechs Uhr fällig.«

»Sie hat aber jetzt Schmerzen.«

»Das tut mir Leid.« Die Schwester legte das Krankenblatt wieder auf den Tisch.

»Das ist alles? Es tut Ihnen Leid?«

»Ich kann leider nichts machen.«

»Ich möchte Dr. Wertman sprechen.«

»Dr. Wertman ist im Augenblick nicht hier.«

»Dann möchte ich einen anderen Arzt sprechen. Irgendeinen Arzt.«

»Ich habe bereits mit Dr. Zarb gesprochen«, meldete sich jetzt die Schwester mit den scharfen Gesichtszügen, die auf Susans Klingeln ins Zimmer gekommen war. Sie sieht erschöpft aus, dachte Susan, weigerte sich jedoch, Mitleid zu empfinden. »Er sagt, er würde lieber noch mindestens eine Stunde warten.«

»Ach wirklich? Würde er wohl auch lieber noch eine Stunde warten, wenn er derjenige wäre, der Krebs hat?«

»Bitte. Mrs. Hill ...«

»Mrs. Norman. Meine *Mutter* ist Mrs. Hill. *Sie* ist die Patientin, und *sie* hat Krebs, der sich von ihrer Brust über die Lymphknoten, in die Lunge und ins Rückenmark bis ins Hirn ausgebreitet hat. Und Sie sitzen hier nur rum und tun gar nichts.« Susan starrte hilflos den langen Flur hinunter, der hinter ihren Tränen verschwamm, und hörte das Echo ihrer Stimme verhallen. »Ich verstehe Sie nicht. Meine Mutter stirbt. Was spricht dagegen, ihr weitere Schmerzmittel zu geben? Haben Sie Angst, dass sie süchtig wird? Ist es das? Haben Sie Angst, dass sie drogensüchtig stirbt?«

»Susan?« Wie aus dem Nichts war Vicki neben ihr aufgetaucht. »Susan, was ist los? Ist irgendetwas passiert?«

»Meine Mutter hat furchtbare Schmerzen, und niemand will ihr helfen.«

»Ich versuche, Dr. Wertman zu erreichen«, bot eine dritte Schwester an.

»Bitte, versuchen Sie, sich zu beruhigen, Mrs. Norman. Mit Ihrem hysterischen Auftritt helfen Sie Ihrer Mutter auch nicht weiter.«

»Lecken Sie mich doch am Arsch!« Unkontrolliert mit den Armen rudernd, drehte Susan sich um und schlug Vicki dabei die beiden Plastikbecher mit heißem Kaffee aus der Hand.

Vicki lief ihr nach. »Susan …«

»Bitte erklär mir nicht, dass ich mich beruhigen soll.«

»Ich will gar nicht, dass du dich beruhigst. Ich will nur, dass du auf mich wartest.«

Susan blieb stehen und atmete tief ein. »Tut mir Leid.«

»Was?«

»Dass ich dich mit Kaffee bekleckert habe.«

»Das meiste ist auf dem Boden gelandet.«

»Meinst du, sie rufen den Sicherheitsdienst?«

»Das sollen sie mal versuchen«, sagte Vicki, als sie vor der Tür von Zimmer 407 standen und gemeinsam eintraten.

Susans Mutter lag im Bett, Nacken und Rückgrat vor Schmerz gewölbt, die Augen fest zugekniffen, die knochigen Hände in die Laken geklammert.

»Oh Gott, sieh sie dir an«, flüsterte Susan, die Hand vor dem

Mund. »Sie hat solche Schmerzen.« Sie ließ sich auf den Stuhl neben dem Bett fallen und weinte leise.

Ihre Mutter öffnete die Augen, nahm all ihre Kraft zusammen und hob den Kopf von dem Kissen. »Was ist denn los, Kleines?«, fragte sie Susan. Und dann wurde ihr Körper von einem weiteren Krampf geschüttelt, und sie stieß einen lauten durchdringenden Schrei aus, der die Schwestern herbeieilen und einen jungen Arzt hektisch nach einer Ampulle greifen ließ. Nachdem er ihrer Mutter eine Morphiumspritze gegeben hatte, sah Susan dankbar zu, wie sich der verkrampfte Körper ihrer Mutter langsam entspannte und die tiefen Falten in ihrem Gesicht sich glätteten wie ein zerknülltes Stück Papier, das sich in der offenen Hand wieder entfaltet.

»Vielleicht sollten Sie nach Hause gehen und sich ein wenig ausruhen«, riet der junge Arzt ihr.

Susan schüttelte den Kopf und klammerte sich fest an Vickis Hand.

»Susan?«

»Ja, Mom?«

Doch ihre Mutter war bereits eingedöst. Susan beugte sich vor, rückte die Perücke zurecht und zog das Laken unter ihr Kinn. Dann ließ sie sich in den Stuhl zurücksinken und sah zu, Vickis Hand auf ihrer Schulter, wie ihre Mutter atmete. »Ich bin hier, Mom«, flüsterte sie. »Ich bin hier.«

25

Susans Mutter starb vier Tage später.

Sowohl Susan als auch ihr Bruder wollten sie so bald wie möglich beerdigen, mussten die Bestattung jedoch um eine Woche verschieben, um ihrer Schwester Zeit zu lassen, mit dem Zug aus Kalifornien anzureisen. »Es war schrecklich«, berichtete Diane jedem, der zufällig zuhörte. »Ich habe drei Tage lang nicht geschlafen. Mir ist immer noch übel. Und der Gedanke an die Rückfahrt…«

So klagte sie, seit Susan sie am Bahnhof abgeholt hatte. Sie weigerte sich, das Bestattungsinstitut zu besuchen, Aufbahrungen seien barbarisch und unsensibel, befand sie. Außerdem war sie zu gerädert, erklärte sie und zog sich in Susans Gästezimmer zurück. Das Bett war natürlich zu klein, die Matratze zu weich und die Musik aus Ariels Zimmer zu laut. »Ich weiß schon, warum ich keine Kinder habe«, sagte Diane mehr als einmal, fand jedoch nichts dabei, sich von Whitney Getränke, Sandwiches und Zeitschriften bringen zu lassen. Und anstatt sich zu bedanken, meinte sie: »Mein Gott, die Zeitschriften sind ja uralt.«

Bei der Beerdigung ging es so weiter. Diane trug von Kopf bis Fuß schwarz, trotz des heißen Augusttages blickdichte dunkle Strümpfe und einen weichen, mit Federn besetzten Hut, dessen durchsichtiger Schleier ihr Gesicht vollkommen bedeckte.

»Wo hat deine Schwester denn den aufgetrieben?«, fragte Barbara Susan in der Kapelle.

»Ich glaube, sie lebt schon zu lange in Hollywood«, meinte Chris.

»Bist du sicher, dass sie keine arabische Terroristin ist?«, fragte Vicki.

Irgendwie ging es bei der ganzen Beerdigung nur um Diane. Während Susan und Kenny mit anderen Trauernden Erinnerungen an ihre Mutter austauschten und sogar Ariel einigermaßen manierlich aussah und ihrer heiß geliebten Großmutter leise und rührend Tribut zollte, handelten Dianes Nachrufe nur von ihr selbst, ihren diversen Triumphen über die Widrigkeiten des Lebens, unter denen der Tod ihrer Mutter nur das Letzte einer langen Reihe von Kreuzen war, die sie zu tragen hatte. »Möchtest du eine Kopie von meiner Rede?«, fragte sie Susan nach dem Gottesdienst und noch einmal auf dem Friedhof.

»Möchtest du eine Kopie von meiner Rede?«, hörte Susan sie später Kennys Frau Marilyn fragen. Susan hatte alle Trauergäste zu Kaffee und Kuchen zu sich nach Hause eingeladen und war nun damit beschäftigt, sich um die Versorgung der Gäste zu kümmern. Diane hielt derweil in der Mitte des Wohnzimmers Hof. »Die Zugfahrt war die reine Hölle«, hörte Susan sie deklamieren. »Das ewige Anhalten und wieder Abfahren und das verdammte Gepfeife. Ich glaube, dass ich in den drei Nächten zusammengenommen nicht mehr als zwei Stunden geschlafen habe.«

»Sie ist so egozentrisch«, bemerkte Barbara.

»Sie hat Probleme, ihre Trauer zu bewältigen«, räumte Chris ein.

»Sie ist eine dumme Fotze«, sagte Vicki.

»Psst«, quiekten Chris und Barbara beinahe unisono. »Lass Susan das bloß nicht hören.«

»Zu spät«, sagte Susan, die in diesem Moment in die Küche kam und unaussprechlich dankbar war, ihre drei besten Freundinnen vor dem mit Essen beladenen Tresen versammelt zu sehen. Seit dem Tod ihrer Mutter waren Chris, Barbara und Vicki jeden Tag vorbeigekommen, hatten ihr Gesellschaft geleistet, ihre Hand gehalten, zugehört, wenn sie reden wollte, und still neben ihr gesessen, wenn sie schweigen wollte. Sie hatten mit ihr geweint und sie zum Lachen gebracht, einen Partyservice bestellt, Kaffee gekocht und das Haus für den Empfang vorbereitet. Diane hatte natürlich gar nichts getan. Sie war zu aufgewühlt. Ihr war übel. Sie war nutzlos, entschied Susan. »Vicki hat Recht«, sagte sie jetzt. »Sie ist eine dumme Fotze.«

Wieder quiekte Chris in einer seltsamen Mischung aus Empörung und Bewunderung auf. »Wisst ihr, dass ich das Wort noch nie laut gesagt habe«, gestand sie kichernd.

»Hör doch auf«, sagte Vicki. »Dann sag es jetzt.«

»Ich kann nicht.«

Vicki sah sie erstaunt an. »Nach allem, was du mit deinem miesen Drecksschwein und beschissenen Oberwichser von einem Ehemann durchgemacht hast, schämst du dich, das Wort *Fotze* zu sagen?«

Chris verbarg ihr Gesicht in den Händen. »Ich kann nicht glauben, dass du das gerade gesagt hast.«

»Was? *Drecksschwein, Oberwichser* oder *Fotze*?«

»Hör auf!«

»Guck dich mal an«, sagte Vicki lachend. »Du wirst ja rot wie ein kleines Mädchen. Los, sag es.«

»Ich kann nicht.«

»Ich habe es auch noch nie gesagt«, gestand Barbara einfältig.

»Ihr habt noch nie *Fotze* gesagt? Das glaube ich einfach nicht. Los, sagt es. Ihr werdet sehen, es ist sehr befreiend. Sagt es zusammen, wenn ihr es nicht alleine könnt.«

»Susan, wo bist du?« Der Klang von Dianes Stimme aus dem Nebenzimmer attackierte Susans Ohr.

»Sagt es«, forderte Susan ihre Freundinnen auf. »Traut euch.«

»Macht ihr ja doch nicht«, provozierte Vicki sie.

Chris und Barbara fassten sich an den Händen, als wollten sie gemeinsam von einer hohen Klippe springen. »Fotze!«, riefen sie im Chor, als die Küchentür aufging und eine verdutzte Ariel auf der Schwelle stand.

»Verzeihung?« Sie trug eine weiße Bluse und einen karierten Rock und sah, von der stacheligen Mähne aus lila und rosa Haaren einmal abgesehen, fast so aus wie ein normaler Teenager, der aus dem Internat nach Hause kommt und Milch und Kekse möchte.

Die vier Frauen brachen in hilfloses Gelächter aus.

»Mom? Alles in Ordnung, Mom?«

Susan konnte sich nicht erinnern, wann sie Ariel zum letzten Mal so besorgt um ihr Wohlergehen gesehen hatte, und musste noch heftiger lachen. »Mir geht es gut, Schatz. Brauchst du irgendwas?«

»Diane möchte noch eine Tasse Kaffee«, antwortete Ariel und trottete zu der Kaffeemaschine.

»Ich fand deine Rede wundervoll«, sagte Chris mit unnormal hoher und schriller Stimme, als versuchte sie nach Kräften, einen Lachkrampf zu unterdrücken.

Ariel musterte die Frauen argwöhnisch, als hätte sie Angst, sie könnten jeden Moment auf sie losgehen. »Danke«, sagte sie unsicher.

»Wir haben nicht über dich geredet«, sagte Vicki in dem Bemühen, sie zu beruhigen, worauf sich die Frauen erneut vor Lachen bogen.

»Was ist denn hier los?«, wollte eine andere Stimme wissen, die so schrill war, dass sie in den Ohren schmerzte.

Susans jüngere Schwester fegte in den Raum wie ein geistesverwirrter Imker, der den Verlust seines Bienenstocks betrauert. Sie hatte ihre Schleier zurückgeschlagen und ihr schmales, von glattem, blondem Haar gerahmtes Antlitz entblößt. Flammend rote Lippen leuchteten in einem ansonsten aschfahlen Gesicht, und dunkle Augen funkelten empört, sodass Susan das Lachen im Hals stecken blieb.

»Also wirklich, Susan, wir haben eben unsere Mutter beerdigt. Wie kannst du nur so respektlos sein? Wir haben dich ja noch im Nebenzimmer lachen hören.«

Der Tadel traf Susan wie eine schallende Ohrfeige.

»Respekt ist etwas, was man den Lebenden erweist«, sagte Vicki.

»Manchmal hilft Lachen den Schmerz zu lindern«, fügte Chris hinzu.

»Ist Ihnen nicht schrecklich heiß in den Sachen?«, fragte Barbara.

»Arschloch«, murmelte Ariel.

»Was?«, stotterte Diane. »Was hast du gesagt?«

»Ich sagte: ›Wo sind die Tassen noch?‹« Ariel präsentierte eine Tasse und wies auf den frisch gekochten Kaffee. »Oder willst du lieber einen Becher?«

»Oh. Ein Becher wäre schön. Ich fühle mich ein wenig wackelig auf den Beinen. All die Leute, die unterhalten werden wollen.« Diane rückte ihren Hut zurecht. Der Schleier löste sich und fiel vor ihr Gesicht, sodass sie ihn ungeduldig wieder zurückschlug.

»Ich glaube nicht, dass irgendwer erwartet, unterhalten zu werden«, sagte Susan.

»Nun, man tut, was man kann. Außerdem werden hoffentlich bald alle gehen.« Diane warf Susans drei Freundinnen einen spitzen Blick zu. »Dann kann ich mich ausruhen.«

»Ja, Sie sehen ein wenig müde aus«, sagte Barbara.

»Wirklich?«

»Muss die schreckliche Zugfahrt gewesen sein«, meinte Chris.

Ariel trat mit einem Becher dampfend heißen Kaffee auf ihre Tante zu. »Hier. Schwarz, richtig?«

»Ja, richtig.« Diane nahm den Kaffee entgegen, ohne sich zu bedanken. »Nun, dann sollte ich wohl besser zurück zu den Gästen.« Sie bewegte sich nicht von der Stelle. »Ich brauche eine Zigarette.« Mit der freien Hand griff sie in die kleine Handtasche, die an ihrem Handgelenk baumelte.

Susan wollte protestieren, ließ es aber. Diane kannte Susans Ansichten über das Rauchen und wusste, dass Owen es nicht zuließ, dass im Haus geraucht wurde. Aber das war ihr offensichtlich egal. Was soll's, dachte Susan. In ein paar Tagen würde ihre Schwester wieder weg sein. Es lohnte sich nicht, eine Szene zu machen.

»Im Haus wird nicht geraucht«, ermahnte Ariel sie.

Susan lächelte ihre ältere Tochter an und unterdrückte den Impuls, ihr pink-lila Haar mit Küssen zu überdecken.

Diane wischte den Einwand ungeduldig beiseite, zog eine Zigarette aus der Packung und führte sie an ihre Lippen.

»Tut mir Leid«, sagte Susan. »Aber ich fürchte, du wirst draußen rauchen müssen.«

»Ich bin überrascht, dass Sie überhaupt rauchen«, sagte Chris.

»Eine hässliche Angewohnheit«, meinte Vicki.

»Außerdem bekommt man davon Falten«, sagte Barbara und wies auf ihr faltenloses Gesicht.

Diane blickte zur Decke, als hoffte sie auf göttliches Eingreifen. Als das ausblieb, warf sie die Zigarette in ihre Handtasche und ging zur Tür. »Gut, dann gehe ich vors Haus. Vielleicht könntest du dich dann mal um unsere Gäste kümmern.« Die Handtasche in der einen, den Becher Kaffee in der anderen Hand stieß sie mit der Hüfte die Tür zum Wohnzimmer auf.

Die vier Freundinnen blickten ihr nach und sahen sich dann an. »Fotze«, flüsterten sie im Chor.

»Das habe ich gehört«, sagte Ariel lachend. »Ihr seid mir wirklich großartige Vorbilder.«

»Danke, Schätzchen«, sagte Susan.

»Wofür?«

Dafür, dass du mir das Leben nicht schwer machst und dich benimmst wie ein Mensch. Dafür, dass du jung und gesund und meine Tochter bist. »Für die netten Sachen, die du bei der Beerdigung über Grandma gesagt hast.«

Ariel nickte und bewegte sich schwankend auf ihre Mutter zu, blieb jedoch stehen, als die Küchentür aufging und Tracey den Kopf hereinsteckte.

»Hier bist du«, sagte sie, eilte an die Seite ihrer Mutter und legte den Arm um ihre Hüfte, während Barbara sie auf die Stirn küsste. »Ich habe mich schon gefragt, wohin ihr alle verschwunden seid. Hi, Ariel.«

Ariel grunzte eine unverständliche Antwort.

Susans Blick zuckte besorgt zwischen den beiden Mädchen hin und her, während sie versuchte, sich vorzustellen, wie es wäre, wenn man die beiden kreuzen könnte, der einen ein wenig von der anderen zu geben, sodass am Ende beide über die besten gemeinsamen Qualitäten verfügen würden. Ariel würde sie ein wenig von Traceys Reife und guten Manieren geben, Tracey Ariels Elan und Abenteuerlust. Sie würde Ariels Aufsässigkeit mit ein wenig von Traceys Respekt gegenüber ihren Eltern abmildern und Traceys stille Reserviertheit mit einem Schuss von Ariels furchtloser Direktheit aufpeppen. Tracey war ein großes Mädchen, das Susans Mutter wohl als grobknochig bezeichnet hätte. Ein hübsches Gesicht, auch wenn sie nie so schön werden würde wie ihre Mutter. Wenn sie vielleicht ihre Haare abschneiden und ein bisschen aufpeppen würde, vielleicht mit ein paar rosa Strähnen. Susan hätte beinahe laut gelacht. Was dachte sie da?

»Wie geht es Kirsten?«, fragte Tracey Vicki.

»Super. Sie ist als Gruppenleiterin in Camp Walkie-Talkie oder wie immer das verdammte Ding heißt. Sie ist begeistert.«

Tracey wandte ihren Blick zögernd zu Chris. »Und wie geht es Ihnen, Mrs. Malarek?«

»Gut, danke, Tracey.« Die Menschen hatten aufgehört, Chris nach Montana zu fragen.

»Meinst du, dass wir bald gehen können?«, flüsterte Tracey ihrer Mutter zu.

»Noch nicht«, antwortete Barbara.

»Oh bitte, nein«, sagte Susan rasch. »Ihr müsst nicht den ganzen Nachmittag bleiben. Ich weiß, dass ihr auch noch andere Sachen zu erledigen habt. Bitte. Ihr habt schon so viel für mich getan.«

»Meinst du, wir lassen dich mit der Fotze von und zu Dracula allein?«, fragte Vicki, und die Frauen brachen erneut vor Lachen zusammen.

»Ihr seid aber echt böse«, sagte Ariel grinsend und schüttelte den Kopf.

»Das verstehe ich nicht«, sagte Tracey. »Was ist denn so komisch?«

»Das wüsste ich auch gerne«, sagte Diane, die in diesem Moment wieder in die Küche kam und eine beinahe sichtbare Rauchwolke hinter sich herzog.

»Das war aber eine schnelle Zigarette«, stellte Vicki fest.

»Ich rauche sie nur halb. Außerdem habe ich draußen jemanden getroffen. Attraktiver Mann, schick angezogen. Er kam gerade die Auffahrt hinauf, als ich vor die Tür getreten bin. Offenbar hat ihm niemand wegen der Beerdigung Bescheid gesagt.« Sie warf Susan einen vorwurfsvollen Blick zu und sah sich um. »Er wollte unbedingt seinen Respekt erweisen.«

Im Nebenzimmer gab es einen leichten Aufruhr, man hörte laute Stimmen (»Was machst du hier?« »Ich glaube, das ist keine so gute Idee.« »Hier und heute ist weder der Ort noch die Zeit.«) Und dann schwang die Küchentür auf, und Tony Malarek drängte in den Raum.

»Oh Gott«, stöhnte Chris, wich in eine Ecke zurück und fasste sich unwillkürlich an ihre Haare im Nacken.

Susan starrte Tony wortlos an. Wenn sie es nicht besser gewusst hätte, hätte sie ihn vielleicht genauso beschrieben wie ihre Schwester. Attraktiv auf eine leicht ungehobelte Art, schick gekleidet in schwarzer Hose und einem schwarzen kurzärmeligen Hemd. Sein Haar war kurz geschnitten und stellenweise grau meliert, sein Gesicht und seine muskulösen Arme sonnengebräunt. Er sah ausgeruht aus, selbstsicher. Beinahe glücklich, dachte Susan schaudernd und fragte sich, was er hier wollte und als Nächstes tun würde.

»Okay, Tony«, sagte Owen, der mit Jeremy Latimer die Küche betrat. »Wir wollen keinen Ärger.«

»Was ist hier los?«, fragte Diane und blickte verstört von einem zum anderen.

»Ganz ruhig«, sagte Tony, und sein Blick blieb an seiner früheren Frau kleben. »Ich bin nicht gekommen, um Ärger zu machen.«

»Wer ist dieser Mann?«, fragte Diane.

»Ich bin bloß gekommen, um meinen Respekt zu erweisen.«

»Das ist nicht nötig.«

»Das finde ich schon.«

»Warum sagst du dann nicht, was du zu sagen hast, und gehst wieder«, forderte Susan ihn mit mühsam beherrschter Stimme auf.

»Ah, die Stimme der Vernunft. Wie üblich.« Tonys Worte trieften vor Sarkasmus. »Tut mir Leid wegen deiner Mutter, Susan«, sagte er, ohne den Blick auch nur für einen Moment von Chris zu wenden.

Susan nickte, sagte jedoch nichts.

»Ich bin übrigens Tony Malarek«, beantwortete Tony Dianes Frage, als sei sie ihm plötzlich wieder eingefallen. »Diese jämmerliche kleine Gestalt dort ist meine Frau Chris.«

»Exfrau«, erwiderte Chris mit erstaunlich fester Stimme.

»Exfrau.« Tony bildete mit Daumen und Zeigefinger seiner rechten Hand eine Pistole, die er direkt auf den Kopf seiner Frau richtete. »Wahrscheinlich hat sie nicht zugehört, als es geheißen hat: ›Bis dass der Tod euch scheidet.‹« Er drückte den imaginären Abzug.

»Okay, das reicht«, rief Jeremy Latimer, schlug Tonys Hand zur Seite und drängte ihn zusammen mit Owen Richtung Küchentür.

»Arschloch«, murmelte Barbara.

»Wichser«, rief Vicki laut.

»Vorsicht, Mädels«, rief Tony zurück. »Die Pistole hat jede Menge Kugeln.« Sein Lachen hallte durch das Haus, und eine Sekunde später wurde die Haustür geöffnet und wieder zugeschlagen.

Eine Weile wagte niemand zu atmen.

»Mein Gott, was für Freunde hast du denn?«, wollte Diane wissen.

Susan ignorierte ihre Schwester und rannte zu Chris. »Alles okay?«

»Mir geht es gut«, sagte Chris. »Es tut mir nur schrecklich Leid. Ich hätte nie gedacht, dass er hierher kommt.«

»Alles in Ordnung?«, fragte eine Stimme von der Tür.

»Sollen wir die Polizei rufen?«, fragte eine andere Stimme.

»Ja«, sagte Susan.

»Nein«, entgegnete Chris.

»Warum nicht?«

»Weil die sowieso nichts machen.«

»Er hat dich massiv bedroht, verdammt noch mal. Wir waren alle Zeugen.«

»Ich habe nichts gesehen«, sagte Diane rasch.

»Die Polizei wird nicht helfen«, sagte Chris mit stiller Entschlossenheit.

Susan ließ ihre Schultern sinken. »Dann musst du aber wenigstens heute Nacht hier bleiben«, beharrte sie.

»Wo soll sie denn schlafen?«, fragte Diane.

»Schon gut. Macht euch um mich keine Sorgen.«

»Du kannst ihn nicht einfach ignorieren, Chris. Er ist eine tickende Zeitbombe.«

»Ich kann nicht für immer auf der Flucht vor ihm leben. Ich bin lange genug weggelaufen.«

»Nicht für immer«, erklärte Susan ihr. »Nur ein paar Nächte, bis er sich wieder beruhigt hat.«

»Keine Sorge«, ging Barbara dazwischen. »Ich nehme Chris mit zu uns nach Hause. Keine Widerrede.«

Chris lächelte zustimmend, als wüsste sie, dass alle Gegenargumente nutzlos waren.

Ich kann nicht für immer auf der Flucht vor ihm leben. Ich bin lange genug weggelaufen.

Als alle längst gegangen waren, hallten die Worte noch immer in Susans Kopf wider, übertönten Diane, die am Telefon Vorkehrungen für ihre Rückreise nach Kalifornien traf, und kreisten weiter in ihren Gedanken, als sie später neben Owen ins Bett krabbelte und in einen leichten, unruhigen Schlaf fiel. Sie waren die

Tonspur zu ihren unruhigen Träumen, Träume von verwirrten Kindern im dichten Dschungel und nackten Frauen, die hilflos im Kreis liefen. *Ich kann nicht für immer auf der Flucht vor ihm leben. Ich bin lange genug weggelaufen.*

Das Telefon klingelte.

Owen richtete sich im Bett auf, während Susan im Dunkeln nach dem Telefon tastete. Die Uhr auf dem Nachttisch zeigte 4.42 an. Das Telefon klingelte noch einmal. »Oh Gott«, sagte Susan, anstatt hallo und weinte schon, bevor sie die Stimme am anderen Ende hörte.

»Susan? Susan, sind Sie das?«

»Ja, ich bin's.«

Susan versuchte verzweifelt, die Stimme zu erkennen »Wer ist da? Was ist los? Was ist passiert?«

»Helfen Sie mir. Sie müssen mir helfen.«

»Was ist passiert? Was ist los?«

»Oh Gott, oh Gott, oh Gott«, stieß das Mädchen jammernd zwischen abgerissenen Schluchzern hervor, und erst jetzt erkannte Susan das vertraute Timbre von Traceys Stimme.

»Tracey, was ist los? Sag es mir!«

»Ich kann nicht!«

»Tracey, bitte«, flehte Susan. »Du musst dich beruhigen. Du musst mir erzählen, was los ist!«

»Tony ...!«

»Tony? Ist er dort?«

Owen schaltete das Licht an und begann, sich anzuziehen.

»Nein.« Susan spürte förmlich, wie Tracey den Kopf schüttelte. »Er ist weg. Er... er...«

»Was? Tracey, was hat Tony getan? Hat er Chris wehgetan?«

»Chris?« Tracey wiederholte den Namen, als hätte sie ihn nie vorher gehört. »Chris ist nicht hier.«

»Tracey, was ist passiert? Bitte sag mir, was passiert ist.« Mit einem Mal gefror der Atem in Susans Lunge. Warum sprach sie mit Tracey? Wo war Barbara?

Gütiger Gott, wo war Barbara?

»Wo ist deine Mutter?«, rief Susan in den Hörer. »Tracey, lass mich mit deiner Mutter sprechen.«

Ariel und Whitney tauchten in der Schlafzimmertür auf. »Mom«, sagte Ariel, die Whitneys Hand festhielt. »Was ist los?«

»Tracey, antworte mir«, befahl Susan. »Wo ist deine Mutter?«

Traceys Antwort war ein Schrei, der Susan durchfuhr wie ein Blitzschlag, ein Geräusch, von dem sie im selben Moment wusste, dass sie es mit ins Grab nehmen würde.

VIERTER TEIL
1992–1993

Vicki

26

Um halb sechs Uhr morgens läutete das Telefon in Vickis Schlafzimmer. Nach dem ersten Klingeln nahm sie ab, hörte Susans bebende Stimme, registrierte die Informationen, ging in das angrenzende Badezimmer und übergab sich über den Marmorboden. Vierzig Minuten später bogen sie und Jeremy in ihrem neuen schwarzen Jaguar in die Grand Avenue und parkten vor ihrem alten Haus. Die Polizei war bereits eingetroffen, hatte die Umgebung weiträumig abgesperrt und Barbaras Haus mit gelbem Plastikband als Tatort kenntlich gemacht. »Ich bin Vicki Latimer«, erklärte Vicki, als sie an einem der Polizeibeamten vorbeidrängte.

»Verzeihung, Mam…«

»Ich bin Jeremy Latimer«, erklärte ihr Mann dem jungen Beamten, der sofort einen Schritt zurücktrat, um ihn vorbeizulassen.

Zuerst sah sie nur Owen. Er saß auf einem Stuhl neben dem Kamin, den Kopf auf seine zitternden Hände gestützt, die Haut aschfahl, als wäre sie mit einer feinen Kalkschicht bestäubt worden. Vicki wollte gerade fragen, wo Susan war, als sie sie mit blassem, fleckigem Gesicht aus der Küche kommen sah. Sie trug ein langes weißes T-Shirt und eine weite braune Hose, offenbar das Erstbeste, was zur Hand gewesen war. Vickis Blick wanderte beklommen weiter zu dem jungen Mädchen, um das Susan einen Arm gelegt hatte.

Tracey ging langsam, die runden Augen groß und leer, als wären ihnen das Grauen, das sie geschaut hatten, für immer auf die Netzhaut gebrannt. Ihr Gesicht war vom Weinen geschwollen, ihr Baumwollpyjama von einer beunruhigenden Farbmischung aus Rosa und Rot. Als Vicki nach einem Moment begriff, dass das Rot

Blut war, hätte sie sich beinahe noch einmal übergeben, wie auch beim Blick auf Traceys blutverschmierte Hände.

»Tracey?«, fragte sie, ohne zu wissen, was sie eigentlich fragen wollte.

Tracey hob den Kopf von Susans Schulter und ließ ihn wieder sinken, ohne Vickis Anwesenheit zur Kenntnis zu nehmen.

»Ist sie okay?«, fragte Vicki Susan.

Susan schüttelte den Kopf. »Sie steht unter Schock.« Susans Miene sagte, dass es ihnen allen so ging.

»Konnte sie der Polizei sagen, was passiert ist?«

»Nur fetzenweise.« Susan führte Tracey zu dem alten grünen Sofa und nahm neben ihr Platz, während Vicki sich einen Stuhl heranzog.

Ein Polizist kam auf sie zu. Er war groß und breitschultrig mit dem kräftigen Nacken und den Bizeps eines Footballspielers, die seine hellgraue Sportjacke zu sprengen drohten. Er war Anfang bis Mitte vierzig, mit schütterem, blondem Haar und blauen Augen mit schweren Lidern. Er kam Vicki irgendwie bekannt vor, aber mittlerweile ging ihr das mit fast allen Polizisten so. »Mrs. Latimer«, sagte er, als ob er sie kannte.

»Officer …«

»Lieutenant Jacobek«, sagte er. »Ich habe im vergangenen Jahr im Keevil-Prozess ausgesagt.«

Vicki erinnerte sich an jedes Wort seiner Zeugenaussage. Sie erinnerte sich daran, dass sein Auftritt im Zeugenstand so überzeugend gewesen war, dass sie den Prozess fast verloren hätte.

»Soweit ich weiß, waren Sie mit dem Opfer befreundet.«

Das Wort Opfer ließ Vicki unsanft wieder im Hier und Jetzt landen. Sie schluckte heftig die Galle herunter, die in ihrem Hals aufstieg. »Sie war eine meiner engsten Freundinnen«, sagte sie, stutzte darüber, wie geläufig sie die Vergangenheitsform benutzte, und bemerkte die einzelne Träne, die über Susans Wange kullerte. »Was genau ist hier eigentlich passiert?«

»Wir hatten gehofft, dass Sie das Mädchen vielleicht dazu bringen können, uns das zu erzählen«, sagte Lieutenant Jacobek, während mehrere Polizisten am Wohnzimmer vorbei die Treppe hinaufstürmten.

Die Spurensicherung, vermutete Vicki, stand auf und kniete sich vor Tracey. Sie hörte, wie ihr Mann leise mit Owen sprach. »Hast du sie gesehen?«, fragte Jeremy.

»Tracey, Schätzchen«, begann Vicki und wollte Traceys Hände fassen, als sie wieder das Blut an ihren Fingern sah und die Hände sinken ließ. »Tracey, hörst du mich?«

Tracey nickte, starrte jedoch weiterhin ausdruckslos ins Leere.

»Tracey, kannst du uns erzählen, was passiert ist, Liebes?«

Tracey begann ihren Körper hin und her zu wiegen und stöhnte immer wieder leise. Ihr Stöhnen erfüllte den Raum, kletterte an den Wänden hinauf und regnete von der Decke.

»So ist sie, seit wir gekommen sind«, sagte Susan.

»Sie hat dich angerufen?« Vicki versuchte ihre Überraschung darüber zu unterdrücken, dass Tracey Susan und nicht sie selbst angerufen hatte.

»Sie hat völlig unzusammenhängend gestammelt. Wir haben nicht verstanden, was geschehen war. Owen hat die Polizei alarmiert, und dann sind wir direkt hierher gefahren. Die Haustür stand weit offen.«

Vicki bemerkte, dass sich mindestens einer der Polizisten Notizen machte. »Und was dann?«

»Wir sind nach oben gerannt und haben Barbara gefunden.« Es war das erste Mal, dass irgendjemand tatsächlich ihren Namen aussprach, und sein Klang hing schwer in der Luft. Susan wies hilflos zur Treppe. »Mein Gott, es war so schrecklich. Sie lag blutüberströmt neben dem Bett auf dem Boden. Zuerst habe ich sie gar nicht erkannt. Ihr ganzes Gesicht war zertrümmert. Nach all den Operationen …«

»Wo war Tracey?« Vicki sah Tracey an, doch die starrte durch sie hindurch, als wäre sie gar nicht da.

»Sie saß neben ihrer Mutter auf dem Boden und hielt ihre

Hand. Alles war voller Blut. Wir haben versucht, sie zum Reden zu bringen, aber …«

»Tracey, sprich mit mir«, befahl Vicki jetzt. Tracey wandte den Blick ab, doch Vicki fasste ihr Kinn und drehte ihren Kopf zurück. »Tracey, du musst uns erzählen, was passiert ist. Hörst du mich? Du musst deiner Mutter helfen.«

»Meine Mutter …«

»Sie braucht deine Hilfe, Tracey. Um ihretwillen musst du uns sagen, wer ihr wehgetan hat.«

»Sie ist tot«, sagte Tracey.

»Ja«, bestätigte Vicki mit einer Stimme, die ihr selbst fremd vorkam.

»Er hat es getan.«

»Wer?«

»Tony.«

»Er muss gedacht haben, dass Chris hier ist«, fügte Susan hinzu, als wollte sie es erklären. »Die Polizei fahndet nach ihm.«

»Chris hat nicht hier übernachtet«, sagte Tracey, und alle im Raum Anwesenden beugten sich vor. »Meine Mutter wollte es, aber Chris hat gesagt, dass es ihr gut ging und sie alleine klarkommen würde.«

»Wo ist Chris jetzt?«, fragte Vicki.

Tränen kullerten über Susans Wangen. »Wir wissen es nicht. In ihrer Wohnung war sie nicht.«

Vicki sprach nicht aus, was alle dachten – dass Tony Chris in seiner Gewalt hatte und es nur eine Frage der Zeit war, bevor sie ein weiterer furchtbarer Anruf ereilen würde. »Okay, Tracey«, setzte Vicki neu an. »Es ist wirklich wichtig, dass du uns ganz genau erzählst, was heute Nacht hier passiert ist.«

Tracey sah sich im Zimmer um, und ihr Blick wurde schlagartig klar. »Ich habe geschlafen«, begann sie mit plötzlich erstaunlich lebhafter Stimme. »Und auf einmal habe ich Geräusche gehört. Zuerst dachte ich, ich hätte einen Albtraum, doch dann habe ich gemerkt, dass ich wach bin. Ich habe Klopfen gehört, Schritte, meine Mutter hat geschrien und alles …« Tracey warf die Hände in die Luft und ließ sie wieder sinken. »Ich hatte Angst aufzustehen. Und dann habe ich ihn gesehen.«

»Du hast Tony gesehen?«

»Ja.« Tracey blickte von Vicki zu Susan und weiter zu Lieutenant Jacobek. »Ich bin sicher, dass er es war«, sagte sie und klang alles andere als sicher.

»Hast du sein Gesicht gesehen?«, fragte Lieutenant Jacobek.

Tracey schüttelte den Kopf. »Er hatte eine Skimaske an.«

»Eine Skimaske?«, fragte Vicki. Bei der Hitze?, konnte sie Barbara förmlich hinzufügen hören.

»Er hatte sie übers Gesicht gezogen. Man konnte nur seine Augen sehen.«

»Das heißt, es ist möglich, dass es nicht Tony war?«

»Wer hätte es denn sonst sein sollen?«, fragte Tracey zurück. »Howard?«

»Howard?«, wiederholte Lieutenant Jacobek.

»Howard Kerble, ihr Verlobter«, erklärte Owen.

»Unmöglich«, sagte Vicki. »Howard hat sie vergöttert.«

»Irgendjemand sollte ihn anrufen«, sagte Susan.

»Wir kümmern uns darum«, sagte Lieutenant Jacobek und nickte seinem Partner zu.

»Howard hat meine Mutter verehrt«, unterbrach Tracey sie. »Sie sollten mal den Ring sehen, den er ihr gekauft hat.«

»Hat sie den Ring gestern Abend getragen?«, fragte Lieutenant Jacobek.

»Sie hat ihn immer getragen«, sagte Tracey.

»Der Ring fehlt«, stellte ein in der Nähe stehender Polizist fest.

»Wo warst du, als du den Mann zuerst gesehen hast?«, fragte Lieutenant Jacobek Tracey.

»Was?«

»Wo warst du?«, wiederholte Vicki und wünschte, Lieutenant Jacobek würde sie in Ruhe lassen. Wenn sie nicht vorsichtig waren, würde sich Tracey wieder völlig in sich zurückziehen.

»Ich weiß nicht. Im Flur, glaube ich.«

»Hat er dich gesehen?«

Tracey nickte. »Er hat mich direkt angesehen.«

»Wie groß war er?«, fragte Lieutenant Jacobek.

»Ich weiß nicht. Es ist alles so schnell passiert. Er ist irgendwie gebückt gerannt.«

»Er ist die Treppe hinuntergerannt?«

Tracey nickte heftig.

»Hatte er irgendwas in der Hand?«

»Das verstehe ich nicht.«

»Einen Baseballschläger? Oder einen Schürhaken oder so?«

»Ich weiß nicht. Ich glaube nicht.« Tracey sprach mit jedem Wort lauter.

Vicki versuchte sie zu beruhigen. »Schon gut, Schätzchen. Das machst du ganz großartig. Erzähl uns, was dann passiert ist.«

»Ich bin ins Schlafzimmer meiner Mutter gegangen.« Traceys Stimme sank wieder auf normalen Pegel. Sie sprach langsam und bedacht, als würde sie ihre Schritte einzeln nachvollziehen. »Zuerst habe ich sie nicht gesehen. Ich habe gerufen, aber sie hat nicht geantwortet. Dann habe ich ein Stöhnen gehört und bin um das Bett gegangen, und da habe ich sie gesehen. Sie lag auf dem Boden. Zuerst hab ich sie gar nicht erkannt. Ihr Gesicht…«

Vicki blickte zu Boden und schluckte wiederholt, bevor sie Tracey erneut ansah. Sie hatte beinahe dieselben Worte benutzt wie Susan vorhin.

»Dann bin ich zum Telefon gerannt«, berichtete Tracey weiter, »und habe Susan angerufen.«

»Was ist mit deinem Vater?«

»Was ist mit ihm? Er war es nicht.«

»Nein, natürlich nicht.«

»Bloß weil sie sich oft gestritten haben, heißt das nicht…«

»Natürlich nicht«, wiederholte Vicki und warf einen verstohlenen Blick zu Lieutenant Jacobek.

»Wo können wir deinen Vater erreichen, Tracey?«, fragte er.

»Er war es nicht«, beharrte Tracey.

»Irgendjemand muss ihm erzählen, was letzte Nacht hier passiert ist.«

Widerwillig nannte Tracey den Polizisten die Adresse ihres Vaters. »Mein Vater ist sehr beschäftigt. Er hat zwei kleine Kinder, und Pam ist wieder schwanger. Ich möchte nicht bei ihnen bleiben.«

»Das musst du auch nicht«, versicherte Vicki ihr.

»Du bleibst bei uns«, sagte Susan und wandte sich um Zustimmung an Lieutenant Jacobek.

»Das ist okay. Sie kann bleiben, wo immer sie sich am wohlsten fühlt.«

»Ich möchte nicht bei meinem Vater bleiben«, wiederholte Tracey. »Das Bett quietscht, und die Kinder stehen so früh auf. Dort kann ich nie richtig schlafen.«

Einen Moment lang fühlte Vicki sich an Susans Schwester Diane erinnert, verdrängte den ungnädigen Gedanken jedoch gleich wieder. In extremen Stresssituationen sagt man wirres Zeug, dachte sie und erhob sich unsicher.

Tracey kicherte. »Ihre Knie haben geknackt.«

Man hörte ein Geräusch von der Treppe, als mehrere uniformierte Beamte einen grünen Leichensack zur Haustür trugen. »Mein Gott«, flüsterte Vicki und wandte sich in dem Wissen ab, dass er die Leiche ihrer Freundin enthielt.

»Sie war so schön«, sagte Tracey zu niemandem Bestimmten. »Sie war eine ehemalige Miss Cincinnati, wussten Sie das?«

Vicki nickte.

»Ihr Gesicht war komplett zertrümmert.« Nachdem man Tracey zum Reden gezwungen hatte, konnte sie nun offenbar nicht wieder aufhören. »Als ob sie gar kein Gesicht mehr hätte.« Sie stieß ein Geräusch irgendwo zwischen Lachen und Weinen aus. »Nach allem, was sie gemacht hat, um schön zu bleiben. Kein Gesicht mehr zu haben.« Sie verstummte abrupt wie ein aufziehbares Spielzeug, das leer gelaufen war.

Vicki schloss die Augen und versuchte, sich ihre Freundin nicht auf dem Schlafzimmerboden liegend vorzustellen, das Gesicht bis zur Unkenntlichkeit zermalmt.

»Kann ich Tracey jetzt mit nach Hause nehmen?«, fragte Susan, von den Ereignissen der vergangenen Woche sichtlich erschöpft. Erst der Tod ihrer Mutter, jetzt die Ermordung ihrer Freundin.

Lieutenant Jacobek nickte. »Wir schauen später noch einmal vorbei, wenn Sie nichts dagegen haben.« Er gab Owen seine Karte. »Wenn Ihnen oder Tracey in der Zwischenzeit noch irgendetwas einfällt ...«

»Melden wir uns«, sagte Owen.

»Ich packe oben ein paar Sachen für dich ein«, bot Susan an.

»Nein«, sagte Tracey. »Das mache ich selbst. Sie wissen nicht, was ich haben will.«

Vicki beobachtete, wie der junge Beamte, der sie an der Tür kontrolliert hatte, Tracey nach oben begleitete.

»Ich kann einfach nicht glauben, dass das passiert«, schluchzte Susan. »Ich denke die ganze Zeit, es ist ein Albtraum, aus dem ich jeden Augenblick aufwachen muss.«

»Glaubst du wirklich, dass Tony zu so etwas fähig ist?«, fragte Vicki.

»Ich glaube, Tony ist zu allem fähig. Oh mein Gott, die arme Barbara.«

»Aber genau das ergibt ja keinen Sinn«, sagte Vicki. »Wieso Barbara?«

»Wovon redest du?«

Vicki spürte Susans wachsende Verärgerung. »Für mich macht das alles einfach keinen Sinn.«

»Nichts an Tony hat je Sinn gemacht«, erklärte Susan ihr. »Er ist ein böser, brutaler Mann. Du hast ihn doch gestern bei uns erlebt. Er hat gedroht, Chris zu töten.«

»Chris, ja. Nicht Barbara.«

»Er hat uns alle bedroht.« Susan wandte sich an Lieutenant Jacobek und berichtete ihm von dem Zwischenfall auf der Beerdigung ihrer Mutter. »Er hat seine Hand zu einer Pistole geformt und damit auf Chris gezeigt. Er sagte, für uns andere wären auch noch genug Kugeln übrig.«

»Ich lasse ihr Haus von einer Polizeistreife beobachten, bis er gefasst ist«, sagte Lieutenant Jacobek, nachdem er sich diese neueste Information notiert hatte.

Ich glaube nicht, dass das nötig sein wird, dachte Vicki, sagte jedoch nichts. Selbst wenn Tony für den Mord an Barbara verantwortlich war, glaubte sie nicht, dass er es auch auf Susan abgesehen hatte. Es war Chris, die er seit Jahren terrorisiert hatte, Chris, die er vernichten wollte.

Warum sollte er dann Barbara töten?

War er unter der Annahme in Barbaras Haus eingebrochen, dass Chris hier sein würde? War er so wütend gewesen, sie nicht anzutreffen, dass er stattdessen auf Barbara eingeschlagen hatte? War ihre Ermordung eine Warnung für Chris, eine Drohung, dass ihr ein noch größeres Grauen bevorstand?

Und was dann?

War er von oben bis unten mit Blut besudelt vom Tatort geflohen in dem Glauben, dass niemand ihn sehen würde? War er ruhig nach Hause zu seinen Kindern gefahren, hatte sich umgezogen und die blutigen Beweisstücke vernichtet in der Annahme, dass niemand ihn verdächtigen oder erwischen würde, obwohl er Tracey als Augenzeugin zurückgelassen hatte, die ihn identifizieren konnte?

Das ergab keinen Sinn.

Es musste natürlich nicht unbedingt einen Sinn ergeben, erinnerte Vicki sich. Sie hatte genug Strafprozesse mitgemacht, um zu wissen, dass ein Mord selten sinnvoll war, dass die Menschen für jede noch so abscheuliche Tat ihre eigenen komplizierten Rechtfertigungsmechanismen hatten. Niemand sah sich selbst als den Bösen. Es gab immer eine Logik, egal, wie verworren und wahnsinnig. Und Mörder gingen wie alle anderen Gesetzesbrecher auch immer davon aus, dass sie unverwundbar waren und ungeachtet aller Spuren, die sie hinterließen, nie im Leben gefasst werden würden.

Deshalb musste es keinen Sinn ergeben, dass Tony Barbara und nicht Chris getötet hatte. Entscheidend war, dass er eine mörderische Wut gehabt hatte und Barbara zur falschen Zeit am falschen Ort gewesen war.

Nur dass sie bei sich zu Hause gewesen war. In ihrem eigenen Bett.

»Es gibt keine Spuren für ein gewaltsames Eindringen«, sagte Vicki auf der Heimfahrt zu Jeremy, während sie ihre Augen mit den Händen gegen das Licht der aufgehenden Sonne abschirmte. Rosa Streifenwolken waren wie lange Zuckerwattefäden am strahlend blauen Himmel aufgezogen. Roter Himmel am Abend, zitierte Vicki stumm eine Kalenderweisheit aus ihrer Kindheit und hörte, wie ihre Mutter die Worte mitsprach. Erquickend und labend. Roter Himmel am Morgen bringt Kummer und Sorgen. Barbara hätte diesen Himmel geliebt, dachte Vicki, weigerte sich jedoch, den drohenden Tränen nachzugeben, während sie beobachtete, wie ihr Mann sich die Augen rieb. »Hast du geweint?«, fragte Vicki, ohne ihre Überraschung zu verbergen.

»Du nicht?«, fragte er ebenso erstaunt zurück.

Vicki weinte selten, und wenn, dann nur aus Wut, wie sie sich einredete. Seit dem Morgen, an dem sie begriffen hatte, dass ihre Mutter sie verlassen hatte und nie zurückkommen würde, hatte sie ihre Lektion gelernt. An jenem Tag hatte sie genug Tränen für ein ganzes Leben vergossen, und was hatte es ihr gebracht? Absolut nichts. Ihr Schluchzen war auf die sprichwörtlich tauben Ohren gestoßen, und ihre Mutter hatte es bestimmt nicht gehört. Und hatte sich Vicki nach den aus tiefem Herzen vergossenen Tränen irgendwie besser gefühlt? Nein. Eher noch schlechter. Tränen raubten einem nur Kraft, trübten den klaren Blick, und von Trauer gelähmt, im freien Fall in bodenlosen Kummer stürzend, bekam man keinen Fuß vor den anderen und sein Leben nicht in den Griff. In Vickis Leben war kein Platz für endloses Herumstochern in der Vergangenheit, kein Suhlen in dem, was vorbei und geschehen war und sich eh nicht mehr ändern ließ, kein Platz für Tränen. Nicht mehr.

»Was soll das heißen, es gibt keine Spuren für ein gewaltsames Eindringen?«, fragte Jeremy, als hätte er sie jetzt erst gehört.

»Ich habe nachgesehen.« Vicki fischte die Sonnenbrille aus ihrer Manteltasche und setzte sie auf. »Keine eingeschlagenen Scheiben. Die Haustür war nicht aufgebrochen, und die Hintertür war abgeschlossen.«

»Vielleicht hat Barbara Tony hereingelassen.«

»Sie hätte ihn nie ins Haus gelassen.«

»Vielleicht hat er sie überlistet.«

»Barbara hätte ihn nie ins Haus gelassen«, wiederholte Vicki nachdrücklich.

»Und was willst du damit sagen?«

»Ich weiß es nicht.«

»Glaubst du, es war Howard oder Ron? Sie könnten beide einen Schlüssel haben.«

»Auf der Treppe war kein Blut.«

»Was?«

»Wer auch immer Barbara ermordet hat, muss voller Blut gewesen sein. Aber es gab keine blutigen Fußabdrücke, kein Blut auf der Treppe, nirgendwo Blut außer im Schlafzimmer. Und an Tracey«, fügte sie hinzu und spürte, wie ihr ein kalter Schauer den Rücken hinunterlief.

»Tracey? Nun, natürlich war sie voller Blut. Du hast doch gehört, was Susan gesagt hat. Tracey saß neben ihrer Mutter und hielt ihre Hand. Natürlich war sie voller Blut. Worauf willst du hinaus?«

»Ich weiß es nicht.«

»Glaubst du, dass Tracey irgendwen schützt?«

»Ich weiß nicht.«

»Glaubst du, Tracey weiß mehr, als sie sagt?«

»Ich weiß es nicht.« Wie oft konnte sie dasselbe sagen? »Ich weiß es nicht«, wiederholte sie erst einmal und, als ihr nichts anderes einfiel, ein zweites Mal. »Ich weiß es nicht.«

»Hast du der Polizei gegenüber irgendwas davon erzählt?«

»Warum sollte ich deren Job machen?«

Jeremy bog in die Einfahrt zu ihrem Haus, schaltete den Motor aus und sah seine Frau an. »Du bist eine außergewöhnliche und wundersame Frau, Mrs. Latimer. Sag mir, was als Nächstes geschieht.«

»Wir gehen ins Haus, duschen, fahren zur Arbeit und warten darauf, dass das Telefon klingelt.«

»Und was dann?«

»Dann halten wir den Atem an«, sagte Vicki. »Wir können nur hoffen, dass ich mich irre.«

27

»Wie lange bleibt die Polizei noch hier?«, fragte Ariel, als sie in die Küche kam und sich auf einen Stuhl an dem runden weißen Tisch fallen ließ. Sie trug ein relativ sauberes, blaues T-Shirt, das unter ihren Brüsten geknotet war, und eine weite Jeans, die ihr über die Hüften zu rutschen drohte. Susan versuchte, den kleinen goldenen Ring zu übersehen, mit dem der Bauchnabel ihrer Tochter gepierct war.

»Bis sie Tony finden, nehme ich an«, erwiderte Susan.

»Ich mag es nicht, wenn sie den ganzen Tag da draußen rumhängen. Es ist unheimlich.«

»Es ist nur zu unserem eigenen Schutz.«

»Mag sein.« Ariel sah sich um. »Schläft Tracey noch?«

Susan blickte zur Decke. »Mir war, als hätte ich sie vor einer Weile oben in ihrem Zimmer gehört.«

»Hat sie den ganzen Tag geschlafen?«

»Mehr oder weniger.«

»Wann ist Diane gefahren?«

»Gegen Mittag.« Susan lehnte sich an den Küchentresen. Der Koffer ihrer Schwester hatte bereits gepackt neben der Haustür gestanden, als sie mit Owen und Tracey von Barbaras Haus zurückgekommen war. Diane hatte ein paar nichts sagende Phrasen gemurmelt von wegen, sie wüsste, was Tracey durchmachen musste, hätte sie doch gerade selbst ihre Mutter verloren, und machte sich dann den restlichen Vormittag rar. Sie hatte es sogar geschafft, ein wenig gekränkt zu wirken, als Susan sich geweigert hatte, sie zum Bahnhof zu bringen, sodass sie ein Taxi nehmen musste.

Whitney hatte natürlich sofort angeboten, das Ferienprogramm der Stadtranderholung abzusagen, zu Hause zu bleiben und sich mit um Tracey zu kümmern, doch Susan hatte darauf bestanden, dass sie ihrem normalen Alltag nachging. Wer wusste, wie lange Tracey bei ihnen bleiben würde und wie lange Whitney noch den Luxus eines normalen Alltags genießen konnte?

Ariel war nur kurz aus ihrem Zimmer aufgetaucht, hatte einen Blick ins Gesicht ihrer Mutter getan und entschieden, dass sie das Haus verlassen musste. Sie war schon aus der Tür, bevor Susan eine Chance hatte, sie zu fragen, wohin sie wollte.

»Wo warst du den ganzen Tag?«, fragte sie jetzt.

»Unterwegs.« Ariel zuckte die Schultern und fuhr sich mit nikotingelben Fingern durch ihre rosa- und lilafarbenen Haarsträhnen.

Susan nickte, zu erschöpft, um weiter nachzufragen. Ariel war ausgegangen und jetzt wieder zu Hause. Sie war sicher. Mehr brauchte Susan nicht zu wissen.

»Ich war bei Molly«, sagte Ariel.

Susan versuchte ein Gesicht mit dem Namen zu verbinden, gab jedoch rasch auf. In Ariels Leben tauchten in regelmäßigen Abständen irgendwelche Freundinnen auf und verschwanden ebenso schnell wieder. Niemand schien sich besonders lange zu halten. Insofern war es im Grunde egal, wer Molly war.

»Molly ist das Mädchen, das ich in dem Tätowierungsstudio getroffen habe«, führte Ariel ungefragt weiter aus.

»Hmm.«

»Sie ist sehr nett«, erklärte Ariel defensiv.

»Bestimmt.«

»Sie hat ein echt cooles Tattoo an ihrem unteren Rücken. Wie eine abstrackte Blume oder so.«

»Das ist sicher sehr schön.«

Ariel sah ihre Mutter verwirrt, fast beunruhigt an. »Alles in Ordnung mit dir?«

Susan hätte beinahe gelacht. »Nein, eigentlich nicht.« Tränen schossen ihr in die Augen. Mein Gott, hörte das denn nie auf?

Ariels Miene besagte, dass sie unsicher war, ob sie ihre Mutter trösten oder schleunigst das Weite suchen sollte. »Es tut mir Leid«, sagte sie in einer Art Kompromiss zwischen beidem. »Es tut mir wirklich Leid.«

»Ich weiß, Schätzchen.«

»Ich wollte nicht den ganzen Tag wegbleiben. Aber irgendwie ist mir alles zu viel geworden. Erst Grandma und jetzt Barbara. Die arme Tracey. Und dieser schreckliche leere Blick in ihren Augen.«

»Ich weiß, was du meinst.«

»Bin ich wie Diane?«, fragte Ariel kläglich.

»Was?« Susan hätte beinahe laut losgelacht. »Gütiger Gott, nein. Du bist ganz und gar nicht wie Diane.«

»Du hasst mich nicht?« Tränen schossen Ariel in die Augen, und sie wandte den Blick ab.

»Dich hassen? Wie könnte ich dich je hassen? Du bist mein Baby, und ich liebe dich. Ich werde dich immer lieben. Das sollst du wissen.«

Ariel nickte wortlos.

»Bitte«, fragte Susan, das Herz voller Zärtlichkeit für ihre Tochter, wie sie sie lange nicht mehr empfunden hatte. »Darf ich dich in den Arm nehmen?«

Ariel ließ sich in die Arme ihrer Mutter sinken, und etliche Minuten lang wiegten sie einander sanft hin und her. Ariel weinte leise an der Schulter ihrer Mutter, und Susan spürte die Tränen an ihrem Hals. »Im Radio haben sie gesagt, dass Barbara erschlagen worden ist.«

Susan nickte und versuchte, die Erinnerung an ihre Freundin auf dem Schlafzimmerfußboden, das ehemals schöne Gesicht blutverschmiert und unkenntlich, zu verdrängen, obwohl sie wusste, dass sie dieses Bild wahrscheinlich für den Rest ihres Lebens mit sich herumtragen würde. Wer immer Barbara das angetan hatte, musste sie maßlos gehasst haben.

»Warum braucht die Polizei so lange, um Tony zu finden?«, fragte Ariel, als könnte sie die Gedanken ihrer Mutter lesen.

»Ich weiß es nicht.«

»Hast du irgendwas von Chris gehört?«

»Nein.« Mein Gott, wenn Tony Barbara das angetan hatte, was würde er erst mit Chris machen? Ein neuer Tränenschwall strömte über Susans Wangen.

»Oh Gott, tut mir Leid. Ich mache auch alles falsch. Ich hätte bei Molly bleiben sollen.«

»Nein, Schätzchen …« Susan tätschelte ihrer Tochter den Kopf und stellte überrascht fest, wie weich die stacheligen Strähnen waren.

»Wer ist Molly?«, unterbrach eine Stimme sie.

Sofort löste Ariel sich aus der Umarmung ihrer Mutter. Susan drehte sich um und sah Tracey in der Küchentür stehen. Sie trug eine adrette weiße Bluse und einen dunkelblau karierten Rock, ihr dunkles Haar war frisch gewaschen und zu einem Pferdeschwanz gebunden. Susan strich ihr eigenes ungekämmtes Haar hinter die Ohren und strich die Falten in ihrem T-Shirt und den Shorts glatt, die sie seit dem frühen Morgen trug.

»Wer ist Molly?«, fragte Tracey noch einmal und setzte sich an den Küchentisch.

Ariel zuckte die Achseln und setzte sich zu ihr. »Ein Mädchen, das ich im Tätowierungsstudio getroffen habe.«

»Ich finde Tätowierungen eklig.« Tracey blickte zu Susan, als erwarte sie ein bestätigendes Nicken. »Könnte ich vielleicht ein Glas Milch haben, wenn es keine Umstände macht?«

Susan verrieb die Tränen aus ihren Augenwinkeln auf den Wangen. »Was? Oh, selbstverständlich.« Sie goss Tracey ein Glas Milch ein. »Du musst doch Hunger haben. Soll ich dir was zu essen machen?« Beim bloßen Gedanken an Essen wurde Susan schlecht, und sie nahm an, dass es Tracey ähnlich ging. Doch es war wichtig, dass sie bei Kräften blieb.

»Ich hätte gern ein paar von diesen kleinen Sandwichs«, sagte Tracey. »Wie Sie sie nach der Beerdigung Ihrer Mutter serviert haben. Haben Sie davon noch welche übrig?«

Susan bemühte sich, sich ihre Überraschung nicht anmerken zu lassen. Tracey war schließlich ein Teenager mit einem normalen Teenagerappetit, der offenbar stärker war als die Tragödie. Vielleicht war Essen auch Traceys Art, mit den entsetzlichen Geschehnissen fertig zu werden. Sie durfte keine vorschnellen Urteile fällen. Den Schmerz eines anderen Menschen konnte man nie ermessen. Susan ging zum Kühlschrank, zog eine große Platte mit Partyhäppchen heraus und stellte sie neben das Glas Milch vor Tracey auf den Tisch.

»Die mag ich am liebsten.« Tracey nahm eines der feinen Sandwichs und betrachtete die breiten Streifen von Tunfisch und Ei zwischen je einer kleinen Scheibe Weiß- und Graubrot. Sie biss einmal zu und dann noch einmal, und das Sandwich war verschwunden. Tracey leckte sich die Finger ab, dieselben Finger, die heute Morgen mit dem Blut ihrer Mutter beschmiert waren. »Die sind echt lecker«, sagte sie und nahm sich noch eins.

Susan wandte den Blick ab, weil sie nicht sicher war, dass sie ihren Abscheu würde verbergen können. Du darfst sie nicht vorschnell verurteilen, ermahnte sie sich erneut.

»Wie kannst du in einem solchen Moment essen?«, fragte Ariel, frei von solchen Gedanken und falscher Rücksicht.

»Was?« Tracey sah sie traurig und betroffen an.

Ariel schüttelte ungläubig den Kopf. »Ich verstehe nicht, wie du über Sandwichs reden kannst, nachdem deine Mutter ermordet worden ist.«

»Ariel«, ermahnte Susan sie, ohne zu wissen, was sie noch sagen sollte, weil sie exakt dasselbe gedacht hatte.

»Oh Gott, meine Mutter«, heulte Tracey auf, ließ das Sandwich auf den Teller fallen und begann, ihren Körper heftig hin und her zu wiegen. »Meine Mutter. Meine arme Mutter.«

Ariel war sofort aufgesprungen. »Es tut mir Leid, Tracey. Bitte verzeih mir. Es tut mir Leid. Mom? Es tut mir echt Leid.«

»Ist schon gut, Schätzchen. Warum wartest du nicht draußen auf Whitneys Bus?«

»Wo ist Whitney?«, fragte Tracey, während Ariel aufsprang und aus der Küche zur Haustür stürzte.

Wann hatte sie es zuletzt so eilig gehabt, ihre Schwester zu sehen, dachte Susan. »Sie ist bei der Stadtranderholung«, sagte sie, Traceys Frage beantwortend, verwirrt von dem erneuten plötzlichen Themenwechsel. »Sie macht eine Gruppenleiterschulung.«

»Sie macht was?«

»Eine Gruppenleiterschulung.« Führten sie dieses Gespräch tatsächlich?

»Ich bin nie in einem Sommercamp gewesen.«

»Nicht?«

»Ich wollte immer, aber Mom…«

»Sie hatte dich gern in ihrer Nähe.«

»Sie hat gesagt, dass ich in diesem Sommer fahren könnte, wegen Howard vermutlich.« Tracey verzog das Gesicht. »Ich habe ihn noch nicht zurückgerufen. Das ist wirklich nicht nett von mir, aber ich will eigentlich gar nicht mit ihm sprechen. Er fragt mich bestimmt nur, was passiert ist, und ich habe keine Lust mehr, darüber zu reden. Ich will einfach nicht mehr darüber sprechen.«

Ein Satz reihte sich an den nächsten, sodass Susan nur mit Mühe folgen konnte.

»Meine Mom war ganz aufgeregt wegen der Hochzeit, Sie hätten sie sehen sollen, sie hat sogar überlegt, sich ein weißes Kleid zu kaufen, hat sie Ihnen das erzählt?«

»Sie meinte, dass Elfenbein vielleicht ganz schön wäre.«

»Ist das nicht weiß?«

»Eher ein gedecktes Weiß.«

Tracey nickte und griff nach einem weiteren Sandwich. »Sie wollte, dass ich entweder hellgrün oder lila trage. Ich sollte ihre erste Brautjungfer werden, wissen Sie.«

»Wir sollten auch Brautjungfern sein«, sagte Susan und stellte sich vor, wie sie zwischen Vicki und Chris den Mittelgang hinunterschritt.

Mein Gott, wo war Chris bloß?

»Ich kann mich noch gut an die Hochzeit meines Daddys erinnern«, sagte Tracey. »Die war nett. Pam hat ein wundervolles weißes Kleid von Vera Wang getragen. Die Filmstars tragen auch alle Vera Wang. Dad hat gesagt, es hätte ein Vermögen gekostet.«

»Ich bin sicher, es war ganz reizend«, sagte Susan, als ihr nichts anderes einfiel.

»Tja, also …« Tracey sah sich abwesend um. »Wer gibt mir jetzt mein Taschengeld?«

»Was?«

»Mein Taschengeld. Ich kriege jeden Freitag zehn Dollar.«

»Ich bin sicher, dein Dad …«, setzte Susan an und hielt dann inne.

»Haben Sie mit ihm gesprochen?«

»Nein. Die Polizei versucht seinen Aufenthaltsort zu ermitteln. Offenbar ist er nicht in der Stadt.«

Tracey sah sie verwirrt an, sodass ihre großen braunen Augen sich über dem Nasenansatz beinahe zu berühren schienen. »Ach ja, stimmt ja. Er und Pam wollten für ein paar Tage nach Atlantic City.«

»Atlantic City?« Susan griff nach dem Telefon. »Das sollte ich der Polizei sagen.«

»Ich möchte nicht bei ihm bleiben.«

Das Bett quietscht, und die Kinder stehen so früh auf, wiederholte Susan stumm.

»Verstehen Sie mich nicht falsch. Die Kinder sind toll, aber sie sind noch so klein. Sie machen sehr viel Lärm. Außerdem –«, Tracey senkte die Stimme, und in ihren Augenwinkeln schimmerten plötzlich Tränen, »– glaube ich nicht, dass meine Mutter gewollt hätte, dass ich dort bleibe, oder was meinen Sie?«

»Er ist dein Vater, Tracey.«

»Ja, schon.« Tracey griff nach einem weiteren Sandwich.

Ariel hat Recht, dachte Susan und beobachtete, wie die Tränen sich mit jedem weiteren Bissen verflüchtigten. Sie ist seltsam.

Das Telefon klingelte, und Susan griff, dankbar für die Unterbrechung, nach dem Hörer. »Hallo?«

Nach einem kurzen Zögern fragte eine junge, weibliche Stimme: »Mrs. Norman?« Wahrscheinlich eine von Ariels Freundinnen, womöglich die mysteriöse Molly.

»Ja?«

»Hier ist Montana Malarek, Chris' Tochter.«

»Mein Gott, Montana, wie geht es dir? Wo bist du? Ist alles in Ordnung?« Die Worte sprudelten nur so aus Susans Mund.

»Die Polizei hat gerade meinen Vater verhaftet«, berichtete Montana ungläubig. »Sie behaupten, er hätte Mrs. Azinger ermordet.«

»Ist die Polizei jetzt bei euch?«

»Sie durchsuchen das ganze Haus. Sie haben einen Durchsuchungsbefehl. Aber er war es nicht, Mrs. Norman. Ich weiß, dass er es nicht war. Er war die ganze Nacht zu Hause. Und heute Morgen ist er früh los, weil er einen Termin in Lexington hatte. Aber das glaubt ihm die Polizei nicht. Sie denken, er hätte Mrs. Azinger ermordet.«

»Möchtest du gerne herkommen?«

»Nein«, erwiderte Montana rasch. »Dad hat gesagt, sobald er dieses Durcheinander geklärt hat, würde er wieder nach Hause kommen. Mrs. Norman ...?«

»Ja, Liebes?«

Wieder zögerte das Mädchen lange. »Haben Sie etwas von meiner Mutter gehört?« Eine weitere Pause. »Die Polizei behauptet nämlich, sie würde vermisst. Und ich habe mich bloß gefragt, ob sie sich vielleicht bei Ihnen gemeldet ...«

Susan hörte die Sorge in Montanas Stimme und verstand die Liebe dahinter, selbst wenn Montana selbst es nicht tat. »Ich weiß nicht, wo sie ist«, gestand Susan bedrückt. »Niemand hat irgendwas von ihr gehört.«

»Sie glauben doch nicht, dass ihr etwas zugestoßen sein könnte, oder? Ich meine, Sie glauben doch nicht, dass derjenige, der Mrs. Azinger getötet hat, auch –« Montana ließ den Satz unvollendet.

»Ich könnte doch rasch bei euch vorbeikommen und dich und deine Brüder abholen?«, bot Susan an, während sie sich gleichzeitig fragte, wie Tracey es finden würde, sich in einem Raum mit den Kindern des Mannes aufzuhalten, der ihre Mutter ermordet hatte.

»Nein. Das ist schon okay. Mein Dad hat gesagt, er wäre bald zurück. Er hat gesagt, wir sollen nirgendwohin gehen, zum Abendessen wäre er wieder zu Hause.«

»Vielleicht ja auch nicht.«

»Könnten Sie mich anrufen, wenn Sie etwas von meiner Mutter hören?«

»Natürlich.«

»Und sagen Sie meinem Dad nicht, dass ich mich gemeldet habe, okay? Ich meine, vielleicht könnte Ariel anrufen und so tun, als wäre sie eine Schulfreundin von mir oder so, falls er abnimmt.«

»Montana, dein Vater kann dich nicht daran hindern, deine Mutter zu treffen.«

»Ich will sie nicht treffen«, erklärte Montana eilig, obwohl ihr Tonfall das Gegenteil sagte. »Ich will bloß wissen, dass mit ihr alles okay ist. Könnten Sie also Ariel anrufen lassen?«

»Natürlich«, sagte Susan. Montana nannte ihre Telefonnummer und legte dann auf. Susan stand, den Hörer an die Wange gedrückt, noch etliche Sekunden reglos da.

»War das Chris' Tochter?«, fragte Tracey.

»Die Polizei hat Tony gerade verhaftet.« Susan fragte sich kurz, warum sie keine größere Erleichterung verspürte.

»Das ist gut. Ich hoffe, er schmort in der Hölle. Ich werde nie vergessen, wie er mich angesehen hat. Ich dachte, dass er mich bestimmt umbringen würde.«

»Was?« Das hatte Tracey bisher noch nicht erwähnt.

»Er hat mich angesehen und ist dann ein paar Schritte auf mich zugekommen.«

Er war auf sie zugekommen? »Hat er irgendwas gesagt?«

»Nein. Er hatte bloß diesen seltsamen Gesichtsausdruck, als würde er überlegen, ob er mich auch umbringen soll oder nicht.«

»Woher weißt du denn, was für einen Gesichtsausdruck er hatte?«

»Wie meinen Sie das?«

»Der Polizei hast du doch erzählt, dass er eine Maske getragen hat.«

»Richtig. Eine Skimaske. Sie war schwarz.«

»Und wie konntest du dann seinen Gesichtsausdruck erkennen?«

Tracey zuckte die Achseln. »Ich konnte es in seinen Augen sehen.«

Susan nickte und entschied, dass es durchaus plausibel war, dass Tracey in Tonys Augen seine mörderischen Absichten gelesen hatte. Und selbst wenn nicht, konnte sie es sich eingebildet haben. »Und was ist dann passiert?«

»Er hat sich einfach umgedreht und ist die Treppe runtergerannt.«

»Und du bist sicher, dass es Tony war? Montana sagt nämlich, dass er die ganze Nacht zu Hause war.«

»Natürlich sagt sie das.«

»Aber du bist sicher, dass es Tony war«, sagte Susan, und es war eher eine Feststellung als eine Frage.

Tracey zuckte die Achseln.

»Wie groß war der Mann, den du gesehen hast?«

»Ich weiß nicht. Mittelgroß, glaube ich.«

»Tony ist aber ziemlich klein.«

»Er hat sich geduckt.«

»Warum?«

»Wie meinen Sie das?«

»Warum hat er sich geduckt?«

»Ich weiß nicht. Er ist geduckt weggelaufen.«

»Aber du hast doch gesagt, er wäre stehen geblieben, hätte dich angesehen und ein paar Schritte auf dich zu gemacht. Hat er sich da auch geduckt?«

»Ich weiß nicht. Warum fragen Sie mich all diese Sachen? Ich hatte Angst. Ich kann mich nicht erinnern.« Tränen schossen in Traceys Augen, als hätte man sie geohrfeigt.

»Tut mir Leid«, entschuldigte Susan sich eilig und tupfte die Tränen mit einem Stück Küchenpapier ab. »Ich wollte dich nicht aufregen. Ich versuche bloß zu begreifen, was gestern Nacht passiert ist. Ich möchte nicht, dass Tony ungeschoren davonkommt, bloß weil ...« Bloß weil deine Geschichte voller Widersprüche ist, hätte sie beinahe gesagt.

»Er wird nicht ungeschoren davonkommen«, erklärte Tracey mit verblüffender Gewissheit. »Kommt sie vorbei?«

»Wer?«

»Montana. Kommt sie vorbei?«

»Nein.«

»Schade. Ich habe sie lange nicht mehr gesehen.«

Susan nickte, beinahe ängstlich, etwas zu sagen. Sie war es gewöhnt, dass Teenager sprunghaft waren, aber so etwas hatte sie noch nie erlebt. Vielleicht hatte der Schock über den gewaltsamen Tod ihrer Mutter in Traceys Kopf ein paar Schrauben gelockert. Sie dachte ganz offensichtlich nicht klar. Vielleicht erwartete sie auch zu viel von dem Mädchen.

Aber was erwartete sie eigentlich?

Im Grunde hatte sie lediglich angenommen, dass Tracey von Trauer dermaßen überwältigt sein würde, dass sie nur mit Mühe das Bett verlassen konnte. Stattdessen stand sie nach ein paar Stunden Schlaf frisch geduscht und geschniegelt mit einem Mordshunger vor ihr. Sie weinte fast gar nicht. Es war beinahe so, als müsse man sie daran erinnern. Und selbst dann trockneten ihre Augen beunruhigend schnell wieder. Als ob sie nicht ganz da ist, dachte Susan und fragte sich, ob sie schon immer so gewesen war. Ariel und Whitney schienen das jedenfalls zu denken. Warum war ihr das vorher nie aufgefallen?

»Ich gehe jetzt, glaube ich, wieder nach oben, wenn das okay ist«, sagte Tracey.

»Klar.« Wahrscheinlich krabbelt sie zurück in ihr Bett, dachte

Susan. Sie begreift erst nach und nach, was geschehen ist. Das volle Ausmaß des Grauens sickert erst langsam durch.

»Darf ich Fernsehen gucken?«

»Was? Oh. Selbstverständlich.«

Tracey deponierte den Teller mit den Sandwichs ordentlich wieder im Kühlschrank, stellte ihr leeres Glas ins Waschbecken und schlenderte aus dem Zimmer. Als Susan kurz darauf ihre Schritte auf der Treppe hörte, griff sie zum Telefon.

»Vicki«, sagte sie, sobald sie die Stimme ihrer Freundin hörte. »Könntest du später vorbeikommen? Ich glaube, wir haben möglicherweise ein Problem.«

28

Es war beinahe sechs, als Vicki bei Susan eintraf. Leicht entsetzt registrierte sie, dass Susan immer noch die Sachen anhatte, die sie in Barbaras Haus getragen hatte. Die kastanienbraunen Flecken auf ihrem weißen T-Shirt sahen aus wie getrocknetes Blut.

»Tut mir Leid, dass ich es nicht früher geschafft hatte«, entschuldigte Vicki sich, nahm den von Susan angebotenen Becher Kaffee entgegen, setzte sich ohne Umstände an den Küchentisch und sah sich um. »Komisch, dass wir immer in der Küche landen, nicht?«

»Wir können auch ins Wohnzimmer gehen ...«

»Nein. Mir gefällt es hier. Wo ist Tracey?«

Susan wandte den Blick zur Decke.

»Sie schläft?«

»Sie sieht fern.«

Vicki trank einen Schluck von ihrem Kaffee. »Seltsames Mädchen.«

»Das kann man wohl sagen.«

»Ist das Teil des Problems, das du am Telefon erwähnt hast?«

Susan setzte sich zu Vicki an den Tisch und senkte ihre Stimme zu einem Flüstern. »Wahrscheinlich bin ich bloß ein bisschen paranoid ...«

»Aber es passt alles nicht richtig zusammen?«

»Ihre Reaktionen wirken so total daneben. Ich sage mir immer wieder, dass sie unter Schock steht, aber ...«

»Du glaubst, dass mehr dahinter steckt?«

»Wenn die Polizei vielleicht erst mal ein Geständnis von Tony hat ...«

»Die Polizei hat Tony freigelassen.« Vicki beobachtete die Überraschung in Susans Gesicht, die die letzten Reste von Farbe aus ihren Wangen weichen ließ, als hätte man ihren Kopf gebleicht.

»Was!«

»Sie haben nicht genug Beweise, um ihn festzuhalten.«

»Das verstehe ich nicht.«

Vicki bemerkte, dass Susans Hände zitterten, und nahm sie in ihre eigenen. »Tony behauptet, er wäre die ganze Nacht zu Hause gewesen. Seine Kinder bestätigen das.«

»Natürlich bestätigen sie das.«

»Offenbar hat Rowdy eine schwere Erkältung und mit seinem Gehuste alle die ganze Nacht wach gehalten. Montana schwört, dass ihr Vater zu der Zeit, in der Barbaras Schädel eingeschlagen wurde, Rowdy seinen Hustensaft gegeben hat. Verzeih meine unverblümte Ausdrucksweise«, sagte Vicki, als sie Susans entsetzte Miene sah.

»Und damit hat sich die Polizei zufrieden gegeben?«

»Damit und der Tatsache, dass es keinerlei Indizien gibt, die Tony mit dem Mord in Verbindung bringen. Keine Waffe, keine Skimaske …«

»Er könnte sie weggeworfen haben.«

»Kein Blut. Keine Haut-, Knochen- oder Haarpartikel an seiner Kleidung.«

»Oh Gott.«

»Die Spurensicherung hat seinen Wagen mit der ganz feinen Bürste durchgekämmt. Er war sauber.«

»Vielleicht hat er einen anderen Wagen genommen, vielleicht hat er hinterher geduscht, vielleicht …«

»Vielleicht war er es nicht.«

»Oh Gott«, sagte Susan noch einmal.

Vicki trank ihren Kaffee aus, stand auf und goss sich frischen ein.

»Und wer war es dann? Ron?«

»Ron war in Atlantic City. Die Polizei hat ihn endlich aufgespürt. Er ist jetzt auf dem Heimweg.«

»Du glaubst doch nicht, dass Howard es gewesen sein könnte, oder?«

»Nun, gegen ihn wird weiter ermittelt«, antwortete Vicki. »Er hat für die Tatzeit kein Alibi.«

»Dann könnte er es also gewesen sein.«

»Er hat aber auch kein Motiv.«

»Was willst du damit sagen?«

»Ich glaube, das weißt du genau.«

Susan schüttelte den Kopf. »Ich weiß es nicht.«

»Ich denke schon. Ich glaube, dass du mich deswegen angerufen und gesagt hast, wir hätten vielleicht ein Problem, und dass du mich deswegen gebeten hast herzukommen.«

»Ich habe bloß gedacht, dass wir vielleicht ein Problem hätten, weil Tracey Mühe hat, bei ihrer Version der Geschichte zu bleiben.«

»Menschen, die die Wahrheit sagen, haben in der Regel keine Mühe, bei ihrer Version der Geschichte zu bleiben.«

»Glaubst du, sie lügt?«

Wie aufs Stichwort drang in diesem Moment lautes Lachen durch die Decke. »Findest du es normal, über eine blöde TV-Show zu lachen, zwölf Stunden nachdem man den Schädel deiner Mutter zu Brei gehauen hat?«

»Oh Gott.«

»Tut mir Leid. Ich vergesse immer wieder, dass du sie tatsächlich gesehen hast.«

»Es war so furchtbar.« Susan vergrub ihr Gesicht in den Händen, als wollte sie sich gegen das gesehene Grauen abschirmen, und schluchzte so heftig, dass ihre Schultern bebten.

Vicki kehrte an den Tisch zurück, legte einen Arm um ihre zitternde Freundin, während erneut fröhliches Gelächter durch die Wände drang. »Es tut mir wirklich Leid. Du weißt ja, dass das meine Art ist, mit Sachen umzugehen, denen ich mich lieber nicht stellen würde.«

»Vielleicht geht es Tracey genauso. Vielleicht will sie das Ganze einfach nicht wahrhaben«, beharrte Susan störrisch. »Vielleicht sind ihre Gefühle einfach so durcheinander…«

»Vielleicht hat sie auch gar keine Gefühle.«

Susan hob den Kopf und starrte Vicki direkt an, als wollte sie um Gnade flehen. »Was sagst du da? Glaubst du, dass Tracey ihre Mutter ermordet haben könnte?«

»Denkst du das nicht auch?«

Eine Weile lang sagte niemand etwas.

»Aber das würde bedeuten, dass sie eine Art Monster ist.«

Vickis Achselzucken deutete an, dass sie nichts mehr überraschen konnte.

»Das kann nicht sein«, protestierte Susan. »Ich meine, warum? Warum sollte Tracey ihrer Mutter so etwas antun? Barbara hat sie mehr geliebt als alles andere auf der Welt. Tracey war ihr Leben, mein Gott noch mal. Sie hat alles für das Mädchen getan. Das ergibt doch keinen Sinn.«

Vicki zuckte erneut die Achseln, als wollte sie fragen: Was ergibt schon einen Sinn? »Ich denke, wir sollten sie herholen und versuchen, mit ihr zu reden, bevor die Polizei kommt.«

»Du hast die Polizei alarmiert?«

Vicki rieb sich die Stirn. Was ist nur mit Susan los, fragte sie sich. Wie konnte eine Frau in ihrem Alter noch so verdammt naiv sein? »Natürlich habe ich die Polizei nicht alarmiert. Aber wie lange, glaubst du, wird es dauern, bis sie anfangen, sich dieselben Fragen zu stellen wie wir? Wie lange, bis sie zu denselben Schlüssen kommen?«

»Oh Gott.«

»Könntest du zur Abwechslung vielleicht mal etwas anderes sagen?«, fauchte Vicki und entschuldigte sich sofort wieder. »Sorry. Ich glaube, meine Nerven sind ein bisschen runter.«

»Schon gut. Das verstehe ich.«

Wieder erschallte Gekicher von oben.

»Vielleicht könntest du mir *das* mal erklären«, sagte Vicki.

Susan schüttelte den Kopf, atmete tief ein und wandte den Kopf zur Decke. »Tracey!«, rief sie laut. »Tracey, könntest du mal kurz runterkommen?«

Man hörte Schritte, der Fernseher wurde abgeschaltet, dann weitere Schritte.

»Wo ist Owen?«, fragte Vicki, die seine Abwesenheit erst in diesem Moment bemerkte.

»Tracey hat ihn gefragt, ob wir zum Abendessen chinesisch essen können«, sagte Susan sichtlich fassungslos. »Owen holt es ab. Die Mädchen sind mitgefahren.«

»Ist das Essen da?«, fragte Tracey, als sie mit einem Ausdruck fröhlicher Erwartung die Küchentür öffnete, der sofort verschwand, als sie Vicki sah. »Oh, hi, Mrs. Latimer. Wie geht es Ihnen?«

Unter anderen Umständen wäre das vielleicht als normale Frage durchgegangen, dachte Vicki und betrachtete Traceys sanftmütiges Gesicht. »Mir geht es gut, Tracey. Und wie hältst du dich so?«

»Gut … na ja, Sie wissen schon.«

»Nein, eigentlich nicht. Sag es mir.«

»Das verstehe ich nicht.«

»Setz dich, Tracey.« Vicki zog einen Stuhl heran, schob ihn neben Susans und beobachtete, wie sich Tracey darauf fallen ließ.

»Ist alles in Ordnung?«, fragte Tracey.

Seltsame Frage, dachte Vicki und erkannte an Susans Gesichtsausdruck, dass sie dasselbe dachte. »Nein, eigentlich nicht«, sagte Vicki erneut und setzte sich auf den dritten Stuhl am Tisch. »Die Polizei hat Tony den ganzen Nachmittag vernommen und dann wieder freigelassen.«

»Sie haben ihn freigelassen?«, wiederholte Tracey ungläubig. »Warum?«

»Offenbar haben sie nicht genug Beweise, um ihn festzuhalten.«

»Aber das ist doch lächerlich. Jeder weiß, dass Tony es war.«

»Wirklich?«, fragte Vicki. »Woher?«
»Wie meinen Sie das?«
»Erzähl mir noch mal, was gestern Nacht passiert ist«, sagte Vicki.
»Das habe ich Ihnen doch schon erzählt.«
»Dann erzähl es mir noch mal.«
»Ich will nicht«, sagte Tracey und rutschte verlegen auf ihrem Stuhl hin und her. »Ich will das nicht alles noch einmal durchgehen.« Tränen schimmerten in ihren Augenwinkeln, obwohl keine einzige wirklich über ihr Gesicht kullerte, wie Vicki bemerkte.
»Wir wissen, dass es schwer für dich ist«, sagte Susan sanft. »Aber du musst doch wissen, wie wichtig es ist, sonst würde Vicki nicht fragen.«
»Erzähl mir einfach alles noch einmal von Anfang an«, ermutigte Vicki sie. »Du bist aufgewacht und hast ein Geräusch gehört.«
»Ich habe ein Geräusch gehört«, wiederholte Tracey.
»Was für ein Geräusch?«
»Ich weiß nicht. Ein lautes Klopfen.«
»Was für ein Klopfen?«
»Ich weiß nicht.«
»Auf den Boden, auf das Bett, gegen die Wand.«
»Ich weiß nicht.«
»Weil man nämlich weder an der Wand noch auf dem Boden irgendwelche Spuren gefunden hat.«
»Vielleicht war es auch eher ein Rascheln«, sagte Tracey und wand sich zwischen den beiden Frauen hin und her.
»Ein Rascheln, das laut genug war, dich zu wecken?«
»Ja.«
»Aber vorher hast du doch gesagt, dass es ein Klopfen gewesen wäre. Zwischen einem Klopfen und einem Rascheln ist ein großer Unterschied.«
»Ich weiß nicht, was für ein Geräusch es war. Nur, dass ich davon wach geworden bin.«

»Und was dann?«

»Ich habe meine Mutter schreien gehört.«

»Erst hast du das Klopfen gehört und dann das Schreien deiner Mutter?«

»Ja.«

»Und was dann?«

»Ich habe noch mehr Geräusche gehört und meine Mutter gerufen, aber sie hat nicht geantwortet.«

»Weiter.«

»Ich hatte Angst. Ich habe einen Mann mit einer schwarzen Skimaske gesehen. Er hat mich angestarrt, als wollte er mich umbringen. Ich konnte mich nicht rühren.«

»Du warst in deinem Bett?«

»Ja.«

»Der Polizei hast du aber erzählt, dass du im Flur warst.«

»Was?«

»Heute Morgen hast du der Polizei erzählt, dass du in den Flur gegangen und den Mann dort gesehen hast.«

»Genau.«

»Aber gerade hast du doch gesagt, dass du in deinem Bett gewesen wärst.«

»Sie bringen mich ganz durcheinander.«

»Wo hast du den Mann gesehen, Tracey?«

»Ich war im Flur.«

»Da bist du ganz sicher?«

»Ja. Jetzt erinnere ich mich. Ich habe Geräusche gehört. Meine Mutter hat geschrien. Ich bin aufgestanden und in den Flur gegangen.«

»Und da hast du den Mann mit der Skimaske gesehen?«

»Ja. Er hat mich angesehen, als wollte er mich umbringen, und dann hat er sich umgedreht und ist die Treppe runtergerannt.«

»Und aus der Haustür?«

»Ich glaube schon.«

»Wie ist er überhaupt ins Haus gekommen, Tracey?«

»Was? Ich weiß nicht. Er ist wahrscheinlich eingebrochen.«

»Es gab aber keinerlei Spuren für ein gewaltsames Eindringen.«

»Vielleicht habe ich die Haustür nicht abgeschlossen.« Traceys Blick zuckte nervös hin und her. »Manchmal vergesse ich abzuschließen.«

Vicki versuchte, ihren wachsenden Widerwillen zu unterdrücken. Unschuldige stellten nie Spekulationen an, nur die Schuldigen lieferten unerwartete Erklärungen. »Trug er eine Waffe bei sich?«

»Ich weiß nicht. Es war dunkel. Das konnte ich nicht erkennen.«

»Aber es war hell genug, seine Augen zu erkennen.«

»Ich habe keine Waffe gesehen.« Wieder wurden Traceys Augen bedrohlich feucht.

»Tracey, ich kann dir nicht helfen, wenn ich nicht weiß, was passiert ist.«

»Ich habe Ihnen doch schon erzählt, was passiert ist.«

»Du bist aufgewacht und hast deine Mutter schreien hören«, wiederholte Vicki.

»Ja.«

»Vorhin hast du gesagt, dass ein lautes Geräusch dich geweckt hat.«

»Ich habe ein lautes Geräusch gehört. Und dann den Schrei meiner Mutter.«

»Und du bist in den Flur gelaufen.«

»Ja.«

»Und dort hast du den Mann gesehen.«

»Ja.«

»Und du dachtest, es wäre Tony.«

»Ja. Aber ich hatte Angst, und er stand geduckt. Es hätte jeder sein können.«

»Dein Vater?«

»Nein. Ich weiß nicht. Vielleicht.«

»Hättest du deinen Vater nicht erkannt?«

»Er trug eine Skimaske.«

»Selbst mit einer Skimaske.«

»Ich glaube, es war Howard«, sagte Tracey. »Howard Kerble. Er und meine Mutter hatten gestern Abend einen großen Streit.«

»Davon hast du bis jetzt ja noch gar nichts gesagt.«

»Ich habe es vergessen.«

»Du hast vergessen, der Polizei zu erzählen, dass deine Mutter am Abend vor ihrer Ermordung einen heftigen Streit mit ihrem Verlobten hatte?«

»Ich war durcheinander. Ich hatte Angst, dass er zurückkommen und mich erledigen würde.«

»Aber du hast doch gesagt, du dachtest, es wäre Tony.«

»Ich habe mich geirrt!«

»Jetzt sagst du, dass es Howard war?«

»Ich weiß nicht, wer es war!« Tracey sprang so heftig auf, dass ihr Stuhl nach hinten kippte und polternd umfiel.

Susan war ebenfalls sofort aufgesprungen, stellte den Stuhl wieder auf und versuchte, Tracey zu beruhigen. »Tracey, Schätzchen, alles in Ordnung. Alles wird gut.«

»Warum macht sie das mit mir?« Traceys Blick zuckte vorwurfsvoll zu Vicki. »Meine Mutter ist tot! Irgendein Verrückter hat sie ermordet! Ich weiß nicht, wer es war. Was wollen Sie aus mir herauslocken?«

Man hörte den Schlüssel in der Haustür, die geöffnet und wieder geschlossen wurde, bevor Schritte und der durchdringende Duft von chinesischem Essen aus dem Flur in die Küche drangen und Ariel und Whitney mit großen braunen Papiertüten in der Tür standen.

»Oh super«, sagte Tracey. »Ich bin schon halb verhungert.«

Vicki schüttelte verwundert den Kopf. In einem Moment kreischte das Mädchen, dass ein Verrückter ihre Mutter ermordet hatte, und im nächsten ließ ihr eine Portion chinesisches Essen das Wasser im Munde zusammenlaufen.

»Wo ist euer Vater?«, fragte eine ähnlich verdattert aussehende Susan die Mädchen.

»Er redet draußen mit ein paar Typen«, sagte Whitney, als sie das Essen mit ihrer Schwester auf dem Küchentresen abstellte. Sofort stand Tracey neben ihnen und spähte voller Vorfreude in die Tüten.

»Ein paar Typen? Was für Typen?«

»Für mich sahen sie schwer nach Bullen aus«, meinte Ariel.

Vicki stand auf, als Owen gefolgt von Lieutenant Jacobek und einer elegant gekleideten, aber ansonsten unscheinbaren Frau, die Küche betrat.

»Lieutenant Jacobek«, begrüßte Vicki den Polizeibeamten, als wäre dies ihr und nicht Susans Haus.

»Mrs. Latimer, Mrs. Norman.« Lieutenant Jacobek wies mit dem Kopf auf seine Begleiterin, deren schwarzes Haar gut zu ihrer dunklen Hautfarbe passte. »Das ist meine Partnerin, Lieutenant Gill.«

»Ich habe gehört, dass Sie Tony Malarek freigelassen haben«, sagte Susan.

»Ich fürchte, wir hatten keine andere Wahl.«

»Ich glaube, Howard Kerble war es«, erklärte Tracey ungefragt.

»Sei still, Tracey«, wies Vicki sie an, ohne den Blick von den beiden Polizisten zu wenden. »Warum genau sind Sie hier?«

»Wir haben noch ein paar Fragen an Tracey«, antwortete Lieutenant Jacobek vorsichtig. »Stellt das ein Problem dar? Sie will doch offensichtlich mit uns kooperieren.«

»Kann das nicht bis nach dem Essen warten?«, fragte Tracey.

Owen führte seine beiden Töchter aus dem Zimmer.

»Warum glaubst du, dass Howard Kerble deine Mutter ermordet hat?«, fragte Lieutenant Jacobek Tracey, sobald sie gegangen waren.

»Weil er und meine Mutter gestern Abend einen Riesenstreit hatten. Das habe ich vergessen, Ihnen zu sagen.«

»Tracey …«, unterbrach Vicki sie.

»Ich habe Mrs. Latimer gerade davon erzählt«, fuhr Tracey fort. »Sie haben sich ganz doll gestritten, weil meine Mutter ihm erklärt hat, dass sie ihn nicht mehr heiraten wollte. Sie hat ihm sogar den Ring zurückgegeben. Deswegen hat sie ihn auch nicht getragen.«

»Wann hat dieser Streit stattgefunden?«, fragte Lieutenant Gill, die sorgfältig alles notierte, was Tracey sagte.

»Ich weiß nicht. So gegen sieben, glaube ich.«

»Um sieben Uhr hat Howard Kerble mit seinem Sohn zu Abend gegessen«, sagte Lieutenant Jacobek.

»Es war später«, korrigierte Tracey sich sofort. »Vielleicht eher gegen neun.«

»Er ist erst um kurz vor zehn im Haus seines Sohnes aufgebrochen.«

»Dann war es zehn. Welchen Unterschied macht es, wie spät es war?«

»Sei still, Tracey«, sagte Vicki noch einmal. »Worauf wollen Sie hinaus?«, fragte sie die Kriminalbeamten.

»Wir versuchen lediglich herauszufinden, was geschehen ist«, erklärte Lieutenant Jacobek, wie Vicki es erwartet hatte.

»Steht meine Mandantin unter Verdacht?«

»Ist sie Ihre Mandantin?«

»Steht sie unter Verdacht?«

»Wir haben in Traceys Kleiderschrank einen blutigen Golfschläger gefunden und in ihrer Schmuckschatulle einen Diamantring.«

»Was fällt Ihnen ein, an meine Sachen zu gehen?«, protestierte Tracey. »Brauchen Sie dafür nicht einen Durchsuchungsbefehl oder so was?«

»Halt die Klappe, Tracey«, sagte Vicki und sah Susan an, die den Atem anhielt.

»Ich wiederhole meine Frage: Steht meine Mandantin unter Tatverdacht?«

»Noch besser, Frau Anwältin«, antwortete Lieutenant Jacobek. »Sie ist verhaftet.«

Susan stockte der Atem, als die beiden Beamten auf Tracey zugingen.

»Sie haben das Recht zu schweigen«, begann Lieutenant Gill.

Tracey kicherte. »Das ist ja genau wie im Fernsehen.«

»Du sagst kein einziges Wort mehr«, herrschte Vicki sie an, während die Polizeibeamtin weiter Traceys Rechte herunterleierte. »Ruf ihren Vater an«, wies Vicki Susan an und folgte den Polizisten, die eine verwirrt aussehende Tracey aus der Küche führten. »Wenn er noch nicht zu Hause ist, hinterlass ihm eine Nachricht. Sag ihm, er soll mich so schnell wie möglich auf dem Präsidium treffen.«

»Und was dann?«, fragte Susan.

»Esst euer Abendessen. Schlaft euch gründlich aus. Ich habe so ein Gefühl, dass alles noch viel schlimmer kommen wird.«

29

Chris saß reglos in ihrer dunklen Wohnung. Der Fernsehschirm flimmerte ohne Ton. Bilder von Barbara, Tracey und dem Haus in der Grand Avenue attackierten abwechselnd ihre benommenen Augen, bis sie sie beinahe nicht mehr wahrnahm: Barbara, die ihr Mona-Lisa-Lächeln lächelte, das minimal wenig Muskeln bewegte und doch die uneingeschränkte Freude in ihrem Herzen vermitteln konnte; Barbara, deren Augen vor mütterlichem Stolz strahlten, ihre Arme eng um Tracey geschlungen, die ausdruckslos in die Kamera starrte; Tracey als pummeliges Kleinkind, als lockiges Püppchen, als linkischer Teenager in einem rosa Taftkleid mit einer einzelnen Locke, die ihr zwischen den großen, leeren Kreisen ihrer Augen in die Stirn fiel. Warum ist mir diese Leere vorher nie aufgefallen, fragte Chris sich. Oder erschien einem Tracey nur rückblickend so emotionslos? Es war einmal ein Mädchen klein, konnte Chris Barbara zu dem fortgesetzten Bilderbombardement singen hören, das hatte hübsche Locken fein… Chris saß starr da, und ein stechender Schmerz durchbohrte ihr unregelmäßig schlagendes Herz wie ein Messer, sodass sie sich daran erinnern musste zu atmen.

Wie hatte das passieren können? Wie konnte einem so wunderbaren Menschen wie Barbara etwas so Schreckliches zustoßen? Wie konnte Tracey in irgendeiner Weise dafür verantwortlich sein? Nein, das war einfach nicht möglich. Irgendjemand hatte sich geirrt. Barbara war nicht tot; Tracey war nicht als ihre Mörderin verhaftet worden. Nichts von dem, was Susan ihr erzählt hatte, war wahr. Susan spielte ihr einen üblen Streich. Sie war nur wütend darüber, dass sie nach der Beerdigung nicht wie versprochen bei Barbara übernachtet hatte und den ganzen Tag und die halbe Nacht verschwunden war.

»Wo bist du gewesen?«, wollte sie wissen, ohne auch nur hallo zu sagen, sobald Chris den Hörer abgenommen hatte. »Ich habe den ganzen Tag versucht, dich zu erreichen.«

»Was ist los?«, fragte Chris zurück, weil sie wusste, dass irgendwas nicht stimmte, und Angst hatte, sich vorzustellen, was es sein könnte.

»Hast du es noch nicht gehört? Wo zum Teufel bist du gewesen?«

»Was soll ich gehört haben? Was ist los?«

»Oh Gott.«

In diesem Moment war Chris' der Magen durch den Darm in die Knie gesackt. Ihr erster Gedanke galt ihren Kindern. Montana oder einer der Jungen hatte einen Unfall gehabt. Montana war inzwischen alt genug, selber zu fahren. Wenn ihr irgendetwas zugestoßen war … »Sag es mir«, stieß sie mit einem eigenartigen Gurgeln hervor, als ob man ihr die Kehle aufgeschlitzt hätte und jedes Wort von einem Blutschwall begleitet würde.

»Es geht um Barbara.« Susans Stimme hallte immer noch in ihrem Kopf nach. *Barbara. Barbara. Barbara.* »Sie ist tot.« *Tot. Tot. Tot.*

Chris wusste nicht mehr, was als Nächstes passiert war. Sie erinnerte sich vage an einen Schrei, unsicher, ob Susan oder sie selber ihn ausgestoßen hatte. Irgendjemand hatte sie über all die grausamen Einzelheiten informiert. Möglicherweise Susan oder der Fernseher. Sie erinnerte sich nicht daran, ihn eingeschaltet zu haben, doch seine Bilder flackerten wie ein Stroboskop, blieben selbst bei stumm geschaltetem Ton laut und zudringlich. Wann hatte sie ihn angemacht?

Ihre Handtasche lag neben ihrem malvenfarbenen Pullover auf dem Boden. Sie musste beides fallen gelassen haben, als sie von der Wohnungstür zum Telefon gestürzt war. Ein feiner Geruch von Erbrochenem hing in der Luft, und der unangenehme Geschmack in ihrem Mund erinnerte Chris daran, dass sie sich übergeben hatte. »Wer war es?«, erinnerte sie sich gefragt zu haben. »Weiß man das schon?«

»Die Polizei hat Tracey verhaftet.«

Das musste ein Irrtum sein. Oder einer von Tonys kranken Streichen. Das war es – Tony. Natürlich. Warum hatte sie nicht schon früher an ihn gedacht? Das am Telefon war gar nicht Susan gewesen, sondern Tony, der seine Stimme verstellt hatte. Im Laufe der Jahre hatte er all ihre Freundinnen ziemlich gut imitieren gelernt. Was war nur los mit ihr, dass sie es nicht gleich gemerkt hatte?

Aber wie erklärte das die flimmernden Bilder auf ihrem Fernsehschirm, die sich in ihr Gesichtsfeld drängten und wie ein tödliches Kissen auf Nase und Mund pressten, egal, wie oft sie auch umschaltete? Wie die eigenartig austauschbaren Nachrichtensprecher, die mit einer an Grausamkeit grenzenden, höflichen Gleichgültigkeit immer wieder dieselben grausigen Details vortrugen? Chris hatte den Ton abgeschaltet, um ihre einstudierte Nonchalance ein für alle Mal zum Verstummen zu bringen, doch irgendetwas hielt sie davon ab, den Fernseher ganz auszumachen.

Es war also nicht Tony.

Und es war auch kein Witz.

Barbara war tot. Tracey war unter dem Verdacht verhaftet worden, sie ermordet zu haben.

»Wo ist Tracey jetzt?«, erinnerte Chris sich, Susan gefragt zu haben.

»Im Helen-Marshall-Frauengefängnis. Ron wollte die Kaution stellen, aber seine Frau wollte Tracey nicht im Haus haben.«

Wahrscheinlich war da noch mehr, doch Chris war zu müde, um danach zu suchen, in welchem Winkel ihr geschocktes Gehirn weitere Details verborgen hatte. Sollte es schub- und stückweise kommen, in Fetzen und Fragmenten, Scherben und Splittern, dachte Chris rastlos. Sollte es kommen und gehen.

Passierte das alles wirklich?

Die letzte Nacht war so wundervoll gewesen. Endlich fügte sich alles. Und jetzt das...

Chris lehnte ihren Kopf an die grellen blau-grünen Polster ihrer Couch. Es war ein hässliches Sofa, ebenso unbequem wie unansehnlich, aber was wollte man von einem möblierten Apartment in einem eher ärmeren Viertel der Stadt erwarten? Als sie das Einzimmerapartment gemietet hatte, war sie davon ausgegangen, dass sie nicht länger als ein paar Monate bleiben würde. Sobald Tony die Adresse herausgefunden hatte, würde er wieder anfangen, sie zu belästigen, sie Tag und Nacht mit Anrufen zu bombardieren, stundenlang unter ihrem Fenster zu stehen, ihrem Vermieter wilde Räuberpistolen über sie zu erzählen und Hundekot auf ihrer Fußmatte zu deponieren. Egal, wie streng die Sicherheitsvorkehrungen waren, Tony fand immer einen Weg, sie zu umgehen. Egal, in welchem Stockwerk ihre Wohnung lag, es war nie hoch genug. *»All Morgen ist ganz frisch und neu«*, sang er um vier in der Frühe durchs Telefon. *»Des Herren Gnad und große Treu.«*

Doch nun war es schon Ende August, und bis auf sein unerwartetes Erscheinen in Susans Haus neulich hatte sie seit Monaten nichts von ihm gehört oder gesehen. War das Teil seines großen Planes, sie unvorbereitet zu erwischen? Oder dachte er vielleicht, dass dieses Apartment Folter genug war? Er konnte schließlich nicht wissen, dass Chris hier glücklicher war, als sie es seit Verlassen der Grand Avenue je gewesen war. Dass sie hier endlich den Frieden gefunden hatte, den sie ihr Leben lang vergeblich gesucht hatte.

Was würde er sagen, wenn er herausfand, wo sie letzte Nacht gewesen war?

Was würden die anderen sagen?

Was hätte Barbara gesagt, fragte Chris sich, und ein neuer Schrei staute sich in ihrer Kehle. Oh Gott, Barbara. Warum Barbara? Womit hatte Barbara einen so grausamen Tod verdient? »Ich hätte es sein sollen«, schluchzte Chris laut. War sie nicht diejenige gewesen, um die alle Angst gehabt hatten? Hatten sie nicht seit Jahren mit angehaltenem Atem auf jenen schrecklichen Anruf mitten in der Nacht gewartet, durch den sie benachrichtigt würden, dass ihre Freundin in ihrem Bett zu Tode geprügelt worden war?

Doch als der Anruf schließlich gekommen war, war es nicht Chris' Name, der durch die Leitungen geflüstert wurde. Es war nicht ihre übel zugerichtete Leiche, die in einer Lache ihres eigenen Blutes neben dem Bett auf dem Boden lag.

Und was hatte Chris getan, während der Kopf ihrer besten Freundin zu blutigem Brei geschlagen worden war? Sie hatte in einer malerischen kleinen Pension am Rande der Stadt in einem gemütlichen Doppelbett gelegen und süßem Liebesgeflüster gelauscht. Während Barbara vor Entsetzen geschrien hatte, war es bei Chris das reine Entzücken gewesen, zum Höhepunkt gebracht durch zarteste Berührungen sanfter Finger und einer tastenden Zunge. Während Barbara sterbend auf dem Boden lag, war Chris in den geliebten Armen eingeschlafen und darin wieder aufgewacht, als ihre beste Freundin in einen Leichensack gepackt und zur Gerichtsmedizin gebracht wurde.

Sie hatte im Bett gefrühstückt, einen langen Spaziergang, die frische Luft, die Natur, den Frieden und die Stille genossen, sorgsam darauf bedacht, dass nichts ihre neu gefundene Gemütsruhe störte. Keine Zeitung, kein Fernseher, kein Radio. Nicht einmal auf der Rückfahrt in die Stadt. Eine CD mit Glenn Gould am Klavier hatte sie nach Hause begleitet.

»Möchtest du, dass ich mit nach oben komme und dich ins Bett bringe?«, hatte die geliebte Stimme ihr ins Ohr geflüstert.

»Nein, mir geht es gut«, hatte Chris geantwortet. Und so war es. Zum ersten Mal in ihrem Leben konnte sie ehrlich und aufrichtig behaupten, dass es ihr gut ging. Sie hatte ihren Frieden gefunden. Sie wusste, wer sie war. Sie hatte keine Angst mehr.

Sobald sie aus dem Fahrstuhl getreten war, hatte sie das Telefon klingeln gehört. Wahrscheinlich Tony, dachte sie und ließ sich auf ihrem Weg den Flur hinunter Zeit. Er hatte sie gefunden. Gut. So war es dann eben. Sie hatte keine Angst mehr.

Sie öffnete die Tür, schloss sie hinter sich ab und überlegte, ob sie überhaupt drangehen sollte. Wer außer Tony sollte sie abends um elf noch anrufen? Sie hätte es beinahe klingeln lassen, doch dann hatte irgendetwas sie angetrieben, doch abzunehmen. Vielleicht war es wichtig. Sie hob den Hörer ans Ohr, und der Klang von Susans Stimme attackierte ihr Trommelfell, noch bevor sie sich gemeldet hatte.

»Wo bist du gewesen? Ich habe den ganzen Tag versucht, dich zu erreichen.«

Vielleicht war es doch ein Traum, dachte Chris wider besseres Wissen und klammerte sich an diese Selbsttäuschung. Sie schloss die Augen und sah Barbaras Gesicht, ihr süßes Gesicht, wie es sich veränderte und mit der Zeit, wider die Natur immer jünger wurde. Barbara hätte all die Schichten von Make-up, ohne die sie sich niemandem gezeigt hatte, all die kosmetischen Operationen, denen sie sich im Laufe der Jahre unterzogen hatte, nicht gebraucht. Es war fast so, als wäre sie trotz alledem so schön geblieben. Warum hatte sie diese Schönheit selbst nie erkennen können?

»Meine süße, schöne Barbara«, schluchzte Chris in das harte Kissen des blau-grün karierten Sofas. »Ich bin nicht mal dazu gekommen, mich zu verabschieden!«

Die Worte lösten eine neue Flut wütender, bitterer Tränen aus, und Chris musste in das Kissen beißen, um nicht laut zu schreien. »Nein!«, klagte sie, wand sich wie unter Schmerzen auf dem Sofa und hielt sich das Kissen vors Gesicht, als wollte sie alle Bilder, Klänge und andere Sinneseindrücke abblocken. »Nein!« Das Wort verhallte ungehört an dem billigen, von ihren Tränen feuchten Bezug. »Nein, nein, nein, nein, nein!«

Beinahe hätte Chris das schüchterne Klopfen nicht gehört, und selbst als sie es gehört und begriffen hatte, dass es nicht ihr Gehirn war, das gegen ihre Schädeldecke pochte, sondern tatsächlich jemand im Flur stand und klopfend um Einlass bat, war sie sich nicht sicher, ob sie die Kraft hatte, sich von der Couch zu erheben und zur Tür zu gehen. Wahrscheinlich war es Susan, die gekommen war, um zu sehen, ob es ihr gut ging. Oder vielleicht einer der Nachbarn, der ihre erstickten Schreie gehört hatte. Vielleicht auch Tony, der ihr die frohe Botschaft persönlich überbringen oder sie ein für alle Mal von ihrem Elend erlösen wollte. »Wer ist da?«, fragte sie vom Sofa und zwang sich aufzustehen. Doch die einzige Antwort war ein erneutes Klopfen. Chris folgte dem Geräusch, ohne sich die verheulten Augen abzuwischen, ohne noch einmal zu fragen, wer dort war, ohne durch das Guckloch in der Tür zu blicken, weil es ihr egal war, wer draußen stand. Okay, dachte sie. Soll geschehen, was geschehen soll. Sie atmete tief ein und riss die Tür auf. Als sie sah, wer draußen stand, stockte ihr der Atem, und die Luft in ihrer Lunge schien zu gefrieren. »Mein Gott«, flüsterte sie. »Oh mein Gott.«

»Kann ich reinkommen?«

Wie in Trance trat Chris einen Schritt zurück.

»Ist alles in Ordnung mit dir?«

Chris nickte, schüttelte den Kopf und suchte verzweifelt, aber vergeblich nach Worten.

»Ich kann nicht lange bleiben. Dad denkt, ich bin bei einer Freundin. Ich kann nicht lange bleiben.«

Chris wischte sich ungeduldig die Tränen aus den Augen. Sie waren ihr im Weg, und sie wollte sich den Blick auf das prächtige junge Mädchen, das vor ihr stand, durch nichts trüben lassen. »Montana«, flüsterte sie kaum hörbar und saugte ihre Tochter mit den Augen auf wie Flüssigkeit durch einen Strohhalm – die langen blonden Haare, die blasse Haut, die Apfelbäckchen, die wunderbaren blauen Augen. Sie war inzwischen eine junge Frau.

»Ist alles in Ordnung?«, fragte ihre Tochter noch einmal.

»Alles okay«, hörte Chris sich antworten.

Montana schloss die Tür hinter sich, machte jedoch nur ein paar zögerliche Schritte in das Apartment.

»Es ist ein Loch«, entschuldigte Chris sich und stellte sich den Raum aus Sicht ihrer Tochter vor – der altmodische Florteppich in denselben grellen Farbtönen wie das Sofa, der kleine gläserne

Couchtisch mit den beiden nicht zueinander passenden Stühlen, die winzige Küchenzeile.

»Es ist okay.«

»Wie hast du mich gefunden?«

»Susan hat es mir gesagt. Ich habe sie heute Nachmittag angerufen. Und sie hat mich zurückgerufen, nachdem sie mit dir gesprochen hatte.«

»Du hast sie angerufen?«

»Barbara war tot. Sie haben gedacht, Dad hätte vielleicht...« Montana hielt inne, schluckte und schlug die Augen nieder, wie um dem intensiven Blick ihrer Mutter auszuweichen. »Niemand wusste, wo du warst.«

»Du hast dir Sorgen um mich gemacht?«

»Wo warst du?«

Chris versuchte den Blick von ihrer Tochter zu wenden, doch sie konnte es nicht, als hätte sie Angst, dass das Mädchen verschwinden könnte, wenn sie sich auch nur für eine halbe Sekunde abwandte. »Willst du dich setzen?«

Montana schüttelte den Kopf und lehnte sich an die Tür.

»Möchtest du etwas essen oder trinken? Wasser?«

»Mir geht es gut«, sagte Montana. »Möchtest *du* vielleicht einen Schluck Wasser?«

Chris nickte und ließ sich auf das Sofa sinken, weil ihre Beine nachzugeben drohten. Sie beobachtete, wie ihre Tochter in der winzigen Küche ein Glas mit Wasser füllte und ihrer Mutter brachte. Als sich ihre Finger kurz berührten, durchfuhr es Chris wie ein elektrischer Schlag, und es bedurfte all ihrer Kraft, sich nicht in die Arme ihrer Tochter zu werfen und ihr süßes Gesicht mit Küssen zu bedecken.

»Wo warst du?«, wiederholte Montana.

Chris schüttelte den Kopf, unsicher, was sie sagen sollte. »Nach der Beerdigung von Susans Mutter bin ich aufs Land gefahren. Ich habe in einem Gasthaus übernachtet, bin den ganzen Tag spazieren gegangen und durch Antiquitätenläden gestöbert...«

»Alleine?«

»Nein. Mit einer Freundin.« Chris fragte sich, wie viel sie ihrer Tochter sagen konnte. Mein Gott, es gab so *viel*, was sie ihr zu erzählen hatte.

»Und deshalb hast du gar nicht mitgekriegt, was passiert ist…«

»Bis vor einer Stunde.« Chris nippte an ihrem Wasser, ohne den Blick auch nur für einen Moment von der schönen jungen Frau zu wenden, die vor ihr stand und ihr Gewicht nervös von einem Fuß auf den anderen verlagerte. Montana trug Jeans und einen ärmellosen rosa Pulli, ihre Arme waren schlank und gebräunt. Chris dachte, dass sie sich unendlich danach sehnte, diese Arme um sich zu spüren. Montana zog sich einen der beiden Stühle heran und setzte sich.

»Zuerst haben sie gedacht, dass es Dad war.«

»Ich weiß.«

»Aber er war gestern Nacht zu Hause und hat nach Rowdy gesehen.«

»Ist Rowdy krank?«

Montana schüttelte entschieden den Kopf. »Er hat bloß eine kleine Erkältung. Er hustet die ganze Nacht und hält alle wach.«

»Ist er schon beim Arzt gewesen?«

»Es ist bloß eine Erkältung«, sagte Montana sofort abwehrend. »Dad kümmert sich um ihn. Er steht jede Nacht auf und gibt ihm seinen Hustensaft.«

Chris sagte nichts. Ihr Baby war erkältet. Tony gab ihm Hustensaft.

»Er ist ein guter Vater«, sagte Montana. »Er kümmert sich anständig um uns.«

»Das freut mich.«

»Du glaubst mir wahrscheinlich nicht.«

»Doch, ich glaube dir.«

»Ich weiß, dass ihr beide Probleme hattet…«

Du hast ja keine Ahnung, wollte Chris sagen, schwieg jedoch.

»Aber seit du uns verlassen hast…«

»Ich habe so oft versucht, euch zu sehen. Du weißt doch, wie sehr ich –«

Montana sprang sofort auf. »Ich sollte jetzt besser gehen.«

Chris war ebenfalls sofort auf den Beinen. »Nein, bitte. Bitte geh noch nicht. Bitte.«

Montanas Blick zuckte nervös zwischen ihrer Mutter und der Tür hin und her, als würde sie schätzen, wie schnell sie die Distanz bewältigen konnte, immer in der Angst, ihre Mutter könnte sie, sollte sie es versuchen, zu Boden reißen. Sie schien eine Ewigkeit zu zögern, bevor sie sich wieder setzte. »Er ist ein guter Vater«, wiederholte sie.

Chris nickte, zögerlich, überhaupt etwas zu sagen, aus Angst, sie könnte Montana erneut in die Flucht treiben. »Wie geht es Wyatt?«, erkundigte sie sich nach einer langen Pause vorsichtig.

»Okay.«

»Und dir?«

Die Frage schien Montana zu überraschen. »Mir? Mir geht es gut.«

»Du siehst toll aus.«

»Danke.«

»Macht dir die Schule Spaß?«

»Es ist okay. Noch ein Jahr, dann gehe ich aufs College.«

»Nur noch ein Jahr?«

»Ich überlege, ob ich mich in Duke bewerben soll. Oder vielleicht auch Cornell.«

Duke oder vielleicht auch Cornell, wiederholte Chris stumm und staunend.

»Ich weiß noch nicht genau, was ich als Hauptfach nehmen soll. Politik vielleicht. Oder auch englische Literatur. Ich habe mich noch nicht entschieden.«

»Hast du einen Freund?«, erkundigte Chris sich vorsichtig, eher ängstlich, eine Grenze zu überschreiten, aber so gierig nach Informationen, dass sie diesen Hunger beinahe auf der Zunge schmecken konnte.

»Er ist ein guter Freund«, sagte Montana ähnlich ausweichend wie zuvor Chris. »Ich weiß nicht, ob man sagen würde, er ist mein Freund. Wir hängen viel zusammen rum.«

»Wie heißt er denn?«

»David.«

»David«, wiederholte Chris. »Den Namen habe ich immer gemocht. Wie ist er?«

»Er ist groß und witzig und echt intelligent.«

»Ist er liebenswürdig?«

»Was?«

»Ob er ein liebenswürdiger Mensch ist?«

Montana zuckte zusehends ungeduldig über das Gespräch mit den Schultern. »Ich denke schon.«

»Das ist das Wichtigste. Liebenswürdig zu sein.«

Beide schwiegen, während Chris den Blick ihrer Tochter suchte. Wenn du von diesem Besuch sonst nichts mitnimmst, sagten ihre Augen, dann verstehe zumindest das.

»Und wo arbeitest du jetzt?«, fragte Montana, rutschte nervös auf ihrem Stuhl hin und her, schlug kurz die Beine übereinander.

»Ich bin Empfangssekretärin bei einer Werbeagentur. Smith-Hallendale. Vielleicht hast du schon mal von ihnen gehört. Es ist an der Ecke Vine und 4th Street.«

Montana schüttelte den Kopf.

»Mein Boss ist eine wirklich tolle Frau. Emily Hallendale. Ich habe sie kennen gelernt, als ich für die Tierklinik in Mariemont gearbeitet habe.« Chris dachte an jenen schrecklichen Tag zurück, als sie die Taschen voller Beruhigungsmittel mit Gedanken an Selbstmord aus der Praxis geflohen war. Sie spürte die Hand an ihrem Ellenbogen, sah sich herumwirbeln und Emily Hallendales besorgten Blick. Widerwillig hatte sie sich auf einen Kaffee einladen lassen und dann dankbar Emily Hallendales Jobangebot angenommen. Bei Smith-Hallendale hatte Chris schließlich die große Liebe ihres Lebens getroffen. Komisch, wie das Leben manchmal so spielt, dachte sie nun.

»Glaubst du, dass Tracey ihre Mutter wirklich ermordet hat?«, fragte Montana leise, als hätte sie Angst, jemand könne ihr Gespräch belauschen.

»Ich weiß nicht, was ich denken soll«, antwortete Chris ehrlich.

»Ich hab sie nie besonders gut gekannt.«

»Nein«, stimmte Chris ihr zu.

»Aber sie hat immer einen sehr netten Eindruck gemacht.«

»Ja, das hat sie.«

»Ich glaube nicht, dass sie es war. Ich meine, wie kann man denn seine eigene –« Montana ließ den Satz unvollendet und sah sich verlegen in dem Apartment um. »Ich muss jetzt wirklich los.« Sie erhob sich aus ihrem Stuhl. »Und du erzählst Dad nicht …«

»Natürlich nicht.« Chris folgte ihrer Tochter zur Tür, weil sie wusste, dass jeder Einwand sinnlos war. »Können wir das vielleicht irgendwann noch mal machen?«, fragte sie und kam sich vor wie ein nervöser Verehrer.

Ohne sich zu ihrer Mutter umzudrehen, nickte Montana langsam. »Ich ruf dich an.« Sie öffnete die Tür und wollte in den Flur treten.

»Montana?«

Montana blieb stehen, ohne die Hand von der Klinke zu nehmen. »Darf ich dich umarmen? Nur ganz kurz? Wäre das okay?«

Montana drehte sich langsam zu den ausgebreiteten Armen ihrer Mutter um, zögerte, hielt inne, wich ein Stück zurück und schüttelte den Kopf.

Traurig ließ Chris die Arme wieder sinken. Für einen so gewaltigen Schritt war ihre Tochter offensichtlich noch nicht bereit. Nur den Kontakt wiederherzustellen, hatte all ihre Kraft und all ihren Mut erfordert. »Schon gut. Ich verstehe.«

Montana drehte sich wieder zur Tür. »Ich bin froh, dass es dir gut geht. Ich ruf dich an.«

Und dann war sie verschwunden, und die Tür fiel hinter ihr ins Schloss.

Chris streckte die Arme aus, um die Duftmischung aus Babypuder und einem Hauch Zitrone zu umarmen, die noch in ihrem kleinen Flur hing. Sie atmete tief ein, schlang die Arme um den bittersüßen Geruch und drückte ihn fest an ihre Brust. »Ich werde warten«, erklärte sie dem leeren Zimmer.

30

Vicki stellte ihren schwarzen Jaguar auf dem überfüllten Parkplatz neben dem Helen-Marshall-Frauengefängnis ab, die Trennlinie zwischen zwei Parklücken vorsätzlich ignorierend. Sollten sie ihr hinterherpöbeln, dachte sie, als sie ausstieg und über den Parkplatz auf das deprimierend moderne achtstöckige Gebäude zuging, das die Frauenhaftanstalt beherbergte. Die beiden obersten Stockwerke waren für Untersuchungsgefangene reserviert. Wenigstens fuhr sie keinen Camry oder eine Le Sabre oder eine dieser Möchtegern-Luxuslimousinen, die sie manchmal zwei Parkplätze einnehmen sah, als ob es wirklich schlimm wäre, wenn sie einen Kratzer abbekämen.

Sie ging die Treppe hinauf und betrat forschen Schrittes das geräumige, in rosa Granit und schwarzem Marmor gehaltene Foyer, gab dem Sicherheitsbeamten ihre braune Krokodillederhandtasche und den passenden Aktenkoffer zur Durchsuchung und fegte durch den Metalldetektor. Sie nahm ihre Sachen wieder entgegen, trug sich in ein Register ein und ging, den Kopf wohl einstudiert wie in Gedanken verloren gesenkt, zu den Aufzügen auf der rechten Seite der Halle, ein Signal an alle, sie nicht mit irgendwelchen Trivialitäten zu behelligen.

»Vicki«, rief trotzdem irgendjemand. Vicki blickte auf und sah eine Anwältin, die entweder Grace, Joy, Hope oder Faith hieß, einer jener Namen, die Inspiration verhießen und fast immer eine Enttäuschung garantierten. Sie stand winkend unter einem vorwiegend in orange und rot gehaltenen Wandteppich und winkte ihr zu. »Tolles Bild von dir in der Zeitung neulich.«

Vicki bedankte sich nickend, obwohl sie eher verstimmt als

dankbar war, weil das Foto sie mürrisch und streng dargestellt hatte, mit einem Ansatz zum Doppelkinn. In den kommenden Wochen musste sie darauf achten, wie sie sich hielt, das Kinn hoch und den Blick gesenkt, selbstbewusst, aber nicht anmaßend und nur einen Hauch kokett. Genug, um zu faszinieren, ohne zu befremden. Es war heikel, aber sie konnte es schaffen. Tracey war nicht die Einzige, die demnächst vor Gericht stehen würde.

Außerdem sollte sie sich in puncto Kleidung lieber an dunklere Farben halten. Gott sei Dank war es Ende September, und die Herbstfarben tauchten wieder auf. Abgesehen davon, dass man darin schlanker aussah, wirkten dunklere Farben auch dramatischer, vor allem gedruckt. Und Vicki ging davon aus, dass sie sich in den kommenden Monaten sehr oft in der Zeitung abgebildet sehen würde. Zwei Artikel über sie waren bereits erschienen, einer im Cincinnati *Enquirer*, der andere im Konkurrenzblatt, der *Post*. Das Porträt des *Enquirer* war deutlich schmeichelhafter ausgefallen. Die *Post* sah sie weiterhin lediglich als ehrgeiziges Anhängsel ihres Mannes. Ein ambitioniertes Luxusgeschöpf, dachte Vicki mit trotzigem Schulterzucken. In dem Artikel zweifelte man ihre Motive, Fähigkeiten und sogar ihre Urteilskraft an, weil sie sich darauf eingelassen hatte, ein junges Mädchen zu verteidigen, dem man den Mord an einer ihrer besten Freundinnen zur Last legte.

Sie waren nicht die Einzigen.

Susan, Chris und sogar Jeremy hatten ihren Entschluss, das Mandat zu übernehmen, ebenfalls als falsch und unklug verworfen.

»Was ist, wenn sie schuldig ist?«, hatten Susan und Chris beinahe im Chor gefragt.

»Und was ist, wenn nicht?«, hatte Vicki entgegnet.

»Was ist, wenn du verlierst?«, fragte Jeremy.

»Welchen Unterschied würde das machen?«, gab Vicki zurück, weil sie wusste, dass sich die Öffentlichkeit letztendlich nur an ihren Namen und nicht daran erinnern würde, ob sie gewonnen oder verloren hatte.

Außerdem hatte sie nicht vor zu verlieren.

Vicki betrat den Fahrstuhl und starrte angestrengt auf ihre braunen Pumps, während mehrere Körper ihre braune Wildlederjacke streiften. »Siebter Stock, bitte«, sagte sie zu niemand Bestimmten und vergewisserte sich mit einem Blick aus den Augenwinkeln, dass der entsprechende Knopf gedrückt wurde, ohne den Blick zu heben, bis die Fahrstuhltür zuging. Mit einem leichten Ruckeln begann der Fahrstuhl seinen quälend langsamen Aufstieg und blieb gleich darauf wieder stehen. Vicki blickte auf die Anzeige über der Tür. Zweiter Stock, Herrgott noch mal. Sie beobachtete, wie eine übergewichtige Frau watschelnd und ohne erkennbare Eile ausstieg. Es hätte sie bestimmt nicht umgebracht, die Treppe zu nehmen, dachte Vicki, drückte auf den Türknopf und trommelte ungeduldig mit den Fingern an die Wand, als die Tür nicht prompt genug reagierte.

»Eine wichtige Verabredung?«, fragte eine vertraute Stimme hinter ihr.

Vicki musste sich nicht umdrehen, um zu wissen, wer es war. »Michael«, begrüßte sie ihn und wandte sich langsam um, eher in der Absicht festzustellen, wer sonst noch in der Fahrstuhlkabine war, als in dem dringenden Verlangen, ihren Exgeliebten und Staatsanwalt anzusehen. In der Ecke stand eine Frau in Jeans und einem weiten gelben Pullover, die in ihre Zeitung vertieft war und ihre Mitpassagiere gar nicht zu bemerken schien. »Wie geht es dir?«

»Großartig.«

Er sah tatsächlich ziemlich schnieke aus. Vicki registrierte, dass sein Haar anders fiel als beim letzten Mal, als sie ihn aus solcher Nähe betrachtet hatte. Sie roch sein vertrautes Aftershave und spürte ein unwillkommenes Kribbeln zwischen den Beinen. Ja, Michael Rose war fürwahr ziemlich stattlich in seinem dunkelblauen Nadelstreifenanzug, dem hellblauen Hemd und der schlichten roten Krawatte. Vom Scheitel bis zur Sohle der erfolgreiche Ankläger, dachte sie und widerstand dem Drang, um der guten alten Zeiten willen in seinen Schritt zu greifen. Vicki tat den Gedanken mit einem Kopfschütteln ab, denn sie hatte keine Lust, diesen Pfad noch einmal zu beschreiten, zumal sie Michael Rose demnächst häufig vor Gericht treffen würde.

»Ich habe gehört, das *Time*-Magazin bringt eine Titelgeschichte über dich«, sagte er spöttisch.

»Noch nicht«, erwiderte Vicki lächelnd. Sie überlegte noch, ob sie ein Interview mit *Vanity Fair* machen sollte, die einen Artikel über den Fall bringen wollte. Das Magazin hatte auch um einen Fototermin mit ihr und ihrer jungen Mandantin nachgesucht. Eine große Anwaltskanzlei aus New York hatte sich höflich erkundigt, ob sie einen eigens entsandten Vertreter der Kanzlei zum Mittagessen treffen könnte, wenn es ihre Zeit erlaubte. Und ein Hollywood-Agent hatte ihr seine Erfahrung und Kenntnis angedient für den Fall, dass sie die Flügel ausbreiten und gen Westen fliegen sollte.

Wie lange würde es dauern, bis *People* sie auf die Liste der Reichen, Schönen und Wichtigen setzte? Wie lange, bis *Time* tatsächlich eine Titelgeschichte über sie brachte? Vicki wusste, dass sie, selbst wenn sie diesen Fall verlor, bereits gewonnen hatte.

Der Fahrstuhl hielt im vierten Stock, die Frau in der Ecke klappte ihre Zeitung zu und stieg aus.

»Besuchst du deine Mandantin?«, fragte Michael, als sich die Türen der Kabine langsam wieder schlossen.

Vicki bemerkte, dass auch Michael in den siebten Stock fuhr. »Und du?«

»Eine nette junge Dame, die einen Killer engagiert hat, um die neue Freundin ihres Exfreunds zu töten, ist angeblich bereit, einen Deal mit uns zu machen.«

»Ich vermute, der Killer war ein Undercoverbulle.«

»Sind sie das nicht alle?«

Vicki dachte, dass das Mädchen besser seine Chance vor Gericht suchen sollte. Michael Rose war ein ganz ordentlicher Staatsanwalt, aber als Ankläger ebenso phantasielos wie im Bett. Ein guter Anwalt konnte ihn problemlos einwickeln, und sie war eine sehr gute Anwältin, dachte Vicki lächelnd.

»Vielleicht wäre es klug, wenn Sie selbst auch über einen Handel nachdenken würden, Frau Anwältin«, regte Michael an.

Vicki zog eine Augenbraue hoch. Sie sollte einen Handel mit der Staatsanwaltschaft machen und den größten Prozess ihrer Karriere platzen lassen? War der Mann verrückt? »Was hast du denn anzubieten?«

»Totschlag. Sie bekommt die Höchststrafe.«

»Und wovon träumst du nachts? Außerdem war sie es nicht. Warum sollte ich auf Totschlag plädieren?«

»Die Beweise sind ziemlich schlüssig. Schlagzeilen sind eine Sache, Substanz ist eine andere.«

»Eine Menge Leute lesen bloß die Schlagzeilen.« Mein Gott, wie lange brauchte dieser Fahrstuhl noch bis in den siebten Stock?

»Und das ist alles, worauf es dir ankommt, Schlagzeilen? Ich dachte, die Ermordete wäre eine Freundin von dir gewesen.«

»Meine Motive – und meine Freundschaften – gehen dich wohl kaum etwas an, Michael.«

»Gott, sie spricht meinen Namen aus. Schweig still mein Herz.«

Vicki atmete tief ein und schlug ihren versöhnlichsten Ton an. »Können wir das lassen?«

»Meine Frau hat die Scheidung eingereicht«, sagte er und schaffte es, so zu klingen, als wäre es ihre Schuld. »Wusstest du das?«

»Ja, ich glaube, ich habe davon gehört. Tut mir Leid.«

»Wirklich?«

»Nein, eigentlich nicht«, fauchte Vicki, deren Geduld nun endgültig verbraucht war. »Hör mal, ich will nicht klingen wie –«

»– wie ein mieses Luder?«

»Ich glaube, das Gespräch ist beendet.«

»Bin ich entlassen?«, fragte Michael, als die Tür des Fahrstuhls aufging.

Ohne ein weiteres Wort rauschte Vicki an ihm vorbei.

»Weißt du, ich freu mich wirklich darauf, dir den Arsch aufzureißen«, rief er ihr nach.

Vicki warf lachend den Kopf in den Nacken. »Für meinen Arsch bist du ein paar Nummern zu klein«, sagte sie, ohne sich umzusehen.

»Wie ich mich freue, Sie zu sehen.«

Vicki betrat den kleinen fensterlosen Raum am Ende des langen Flures. Die Wände waren in einem blassen Grün gestrichen wie eine zu reife Melone, das im Licht der in die Decke eingelassenen Neonröhren auch nicht freundlicher wirkte. In der Mitte des Raumes stand ein rechteckiger Tisch aus billigem Walnussholz, der mit Graffiti bedeckt war – *Es gibt keine Schwerkraft, das Leben zieht einen runter! Martin liebt Cindy, Cindy liebt Joanne. Leck mich. Scheiß auf die Scheißer. Scheiß auf die Anwälte. Scheiße. Scheiße. Scheiße. Scheiße. Scheiße.* So viel *Scheiße*, dass Vicki bei ihrem letzten Besuch irgendwann aufgehört hatte zu zählen.

Sie setzte sich Tracey gegenüber an den Tisch auf den schwarzen Holzstuhl mit der geraden Lehne. Tracey sah erstaunlich gut aus, mal abgesehen von den deutlichen Anzeichen von Nervosität, nun doch bereits seit einem Monat in Untersuchungshaft zu sein. Ihre Gesichtsfarbe wirkte trotz des Neonlichts gesund, ihre Haare sauber und ordentlich gebürstet. Sie hatte keine Ringe unter den Augen, und auch sonst wies nichts darauf hin, dass sie sich nachts regelmäßig in den Schlaf weinte. Die hellblaue Gefängnisuniform stand ihr sogar richtig gut. An ihren Armen zeichneten sich neue Muskeln ab, als hätte sie trainiert, was vermutlich der Fall war. Vicki schauderte, als sie erkannte, dass Tracey das Leben im Helen-Marshall-Frauengefängnis offensichtlich bestens bekam.

»Ist alles in Ordnung?«

»Oh ja«, sagte Tracey munter. »Bis auf meine Zellengenossin. Deswegen habe ich Sie angerufen. Sie müssen dafür sorgen, dass sie verlegt wird.«

Vicki grub ihre frisch manikürten Fingernägel in das Krokodilleder ihres Aktenkoffers, der vor ihr auf dem Tisch lag. »Und das war so dringend, dass du mich sofort sehen musstest?«

Tracey wirkte ehrlich überrascht über Vickis Unwillen. »Sie sitzt den ganzen Tag nur auf ihrem Bett und weint. Das geht einem nach einer Weile ziemlich auf die Nerven.«

»Weswegen weint sie denn?«

Tracey zuckte die Achseln, und mehrere lockige Strähnen fielen ihr ins Gesicht. Sie strich sie zurück, doch eine löste sich wieder. »Sie jammert die ganze Zeit rum. Dass es ihr Leid tut, was passiert ist. Dass sie nicht so fest zutreten wollte. Dass sie zu ihrer Mami will. Und so halt.«

»Das ganze Gerede über ihre Mutter wühlt dich vermutlich auf«, formulierte Vicki wohlwollend.

»Na ja, es geht mir wie gesagt auf die Nerven.«

»Vermisst du deine Mutter, Tracey?«

Die Frage schien Tracey zu überraschen. Sie zog die Schultern bis an die Ohren. »Ja, schon irgendwie.«

»Irgendwie?«

»Meinen Sie, Sie könnten dafür sorgen, dass sie verlegt wird?«

Vicki nickte. »Ich werde sehen, was sich machen lässt.«

»Danke«, sagte Tracey lächelnd.

»Und wie geht es sonst?« Vicki klappte ihren Aktenkoffer auf und entnahm mehrere Aktenmappen.

»Prima.«

Vicki schüttelte den Kopf und senkte den Blick, um vor ihrer Mandantin zu verbergen, was sie dachte. Wie viele Menschen würden ein Leben hinter Gittern mit dem Brustton der Überzeugung als »prima« beschreiben? »Wie war deine Sitzung mit Nancy Joplin?«

Traceys Blick wurde leer.

»Die Anstaltspsychologin«, half Vicki ihr auf die Sprünge. »Hattest du nicht heute Morgen einen Termin mit ihr?«

»Oh ja. Sie war nett.«

»Nett«, wiederholte Vicki und kaute auf dem Wort, als wäre es schwer verdaulich. »Was hat sie dich denn so gefragt?«

Tracey strich sich die widerspenstige Strähne aus der Stirn. »Sachen über meine Mutter. Sie wissen schon.«

»Das weiß ich nicht.«

»Hmm, mal überlegen. Was für eine Beziehung wir hatten, ob wir uns nahe standen, was für Gefühle ich wegen ihrer Verlobung hatte und so.«

»Und was hast du ihr erzählt?«

»Die Wahrheit. Wie Sie es mir gesagt haben. Dass wir eine großartige Beziehung hatten, uns sehr nahe standen, und dass ich Howard mochte.«

»Was hat sie dich sonst noch gefragt?«

»Darüber will ich nicht reden.«

»Tracey, die Zeit wird knapp. Im Januar gehen wir vor Gericht. Wenn du nicht mit mir redest, kann ich dir nicht helfen.«

Tracey streckte die Beine aus und blickte zur Decke. »Sie hat mich nach der Nacht gefragt, in der meine Mutter gestorben ist.«

»Was hast du ihr erzählt?«, fragte Vicki.

»Das wissen Sie doch.« Tracey verschränkte die Arme vor der Brust und verzog die Lippen zu einem trotzigen Schmollmund.

»Das weiß ich nicht«, beharrte Vicki, ohne ihre wachsende Verärgerung zu verbergen. Wie oft mussten sie das noch durchgehen? »Du hast ihr erzählt, dass ein maskierter Eindringling deine Mutter ermordet hat?«

»Ja.«

»Warum gibt es dann keinen Beweis für die Existenz einer solchen Person?«

»Weiß nicht.«

»Lass mich dir erklären, womit wir es zu tun haben.« Hatte sie das nicht schon hundertmal erklärt? »Abgesehen davon, dass es keinerlei Spuren für ein gewaltsames Eindringen gibt, kein Blut außer im Schlafzimmer und an dir, ist da noch die Kleinigkeit der Mordwaffe, die die Polizei in deinem Kleiderschrank übersät mit deinen Fingerabdrücken gefunden hat, nicht zu vergessen den Diamantring deiner Mutter, den die Polizei in deiner Schmuckschatulle entdeckt hat ...«

»Das weiß ich alles.«

»Wie ist die Mordwaffe in deinen Kleiderschrank gekommen?«

»Ich weiß es nicht«, beteuerte Tracey. »Vielleicht hat er sie dort versteckt.«

»Wer? Der Lone Ranger?«

Tracey kicherte nervös.

»*Wann* hat er die Waffe dort versteckt?«

»Ich bin mir nicht sicher.«

»Du hast gesagt, er wäre nicht in dein Zimmer gekommen, sondern du wärst ihm im Flur begegnet.«

»Dann muss er später in mein Zimmer gegangen sein, als ich bei meiner Mutter war.«

»Aber du hast doch gesagt, er wäre die Treppe hinunter und aus der Haustür gerannt.«

Tracey sprang auf und begann hin und her zu laufen. »Ich weiß nicht, was er getan hat. Ich bin durcheinander. Sie bringen mich so durcheinander, dass ich mich nicht mehr erinnern kann, was passiert ist.«

»Das reicht nicht.«

»Warum nicht?«

»Warum nicht!«, wiederholte Vicki erstaunt. »Weil du nicht ständig eine andere Geschichte erzählen kannst. Weil du nicht erst dies und dann etwas anderes behaupten kannst. Der Staatsanwalt wird auf jeder kleinen Unstimmigkeit herumreiten. Und Michael Rose ist vielleicht nicht der weltbeste Staatsanwalt, aber das braucht er auch gar nicht zu sein. Er hat jede Menge Indizien, er hat die Gelegenheit, und er hat ein Motiv.«

»Ein Motiv? Was für ein Motiv denn?«

»Er wird behaupten, dass du auf die Beziehung deiner Mutter mit Howard Kerble eifersüchtig warst.«

»Das ist nicht wahr. Ich mag Howard.«

»Dass du dich daran gewöhnt hattest, sie ganz für dich allein zu haben.«

»Na und?«

»Dass du deine Mutter in einem Anfall von rasender Eifersucht getötet hast.«

»Ich habe sie nicht in einem Anfall von rasender Eifersucht getötet.«

»Warum hast du sie *denn* getötet?«, brüllte Vicki.

»Darum!«, schrie Tracey zurück und schnappte dann nach Luft, als wollte sie das Wort wieder einfangen. Sie stand vollkommen still und starrte an die Wand.

Vicki zitterte mit angehaltenem Atem am ganzen Körper. Mein Gott, hatte Tracey gerade tatsächlich zugegeben, ihre Mutter ermordet zu haben? Würde sie jetzt gestehen? Vicki spürte, wie ihre Muskeln wachsweich wurden und hielt sich an der Tischkante fest, um nicht vom Stuhl zu rutschen.

»Darum«, wiederholte Tracey, und Tränen kullerten über ihre Wangen.

»Erzähl mir, was in jener Nacht passiert ist, Tracey.«

Tracey schüttelte den Kopf.

»Ich kann nicht.«

»Bitte.« Als Vicki aufstand und auf Tracey zuging, die angefangen hatte, sich immer schneller und manischer im Kreis zu drehen, schlugen ihre Knie gegeneinander. Vicki breitete die Arme aus und drückte das Mädchen an sich, während ein verzweifelter Klagelaut aus Traceys Kehle drang.

»Ich kann es Ihnen nicht erzählen. Bitte zwingen Sie mich nicht. Ich kann nicht. Ich kann nicht.«

Vicki führte Tracey zu ihrem Stuhl, ließ sie Platz nehmen und hockte sich auf wackeligen Knien vor sie, als die Tür aufging und eine muskulöse Wärterin mit einem überraschend zarten Gesicht hereinschaute.

»Alles in Ordnung hier?«, fragte sie.

»Ja, vielen Dank«, erklärte Vicki der Frau, obwohl in Wahrheit gar nichts mehr in Ordnung war und je wieder in Ordnung sein würde. Es würde nur noch viel schlimmer werden. Davon war sie überzeugt.

»Erzähl mir, was passiert ist, Tracey.«

»Sie werden mich hassen.«

»Ich werde dich nicht hassen.«

»Ich wollte es nicht tun.«

»Das weiß ich.«

»Ich wollte ihr nicht wehtun. Ich habe sie angefleht aufzuhören.«

»Aufzuhören? Womit sollte sie aufhören?«

Tracey schüttelte so vehement den Kopf, dass ihre Strähnen gegen ihren Hals peitschten und sich an Vickis Wange verfingen. Vicki schossen Tränen in die Augen, die sie jedoch zurückdrängte, während sie auf Traceys Antwort wartete.

»Es war gegen neun Uhr«, begann Tracey. »Chris war schon gegangen. Mom meinte, sie wollte ein schönes heißes Bad nehmen und dann ins Bett kriechen.« Tracey hielt inne und starrte so eindringlich auf die gegenüberliegende Mauer wie auf eine Leinwand. »Sie hat mich gebeten, ihr den Rücken zu schrubben, was ich auch getan habe. Dann hat sie mich gefragt, ob ich in ihrem Bett schlafen wollte. Ich habe früher oft in ihrem Bett geschlafen, aber in letzter Zeit nicht mehr. Ich fand das keine so gute Idee mehr.«

Beklommen verlagerte Vicki ihr Gewicht von einem Fuß auf den anderen. Worauf sollte das alles hinauslaufen?

»Ich habe eingewilligt, obwohl ich nicht wollte. Ich wollte nicht, dass sie …«

»Was wolltest du nicht?«, wiederholte Vicki mit einer Stimme, die sie kaum als ihre eigene erkannte.

»Sie wissen schon.«

»Ich weiß es nicht.« Was wollte Tracey ihr sagen?

»Ich wollte nicht, dass sie mich anfasst.«

»Dich anfasst? Was soll das heißen, dich anfasst?« Vicki erhob sich, und ihre Arme zitterten zornig.

»Sie sind wütend«, sagte Tracey sofort. »Sie hassen mich. Ich wusste, dass Sie mich hassen würden.«

Natürlich hasse ich dich, du dummes, verlogenes Gör, wütete Vicki innerlich. Doch stattdessen sagte sie: »Natürlich hasse ich dich nicht. Weiter. Bitte, Tracey, erzähl mir, was passiert ist.« Und dann fahr zur Hölle, du falsches kleines Biest!

»Sie hat mich dauernd angefasst.«

»Sie war deine Mutter, Tracey. Mütter fassen ihre Töchter an.«

»Aber nicht so. Nicht an den Brüsten oder zwischen den Beinen.«

»Deine Mutter hat dich zwischen…« Vicki brachte es nicht über sich, die Worte auszusprechen. Es bedurfte all ihrer Willenskraft, die miese kleine Lügnerin nicht zu ohrfeigen oder zu würgen.

»Sie hat es immer unser kleines Spiel genannt. Wir haben es seit Jahren gespielt. Ich habe gesagt, dass ich es nicht mehr spielen wollte. Aber sie hat gesagt, ich hätte keine Wahl, sie wäre meine Mutter und könnte tun, was sie wollte. Ich habe sie angefleht aufzuhören. Ich habe sie angefleht, mich in Ruhe zu lassen. Aber das hat sie nicht. Sie hat ihren Verlobungsring abgenommen, über meinen Finger gestreift und gesagt, ich wäre ihre einzige wahre Liebe.«

Vicki wandte den Blick ab. »Und was dann?«

»Ich kann mich nicht mehr genau erinnern. Ich habe es wahrscheinlich verdrängt. Nachdem es vorbei war, ist sie eingeschlafen. Und ich habe bloß zitternd dagelegen. Irgendwann in der Nacht bin ich nach unten gegangen und habe den Golfschläger aus dem Schrank im Flur geholt. Es war, als ob ich in einer Art Trance gewesen wäre, irgendwie außer mir, als ob ich gar nicht ich selbst gewesen wäre. Ich bin zurück in ihr Schlafzimmer gegangen. Ich weiß noch, wie ich über ihr stand. Sie schlug die Augen auf und streckte ihre Hand nach mir aus. Und ich weiß, dass ich gedacht habe, ich kann dich mich nicht mehr anfassen lassen. Ich muss dich aufhalten. Du bist meine Mutter, und ich liebe dich, aber ich kann nicht zulassen, dass du mir weiter wehtust. Ich muss dich aufhalten.«

Vicki ließ sich auf den nächstbesten Stuhl sinken und biss die Zähne fest zusammen, um sich nicht zu übergeben. Sie wusste, dass alles, was Tracey ihr gerade erzählt hatte, ein Haufen dreckiger Lügen war. Barbara wäre ebenso wenig in der Lage gewesen, ihre Tochter zu missbrauchen, wie sich den Kopf kahl zu scheren und in Birkenstock-Sandalen herumzulaufen. Es bestand nicht die geringste Wahrscheinlichkeit, dass irgendetwas von dem, was Tracey ihr gerade erzählt hatte, wahr war. Oder doch?

Oder doch?

»Meine Mutter hat immer gesagt, wenn ich es jemandem erzähle, würde mir sowieso keiner glauben, und alle würden mich hassen«, schluchzte Tracey. »Ich sehe es in ihren Augen. Sie glauben mir nicht. Und Sie hassen mich.«

Vicki sagte nichts. Ihr war, als hätte Tracey ein weiteres Mal mit der Mordwaffe ausgeholt und diesmal ihren Kopf getroffen. Sie rieb sich die Stirn, ihre Finger waren eiskalt.

Lieber Gott, dachte Vicki, was soll ich jetzt bloß tun?

31

»Wovon zum Teufel redest du?«

Vicki machte einen Schritt zurück und suchte hinter ihrem massiven Schreibtisch Deckung. »Susan, beruhige dich.«

»Sag mir nicht, ich soll mich beruhigen.«

»Dann sprich bitte etwas leiser.«

»Sag mir, was zum Teufel hier los ist.«

»Das würde ich ja gerne, wenn du mir die Gelegenheit lässt.«

»Was ist das für ein Blödsinn, den ich gelesen habe?«

»Es ist kein Blödsinn.«

»Tracey hat Barbara in Notwehr getötet! Das nennst du keinen Blödsinn?«

»Ich nenne es eine plausible Verteidigung.«

»Es ist vollkommen unhaltbar«, entgegnete Susan und machte mehrere große Schritte über den unlängst erworbenen indischen Teppich, der den Fußboden vor Vickis Schreibtisch zierte, woraufhin Vicki einen weiteren Schritt zurückwich und warnend die Hände hob.

»Wenn du dich einfach setzen würdest...«

Überraschenderweise ließ sich Susan in einen der beiden neuen blutroten Lederfreischwinger fallen, die wie Wächter vor Vickis Schreibtisch standen. Sie trug einen eleganten schwarzen Hosenanzug und einen weißen Rollkragenpullover. Ihr Haar fiel locker bis zu ihrem Kinn, ihre Wangen waren vor rechtschaffener Empörung gerötet. »Sprich«, sagte sie, und im selben Moment begann das Telefon zu klingeln.

Vicki ignorierte das Klingeln, atmete tief ein, setzte sich jedoch nicht. Stehend strahlte sie mehr Macht aus, obwohl sie anfing, sich zu wünschen, dass sie flachere Schuhe angezogen hätte, weil man darin besser rennen konnte, falls es notwendig werden sollte, die Flucht zu ergreifen. »Du weißt doch, dass ich das nicht machen würde –«

»Warum *machst* du es dann?«

»– wenn es nicht gute Gründe dafür gäbe.«

»Ich warte.«

Die Bürotür ging auf, und Vickis Sekretärin steckte den Kopf herein. »Es ist Marina Russell von Global TV. Sie sagt, Sie hätten ihr versprochen, sie bis drei zurückzurufen, und jetzt ist es zehn nach.«

»Sagen Sie ihr, dass ich unser Telefonat auf morgen früh verschieben muss. Und stellen Sie keine weiteren Gespräche durch.« Wie auf Stichwort begann das Telefon erneut zu klingeln.

»Schwer was los«, bemerkte Susan.

Vicki zuckte die Achseln und ignorierte die Bitterkeit in der Stimme ihrer Freundin, den Vorwurf in ihren Augen. »Ich muss sehr vorsichtig sein, was ich sage«, erklärte sie Susan nach einer längeren Pause. »Du weißt schon, wegen des besonderen Vertrauensverhältnisses zwischen Verteidiger und Mandant.«

»Nein, weiß ich nicht. Ich lebe seit vierzig Jahren auf dem Mars.«

»Ich kann gut auf deinen Sarkasmus verzichten.«

»Und ich auf deinen Mist.«

»Na super.« Vicki entschied sich, doch Platz zu nehmen, und ließ sich in den riesigen neuen Drehstuhl hinter ihrem Schreibtisch fallen, schlug die Beine in ihrem beigen Armani-Kostüm übereinander, lehnte den Kopf an das dunkelrote Leder und wünschte, sie hätte ihr altes Büromobiliar behalten. Der vorherige Stuhl war viel bequemer gewesen. Darin war sie nicht jedes Mal so versunken. Normalerweise saß auf der anderen Seite des Schreibtischs natürlich auch nicht ihre beste Freundin und beschimpfte sie. Vicki gab sich alle Mühe, Susans geringschätzigen Blick nicht als Beleidigung zu empfinden. Wenn alles vorbei war, so hoffte sie, würde Susan verstehen, warum sie so gehandelt hatte. »Du weißt, dass ich meine Mandantin nicht verraten darf.«

»Aber deine Freundin zu verraten, damit hast du kein Problem.«

»Ich verrate meine Freundin nicht. Ich schütze genau das Wesen, das für diese Freundin das Wertvollste auf der Welt war.«

»Dieses *Etwas* meinst du wohl. Wie kannst du das tun?«

»Tracey hat ein Recht auf die bestmögliche Verteidigung.«

»Und das bist du?«

»In diesem Fall, ja.«

»Warum?«

»Warum?«, wiederholte Vicki. Was für eine Frage war das?

»Warum musst ausgerechnet du diejenige sein?«

»Weil Tracey mir vertraut. Weil sie mich braucht. Weil ich ganz ehrlich glaube, dass Barbara es so gewollt hätte.«

»Barbara hätte gewollt, dass du die Person verteidigst, die sie ermordet hat?«

»In diesem Fall schon.«

»Sie hätte gewollt, dass du ihr Andenken besudelst und ihren guten Ruf zerstörst?«

»Es ist nicht meine Absicht, das zu tun.«

»Ach wirklich? Du glaubst nicht, dass ihr Ruf darunter leiden könnte, dass du sie des Kindesmissbrauchs bezichtigst.«

»Ich muss meine Mandantin verteidigen.«

»Und Angriff ist die beste Verteidigung?«

»Manchmal.«

»Und dieses Mal?«

Vicki blickte aus dem Fenster in den Regen. »Ich war genauso schockiert wie du von dem, was Tracey erzählt hat.«

»Ja, die Zeitungen verkünden dein Entsetzen täglich auf der Titelseite. Du hast doch nicht etwa vor, potenzielle Geschworene zu beeinflussen, oder?«

»Die Öffentlichkeit hat ein Recht, beide Seiten der Geschichte zu erfahren.«

»Die Öffentlichkeit hat ein Recht auf die Wahrheit.«

»Oh bitte«, sagte Vicki. Konnte Susan wirklich so naiv sein? »Willst du mir erzählen, dass du den Müll, den Tracey absondert, tatsächlich glaubst?«

»Was ich glaube, ist irrelevant.«

»Komm mir nicht mit diesem Mist«, sagte Susan abschätzig. »Ich bin vielleicht keine Juristin, aber ich sehe genug fern, um zu wissen, dass du keine Zeugin aufrufen kannst, von der du weißt, dass sie einen vorsätzlichen Meineid begehen wird.«

»Wer sagt denn, dass Tracey einen Meineid leisten wird?«

»Ich«, erklärte Susan unbeirrt. »Und du auch, wenn du ehrlich bist.«

»Willst du meine Integrität anzweifeln?«

»Ich will deine Motive anzweifeln.«

»Was soll das heißen? Dass ich das nur um des Geldes, des Ruhmes und der Publicity willen mache?«

»Ich weiß es nicht. Ist es so? Wessen Aufmerksamkeit versuchst du in Wahrheit zu gewinnen, Vicki?«

Vickis Herz schlug schneller, und sie spürte, wie ihre Wangen vor Wut rot anliefen. Worauf wollte Susan hinaus, verdammt noch mal? »Ich weiß nicht, wovon du redest.«

»Nicht?«

»Es geht nicht um mich«, fauchte Vicki in einem Tonfall, der Susan warnte, dass sie sich auf gefährlichem Terrain bewegte.

»Eben«, erwiderte Susan, ohne sich einschüchtern zu lassen. »Barbara hat fest geschlafen«, fuhr sie noch im selben Atemzug fort. »Selbst wenn Traceys lächerliche Anschuldigungen stimmen, was ich keine Sekunde lang glaube, wie kannst du argumentieren, dass Tracey Angst um ihr Leben hatte, als sie ihre Mutter ermordet hat? Welche Bedrohung hätte eine schlafende Barbara denn darstellen sollen?«

Vicki atmete langsam aus, froh, wieder auf vertrauterem Boden zu stehen. »Tracey war überzeugt, dass der Missbrauch weitergehen würde, wenn ihre Mutter aufwacht.«

»Und? Konnte sie nicht weglaufen? Konnte sie es nicht ihrem Vater sagen? War Mord die einzige Möglichkeit?«

»Sie sagt, der Missbrauch hätte begonnen, als sie noch sehr klein gewesen ist, und dass nie jemand etwas getan hätte, um ihr zu helfen.«

»Das ist Quatsch, und das weißt du auch.«

»Wirklich? Weißt du es?«

»Was!«

»Wie kannst du dir so sicher sein, dass Barbara Tracey nie missbraucht hat?«

Susan schüttelte den Kopf. »Das ist doch absurd.«

»Tatsache ist, dass du dir nicht sicher sein kannst. Keiner von uns kann das, egal, wie gut wir befreundet waren.«

»Ich bin mir sicher«, beharrte Susan stur.

War Susan schon immer so verdammt selbstgerecht gewesen? »Würdest du Barbara als eine gute Mutter bezeichnen?«, fragte Vicki unvermittelt.

»Selbstverständlich.«

»Eine engagierte Mutter?«

»Ja.«

»Könnte man ihre Beziehung mit Tracey nicht vielleicht als ein wenig *zu* eng und symbiotisch beschreiben?«

»Nein, das *könnte* man nicht und das *würde* ich nicht.«

»Denk einen Moment darüber nach«, mahnte Vicki sie.

»Denk *du* mal darüber nach. Bloß weil du ohne Mutter aufgewachsen bist…«

Das Wort traf Vicki wie eine schallende Ohrfeige. »Können wir meine Mutter bitte außen vor lassen?«

»Ich weiß nicht. Können wir das?«

Vicki hielt die Luft an und versuchte, bis zehn zu zählen, kam jedoch nur bis fünf, bevor sie explodierte. »Okay, jetzt reicht's mir mit deiner einfältigen Küchenpsychologie! Meine Mutter steht hier nicht zur Debatte! Im Gegensatz dazu, was du vielleicht denkst, benutze ich diesen Fall nicht, um die Aufmerksamkeit meiner Mutter zu erlangen. Ich versuche auch nicht, Barbaras guten Ruf als Mutter zu zerstören, weil ich irgendwas gegen Mütter im Allgemeinen hätte, seit meine Mutter mich verlassen hat, als ich noch ein kleines Mädchen war.«

Vickis unerwarteter Ausbruch schien Susan ehrlich zu verblüffen. »Das habe ich nicht gesagt. Das habe ich nicht einmal gedacht.«

Vicki sprang auf und spürte ein gefährliches Zittern in den Oberschenkelmuskeln, sodass sie sich auf der Lehne ihres Stuhls abstützen musste. »Du hältst dich wohl für verdammt schlau. Du denkst, du weißt alles. Wusstest du, dass Barbara mitten in der Nacht anonyme Anrufe bei Ron gemacht hat?«, fragte Vicki, einen Gang zurückschaltend in dem Versuch, das Gespräch wieder unter Kontrolle zu bekommen.

»Was? Wovon redest du?«

»Es hat also ganz den Anschein, als gäbe es manches, das wir über unsere Freundin doch nicht wussten.«

Nun wirkte Susan reichlich verlegen. Sie rutschte auf ihrem Stuhl hin und her. »Meinetwegen, na und? Selbst wenn Barbara ein paar unbesonnene Anrufe gemacht hat, was ich nicht unbedingt glaube …«

»Natürlich nicht.«

»… ist das immer noch weit entfernt von Kindesmissbrauch.«

»Warum sollte Tracey lügen?«

»Also, das kann ich mir überhaupt nicht vorstellen. Meinst du, eine mögliche Entlassung aus der Haft könnte etwas damit zu tun haben?«

»Glaubst du, sie hat sich die ganze Geschichte nur ausgedacht?«

»Ich *weiß*, dass sie sich die ganze Geschichte nur ausgedacht hat.«

»Woher weißt du das? Du hast ja kaum zwei Tage mit ihr verbracht. Wie kannst du behaupten, sie so gut zu kennen?«

»Ich kenne sie überhaupt nicht! Aber ich kannte Barbara! Und du auch, verdammt noch mal.«

Vicki ging zum Fenster und starrte auf die Straße. Wartet auf mich, rief sie den Fußgängern stumm hinterher, die unten vorbeieilten. »Okay, also was sind die Fakten?« Sie wandte sich wieder Susan zu und tat so, als würde sie die Tränen in ihren Augen nicht sehen. »Wir haben ein sechzehnjähriges Mädchen, das zugibt, seine Mutter getötet zu haben.«

»Nachdem sie fortgesetzt Lügen erzählt hat. Der Polizei, mir, dir.«

»Ja, sie hat gelogen.«

»Und warum glaubst du, dass sie jetzt nicht lügt? Hast du zumindest den Hauch eines Beweises, um ihre Anschuldigungen zu untermauern?«

Vicki legte den Kopf nach hinten und massierte ihren Nacken. Susan hatte Recht. Sie hatte keine Beweise, nichts, was Traceys sensationelle Anschuldigungen unterstützte. Und ein paar Krokodilstränen würden den Geschworenen nicht reichen, um sich auf »nicht schuldig« zu einigen.

»Du hast keinen einzigen Beweis, oder?«, wollte Susan wissen.

»Es muss doch einen Grund für Traceys Tat geben.«

»Wer sagt das?«

»Mädchen ermorden ihre Mutter nicht einfach aus einer Laune heraus.«

»Vielleicht hat es Tracey nicht gefallen, dass sie für ihre Mutter nicht mehr der Mittelpunkt des Universums war. Vielleicht hat es ihr nicht gefallen, dass ihre Mutter dabei war, sich ein eigenes Leben aufzubauen. Vielleicht hat ihr das Essen nicht gepasst, was Barbara an jenem Abend gekocht hat.«

»Oder vielleicht ist sie von ihrer Mutter missbraucht worden«, sagte Vicki ausdruckslos. »Sag mir eins, Susan. Würdest du Tracey genauso schnell für unglaubwürdig erklären, wenn sie dieselben Vorwürfe gegen ihren Vater erhoben hätte? Du kannst ihre Beschuldigungen doch nicht einfach abtun, nur weil Barbara eine Frau war.«

»Ich tue sie nicht ab, weil sie eine Frau war. Ich tue sie ab, weil Barbara meine Freundin war.«

»Und wenn ich dich in den Zeugenstand rufen würde…«

»Das würde ich nicht tun, wenn ich du wäre.«

Vicki zuckte die Achseln. »Du bist aber nicht ich.«

Susan marschierte zur Tür, riss sie auf und trat in den Flur. »Und dafür bin ich dem Herrgott jeden Tag aufs Neue dankbar«, rief sie und knallte die Tür hinter sich zu.

»Verdammte Scheiße!« Vicki nahm einen Mont-Blanc-Füller und schleuderte ihn genau in dem Moment Richtung Tür, in dem ihre Sekretärin erneut den Kopf hereinsteckte. Der Stift verfehlte den Kopf der jungen Frau nur um Haaresbreite. »Verdammt, können Sie nicht klopfen?«

»Ich habe Sie schreien hören«, setzte die Sekretärin an und brach in Tränen aus. »Tut mir Leid«, fügte sie noch hinzu und trat eilig den Rückzug an.

»Verdammt.« Warum waren bloß alle so verdammt empfindlich dieser Tage? Chris war so außer sich über Traceys Vorwürfe gewesen, dass sie Vickis Anrufe hartnäckig nicht erwiderte; Susan, die nicht an falscher Schüchternheit litt, war in ihr Büro gestürmt und hatte ihre Motive und ihre Integrität offen angezweifelt. Und dann diese albernen Anspielungen auf ihre Mutter, Herrgott noch mal. Sogar Jeremy hatte die Klugheit ihres Entschlusses in Frage gestellt.

»Vielleicht solltest du diesen Fall jemand anderem überlassen, Darling«, hatte er ihr geraten.

»Vielleicht solltest du dich um deinen Kram kümmern«, hatte sie ihn angefaucht.

Warum konnte sie nicht auf die anderen hören? War Traceys Verteidigung es wirklich wert, den Respekt ihres Mannes und ihre besten Freundinnen zu verlieren? Glaubte sie wirklich, dass Tracey etwas anderes war als eine berechnende kleine Psychopathin, der es durchaus zuzutrauen war, sich mithilfe der gängigen Populärpsychologie vor den Konsequenzen ihres Handelns zu drücken?

»Ich weiß es nicht«, rief Vicki frustriert. Trotz Susans, Chris' und Jeremys Vorwürfen war sie nach wie vor fest davon überzeugt, das zu tun, was Barbara gewollt hätte. Barbara hätte zuvorderst und ohne Rücksicht auf was auch immer gewollt, dass ihre Tochter geschützt wurde. Und wenn Tracey ihre Mutter nur deshalb getötet hatte, weil ihr verdammt noch mal danach war, hätte Barbara immer noch gewollt, dass Vicki sie verteidigen und alles in ihrer Macht Stehende tun würde, um ihrer Tochter das Gefängnis zu ersparen.

Ich tue das Richtige, sagte Vicki sich.

Auch auf den Verdacht hin, dass Tracey eine gefährlich instabile Persönlichkeit und mögliche Bedrohung für andere ist?, flüsterte eine leise Stimme in ihrem Kopf. Selbst auf Kosten von allem, was dir lieb und teuer ist?

»Es geht hier nicht um mich«, wiederholte Vicki. Die Angebote aus New York, die Anfragen aus Hollywood, die Aufmerksamkeit der Medien, all das war nicht wichtig. Wichtig war, dass sie das Andenken ihrer Freundin auf die beste Weise wahrte, die sie kannte.

»Was für eine lahme Ausrede«, hörte sie Susan höhnen.

»Geschliffene Spitzfindigkeiten«, stimmte Jeremy ihr zu.

Chris wandte sich ab und weigerte sich, mit ihr zu sprechen.

»Na toll«, sagte Vicki und wandte ihren imaginären Richtern den Rücken zu, so wie sie ihr den Rücken gekehrt hatten.

In einem Punkt jedoch waren sich alle einig: Sie hatte keine Beweise. Sie konnte theoretisieren, so viel sie wollte. Letztendlich hatte sie nichts außer Traceys Wort.

»Weißt du, ich freu mich wirklich darauf, dir den Arsch aufzureißen«, hatte Michael Rose ihr nachgerufen, und sein Bild zwinkerte ihr nun entgegen.

»Kommt überhaupt nicht in Frage«, sagte Vicki laut, schnappte sich ihre Handtasche und stürmte zur Tür. »Nehmen Sie sich den Rest des Tages frei«, erklärte sie ihrer verblüfften Sekretärin, bevor sie den Flur hinunterrannte.

»Das verstehe ich nicht«, sagte Tracey. »Was machen Sie hier?«

»Ich brauche noch mehr«, wiederholte Vicki, wie jedes Mal erstaunt über die gesunde Gesichtsfarbe des Mädchens und die Art, wie sie hinter Gittern regelrecht aufzublühen schien.

»Ich habe Ihnen alles erzählt.«

»Das reicht nicht.«

»Es ist die Wahrheit.«

Wann hätte die Wahrheit je gereicht, fragte Vicki sich und kniff die Augen zusammen, die in dem grellen Neonlicht brannten. »Ich brauche mehr«, sagte sie noch einmal.

»Mehr gibt es nicht.«

»Denk scharf nach, Tracey. Gab es irgendwelche Zeugen?«

»Zeugen?«

»Jemand, der möglicherweise gesehen hat, wie deine Mutter dich in unangemessener Weise berührt hat.«

Tracey schüttelte den Kopf. »Ich glaube nicht. Sie hat es nur gemacht, wenn wir alleine waren.«

»Hat sie je eine anzügliche Bemerkung in Gegenwart eines anderen gemacht?«

»Inwiefern anzüglich?«

Vicki versuchte einen anderen Ansatz. »Gibt es irgendjemanden, den ich in den Zeugenstand rufen könnte, der deine Geschichte bestätigen kann?«

Tracey zuckte die Achseln und wandte den Blick ab.

»Tracey, gibt es irgendwen, den ich aufrufen könnte?«

»Nein.«

Vicki begann, den rechteckigen Tisch zu umkreisen. *Scheiß auf die Scheißer. Scheiß auf die Anwälte,* las sie und dachte, dass dieser Fluch bereits wahr geworden war. Sie saß in der Scheiße, und zwar gründlich. »Ich brauche irgendetwas, Tracey. Ich kann nicht in diesen Gerichtssaal gehen mit nichts weiter in der Hand als deiner Aussage über die Ereignisse jener Nacht.«

»Meinen Sie nicht, dass die Geschworenen mir glauben werden?«

»Nenn ihnen einen Grund, dir zu glauben, Tracey. Nenn *mir* einen Grund.«

Tracey sank auf ihrem Stuhl in sich zusammen und streckte ihre Beine aus. Sie rieb sich die Hände an der hellblauen Hose ihrer Häftlingskluft. »Es gibt etwas, was ich Ihnen erzählen könnte.«

Vicki hörte auf zu kreisen, blieb wie angewurzelt stehen und wartete, dass Tracey fortfuhr.

»Etwas, das Sie davon überzeugen würde, dass ich die Wahrheit sage. Etwas, was die Geschworenen überzeugen würde.«

»Und was ist das?«

»Etwas über meine Mutter. Etwas, was Sie nicht wissen und was ich noch nie jemandem erzählt habe.«

»Mir kannst du es erzählen.«

Tracey richtete sich wieder auf und saß kerzengerade auf ihrem Stuhl. Mit dem Kopf wies sie auf den anderen Stuhl. »Vielleicht sollten Sie sich lieber setzen.«

32

Die Eröffnungsplädoyers begannen am Donnerstag, dem 14. Januar 1993.

Vicki beobachtete, wie Michael Rose sich von seinem Platz hinter dem Tisch des Anklägers erhob und entschlossen auf die Geschworenen zu schritt. Die Auswahl der aus sieben Frauen und fünf Männern bestehenden Jury hatte drei Tage gedauert. Acht Geschworene waren weiß, zwei schwarz und zwei asiatischer Abstammung. Neun waren verheiratet, zwei geschieden, einer allein stehend. Insgesamt hatten sie zweiunddreißig Kinder und Enkel, davon zwanzig Mädchen. Alle schworen, dass die Sensationsberichterstattung vor dem Prozess sie nicht beeinflusst hatte und sie sich keine vorgefasste Meinung gebildet hatten. Die Hälfte von ihnen wirkte nervös, sie saßen vorgebeugt und mit vor Erwartung glänzenden Augen auf ihren Plätzen; die anderen sahen gelangweilt aus, in bequemer Sitzhaltung zurückgelehnt, die Augen bereits halb geschlossen. Der Richter hatte ihnen schon erklärt, dass der Prozess drei Wochen, aber auch drei Monate dauern könnte.

»Meine Damen und Herren Geschworenen«, begann Michael, »guten Morgen.«

Und lassen Sie mich Ihnen bereits im Voraus danken, rezitierte Vicki stumm den wohl bekannten Vortrag.

»Und lassen Sie mich Ihnen bereits im Voraus danken«, fuhr Michael fort und knöpfte den untersten Knopf seiner dunkelgrauen Anzugjacke zu, die er immer am ersten Tag eines wichtigen Prozesses trug. Es sei eine Art Glücksbringer, hatte er Vicki einmal erklärt. Grauer Anzug, gelbe Krawatte für das Eröffnungsplädoyer, blauer Anzug, rote Krawatte für das Schlussplädoyer.

Ein Mann mit Grundsätzen, dachte Vicki und hielt sich die Hand vor den Mund, während sie seine Worte weiter stumm mitsprach. »Die vor Ihnen liegende Aufgabe ist nicht leicht.«

»Haben Sie etwas gesagt?«, flüsterte Tracey neben ihr.

Vicki nahm die Hand vom Mund und tätschelte Traceys Hände in dem Wissen, dass mindestens einer der Geschworenen die Geste bemerken würde. Traceys Hände fühlten sich schön warm an, während Vickis so kalt waren, als hätten sie über Nacht im Gefrierfach gelegen.

»Doch ich werde versuchen, sie Ihnen so leicht wie möglich zu machen«, fuhr Michael fort. Jedes Mal dieselbe beschissene Rede, dachte Vicki und blickte zu Richter Fitzhenry, einem 64-jährigen Mann mit täuschend sanften Gesichtszügen. Mit seinem runden Gesicht und den weißen Strähnen sah er zwar aus wie jedermanns Lieblingsonkel, doch hinter seinem freundlichen Lächeln lauerte eine spitze Zunge, und seine barmherzigen blauen Augen verbargen eine zynische Seele.

»Die Fakten sind in diesem Fall wirklich recht einfach«, führte Michael weiter aus. »In den frühen Morgenstunden des 18. August 1992 irgendwann zwischen drei und fünf Uhr wurde eine 46-jährige Frau namens Barbara Azinger brutal erschlagen.«

Vicki beobachtete Traceys Gesicht, während Michael mit der dramatischen Auflistung der grausamen Einzelheiten begann. Tracey wirkte ruhig, beinahe heiter, und sah in dem rosa Pullover und dem dunkelblauen Faltenrock aus wie die artige Schülerin, die sie war. Dunkle Locken rahmten ihr bis auf den Hauch Mascara, den Tracey Sekunden bevor die Geschworenen den Gerichtssaal betreten hatten noch unbedingt hatte auftragen müssen, vollkommen ungeschminktes Engelsgesicht. Ganz die Tochter ihrer Mutter, dachte Vicki und sah, wie zwei Tränen in Traceys Augen schimmerten, als Michael Rose Barbaras Verletzungen im Einzelnen auflistete. »Habe keine Angst zu weinen«, hatte Vicki sie angewiesen. »Lass die Geschworenen sehen, wie sehr du deine Mutter geliebt hast.«

Waren es echte Tränen oder befolgte Tracey lediglich den Rat ihrer Anwältin?

Das geht dich nichts an, ermahnte Vicki sich und ließ ihren Blick ruhelos über die hohe Decke und die dunkle Wandtäfelung des gemütlichen alten Gerichtssaals schweifen. Ich bin nur ihre Anwältin. Nicht der Richter oder die Geschworenen. Meine Aufgabe ist es nicht, Schuld oder Unschuld festzustellen, ich muss meine Mandantin nur so gut wie möglich verteidigen.

Wie oft musste sie sich noch daran erinnern, bevor sie aufhörte, sich so verdammt schuldig zu fühlen? Sie hatte einen Job zu erledigen, und das würde sie tun. Dass Chris und auch Susan seit Monaten nicht mit ihr gesprochen und sich beide freiwillig als Zeuginnen der Anklage gemeldet hatten, hatte sie nur in ihrer Entschlossenheit bestärkt und ihre Aufgabe ungleich leichter gemacht.

»Meine geschätzte Kollegin wird versuchen, Sie davon zu überzeugen, dass Tracey Azinger ihre Mutter in Notwehr getötet hat«, fuhr Michael halb angewidert, halb ungläubig fort. Nachdem er die Anklage dargelegt hatte, versuchte er jetzt die Verteidigung schon im Vorwege zu diskreditieren und Vickis möglichen Argumenten die Schärfe zu nehmen. »Sie wird die klaren, geraden Linien dieses Falles verwischen und an Ihr Bedürfnis appellieren zu glauben, dass Kinder ihre Eltern nicht einfach so ohne einen guten Grund töten. Und dafür wird sie zu der obszönen alten Kamelle greifen, dem Opfer die Schuld zu geben.«

Obszöne alte Kamelle, wiederholte Vicki stumm und stellte sich ein altes Bonbon vor, das über den braunen Teppich des Gerichtssaals rollte. Vicki bremste die lächerliche Metapher mit der Spitze ihres Schuhs und trat sie mit ihrem Absatz in den unsichtbaren Staub. Den Geschworenen zuliebe schüttelte sie in gespielter Verzweiflung den Kopf und sah auf die Uhr. Michael redete jetzt seit gut vierzig Minuten.

»Sie wird Ihnen erzählen, dass die hingebungsvolle Mutter eine Seite hatte, von der nur ihre Tochter etwas wusste, weil sie sie selbst vor ihren engsten Freundinnen mehr als ein Jahrzehnt lang verborgen hat. Sie wird versuchen, Sie davon zu überzeugen, dass Barbara Azinger ein Ungeheuer war, das ihre Tochter regelmäßig und wiederholt missbraucht hat.«

Aber welche Beweise hat die Verteidigung für diese haltlosen Anschuldigungen?, hörte Vicki Michael sagen, bevor er die Worte tatsächlich ausgesprochen hatte.

»Keine«, erklärte Michael, seine eigene Frage beantwortend. »Die Verteidigung hat absolut keinen Beweis. Nichts als das Wort des Mädchens, das sie getötet hat.«

»Meine Damen und Herren Geschworenen, verhindern Sie, dass die Verteidigung damit durchkommt«, flüsterte Vicki weiter mit und entfernte gleichzeitig einen winzigen weißen Fussel von ihrem glatten grünen Rock.

»Die Fakten in diesem Fall sind unbestreitbar«, erinnerte Michael die Geschworenen, die ihm sämtlich aufmerksam zuhörten. »Lassen Sie sich von den rhetorischen und theatralischen Verrenkungen der Verteidigung nicht verunsichern.«

Rhetorische Verrenkungen, wiederholte Vicki stumm. Der war neu.

»Lassen Sie nicht zu, dass dieses Mädchen –«, Michael wies auf Tracey, die tief einatmete und ihm direkt in die Augen sah, »– das den Mord bereits gestanden hat, seine Mutter noch einmal ermordet.«

Noch bevor Michael Rose Platz genommen hatte, war Vicki auf den Beinen und vor der Geschworenenbank. »Der Staatsanwalt hat vollkommen Recht, wenn er sagt, dass die Fakten in diesem Fall unstrittig sind. Am frühen Morgen des 18. August 1992 hat Tracey Azinger ein Fünfer Eisen aus einem Kleiderschrank im Erdgeschoss geholt und ihre Mutter damit erschlagen. Der Staatsanwalt hat Recht, wenn er sagt, dass sie anschließend die Polizei belogen und eine Geschichte über einen maskierten Eindringling erfunden hat, den sie sogar identifiziert haben wollte«, sagte Vicki, ließ ihren Blick über die Besuchergalerie gleiten und entdeckte

Tony Malarek, der ihren Blick mit einem wissenden Grinsen erwiderte. »Der Staatsanwalt sagt, dass sie ihre Geschichte erst angesichts massiver Beweise geändert hat. All das ist wahr.« Vicki machte eine Pause, um das Gesagte sacken zu lassen. »Und es ist gleichzeitig auch nicht wahr.« Ihr Blick wanderte von einem Geschworenen zum nächsten, bis sie mit allen Kontakt hergestellt hatte. »Ja, Tracey Azinger hat gelogen.« Vicki wandte sich abrupt zu Tracey um, sicher, dass die Blicke der Geschworenen ihr folgen würden. Tracey starrte durch einen dichten Vorhang aus Tränen zurück. »Aber nicht um sich selbst zu schützen« – sie machte eine weitere lange Pause, noch länger als beim ersten Mal –, »sondern um ihre Mutter zu schützen.«

Vicki verharrte reglos, sorgfältig darauf bedacht, die Aufmerksamkeit nicht von ihrer Mandantin abzulenken. »Sie hat gelogen, weil sie nicht wollte, dass irgendwer erfuhr, was für schreckliche und unnatürliche Dinge ihre Mutter ihr seit Jahren angetan hatte. Wenn ich die elegante Formulierung des Staatsanwaltes ausborgen darf, sie wollte ›ihre Mutter nicht noch einmal ermorden‹. Doch letztendlich blieb ihr keine andere Wahl. Genauso wenig wie sie eine andere Wahl hatte, als ihre von ihr verehrte Mutter zu töten, um sich vor dem sich ausweitenden Missbrauch dieser Mutter zu schützen.«

Aus den Augenwinkeln sah Vicki, wie Michael Rose genau wie sie zuvor den Kopf schüttelte. »Der Staatsanwalt sagt, dass wir keinerlei Beweise vorlegen können, die unsere Anschuldigungen untermauern. Er irrt. Er behauptet, wir hätten nur Traceys Wort. Er irrt wieder. Und er irrt auch, wenn er sie auffordert, die kleine Stimme in ihrem Kopf zu ignorieren, die immer fragt: ›Warum? Warum sollte ein liebes und innig geliebtes sechzehnjähriges Mädchen etwas so Schreckliches tun?‹ Ich fordere Sie auf, auf diese Stimme zu hören, denn es ist die Stimme der Vernunft. Die Stimme des begründeten Zweifels.«

Vicki lächelte die Geschworenen traurig an und ging dann forsch am Tisch des Anklägers vorbei zurück zu ihrem Platz.

Als Erste rief die Anklage die Lieutenants Jacobek und Gill in den Zeugenstand, die gleich lautende Aussagen über den Tatort, Traceys Verhalten, ihre sich ständig verändernde Geschichte und ihre unverhohlenen Lügen machten. Ein weiterer Beamter berichtete, wie er zunächst in einer Ecke von Traceys Kleiderschrank die Mordwaffe und dann in ihrer Schmuckschatulle Barbaras Verlobungsring gefunden hatte. An der Innenseite des schmalen Platinrings hatte man Hautpartikel von Barbara entdeckt. Mehrere gerichtsmedizinische Sachverständige beschrieben in allen quälenden Einzelheiten die Zahl und Heftigkeit der von Tracey geführten Schläge, Art und Schwere der Verletzungen und die vorsätzliche Zerstörung von Barbaras Gesicht.

Vicki beschränkte sich auf kurze und direkte Fragen. Es war vollkommen zwecklos zu versuchen, die Indizien in Frage zu stellen. Langwierige Befragungen würden die schrecklichen Bilder nur umso plastischer vor dem inneren Auge der Geschworenen erstehen lassen.

»Wie würden Sie Traceys Verhalten nach Ihrem Eintreffen am Tatort an jenem Morgen beschreiben?«, fragte Vicki beide Beamte.

»Sie war sehr erregt«, räumte Lieutenant Jacobek ein.

»Sie war hysterisch«, stimmte Lieutenant Gill ihm zu.

»Sie wirkte traumatisiert«, las der dritte Beamte aus seinen Notizen.

»Keine weiteren Fragen«, sagte Vicki.

Am fünften Tag der Zeugenaussagen rief Michael Rose Susan Norman in den Zeugenstand.

»Heben Sie die rechte Hand«, wies der Gerichtsdiener Susan an, als sie vereidigt wurde. »Bitte nennen Sie Ihren Namen und buchstabieren Sie ihn für das Gericht.«

Susan nannte ihren Namen, buchstabierte ihn langsam und sorgfältig und nahm dann Platz, ohne Vickis Lächeln zu beachten.

Wie du willst, dachte Vicki und stellte fest, dass Susans roter Rollkragenpullover die natürliche Röte ihrer Wangen betonte.

»In welcher Beziehung standen Sie zu Barbara Azinger?«, fragte Michael. Er trug einen dunkelbraunen, zweireihigen Nadelstreifenanzug, der Vickis Hosenanzug erstaunlich ähnelte. Vicki hatte es mit einem Stirnrunzeln registriert und sich nur halb im Scherz gefragt, ob sie ihn später anrufen und fragen sollte, welche Farbe er am nächsten Tag zur Arbeit tragen würde.

»Barbara war eine meiner engsten Freundinnen.«

»Wie lange waren Sie befreundet?«

»Vierzehn Jahre.«

»Können Sie dem Gericht erzählen, was am Morgen von Barbaras Ermordung passiert ist?«

Susan atmete tief ein, räusperte sich, sah die Geschworenen an und berichtete dann akribisch alle Einzelheiten, die sie an jenem frühen Augustmorgen bemerkt hatte. Nur als sie in ihrer Erinnerung an Barbaras Schlafzimmertür kam, zögerte sie kurz.

»Was haben Sie in dem Zimmer gesehen, Mrs. Norman?«, fragte Michael Rose.

»Ich habe Barbara gesehen«, erklärte Susan, und ihre ansonsten feste Stimme zitterte. »Sie lag auf dem Boden, von oben bis unten mit Blut bedeckt. Sie hatte kein Gesicht mehr.«

»Und wo war Tracey?«

»Sie hockte neben Barbara auf dem Boden und hielt ihre Hand.«

»Hat sie irgendetwas gesagt?«

»Sie hat gesagt, Tony Malarek hätte ihre Mutter getötet.«

»Und was geschah dann?«

»Erst traf die Polizei ein, dann die Latimers.«

Michael Rose sah Vicki anklagend an. »Sie meinen die Verteidigerin?«

Susan nickte. »Ja, ich habe sie angerufen. Sie und ihr Mann waren ebenfalls mit Barbara befreundet.«

In dem Rest von Susans Aussage ging es um Traceys eigenartiges Benehmen während ihres kurzen Aufenthalts bei den Normans und ihre sich ständig verändernden Versionen der Ereignisse.

»Sie wurden argwöhnisch?«

»Ja. Der Tod ihrer Mutter schien Tracey beinahe gleichgültig zu lassen. Es war, als müsste man sie daran erinnern zu trauern.«

»Einspruch, Euer Ehren«, sagte Vicki.

»Stattgegeben.«

»Wie würden Sie Barbaras Beziehung zu ihrer Tochter beschreiben?«

»Barbara war eine wundervolle Mutter. Sie hat Tracey vergöttert. Sie hätte alles für sie getan.«

»Haben Sie in all den Jahren, die Sie Barbara gekannt haben, irgendwann einmal beobachtet, dass sie ihre Tochter in irgendeiner Weise misshandelt oder gar missbraucht hat?«

»Nein. Das ist lächerlich. Barbara hätte Tracey nie wehtun können.«

»Keine weiteren Fragen«, schloss Michael Rose.

Vicki erhob sich. »Mrs. Norman, Sie haben ausgesagt, dass Tracey, als Sie sie an jenem Morgen angerufen hat, so heftig geweint hat, dass Sie sie kaum verstehen konnten.«

Susan straffte die Schultern und sah Vicki mit unverhohlener Verachtung an. »Das ist richtig.«

»Sie war also völlig hysterisch?«

»Sie machte zumindest den Eindruck.«

»Hat sie nun hysterisch geklungen oder nicht?«

»Ja.«

»Sie war so hysterisch, dass Sie sofort zu ihr gefahren sind. So hysterisch, dass Sie die Polizei alarmiert haben, oder nicht?«

»Ja.«

»Und als Sie ankamen, hockte Sie neben der Leiche ihrer Mutter auf dem Boden, nicht wahr?«

»Ja.«

»Sie hielt die Hand ihrer Mutter, haben Sie, glaube ich, ausgesagt.«

»Ja.«

»Merkwürdiges Verhalten für eine kaltblütige Mörderin, finden Sie nicht auch?«

»Einspruch.« Michael Rose machte halbherzig Anstalten aufzustehen.

»Stattgegeben.«

»Was haben Sie getan, als Sie Tracey, die Hand ihrer Mutter haltend, in einer Blutlache sitzen sahen?«

Susan dachte einen Moment über die Frage nach. »Ich glaube, ich habe den Arm um sie gelegt, ihr aufgeholfen und sie aus dem Zimmer geführt.«

»Sie haben sich also Sorgen um ihr Wohlergehen gemacht?«

»Ja.«

»Und hatten Sie irgendeinen Zweifel daran, dass Tracey ehrlich aufgewühlt war?«

»Damals noch nicht.«

»Damals noch nicht«, wiederholte Vicki. »Und nach der Vernehmung durch die Polizei haben Sie Tracey mit zu sich nach Hause genommen. Ist das zutreffend?«

»Ja.«

»Warum?«

»Ihr Vater war unterwegs. Ich konnte sie doch nicht alleine lassen.«

»Weil sie so aufgewühlt war?«

»Weil ihre Mutter tot war.«

»Und Sie hatten keinen Grund, Tracey eines Vergehens zu verdächtigen«, stellte Vicki eher fest, als dass sie es fragte.

»Damals noch nicht, nein.«

»Doch dann begannen Sie, einen Verdacht zu hegen.«

»Ja.«

»Und was haben Sie gemacht?«

»Ich glaube, ich verstehe die Frage nicht.«

»Haben Sie die Polizei gerufen?«

»Ich habe Sie angerufen und gebeten vorbeizukommen.«

Vicki nickte den Geschworenen zu. »Und was haben Sie mir erzählt, als ich kam?«

»Ich kann mich nicht mehr genau erinnern.«

»Versuchen Sie es, so gut es geht.«

»Ich glaube, ich habe mich besorgt über Traceys Verhalten und darüber geäußert, dass sie offenbar Probleme hatte, bei ihrer Version der Geschichte zu bleiben.«

»Erinnern Sie sich an meine Antwort?«

Zum ersten Mal seit Betreten des Zeugenstands lächelte Susan.

»Sie haben gesagt, dass Menschen, die die Wahrheit sagen, in der Regel keine Mühe haben, bei ihrer Version der Geschichte zu bleiben.«

Vicki lächelte ebenfalls. Es war genau die Antwort, auf die sie gehofft hatte. »Das heißt, ich war die Erste, die angedeutet hat, dass Tracey möglicherweise lügt.«

»Ja.«

»Und Sie haben mir widersprochen, nicht wahr?«

Das Lächeln auf Susans Lippen erstarb. »Ja.«

»Haben Sie mich nicht gefragt, welchen Grund Tracey gehabt haben sollte, ihre Mutter zu töten?«

Susan wand sich auf ihrem Stuhl. »Möglicherweise.«

»Das heißt, es erschien Ihnen unvorstellbar, dass Tracey etwas Derartiges getan haben könnte?«

»Zunächst ja.«

»Und jetzt? Fragen Sie sich nicht noch immer, warum?«

»Einspruch, Euer Ehren.«

»Ich werde die Frage anders formulieren«, sagte Vicki rasch. »Die Anklage hat angedeutet, dass Tracey ihre Mutter getötet haben könnte, weil sie eifersüchtig auf die neue Beziehung ihrer Mutter mit Howard Kerble war. Hat Tracey in Ihrer Gegenwart je irgendetwas gesagt oder getan, das diesen Eindruck bestätigen könnte?«

»Einspruch, Euer Ehren«, sagte Michael Rose noch einmal. »Die Zeugin ist schließlich keine Psychologin.«

»Abgelehnt«, sagte der Richter. »Die Zeugin ist absolut qualifiziert, die Frage zu beantworten.«

»Nein«, gab Susan zu.

»Hat Tracey je etwas gesagt, was bei Ihnen den Eindruck hervorgerufen hat, dass sie über die Verlobung ihrer Mutter unglücklich war?«

»Nein.«

»Sie wirkte vielmehr so, als freute sie sich für ihre Mutter, oder nicht?«

»Sie *wirkte* glücklich.«

»War sie nicht sogar richtig aufgeregt darüber, dass sie die erste Brautjungfer ihrer Mutter sein sollte?«

»Schon möglich.«

»Sie hatten jedenfalls keinen Grund, etwas anderes zu vermuten, oder?«

»Nein.«

»Hat Barbara sich besorgt darüber geäußert, dass Tracey eifersüchtig und unglücklich sein könnte?«

»Nein.«

Vicki wandte sich den Geschworenen zu und setzte eine ratlose Miene auf. »Sie haben ausgesagt, dass Sie Barbara Azinger seit vierzehn Jahren kannten. Wie oft haben Sie sich getroffen.«

»Das war unterschiedlich.«

»Aber Sie waren nicht vierundzwanzig Stunden am Tag zusammen?«

»Natürlich nicht.«

»Wie oft dann? Ein paar Stunden täglich?«

»Wir haben versucht, uns mindestens einmal pro Woche zu treffen.«

»Verstehe. Ein paar Stunden einmal pro Woche. Und trotzdem können Sie mit absoluter Gewissheit beschwören, dass Barbara ihre Tochter nie missbraucht hat.«

»Ja«, sagte Susan störrisch.

»Hat Barbara mit Ihnen je über ihr Sexualleben gesprochen?«

Susan blickte Hilfe suchend zum Staatsanwalt, und er stand auch pflichtschuldig auf und erhob seinen Einspruch.

»Ich lasse die Frage zu«, sagte der Richter.

»Manchmal.«

»Hat sie Ihnen je erzählt, dass sie den sexuellen Kontakt mit ihrem früheren Mann unbefriedigend fand?«

»Ja.«

»Und dass sie während ihrer Ehe regelmäßig einen Orgasmus vorgetäuscht hat?«

»Ja, und? Millionen von Frauen täuschen Orgasmen vor. Das macht sie doch noch nicht zu Kinderschändern. Barbara war eine normale Frau, die normalen Sex mochte.«

»Barbara mochte Sex mit Männern und hatte deshalb keinen Grund, ihre Tochter zu missbrauchen. Wollen Sie das sagen?«

»Ja«, sagte Susan misstrauisch und mit zitternder Stimme, während ihr Blick hin und her zuckte, als hätte sie Angst, in eine Falle getappt zu sein.

»Vielen Dank, Mrs. Norman«, sagte Vicki lächelnd. »Ich habe keine weiteren Fragen.«

33

Am nächsten Montag rief der Staatsanwalt Ron Azinger in den Zeugenstand.

Ron, der im Laufe der Jahre ein bisschen aus dem Leim gegangen war und nicht mehr so forsch wirkte, sagte aus, dass Barbara ungeachtet der Scheidung stets eine vorbildliche Mutter gewesen sei, die mit Tracey ein außergewöhnlich enges Verhältnis gehabt habe, und dass Tracey ihm gegenüber nie etwas davon gesagt hatte, dass ihre Mutter sie in irgendeiner Weise misshandelt oder missbraucht hätte.

»Sie hat sich nie über ihre Mutter beschwert?«, fragte Vicki im Kreuzverhör.

»Nein, nie.«

»Ein Mädchen im Teenageralter, das sich nicht über seine Mutter beschwert? Kam Ihnen das nicht merkwürdig vor?«

Die Geschworenen lachten. Der Staatsanwalt erhob Einspruch.

»Kommen Sie zur Sache, Frau Anwältin«, wies Richter Fitzhenry Vicki an.

»Mr. Azinger, wie oft haben Sie Tracey nach der Scheidung gesehen?«

»Jeden Mittwochabend und jedes zweite Wochenende.«

»Worüber haben Sie geredet, wenn Sie zusammen waren?«

Ron räusperte sich, verschränkte die Arme und hob eine Hand. »Ich weiß nicht genau. Das Übliche, nehme ich an.«

»Hat Tracey von der Schule erzählt?«

»Ja«, antwortete Ron, obwohl er alles andere als sicher aussah.

»Von ihren Freundinnen?«

»Vermutlich.«

»Hat Tracey viele Freundinnen, Mr. Azinger?«
»Bestimmt.«
»Nennen Sie mir drei von ihnen.«
»Was?«
»Können Sie mir drei Freundinnen Ihrer Tochter nennen?«
»Also ...«
»Wie wäre es mit wenigstens *einer*? Können Sie mir den Namen einer Freundin Ihrer Tochter nennen?«
Ron blickte zur Decke. »Ich glaube, es gibt eine Lisa.«
»Ah ja«, erwiderte Vicki lächelnd. »Es gibt immer eine Lisa.«
Sowohl auf der Besuchergalerie als auch auf der Geschworenenbank erhob sich Gelächter.
»In Wahrheit hat Ihre Tochter nicht viele Freundinnen, oder?«
»Tracey schien nie viele Menschen um sich herum zu brauchen.«
»Weil sie ihre Mutter hatte?«
Vicki sah, dass Michael Rose unschlüssig war, ob er Einspruch erheben sollte. Solche Fragen nützten möglicherweise der Anklage, konnte Vicki ihn förmlich denken hören.
»Ist es nicht so, Mr. Azinger, dass Sie sich darüber beschwert haben, dass Barbara sich zu intensiv in das Leben Ihrer Tochter einmischt und Sie sich deshalb schon während Ihrer Ehe oft ausgegrenzt und ausgeschlossen gefühlt haben?«
»Tracey und ihre Mutter standen sich sehr nahe.«
»Unnatürlich nahe?«
»Einspruch.«
»Stattgegeben.«
»Haben Sie Ihrer früheren Frau nicht dringend geraten, einen Psychiater aufzusuchen?«, fragte Vicki.
»Das kann schon sein.«
»Haben Sie ihr nicht einmal ausdrücklich erklärt, dass sie eine kranke Frau sei, die ihren Kopf untersuchen lassen sollte?«
Woher weißt du das?, fragte Rons Blick.
Hast du vergessen, dass sie meine Freundin war?, gab Vickis Blick zurück.

Hast *du* es vergessen?, fragte die nachfolgende Stille.

»Ich war sehr wütend, als ich das gesagt habe«, antwortete Ron.

»Haben Sie Ihrer Frau gesagt, sie sei eine kranke Frau, die ihren Kopf untersuchen lassen sollte oder nicht?«

»Ja.«

Vicki schluckte, atmete tief ein und überlegte, ob sie das Undenkbare tun und Ron eine Frage stellen sollte, bei deren Antwort sie sich nicht hundert Prozent sicher war. Sie sah, wie Ron zu seiner Tochter blickte, und wusste, dass er lieber an jedem anderen Ort der Welt gewesen wäre. Er liebte seine Tochter und hatte keine Loyalität gegenüber seiner Exfrau. Er war schließlich Professor der Soziologie, konnte sie ihn förmlich denken hören. Ein aufrechtes, wertvolles Mitglied der Gesellschaft. Nie im Leben hätte er eine kaltblütige Psychopathin zeugen können.

Vicki spürte ein Lächeln, das an ihren Mundwinkeln zerrte. Wer hatte behauptet, dass sie die Antwort nicht wusste? »Mr. Azinger«, sagte sie selbstbewusst, »halten Sie es für möglich, dass Tracey von ihrer Mutter missbraucht wurde?«

Nach einer langen Pause sagte Ron schließlich: »Es ist möglich.«

Howard Kerble gab einen weit besseren Zeugen der Anklage ab. Er war eine weniger imposante Figur als Barbaras Exmann, strahlte jedoch eine ruhige Autorität aus. Er berichtete in bewegenden Worten, wie er Barbara kennen gelernt und sich in sie verliebt hatte, und er sprach von ihren gemeinsamen Zukunftsplänen. Auf eine entsprechende Frage berichtete er, dass ihr Sexleben wundervoll gewesen sei. Barbara war eine normale Frau mit normalen sexuellen Bedürfnissen, die nie eine Vorliebe für irgendwelche auch nur ansatzweise abartige Praktiken hatte erkennen lassen. Die Behauptung, Barbara hätte ihre Tochter missbraucht, sei unter aller Kritik. Barbara war eine hingebungsvolle Mutter, für die Tracey immer an erster Stelle gekommen war.

»Tracey hatte also keinen Grund, auf Ihre Beziehung mit ihrer

Mutter eifersüchtig zu sein«, stellte Vicki fest, als sie mit der Befragung des Zeugen an der Reihe war.

»Das müssten Sie Tracey fragen.«

»Das habe ich vor«, sagte Vicki und entließ den Zeugen.

»Die Anklage ruft Christine Malarek in den Zeugenstand.«

Es war der Beginn der dritten Prozesswoche, als die Hintertür des großen Gerichtssaals aufging und Chris, ohne nach rechts oder links zu blicken, entschlossen durch den Mittelgang schritt. Sie trug einen malvenfarbenen Pullover und eine graue Hose, ihr blondes Haar fiel locker gestuft bis auf ihre Schultern.

Sie ist schöner denn je, dachte Vicki und entdeckte Tony auf demselben Platz, auf dem er seit Beginn des Prozesses jeden Tag gesessen hatte, direkt hinter den beiden für die Presse reservierten Sitzreihen. Vicki fragte sich, ob er eine Szene machen oder vielleicht sogar eine Waffe ziehen und im Gerichtssaal herumballern würde. Gott sei Dank gibt es Metalldetektoren, dachte sie und bemerkte nun auch Susan, die aus der letzten Reihe beobachtete, wie Chris vereidigt wurde. Michael Rose stellte ein paar obligate Fragen über ihr Alter und ihren Beruf, bevor er direkt zum Kern der Sache kam.

»Könnten Sie Ihre Beziehung zu Barbara Azinger beschreiben?«, fragte er.

»Wir waren vierzehn Jahre lang befreundet. Sie war meine beste Freundin«, sagte Chris.

»Das heißt, Sie kennen auch ihre Tochter Tracey?«

»Ich kenne Tracey, seit sie zwei Jahre alt war.« Chris blickte in Traceys Richtung, und ihr Blick traf kurz auf Vickis, bevor sie sich wieder abwandte.

»Würden Sie Barbara Azinger als eine gute Mutter bezeichnen?«

»Sie war eine wundervolle Mutter.«

»Haben Sie je gesehen, wie sie ihre Tochter geschlagen hat?«

»Barbara hat jede Form von körperlicher Züchtigung abgelehnt.«

»Sie hat ihrer Tochter nicht mal im Affekt eine Ohrfeige verpasst?«

»Nie. Barbara war eine sehr liebevolle Mutter. Sie hat Tracey vergöttert.«

»Haben Sie in all den Jahren Ihrer Freundschaft irgendwann einmal beobachtet, dass Barbara ihre Tochter in unstatthafter Weise berührt hat?«

»Natürlich nicht.«

»Hat Sie je ein widernatürliches Interesse an ihrer Tochter gestanden?«

»Nein. Das ist doch absurd.«

»Danke«, schloss Michael Rose und nickte Vicki zu. »Ihre Zeugin.«

Das kann man wohl sagen, dachte Vicki und erhob sich langsam. Kann ich das wirklich tun, fragte sie sich und verwarf ihre Bedenken mit einem Kopfschütteln sofort wieder. Habe ich eine Wahl?

»Inwiefern war sie liebevoll?«, fragte Vicki.

Chris zögerte. »Ich bin nicht sicher, ob ich Ihre Frage verstehe.«

»Haben Sie Barbara je das Haar ihrer Tochter streicheln sehen?«

»Ja.«

»Haben Sie sie ihre Tochter je küssen sehen?«

»Selbstverständlich.«

»Hat sie sie in den Arm genommen?«

»Ja.«

»Und wie hat Tracey auf diese Liebkosungen ihrer Mutter reagiert?«

Chris versuchte sich an die vielen Gelegenheiten zu erinnern, bei denen sie Barbara und Tracey gemeinsam erlebt hatte. »Es gab nie ein Problem, wenn Sie darauf hinauswollen.«

»Sie haben nie gehört, dass Tracey sie zurückgewiesen hat?«

»Nein.«

»Waren Sie schockiert, als Sie gehört haben, dass Tracey wegen des Mordes an ihrer Mutter verhaftet worden war?« Vicki wartete auf Michael Roses Einspruch und lächelte beinahe, als er nicht kam.

»Ich dachte, dass es sich um einen Irrtum handeln muss.«

»Waren Sie schockiert, als Sie gehört haben, dass Tracey die Tat gestanden hat?«

»Ja.«

»Warum?«

»Warum?«, wiederholte Chris.

»Warum waren Sie schockiert?«

»Ich weiß nicht, wie ich das beantworten soll.«

»Waren Sie schockiert, weil Sie sich nicht vorstellen konnten, dass Tracey etwas so Schreckliches getan haben sollte?« Dagegen muss der Staatsanwalt doch Einspruch erheben, dachte Vicki und wartete.

»Einspruch«, rief Michael Rose pflichtgemäß von seinem Platz. »Die Meinung der Zeugin zu dieser Frage ist irrelevant.«

»Stattgegeben.«

»Hat Tracey je etwas gesagt oder getan, das darauf hingedeutet hätte, dass Sie unglücklich über die jüngst erfolgte Verlobung ihrer Mutter war?«

»Nein.«

»Ihres Wissens stand also zwischen Barbara und ihrer Tochter alles zum Besten?«

»Ja.«

»Und trotzdem hat Tracey ihre Mutter getötet. Wie kann das sein?«

»Einspruch.«

»Stattgegeben.«

»Meinen Sie nicht auch, dass es einen verdammt guten Grund dafür geben muss, dass eine Tochter ihre Mutter tötet?«

»Einspruch.«

»Stattgegeben. Und mäßigen Sie Ihre Wortwahl, Frau Anwältin.«

»War Tracey leicht erregbar, Mrs. Malarek?«, fragte Vicki, ohne den Einspruch des Staatsanwalts und die Ermahnung des Richters zu beachten.

»Meines Wissens nicht.«

»Und doch ist dieses junge Mädchen, das laut Aussage aller eine vorbildliche Tochter war, mitten in der Nacht aufgestanden und hat ihre Mutter getötet. Ergibt das für Sie einen Sinn?«

»Nein«, sagte Chris, bevor der Ankläger Einspruch erheben konnte. »Nichts, was in jener Nacht passiert ist, ergibt irgendeinen Sinn.«

Vicki atmete tief ein und dachte, jetzt oder nie. Sie atmete ein zweites Mal tief durch und brachte die nächste Frage nur zögerlich über die Lippen. »War Barbara Azinger je Ihre Geliebte?«, fragte sie und lauschte dem aufgeregten Getuschel im ganzen Gerichtssaal.

»Was!« Chris' Gesicht wurde aschfahl.

Michael Rose war aufgesprungen und stürmte zur Richterbank. »Einspruch, Euer Ehren!«

»Euer Ehren«, entgegnete Vicki, die sofort neben Michael stand, »wir haben die Zeugenaussage gehört, dass das Opfer eine normale Frau mit normalen sexuellen Bedürfnissen war. Da hat der Herr Staatsanwalt auch keinen Einspruch erhoben. Ich denke, es sollte mir erlaubt werden zu zeigen, dass Barbara Azinger nicht immer das war, was sie andere glauben machte, und dass das auch für die Bandbreite ihrer sexuellen Neigungen galt.«

»Sie hat Recht, Herr Staatsanwalt«, erklärte der Richter einem deprimierten Michael Rose. »Ich werde die Frage zulassen.«

»War Barbara Azinger je Ihre Geliebte?«, wiederholte Vicki sofort.

»Nein!«, antwortete Chris.

»Ich darf Sie daran erinnern, dass Sie unter Eid aussagen, Mrs. Malarek.«

»Daran müssen Sie mich nicht erinnern.«

»Einspruch, Euer Ehren. Die Zeugin hat die Frage beantwortet.«

»Stattgegeben.«

»Sind Sie verheiratet, Mrs. Malarek?«, fragte Vicki, einen Gang hochschaltend.

Chris sah aus, als würde sie jeden Moment aus dem Zeugenstand fallen. Ihr Blick zuckte durch den Gerichtssaal, wo sie ihren Exmann entdeckte. »Geschieden«, flüsterte sie, während Tony sich lächelnd auf seinem Stuhl vorbeugte.

»Verzeihung«, sagte Vicki. »Ich habe Sie nicht verstanden.«

»Ich bin geschieden.«

»Und wann genau haben Sie Ihren Mann verlassen?«

»Vor etwas mehr als zwei Jahren.«

»Könnten Sie dem Gericht beschreiben, was in der Nacht geschehen ist, als Sie Ihren Mann verlassen haben?«

»Einspruch, Euer Ehren«, rief Michael Rose höhnisch. »Wo ist die Relevanz?«

»Ich denke, dass ich das im weiteren Verlauf der Befragung darlegen kann«, erklärte Vicki.

»Dann beeilen Sie sich«, mahnte der Richter.

»In der Nacht, in der Sie Ihren Mann verlassen haben, sind Sie zu Barbara Azinger gefahren, richtig?«

»Ja.«

»Genau genommen, standen Sie nur in Unterwäsche bekleidet vor ihrer Haustür, war es nicht so?«

»Ja, aber das lag daran, dass Tony mich aus unserem Haus ausgeschlossen hatte.«

»Sie sind also zurück zur Grand Avenue gefahren, um Barbara Azinger zu sehen.«

»Ich wusste nicht, wohin ich sonst gehen sollte.«

»Um wie viel Uhr war das? Neun? Zehn?«

»Es war ungefähr Mitternacht.«

»Sie standen also um Mitternacht nur mit Unterwäsche bekleidet vor Barbaras Tür«, hielt Vicki fest. »Was geschah dann?«

Chris schüttelte den Kopf, als wollte sie sich weigern, sich an die Einzelheiten zu erinnern. »Ich weiß es nicht mehr so genau.«

»Sie wissen es nicht mehr so genau?«, wiederholte Vicki ungläubig.

»Ich glaube, Tracey hat Tee gekocht.«

»Und Barbara hat Ihnen ein Bad eingelassen?«

»Mir war eiskalt. Sie wollte mich aufwärmen.«

»Hat sie Sie deshalb auch in ihr Bett eingeladen? Um Sie zu wärmen?«

»Einspruch!«

»Wo haben Sie in jener Nacht geschlafen?«, fragte Vicki stattdessen.

»In Barbaras Bett.«

»Allein?«

»Nein.«

»Barbara hat auch in ihrem Bett geschlafen?«

»Ja. Aber es ist nichts passiert.«

»Sie haben sich nicht geküsst?«

»Was?«

»Haben Sie Mrs. Azinger geküsst?«

Chris sah sich hilflos im Gerichtssaal um, als könnte sie nicht glauben, was ihre Freundin da sagte. »Warum tust du das?«

»Könnten Euer Ehren die Zeugin anweisen, die Frage zu beantworten«, sagte Vicki und wandte sich ab. Sie kannte die Antwort schon. Tracey hatte die beiden Frauen zusammen gesehen, war schnell zurück in ihr Bett gelaufen und hatte so getan, als würde sie schlafen, als ihre Mutter kurz darauf nach ihr gesehen hatte. Doch was würde sie tun, wenn Chris es ableugnete?

»Wir haben uns geküsst, aber …«

»Auf den Mund?«

»Ja.«

»War es ein Kuss, wie Sie ihn einer Freundin normalerweise auch geben würden?«

Chris sagte nichts. In ihren Augen standen Tränen.

»Mrs. Malarek, war es ein Kuss, wie Sie ihn einer Freundin normalerweise auch geben würden?«

»Nein.«

»Was für ein Kuss war es dann?«

»Ich weiß es nicht.«

»Der Kuss zweier Liebender?«

»Ja«, sagte Chris leise, während Michael Rose sein Gesicht in den Händen vergrub. »Aber es ist nichts passiert. Wir haben uns geküsst. Das war alles.«

»Sind Sie homosexuell, Mrs. Malarek?«

»Einspruch, Euer Ehren. Welche Relevanz soll das für den Fall haben? Die Zeugin steht hier schließlich nicht unter Anklage.«

»Euer Ehren, wir behaupten, dass Barbara Azinger und Chris Malarek eine lesbische Affäre hatten«, entgegnete Vicki, »was beweisen würde, dass Traceys Mutter einer sexuellen Beziehung zu einer anderen Frau nicht abgeneigt war. Insofern ist die sexuelle Orientierung der Zeugin sehr wohl ein Thema.«

»Ich lasse die Frage zu«, entschied der Richter nach längerem Nachdenken.

»Ich habe drei Kinder«, flüsterte Chris.

»Sind Sie homosexuell?«, wiederholte Vicki und hasste den Klang ihrer eigenen Stimme.

»Tu das bitte nicht.«

»Es geht um das Leben einer jungen Frau.«

»Und um meins«, sagte Chris leise.

Richter Fitzhenry beugte sich vor und wies die Zeugin an, die Frage zu beantworten.

Chris schloss die Augen und atmete langsam aus. So blieb sie etliche Sekunden sitzen, während Vicki sich erneut fragte, was sie machen würde, wenn Chris die Behauptung leugnen würde. Konnte sie sie wirklich mit den Erkenntnissen des Privatdetektivs konfrontieren, der Chris in ihrem Auftrag seit Wochen beschattet hatte, mit dem fotografischen Beweis für die Affäre mit der Kollegin aus ihrer Agentur? Bitte zwing mich nicht, dir das anzutun, drängte Vicki stumm, spürte Susans brennende Verachtung, die ein Loch in den Rücken ihres dunkelblauen Kaschmirjacketts zu sengen schien, und hörte Tonys bösartiges Lachen, das sich metastasenartig im Saal ausbreitete.

»Sind Sie homosexuell, Mrs. Malarek? Ja oder nein?«

Chris schlug die Augen wieder auf, und ein Ausdruck großer Gelassenheit breitete sich auf ihrem herzförmigen Gesicht aus, als wäre sie endlich versöhnt damit, wer sie war, und des Weglaufens ein für alle Mal überdrüssig. »Ja«, gab sie mit fester und kräftiger Stimme zu. »Ja, das bin ich.«

34

»Vicki, das war das Gericht«, meldete sich ihre Sekretärin über die Gegensprechanlage. »Die Geschworenen sind zurück.«

»Was? Das ist unmöglich.« Vicki blickte auf ihre Uhr. »Das waren nicht einmal drei Stunden!«

Das war zu schnell, *viel* zu schnell, dachte Vicki, schnappte sich ihren Mantel und rannte zum Parkplatz. Es war undenkbar, dass die Geschworenen in weniger als drei Stunden zu einem Urteil gekommen waren, nachdem der Prozess beinahe fünf Wochen gedauert hatte. Was hatte das zu bedeuten?

»Ist es gut, dass sie so schnell zurückkommen?«, fragte Tracey, als sie ihre Plätze im Gerichtssaal wieder einnahmen.

Statt einer Antwort hob Vicki ratlos die Hände. Geschworenenprozesse waren immer ein Glücksspiel. Man konnte nie vorhersagen, was die Geschworenen machen würden, egal, wie viele Spezialisten man engagierte und wie sorgfältig man die potenziellen Geschworenen durchleuchtete. Eine Jury entwickelte ihre eigene Dynamik, ihre eigene Logik und ihre eigenen Regeln. Es war unmöglich, ihre Gedanken vorauszuahnen, und es war sinnlos, es zu versuchen.

Genauso wenig, wie man das Urteil anhand der Dauer der Beratung einer Jury vorhersagen konnte. Manchmal gingen die Geschworenen langsam und systematisch vor und begutachteten sorgfältig jedes Indiz, bevor sie ihr Urteil fällten. Manchmal waren sie so ungeduldig, dass sie ihre Stimme abgaben, sobald sie das Geschworenenzimmer betreten hatten. Warum Zeit damit verschwenden, die Indizien zu begutachten, wenn sie sich ohnehin alle einig waren? Fünf Wochen waren schließlich lange genug.

Lass uns die Nummer über die Bühne bringen und dann so schnell wie möglich hier raus.

»Meine Damen und Herren Geschworenen, sind Sie zu einem Urteil gekommen?«, erkundigte Richter Fitzhenry sich und klang dabei selbst überrascht, als hätte auch er nicht erwartet, sich so schnell nach den letzten Belehrungen der Geschworenen erneut im Gerichtssaal wiederzufinden.

»Das sind wir, Euer Ehren«, erklärte ein Mann mittleren Alters, den die Geschworenen zu ihrem Sprecher gewählt hatten.

Vicki hielt den Atem an, als sie gemeinsam mit Tracey aufstand und die Geschworenen ansah. Noch ein paar Sekunden, und alles würde zu Ende sein. Genau wie die Freundschaft mit den beiden Frauen, deren Liebe und Unterstützung sie vierzehn Jahre lang getragen hatte.

Vielleicht hätten Susan und Chris ihr irgendwann vergeben, dass sie Tracey verteidigt hatte. Vielleicht hätten sie irgendwann verstanden, dass sie es ebenso sehr für Barbara wie für sich selbst getan hatte. Doch in ihrem Kreuzverhör mit Chris war sie zu weit gegangen. Sie hatte eine Grenze überschritten, hatte die Vertraulichkeiten unter Freundinnen als Waffe benutzt und in einer Stunde mehr Schaden angerichtet als Tony in einem Jahrzehnt. Verglichen mit ihr war Tony der reinste Amateur.

Nein, Susan und Chris würden ihr nie verzeihen. Und ob sie sich selbst je vergeben würde, hing stark von dem Urteil ab.

Der Sprecher der Jury sah den Richter direkt an. »Wir befinden die Angeklagte für …«

Er wirkt so ernst, dachte Vicki. Und er sieht Tracey nicht an. Keiner der Geschworenen sah sie an, was kein gutes Zeichen war. Tut mir Leid, Tracey, entschuldigte sie sich stumm. Tut mir Leid, Barbara. Bitte verzeih mir.

»… nicht schuldig.«

»Oh mein Gott«, flüsterte Vicki und spürte, wie ihre Knie nachgaben.

»Oh mein Gott«, quiekte Tracey, und danach brach im Gerichtssaal die Hölle aus. »Oh mein Gott. Oh mein Gott.« Sie warf sich in die Arme der ungläubig starrenden Vicki. »Danke. Vielen herzlichen Dank.«

Und dann explodierten tausend Lichter in Vickis Augen, Kameras klickten, Reporter hielten ihr Mikrofone vors Gesicht, wedelten mit ihren Notizblöcken und Bleistiften. Von überall riefen Zuschauer ihr Glückwünsche zu, während Michael Rose wütend an ihr vorbeidrängte und das Wort *Miststück* murmelte, das wie Säure von seiner Zunge tropfte und ihre Seele versengte. *Mieser Verlierer,* hätte sie ihm beinahe nachgerufen, doch stattdessen lachte sie, weil sie wusste, dass ihn das noch mehr treffen würde. Sie beobachtete, wie Ron auf seine Tochter zutrat und sie vorsichtig umarmte, während seine junge Frau sich mit einem Ausdruck des Unbehagens auf ihrem faltenlosen Gesicht ein wenig abseits hielt. Tracey bedankte sich bei allen Geschworenen. »Viel Glück, Liebes«, hörte Vicki mehrere von ihnen murmeln.

»Danke«, wiederholte Tracey immer wieder, so überzeugend, wie sie auch im Zeugenstand gewirkt hatte. »Vielen, vielen Dank.«

Es dauerte über eine Stunde, bis Vicki den Vertretern der diversen Medien entkommen und in ihr Büro zurückgekehrt war, wo ihre Partner und Kollegen sie mit spontanem Applaus empfingen.

»Bravo!«, zwitscherte ihre Sekretärin und stand hinter ihrem Schreibtisch auf, um sie mit einer Umarmung zu beglückwünschen.

Vicki fand das ganze Theater beunruhigend. Vielleicht war sie bloß müde, jedenfalls definitiv missmutig, was seltsam war, weil ein Sieg sie normalerweise in Hochstimmung versetzte. Vor allem nach einem Sieg dieser Größenordnung, dem unbestritten strahlendsten Triumph ihrer Karriere. Doch angesichts der aufgeregten Menschenmenge vor ihrem Büro brachte sie nicht viel mehr als ein gedämpftes Danke heraus.

»Ihr Mann hat angerufen und lässt Glückwünsche ausrichten«, sagte ihre Sekretärin, nachdem alle gegangen waren. »Er sagt, er würde in einer Sitzung festgehalten, sie aber später auf jeden Fall noch sehen.«

Vicki nickte und tat so, als würde sie sich ein paar Haare aus der Stirn streichen, um die Enttäuschung zu kaschieren, die sich in ihre Augen schlich. Sie würde doch nicht etwa weinen! Mein Gott, sie musste wirklich müde sein! Trotzdem wäre es nett gewesen, ihren Erfolg mit einem anderen Menschen als ihrer Sekretärin zu teilen. Wenn nicht mit Jeremy, dann mit Susan oder Chris. Oder Barbara, dachte Vicki, als sie ihr Büro betrat, sich auf den riesigen Stuhl hinter ihrem Schreibtisch fallen ließ und sich zum ersten Mal seit Monaten Erinnerungen an die Person hinter dem Namen, Gedanken an ihre ermordete Freundin erlaubte. Bilder von Barbara flimmerten vor ihren Augen. Sie trägt noch immer diese Zehnzentimeterabsätze, dachte Vicki lächelnd. »Ich weiß, dass du es verstehst«, flüsterte sie in ihre Hände, und Tränen kullerten über ihre Wangen bis zu ihren Mundwinkeln. Und dann klingelten plötzlich alle Telefone auf einmal.

»Sind Sie da?«, rief ihre Sekretärin.

»Nein«, gab Vicki zurück und wischte sich ungeduldig die Tränen ab. »Ich rufe zurück.«

»Was ist los?«, fragte eine Stimme von der Tür. »Nicht in Feierlaune?«

Vicki musste nicht aufblicken, um zu wissen, wer es war. »Susan«, sagte sie matt wie ein platter Reifen. »Was verschafft mir die Ehre?«

»Ich habe die Nachricht im Radio gehört und auf gut Glück versucht, dich hier zu erwischen.«

»Ich nehme an, du bist nicht gekommen, um mir zu gratulieren.«

»Im Gegenteil. Du warst brillant wie üblich. Es schafft schließlich nicht jeder, an die niedersten Instinkte der Geschworenen zu appellieren und dabei auch noch edelmütig zu klingen.«

»Du denkst, dass ich das getan habe?«

»Wie würdest du es denn nennen?«

»Die Wahrheit«, erwiderte Vicki schlicht.

»Die Wahrheit?« Susan schüttelte verwundert den Kopf. »Die Wahrheit ist, dass in jener Nacht zwischen Chris und Barbara nichts passiert ist, und das weißt du auch. Die Wahrheit ist, dass es, selbst wenn etwas passiert *wäre*, vollkommen irrelevant ist. Die Wahrheit ist, dass die Tatsache, dass man homosexuell ist, einen nicht zu einem Kinderschänder macht. Die meisten Kinderschänder sind vielmehr hetero. Völlig verkorkst«, fuhr sie fort und senkte die Stimme wie immer, wenn sie sehr erregt war, »aber ›normal‹.« Susan trat ans Fenster und starrte auf die feinen Schneeflocken, die auf die Straße rieselten.

»Ich weiß, dass du es nicht verstehst.«

»Was verstehe ich nicht, Vicki? Die Entscheidung der Jury? Da irrst du. Ich verstehe, dass Geschworene Menschen sind. Ich verstehe, dass niemand glauben will, dass ein nettes Mädchen aus gutem Elternhaus ihre Mutter einfach so ohne guten Grund ermordet. Es ist viel leichter, viel beruhigender, die Mutter zu dämonisieren. Und warum auch nicht? Mütter sind in diesem Land beinahe genauso verhasst wie Homosexuelle.« Susan sah Vicki mit klarem Blick direkt an. »Ich glaube, ich verstehe sogar, warum du diesen Fall angenommen hast.«

»Und warum?«, fragte Vicki und wappnete sich gegen einen Schwall neuer Vorwürfe.

»Ob du es glaubst oder nicht, ich glaube *nicht*, dass es dir nur um Ruhm und Reichtum ging. Ich glaube, dass du das getan hast, wovon du ehrlich geglaubt hast, dass Barbara es so gewollt hätte. Und das *wirklich* Komische ist, dass ich in diesem Punkt mit dir einig bin. Ich glaube, Barbara *hätte* gewollt, dass du Tracey trotz allem schützt.«

Das brennende Gefühl in der Mitte ihrer Brust sagte Vicki, dass sie den Atem anhielt. »Dann verstehst du, warum ich tun musste, was ich getan habe?«

»Nein«, erwiderte Susan rasch. »Ich werde das, was du getan hast, nie verstehen.«

»Du meinst Chris«, gestand Vicki ein und rieb sich die Stirn, um ihre Kopfschmerzen zu vertreiben. »Geht es ihr gut?«

»Nun, lass mich überlegen. Wegen der negativen Publicity hat sie ihren Job verloren und musste aus ihrer Wohnung ausziehen. Außerdem ist ihre Beziehung zu Montana wieder auf dem Nullpunkt, und sie kann sich die Hoffnung abschminken, ihre Kinder je wieder zu sehen. Aber, hey, man soll schließlich immer das Positive sehen – eine kaltblütige Psychopathin ist ungeschoren davongekommen. Warum sollte es ihr also nicht gut gehen?«

Vicki schwieg. Was sollte sie auch sagen?

»Das Erstaunliche ist, dass ich glaube, es geht Chris tatsächlich gar nicht so schlecht. Sie wird eine neue Wohnung und einen Job finden. Möglicherweise wird sie im Laufe der Zeit sogar irgendwann die Größe aufbringen, dir zu verzeihen. Du kennst ja Chris, sie ist sehr loyal gegenüber ihren Freundinnen.«

Vicki spürte Susans Worte wie einen Stich in ihr Herz. »Und du? Kannst du mir vergeben? Wir haben so viel zusammen durchgemacht.«

»Ja, das haben wir.«

»Ich liebe dich«, sagte Vicki, und wieder schossen ihr Tränen in die Augen.

»Ich liebe dich auch.«

»Wirst du mir je verzeihen?«

Susan ging zur Tür. »Nie im Leben.«

Vicki war bei ihrem vierten Glas Rotwein, als es klingelte. »Rosa«, rief sie, bevor ihr einfiel, dass die Haushälterin vor mindestens einer Stunde gegangen war. Wie spät war es überhaupt? Sie sah auf ihre Uhr, doch die beiden Zeiger tanzten vor ihren Augen auf dem mit Diamanten besetzten Zifferblatt, sodass sie nicht erkennen konnte, ob es acht oder neun Uhr war. Und wer kam auch – ungeachtet der Uhrzeit – einfach vorbei, ohne vorher anzurufen? Sie erhob sich von dem Stuhl im Esszimmer und stolperte zur Haustür. Wahrscheinlich Jeremy oder eins der Kinder. Wie oft musste sie sie noch daran erinnern, ihren Schlüssel mitzunehmen? Wo waren überhaupt alle?

»Tracey!«, sagte Vicki, als sie die Haustür öffnete, die junge Frau mit den rosigen Wangen draußen stehen sah und einen Schritt zurückmachte, um sie hereinzulassen. Was wollte sie hier?

»Ich hätte vermutlich vorher anrufen sollen.« Tracey schüttelte die feine Schneeschicht von ihren schwarzen Schuhen, machte jedoch keinerlei Anstalten, ihre schwere Lammfelljacke auszuziehen.

»Ist alles in Ordnung?«

»Super«, erwiderte Tracey leichthin und sah sich um. »Störe ich Sie bei irgendwas?«

Vicki winkte beschwipst ab. »Gar nicht. Ich bin offen gestanden ganz allein. Jeremy wird in einer Sitzung festgehalten, und die Kinder sind … irgendwo.« Sie lachte und erinnerte sich vage, dass Josh irgendwas von einem Hockeytraining gemurmelt hatte, und Kirsten war wahrscheinlich in der Bibliothek. »Möchtest du ein Glas Wein?« Was soll's, dachte Vicki und machte Tracey ein Zeichen, ihr ins Esszimmer zu folgen. Wenn die Kleine alt genug war, ihre Mutter zu töten, war sie auch alt genug, ein Glas Wein zu trinken.

Tracey folgte ihr. »Besser nicht. Ich muss noch fahren.«

»Lässt dich dein Vater mit seinem kostbaren Mercedes fahren?« Vicki goss sich den kleinen Rest aus der Flasche in ihr Glas.

»Nein, ich fahre mit dem Wagen meiner Mutter.« Tracey kicherte. »Ich nehme an, er gehört jetzt mir.«

Vicki trank einen Schluck Wein.

»Sie haben ein wirklich schönes Haus.«

»Was führt dich den weiten Weg hierher?« Vicki ließ sich auf ihren Stuhl fallen und hätte um ein Haar den dunkel orangefarbenen Ledersitz verfehlt.

Tracey blieb auf der anderen Seite des langen, schmalen Tisches stehen. Sie zuckte die Schultern, als wisse sie nicht mehr genau, was sie nach Indian Hill geführt hatte. »Ich brauche ein bisschen

Luft. Bei meinem Vater ist es so chaotisch. Die Kinder schreien ständig. Ich glaube, ich muss etwas Eigenes finden.«

Vicki trank den Rest Wein.

»Was passiert mit dem Haus?«, fragte Tracey.

»Mit dem Haus?«

»Das Haus meiner Mutter. Ist es meins oder Dads? Ich weiß, dass er noch immer die Hypothek bezahlt und alles.«

»Ich habe nicht die leiseste Ahnung«, erklärte Vicki ihr ungeduldig und wollte das Mädchen mit einem Mal dringend wieder loswerden. »Da müsstest du einen Anwalt fragen.«

»Ich *frage* einen Anwalt.«

»Tut mir Leid, nicht mein Fachgebiet.« Vicki hielt sich das leere Weinglas unter die Nase und atmete das schwere moschusartige Aroma ein. Sie überlegte, ob sie eine weitere Flasche aus ihrem Weinkeller öffnen sollte. Vielleicht würde sie sich auch einfach die leere Flasche über den Kopf ziehen und sich selbst bewusstlos schlagen. Irgendwie musste man die Nacht ja rumbringen.

»Ich sollte jetzt wohl besser los.« Tracey lächelte, machte jedoch keine Anstalten zu gehen. »Sie kommen zurecht?«

»Ich? Mir geht es gut. Danke der Nachfrage.«

»Sie wirken nämlich ein wenig…«

»Betrunken?«

Wieder kicherte Tracey.

Mein Gott, was für ein enervierendes Geräusch. »Tracey, darf ich dich etwas fragen?«, hörte Vicki sich sagen.

»Schießen Sie los.«

Unglückliche Wortwahl, dachte Vicki, bevor sie sich ins kalte Wasser stürzte, wobei sie das Gefühl hatte, das Zimmer würde als Ganzes leicht nach rechts kippen. »Warum hast du deine Mutter getötet?«

Tracey schwankte von einem Fuß auf den anderen, oder vielleicht war es auch Vickis Kopf, in dem sich alles drehte. Sicher war sie sich nicht.

»Das wissen Sie doch«, sagte Tracey.

»Ich weiß, was du den Geschworenen erzählt hast.«

»Dann wissen Sie alles.«

»Aber ich kannte auch deine Mutter.«

Ein halb gelangweilter, halb konsternierter Ausdruck nistete sich in Traceys normalerweise sanftmütigem Gesicht ein. »Was wollen Sie damit sagen?«

»Ich will sagen, dass die Geschworenen jetzt nicht hier sind. Der Prozess ist vorbei. Die Angeklagte ist freigesprochen.«

»Und kann in dieser Sache nicht noch einmal vor Gericht gestellt werden, nicht wahr? Egal, was auch immer?«

Ein flaues Gefühl rollte sich in Vickis Magen zusammen wie eine Katze in ihrem Körbchen. »Das ist richtig.«

Tracey zuckte die Achseln und betrachtete den Kronleuchter aus Messing und Kristall, der über dem dunklen, antiken Eichentisch hing. »Dann haben Sie Recht«, sagte sie leichthin. »Meine Mutter hat mich nie missbraucht.«

Der Raum schien heftig zur Seite zu kippen. Vicki packte die Armlehnen ihres Stuhles, um nicht umzufallen oder zu schreien. »Du hast dir das alles nur ausgedacht?«

Wieder zuckte Vicki die Achseln. »Na ja, nicht alles. Ich meine, sie hat mich wirklich ständig angefasst. Sie wissen ja, wie sie war.«

»Ich weiß, dass deine Mutter dich mehr geliebt hat als alles andere auf der Welt.«

»Ich habe sie auch geliebt.«

Vicki schloss die Augen und sah Barbara, Susan und Chris. Mein Gott, was habe ich getan. »Du hast sie geliebt, aber ohne jeden Grund getötet.«

»Es gab schon einen Grund.«

»Und welcher war das?« Ergab dieses Gespräch einen Sinn? »Warst du eifersüchtig auf ihre Beziehung mit Howard?«

Tracey schüttelte schon den Kopf. »Das war es nicht.«

»Was dann?«

»Sie werden es nicht verstehen.«

»Nein, wahrscheinlich nicht. Aber erzähl es mir trotzdem.«

»Ich bin mir nicht sicher, dass ich das erklären kann.« Tracey knöpfte den obersten Knopf ihrer Winterjacke auf und fächerte sich mit der Hand Luft zu. »Wir standen uns so nahe, dass es manchmal beinahe so war, als wären wir dieselbe Person. So als würde ich nicht existieren, wenn sie nicht da war. Verstehen Sie, was ich meine?«

Vicki nickte, obwohl sie in Wahrheit keine Ahnung hatte, wovon Tracey redete.

»Es war so toll, als mein Dad uns verlassen hat und wir nur noch zu zweit waren. Wir waren immer zusammen. Doch dann hat sie Howard getroffen, und alles ist anders geworden. Plötzlich hatte sie dieses neue andere Leben, und ich war bloß … ich weiß nicht … ich war nichts. Es war, als würde ich nicht mehr existieren, als ob sie meinen Atem gestohlen hätte. Und ich konnte ihn und mein Leben nur zurückbekommen, indem ich sie getötet habe. Verstehen Sie das? Ich wollte ihr nicht wehtun. Ich wollte bloß mein eigenes Leben zurück.«

In Vickis Kopf drehte sich alles. Ergab irgendetwas von dem, was Tracey gerade gesagt hatte, irgendeinen Sinn. »Und jetzt?«, fragte sie, und ihre Worte prallten gegen ihren Schädel. Wie der Schläger, mit dem Tracey auf den Kopf ihrer Mutter eingeschlagen hat, dachte Vicki und schloss die Augen. »Du empfindest nichts? Keine Schuld? Kein Bedauern?«

Es entstand eine lange Pause. »Ich fühle mich erleichtert.«

Oh Gott.

Ein Schlüssel drehte sich im Schloss der Haustür. »Hallo«, rief Jeremy kurz darauf. »Irgendjemand zu Hause?«

»Hier.« Vicki versuchte gar nicht erst aufzustehen, weil sie wusste, dass sie das sowieso nicht schaffen würde.

Tracey lächelte. »Ich sollte jetzt wirklich gehen. Sonst macht mein Dad sich noch Sorgen. Ich finde selbst hinaus. Nochmal vielen Dank für alles«, rief sie schon aus dem Flur. Und dann: »Hallo, Mr. Latimer. Wie geht es Ihnen?«

Stets ganz die höfliche, junge Dame, dachte Vicki, während die

Standuhr in ihrem Rücken die Minuten heruntertickte. Vicki stellte sich vor, wie ihr Vater in seinem Bett saß und an die Wände des Pflegeheims starrte. Verbringt er so seine Nächte, fragte sie sich. Zählt er die Minuten bis zum Morgen und betet, dass die Bewusstlosigkeit ihn übermannt?

»Vicki?«, hörte sie ihren Mann sagen. Seine Stimme schien von sehr weit weg zu kommen, obwohl er direkt vor ihr stand. »Alles in Ordnung, Vicki?«

Vicki blinzelte, nickte müde und dachte, er sieht so alt aus.

»Tracey macht ja einen sehr glücklichen Eindruck.«

»Nun, wir wollen schließlich nicht, dass Tracey unglücklich ist.« Vicki hielt die leere Weinflasche hoch. »Ich habe gefeiert. Warum holst du nicht noch eine Flasche aus dem Keller und setzt dich zu mir?«

Jeremy lächelte traurig. »Ich weiß nicht, ob mir heute Abend nach Feiern zu Mute ist, Darling.«

Oh Gott, er auch, dachte Vicki. Was für ein Problem hatte *er* nun?

»Ich hatte heute Abend ein sehr interessantes Treffen.«

Vicki sah ihn fragend an. Warum redete er von seinen Treffen?

»Mit Michael Rose.«

Oh Gott. Vicki hatte das Gefühl, ihr Magen würde bis zum Fußboden sacken. »Du hast dich mit Michael getroffen? Warum?«

»Glaub mir, es war nicht meine Idee. Er ist in meinem Büro aufgetaucht, hat mich überfallen, als ich gerade gehen wollte, und mir ziemlich die Ohren voll geblasen.«

»Nun, ich hoffe, dass du nichts von dem, was er zu sagen hatte, ernst genommen hast. Er ist bloß wütend und wahrscheinlich betrunken.«

»Wahrscheinlich. Er klang trotzdem ziemlich überzeugend.«

Vicki starrte in die verletzten und wissenden Augen ihres Mannes. Konnte sie ihn wirklich noch weiter beleidigen, indem sie ihn von Angesicht zu Angesicht über ihre Affäre belog? Hatte sie den

Menschen, die sie liebte, nicht schon genug wehgetan? »Es hatte nichts zu bedeuten«, räumte sie ein und wurde sehr viel schneller wieder nüchtern, als ihr lieb war.

»Was dann?«

»Wie?«

»Ich fange nur an, mich zu fragen, was überhaupt etwas zu bedeuten hat, Darling.«

Wird er mich verlassen, fragte Vicki sich und dachte, dass sie ein Leben lang von den Menschen verlassen worden war. Sie konnte zweifellos ihre Aufmerksamkeit gewinnen, aber alle theatralischen Anstrengungen reichten nicht aus, sie zu halten.

»Wie dem auch sei, Darling, es war ein langer Tag, und ich bin müde. Ich gehe ins Bett.« Jeremy machte eine Pause. »Kommst du?«

»Gleich«, sagte Vicki dankbar. »Ich komme gleich nach.«

Sie lehnte sich an die steife Rückenlehne des antiken Esszimmerstuhls und lauschte dösend der Standuhr in ihrem Rücken, die tickend die Minuten bis zum Morgen zählte.

Epilog

Fast neun Jahre sind seit Barbaras Tod vergangen, acht Jahre seit dem Prozess, der unser Schicksal ein für alle Mal besiegelt hat. Wir haben ein neues Jahrhundert, ein neues Jahrtausend betreten. Die Jahre sind schneller vergangen, als ich es je für möglich gehalten hätte. So vieles hat sich verändert, auch wenn die Grand Avenue im Wesentlichen die Gleiche geblieben ist, zumindest äußerlich. Ich wohne noch immer hier. Ich bin die Einzige, die noch übrig ist.

Der Film endet, ich drücke automatisch auf den Rückspulknopf und höre die Kassette leise summen wie eine defekte Neonröhre. Wie oft habe ich mir das Video heute schon angesehen? Fünf- oder sechsmal? Vielleicht noch öfter. Ich versuche, nicht daran zu denken, wie oft ich mir diesen Film im Laufe der Jahre angesehen habe. Es muss hunderte Male gewesen sein, Geburtstage, Jahrestage und zu viele Tage dazwischen. Trotzdem bin ich immer noch nicht bereit, diesen jungen Frauen Lebewohl zu sagen, die ich liebe und bis zu meinem Tod lieben werde. Die Grandes Dames, wiederhole ich stumm, fast wie ein Gebet, als ihre Gesichter ein weiteres Mal den riesigen Bildschirm ausfüllen und ihr Lachen mir das Herz aufgehen lässt. Können seit jenem ersten Nachmittag wirklich dreiundzwanzig Jahre vergangen sein? Ist das möglich? Warum kann ich nicht loslassen?

Es klingelt.

»Mom, die Tür!«, ruft eine Stimme von oben.

»Kannst du aufmachen, Schätzchen?«, frage ich. »Es ist wahrscheinlich sowieso für dich.«

Ich höre Schritte auf der Treppe, die klingen wie von einer Horde Elefanten, obwohl es nur ein 21-jähriges Mädchen ist.

»Sieh nach, wer es ist, bevor du die Tür aufmachst«, rufe ich, doch es ist schon zu spät. Ich höre, wie die Tür geöffnet wird, leise Stimmen wehen in den neu eingerichteten »Medienraum« herüber, der links vom Hausflur abgeht. »Wer ist da, Schätzchen?«, frage ich, als meine Tochter in der Tür auftaucht.

»Jemand für dich«, antwortet sie mit einem leichten Schulterzucken. »Sie sagt, sie kennt dich.«

Ich halte den Film an und sehe die Frauen auf dem Bildschirm erstarren. Mittlerweile bin ich äußerst versiert im Umgang mit einem Videorecorder, was mich selbst ebenso erstaunt wie den Rest meiner Familie. Doch ich bin tatsächlich die Einzige, die weiß, wie man ihn programmiert, um eine Sendung aufzunehmen, während man unterwegs ist oder schläft. Ich weiß sogar, wie man auf einem Programm etwas aufnimmt, während man gleichzeitig ein anderes guckt, und darauf bin ich eigenartig, beinahe beunruhigend stolz. »Hat sie einen Namen genannt?«, frage ich, unwillig, mich von meinem Sofa zu erheben.

Ein weiteres Achselzucken. Ich stehe auf und folge meiner Tochter nach vorne.

Nach einem Nachmittag bei zugezogenen Vorhängen und mit laufender Lüftung vor dem Bildschirm habe ich vergessen, was für ein strahlender Tag es ist, wie warm die Julisonne brennt und wie frisch die Luft draußen ist. Sie strömt mir entgegen, als wollte sie mich umarmen, und wirft mich fast von den Beinen, als ich zur Haustür gehe.

Sie steht in der Tür, das Gesicht halb verdeckt vom Schatten einer Trauerweide vor dem Haus. Sie bringt den Duft frisch geschnittener Blumen mit sich, und ich sehe den Strauß, den sie wie ein Baby im Arm hält. »Hi«, sagt sie schlicht, und mein Herz bleibt stehen.

Ich mache den Mund auf, um etwas zu sagen, doch es wollen keine Worte kommen. Was für einen gemeinen Streich spielt meine Phantasie mir, denke ich. Habe ich so lange im Dunkeln gesessen, dass ich schon anfange, Gespenster zu sehen, und nicht mehr zwischen der Realität und dem Unmöglichen unterscheiden kann?

»Mrs. Norman?«, fragt sie und bringt mich zu mir selbst zurück.

»Mom?« Whitney berührt meinen Arm, und ich spüre die Besorgnis in ihren Fingern.

»Sie erinnern sich vermutlich nicht mehr an mich. Ich bin Montana«, sagt sie beinahe so, als wäre sie sich selbst nicht sicher. Ihre Stimme klingt im Gegensatz zu der ihrer Mutter nervös und hauchig, doch ansonsten sind die beiden Frauen fast identisch. Es ist, als wäre Chris von meiner Videokassette geklettert, hätte feste Form angenommen, wäre ums Haus zur Tür gerannt und stünde jetzt vor mir. Es ist, als hätte ich auf einen falschen Knopf gedrückt und die letzten dreiundzwanzig Jahre wundersamerweise gelöscht. »Kann ich reinkommen?«, fragt sie.

Ich trete einen Schritt zurück und bitte sie herein. »Montana«, murmele ich, unfähig, mehr zu sagen.

Sie lächelt und streicht sich genau wie ihre Mutter immer ihre blonden Haare hinter die Ohren. »Offen gestanden, ist mir Ana lieber. Mit einem *n*.«

»Ana«, wiederhole ich und genieße den schlichten Klang.

»Montana hat mir nie besonders gut gefallen.« Sie betrachtet die Blumen in ihrer Hand, als würde sie sie zum ersten Mal sehen, und hält sie mir hin. »Die sind für Sie.«

»Für mich? Danke.«

»Ich stelle sie ins Wasser«, bietet Whitney sofort an, weil sie erkennt, dass ich unfähig bin, in normalem Tempo zu reagieren. »Warum setzt ihr euch nicht ins Wohnzimmer?«, fragt sie und zeigt für den Fall, dass ich vergessen habe, wo es liegt, in die Richtung. Gehorsam führe ich Montana – Ana, wie sie sich jetzt nennt – in den sonnendurchfluteten Raum auf der Rückseite des Hauses. Ich höre, wie in der Küche Wasser läuft.

»Sie haben ein sehr schönes Haus«, sagt Ana und setzt sich auf die Kante eines der beiden Polstersessel mit dem Blumenmuster, die den nie benutzten Kamin aus schwarzem Marmor einrahmen.

Weder Owen noch ich haben das geringste Interesse an Kaminen, was mir plötzlich seltsam vorkommt. Wir sehen aus wie die Art Leute, denen nichts besser gefallen würde, als ein paar Scheite ins Feuer zu werfen, sich zurückzulehnen und den warmen Glanz zu genießen, und die Vorstellung ist zugegebenermaßen wundervoll. Aber in Wahrheit ist es zu viel Arbeit, die sich keiner von uns machen will. Es ist leichter, einfach die Heizung aufzudrehen.

Wie oft, frage ich mich, während ich zwischen dem anderen Sessel und dem rosafarbenen Sofa schwanke, sind die Dinge nicht so, wie sie scheinen?

Ich entscheide mich schließlich für das Sofa und brauche einen Moment, bis ich es mir bequem gemacht habe. »Möchtest du etwas zu trinken? Wasser, Limonade?«

»Nein, nichts, vielen Dank.«

Kurz darauf kommt Whitney herein und stellt die hübsch in einer tiefen Kristallvase arrangierten Blumen auf den Couchtisch. »Wenn ihr nichts dagegen habt, gehe ich wieder nach oben.« Sie blickt zur Decke, als wäre das Erklärung genug.

»Es war nett, dich wiederzusehen«, sagt Ana, als Whitney den Raum verlässt, bevor sie leiser hinzufügt: »Ich kann gar nicht glauben, wie erwachsen sie ist.«

Ich nicke. Ich kann es auch nicht glauben. Außerdem bin ich überrascht, dass Montana sich überhaupt an meine jüngere Tochter erinnert. Es ist lange her, seit sie sie zum letzten Mal gesehen hat. »Sie macht nächstes Jahr ihr Examen.«

Ana schüttelt in einer Art benommener Verwunderung den Kopf, die für gewöhnlich Frauen vorbehalten ist, die um Jahrzehnte älter sind als sie. Sie ist erst fünfundzwanzig, zu jung, um sich schon so bewusst zu sein, wie schnell die Zeit vergeht. »Auf welcher Universität ist sie?«

»Duke.«

»War Ariel auch dort?«

»Ariel hat sich gegen ein Studium entschieden«, sage ich, bemüht, das Lächeln in meiner Stimme zu halten. Es bekümmert mich immer noch, dass meine ältere Tochter eine akademische Bildung ausgeschlagen und stattdessen einen modernen Cowboy geheiratet hat, mit dem sie auf einer Ranch außerhalb von Caspar, Wyoming lebt, wo sie zurzeit mein erstes Enkelkind erwartet. »Es ist so eigenartig«, höre ich mich gestehen. »Ich habe mein halbes Leben lang für einen Universitätsabschluss gearbeitet. Ich gelte als eine Art Autorität in Frauenfragen. Ich halte im ganzen Land Vorträge. Ich schreibe sogar ein Buch ...« Ich halte inne. Was kümmert dieses Mädchen das Resümee einer alternden Frau? »Und ich habe eine Tochter«, fahre ich unwillkürlich fort, »dieser Rückfall in eine andere Ära, die es romantisch findet, barfuß und schwanger zu sein.«

»Vielleicht geht sie später noch auf die Uni.«

»Das ist leichter gesagt als getan.«

»Sie haben es geschafft.«

»Das stimmt.« Ich lächele und fühle mich sofort besser. »Was kann man auch machen? Es ist ihr Leben. Ich muss es sie selber leben lassen.«

»Sie wird es schon gut machen«, erklärt Ana mit solcher Gewissheit, dass ich mich dabei ertappe, ihr zu glauben. »Ich habe gehört, Vicki ist ein ziemlicher Star geworden.«

Mein Lächeln erstirbt. »Das ist bestimmt keine Überraschung.«

»Sehen Sie sich ihre Show manchmal an?«

Ich schüttele den Kopf. Vor vier Jahren ist Vicki mit ihrer Familie nach Los Angeles gezogen. In letzter Zeit ist sie eine feste Größe im Gerichts-TV geworden und vor kurzem vom *People*-Magazin in die berühmt-berüchtigte Liste aufgenommen worden. In dem dazugehörigen Artikel stand, dass sie vor nicht allzu langer Zeit ihre Mutter wieder getroffen hat. Es gab auch ein gemeinsames Bild von den beiden, und obwohl das Foto sehr klein war, war die Familienähnlichkeit unverkennbar. Sie hatten beide das gleiche schmale Gesicht, die gleiche brennende Intensität um die Augen. Vicki hatte ihre Hand lässig über die Schulter ihrer Mutter gelegt, doch ich habe mich unwillkürlich gefragt, ob sie unbewusst versuchte, ihre Mutter davon abzuhalten, ihr noch einmal wegzulaufen. Owen meinte, ich würde zu viel in das Bild hineindeuten, und er hat wahrscheinlich Recht. Ich hoffe jedenfalls, dass die Wiederbegegnung mit ihrer Mutter all das erfüllt hat, was Vicki sich gewünscht und gebraucht hat. Ich habe sogar überlegt, sie anzurufen und ihr alles Gute zu wünschen, mich dann jedoch dagegen entschieden. Manche Wunden gehen einfach zu tief.

»Was ist mit Tracey?«, fragt Ana. »Hören Sie noch irgendwas von ihr?«

»Gott sei Dank nicht. Das Letzte, was ich gelesen habe, war, dass sie in irgendeinem Off-Broadway-Stück aufgetreten ist.« Ich mache eine Pause, für einen Moment überwältigt von einer der kleinen Ironien des Schicksals. »Und was ist mit dir? Was führt dich zurück nach Cincinnati? Erzähl mir nicht, die französische Küche wäre dir über.«

Chris' Lächeln strahlt mir aus dem herzförmigen Gesicht ihrer Tochter entgegen. »Nein, Paris ist toll. Ich kann mir nicht vorstellen, irgendwo anders zu leben. Außerdem habe ich da diesen Typen getroffen …« Sie lässt den Satz unvollendet, und die Worte hängen in der Luft wie Zigarettenrauch. Sie verdreht die Augen und lacht das Lachen ihrer Mutter.

»Hast du deinen Vater getroffen?«

Ana runzelt die Stirn. »Ich bin gekommen, um meine Brüder zu sehen.«

»Wie geht es ihnen?«

»Ganz gut. Schwer zu sagen. Sie wissen ja, wie das mit Jungs ist – die erzählen nicht viel.«

»Ich habe Tony seit Jahren nicht gesehen«, sage ich, mehr zu mir selbst als zu dem Mädchen, das ich einst als Montana kannte.

»Er hat sich nicht verändert. Letztes Jahr hatte er einen Autounfall, der ihn ein wenig gebremst hat. Seither humpelt er ein bisschen, aber ansonsten …« Sie bricht ab und atmet tief ein. »Erzählen Sie mir von meiner Mutter«, sagt sie leise.

Ich schließe die Augen, öffne sie wieder und sehe Chris, wo jetzt ihre Tochter sitzt. Was kann ich sagen? »Was möchtest du wissen?«

Ana blickt zur Decke, als wollte sie so verhindern, dass die Tränen, die in ihren Augen stehen, über ihre Wangen rollen. »Alles.«

Ich schüttele den Kopf, nach wie vor zornig, über eine weitere bittere Ironie des Lebens. »Vor drei Jahren habe ich einen Knoten in meiner Brust ertastet«, setze ich an und kann seinen Schatten nach wie vor spüren. »Meine Mutter ist vor einigen Jahren an Brustkrebs gestorben. Ich weiß nicht, ob du dich daran erinnerst.«

Ana nickt respektvoll.

»Jedenfalls hat mein Arzt eine Mammographie angeordnet. Ich hatte furchtbare Angst. Deine Mutter hat angeboten, mir Gesellschaft zu leisten, und dann entschieden, dass sie selbst auch einen Termin machen sollte. Mein Knoten hat sich als harmlose Zyste herausgestellt...«

»So viel Glück hatte meine Mutter nicht«, flüstert Ana.

»Danach ging alles sehr schnell. In nicht einmal zwei Jahren war sie tot.«

Ana unterdrückt einen leisen Schrei in ihrer Kehle. »Ich wusste nicht einmal, dass sie krank war.«

»Wir haben versucht, Kontakt mit dir aufzunehmen, aber dein Vater hat uns die falsche Adresse gegeben. Alle Briefe kamen zurück.«

»Das Schwein«, murmelt Ana vernehmlich. »Ich habe nur einen Anruf bekommen, nachdem sie gestorben war.« Sie springt auf, verharrt dann aber auf der Stelle. »Obwohl ich nicht alle Schuld auf ihn abwälzen kann. Es war schließlich *meine* Entscheidung, sie aus meinem Leben zu tilgen, *mein* Entschluss, nach Europa zu gehen.«

»Du warst ein junges Mädchen und sehr durcheinander.«

»Ich war ein egozentrisches Gör.«

»Nein«, erkläre ich ihr und will sie in die Arme nehmen, fürchte jedoch die unsichtbare Grenze zwischen uns zu überschreiten.

»Du darfst dich nicht schuldig fühlen. Deine Mutter hat dich geliebt. Sie war so stolz auf dich.«

»Warum? Womit habe ich mir diesen Stolz je verdient?«

»Du warst ihre Tochter.«

»Und das ist genug?«

Vor meinem inneren Auge taucht Ariels Gesicht in all seinen diversen Verwandlungen auf, im Bruchteil einer Sekunde vom eifersüchtigen Kleinkind über den rebellischen Teenager zur werdenden Mutter. »Ja«, antworte ich leise. »Das ist genug.«

Ana wischt sich eine Träne von der Backe und setzt sich wieder. »Erzählen Sie mir von diesen zwei Jahren. Hat sie sehr gelitten? War sie allein?«

»Sie musste nicht allzu sehr leiden«, erkläre ich Ana wahrheitsgemäß. »Sie hatte großartige Ärzte, die dafür gesorgt haben, dass sie so wenig Schmerzen wie möglich hatte. Und sie war auch nicht allein. Ihre Freundin Donna war bei ihr.«

»Donna war die Frau, mit der sie zusammengelebt hat?«

»Sie hat sie kennen gelernt, als sie für Emily Hallendale gearbeitet hat. Donna ist eine wunderbare Frau. Ich glaube, du würdest sie mögen.«

»Haben Sie Ihre Telefonnummer?«

Ich nicke. »In der Küche. Ich hole sie für dich.«

»Danke.«

Es dauert eine Weile, bis ich Donnas Nummer gefunden habe. Meine Küchenschublade ist ein einziges Chaos aus losen Zetteln und alten Zeitungsausschnitten. Natürlich gibt es auch ein Adressbuch, aber das ist hoffnungslos veraltet, weil ich seit Jahren nichts mehr hineingeschrieben habe. Also muss ich jeden aufgerissenen Umschlag und jede Adressenänderungspostkarte durchgehen, bis ich Donnas aktuelle Adresse und Telefonnummer gefunden habe, die erstaunlicherweise ganz oben auf dem Stapel liegt, wo ich sie beim ersten Durchgang übersehen habe. Ich nehme den Zettel und gehe zurück ins Wohnzimmer.

Ana ist nicht da.

Ich stürze panisch zur Haustür. Ist sie gegangen? Vielleicht erwische ich sie noch …

Und dann höre ich sie leise weinen und folge dem Geräusch, weil ich weiß, wo ich sie finden werde.

Sie steht in der Tür meines renovierten Arbeitszimmers, das jetzt ein Medienraum mit Computern, einer Stereoanlage, CD-Spielern, diversen Lautsprechern und einem riesigen Fernsehbildschirm ist. Sie starrt auf ihre Mutter, die auf dem Film nur wenig älter ist als Ana jetzt. Ich schleiche mich in den Raum, drücke die Starttaste des Videorecorders und mache einen Schritt zurück, während die Frauen auf dem Bildschirm zum Leben erwachen. Die Kamera schwenkt ruckartig von Chris über Barbara zu Vicki. Dann nimmt Barbaras Gesicht den Monitor ein, während sie die Kamera nimmt und in meine Richtung schwenkt, bevor sie zu Chris zurückkehrt, die sich bemüht, eine widerspenstige Montana auf ihrem Schoß zu halten.

Ana beobachtet, wie die kleine Montana wütend gegen die Knöchel ihrer Mutter tritt, bevor sie von ihrem Schoß rutscht, das Gesicht tränenüberströmt wie Anas jetzt. Chris streckt die Arme aus und wartet geduldig, dass ihre Tochter zurückkommt, doch Montana weist ihr Flehen zurück und bleibt stur am Rand des Bildes. »Komm, meine Kleine«, gurrt Chris. »Sei ein braves Mädchen. Komm zu Mami.«

»Oh«, schluchzt Ana, und die Silbe dringt über ihre Lippen wie der Seufzer einer Geliebten. Sie hebt die Arme, als würden sie von unsichtbaren Fäden gezogen, schwankt und bewegt sich auf den Bildschirm zu. Instinktiv greife ich nach der Fernbedienung und halte das Bild an, während Montana in die ausgebreiteten Arme ihrer Mutter sinken will.

Sie hat so lange darauf gewartet, denke ich, trete leise näher, nehme Chris' Stelle ein und ziehe ihre Tochter an mich … Ich spüre, wie Anas Beine nachgeben und sie sich an mich klammert. Beide umarmen wir eine Erinnerung, weinen gemeinsam und finden unerwarteten Trost aneinander.

Wenn das Leben die Summe der Entscheidungen ist, die wir treffen, wie meine Mutter mir einmal erklärt hat, dann verbringen wir zu viel Zeit unseres Lebens damit, diese Entscheidungen zu betrauern. Zu viel Zeit wird mit Bedauern verschwendet. Dabei können wir die Vergangenheit nur zur Kenntnis nehmen und akzeptieren. Sie ist vorbei und vorüber.

Doch auch wenn ich nicht mehr die junge Frau bin, die ich auf meinem riesigen Fernsehbildschirm mit ihren Freundinnen lachen sehe, weiß ich, dass sie nicht ganz verschwunden, sondern noch immer ein Teil von mir ist. Manchmal zwinkert sie mich aus müden Augen an, wenn ich in den Spiegel sehe. Manchmal spüre ich, wie sie meine Schultern strafft, wenn ich sie lieber hängen lassen würde. Sie führt meine Finger, wenn ich schreibe, und wählt die Worte, die ich spreche. Sie ist die Stimme meiner Jugend, all dessen, was meinem Herzen lieb und teuer ist, und sie flüstert mir immer noch ins Ohr.

Sie ist meine Freundin.

Wer sagt, dass das Leben einen Sinn ergeben muss? Dass es uns Erklärungen schuldet? Vielleicht gibt es so etwas wie Gerechtigkeit nicht. Vielleicht wird es nie Frieden oder auch nur eine Erklärung geben.

Doch es gibt Hoffnung, denke ich, drücke Ana an mich und umarme alles, was war und sein wird.

Und es gibt Liebe.

Danksagung

Zunächst möchte ich mich bei allen Leserinnen und Lesern bedanken, die mir nach der Veröffentlichung von *Zähl nicht die Stunden* Briefe und E-Mails geschrieben haben. Es war wunderbar, von Ihnen allen zu hören, und es hat mich sehr gefreut, dass Ihnen der Roman gefallen hat. Ich hoffe, dass es Ihnen mit *Nur wenn du mich liebst* genauso geht und Sie sich wieder die Zeit und Mühe machen, mir Ihre Gedanken mitzuteilen, denn sie sind mir sehr wichtig.

Mein besonderer Dank gilt Jan Evans, einer wundervollen und großzügigen Frau, die mich bei einer meiner letzten Lesereisen durch Cincinnati geführt und mich buchstäblich mit Kisten von Informationen über diese schöne Stadt versorgt hat. Ich hoffe, ich habe alles richtig wiedergegeben.

Für ihre Begeisterung zu Beginn des Projekts möchte ich mich herzlich bei meiner ehemaligen Lektorin Linda Marrow bedanken, für die sorgfältige weitere Betreuung bei meiner jetzigen Lektorin Emily Bestler. Ein Dank auch an die tollen und talentierten Menschen bei Pocket – vor allem an meinen Redakteur Steve Boldt – für ihre Hilfsbereitschaft und Unterstützung. Ein besonderes Dankeschön gebührt Judith Curr, einer Verlegerin, von der jeder Autor und jede Autorin träumt.

Alles Liebe wie immer für meine feste und ganz spezielle Crew – für Owen Laster, Larry Mirkin und Beverly Slopen sowie für Warren, Shannon und Annie. Ich bin euch – und für euch – zutiefst dankbar.

Joy Fielding gehört zu den unumstrittenen Spitzenautorinnen Amerikas. Seit ihrem Psychothriller »Lauf, Jane, lauf« waren alle ihre Bücher internationale Bestseller. Joy Fielding lebt mit ihrem Mann und zwei Töchtern in Toronto, Kanada, und in Palm Beach, Florida. Weitere Informationen unter www.joy-fielding.de

Mehr von Joy Fielding:

Das Herz des Bösen (auch als E-Book erhältlich)
Im Koma (auch als E-Book erhältlich)
Herzstoß (auch als E-Book erhältlich)
Das Verhängnis (auch als E-Book erhältlich)
Sag Mami Goodbye (auch als E-Book erhältlich)
Träume süß, mein Mädchen (auch als E-Book erhältlich)
Tanz, Püppchen, tanz (auch als E-Book erhältlich)
Schlaf nicht, wenn es dunkel wird (auch als E-Book erhältlich)
Bevor der Abend kommt (auch als E-Book erhältlich)
Zähl nicht die Stunden (auch als E-Book erhältlich)
Flieh wenn du kannst (auch als E-Book erhältlich)
Ein mörderischer Sommer (auch als E-Book erhältlich)
Lebenslang ist nicht genug (auch als E-Book erhältlich)
Schau dich nicht um (auch als E-Book erhältlich)
Lauf, Jane, lauf! (auch als E-Book erhältlich)
Die Katze
Nur der Tod kann dich retten

GOLDMANN
Lesen erleben